会前,江西省政协副主席、中共抚州市委书记肖毅接见部分参会专家代表

2018年9月28日,"抚州创历史文化名城,推动汤显祖文化走向世界"专家座谈会在江西省抚州市召开

抚州市委常委、宣传部长
傅云致辞

抚州汤显祖国际研究中心主任
吴凤雏主持

中国戏曲学院原院长
周育德主持

上海戏剧学院戏文系教授
叶长海发言

武汉大学哲学学院教授
邹元江发言

广州大学文学思想研究中心教授
康保成发言

上海艺术研究所研究员
周锡山发言

海南省文广厅史志办原副主任
龚重谟发言

江西省艺术研究院研究员
苏子裕发言

清华大学人文学院副教授
陈为蓬发言

闽江学院中文系教授
邹自振发言

北京大学艺术学院副教授
陈均发言

非洲舞蹈《鼓舞》

美国歌剧《歌剧魅影》

法国爵士舞《白羽毛》

印度舞蹈《异域风情》

西班牙舞蹈《卡门》

英国现代舞剧《罗密欧与朱丽叶》

朝鲜长鼓舞《阿里郎》

2018汤显祖国际戏剧节开幕式上的国外舞团 / 陈源茂摄

实景剧《牡丹亭》剧照 / 陈源茂摄

《天鹅湖》
俄罗斯柴可夫斯基彼尔姆
芭蕾舞歌剧院 / 李勇摄

《爱·文姬》
大型原创音乐剧
上海音乐学院演出 / 游中堂摄

《永远的刘三姐》
广西罗城的彩调剧 / 李勇摄

汤显祖戏剧节部分剧目演出剧照

采茶戏《寻路》

吉安采花歌舞剧《在那杜鹃花开放的地方》

赣南采茶戏《哨妹子》

梅州采茶大戏《月照城乡》

龙岩山歌戏《羊角花》

南雄粤北彩调剧《阿三戏公爷》

赣州兴国山歌《老镜子》

抚州采茶戏《县官下乡》

汤显祖戏剧交流月·全国采茶戏汇演剧照 / 李勇摄

二〇一九年
第四、五辑合刊

汤显祖学刊

郭汉城题

抚州汤显祖国际研究中心 编

商务印书馆
The Commercial Press

2019年·北京

图书在版编目(CIP)数据

汤显祖学刊.第四、五辑合刊/抚州汤显祖国际研究中心编.——北京:商务印书馆,2019
ISBN 978-7-100-17742-9

Ⅰ.①汤… Ⅱ.①抚… Ⅲ.①汤显祖(1550-1616)-戏剧文学-文学研究-丛刊 Ⅳ.①I207.37-55

中国版本图书馆 CIP 数据核字(2019)第 163042 号

权利保留,侵权必究。

汤显祖学刊(第四、五辑合刊)
抚州汤显祖国际研究中心 编

商 务 印 书 馆 出 版
(北京王府井大街36号 邮政编码100710)
商 务 印 书 馆 发 行
山东鸿君杰文化发展有限公司印刷
ISBN 978-7-100-17742-9

2019年9月第1版　　开本 640×960　1/16
2019年9月第1次印刷　印张 29.75　插页 5
定价:118.00元

荣誉顾问：郭汉城

顾　　问：肖　毅　张鸿星　傅　云

编委会

学术顾问：周育德　叶长海

主　　编：吴凤雏

编　　委：（按姓氏笔画为序）

王永健　王安奎　叶长海　田仲一成　江巨荣

华　玮　李　伟　邹元江　吴书荫　吴凤雏

苏子裕　周华斌　周育德　郑培凯　赵山林

徐国华　黄振林　龚重谟　康保成　曾永义

谢雍君　谭　帆

执行主编：李　伟　谢雍君

编辑部主任：陈伟铭

责任编辑：刘文辉　刘昌衍　梁家田　李　娟

目 录

临川汤公

汤显祖与中国戏曲 …………………………… 叶长海 003

谭纶和汤显祖在宜黄腔发展中所起的作用 …… 朱建宜 023

汤显祖与宜伶 ………………………………… 杨友祥 035

万历二十年的汤显祖 ………………………… 刘昌衍 049

万历戊子顺天乡试案对汤显祖、沈璟戏曲创作的影响
　　——以《牡丹亭》《坠钗记》为例 ……… 卢晶晶 076

艺文哲思

从《劝农》看汤显祖的礼治思想 …………… 马舒婕 095

论达观与汤显祖的"情理之辨" ……………… 庞婧绮 108

论汤显祖传奇落场集唐诗与明清曲家的戏剧观
　　………………………………………………… 刘叙武 124

文献文物

汤显祖文昌里祖宅之推考 ………… 凤　歧　苍　岩 137

《嗤彪赋有序》注 ……………………………… 万安飞 149

汤显祖佚诗《送龚方伯之任浙省》小考 …… 毛　静 160

汤墓兴毁续新篇 ……………………………… 龚重谟 163

汤显祖两则与宜黄有关的佚文考略 ……………… 许爱珠 173

案头场上

《牡丹亭》评赏——《牡丹亭》逐出简介品评 …… 吴凤雏 183
《牡丹亭》开启中国戏剧舞台新的纪元 ………… 龚国光 211
以情感动机维度模型理论重新审视《牡丹亭》
　　……………………………………… 马　慧　何辉斌 225
"一生儿爱好是天然"
　　——论杜丽娘的"死亡"与"重生" ……… 徐　晨 235
"临川四梦"人物塑造的空间表征法 ……………… 王　琦 244
身份与地域：再论"沈汤之争"的错位鸣争……… 汪　超 253

影响传播

中国戏剧"曲的历程"之巅峰 …………………… 元鹏飞 273
遗民心绪与道德重构
　　——论陈轼与《续牡丹亭》 ………………… 朱夏君 283
梅兰芳与汤显祖的灵魂对话《牡丹亭》 ………… 闻慧莲 304
"汤"（显祖）、"莎"（士比亚）比较在中国：历史与路向
　　……………………………………………… 刘文辉 312

港台汤学

汤显祖这个人：必也狂狷乎？ …………………… 郑培凯 325
白先勇青春版《牡丹亭》斠议 …………………… 王颋瑞 347

《纳书楹牡丹亭全谱》改调《牡丹亭》之方法初探
.... 陈翔羚 397

晚明之临川曲派初探 .... 高文彦 425

学术动态

大事记(2018年5月—2019年4月) 453

编后记 464
稿约 465

临川汤公

汤显祖与中国戏曲

叶长海

作为一个引子,我要先讲一个有关汤显祖的流行说法。2016年,全世界都在纪念汤显祖、莎士比亚逝世四百周年,搞得非常热闹。当时有一个比较流行的说法,说汤显祖是"中国的莎士比亚"。因为许多人,特别是外国人不大知道汤显祖,不像我们中国人非常了解莎士比亚,所以在向外国人介绍汤显祖时,比较方便的方法就是说他是"中国的莎士比亚"。这样说,让他们知道原来汤显祖是一个戏剧家,与莎士比亚同一年去世,这就让大家觉得真是巧事。我认为对一些不了解中国戏曲家的人做这样的介绍,是可以的,但是慢慢地大家了解了汤显祖以后,我们也就不必要这样说了,我们也不必要说莎士比亚是"英国的汤显祖",道理是一样的。

好多年以前,我在台湾参加一个纪念关汉卿的学术会议。一次大会发言中,有一个中国学者提出,关汉卿是"中国的莎士比亚"。这个时候,有一位外国学者站起来说:"这样说不合适,应该说莎士比亚是英国的关汉卿才对。为什么呢?因为关汉卿比莎士比亚早几百年。"那是一位俄罗斯的专家。那一次对我的震动是蛮大的。现在我们讲汤显祖也一样。如果说大家都了解汤显祖了,都了解莎士比亚了,那么就说一个是"中国的汤显祖",一个是"英国的莎士比亚"就是了。现在需要说汤显祖是"中国的莎士比亚",恰恰说明好多人对汤显祖不了解。像20世纪50年代,我国外交部门邀请一些国外的外交官,观看中国最早的彩色影片《梁山伯与祝英台》。周恩来总理对外交人员说,"只要给这部电影取个恰如其分又特别有吸引力的名字就好了,你只需在请柬上写'请欣赏中国的罗密欧与朱丽叶——《梁山伯与祝英台》'就行了"。他们就这样向外国人说，外国人一下子就明白了，原来这是一个感人的爱情故事。这就是说，在别人不了解我们的时候，我们以外国的一些著名人物做一点简单的比较介绍是可以的，但是我们希望使中国人大多数人知道汤显祖，而且让世界上许多人知道汤显祖，像我们知道莎士比亚一样。我看这是我们的共同任务。

关于中国戏曲，我也要做一个引子。现在有一些概念比较混乱。比如说我们上海戏剧学院有一个核心学科，叫作"戏剧戏曲学"。这个名称是教育部定的。对于"戏剧戏曲学"的叫法，我们学校好多老师表示不赞成，觉得这个词在逻辑上是有问题的。到底"戏剧"同"戏曲"这两个概念是并列的还是包容的？有一个东西叫"戏剧"，还有一个东西叫"戏曲"，只有这两个东西并列，才可以叫"戏剧戏曲学"，但是事实上，这二者从来就不是并列的。历史上曾经有一段时间把戏曲看作一个文学概念，"戏曲"相当于"剧曲"，剧本中间的曲子叫作"戏曲"，另外无剧本的那个清唱的曲子叫"散曲"，散曲与剧曲，或者说散曲与戏曲，是文学概念；演出的那部分则叫"戏剧"。

我以什么为例？有一本很著名的书，是王国维一百多年前写的，叫作《宋元戏曲史》，我们讲戏曲史研究都从这本书讲起。《宋元戏曲史》的第一章叫作"上古至五代之戏剧"，也就是说，有曲本以前的演出老早就有了，王国维把那种演出叫作"戏剧"。而到了宋元以后，特别是元代剧本，王国维都能看见了，他说这个就是"戏曲"。他估计宋代也应该有戏曲，所以他的书就叫《宋元戏曲史》，而把宋元以前的叫作"戏剧"。

再举一个例子。20世纪30年代出版的《田汉戏曲集》，你说里面应该是什么剧种的戏呢？肯定不是我们现在说的戏曲。那个时候田汉还没有写戏曲，写的都是话剧，所以那本《田汉戏曲集》里面实际上全部是话剧。还有一本《日本戏曲集》，是20世纪20年代的出版物，里面的剧本不是能乐、歌、舞的，而是日本的新剧——相当于中国的话剧。还有《梅特林克戏曲集》《皮兰德娄戏曲集》，这一类外国的戏翻译成中文的时候,也叫戏曲集。可见那个时候,戏曲就是一个大概念。所有的剧种,包括话剧都可以叫戏曲。那么为什么叫"戏曲集"呢?实际上就是"剧本集"的意思。这个"戏曲"的概念实际上就是"剧本"。《宋元戏曲史》讲的是文学的曲子,里面举例的全部是曲子,放大一点看就是曲本。我刚才说王国维把文学的叫作戏曲,演出的叫作戏剧。这样,20世纪10年代以及20年代的一些书,它们的剧本就叫戏曲。

20世纪80年代,我写了一篇小文章投到《光明日报》。《光明日报》当时有一个栏目叫"文学遗产",我的文章题目为《"戏曲"辩》。文章写我读了王国维的《宋元戏曲史》以后,对戏曲、戏剧两个概念的一些想法。这篇文章发表了,但是编辑把我中间一段话给删掉了,我觉得蛮可惜的。我当时是这样说的,王国维"戏曲"的概念,也就是说把戏曲作为剧本解释的概念,其实受日语的影响。日语用了汉字"戏曲",指的就是剧本。王国维在做中国戏曲研究的时候,人在日本,就住在京都,在语言上受日本的影响也不奇怪。当时我认为,王国维的戏曲概念可能受日语中间的"戏曲"这两个汉字的意义影响。

那个时候"戏曲"作为一个总体的剧本概念。慢慢地这个概念在变化,它里面的含义有了很大的变化,随着时代的演变而演变。到五六十年代以后,慢慢地形成一个概念,就是把"戏剧"作为一个大概念,在这中间包含戏曲、话剧、音乐剧、木偶戏,等等。我觉得现在我们应该统一认识,把戏剧作为一个总概念,像戏曲等则作为一个门类概念。现在我基本上是这样理解的。如果你把"戏剧戏曲学"搞成一个概念,说明搞这个概念的人脑子里是有一个想法的,他的"戏剧"就是话剧,他的"戏剧戏曲学"实际上是"话剧戏曲学",或者是"西方戏剧与中国戏曲学"。话剧还有歌剧、音乐剧等属于西方戏剧,中国民族的叫戏曲,所以实际上有一段时间写文章,许多概念的含义很乱。

我为什么在今天要说这个问题呢?我希望能形成一个统一的认识——实际上现在已经开始在统一了。现在我们那个学科叫"戏剧学",不再叫"戏剧戏曲学"。这样,戏剧就是一个大概念,其中包含国外的、中国的戏剧,各种各样的戏剧。希望我们以后不要再在这个问题上制造混乱。

现在来说说汤显祖和中国戏曲的一些关系。这里所说的"戏曲"不是一个文学概念,而是一个艺术概念。它除了文本以外,还要有演出。也就是说,汤显祖与中国戏曲的创作,以及与中国戏曲的演出有什么样的关系?今天我们就以这个题目来做一次交流。

汤显祖的一生有很多成就。前几年出版了六卷本《汤显祖集全编》,在这里可以看到他的戏曲剧本。他还有几千首诗,各种赋,八股文,都写得非常好。现在还发现汤显祖有一部几十万字讲解《书经》的书,是一部教科书式的研究成果。明代好多很有名的人物,比如赵南星,他的小孩读《书经》的时候,就向汤显祖索要这本书。这本书是汤显祖与自己的儿子共同编的。这本讲解《书经》的书,以前我们看不到,但是2016年,中国人民大学郑志良教授发现了它。我想,以后的《汤显祖集全编》,可能要增加第七卷了,那就是这本书。也就是说,有许多东西很可能重新发现。近年来在汤显祖的故乡抚州挖出来一些碑文,其中有汤显祖的文章,可见我们还是可以发现许多非常有价值的东西。吴凤雏先生做这方面研究,写了一篇很重要的文章发表在《文学遗产》。这篇文章和郑志良先生的发现,可以说是汤显祖研究中的重大成果。

所以说,我们一提到汤显祖就知道,他原来是一个有多方面成就的人物。他在历史学、经学、宗教学、艺术学等方面都写过文章,都很有水平,也很有影响。但是我认为,他最大的贡献还是在戏曲方面,首先就是"临川四梦"。这"四梦",前二梦《紫钗记》和《牡丹亭》(《还魂记》)讴歌人间至爱至情,后二梦《南柯记》和《邯郸记》揭露官场黑暗,感叹"人生如梦"。汤显祖写的这四部戏曲剧本,是明清戏曲的巅峰之作。中国戏曲史上,元杂剧是一个高峰,元杂剧过去以后,明万历戏曲是另一个高峰,而万历戏曲中汤显祖的成就是最高的,所以说他的作品把中国戏曲的成就推向了一个新的高峰。

汤显祖写作戏曲,有他独特的想法,就是特别注意突出"曲意"。作家要表达一个想法,或者是要讲一个故事,想要怎么写,是他个人的独立创造,要保持自己的个性。有时候一些规定好的格律、九宫、四声等,这些东西如果不利于表达个人的意思,不得已时只能放弃。首先要把曲意写好,"意趣神色",他追求这个。在当时的戏曲界,他这个追求是很有个人特色的。与汤显祖相对的一些作家,比如以沈璟为代表的一派剧作家,比较讲究格律,十分注意九宫、四声之类。就是说,这个曲子填好词以后要让别人容易唱,他是从这个角度考虑的;而汤显祖则说,我要表达我的情思,有时候是没有办法的,只能突破格律,"不妨拗折天下人嗓子"。当然这只是他个人的意气话。他写了四五部戏,大家都在唱他的戏,也没有把谁的嗓子"拗折"了,但这的确充分显示了汤显祖与众不同的追求。

还有一些作家,是在汤显祖、沈璟之前的称为"道学家派"和"文辞家派"的戏曲家。道学家派写戏,首先考虑这部戏到底要宣传什么东西。他要宣传某种伦理思想,在当年来说就是封建伦理思想,所以我们叫它道学家派,当时是以丘濬的《五伦全备记》为代表的。文辞家派以邵璨的《香囊记》为代表,他在戏曲中用一些艰深字词,令人难以看懂,而且典故很多,大家读起来觉得很拗口。文辞家派和道学家派的作品在当时影响非常大。

汤显祖早年写的戏《紫箫记》和沈璟早年写的戏《红蕖记》,也可以说在走文辞家派这条路。后来沈璟和汤显祖都选择了另外的道路,不再作文辞家派的那种作品了。不过他们两个人的风格又是不同的。一个要张扬个性,或者是说要写出自己的才情;另一个则考究"本色"与"格律",希望自己的作品让大家容易看得懂,而且让别人容易上口演唱。汤显祖写出自己的曲意,能够表露出自己的才情,这种追求在当时非常有特点,而且因为有了"四梦"的大成功,这个影响非常大。所以有人认为,汤显祖也形成一个流派——一些写作才情比较高的作家,被称为临川派。我认为讲流派的时候要小心一点,我个人并不认为汤显祖形成了一个什么派,但是他个人写作追求的成就非常大,比一些"流派"的影响还要大。

由于汤显祖有这样一种充分表现自己才情的作品,写得非常好,所以在那个时候,以及以后的许多年代,就有许多声腔剧种来演唱。也就是说,汤显祖的作品对一些声腔剧种的演变与发展起了很大的作用。其中影响比较大的一个是海盐腔,一个是昆山腔。他的戏曲作品,不仅形成了广大的读者群,而且又拥有了众多的观众。这样,他的作品就深入许多老百姓中间去了。虽然许多老百姓无文化,没有能力读书,但是戏是可以看的。由于汤显祖的作品在舞台上的生命力很强,所以在普通百姓中间的影响就特别巨大。

我在这里加进一个小插曲。刚才说王国维住在京都做戏曲研究。日本有一个青年学者叫青木正儿——现在大家知道他是一个著名的日本汉学家。一百多年以前,王国维在京都的时候,青木正儿这个小青年去拜访他。王国维告诉他,中国的元杂剧特别好,其中有一点,元杂剧里有悲剧。王国维认为有悲剧就是好的,喜剧他不喜欢。他当时受西方唯意志论的影响,受叔本华、尼采哲学的影响,产生一种唯意志悲剧观,就是说一部作品由于主人的意志而形成了一个悲剧,这就是"高级的"作品。所以他在中国的作品里选了老半天,选出了一个大悲剧,就是《红楼梦》,还专门写了《红楼梦评论》。后来他研究了元杂剧以后,发现元杂剧里也有一些悲剧,比如说《窦娥冤》《赵氏孤儿》,他觉得这些戏剧看来也是了不起的悲剧。所以他就说元杂剧"高级",而明清传奇无非喜剧,他不喜欢。于是他说,元杂剧是"活文学",明清传奇是"死文学"。青木就记住这句话了。后来青木到中国来到处跑,他喜欢看戏,到处看戏。他发现舞台上演的戏,绝大部分都是明清传奇。他看的主要是昆曲,演的多是明清传奇,而元杂剧很少。所以他有一个想法,原来元杂剧是"死戏剧",而明清传奇是"活戏剧"。青木正儿看到这些"活戏剧"中间肯定有汤显祖的戏曲。汤显祖的戏剧其实是"活"在舞台上的。那个时候这个日本观众看到了,当然也有更多的中国观众会看到。

事实上,昆曲中保留至今,演出最多的有三部戏。一部是《琵琶记》。《琵琶记》是南戏,并不是昆曲戏。魏良辅点板的时候,是拿《琵琶记》作为范本的,所以有人把《琵琶记》看作昆剧之祖了。第二部就是《牡丹亭》,这是魏良辅之后的事了。《牡丹亭》非常受欢迎,一直到今天,各个昆剧团都在演出。再一部是清代的《长生殿》。这三部戏可以说是昆曲演出最多的戏。由于昆曲把它们作为重要剧目不停地演出,它们就会在观众中间产生很大的影响。

中国文学史上出名的人多得很,李白、杜甫、苏东坡,等等,而今天特别引起世人关注的是汤显祖,为什么?因为戏曲作品在传播过程中间有它的特点,有许多人投入了"二度创作",包括演员、导演等演艺人才。《牡丹亭》问世三百多年后,梅兰芳演《游园惊梦》时,还对一些细小动作做了细致的设计改编。还有音乐家。当年的《牡丹亭》曲子演出时究竟怎么唱,我们不知道,没有录音。我们现在唱的是什么时候传下来的?都是清代时候流传下来的。清代乾隆年间有一位戏曲音乐家叫叶堂,他记录编集了好多昆曲唱本,旁边都注明了演唱用的工尺谱。汤显祖的"临川四梦",叶堂都把它们谱出来,而且不改动汤显祖的原词。我们现在唱的基本上是这个路子下来的"叶家唱法"。后来这一脉就流传到"江南曲圣"俞粟庐,粟庐的唱曲是由叶堂再传弟子教的,然后他又传给他的儿子,那就是大家都知道的俞振飞。

所以说,我们现在唱的许多曲调,实际上是一些音乐家或者是一些曲家的贡献。由于中国戏曲是一种大综合的戏剧,它在传播过程中由各种艺术家投入再创作,所以演出的《牡丹亭》,我们说是汤显祖的作品,但它又是某个演员的,甚至是某个音乐家的"作品"。所以这样一部戏曲作品的流传就非常广泛了。而舞台演出,特别是歌唱的演出基本上是没有国界的。音乐的传播几乎是没有国界的,文字的传播则受民族、国家的限制,在不同的语言文字之间就很难传播。但是音乐,比如说帕瓦罗蒂唱意大利的大歌剧,大家听听也很有味道,其实歌词是什么意思你并不知道,但是他的音乐会使你受到感染。一部戏曲有大量的演员在演出,为什么大家看了一次又一次?情节老早就知道了,词也会背了,现在是在看这个演员怎么唱的。

所以过去的一些戏曲,就在这样的演唱过程中,自然地传播开来,而且传递下去。这就为这些作品走向世界奠定了基础。就是说,以后国际之间的交流增加的时候,有一些东西就容易出来,比如说昆曲。

我以前在上海谈论过这个问题。比如上海的滑稽戏、沪剧,我觉得比较难走出国门,但是昆曲、京剧就比较容易。我说沪剧也好,滑稽戏也好,因为它们讲的是上海话,比较难走出长江三角洲,为什么?别人听不懂,我就听不大懂,因为我不是上海人。要走出国门的话,应该是同京剧、昆曲一样的。京剧、昆曲,外国人也是听不懂的,从语言上说也是一样的。为什么京剧、昆曲能走得出去,沪剧暂时还走不出去?肯定另有原因,有另外的文化原因。也就是说,这个到底代表什么?某一种重要文化的有代表性的作品是很容易进入世界交流的。希腊悲剧究竟怎么演,大家都不知道。现在希腊也慢慢地恢复古希腊悲剧的演出,也曾经到中国演出。你说有什么好看的?但是我们总是要看一下,希腊悲剧总要看一次吧!

所以有人说,想搞一个元杂剧的演出。我说,你真的搞出来,保证能走向世界,但不要把它改成什么现代话剧。元杂剧是旦本戏或末本戏,它到底怎么演,怎么唱?要真正像恢复希腊悲剧,或者像恢复当年伊丽莎白时代的莎士比亚戏的演出那样恢复元杂剧,那肯定是有人看的,而且比较容易走向世界,因为这是一种有代表性的文化。

汤显祖的这些剧本,我刚才说了它们是明清传奇的巅峰之作。万历年间正好是英国的伊丽莎白时代,中国的汤显祖,英国的莎士比亚,都是这个时代有代表性的人物。他们的确在那个时代贡献了一些非常好的戏剧,而又有许多二度创作者参与了这个传播。所以它们会传播得非常广远。这就是为什么莎士比亚会成为有那么大影响的文学艺术家。因为小说的传播和戏剧传播是不同的。所以汤显祖在2016年成为全世界关注的人物,而且我们中国上海昆剧团的"临川四梦"在全世界都演了——中国昆曲团有好几个,但会演全部"四梦"的只有上海昆剧团。

所以说,有时候要看准传播因素,汤显祖的戏曲就是在案头和剧场的两种传播中成为有世界影响的名著。我今天要讲汤显祖同中国戏曲的关系,这种传播就是最大的关系。他贡献了最好的剧本,由于这种剧本影响了一些剧种,一些声腔,而且吸引了很多二度创作者的投入。于是,它把中国戏曲这种文化带进中国的各个层次的观众中间,而且慢慢地走向世界。现在我们说汤显祖的贡献与影响,就不是以前我们常常讲的几个女孩子深受感动而死掉了这些事。以我们今天的认识,他的影响不只是我们原来在小空间里说的那样了。

对于汤显祖的理解,应该说正在一步步地前进,认识越来越深入,但是绝对没有穷尽,从某种角度来说才刚刚开始。为什么?要同莎士比亚比。人家说,研究莎士比亚的著作可以绕地球一周,世界上任何国家都在研究。我说,哪一天研究汤显祖的书,能从北京摆到上海,那就不错了。所以在研究戏剧的时候,我们的视野要由案头走向舞台,走向剧场,走向社会,使我们的空间越来越大。

下面我再以最近几年大家讨论得比较多的一些问题来谈谈我的看法。

几百年来,大家都说汤显祖是"言情派"。那么什么是"情"?这个"情"我们讲得很多了,每个研究汤显祖的人都会牵扯这个问题。首先当然是人情。人情包括什么?大家自然会想到《牡丹亭》中的爱情。《牡丹亭》里爱情写得非常好。所以《牡丹亭》的戏会为那么多的少年女子所喜欢。因为少年女子盼望着那种自由爱情。不过这种爱情在《牡丹亭》戏里又分为几个阶段。青春版《牡丹亭》把它分为三段,一段是梦中情,一段是人鬼情,一段是人间情。但《牡丹亭》里这种"情"的实现是需要某些力量帮助的。那个时候,一个弱女子要相信有爱情是很不容易的,即使在梦中,也是难以独立完成满足她的情感需求的。但是有花神等力量的帮忙。所以我说,花神助其梦中情,判官(鬼)助其人鬼情,皇帝助其人间情。大家仔细读读《牡丹亭》,好好地想想那些花神、判官、皇帝,这些都是汤显祖设计出来帮助杜丽娘的角色;也可以说,这三类"人物",都是汤显祖设想的力量。汤显祖写的戏不光是《牡丹亭》,其他戏中间也是一样的,常常有一个人出来帮忙,这是他的戏的特点,可能也是那个时代的特点:没有其他一些超人间力量的帮助,自己就没办法解决面临的种种现实问题。

人情中除了爱情,还有亲情。《牡丹亭》里写了大量亲情。杜丽娘是在家里生活的,她整天碰到的就是父亲、母亲,这就是亲情。杜丽娘同她的母亲,这种亲情大家当然非常好理解。戏中还专门写了"忆女"——母亲怎么想念女儿。昆曲演出,好多戏是有母亲而没有父亲的,特别是《闹殇》那出戏。那是杜丽娘将去世的一天;那一天是八月十五中秋节;那一天外面在下雨,没有月亮。这一天是杜丽娘最伤心的一天,戏中她唱了一段【集贤宾】,这段忧伤的曲子唱完以后她就昏过去了。母亲出来再把她叫醒。昆剧舞台上只有母亲,没有父亲,而汤显祖的书中是有父亲的,父母一起出来;杜丽娘去世前最后的对话是父女之间的。

父母把杜丽娘唤醒以后,她的父亲杜宝说:"快苏醒,儿,爹在此。"这时旦看了看父亲,说:"哎呀爹爹,扶我中堂去吧。"爹爹说,"扶你,儿",就扶着她。杜丽娘说:"爹,今夜是中秋?"父亲说:"是中秋夜,儿。"杜丽娘说,"竟然这一夜雨",想不到中秋这一夜就这样下雨。这个时候有一句唱非常有名:"怎能够月落重生灯再红?"她就这样去世了。杜丽娘是在同父亲最后的对话后去世的,是在父亲的眼前去世的。她最后一句话"怎能够月落重生灯再红"是一个问句,是对人生,也是对历史的一个叩问;也说明她对生命非常眷恋,希望这个灯重新红起来,月亮还能够重新上来。我曾经用"月落重生灯再红"为题写过一篇小文章评论这部昆曲。当时演《牡丹亭》也是"月落重生灯再红"——昆曲久久不演了,后来又演出了嘛。它是一个问句,现在昆曲的演唱把它改成一个祈使句:"但愿那月落重生灯再红。"都是这样唱的,有时候还重复两三次——为了强调这句话。这当然也是可以的,"但愿那",听起来好懂,而"怎能够",唱起来真是不大好懂。但是我个人喜欢"怎能够"。我觉得这个问句是她的一种内心反应,她有一个很大的疑问,一个叩问:"怎能够月落重生灯再红?"

我为什么要说这一段呢?就是要说明父女情深。以往我们研究《牡丹亭》,把这个父亲忘掉了。我们昆曲演出也把这个父亲忘掉了。以前有老师这样说,《牡丹亭》是反封建的"情"对封建的"理"的斗争;

反封建的代表人物叫杜丽娘,封建的代表人物就是杜宝,好像父亲同女儿整天在斗争一样。我看不出来他们之间的斗争,我看出来倒是父女情深,而且杜丽娘是一个独生女儿,她的去世也是杜宝的悲剧,这是命运相关的。但是就像全世界的家庭一样,父母常常同子女有矛盾、差异,这叫"代沟"。是不是可以从这样的角度重新解释一下《牡丹亭》中的父女?

为了说明这个问题,这里再读一段话。这是清代焦循《剧说》里记录的一个传说。他说,相传汤显祖创作《还魂记》,运思独苦。有一天,家人找不到他了,原来他躺在中庭间的一个柴堆上。他躺在那个地方掩袂痛哭。问他为什么呀?他回答说:"填词至'赏春香还是你旧罗裙'。""赏春香还是你旧罗裙",《还魂记》里面可以让他哭的句子有很多,这句并没有什么特别,为什么他写这一句时会痛哭?我觉得这个很值得思考。当然,这只是一个传说,但是为什么传说这一句呢?这一句出自第二十五出《忆女》:杜丽娘去世已经三年了,她的母亲和春香两个人在整理东西时,睹物怀人。杜母当然在想女儿,所以这一出戏叫"忆女"。春香也在想小姐。春香和小姐两个人关系非常好。小姐生前一定给春香送过好多衣物,所以春香这时翻出衣服来看,不免说"赏春香还是你旧罗裙"。汤显祖填词填到这个地方掩袂痛哭,他当然不是在哭春香,而是在哭杜丽娘;也就是说,他借助写杜母的忆女、春香的忆小姐,写出了自己对女儿的忆念。

汤显祖在遂昌当县令的五年间,连续夭折了两个女儿。《汤显祖全集》里有好几首诗是记这件事情的,可见这件事情对他的打击、伤害很大。

《牡丹亭》里专门写一出"忆女",而传说他写这一出戏的时候曾掩袂痛哭,这启发了我。我觉得,汤显祖可能也在思念他的女儿。这就使得我想起来,《牡丹亭》这部戏是不是还有一层意思,就是汤显祖在思念他的女儿?汤显祖对女儿的思念,这种情感就在杜宝和女儿的关系中写出来了。这个杜宝,总是给人板着一张脸的感觉。因为他是当官的,他哪里还有好多时间与女儿周旋,那似乎只是母亲的事情。他是一个好官，往往把家庭忘记了。他后来又要出去抵抗外寇，跑到淮阳，彻底离开家了。他很关心农业生产怎么样，还有老百姓现在的日子过得怎么样，他要去看看，这就是《劝农》这一出戏。在这出戏里的杜宝身上，其实就写出了汤显祖自己的为官之道。汤显祖就做过这种事情，他把这种事情写到剧本里面了。

所以我始终认为，杜宝有很深的汤显祖的影子。也就是，汤显祖把自己的一些事情、行为和情感，转移到杜宝身上了。由于杜宝去劝农离开了家，就给杜丽娘的生活留出了个人空间，于是才产生了他女儿的游园惊梦，否则她就出不去。就是说，杜宝去做了一件好事，家里却出现坏事了——女儿游园惊梦，到后来生病死去了。我总觉得，汤显祖有一种自责的情绪在里面。他的女儿就那么死去了，而他正在当县令，是一个好官。所以我读《牡丹亭》总会感觉到有一种忆女的情结。因为我由汤显祖想到杜宝，杜宝家里的悲剧同杜宝做官也有关系。这些官员没有办法搞好家里的一些事情，有一种自责的心态。我觉得杜宝父女之间，应该说情感是很好的，但世间的父亲常常是板着脸的，这个现象很有意思，真是没有办法的。父亲对子女的想法和子女自己的想法常常是错位的，这才形成了一种代沟。"三十年媳妇熬成婆"，当你当上婆婆的时候，就不自觉地成了你媳妇的对立面，人生都是这样过来的嘛。所以这是一种很平常但很有意思的社会现象。

再讲一点小例子。在汤显祖的时代，曾轮番出现过好几位首辅；从张居正开始，这些首辅，汤显祖都不太喜欢，他才会有《论辅臣科臣疏》。其中有一个首辅叫王锡爵，是太仓人，汤显祖也讽刺过他。有好多人推荐汤显祖复官，但不成功，其中一个阻力就来自王锡爵。但是王锡爵回家以后，很快就让他的家班演出《牡丹亭》。看了演出以后，王锡爵说了一句话，这句话绝对是真的，因为汤显祖也几次写到过这件事。王锡爵这样说："吾老年人，近日颇为此曲惆怅。"

出一个题目，大家答答看：为什么王锡爵会惆怅？这个老年人在寻找什么？不会是官场上的事吧？也不会是情场上的事吧？但是有可能是亲情。王锡爵有一个爱女十七岁时许配给一个姓许的青年，但不久这个青年就死去了。他们未曾结婚,但是她就守着,然后就信佛,有佛号叫"昙阳子",很有名的。读那时的一些记载可知,包括王世贞、屠隆这些名流,都拜见过"昙阳子",而她只是个小姑娘。她信佛信得很厉害,到二十三岁的时候也死去了。也就是说,王锡爵有一个爱女也在年纪很轻的时候就去世了。所以他看《牡丹亭》,会感到十分惆怅,大概也在思念他的女儿。他想,如果有一天他的女儿也能够像杜丽娘一样复活过来该有多好,那是《还魂记》的"还魂"。所以说,他点了《牡丹亭》(《还魂记》)在家里演出,那样的感慨是不是同思念女儿有关?我以这个为例,也是为了说明这部戏里的忆女情绪很强烈。

由对女儿的思念想起了另外一些事情。我刚才说过汤显祖的女儿是在他担任遂昌县令后不久去世的。杜宝劝农,汤显祖也曾经劝农,到乡下去劝人"班春",在什么时候?也是在遂昌当县令的时候。也就是说,他在遂昌曾经做过杜宝那样的好事,在遂昌也曾经遭受过杜宝那样的不幸。

这就牵涉另外一个问题了,《牡丹亭》究竟是在什么时候写的,在哪里写的?很有意思。你如果到遂昌去,就会看到山上有一个大标语:"《牡丹亭》诞生圣地。"但许多人对"遂昌是《牡丹亭》诞生圣地"的说法不赞同,说汤显祖应该是在家居的时候完成《牡丹亭》的创作。因为有一个很好的证明,那就是《牡丹亭》写好后,汤显祖写过一个题词——《牡丹亭记题词》,落款落的是他辞官归家的那一年——万历二十六年(1598)。那年秋天他已经回到玉茗堂了,说明这部戏是在家里写的,是在玉茗堂写的。主张这个的,是中国最有名的汤显祖研究专家徐朔方先生。那一次在遂昌开会,遂昌方面正在大讲《牡丹亭》在遂昌诞生,而徐朔方先生却在自说自话地讲《牡丹亭》是在抚州创作的。那一天我也在遂昌,这个问题我以前没有好好想过,轮到我发言,我只好出之以"中庸之道",我说,这部戏应该构思于遂昌,完成于抚州,这样说两边都搭上了。当时可能只是随便说说,但后来越想越觉得这样说有道理。为什么呢?完成于抚州当然是肯定的,但在遂昌构思也是可以肯定的,像劝农、忆女,这些很重要的事情都发生在遂昌,他经历过了就写下。比如说汤显祖到过澳门,《牡丹亭》里就有澳门,道理是一样的。

问题是构思了之后,有写作吗？我后来想想应该是有写的。也就是说,有可能汤在遂昌已经写了不少了,然后回到抚州完成。所以我个人的想法是,那个标语最好不要用。因为不能说遂昌是《牡丹亭》的诞生地,"诞生"总是要"完成",就像怀胎十个月,到第十个月才诞生,不能提前就把它"诞生"了。但是,在两个地方持续创作是比较有可能的。汤显祖当时在遂昌当官当得非常好,"天下太平"；他在过年时,把牢房里的罪犯都放出来回家去,也就是说他治理得非常好；他甚至有时间就教教那些青年读儒学的东西。这样想来,他自己再写一些戏也是有可能的。

历史上就有人说过,不仅仅《牡丹亭》,甚至连"后二梦"也是在遂昌写的。那是一个非常有名的人物,叫张岱,是一个小品文专家。他写过一部历史书叫《石匮书》。他写到《汤显祖传》的时候,说这三部戏都是在遂昌写的。这个只能作为参考,因为他离开汤显祖的时间已很久了,他是由明入清的人物,这种说法可能只是一个传说。但是从历史上各种文献的记载以及就情理推想,加上我刚才说的忆女、劝农等,《牡丹亭》应该是在两个地方连续写作的可能性比较大：构思、开始创作于遂昌,最后完成于抚州。这是我连带着想到的问题。

这里,我们由"忆女"又想到《牡丹亭》的主题思想,那就复杂了。也就是说,有时候一个作品的主题不止一个,而可能有多个。有一些非常好的伟大的作品,作者常常把自己原来的想法隐藏得很深,而他的形象创造得非常好,就像生活中鲜活的一样。于是,读他作品的人,由于心境不同、经历不同等各种原因,感悟出来这部戏的主题或者思想,常常是不同的。古人说"作者之用心未必然,读者之用心何必不然"？有一些好作品常常是这样的。《牡丹亭》也是这样的一部戏。我觉得这是一部多层次的戏。它最外面的一层是很好看的,所以有好多老百姓即使听不懂,还是愿意看。一个人做了这么美妙的梦,梦里同判官说话,后来又活过来了,这样的故事看起来很有趣味。而一些有文才的文人,他们欣赏《牡丹亭》的文采;"原来姹紫嫣红开遍",曲词写得这么好,很赞赏他的文词。有的人脑子特别好使,想问题比较深刻,那么"反封建思想"就出来了。像我这样"凡庸"的头脑,则会想到他会不会有忆女的情结在里面?这和汤显祖以前写贵生书院一样,是他对生命的珍惜。总之,有些作品,形象非常丰满,非常感人,会产生出许多思想来,这叫"形象大于思想"。这就要求作家避免把自己的想法很直白地告诉别人。我们中国的文艺理论里,那个直白的写法叫"直露",而深深地藏起来的叫"空灵"。

这里给大家读一段话。跟汤显祖同时代的一个戏曲家王骥德,写了一部书叫《曲律》,中间有这么一段话:"剧戏之道,出之贵实,而用之贵虚。""剧戏",就是北剧南戏,相当于我们今天说的戏剧。说戏剧的创作规律,是"出之贵实",就是说你开始写作的时候,心中一定有一些东西。比如说,这个故事曾经发生在哪里,我很了解它,写它就会容易写得真实了;或者说,这是一个历史故事,对这一段历史我非常了解;或者这部书要告诉别人的一个道理,他心中是很清楚的。但"用之贵虚",也就是说,他不直接告诉你,他在写作的时候,把真实的经历、理念虚化掉了,把原来的想法藏得很深;把原来的故事典型化以后,这个形象就变得这样地鲜活,同原来是不同的。他说这个叫作"出之贵实,而用之贵虚"。《明珠》《浣纱》《红拂》《玉合》等戏也是那个时代的,都是很不错的戏,但是你再仔细去看看,味道就一般,它们就是把一个故事情节告诉你,就结束了。他说这些戏是"以实而用实者也",而《牡丹亭》,以及它的"后二梦"——《邯郸记》《南柯记》二梦——就不同了,是"以虚而用实者也"。这就是前面说的"出自贵实,而用之贵虚"。"以实而用实也易",以实而用实就比较轻易,这部戏把一个故事讲完就结束了,就比较容易;"以虚而用实也难",如果要这样的虚化来写作,这是难能可贵的。这是王骥德有关戏曲理论讲的一个道理,他举的例子就是汤显祖的后三部戏。他认为,汤显祖的作品,其特点正是"以虚而用实",作者有许多东西一层层地深藏在里面,经得起咀嚼,经得起分析。

有一个人写戏写得也很好,也写了很多,他是清初的李渔(李笠翁)。李渔非常了解剧场效果,他知道怎么样吸引大家,特别是一些不识字的人,他很有办法。他写的《闲情偶寄·词曲部》就是关于怎么样写戏的。他写了许多办法、道理,其中有一个道理叫作"贵显浅",也就是说文字要通俗,意思要明显,让老百姓一看就懂,不能太隐晦了,不要太深了。后来他觉得汤显祖的戏好是好,但是有一个缺点,有一些地方写得太深了。

李渔写了许多戏。我们现在知道他的十部戏,叫"笠翁十种曲",比汤显祖的两倍还要多。但是这个李笠翁的成就却大不如汤显祖,为什么?李渔自己说:"一生填词填到老,好看词多,耐看词偏少。"汤显祖的《牡丹亭》好看又耐看,为什么耐看?比较有意思,一层层的,经得起咀嚼,经得起一层层的剖析。这样的戏剧叫多层次戏剧,这种戏是不容易写的。所以他戏写的不多,但是耐看;李渔写了很多戏,但好看的多,而耐看的偏少。

这里顺便带进另一个问题,汤显祖写的戏剧是喜剧还是悲剧?好多戏曲史家、文学史家都曾写出一些非常好的文章,意见有多种。有人主张说,《牡丹亭》是非常好看的喜剧;有人说,这是一部悲剧;还有人说,是中间有许多喜剧穿插的悲剧,其实还是悲剧;还有人说,这个喜剧中间有悲剧人物,还是喜剧嘛。我为什么要提出这个问题?为的是说明有的戏真是搞不清楚。用西洋的分类法来分到底是喜剧还是悲剧,有时不能解决问题;中国好多戏,特别是传奇,篇幅很长,悲欢离合,中间有悲又有喜。

且说20世纪70年代后期,我在上海戏剧学院读研究生,我的导师是陈古虞。陈古虞是北大的校友。他于20世纪三四十年代在北大西语系读书,课余就在昆曲社里学唱昆曲。后来他这个西语系的学生就变成昆曲专家了。他到上海戏剧学院专门讲昆曲。以前都说昆曲是"封建的",所以他在戏剧学院很失意,有时候学校不让他上课。上海戏剧学院当年是一所话剧学校。古虞老师对我说,领导都不让我上课;他还说话剧他看不懂,所以他老是讲昆曲。现在来看,讲昆曲并没有错,话剧也很好。经过十年"文化大革命",好多戏班不会演戏了。陈老师因为是"洋学生",他用笔记下来许多戏的演法,包括《刺虎》。后来北昆的蔡瑶铣,上昆的华文漪,都到陈老师家里来学,陈老师生病,躺在床上教她们俩演《刺虎》。

那个时候,陈老师带着我去参加上海文艺出版社的一个讨论会。那两天在讨论什么呢?出版社要选印两种书,中国的《十大喜剧集》和《十大悲剧集》。老师带着我坐在那里听这些老学者们争论。这个专家说这个是喜剧,那个专家说这个是悲剧。大部分都分清楚了,就是碰到《牡丹亭》最难办,是悲剧还是喜剧?两种意见截然相反,而且各自阵营十分强大,实在解决不了,就暂时不选了。所以"十大悲剧""十大喜剧"里没有《牡丹亭》。有一个老学者拍案而起,说《牡丹亭》不选进悲剧就是"最大的悲剧"。后来有一个补救,再选了一部《十大悲喜剧集》,把《牡丹亭》选进去了。那个时候我写过一篇文章,讲《牡丹亭》的悲喜剧因素,就是从这个角度上来讲的。

为什么要讲这个事情呢?因为由此事可知,西方的一些概念拿到中国来未必适用。刚才讲的悲剧、喜剧之事也碰到这个问题。汤显祖说过一句话:"词家四种,里巷儿童之技,人知其喜,不知其悲。"意思是说,词曲小道,就像是里巷儿童之小技,读者、观者只知其乐人之处,而不知其动人之处。其实"四种"即"临川四梦",中间都有一种深深的悲剧色彩,写出了汤显祖的一种忧患意识,一种悲悯情怀。这是他对这个世界的看法,认为那个世界真的是不行了,杜丽娘碰到这样的困难,其他的人碰到那样的困难,这社会是那样的糟糕,大家只能去做梦了。做梦是一条路,而梦醒后依然无路可走,这是当时时代的特点。我觉得,在"四梦"的题词中间就写出了他那样一种很悲凉的心境,但是这也不能说他的戏就是悲剧,这只是说出他的想法而已。

中国在这个问题上有传统的理论,从《琵琶记》开始。《琵琶记》前面的开场词这样说:"论传奇,乐人易,动人难。"就是说,写一部戏使大家乐一乐是容易的,使大家深深受到感动是很难的。但这不是讲悲剧同喜剧,这里讲的是一种戏剧的层次,并不是在说那种西方人所定义的悲剧还是喜剧。

顺便再讲一点,王国维认为,悲剧高于喜剧,我们今天却不能这样说。实际上,戏只有写的好与不好之分,没有门类的高低,可以有写得很好的悲剧,也可以有写得很好的喜剧。现在,我们都知道,人生的悲剧可以用喜剧来表现。现在好多带有荒诞性的戏剧,其实都是闹剧,但是它们里面的主题都具有一种很深的悲剧性,是悲凉的人生表现,叫作"含泪的喜剧"。所以说,我们对这两种戏剧种类,现在不要再说高低了,对于对古人写作出来的戏认定是悲剧还是喜剧,可要小心。希望大家想得多一点,复杂一点。中国古人写戏开始时本没有想到是要写一部喜剧,或是写一部悲剧,而西洋人则很清楚,是在写喜剧,还是在写悲剧,或是在写一部悲喜剧;中国古代的所谓"悲剧"后面也常常挂着光明的尾巴,并不像西洋那样纯正的悲剧与喜剧。

现在再回到李渔论"贵显浅"这个问题上来。这里给大家读一段李渔的话。他以《牡丹亭·惊梦》【步步娇】首句"袅晴丝吹来闲庭院,摇漾春如线"为例,说:"以游丝一缕,逗起情丝。发端一语,即费如许深心,可谓惨澹经营矣。然听歌《牡丹亭》者,百人之中有一二人解出此意否?……其余'停半晌,整花钿,没揣菱花,偷人半面',及'良辰美景奈何天,伤心乐事谁家院''遍青山啼红了杜鹃'等语,字字俱费经营,字字皆欠明爽。此等妙语,止可作文字观,不得作传奇观。"他认为,这些曲词写得非常美,非常好,作为文章是非常好的,但作为传奇剧本不是最好的。

我对这段话要评点一下。他讲的这个道理绝对正确。写戏要显浅,因为戏要让有文化的、没文化的,识字的、不识字的众人一起观看。大家都要看得懂,要显浅才对。但是他举例举得不好。他以《牡丹亭》为例,而且还举了《牡丹亭》中最好的"惊梦"为例。众所周知,凡是有历史定评的那些名作,之所以成为名作,肯定是有道理的。不能轻易地去否定。所以我认为他举错例子,为什么?因为《惊梦》写得很美,虽然有些字可能很难听得懂,但是还有音乐效果,唱得好照样可以感动人。再说,戏还要看它的演出动作。

下面举一个例子。比如说《惊梦》里的【山桃红】曲,小生唱的"则为你如花美眷,似水流年",是很有名的一段唱。我这里不读词,专门读括号中的"介",也就是戏剧动作;这是汤显祖写的动作提示,而不是后人加的。写剧本的时候,有时候也要写动作提示。你看括号里讲什么。小生(柳梦梅)要旦(杜丽娘)与他到一边讲话去,"且作含笑不行"。柳梦梅叫她去,杜丽娘不去。"生做牵衣介","且低问介"(介就是动作),问他你叫我到哪里去?生轻轻地说出一些情色的话。下面括号中"旦作羞""生前抱""且推介",最后"生强抱旦下"。看汤显祖的这些动作设计,就是"听"不懂,还是能很清楚地"看"懂这个故事。不过,有一些人不完全照汤显祖设计的那样演,有所改动,如最后的"生强抱旦下",动作似乎太粗硬了。清代人有一部书叫《审音鉴古录》,相当于一部导演台本。它把刚才我们说的【山桃红】最后一句动作"生强抱旦下",改为这样:"又近(这个小生又走近小旦),小旦笑推急走介(把他推开自己赶紧跑);小生提衣急趋(小生提着衣服赶紧追,就像现在一个人在前面跑,另外一个人在后面追的电影镜头);小旦远立凝望,转身先进(小旦又回头来看看他,有一点挑逗的意思);小生紧随下。"现在的昆曲基本上就是这样演法,所以说,戏剧动作很重要。清代茅暎这样说:"此折全以介取胜。"我们常常说《牡丹亭·惊梦》里的词写得好,而茅暎却认为这一出戏的"介"写得特别好。我提醒大家,以后读的时候把"介"读一读。李渔说的那段话,认为字句看懂或看不懂就是问题的一切,其实不是的。因为戏曲是一种多方位的表演,有的人看重唱腔,有的人看重文辞,有的人则看它的动作,结果会有各种感受。李渔举这个例子我觉得很奇怪,怪不得他本人写的戏好看而不耐看。

对于《牡丹亭》的观赏,李笠翁就不如林黛玉。这是《红楼梦》第二十三出:《牡丹亭》艳曲警芳心。"林黛玉听到《惊梦》曲子时觉得很难过,始而"不觉点头自叹",继而"不觉心动神摇",终而"不觉心痛神驰,眼中落泪",最后坐下来就无力站起来了。她是有深深的情感共鸣的。她还说:"原来戏上也有好文章,可惜世人只知看戏,未必能领略其中的趣味。"林黛玉毕竟是同杜丽娘年龄相仿的少女，她的感觉与李渔这个须眉老翁比是不一样的。所以说，不同的人对同一部戏会生发不同的感受、理解。

另外，汤显祖关于表演理论的一些文字也引起了广泛的关注。作为一个戏剧作家，他曾为戏曲表演写了一篇很精彩的文章，就是《宜黄县戏神清源师庙记》。这篇文章值得大家仔细研读。这里有一点补充，汤显祖写的戏首先是由哪种声腔剧种演唱的？有人认为是弋阳腔，有人说是宜黄腔，有人说是昆腔，大家"打架"打得不得了，现在还在打。我也曾参加打闹，我自以为打赢了，但是实际上并没有取得一致认同。我认为，汤显祖的戏曲首先是由海盐腔演唱的。我的依据，主要就是汤显祖这篇《庙记》里的那段话。汤显祖说，他家乡宜黄子弟当时唱的就是海盐腔。徐朔方先生则说，这个海盐腔已经变成宜黄腔了。我认为哪有那么简单的？北方的昆曲，同南方的昆曲味道大不相同，但还是叫昆曲。我是这样想的。

（本文根据作者在北京大学的演讲整理而成）

作者单位：上海戏剧学院戏文系

谭纶和汤显祖在宜黄腔发展中所起的作用

朱建宜

明代中叶,在宜黄盛行的是弋阳腔、乐平、青阳诸腔。由于弋阳腔"其节以鼓,其调喧",于是"宜黄谭大司马纶闻而恶之。自喜得治兵于浙,以浙人归教其乡子弟"。①弋阳腔在宜黄的流行由于谭纶的"闻而恶之"而开始走向衰落,代之而起的是从浙江引进的海盐腔。②汤显祖的杰出剧作和亲自调教,则使宜黄戏子迅速地名扬省内外。因此,在宜黄戏曲的发展过程中,除了其他因素外,士大夫的作用不可忽视,谭纶和汤显祖两大士绅的作用尤其不可替代。谭纶的功绩在于使普遍流行于宜黄的青阳腔没有继续与当地土腔结合而俗化,而是转换为经过"打磨"之后的"海盐腔";汤显祖对宜黄腔的最大贡献在于他所创作的"临川四梦"的演出均采用宜黄声腔形式,使宜黄腔与《牡丹亭》一样名扬四海,而他本人躬身演艺的垂范之影响,又赋予宜黄腔世界性的戏曲声腔效应。

一、明清时期宜黄的戏曲活动

明代由于南戏得到进一步的发展,士大夫在欣赏南戏的同时,还开始积极地参与戏曲创作。他们的加入不仅使这一时期的戏剧在内

---

① 〔明〕汤显祖:《宜黄县戏神清源师庙记》,徐朔方笺校:《汤显祖诗文集》,上海古籍出版社,1982年,第1128页。
② 此时的海盐腔加入了宜黄方言,经过一定程度的改造。

容上有了变化,而且在戏剧表演形式上更加规范。①抚州的地方戏曲在南戏的影响下开始兴盛起来。具体来看主要有以下几个方面。

一是各种声腔的流变与宜黄腔的兴起。从弋阳腔、青阳腔、海盐腔再到宜黄腔②,抚州的戏方戏声腔得到了较大的发展。二是广昌孟戏和南丰傩戏的发展。傩戏历史久远,至明清时期仍代代相传,经久不息,在南丰、乐安、广昌、宜黄等县盛行。广昌孟戏与明代的宜黄班有共同的戏神信仰,即清源祖师。三是各种演出场所的出现。明代以来,抚州各种戏曲场所不断增加,如建昌府有"弦歌街",南丰县则有"闻弦坊",临川则有玉茗堂等。在这一时期,作为民间戏曲活动的主要场所——戏台也随之发展成熟。四是著名的戏曲家——汤显祖的影响。万历二十六年(1598),汤显祖弃官家居,从此在玉茗堂开始了他戏曲创作和演出活动的生涯。

清代地方戏曲,在"清康熙末叶到乾隆中叶(1700—1774)前后在全国各地蓬勃兴起"。继昆曲盛行之后,具有浓厚乡土色彩的地方戏在全国各地蓬勃兴起,剧种众多,各具特色,为古老的中国戏曲注入了新鲜血液,显示了旺盛的生命力。清代抚州的戏曲同样呈现出新的发展趋势,"各种地方戏曲的表现形式趋于稳定、成型"(于少海),各地戏曲演出之风日盛。其中戏台的兴建即这一时期地方戏曲繁荣的表现,又是其繁荣的推动力。这一时期的戏台主要有三种类型:一是在原有庙宇的基础上进行扩建,并在庙宇的对面增加戏台设施,如宜黄的瑶里戏台(现已损毁)。二是在新建庙宇、祠堂的同时建设戏台。清代的庙宇台和祠堂台在结构和形式上比明代有了更大的发展,装饰更为华丽,木刻或石雕更为精致,祠堂或庙宇与戏台连为一体,形成具有整体观念和剧场意识的建筑格局。三是"万年台"和草台在各地广泛兴建,仅临川县一地在这一时期就建有戏台二十一座(《临川文化史》)。

---

① 蒋中崎:《中国戏曲演进与变革史》,中国戏剧出版社,1999年,第439页。
② 此时的宜黄腔是海盐腔结合了宜黄的乡音土语而形成的独立一派的戏曲声腔。

在整个抚州戏曲繁荣的大环境下，宜黄的戏曲活动同样极为兴盛。明代弋阳腔、徽州腔、乐平腔、青阳腔、海盐腔、昆山腔，清代西秦腔、梆子腔、乱弹及京剧、采茶戏等声腔和剧种先后在宜黄出现或流行，为宜黄戏剧的发展与繁荣奠定了丰厚的基础。

明清时期宜黄的戏曲活动繁荣状况主要从以下两个方面得以体现：一是各种声腔戏曲在宜黄的出现与流传。二是大量戏班在宜黄的活动，以及大量宜黄人从事戏曲演出从而形成所谓的"临川才子，宜黄弟子"。

明代中叶，江西宜黄就是我国戏曲最盛的地方之一，当时盛行的是弋阳、乐平、青阳诸腔。弋阳腔起源于江西弋阳，以弋阳为中心，主要在江西省境内的贵溪、万年、乐平、鄱阳、浮梁、上饶等地区传承延续，明代前中期曾流布及于安徽、江苏、浙江、福建、广东、湖南、湖北、云南、贵州及北京等地。宜黄有关弋阳腔的记载最为常用的材料就是汤显祖的《宜黄县戏神清源师庙记》，从文中我们可以知道两点：一、当时宜黄所流行的是弋阳腔及其变种——乐平、徽州、青阳腔；二、当时宜黄及其周边地区戏曲活动的兴盛，正因如此才会有"食其技者殆千余人"的盛况。

上述盛况还可以从另一件事中得到佐证。隆庆三年（1569）直隶长洲人张慕渠在宜黄青阳做县官，并被祀入名宦祠。他的功绩之一就是"清约境内歌舞揳揄盛丽之习"（同治《宜黄县志》）。这里既歌且舞，敲击乐器伴奏甩袖子的动作无疑是在演戏。张慕渠大概看到宜黄这种戏曲活动太过活跃而有伤教化，所以就要禁止。清乾嘉年间，宜黄人洪占铨在他的《四季风土歌》中专为紫玄戏这样写道："喧天锣鼓接浮丘，报赛真教神可求。鸾架霓旌香溢路，儿童架上演俳优。"从这种喧天的锣鼓中我们可知上演的是弋阳腔，因为正如前面所述，弋阳腔"其节以鼓"因而"其调喧"，而海盐腔则"以拍为节"因而"其体局静好"。

此外还有万历元年（1573），临川人黄文华根据当时艺人演出的需要，编了两部青阳腔的剧本选集《新锲精选古今乐府滚调新词玉树英》《鼎雕昆池新调乐府八能奏锦》。之后，大华山脚下的大龙坪起了一个华山班,演出崇仁人余应秋编的一部紫玄戏。紫玄戏全部唱高腔,每出皆有唱腔、曲牌名称。

有关弋阳、青阳腔等声腔的记载未断,一直到清光绪三十二年(1906),上述华山班还由余寿松掌班。以后由余必华、余瑞吉等人掌班。1956年有人还发现了由大龙坪余玉才保存的紫玄戏抄本七卷,共一百八十四出,卷首题作"光绪三十三年丁未龙溪余应秋祚五先生纂著"(北山《明清时期宜黄的戏曲活动》,《宜黄文史资料》第一辑下)。

二、谭纶与宜黄戏:从弋阳腔、海盐腔到宜黄腔

弋阳腔在宜黄的盛行由于谭纶的"闻而恶之"而开始走向衰落,代之而起的是从浙江引进的海盐腔。① 海盐腔进入宜黄除了地理上的便利外②,起重要作用的就是谭纶了。

谭纶(1520—1577),字子理,宜黄人。嘉靖二十三年进士。授职南京礼部主事。历职方郎中,迁台州知府。神宗即位,起兵部尚书。万历初,加太子少保。给事中雒遵弹劾谭纶不称职。纶三疏乞罢,优诏留之。五年卒官。赠太子太保,谥襄敏。纶终始兵事垂三十年,积首功二万一千五百。尝战酣,刃血渍腕,累沃乃脱。与戚继光共事齐名,称"谭、戚"。

海盐腔最初流行于浙江嘉兴、湖州、温州和台州等地,后来扩展到南京和松江两地。嘉靖末年,谭纶丁忧回籍时③,因不喜欢"其调喧,

---

① 因形成于浙江海盐而得名,与余姚腔、弋阳腔、昆山腔并称明代南戏四大声腔。据陆容《菽园杂记》记载,成化年间,嘉兴府之海盐县已"有习为倡优者,名曰'戏文子弟'",海盐腔已在当地兴起;至嘉靖、隆庆年间,流布地区已扩展到嘉兴、湖州、温州、南京、台州、苏州、松江,远及江西宜黄、北京等地。

② 宜黄位于江西省东部,地处武夷山山脉与雩山山脉向抚河平原过渡地带,从陆路进入浙江比较方便。

③ 根据《谭襄敏公遗集》年谱可知,谭纶为官后:己酉三十岁四月丁母忧回籍、庚戌三十一岁在籍,辛酉四十二岁三月丁父忧回籍,十二月起复原职,壬戌四十三岁六月奏请终制回籍(癸亥四十四岁在籍三月复起)、乙丑四十六岁在籍九月服阕起复、辛未五十二岁十月以病乞归回籍,壬申五十三岁在籍,七月起兵部尚书。

其节以鼓"的弋阳腔而"自喜得治兵于浙,以浙人归教其乡子弟,能为海盐腔"。谭纶因为母亲的去世回家是在嘉靖二十八年(1549),当然也看到家乡的高腔戏。但当时他在南京任职,还没有去台州,也没有听过"体局静好"的海盐腔,所以还无法对弋阳腔做出比较和评论。到台州后,由于对戏曲的喜爱以及海盐腔"音如细发,响彻云际,每度一字,几近一刻"的演唱风格,谭纶很快就喜欢上了。相对于海盐腔来说,夹杂了宜黄方言、土语的青阳、乐平、徽州等腔调,显得鄙俗土气。①此外,青阳腔的表演形态过于喧嚣热闹,在内容上崇尚武打杂技,在音调上由锣鼓伴奏,虽然热闹但是不雅致。②因此,青阳等腔逐渐不受士大夫们的喜爱了。谭纶虽效力疆场,但他亦精通音律,如郑促夔《冷赏》中说:"宜黄谭司马纶,殆心经济,兼好声歌。凡梨园度曲,皆亲为教演,务穷其妙,旧腔一变为新调。"③他酷爱戏曲,在浙江任职期间,正是海盐腔在浙江一带盛行之时。他尤其喜爱盛行于南方的海盐腔,常于军中设戏班,随军征战演出。嘉靖三十九年三月,在浙江任布政使司右参政兼按察使司巡海的谭纶,因父亲逝世,丁忧回籍,看到了家乡上演"调喧"的青阳腔演出,"闻而恶之"。

从封建礼法上讲,谭纶回家守孝时不可能在家演戏。然而他在丁忧期间曾两次"夺情"领兵出战。他调来了浙兵,而军队演戏是常有之事。谭纶指派军中戏班或随军戏班来教宜黄子弟,这就符合情理。当时正逢广东饶平林朝羲由广东进犯,江西告急;朝廷起用谭纶,调浙兵入赣,击溃了林朝羲,谭"乞终制去",回家守制;为庆贺战绩,特派随军戏班演出并教乡里子弟习度海盐声。随后谭纶又在闽、粤两省指挥抗倭,节节获胜,庆祝战绩的戏曲活动在这两省频频举行,故海盐腔随之也在闽、粤两省流行。④

---

① 黄振林、曾琪、杨菁:《宜黄声腔流变史》,中国戏剧出版社,2007年,第183页。
② 流沙:《宜黄诸腔源流探——清代戏曲声腔研究》,人民音乐出版社,1993年,第86页。
③ 转引自罗传奇、张世俊:《临川文化史》,广东高校出版社,1993年,第127页。
④ 杨安邦:《汤显祖交游与戏曲创作》,江西高校出版社,2006年,第91页。

由于谭纶的身体力行以及高官显贵们的提倡,宜黄海盐腔很快扩大到临川、南昌等地,尤其在士大夫阶层中广泛流行,许多名门望族置办家班,搬演海盐腔传奇。南昌宁王朱权后裔,也在王府中办起了戏班。明陈士业《江城名迹记》云:

> 匡吾王府,建安镇国将军朱多煤之居,家有女优,可十四五人。歌板舞衫,缠绵婉转。生日顺妹,旦日金凤,皆善海盐腔。而小旦彩鸾,尤有花枝颤颤之态。万历戊子,予初试棘围,场事竣,招十三郡名流,大合乐于其第,演《绣襦记》。①

谭纶死于万历五年,其死后二十余年,上距其治兵于浙不到四十年,而经宜黄而传唱海盐腔的艺人就达千余,按当时的规模起码也有三十个班社。②海盐腔在这一地区的盛行由此可见一斑,海盐腔也逐渐变为熔弋阳腔与海盐腔于一炉的新腔——宜黄腔。③万历年间南昌人万时华的《棠溪公馆同舒苍孙夜酌二歌人佐酒》诗中就有"寒入短裘连大白,人翻新谱自宜黄"之句。

正当宜黄海盐腔兴盛之际,兴起于江苏的昆山腔开始进入江西。万历三十二年(1604),汤显祖的好友、临川金溪人谢廷赞曾带一昆山戏班回乡。此后昆曲在江西迅速打开局面,并和海盐腔争夺观众。到天启年间(1621—1627),昆腔在南昌、临川、宜黄等地日益盛行,完全取代了海盐腔的地位。④清佚名,仅知其为江西人撰写的《观剧日记》,对乾隆三十八年(1773)至五十九年间昆腔在江西的活动做了详细的记述,记述了江西一批昆腔班艺人的演剧活动。他们技艺高超,功底扎实,擅长刻画人物,塑造人物从生活出发,使所扮演的人物个个惟妙

---

① 转引自龚国光:《江西戏曲文化史》,江西人民出版社,2003年,第189页。
② 宜黄政协文史委员会编:《宜黄文史资料》第一辑(下),1996年,第117页。
③ 流沙:《宜黄诸腔源流探 清代戏曲声腔研究》,人民音乐出版社,1993年,第104页。
④ 黄振林、曾琪、杨菁:《宜黄声腔流变史》,第203页。

惟肖,活灵活现,而且"擅戏极多"。

《观剧日记》帮我们明确了这样一个事实:清代,随着宜黄海盐腔的衰落,昆腔便取而代之了。明末清初,曾经在江西境内风行一时的弋阳、青阳腔、海盐腔和昆山腔等唱腔逐渐走向衰落。宜黄艺人开始寻找新的能为广大群众所喜闻乐见的戏曲唱腔形式,这就是后来的宜黄腔。宜黄艺人将由安徽枞阳变化而来的西秦腔吸收过来,再加上宜黄地方戏中原有的"梵音",构成宜黄本地声腔。①

三、汤显祖在宜黄腔发展崛起中所起的作用

明清时期我国地方戏曲的繁荣已是不争的事实。地方戏的出现及其蓬勃兴起的局面是众多因素共同作用的结果,主要有政治、经济和艺术方面的原因。

首先,明末清初,中国封建社会进入末期,阶级斗争、民族矛盾错综复杂;伴随着明中期以来已经萌芽的资本主义因素的不断增长,人民群众要求摆脱封建桎梏的民主思潮和民族意识也空前活跃和高涨。这一切,自然要在文化艺术领域,包括戏曲舞台上有所反映。这一时期统治戏曲舞台的昆曲已日渐趋于衰落,新兴地方戏大量出现,正是戏曲发展适应这一新的时代变化和精神需要的结果。其次,民间艺术的发展和古老戏曲的传统影响,为新兴地方戏曲的诞生准备了必要的艺术条件。②

众所周知,社会的稳定和经济的发展是文化艺术事业发展的先决条件。尤其是戏曲文化,它的生存和发展必须有一定规模的观众群体的存在。因为在地方上,戏班服务的对象主要是那些家境比较富有的家庭或家族,而经济状况好坏直接决定他们对戏曲的需求。在明末,江西的商品经济有了一定程度的发展。散布于江西各处的小市镇、墟

---

① 流沙:《宜黄诸腔源流探 清代戏曲声腔研究》,第146页。
② 蒋中崎:《中国戏曲演进与变革史》,第408页。

场很多,它们围绕大市镇,沟通中心区与山乡的经济联系,转输农副产品,使自然经济中的农村商品交易得到进一步的发展。

经济的发展还表现在更大范围的商业交往上,明清江西的商业也得到一定的发展。农村自然经济逐渐发展,经济作物增多,国内市场扩大,都推动了商业的贸易趋向活跃。剧烈的土地兼并,从农村分离出大量人口,其中一部分人转入流通领域,贩易货物,逐利四方。

于少海等在《临川戏曲与地方社会》一书中对于清代临川戏曲的繁荣做出了解释。他们认为原因主要有三:一是经济的发展、政治的稳定;二是农耕为主的社会经济结构;三是深厚的戏曲传统。朱建宜在《宜黄腔与宜黄戏》一文中也对明清时期宜黄戏曲繁荣原因做了探讨,认为原因主要有四:商品经济的发展、民俗的需求(宜黄素喜迎神赛会)、士大夫的扶持和文人的支持。

在以上因素的影响下,清代临川区的戏曲呈现出新的发展态势,各种地方戏曲的表现形式趋于稳定、成型,地方演出戏曲的风气日益浓烈。①这一时期在临川地区流行的地方戏种主要有宜黄戏、抚河戏、盱河戏、抚州采茶戏、傀儡戏、傩戏等。

由此可见,地方戏曲的发展与当时的政治、经济、社会文化、民俗等方面的情况是紧密相关的。然而,在宜黄戏曲活动兴盛和发展的过程中,士大夫的作用不可忽视,汤显祖的作用尤其不可替代。

汤显祖弃官回家后潜心戏剧。谭纶将海盐腔带到宜黄后,并没有完全取代宜黄的青阳腔,而使传统的青阳腔与海盐腔相互融合,相互汲取,相互磨洗,形成一种带有宜黄特色的雅俗共赏的海盐腔。这种被称为"宜黄腔"的崭新声腔,引起了汤显祖的极大兴趣和关注。汤显祖的"临川四梦"就是用宜黄腔进行创作的。虽然他没有自己的家班,但在他的身边聚集了许多唱海盐腔的艺人,并且和他的关系非常好。在目前汤显祖流传于世的诗词与古文中,我们发现他多次提到"宜伶"

---

① 于少海、肖爱民、刘毅:《临川戏曲与地方社会》,中国戏剧出版社,2007年,第86页。

(即宜黄艺人)。可见当时当地,在汤显祖身边有很多把他的"四梦"搬上舞台的艺人,而且多是宜黄戏子。他为这种独特的"新腔"撰写剧本,著名的"临川四梦"都是由宜黄班首次演出以至流行的,这可以从汤显祖的诗词书札中得到证明。《帅从升兄弟园上作》四首之三云:"小园须着小宜伶,唱到玲珑入犯听。曲度尽传春梦景,不教人恨太惺惺。"帅从升兄弟是汤显祖同乡友人帅机的儿子,明人沈际飞评这首诗"为四剧意得"。从中可见汤显祖在帅从升的花园里欣赏宜伶唱自己的戏曲。所谓"入犯",正是宜伶演唱著名的"二犯江儿水"曲牌,在这以前的宜黄戏中是没有的。《寄生脚张罗二恨吴迎旦口号二首》诗序中云"迎病装唱《紫钗》,客有掩泪者。近绝不来,恨之"。吴迎是当地著名的旦角,以恹恹病态饰霍小玉。她所擅长的可能是《紫钗记》之《冻卖珠钗》《怨撒金钱》《晓窗圆梦》《剑合钗圆》等折。由于扮相十分生动可人,不仅在座的观众被她的表演感动得涕泗横流,就连汤显祖也沉醉在戏曲的氛围情感之中。汤显祖明确表示对以吴侬软语演唱的昆腔不甚喜欢,而喜欢宜黄腔的特殊韵味,甚至与演员吴迎由于演出关系而产生了深厚感情,几天不来,竟有些急切起来。可见汤显祖和宜黄艺人们已经建立起不可分割的友情了。汤在《与宜伶罗章二》信中说:"《牡丹亭记》,要依我原本,其余家改的,且不可以,虽是增减一二字以便俗唱,却与我做的意趣大不相同了。"① 这里说的是演《牡丹亭》。汤在《复甘义麓》信中说:"弟之爱宜伶学二梦,道学也。"所以后来清顺治年间新建人熊文举《宜伶泰生唱〈紫钗〉〈玉合〉备极幽怨感受而赠之》诗说:"凄凉羽调咽《霓裳》,欲谱风流笔研荒。知是清源留祖祖,汤词端合唱宜黄。"汤氏"临川四梦"由宜黄班演出,不仅给宜黄班增添了光彩而且进一步提高了其声望,同时,这些宜伶依靠汤剧的演出使宜黄声腔得到发扬和提升,艺人们本身也因此而在社会上和演艺圈提高了自己的地位与艺术声望。汤显祖不仅为宜黄班撰写剧本,而且还要求宜伶讲戏德、重艺术,实际上是宜班的领袖人物。他不

---

① 徐朔方笺校:《汤显祖诗文集》,第938页。

时地把宜黄班集合到玉茗堂排演剧目,在唱曲方面给予具体指导。如《七夕醉答君东二首》诗说:"玉茗堂开春翠屏,新词传唱《牡丹亭》。伤心拍遍无人会,自掐檀痕教小伶。"大量诗文记载说明,汤显祖在宜黄戏班排演他的"四梦"时总是身临其境,热情帮助,与宜伶们一起切磋技艺。特别是在唱曲方面,给予具体指导,以求达到原作本身的艺术旨趣。

宜黄班的演员奉清源为祖师,欲建祠以祀,得到汤显祖的支持,汤还亲自撰写了《宜黄戏神清源师庙记》(以下简称《庙记》)。宜黄班的声誉日高,汤显祖乃派其往外地演出,如"九日遣宜伶赴甘参知永新",就是去吉安永新演出;万历三十三年,又"遣宜伶汝宁为前冤宛平令李袭美郎中寿",到了南京。这足以证明宜黄班的实力壮大和封建士大夫对它的赏识。

《庙记》载,宜黄班首创建戏神清源庙。这在宜黄的戏曲活动中是一件意义重大的事情。清源庙建于县城西门上,之后在棠阴、硖石、潭坊、十都、枫林等地相继建成。如果说谭纶把海盐腔引入江西,打开了局面,那么汤显祖则对于宜黄班的培植使海盐腔在江西盛行,达到了登峰造极的地步。

汤显祖在应宜伶之邀题写的《庙记》中,热情赞誉谭纶引海盐腔入江西、繁荣家乡戏曲的功绩:

此道有南北,南则昆山之次为海盐,吴浙音也。其体局静好,以拍为之节。江以西弋阳,其节以鼓,其调喧。至嘉靖而弋阳之调绝,变为乐平,为徽青阳。我宜黄谭大司马纶闻而恶之。自喜得治兵于浙,以浙人归教其乡子弟,能为海盐声。大司马死二十余年矣,食其技者殆千余人①……

这篇不足千字的短文,本是宜黄艺人为兴修清源师庙请汤显祖写的建

---

① 徐朔方校笺:《汤显祖诗文集》,第 1127 页。

庙碑文,原本只要写明建庙缘由和有关情况即可,但精骛八极,文思驰荡的汤显祖偏偏不落俗套,用他那充满灵性的生花妙笔,纵横捭阖、言简意赅地写成了一篇戏曲艺术专论。举凡戏曲的本源、发展历史、流传情况、基本特征、功能价值、艺术创造与鉴赏等戏曲学的基本命题,《庙记》皆有论述,堪称我国最早的一篇戏曲学导言。①

汤显祖使宜黄海盐腔声望日益捍高,他对此所做的贡献主要体现在以下两个方面。

第一,通过他的戏剧本子对宜黄腔和当地戏班施以极大的影响。例如他所创作的重要戏本——"临川四梦"都是由宜伶首演,并从此流行开来的。在临川汤家的玉茗堂、好友帅从升家、南昌滕王阁等地都有宜黄戏班艺人演出"四梦"的踪迹。由于他在戏剧界的卓越地位和影响,演出他的剧本对提升宜黄腔的品位和声望无疑有着很大的帮助。不仅如此,他还委托宜黄戏班带着他写的戏剧到南京、永新、宣城等地进行演出并大受欢迎。这些活动使宜黄班得以受到社会上层人士的注意。为此,汤显祖的好友梅鼎祚在信中说:"宜伶本三户之邑,三家之村,无可爱助,然吴越乐部往至者,未有若曹之盛行,要以《牡丹》《邯郸》传重耳。"②

第二,汤显祖通过与宜黄戏曲演员们的交往,对宜黄腔施加了影响力。汤显祖在诗文集里曾多次提及他与宜伶的交往。从现存的汤显祖诗词中,我们可以发现,他多次提到"宜伶",可见当初演出"四梦"的艺人和班社是比较多的。弃官回家的汤显祖将其主要精力放在戏曲方面,因此他的诗词多处记载了他与宜伶之间的戏曲交往。《寄生脚张罗二恨吴迎旦口号二首》之一云:

吴侬不见见吴迎,不见吴迎掩泪情。
暗向清源祠下咒,教迎啼彻杜鹃声。

---

① 苏子裕:《汤显祖〈宜黄县戏神清源师庙记〉解读》,《中华戏曲》2004年第1期。
② 徐朔方笺校:《汤显祖诗文集》,第962页。

生角张罗二、旦角吴迎是当时宜黄腔的著名演员。汤显祖对宜伶热情帮助，悉心指导，甚至在排演过程中对他们在唱曲方面给予直接的、具体的指导，以符合原作意趣、境界。这对提高宜伶对原作的理解力有重要的意义。正是他与民间艺人的诚挚合作，在频繁的演出活动中，涌现出吴迎、于采、王有信等一批优秀演员；同时正是因为他与宜伶的合作，他的剧本得以和广大观众见面，受到欢迎。一部部好的剧本使名不见经传的宜伶戏班声名鹊起，甚至有压倒早已受到士大夫欢迎的吴越昆腔之势。总之，汤剧的演出如同锦上添花，使宜黄腔在江西的盛行达到了登峰造极的地步。

综上所述，宜黄戏由于其特殊的腔调而获得民众的认可。在其发展的诸多因素中，封建士大夫特别是谭纶与汤显祖的支持是其中重要因素。通过他们的支持，宜黄戏得以在江西省内外迅速传播。2006年5月20日，宜黄戏经国务院批准，列入第一批国家级非物质文化遗产名录。

作者单位：江西省宜黄县政协

汤显祖与宜伶

杨友祥

在欣赏汤显祖诗文时,随处可见"宜伶"一词。查各种词典,只有"伶""优"等相关词语。如"伶人",是对古代乐人的称呼,旧亦指演戏的人;"优伶"则在古代用以称呼以乐舞戏谑为业的艺人。

细读汤显祖关于"宜伶"的诗文,我们会知道"宜伶"是汤显祖对演唱海盐腔的宜黄戏演员的统称,有时汤显祖又亲昵地称呼他们为"小伶",有时也简洁地称呼他们为"宜黄"。关于这个问题,汤显祖在《宜黄戏神清源师庙记》中说明道:"至嘉靖而弋阳之调绝,为徽青阳。我宜黄谭大司马纶闻而恶之。自喜得治兵于浙,以浙人归教其乡子弟,能为海盐声。"① 汤显祖在文中还提到,当时唱海盐腔者发展到了千多人,宜黄因之成为远近闻名的"戏乡",这也是抚州民谚"临川才子,宜黄子弟"的由来。另外,稍后在世的熊文举(1595—1668)也有诗证明。熊文举字公远,号雪堂,南昌新建人,1631年中进士,授合肥县令,有廉声。入清后为吏部侍郎,因病致休。有著作六种存世。他看了汤显祖门生李太虚(1585—1671)家班演出的汤显祖的《紫钗记》和梅鼎祚的《玉合记》后,有感而作诗五首,题为《宜伶泰生唱〈紫钗〉〈玉合〉备极幽怨,感受而赠之》,其第五首诗是:

> 凄凉羽调咽《霓裳》,欲谱风流笔研荒。
> 知是清源留祖曲,汤词端合唱宜黄。

---

① 徐朔方笺校:《汤显祖诗文集》,第1127—1128页。

由诗题及诗文都可以证明,演出汤显祖戏曲的是"宜伶",他们传唱着戏神清源师的"祖曲"海盐腔,声情并茂,感人至深。还有,著名汤学大师徐朔方先生在《晚明曲家年谱》中论述道:"若士戏曲的演出者实为宜伶。"以上证据均说明,"宜伶"是汤显祖剧作的演出者,是一群非常特殊的戏曲演员,唱的是谭纶引进的新调海盐腔。

"宜伶"词条的出处已明了,那么我们就可以理解汤显祖诗文中多处出现"宜伶"的原因。汤显祖为什么念念不忘"宜伶"?本文尽力在这方面做些探讨。

悉心教导

汤显祖在《牡丹亭·题词》后署"万历戊戌秋",可见这部戏剧作品完成于 1598 年秋,即他弃官归里的当年七月至九月之间。这时,汤显祖全家搬进了新建的玉茗堂新居(也叫"沙井新居"),因此,汤显祖有时间也有场地悉心教导宜伶。1599 年春,汤显祖在《寄嘉兴马乐二丈兼怀陆五台太宰》诗中就自豪地一边夸新居所,一边赞新生活,他无不得意地写道:

> 沙井阑头初卜居,穿池散花引红鱼。
> 春风入门好杨柳,夜月出水新芙蕖。
> 往往催花临节鼓,自踏新词教歌舞。
> 青春索向酒人抛,白发拼教侍儿数。

前四句夸新居所,井栏崭新,池水粼粼,红鱼跳跃,杨柳依依,月光朦胧,荷叶田田,风景如画啊!后四句赞新生活,有击鼓传花的娱乐,有教唱新词的喜悦,有饮酒吟诗的欢欣,有侍女服侍的舒适,神仙般的生活啊!在诗中,汤显祖首次提到"自踏新词教歌舞",其中"新词"指新近完成的戏剧《牡丹亭》。宜伶本来是专业戏剧演员,为什么还要剧作家汤显祖"自踏新词教歌舞"呢?

关于这个问题,汤显祖三篇诗文做了解释。《七夕醉答君东二首》是汤显祖写给泰和县好友刘君东的,其中第二首诗是:

> 玉茗堂开春翠屏,新词传唱《牡丹亭》。
> 伤心拍遍无人会,自掐檀板教小伶。

这首诗对前诗的"自踏新词教歌舞"做了更完整、更明确的阐释:教宜伶的时间是春季,地点是玉茗堂即沙井新居,所教新词就是《牡丹亭》,原因是"伤心拍遍无人会"。我们知道,《牡丹亭》是描写杜丽娘和柳梦梅至情至爱的故事,其中几多悲苦几多欢心,感情是十分丰富的,不认真体验,当然演不出《牡丹亭》诉情倾情的精髓。所以汤显祖要亲自上场,手持檀板,踏着节拍,既教歌,即唱和念,又教舞,即做和打,以便准确地表演出《牡丹亭》的神韵来。在《寄邹梅宇》中,汤显祖说:"二梦记殊觉恍惚。唯此恍惚,令人怅然。"①在《答李乃始》中,汤显祖还说:"词家四种,里巷儿童之技。人知其乐,不知其悲。"②汤显祖在文中指出《南柯记》和《邯郸记》让人有恍惚之感,正是这让人捉摸不定的感觉才会让人更难理解而产生惆怅;"临川四梦"虽是普通的剧本,人们看过后会产生快乐,但谁知道作者创作时沉思苦想的伤心之情呢?汤显祖反复强调"四梦"是写情的作品,希望读者和观众,尤其是演员要深刻领会、深入理解,以便把握"四梦"剧作的思想感情内核,出神入化地演好"四梦"。汤显祖是一个何其认真而负责的"导演"!

那么,汤显祖教了宜伶一些什么呢?

首先是教唱曲。如前所述,汤显祖的"临川四梦"都是按照南戏四大声腔之一的海盐腔曲调创作的,不过在创作时,汤显祖又参照了他崇拜的北曲曲调,因之,"临川四梦"中多有"失律"的现象。对此,汤显

---

① 徐朔方笺校:《汤显祖诗文集》,第1363页。
② 同上,第1384页。

祖同时代的戏曲作家或理论家多有指摘。如浙江长兴的明代戏曲理论家臧懋循在《元曲选序》中说:"汤义仍《紫钗》四记,中间北曲,骎骎乎涉其藩矣。独音韵少谐,不无铁绰板唱'大江东去'之病。"此序作于1615年,是对汤显祖的"临川四梦"有"失律"或"不协韵"现象的最早批评之一。臧懋循在《玉茗堂传奇引》中进一步指出:"临川汤义仍为《牡丹亭》四记……生不踏吴门,学未窥音律,艳往哲之声名,逞汗漫之词藻,局故乡之闻见,按亡节之弦歌,几何不为元人所笑乎?"都认为"临川四梦"音律不协,字词乖谬。关于这个问题,汤显祖自有主张,他在《答吕姜山》文中说:"凡文以意、趣、神、色为主。四者到时,或有丽词俊音可用,尔能一一顾九宫四声否?必如按字模声,即有窒滞迸拽之苦,恐不能成句矣。"①汤显祖的创作观念是内容必须大于、高于形式。"意"为思想之意,"趣"为生动变化,"神"为境界高远,"色"为词采优美,只有这四方面都兼顾到了,才能产生优秀作品。如果墨守成规地按字摹声,就会使创作或阻塞不通,或分散拖拉,作品枯燥无味。简捷地说,曲律必须服从曲意,因此"失律"之论是无稽之谈,汤显祖根本不把它当回事,而是认真地教宜伶唱好新曲。汤显祖在回答浙江吴兴文学家、戏曲家凌初成(1580—1644,名濛初)的信中先说自己由于要应付科举和研习道学,因此对曲律涉猎不深,但长期以来还是有些知识积累,故"始知上自葛天,下至胡元,皆是歌曲。曲者,句字转声而已。葛天短而胡元长,时势使然"②。"葛天"为我国传说中七千年多前的歌舞音乐创始人,"胡元"即元曲。从最早的歌曲发展到前朝的元曲,变化虽大,但本质就是"句字转声",而且随着时代变化有所不同。这是汤显祖对我国曲律发展的基本总结。接着,汤显祖进一步说:"总之,偶方奇圆,节数随异。四六之言,二字而节,五言三,七言四,歌诗者自然而然。乃至唱曲,三言四言,一字一节,故为缓音,以舒上下长句,使然而自然也。"这是汤显祖对我国曲律法则的基本理解,即戏曲

---

① 徐朔方笺校:《汤显祖诗文集》,第1337页。
② 同上,第1344页。

不能只依腔填词,而必须按字声行腔,做到"句字转声"。这实际上仍然是汤显祖一贯主张的顺应时势、法乎自然的"凡文以意、趣、神、色为主"理论的弘扬。汤显祖在教导宜伶唱曲时就是遵照这样的规律进行的。由于汤显祖讲清了腔调的规律,讲明了吐字的方法,所以宜伶们学习起来就自然得多,就方便得很,就进步得快。

其次是教用情。汤显祖的"临川四梦"是以梦为结构,以情为主题的伟大作品,正如汤显祖所说"因情成梦,因梦成戏"。"临川四梦"的完成实现了他"为情作使"的人生终极目标。"临川四梦"除记叙了亲情和友情以外,重头戏在爱情的描写,塑造出不同风格的"情痴"形象。《紫钗记》通过霍小玉不怕困难、不畏强权保卫与李益的爱情婚姻,塑造出霍小玉情有所真、情有所愿、情有所守的坚强又美好的情痴形象;《牡丹亭》通过杜丽娘超越生死、穿越时空追寻与柳梦梅的自由恋爱与自主婚姻,塑造出杜丽娘情有所敛、情有所放、情有所专的执着又完美的情痴形象;《南柯记》通过瑶芳公主恩爱夫君、孝敬父母、关心儿女的多情人生,塑造出瑶芳公主情有所思、情有所重、情有所定的内柔外刚的情痴形象;《邯郸记》通过崔氏迫切坚决又宽厚仁和追求爱情婚姻的传奇经历,塑造出崔氏情有所钟、情有所为、情有所想的率真坚强的情痴形象。汤显祖反复教导宜伶,他的剧作演绎的是人间情,必须在表演时抓住这个要领,才能把他的作品表演得人人受情感染,人人为情激动。汤显祖的《寄生脚张罗二恨吴迎旦口号二首》诗作就是他谆谆教导宜伶用情演戏的生动而真实的记录:

> 吴侬不见见吴迎,不见吴迎掩泪情。
> 暗向清源祠下咒,教迎啼彻杜鹃声。
>
> 不堪歌舞奈情何,户见罗张可雀罗。
> 大是情场情复少,教人何处复情多。

诗前有一小序,说明作者写诗的缘由:"迎病装唱《紫钗》,客有掩泪者。

近绝不来,恨之。"①意思是说,吴迎在演《紫钗记》中霍小玉因思夫君李益而病重时,演得情真意切而感动了观众。吴迎后来未参加演出,所以观众被感动得掩泪泣的场面很少,真是让人叹恨。诗题中的生角张罗二可能是班主,吴迎不但与他配戏成为旦角,而且是张罗二的属下,因此汤显祖写诗告诉他,要用情演戏。其中"口号"与"口占"是一个意思,即随口吟出的诗作。第一首诗是就事论事。吴迎在《紫钗记》中用情演戏,深得观众喜爱。作者说,他心里默默地祈祷戏神清源祖师,帮助吴迎及诸位宜伶,一定要像杜鹃啼血一样,用心倾情地演戏。第二首是借机论情之重要。歌舞戏曲都注重情感表演,否则就不是好的歌舞戏曲,观众必然减少,会出现"门可罗雀"的现象。从事歌舞戏曲工作的人如果不投入真情和激情,就打动不了观众,让观众产生不了同情。汤显祖这些饱含哲理和情感的教导让宜伶们大受其益,所以以后的"临川四梦"演出,宜伶们的情绪表达准确而充沛,深受观众欢迎,演出邀约接连不断。

最后是教"艺德"。汤显祖一生非常注重道德的修养。在少年求学时就有"唐虞将父老,孔墨是前贤"的志向,还有"为汝班荆道,无忘《伐木》篇"的愿望,即将尧、舜、孔子、墨子作为学习的榜样,将感情和友谊作为朋友间的桥梁。这些诗句见于汤显祖的《入学示同舍生》诗作,他当时只有十四岁,可见汤显祖从小就立志高远,要成为有道德的人。汤显祖在青年科考中又有"不敢从处女子失身"的骨格,宁可科场失意,也不屈从权贵、陷入流俗,保持着清洁耿介的君子之风。汤显祖在为官时更以"一因一为二不三宜四香"为座右铭,即"因百姓所欲去留,时为陈说天性大义"(见《答吴四明》),"天下太平,必须不要钱不怕死"(见《答门人时君可》),"吾辈初入仕途,眼宜大,骨宜劲,心宜平"(见《寄李孺德》),"不乱财,手香;不淫色,体香;不诳讼,口香;不嫉害,心香"(见《与无去上人》),成为清廉自守,一心为民的贤能官吏。在弃官归里后有"鱼贯雁序于郡县之前,却步而行,伺色而声,诚自觉其不

---

① 徐朔方笺校:《汤显祖诗文集》,第740页。

类,因以自远"(见《答王宇泰》)的决心,继续保持高尚的品德。汤显祖终于被锻炼成品格纯正、道德高尚的君子。汤显祖不但自己这样追求君子风范,而且对宜伶也循循善诱,教导他们在"艺德"上加强修养,以便艺术之树长青。汤显祖的《与宜伶罗章二》就是"艺德"教育的经典教材。汤显祖严肃地说:"往人家搬演,俱宜守份,莫因人家爱我的戏,便过求他酒席钱物。"①短短的语言,深深的嘱咐,真正是语重情长。在《唱二梦》中,汤显祖说:

半学侬歌小荒天,宜伶相伴酒中禅。
缠头不用通明锦,一夜红氍四百钱。

意思就是,要求宜伶宣传好戏中的禅意,让人们得到教益,演出一晚上只要四百钱就可以。在汤显祖深情和以身作则的教导下,宜伶们都注意既演好戏又修好德,以"艺德"推动戏剧演出,所以后来不但演出更加频繁,而且宜伶人数也增加很多,宜黄县一时间有"戏乡"之称,这不能不说得益于汤显祖的悉心教导。

共同活动

肯定地说,宜伶不是汤显祖私养的家班,但汤显祖和宜伶组成团队,一起努力为传播"临川四梦"而奋斗,共同进行了很多活动。

首先是共同进行了很多演出活动。

1599年农历八月十四,汤显祖五十大寿,他设筵十余日,招待亲友和嘉宾,其中重要的节目就是让宜伶演出全本《牡丹亭》,就连他在南京备考的大儿子士蘧也赶回来参加寿辰庆祝活动。这是汤显祖组织的在玉茗堂举行的首场《牡丹亭》演出活动。1607年,汤显祖还组织宜伶在玉茗堂演出,为钱简栖送行。钱简栖名希言,江苏常熟人,在

---

① 徐朔方笺校:《汤显祖诗文集》,第1426页。

万历间文坛声名很高，一生爱好交游。1604年，他由黄贞父介绍，到临川拜访了汤显祖，两人相见如故，谈诗论文，甚是相得，两月后才分别。汤显祖有《送钱简栖还吴二首》诗叙述他们的相会，第一首诗是：

中秋作客两重阳，残菊空江病绕床。
归梦一尊何所属，离歌分付小宜黄。

诗里就写到他们观看宜伶演出的事，演出的还是令人伤心的《牡丹亭》，这是有据可查的汤显祖组织宜伶在玉茗堂又一次演出的情况。可以肯定，宜伶在玉茗堂的演出活动还应该有不少。

1599年九月九日重阳节，有千年历史的南昌滕王阁举行重修竣工典礼。江西巡抚王佐邀请汤显祖带宜伶参加庆典活动。当晚，汤显祖与宜伶们共同在滕王阁演出了《牡丹亭》。这次演出准备充分，特别精彩，巡抚王佐祝贺汤显祖及宜伶们演出成功。演出结束后，汤显祖激动不已，写下了《滕王阁看王有信演〈牡丹亭〉二首》，全诗是：

韵若笙箫气如丝，牡丹魂梦去来时。
河移客散江波起，不解销魂不遣知。

桦烛烟销泣绛纱，清微苦调脆残霞。
愁来一座更衣起，江树沉沉天汉斜。

全诗把在滕王阁《牡丹亭》演出的情况描写得栩栩如生，既有烛光明亮、纱幔低垂的舞台美景，也有唱腔轻柔、表演精湛的演员美态，还有时间转移、观众感动的演出效果。宜伶们的成功演出带来了轰动效应，助推了着宜伶演出的频繁性。另外，滕王阁的《牡丹亭》演出是汤显祖的"临川四梦"唱响中国、唱响世界的第一站，在"临川四梦"传播史上具有里程碑意义。

《牡丹亭》在滕王阁唱响后，汤显祖还带领宜伶在家乡临川多次演出,其中在帅家的演出有诗记载,诗题是《帅从升兄弟园上作四首》。帅从升兄弟即帅从升和帅从龙,是汤显祖好友帅机的儿子,他们住在抚州城内三元楼附近,距汤家玉茗堂很近。该诗第三首是:

小园须着小宜伶,唱到玲珑入犯听。
曲度尽传春梦景,不教人恨太惺惺。

诗中说明宜伶在帅家园子里演出很成功。一方面,只有宜伶的演出才能让小园充满生气,每唱到南戏中的【二犯江水儿】曲牌时,演员的身段特别灵巧,让人心迷;另一方面,宜伶演的《牡丹亭》是说梦中之情之景之事,特别美好而生动,让人心醉。

刘君东(1541—1610),名浙,吉安泰和县理学家。万历十一年(1583),汤显祖刚中进士,在北京结识了落第的刘君东,并有《刘君东下第南归》诗送行。万历二十七年,汤显祖五十大寿,刘君东前来祝寿,并送了泰和的土特产,汤显祖写诗赞美泰和的乌鸡、太乙春酒、竹编箱笼、画扇等四宝。万历三十八年七月初,汤显祖带领宜伶去贺刘君东六十大寿。刘君东在他的怡园远游楼接待汤显祖一行。当天下午和晚上,宜伶在远游楼连场演出汤显祖剧作《紫钗记》。宜伶吴迎在扮演霍小玉时,用心用情,演得惟妙惟肖,深受观众赞赏。为此,汤显祖兴奋地写有《醉答君东怡园书六绝》纪事,其中第五首是:

说到弹珠爱我深,可堪消尽壮来心。
《紫钗》一郡无人唱,便是吴歈听不禁。

既说到自己用心创作"临川四梦"的辛苦,又说出《紫钗记》流传不广的心声,希望得到刘君东等知心朋友的理解和推广。

汤显祖在北京礼部观政(见习)时,认识北京宛平县令李袭美。李袭美后来到在南京为官的儿子家中办寿,汤显祖也带领宜伶前去祝寿,班主叫汝宁。汤显祖在相关的诗中说:

赤县琴歌积梦思，宜伶尊酒寄新词。
天中好醉澄潭菊，彭泽登高此一时。

首二句说自己创作了以梦为结构的剧作，反映自己对人世的看法，现在宜伶就带来了新词《牡丹亭》，在李寿诞时演出；后二句说一边听戏一边品酒，也许会让人心地澄清，会领略陶渊明隐居桃花源的心境。诗中除说宜伶前来祝寿的要事，还论及了他剧作就是要澄清世风、创造美好世界的要义。

甘子开（1551—1613）名雨，又字义麓，江西永新人，万历五年进士，曾受张居正排挤，后官广西督学使、贵州学政、福建副使，在湖广参政任卒。汤显祖有《寄甘子开》诗，他写道：

闻君何自不为霖，映带江山拒卧深。
人日西头送歌舞，一声吹断碧云心。

甘子开喜欢饮酒赏曲。在《复甘义麓》信中，汤显祖说："弟之爱宜伶学二梦，学道也。性无善无恶，情有之，因情成梦，因梦成戏，有极善极恶。"①可见他们之间交谊很深，可以说很多心里话。这不，重阳节时，汤显祖又组织宜伶去甘参知府上演出，汤显祖在《九日遣宜伶赴甘参知永新》诗中记述道：

菊花杯酒劝须频，御史齐年兄弟亲。
莫向南山轻一曲，千金曾是永新人。

前两句说重阳节时，劝君多喝几杯菊花酒；后两句说不要轻看了宜伶人的艺术水平，他们比得上唐朝宫廷里的著名歌者。汤显祖对宜伶的精湛演技充满了信心。

---

① 徐朔方笺校：《汤显祖诗文集》，第1367页。

梅鼎祚(1549—1615),字禹金,明代安徽著名文学家、戏剧家,汤显祖与之情谊深笃。万历四年(1576)三月,汤显祖出发往南京国子监游学时,到安徽宣城作客,结识了梅鼎祚等友人。他们游山吟诗,夜宴听曲,度过一段美好时光。万历十四年,汤显祖应邀为梅鼎祚剧本《玉合记》作序,赞《玉合记》必将流传。自此,汤、梅二人一生结为至交,多有诗文唱和。万历四十二年,汤显祖年已六十五,但无法推却好友梅鼎祚的冉三邀请,亲率宜伶前往宣城进行慰问。但由于发生变故,汤显祖半道折回,让宜伶继续前往梅家演出。梅鼎祚看了宜伶的演出,当即写信给汤显祖说,宣城虽然不大,但也有戏剧演出活动,然而比起宜伶演出,真正远远逊色。可以毫不夸张地说,这是宣城历史上一次盛况空前的演出。好友梅鼎祚的夸赞既让汤显祖欢心,也让汤显祖遗憾,所以他在《吴序怜予乏绝劝为黄山白岳游不果》诗中感叹:"一生痴绝处,无梦到徽州。"

汤显祖不但与宜伶演出团队共同参与演出活动,还与宜伶共同制作服装、道具。汤显祖的"临川四梦",不但有缠绵悱恻的情场,也有刀光剑影的战场,更有钩心斗角的官场,还有风云不测的科场,场景复杂,人物众多。女主人翁有两个小姐、一个公主、一个富婆,男主人翁有三个状元、一个驸马,出场的还有两个皇帝、四个宰相,至于文臣武将、和尚道婆,各阶层人物都有,可见演出用的服装、道具应该缤纷多彩。为了解决这个问题,汤显祖亲自参与服装道具的制作,他心情愉快地写了《作紫襕戏衣二首》诗纪趣。全诗是:

试剪轻绡作舞衣,也教烦艳到寒微。
当歌正值春残醉,醉后魂随烟月飞。

无分更衣金紫罗,伎人穿趁踏朝歌。
俳场得似官场好,灯下红香不较多。

第一首诗写趁夜赶制戏衣的事。一个"试剪"写出制戏衣的认真态度,一个"寒微"虽调侃演艺人变手艺人,但和"试剪"映衬,更显出汤显祖和宜伶们共同制戏衣的不同凡响。正因为如此,所以才会"魂随烟月飞",高兴得很。第二首诗写制戏衣的感想。戏衣制作虽为了赶上演出,但制作过程是自由、愉快的,所以汤显祖感到"俳场得似官场好"。全诗不但表现了汤显祖与宜伶情同手足的亲密关系,还突出了汤显祖对戏剧工作的热爱。

以上这一切都表明,汤显祖是一个伟大的戏剧活动家。

关心爱护

汤显祖与宜伶共同活动的时间最少有16年。之所以会有这样长久且亲密的关系,完全得益于汤显祖以情为中心,热切关心、爱护宜伶们的生活和工作。

汤显祖在《复甘义麓》文中明确指出:"伶因钱学梦耳。"① 汤显祖对宜伶演剧赚钱的生活方式表示理解和支持,所以虽然他曾要求宜伶要有艺德,莫多取人家钱物和多索要酒食,但还是帮助宜伶以演艺赚取足够的生活费用。据资料介绍,明朝工人每人每天工资为0.02两银子,即20文钱。据前文"一夜红氍四百钱"计算,当时宜伶每晚的演出收入应该高于20文钱(按一个宜伶班社有演职员十余人计),这还不包括演出时主家的招待费用,所以,宜伶的收入是不落于时局的。这也是宜伶愿意与汤显祖长期合作的重要的物质基础。

在《与宜伶罗章二》信中,汤显祖开篇即写道:"章二等安否,近来生理如何?"罗章二肯定是宜伶班主之一,汤显祖写信给他,首先问安好,这是很温暖人心的。汤显祖是社会名流,当过六品京官,当过知县,现在又是他们的师长,能得长者的一声关怀,当然既显示感情的深浓又表示关系的亲密。尤其是那个"等"有"代问好"的意思,让罗章二那班宜伶以及全体与汤显祖合作的宜伶都得到热情的关爱,这实在是

---

① 徐朔方笺校:《汤显祖诗文集》,第1367页。

很感动人的。接着关于"生理"即生计,包括演出情况的探问,也足见汤显祖对宜伶无微不至的关心,希望他们演出的事业天天红火。汤显祖这种慈祥长者的风范当然有巨大的吸引力和凝聚力。这是宜伶愿意自觉追随汤显祖的重要情感因素。

汤显祖对宜伶不仅给予生活上和感情上的关心爱护,还在演技方面给予肯定和鼓励。前文举的王有信在滕王阁演出成功了,汤显祖写了两首诗赞美之,这无疑对宜伶有巨大的精神鼓舞作用。下面再举两例进一步说明,一是对宜伶于采演出的肯定。汤显祖在《听于采唱〈牡丹〉》诗中写道:

　　不肯蛮歌逐队行,独自移向恨离情。
　　来时动唱盈盈曲,年少那堪数死生。

从诗中可以看出,于采原来不是宜伶,是被吸引过来的其他剧种演员。于采进入宜伶团队后进步很快,在《牡丹亭》演出中不但唱腔好,而且能够演出戏中人物超越生死真挚感情。正是汤显祖打破门户之见,热情地大力表扬演技高的演员,使宜伶团队日渐壮大。

二是对宜伶许细的悼念。在《伤歌者》这首诗中,汤显祖关心爱护宜伶的感情更为深厚。全诗是:

　　聪明许细自朝昏,慢舞凝歌向莫论。
　　死去一春传不死,花神留玩牡丹魂。

诗中既赞美英年早逝的宜伶许细聪明勤奋以及演技炉火纯青,又歌颂宜伶们艺术青春永存,显示汤显祖对宜伶的无比爱护和巨大鼓舞。

结　语

从 1598 年完成著名剧作《牡丹亭》到 1616 年汤显祖逝世,共 16

年多的时间,汤显祖与宜伶保持着亲密关系和密切联系。在与宜伶一道的戏剧演出活动中,汤显祖既是躬耕俳场的创作者,又是踏歌教舞的导演,还是组织演出的传播者,真正是史无前例的集编导、制作于一身的戏剧大师。正由于汤显祖殚精竭虑的努力,培养造就出一批优秀的宜黄戏演员,仅在汤显祖诗文中留名的就有罗章二、张罗二、王有信、汝宁、于采、吴迎、许细等,充分显示出汤显祖与宜伶们亦师亦友的关系。同时,汤显祖与宜伶们共同活动,也积极地推动了"临川四梦"的广泛传播。汤显祖在世时,江西和江浙等地到处唱响着"临川四梦",尤其是《牡丹亭》更加声名远播。正如明代汤学家沈际飞所论,汤显祖不但编剧、导戏、演戏,而且用诗文使宜伶有幸地青史留名,永传后世。

作者单位:抚州文化学者

万历二十年的汤显祖

刘昌衍

万历二十年(1592)春,汤显祖是否从贬谪地徐闻,回到家乡临川?这是学界长期纠葛不清的一个话题。

众所周知,万历十九年五月,汤显祖因《论辅臣科臣疏》而贬谪广东徐闻典史,然而汤显祖在徐闻停留了多长时间,却由于缺乏有力的证据,长期以来,有着不同的答案,莫衷一是。如已故浙江大学徐朔方先生在他的《汤显祖评传》中说"汤显祖在徐闻停留半年"①,并以汤显祖诗句"越江初服映春丝,深院炉香隐几时。雨气夜薰青菌出,烟波晴浣白鸥知。逍遥正自投穷发,混沌何须与画眉。最好东陂事田作,农歌幽谷远相宜"(《新归偶兴》)②为据,说"他在次年二三月间返回临川"③。也就是说,徐先生认为,万历二十年初,汤显祖从徐闻回到了临川,直至翌年春赴浙江遂昌令。而已故的原中国艺术研究院戏曲史家黄芝冈先生在他的《汤显祖编年评传》中则认为:"万历二十一年,癸巳,四十四岁。本年春,汤回临川。"④同样以汤显祖诗作《新归偶兴》为据。也就是说,黄先生认为,万历二十年,汤显祖全年都在徐闻。两位大师各抒己见,此后未见有人深入探讨。

近几年来,随着汤学研究的勃兴,汤显祖在徐闻停留的时间也引起了学界的极大关注。以2016年6月22日在徐闻召开的"岭南行与

---

① 徐朔方:《汤显祖评传》,南京大学出版社,1993年,第79页。
② 徐朔方笺校:《汤显祖全集》,北京古籍出版社,2001年,第471页。
③ 徐朔方:《汤显祖评传》,第79页。
④ 黄芝冈:《汤显祖编年评传》,中国戏剧出版社,1992年,第185页。

临川梦——汤显祖学术广东高端论坛"为例,在会议收集的31篇论文中,近十篇涉及了汤显祖在徐闻的时间问题。既有三四个月之说,也有一年零二个月之说,更有两年又十个月之说。①另外还有广东海洋大学文学博士王小岩认为的汤显祖"在徐闻的时间不过一个多月"②之说。

笔者认为,产生上述分歧的原因,皆是各学者通过对汤显祖本人的诗文推测所造成的。仅凭"以诗(文)解诗(文)"或"寻章摘句"套用典故的方式,往往会出现因不同的解读而得出不同的结论。以汤显祖《寄傅太常》③的解读为例:

委清署而游瘴海,秋去春归,有似旧巢之燕;六月一息,无异垂天之云也……

徐朔方先生从"秋去春归""六月一息""垂天之云"的推导中,得出了汤显祖"在徐闻停留半年"的结论。而广东海洋大学的刘世杰教授,则以王力先生在《古代汉语》中对"去以六月息者也"的注解"鹏用六个月的时间离开北海飞,到达南海才休息",据此而认为"汤显祖这里的'六月一息',就是'大风一阵',根本不是六个月,而是比喻自己像乘着阳气盛的六月(夏历四月)大风贬谪到南海的徐闻去的,不能因此坐实汤显祖在徐闻'六个月'"。④

基上所因,笔者认为,要坐实汤显祖万历二十年在徐闻,还是在临川,除了要看他本人的诗文之外,还必须要有同时代的直接文献作证,才能形成完整的证据链。最近,笔者研读了《四库禁毁书丛刊补编》所

---

① 分别见中共徐闻县委、徐闻县人民政府编:《岭南行与临川梦——汤显祖学术广东高端论坛》,花城出版社,2016年,第256、375、307、239页。
② 王小岩:《汤显祖贬谪徐闻与诗文戏曲创作》,《中华俚僚文化旅游网》2014年5月15日。
③ 徐朔方笺校:《汤显祖全集》,第1329页。
④ 刘世杰:《汤显祖被贬徐闻典史时间考略》,《中国社会科学报》2014年11月6日。

收《刘大司成文集》中的尺牍《与汤若士》(共十七通)①,发现其中第四通足可证明,万历二十年春,汤显祖不仅从徐闻回到了临川,而且随后又从临川返回徐闻;直到深秋时节,才真正地离开徐闻回到临川,并从临川赴浙江遂昌令。

一、汤显祖受贬前后的时政变局

为清楚地说明万历二十年汤显祖在哪里的问题,我们有必要对当时的时政变局做一概述。

(一)汤显祖受贬经过

万历十九年五月,汤显祖因《论辅臣科臣疏》而贬谪广东徐闻典史,其过程在《明神宗实录》中有着较为详细的记载。现分别辑录如下:

> 万历十九年四月,丙申朔。(庚申二十五日),南京刑(礼)部主事汤显祖,因星变陈言,劾辅臣申时行欺蔽,吏科给事中杨文举经理荒政,受贿多赃,礼科给事中胡汝宁一蛤蟆给事,皆辅臣党护。诏切责之。

> 万历十九年五月,乙丑朔。丁卯(初三日)(皇帝)谕内阁:朕因玄象示异,奸恶不轨,故特谕内外臣工恪恭乃职,省己秉公,用弭天变以图治。今各不任所责,归咎元辅。前万国钦捏诬诋辱,朕念系言官,已薄罚了。汤显祖以南部为散局,不遂己志,故假借国事攻击元辅,本当重究,姑从轻处了。卿等可说与元辅不必以浮言介意,卿等俱安心供职,还著鸿胪寺传示元辅即出办事,勿负朕意。

---

① 《尺牍〈与汤若士〉》,《四库禁毁书丛刊补编》第73册《刘大司成文集》,北京出版社,2005年,第249—258页。毛效同编:《汤显祖研究资料汇编》,上海古籍出版社,1988年,第199—212页,亦载刘应秋《与汤若士》(共十七通)。

万历十九年五月,乙丑朔。庚午(初六日),大学士许国请发六科公本,为吏、礼二科都给事中杨文举、胡汝宁被南京主事汤显祖讦奏,乞并批发,以安诸臣之心。

　　万历十九年五月,乙丑朔。(癸酉初九日),吏科杨文举,礼科胡汝宁各辨南京主事汤显祖疏,乞归,不允。

　　万历十九年五月,乙丑朔。(庚辰十六日),<u>降南京礼部主事汤显祖为徐闻县典史</u>。

从以上五则按时间顺序排列的"实录"可以看到,在对汤显祖的处理问题上,神宗的态度开始时并不明朗,甚至正中下怀。毕竟汤显祖的《论辅臣科臣疏》不仅事实确凿,对皇帝的指责尽管词语尖锐,但其本意也是为了维护皇权,所以神宗才有四月庚申的第一次诏令"切责",即严词斥责。并且神宗还在五月丁卯谕旨内阁:前面万国钦"已薄罚了",汤显祖也就姑且从轻处理罢了。但首辅申时行,科臣杨文举、胡汝宁仍然步步紧逼,以怠工、乞归等形式向神宗施压,迫于这种情况,神宗五月庚辰下旨将汤显祖降为徐闻县典史。由此也才有了当时邸报中的《谪南京礼部主事汤显祖极边杂职》①的综合性报道,成为全国皆知的事件。

(二)汤显祖受贬前后的时政变局

　　纵观万历朝,百诟之中也曾有一丝一闪而过的"光亮",那就是汤显祖在《论辅臣科臣疏》斥为"刚而有欲"的张居正死后,神宗为亲掌大权,摆脱"阿斗"皇帝的阴影,出尔反尔,在两年的时间里,分别追夺张居正之谥,尽削其官秩,抄其家,榜示天下其罪,其长子礼部主事张敬修"寻自缢死",其弟都指挥张居易,子张编修嗣修,"俱发戍烟瘴地"。②此番

---

① 《谪南京礼部主事汤显祖极边杂职》,《万历邸钞》万历十九年辛卯卷,江苏广陵古籍刻印社,1991年,第551—552页。

② 《张居正传》,〔清〕张廷玉等撰:《明史》卷二百一十三《列传第一百十》,中华书局,2000年,第3766—3767页。

之后,权力高度集中于神宗,"上则禀皇上之独断,下则副外廷之公论"①,内阁权力大为降低。"公论"之下,使得六部尚书不再对首辅俯首帖耳。尤其是吏部,先后出现过几任较为正直的尚书。如在万历十八年(1590),吏部尚书宋纁,"绝请寄,奖廉抑贪,罪黜吏百余人,于执政一无所关白"②。万历十九年三月,继任者陆光祖"故事,冢宰(即吏部尚书)与阁臣遇,不避道,后率引避"③。万历二十年三月光祖致仕,接任者孙鑨"守益坚",尽管面对"阴戒驺人异道行,至鑨益径直"④。正是由于朝廷中多多少少还有一些能够主持"公道",较为正直的官吏的存在,所以在汤显祖因上疏而遭贬谪之际,有人斗胆为其荐举:

> 万历十九年五月乙丑朔(辛卯二十七日),户科给事中王遵训言:贤才世道所关……有闇然自修如唐伯元、李开藻、汤显祖诸臣,而未见破调获用。⑤

也有在汤显祖之后,继续揭露首辅申时行罪行者:

> (万历十九年七月)丁亥(二十三日)……司业刘应秋、御史章守诚、主事蔡时鼎,开列时行罪状,乃留中,不下。⑥

上述事态表明,汤显祖的《疏》举,绝非孤立,而得到了朝廷中许多正直官吏的支持与赞许。史实是,汤显祖四月在《论辅臣科臣疏》中所揭露的科臣杨文举,被迫在同年六月"癸卯(初十日),吏科给事

---

① 《明神宗实录》卷二一九,黄彰健校勘:《明实录》,中华书局,2016年,第4100页。
② 《宋纁传》,〔清〕张廷玉等撰:《明史》卷二百二十四《列传第一百十二》,第3829页。
③④ 《孙鑨传》,同上,第3931页。
⑤ 《明神宗实录》卷二三六,黄彰健校勘:《明实录》,第4385页。
⑥ 《明神宗实录》卷二三八,同上,第4419页。

中杨文举因人言,告病请乞回籍,许之"①。被汤显祖《疏》中所谴的辅臣王锡爵,也托母亲生病,稍后获假三个月,离开了朝廷。正因为如此,也才有了刘应秋写于万历十九年(1591)七月的第一通信函,中叙:

> 徐闻在广为善地,此出陆太宰之意。作令者瑞郡人聂惕吾,谓有书先与言之。吾丈行,或暂不携家,看彼中景何如,若不欲求差假归……凭限尚宽,九月后起身未迟。

此话的意思是,徐闻在广东是比较好的地方,所以吏部尚书陆光祖把你安排到那里;并且县令是瑞郡(现江西宜丰县)人,已有人写信打好招呼了,九月出发即可。但对汤显祖而言,受贬之后最大的变局恐怕还是这年九月首辅申时行与大学士许国相继去职后,赵志皋、张位即将出任首辅与副首辅之事。尤其是张位的出任,更给汤显祖的前程带来莫大的希冀。

张位(1538—1605),字明成,号洪阳,江西新建人。隆庆二年(1568)进士,改庶吉士,授翰林院编修,预修《世宗实录》。张位贯通经史,工诗善文,初官翰林,声望甚重。同时,又果干自用,正道直行。万历五年因触忤首辅张居正,由翰林院侍讲抑授南京国子监司业。而这一年春,汤显祖第三次进京应试,因拒绝张居正的拉拢而落第,再次到南京国子监游学,拜张位为师。先生与弟子同遭权贵排斥的心境相通,自然相互引为知己。尤其是张位,在抑授南京国子监司业后的京察中,再贬为徐州同知。尽管两人受贬大不相同,但其感受无二。所以,万历十九年九月,刘应秋得知首辅申时行与大学士许国先后离去②,并命大学士张位"入阁办事"的消息后,立即函告汤显祖:"两相并去,朝家景象一新……张公再兴,当复还旧观。张公清正

---

① 《明神宗实录》卷二三七,黄彰健校勘:《明实录》,第 4392、4396 页。
② 《明神宗实录》卷二四〇,同上,第 4463、4462 页。

有识,不知何以副天下之望……抵徐闻后便可图归。主铨者欲伸公论于丈,待缴凭尔。"①然而时政的发展并没有像刘应秋想象的那样乐观。万历十九年(1591)九月二十一日,"辅臣王锡爵假限已满,差官敦趣奉母驰驿来京"②。由此也就有了第三通信函中的"太仓甚不喜兄,不知何为"之忧虑。

二、春回临川考

《刘大司成文集》是汤显祖亲自选编,并为之作序的,其可靠性毋庸置疑。文集收录有《与汤若士》尺牍十七通,文字长的达1 100多字,短的则只有44字。内容不仅以"见后火,勿轻泄!""密之!密之!"③而显示出两人非同一般的深厚友情。其中前五通为汤显祖受贬之后赴遂昌令之间所作。尤其是第四通④,更保留着汤显祖万历二十年春离开徐闻回到临川的直接的可靠的史料依据,对研究万历二十年汤显祖的行迹、勘析其作品,有着重要的价值。为避断章取义之嫌,本文以北京出版社《四库禁毁书丛刊补编》第73册收录的《刘大司成文集》(明万历刻本)为底本,重新校核并进行分段,相关重点以下划线标示。

今岁凡五得仁丈书,其二自徐闻所寄,其三则抵家后也。吴曙谷过白门⑤,备悉两尊人健安,及居起闲适状,甚慰所思。曙

---

① 刘应秋:《尺牍〈与汤若士〉》第三通,《四库禁毁书丛刊补编》第73册《刘大司成文集》,第251页。
② 《明神宗实录》卷二四〇,黄彰健校勘:《明实录》,第4471—4472页。
③ 刘应秋:《尺牍〈与汤若士〉》第七、十通,《四库禁毁书丛刊补编》第73册《刘大司成文集》,第254、256页。
④ 刘应秋:《尺牍〈与汤若士〉》第四通,同上,第251—252页。
⑤ 吴道南(1547—1620),号曙谷,江西崇仁人。万历十七年(1589)中进士,授为编修,官至礼部尚书。白门,南京的别称。

谷,笃实人,于道为近。弟为约邓定老、南皋大①小集城外净空,一饷而别,惜未能久处,稍廓其识也。

读文《贵生》《复明》二说,近况已蒸蒸大道矣。平生伎俩薄而不居。象山先生诗有云:"《易》简工夫终久大,支离事业竟浮沉。欲知自下升高处,真伪先须辨只今。"弟近寄友人书中语,亦谬有之,曰:虮尘坏人,意见病道,一毫不真,到底无成。吾丈已萧萧远在风尘之外,崎岖迫陋中,从锻炼得觉悟,从觉悟得操修,便当有真正路头,不至以意气承当,以见解作家珍也。弟自弱冠即从父师闻学,悠悠廿载,未有归宿,大都皆缘意气见解所误。近一二年来才得入路,总有持循,本来性宗,不作疑障,累日积月,渐能凑泊,直是兢兢业业,一息不容间歇,一毫不可渗漏,无二再心,那得有闲言时候。向来病气痛,气习自宜默默转换,结成胎胚。此二路,弟盖见之而未逮也。定翁凝静冲夷,养邃而识透,朝夕观摩,受益弘深;盖得之精神十七,得之言句者十三也。此生有幸,于道缘最不薄,良朋良师夹持成立,造物可谓有意,敢不自爱!

宁夏兵变,中州效尤,法纪积弛,酿祸不测。自山阴公②以忠愤激谏,一发不投,遂致决裂。两月以来,大臣束手,言官结舌,外未宁而内有深忧,天下事未知所底。旦夜思之,可深痛哭流涕乎!

新建公③遇合方新,入不入未可知;此日实难措手,看作用何如。陆太宰④公心术在桓文⑤之间,半年事业颇多可观;一归尤

---

① 邓定老:邓以讃(1542—1599),号定宇,字汝德,新建人。历官右中允,国子监司业,南京国子监祭酒,至吏部侍郎。南皋大:邹元标(1551—1624),江西吉水人。时任南京刑部广东司署员外郎主事添注。

② 山阴公:王家屏(1535—1603),山西大同山阴县人。字忠伯,号对南。万历三年(1575),40岁任经筵日讲官,万历十九年,担任首辅。

③ 新建公:张位。

④ 太宰是百官之首,陆太宰,吏部尚书陆光祖(1521—1597),字与绳,浙江平湖人。

⑤ "桓文":春秋时齐桓公与晋文公。《后汉书》卷七十一《皇甫嵩传》:"上显忠义,下除凶害,此桓文之事也。"

佳,以令名终。后来者未可辨其优劣,盖得人之难也。如此时事,其在邸报所未报者,南中亦不尽知。所欲言者,楮生①不可尽达也。南大司空之缺,宜归朱大中丞②,久而不推,其故谓何?何所待耶?万二愚兄③闻在家有所苦,近来安否?

吾兄再须广行,可在何时?在伯之前宜曲意承欢,比往时更须加倍顺亲底豫,非有真精神不可。此皆天之所以玉兄也。家大人五月书来,始见手劄在舍下者。家大人卷卷谓辱贲山间,其自父叔而下,盛津津谓服高雅。子弟辈有所兴发,仁人之赐渥矣。徐生使归,布此申候,不尽依依。

这通尺牍800多字,包含了十分丰富的时政信息,具有很高的史料价值。笔者对此不做析读,而仅就此时是何年,汤显祖此时在何地的问题做一详究。

首先,此时是何年?

尽管刘应秋《与汤若士》尺牍没有写作日期标识,但我们通过对尺牍中所涉时政人事的追溯,亦可得出这通尺牍写作于万历二十年(1592)五月底或六月初的结论。

一是从事件发生的时间分析。"宁夏兵变,中州效尤,法纪积弛,酿祸不测。"据史料载,万历二十年二月,宁夏发生了一起震动朝廷上下的兵变斗争,史称"宁夏之乱""哱拜之乱"。事由巡抚都御史党馨的苛政所激发而引起。二月十八日,"宁夏镇四营官军围杀巡抚党馨、副使石继芳,数其侵溇残暴二十事,并杀卫官李承恩,供应官陈汉于市,放狱囚,毁文卷"④。此次兵变,历时七个月之久才被镇压下去。"中州效尤"则是指宁夏兵变后,发生在河南陈州的军噪。这次事件,似乎

---

① "楮生",我国古代将纸戏称为"楮先生",也作"楮生"。
② 朱澹菴,名天球,漳浦人。万历十六年朱天球以南太常卿升南太仆寺卿,汤曾为其部属。
③ 万国钦,字二愚,新建人。万历十一年进士,十八年弹劾吏部尚书杨巍被责,居住乡里。
④ 《明神宗实录》卷二四六,黄彰健校勘:《明实录》,第4392页。

在历史上没有留下多少痕迹,仅在《明神宗实录》中查阅到河南巡抚吴自新万历二十年(1592)四月的两次奏报①:

  丙申(初七日),河南巡抚吴自新奏,陈州卫军以新行条鞭,工食未给。适本州署印同知赵贞明阅兵行法,纠众鼓噪,拥至教场,括给数千金始散。

  (戊戌初九)河南巡抚吴自新奏,陈州军噪,指挥李承教侵费条银实致之,管班陈王道嗾众幸祸,而陈州署印同知赵贞明、指挥徐时中、汪延龄与有责焉……上谓操军激变有因,实干法纪,命巡抚官即擒首恶正罪。李承教、陈王道俱下巡按御史逮问,承教从重究,以惩武弁贪恣者。

从上述两则"实录"可以得知,这次军噪事件很快就平息了,知晓的范围很小,由此可以看出信函的私密性。

"自山阴公以忠愤激谏,一发不投,遂致决裂",此处的"山阴公"指的是山西大同山阴县人,时任首辅王家屏。"以忠愤激谏",指万历二十年春,给事中李献可等人奏请神宗,对年满十岁的长子常洛以帝王标准开始教育。这本是好意,却激怒了此时不甘心立长子为储的神宗,而被定为重罪。为了营救李献可,王家屏竟封还了神宗的御批,谏言:"意以事系储闱,不宜损天亲之爱,言出台省,不宜塞忠谏之门。"②李献可被斥革为民,保住了性命,但王家屏却受到神宗"有妨庶政""陷主于不义"③的怪罪。无奈之下,王家屏只得托病乞归。"一发不投,遂致决裂",则是指万历二十年正月(己丑),"大学士赵志皋乞催同官王家屏入阁办事,"神宗"留中"④,不予搭理。万历二十年三月,年仅五十七岁的王家屏被迫提出辞免,"辛未(十一日),大学士王家屏惟久

---

① 《明神宗实录》卷二四七,黄彰健校勘:《明实录》,第 4595、4597 页。
② 《明神宗实录》卷二四四,同上,第 4559 页。
③④ 同上,第 4555、4558 页。

病辞免读卷,乞与生还。上念其情词恳切,许之,赐传回籍"①。王家屏的离去,朝野叹息:"诏驰传归。家屏柄国止半载,又强半杜门,以戆直去国,朝野惜焉。"②

二是从朝廷人事的变动透视。"新建公遇合方新,入不入未可知"句中,新建公指的是江西新建人张位。汤显祖晚年与张位的交往很频繁,这在汤显祖的诗文集中多有记载。此时的张位正处于"不知何以副天下之望"③之际,即已知张位即将担任副首辅之职,但尚未到任之际,故而有"入不入未可知"之说。据《明神宗实录》记载,万历十九年(1591)九月"丁丑(十五日),以大学士赵志皋、张位入阁办事"④,即任辅臣旨意下达后,张位分别在万历十九年十一月丙子(十四日)"以病乞,仍在籍调理"⑤、十二月朔日"再疏乞辞,不许"⑥而未到任。直至万历二十年四月,神宗再次下旨:"戊戌(初九日),命吏部左侍郎兼东阁大学士张位即日入阁办事"⑦;两天后即"庚子(十一日),大学士张位遵旨入阁办事"。时经八个月之久。然而,由于"如此时事,其在邸报所未报者,南中亦不尽知"。所以时任南京国子监司业的刘应秋在写此通尺牍时,并不知道张位已经"入阁办事",故有尺牍中的"入不入未可知"之说。

而"陆太宰公心术在桓文之间,半年事业颇多可观;一归尤佳,以令名终",则是指万历十九年四月"丙辰(二十一日),改刑部尚书陆光祖为吏部尚书"⑧以来,陆光祖上显忠义,下除凶害,即使对首辅申时行,也"尝以事与大学士申时行逆,时行不悦,光祖卒无所徇",而多次

---

① 《明神宗实录》卷二四六,黄彰健校勘:《明实录》,第 4580 页。
② 《王家屏传》,〔清〕张廷玉等撰:《明史》卷二百十七《列传第一百五十》,第 3821 页。
③ 刘应秋:《与汤若士》第三通:"张公清正有识,不知何以副天下之望。"《四库禁毁书丛刊补编》第 73 册《刘大司成文集》,第 251 页。
④ 《明神宗实录》卷二四〇,黄彰健校勘:《明实录》,第 4464 页。
⑤ 《明神宗实录》卷二四二,同上,第 4515 页。
⑥ 《明神宗实录》卷二四三,同上,第 4525 页。
⑦ 《明神宗实录》卷二四七,同上,第 4596、4600 页。
⑧ 《明神宗实录》卷二三五,同上,第 4367 页。

受人"之劾"。甚至还因荐举人才受到神宗的"旨责":万历二十年（1592）正月,庚寅（二十九日）,"吏部尚书陆光祖奏,顷推饶伸为主事,万国钦为推官,二臣前论辅臣获罪……旨责其庇救不公,仍令其安心供职"。所以陆光祖自担任吏部尚书以后,多次"以老病乞致仕,不许"。直到万历二十年三月甲戌（十四日）:"吏部尚书陆光祖,复以老病被言乞罢,许之,仍予驰驿归。"信函中的"半年事业颇多可观",则是指在陆光祖的主持下进行的"壬辰京察"。"二十年大计外吏,给事中李春开、王遵训、何伟、丁应泰、御史刘汝康皆先为外吏,有物议,悉论黜之。又举许孚远、顾宪成等二十二人,时论翕然称焉。"故刘应秋在尺牍中称其为"半年事业颇多可观;一归尤佳,以令名终"。而尺牍中的"后来者未可辨其优劣,盖得人之难也"句,则是指陆光祖三月甲戌（十四日）致仕后,对三月戊子（二十八日）,由南京兵部尚书、参赞机务改任吏部尚书的孙鑨①不甚了解而言。

上述信函中所列出的时局与人事变动,件件确凿,时间清晰,都发生在万历二十年二月至四月。因此可以坐实,刘应秋的这通《与汤若士》尺牍写作是在万历二十年四月之后。准确地说,从尺牍中"家大人五月书来"句可得知,此尺牍作于五月末或六月初。

其次,此时的汤显祖是身在临川,还是徐闻？

从尺牍"今岁凡五得仁丈书,其二自徐闻所寄,其三则抵家后也"句中看,刘应秋此时应收到了汤显祖的五通信函。现在除了在《汤显祖全集》保留有一通可以确定是汤显祖在徐闻时写给刘应秋的信函以外（见后叙）,其他已无迹可寻。但丝毫不影响对万历二十年春汤显祖回到临川的史实认定。细析如下:

一是"今岁凡五得仁丈书,其二自徐闻所寄,其三则抵家后也"已经清晰地说明,此时的汤显祖应当是在临川家中;如果是在徐闻,就应当是"抵徐闻后"了。二者取一,别无其他。

二是"读文《贵生》《复明》二说,近况已蒸蒸大道矣"的《贵生》指的

---

① 《明神宗实录》卷二四六,黄彰健校勘:《明实录》,第 4591 页。

是汤显祖的《贵生书院说》,《复明》指的是《明复说》,《复明》应是刘应秋的笔误,下改。无须再考,"《贵生》《明复》二说"这两篇文章都是汤显祖在徐闻所作,这已为学界所共识。"读文《贵生》《明复》二说",意指最近读到。即汤显祖从徐闻回到临川后,将这两篇文章寄给了刘应秋,并以此邀托他撰写《贵生书院记》。关于撰写《贵生书院记》一事,在刘应秋《与汤若士》第十三通与第十五通尺牍中也有所揭及。

其三是,"吾兄再须广行,可在何时"。如若汤显祖此时不在临川,何来如此之说?一个"再"字,不是足以说明,汤显祖此时已经在临川了吗?这也与刘应秋《与汤若士》第一通中"吾丈行,或暂不携家,看彼中景何如,若不欲,求差假归",以及第三通中"抵徐闻后便可图归"相连贯了。也就是说,到徐闻后的去与留,由汤显祖自己相机而定。

那么再来看看汤显祖本人所写的诗文:

《秋发庾岭》:"枫叶沾秋影,凉蝉隐夕晖。"①

《新归偶兴》:"越江初服映春丝,深院炉香隐几时。"②

去时(万历十九年,1591)"秋影",归来(万历二十年)"春丝"。不正是汤显祖所叙的"秋去春归",恍如"六月一息"吗?所以,准确地说,汤显祖此次在徐闻,从去到回,合在一起计算,总共约六个月的时间,即万历十九年九月初从临川文昌里瑶湖渡口上船,到万历二十年二月回到临川。并且从《新归偶兴》"深院炉香隐几时"的诗句中可以得知,此时的汤显祖并没有得到"量移"浙江遂昌县令的信息,否则就不会有"隐几时"之句了。

综上可以坐实,徐朔方先生认为万历二十年春汤显祖回到临川的

---

① 徐朔方笺校:《汤显祖全集》,第423页。
② 同上,第471页。

结论是正确的。只是先生的结论,仅从诗文的解读中得出,缺乏其他史料的帮衬,难免存在多解而受到质疑。特别是在徐先生所笺注的诗文中,有不少倘用"秋去春归"无法解释得了,而难以自圆其说。出现这种情况的原因,是徐先生没有注意到汤显祖此后还曾有"再须广行"。

三、"再赴徐闻"考

如前所考,万历二十年(1592)初,汤显祖确实从徐闻回到了家乡临川。并且从信函的内容看,刘应秋的这通信函,应当是接到汤显祖在临川给他的三通信函之后所做出的回复。令人关切的是,信函中"吾兄再须广行,可在何时?"似乎提示了一个以往没有引起人们注意,然而却非常值得研究的课题。其理由一是以万历二十一年三月十八日,汤显祖到达浙江遂昌上任的时间倒推计算,其间尚有大半年,时间上不存在问题。二是从"吾兄再须广行,可在何时?"的语句分析,应该是刘应秋对汤显祖的去函中所说到的"再须广行"的关切回应。也就是说,汤显祖自己是有再赴徐闻之打算的。三是从汤显祖的两首"初归"诗①中,既有《岭外初归……》"暮云江水翠于蓝"的初春,又有《雷阳初归……》"芙蓉小筑秋将老"的深秋。两首诗句,两个不同季节的"初归",显然是不能合二为一的。

(一)春回临川动因考

在前面的考论中,已经得知刘应秋有"若不欲,求差假归",以及"抵徐闻后便可图归"的交代,也就是说,在徐闻待多长时间,应当做些什么事情,全由汤显祖自己而定。那么回到临川的汤显祖,为什么还要"再赴徐闻"呢?要说明清楚这个问题,必须先说清楚汤显祖为何要在万历二十年春回临川。下面先从汤显祖写给刘应秋的一封信函②说起。全文如下:

---

① 徐朔方笺校:《汤显祖全集》,第 473、477 页。
② 《与刘士和司业》,同上,第 1311 页。

> 今年大计殊佳,是陆公晚节得意处。但如此亦真是奇士矣。承手命,弟一生大病,坐于多读多言,多读多芜,多言多漏,今稍愧悔。兄其许我乎?海上尉当一二年,安心供职。郭考功①未即开府,何也?逐臣无所忻,喜清人得政耳。

前面我们已经知道,陆光祖是万历二十年(1592)三月从吏部尚书任上退休的。因此,汤显祖的这封信函应当作于陆光祖退休之前,也就是万历二十年春在徐闻期间。此信函告诉我们一个基本史实就是,尽管当时的时局有所变化,但汤显祖对陆光祖万历十九年末主持的"京察"会有多大的雨露恩惠到自己身上是不抱希望的。"承手命",既然命运安排如此,那就"海上尉当一二年,安心供职"罢了。信函中丝毫看不出汤显祖有回临川的打算。所以,汤显祖万历二十年春回临川,并不是不想干了,而是家中有非常重大的事由所致。那么,是什么重大事情促使汤显祖千里迢迢地从徐闻回到家中呢? 在前面所展示的刘应秋《与汤若士》第四通信函中,似乎可以看到点滴缘由:

> 吴曙谷过白门,备悉两尊人健安,及居起闲适状,甚慰所思……在伯之前宜曲意承欢,比往时更须加倍顺亲底豫,非有真精神不可。此皆天之所以玉兄也。

从字面上看,应当是抚州崇仁人吴道南回家探亲途中到了临川,探望了汤显祖;后路过南京时,与刘应秋见了面谈及此事,刘因而得知汤显祖的父母身体状况,甚感欣慰且有所思。也许还得知了汤显祖服侍双亲很辛苦,所以信函中劝导汤显祖在父亲面前要委曲己意,多些担待与忍耐;要比往时加倍地顺从老人,博取欢心。如此这般非要有真情实意不可,这样才是最好的兄长了。然而从年纪上看,此时汤显祖的

---

① 郭考功是何人,暂无考,但汤显祖有《送郭考功北征采药南归》五言诗一首。诗中的郭考功在《汤显祖全集》中亦无考。

父亲汤尚贤年仅六十五岁,母亲吴氏则只有六十一岁,并非老态龙钟不可自理。①那么又是什么原因要做儿子的汤显祖比往时更须加倍地顺从老人家,使其得到欢乐呢?恐怕答案只有一个,那就是老人生病了。在视孝道为天的中古时期,若父母生病,哪怕是弃官不做,也要回家服侍的事例俯拾皆是。汤显祖同样如此。这从《文昌汤氏宗谱》所载《若士公传》可略见一斑:

<u>与其两尊人居,则柔气愉色,迎所欲恶而先意为之,小不谐怪慄慄忧虞</u>,若负重辜然,与其五兄弟俱解衣分餐粥,其逮而补其缺失,务令得两尊人欢,<u>以一人而兼兄弟五人以事其亲,故两尊人老而致足乐</u>。

"时时采药仙华苑,稍稍占花佛影龛"(《岭外初归,读王恒叔苍山寄示五岳游,欣然成韵》)②在汤显祖的精心照料下,父母的病体应当很快就得到了康复,"告假"而归的他自然会有再返徐闻的想法。

(二)为何要"再赴徐闻"

首先,从刘应秋的"读文《贵生》《明复》二说,近况已蒸蒸大道矣"所透露的信息分析,贵生书院的建设应在其时。

在徐闻,汤显祖知其"此地人轻生,不知礼义"③,在寓所办起了贵生书院。"海之南北从游者甚众"④,"至则蹑衣冠而请谒者,趾相错也……诸弟子执经问难靡虚日,户屦常满,至廨舍隘不能容"⑤。正因为来听讲的弟子甚多,寓所容纳不下去了,于是在县令熊敏的支持下,

---

① 《文昌汤氏宗谱·敕封太常寺博士承塘汤先生元配吴太恭人合葬墓志铭》:"翁生于嘉靖戊子年(1528)十二月二日,卒于万历乙卯(1615)正月十一日,享年八十有八;恭人生于嘉靖庚寅年(1530)十一月初八日,卒于万历甲寅年(1614)十二月二十一日,享年八十有五。"
② 徐朔方笺校:《汤显祖全集》,第473页。
③ 同上,第1501页。
④ 宣统《徐闻县志》。
⑤ 刘应秋:《徐闻县贵生书院记》,《四库禁毁书丛刊补编》第73册《刘大司成文集》,第75页。

"会其时有当道劳饷,可值缗钱若干。义仍以谋于邑令熊君,择地之爽闿者,构讲堂一区"①。应该说,汤显祖在初春离开徐闻时,贵生书院尚在谋划之中,现在离开已有几个月,想必筹备得差不多,可以开工了。作为谋划者,只有在现场才更能实现自己的意图,他人是难以代替得了的。

其次,从贬谪徐闻期间所作的诗文推测,汤显祖应该有"海南之行"的打算。

关于汤显祖有否"海南之行",徐朔方先生十分谨慎,在他的《汤显祖年谱》《汤显祖评传》著作中无一字提及。但他在《汤显祖全集》涉及徐闻的部分诗文的笺注中,却留下可推敲的空间。如《送卖水絮人过万州》《万州藤障子歌》《黎女歌》等笺注是"同前诗",即"作于万历二十年(1592)壬辰春,在徐闻典史任"②。而实际上从《恩平午火》"二月桃花绛雪盐"③句中可以知道,二月初春时,汤显祖已经离开徐闻,不可能有这个"同前诗"的时间档。黄芝冈先生则在他的《汤显祖编年评传》中直言:"汤在徐闻期间,曾一度由白沙泛海到琼州定安县游五指山,有《白沙海口出沓磊》、《定安五胜诗》(《五指山》《彩笔峰》《金鸡岫》《马鞍岘》《青桥水》)、《徐闻泛海归百尺楼示张明威》等诗,又有《琼人说生黎中先时尚有李贽皇诰轴遗像在,岁一曝之》一诗。"④近十几年来,不少的学者撰文支持汤显祖有"海南之行"的观点,其中龚重谟先生更在他的《汤显祖大传》中用了一节的篇幅阐述"汤显祖到徐闻后确又跨海观游了琼州"⑤。对此,徐闻的学者坐不住了,其中钟大生先生撰写了14 000多字的长文《汤显祖到过海南吗?——与龚重谟先生商榷》予以批驳。其中心论点是,汤显祖"从来徐闻到离开,在徐闻的任职最多有四个月。由此可见,汤显祖上任时间极短和身份限制,不

---

① 刘应秋:《徐闻县贵生书院记》,《四库禁毁书丛刊补编》第73册《刘大司成文集》,第75页。
② 徐朔方笺校:《汤显祖全集》,第463、464页。
③ 同上,第468页。
④ 黄芝冈:《汤显祖编年评传》,第179页。
⑤ 龚重谟:《汤显祖大传》,北京燕山出版社,2014年,第119页。

可能到海南旅游,更不可能达'一个多月'"①。

笔者认为,如果仅就汤显祖在万历十九年(1591)十一月下旬到达徐闻,次年二月就匆匆离开而言,其间只有二三个月的时间,确实是不可能有游览海南之举的。但如果放到"再须广行"的背景下呢?也就是说,汤显祖的"海南之行",只能是在万历二十年初夏"再赴徐闻"之后,否则就只能是臆断了。

据上所考,汤显祖万历二十年春回临川与初夏的"再须广行",对他来说,都是生命中同等重要的事情。除此之外,没有任何理由能够阻止他在万历二十年春,千里迢迢地回到家中;也没有任何理由又促使他冒着酷暑,毅然千里迢迢地再赴徐闻。至于万历二十年深秋,汤显祖第二次离开徐闻回到临川,其原因从刘应秋的第六通信函"仁丈莅任果三月十八日乎"中,似乎可以得知,汤显祖此时应当得到了"量移"遂昌的"消息",而回家准备赴任。这通过《徐闻熊明府以鸡舌赠别,期复为郎也,却赠》②一诗中"三省郎官事已往,与君吞却沉香花"也能略知一二。"居久之,转遂昌令。"(邹迪光《临川汤先生传》)汤显祖这次从徐闻回临川,在家大概待三四个月之久,然后赴遂昌令任。

(三)涉及岭南地区的夏、秋季诗文考

在汤显祖与徐闻有关联的诗文中,有不少是"秋去春归""六月一息"无法解释得了的,细析这些诗文,可以发现,它们犹如草蛇灰线,隐藏着汤显祖"再赴徐闻"的依据。

其一《阳江避热入海,至涠洲,夜看珠池作,寄郭廉州》:"春县城犹热,高州海似凉。"徐朔方先生对此诗的笺文是:"作于万历十九年辛卯冬,贬官徐闻道上……显祖此行自阳江入海,直抵涠洲,然后折返徐闻。"③从诗意看,此行的缘由是春县(阳春县)的天气很热,故从阳江入海,到涠洲避热。"乌艚藏黑鬼,竹节向龙王",乘坐的应当是当时民

---

① 钟大生:《汤显祖到过海南吗?——与龚重谟先生商榷》,《岭南行与临川梦——汤显祖学术广东高端论坛》,第377页。
② 徐朔方笺校:《汤显祖全集》,第467页。
③ 同上,第458页。

间最常见的乌艚船,否则就不会有"竹节向龙王"的字句了。从航线看,阳江距涠洲岛航程三百多海里,相当于约六百公里。按每天行驶50海里计算,全程不仅至少需要六天时间,而且必须经过徐闻港且要靠岸补给。所以,如果不是天气热不可耐,初次抵达徐闻的汤显祖,绝不会如此失礼,路过而不上岸,径自去涠洲岛避热。对此徐先生用了两个"也许"作为解释:"也许是'风斜别岛样',船过徐闻靠不了岸,只得随风漂流,也许又是他游兴勃发,乌艚船直到几百里外的涠洲岛才停泊。"①

而从汤显祖诗《番禺江上七日长至二首》②可以得知,汤显祖是1591年12月22日冬至这一天才离开广州,继续前往徐闻的。依此时间,辨析当其时的气候状况,可以发现,湛江沿海地区的冬季尽管非常温暖,但并非热不可耐。据《湛江地区气候志》,本地区夏季为5—9月,各地平均气温可达28—30 ℃,最高气温达37—38 ℃。10—11月为本地区的秋季,北风渐起,气温逐渐下降,平均气温只有20 ℃左右。冬季则是在12月至次年2月,气温更低,不可能存在热不可耐的现象。(见下表)

湛江地区历年12、1月份冬季平均气温表(℃)③

月旬	县名	徐闻	廉江	高州	阳春	阳江
十二	上	18.2	17.9	17.6	16.6	16.6
	中	18.4	17.6	17.3	16.1	16.6
	下	17.7	16.2	16.1	15.3	15.8
一	上	15.8	14.6	14.4	13.5	14.2
	中	15.8	15.2	14.9	13.9	14.5
	下	16.6	15.8	15.6	14.6	14.8

资料来源:《湛江地区气候志》资表—4(4)(1)《历年各月逐旬平均气温表》(摘录)

---

① 徐朔方:《汤显祖评传》,第78—79页。
② 徐朔方笺校:《汤显祖全集》,第453页。
③ 广东省湛江地区气象局编:《湛江地区气候志》(内部资料),1974年,第189、186页。

从表中可以看到，岭南地区冬季的气温并不高。并且在此《湛江地区气候志》"历代灾情和异常天气史料辑录"中，万历十九年（1591）秋冬也未有极热天气的发生。所以，从气候学的角度分析，汤显祖"阳江避热入海，至涠洲……"不可能在"万历十九年辛卯冬"，而应当万历二十年夏（约七、八月份），"再赴徐闻"途中发生"避热至涠洲"。

又据广东学者刘世杰考证，汤显祖诗题中的"郭廉州"是在万历二十年五月任廉州知府的。由此也证明，汤显祖是在五月之后的夏天"避热入海，至涠洲"，并将此诗"寄郭廉州"的。因为万历二十一年三月十八日，汤显祖已经到达浙江遂昌了。这个时间点有文献作证，应是无异议的。然而刘世杰先生在他的另一篇同名之作《汤显祖被贬徐闻典史时间考略》①中，却以郭廉州于万历二十年五月任廉州知府为据，推定汤显祖到达浙江遂昌的时间在万历二十二年三月。如此就有曲解之嫌了。

实际上，持与徐朔方先生不同观点的早有人在。如黄芝冈先生在他的《汤显祖评传》中认为，汤显祖阳江避热的时间是："汤在徐闻期间……曾往阳江入海避热，有《阳江避热入海，至涠洲，夜看珠池作，寄郭廉州》诗。"②只是黄先生认为，汤显祖万历二十年一直都在徐闻罢了（见本文开篇所述）。

其二《寄怀徐闻陈公文彬旧游》③："雷蠚天飞海色青，一时风雨滞炎溟。"诗题中的陈文彬④，是汤显祖在徐闻时结交的当地朋友，曾任随州知州，当时退休在家，两人交往甚密。《寄怀徐闻陈公文彬旧游》诗尽管不是当时之作，但也是对当时情形的回顾性描写。诗句"雷蠚天飞海色青，一时风雨滞炎溟"是说：海面上雷声滚滚，闪电犹如火龙

---

① 刘世杰：《汤显祖被贬徐闻典史时间考略》，《徐闻文史第二十三辑》，第103页。
② 黄芝冈：《汤显祖编年评传》，第179页。
③ 徐朔方笺校：《汤显祖全集》，第473页。
④ 据徐闻学者钟大生考证：陈文彬大约生于嘉靖初，至万历三十四年逝世，享年八十岁左右。曾任广西梧州陆川县吏目，福建汀州连城县教谕，广东惠州和平县知县，万历二年任湖广省德安隋州（今随州）知州。何时致仕不详。

掠过天际,过后大海与天空一样蔚蓝,闷热的天气随之凉爽了起来。据《湛江地区气候志》介绍,徐闻的雷雨天气主要集中在每年 4—9 月的夏季,秋季雷暴雨偶尔有之,从而说明,万历二十年(1592)夏秋季,汤显祖是在徐闻生活的。

其三《槟榔园》等诗中四季的描写。"含胎细花出,繁霜清夏沉。千林荫高暑,羽扇秋萧森。上有垂房子,离离隐飞禽。露乳青圆滋,霜氲红熟禁。"正是由于汤显祖有了前后两次在徐闻的生活经历,所以才会有涵盖四季的如《槟榔园》《黎女歌》《海上杂咏二十首》等一批被明人沈际飞评为"风土志"式的"咏物诗"。换句话说,汤显祖如果没有夏秋季在徐闻的亲身体验,仅凭道听途说,是写不出观察如此细致,描写如此生动的风土诗来的。①

归于深秋的诗文有:

其四《雷阳初归……》:"芙蓉小筑秋将老,菊蕊孤尊瞑欲醺。"诗句中的"秋将老",以及"菊蕊孤尊瞑欲醺"的景物描写指的都是秋天。表明,汤显祖是在万历二十年秋天再次从徐闻回到临川的。

其五《阳秋馆诗赋选序》:"(帅机)龙蛇在岁②,被病息夏。会予归自岭海……"这段话的意思是,我从岭南回到家中后,到看望(帅机)。他的身体状况极差,整个夏天都在喘息不止,大有"命数当终"之感觉。此处的"息夏"二字,所表明的时间自然是在夏季之后。

四、万历二十年汤显祖在临川主要活动考

汤显祖万历二十年两次回到临川,到万历二十一年三月赴遂昌令,前后共在家中待半年多。那么在这段时间里,他除了尽家中长子之孝以外,还做了些什么呢?笔者通过文献梳理,认为主要做了两件大事。

---

① 徐朔方笺校:《汤显祖全集》,第 466、465、460 页。〔明〕沈际飞评《槟榔园》"平实,是咏物诗";评《黎女歌》"风土志";评《海上杂咏二十首》"可备风土志"。
② 龙蛇在岁,指万历二十年壬辰、二十一年癸巳,为龙年、蛇年。

一是为帅机编选《阳秋馆集》。

帅机(1537—1595),字惟审,号谦斋。江西临川唱凯鹅龙村人。帅机"生而颖异,过目不再"。九龄中秀才,十五龄中举。隆庆戊辰(1568)登进士第。比汤显祖大十三岁的帅机,在汤显祖父亲的延引下,与年幼的汤显祖"共事笔砚"①,"进食称觞,朝夕无废"②,结成至交,"两人同心,止各一头"③。坊间曾称"帅博汤聪两神童"。帅机虽历官浙江平阳知县、南礼部精膳司郎中、贵州思南知府、南京刑部郎中等职,然而从政并非其所长,屡遭挫折,身体每况愈下,无奈在"万历甲午(1594)秋,引病自免,家居"④,次年病逝,终年五十九岁。

帅机喜古文,爱辞赋,文学造诣较高,上于朝廷的文字多得朝廷的赏识与嘉许。他的诗赋丰富,题材多样,意境深远,语句清丽,别有韵致。"金陵荐绅好奇字者,竞相传写。"早在万历七年(1579),汤显祖与谢廷谅就曾为帅机选编过三百篇的诗集。现存《阳秋馆集》中的第十七卷(76首)就是当年汤、谢为之选编的版本的遗存。帅机的诗赋数量极为繁复,前后刊行约数百余卷,所以汤显祖说"帅集恨多……多则人不知贵"(《阳秋馆诗赋选序》)。⑤

万历十九年,帅机回到临川养病。九月,汤显祖往徐闻,启程前曾往帅家道别。帅机为汤显祖作《喜汤义仍祠部奏弹权贵谪尉雷阳》诗相送,诗中写道:"知君逸气凌梅尉,谪籍终当洽隐沦。"⑥然而,一年后,当两人再次见面时,帅机已病入膏肓了。也许帅机知道自己来日不长,所以托付显祖为他编选诗文集。此事在汤显祖所作的《阳秋馆诗赋选序》中有载:

---

① 《承塘公传》,《文昌汤氏宗谱》。
② 《承塘公墓志铭》,同上。
③ 〔明〕汤显祖:《赴帅生梦作》,徐朔方笺校:《汤显祖全集》,第262页。
④ 《惟审先生履历》,《四库禁毁书丛刊》第139册《阳秋馆集》,第202页。
⑤ 徐朔方笺校:《汤显祖全集》,第1143页。
⑥ 《阳秋馆集》,《四库禁毁书丛刊》第139册,第355页。

（帅机）先有集若干卷。龙蛇在岁，被病息夏。会予归自岭海，谓曰："千秋谁知定吾文者，可谓知言。余集，子其定之。"乃为正定若干卷。

文中的"息夏"二字颇能说明问题。万历十九年秋，汤显祖赴徐闻，两人会面于临川，这有两人的诗作为证，不存在异议。万历二十一年（1593）三月，汤显祖已赴浙江遂昌令，夏秋都在县令任上，不存在"会予归自岭海"，而唯一选项只有万历二十年。所以，汤显祖为帅机编选《阳秋馆集》应是这年之事，这与"龙蛇在岁"，即万历二十年壬辰、二十一年癸巳相合。

汤显祖是如何为帅机的著作选稿的？现存《阳秋馆集》中"铅山后学费元禄序"有这样一段记叙："厥刊述级为繁富，义仍为分别淄渑，标举奇胜，存其什伍，留之卷帙。"①汤显祖选编的《阳秋馆集》史称有四十卷，已失传。现在能看到的清乾隆四年修献堂刻本二十三卷目录一卷本（计1 097篇诗赋文），是帅机的五世族孙帅光斗、六世族孙帅滨，从兵祸焚毁与虫朽的残存藏板和散佚收集而来的。尽管其中共有十七卷卷首注明"友人汤显祖若士甫选"的字样，但也已是后人重选、汇刻而成的，看不出当年的概貌了。

　　二是小筑芙蓉馆。

　　在汤显祖万历二十年回到临川后所作的诗文中，有两处说到"小筑"：

　　　　瘴岭夜珠回合浦，临川小筑寄香楠。——《岭外初归……》②

　　　　芙蓉小筑秋将老，菊蕊孤尊瞑欲醺。——《雷阳初归……》③

---

① 《阳秋馆集》，《四库禁毁书丛刊》第139册，第190页。
② 徐朔方笺校：《汤显祖全集》，第474页。
③ 同上，第477页。

后人把前一个"临川小筑寄香楠"解读为"城东文昌里故宅,因隆庆六年(1572)除夕,邻里引起的一场大火被烧毁殆尽,致使一家过着'十载居无常'的日子。为解决住房困难,早在万历十年(1582)前后,其父汤尚贤就在香楠峰下其家塾旁建了几间小巧雅致的住宅"①。依此意,此"小筑"指的是居住之意。即汤显祖从徐闻回到临川,居住在香楠峰下的宅子里,而对"芙蓉小筑"却无所提及。问题是,芙蓉馆是玉茗堂内的建筑之一。按照现在学界的观点,玉茗堂是万历二十六年,汤显祖从遂昌弃官回到临川后所建。那么这万历二十年诗中的"芙蓉小筑"从何而来的呢?

巧合的是,笔者在始修于1981年,出版于1992年的《金溪县志》中看到这样一段记述:

> 万历二十年,汤显祖回到临川,因家中人口增多,文昌里的故居房子太小,想找个清静的地方盖一新房。高应芳得知这情况,便把自己闲置不用的废旧房舍卖给他,供建新居玉茗堂。万历二十六年汤弃官归家,同年七月二十日全家搬进了玉茗堂。②

此段出自《金溪县志》第二十一篇"汤显祖与金溪诸友"交游逸闻之中。中有汤显祖与金溪人谢廷谅、谢廷赞、吴仁度、胡桂芳的交往轶事若干件,件件可考。与高应芳交游两件,其中万历三年,高应芳为汤显祖诗集《红泉逸草》承担校稿,无须再考。万历二十年购买高家旧宅,这是一个新发现的线索,笔者多年中数次寻访金溪,企图找到其资料的源头,未果。据《金溪县志·后记》篇载,在前期资料收集阶段中,到全国各地十多个省、市,三十多个县(市)查阅档案卷宗上万卷(册),摘抄资料四百多万字,访问记录四十多万字,发出函索三百多件。编写工作从1983年1月开始,12月完成近七十万字的初稿。参与撰稿的11

---

① 龚重谟:《汤显祖大传》,第165页。
② 《金溪县志》,新华出版社,1992年,第471页。

人，大多从本县各单位抽调而来，完成初稿后又各回其单位。现今他们都已是六七十岁的耆老，甚至不乏八九秩之寿者。笔者寻访了几位当年撰稿人，他们异口同声地回答：“《县志》中所撰写的每一段话，都是有根有据的。"但要他们回忆具体事项，却因事过近四十年，无人能够作答。而其原始资料与初稿底稿，因县志办公室多次搬家而了无踪迹，想必已经化为了灰烬。

尽管《金溪县志》中所载的万历二十年（1592），汤显祖购买高家旧宅还需进一步追溯，但它对辨析汤显祖的诸多诗文，解决学界的诸多争议，提供了一条新的思路。

其一，汤显祖《新买谷南高囧卿比舍，卿病废卧久，追念昔时歌泫焉》诗作时间辨。

现学界都依这首诗作时间而认定其为汤显祖购买高家旧宅改建玉茗堂的起始时间。此观点源于徐朔方先生的笺注（下见详叙）。然而从《汤显祖全集》笺校的总体看，他将现存的按照诗体分卷的明万历刻版《红泉逸草》《问棘邮草》《玉茗堂集》打乱，"按年重编"①。其必然存在错讹欠考之处。正如徐先生自己所说：“笺文是对每一首作品的人事关系和创作年代的考订……在四个世纪之后要将他们一一辨认清楚，简直是不可能的事。"②就此辨析《新买谷南高囧卿比舍……》③一诗：

> 沙井西头少仆居，江梅赵礼昔贤余。
> 新知一病同欢少，废里千金买宅虚。
> 月下笑声分的皪，风前蓁兴觉消疏。
> 犹怜出佽鸣驺日，谁信拉舆归草庐。

徐朔方先生的笺注是：“作于万历二十六年戊戌，家居。"并说：(汤显

---

① 徐朔方：《汤显祖全集编年笺校凡例》，《汤显祖全集》，第20页。
② 徐朔方：《编年笺校汤显祖全集缘起》，同上，第14页。
③ 徐朔方笺校：《汤显祖全集》，第554页。

祖)"遂昌弃官回来之后新买一所旧宅,恰好和家塾连成一片,这才奠定后来玉茗堂的格局,成为它主人常用的名号,整个家园占地约五市亩,大体成矩形,每边60米左右。"①然而,从诗的整体看,除诗题中有"新买"二字外,并无可供推敲的时间信息。将其诗作编年为万历二十六年(1598),不知依据何在？退一步而言,即便这首诗确实是万历二十六年所作,而仅凭诗题中的"新买"二字,就判定其购买高家旧宅的时间就是诗作的时间,是不是太武断了？这就好比有人五年前购买商品房,五年后才装修搬进去住,就肯定此房是搬进的时间购买的,不是显得有些武断吗？

其二,对"瘴岭夜珠回合浦,临川小筑寄香楠""芙蓉小筑秋将老,菊蕊孤尊瞑欲醺"诗句,能做出更为合理并且连贯的解读。

笔者认为,两个"小筑"含义不一。"临川小筑"指万历二十年春,汤显祖回到临川,将高应芳旧宅买下后,而"小筑"其屋(维修建造之意);也有可能是汤显祖正在原住屋旁加盖"小筑"(指房屋的规模较小),高应芳见后,将自己多余的一片旧宅转让给汤家。毕竟高、汤两家原本就是关系甚密的邻居。并且这次的"小筑",应该是与新购旧宅的修缮同步进行的。房屋多了,给每栋屋子命个雅号,是中国士大夫们的癖好。所以年初的"临川<u>小筑</u>"(动词,建筑的意思),到了深秋建成时,就成为"芙蓉<u>小筑</u>"了(名词,居住的意思)。"芙蓉小筑秋将老,菊蕊孤尊瞑欲醺。"诗人在"芙蓉小筑"里,赏花独饮,愉悦的心情跃然纸上。

其三,对万历二十三年春,汤显祖在遂昌对《紫钗记》再做修改,并在第一出《本传开宗》的"【西江月】点缀红泉旧本,标题玉茗新词"②中首次出现的"玉茗"一词,提供史实依据。说明,在新购的高家旧宅中,汤显祖至少已经有将其中一栋楼房命名为"玉茗堂"的想法了,否则何来"玉茗新词"之说？只是剧词为了求得对仗"红泉",而简

---

① 徐朔方:《汤显祖评传》,第112页。
② 徐朔方笺校:《汤显祖全集》,第1875页。

称"玉茗"罢了。

其四,对《牡丹亭》剧作的创作,能够在万历二十六年(1598)秋完成于临川,提供了较为充裕的时间保证。否则汤显祖三月弃遂昌令回到临川,七月搬进玉茗堂新居,仅在三四个月的时间里,既要协商购买高家旧宅,又要修缮、搬进新居,还要进行《牡丹亭》的创作,无论怎样解释,不都显得十分牵强吗?

作者单位:江西抚州汤显祖国际研究中心

万历戊子顺天乡试案对汤显祖、沈璟戏曲创作的影响
——以《牡丹亭》《坠钗记》为例

卢晶晶

在学界对汤显祖与沈璟的比较研究中,较多地将关注目光投射在"汤沈之争"及二人曲学观的比较研究之上。此类研究是立足在汤显祖与沈璟同为戏曲作家身份的戏曲学意义上的研究。然而,除了同为戏曲作家之外,汤显祖与沈璟还有一个共同的身份,即均为万历年间的进士。

之所以要特别强调汤显祖与沈璟二人的进士身份,是因为本文想要突破传统的文学本体论的研究方法,还原文学作品创作者在历史与时代中的社会身份,还原作品创作时的文学文化生态环境,希图从社会文化学与戏曲史两个维度相结合,对作品进行重新解读。

一、戊子顺天乡试案与其对沈璟、汤显祖的影响

与元杂剧作家多为"沉郁下僚"的底层文人不同,晚明戏曲的作者中有相当一部分进士出身的文人学士,如著名剧作家沈璟与汤显祖。沈璟为万历二年(1574)进士,汤显祖为万历十一年进士。

沈璟与汤显祖的科场、官场经历已大多为人所熟知,细节之处,在此不再一一赘述。这里所要提及的,是发生在万历十六年秋天的一场乡试案。这场乡试案,牵扯并且改变了晚明四个曲家——沈璟、汤显祖、王衡、陈与郊——的人生轨迹,直接影响了他们的戏曲创作。此文

中,王衡和陈与郊不作为主要分析对象,所以从略;主要分析沈璟、汤显祖二人与之相关的经历、改变与相应的戏曲创作情况。

(一)戊子顺天乡试案始末

万历十六年(戊子,1588)秋,顺天府(今北京)举行了一场三年一度的乡试。时年二十八岁的王衡以第一名的名次及第。王衡,字辰玉,少有才名,长大后更是"学殖益富,能诗善书,散华落藻,名动海内"①。"其才器无所不有,固不尽于诗,而诗亦不足以尽辰玉也……游戏而为乐府诗余,即宋元当家无以过也。"②按理说,如此才华横溢,而"又奋欲以制科自见"③的知名才子,以头名乡试上榜并不该是一件很意外的事情。但是,王衡的上榜,却引来了一场朝堂之上的政治风暴。原因很简单,只因为王衡是首辅王锡爵之子。

张居正在首辅之位时,为其儿子们登科大开方便之门,其两个儿子先后高中榜眼和状元。直言敢谏的御史魏允贞曾经上疏,认为"辅臣子弟不应中式",但立即遭遇贬黜。张居正一死,民间便有诗讽刺:"状元榜眼尽归张,岂是文星照楚乡。"有了这样的先例,后来万历二十年前后的首辅沈一贯为了避嫌,竟让本来很有才华的儿子沈泰鸿放弃科考。④

正是在这样的政治与言论环境下,王衡高中乡试榜首,无疑成了给许多人攻击其父王锡爵的口实。戊子乡试的第二年,万历十七年正月,礼部郎中高桂首先上疏攻击王锡爵。"十六年庶子黄洪宪典顺天试,大学士王锡爵子衡为举首,申时行婿李鸿亦预选。礼部主事于孔兼疑举人屠大壮及鸿有私。尚书朱赓、礼科都给事中苗朝阳欲寝其事。礼部郎中高桂遂发愤谪可疑者八人,并及衡,请得覆试。锡爵疏辨,与时行并乞罢。帝皆慰留之,而从桂请,命覆试。"⑤礼部郎中高桂

---

①②③ 〔清〕钱谦益:《列朝诗集小传·丁集下》"王编修衡",上海古籍出版社,1983年,第625页。
④ 见〔明〕沈德符:《万历野获编》"宰相子应举"条。
⑤ 〔清〕张廷玉等撰:《明史》卷二百三十《列传一百十八·饶伸传》,中华书局,1974年,第6013页。

的奏章内容如下：

> 礼部主客司郎中高桂言，万历十六年顺天乡试，蒙旨以右庶子黄洪宪等往。其中式举人第四名郑国望稿止五篇，第十五名李鸿股中有一因字，询之吴人，土音以生女为因。《孟》义、《书经》结尾，文义难通。第二十三名屠大壮大率不通。他若二十一名茅一桂、二十二名潘之惺、二十八名任家相、三十二名李鼎、七十名张毓塘，即字句之疵，不必过求，然亦啧有烦言，且朱卷遗匿，辨验无自，不知本房作何评骘，主考曾否商订，主事于孔兼业已批送该科，科臣竟无言以摘发之，职业云何？方今会试之期，多士云集，若不大加惩创，何以新观听？伏乞敕下九卿会同科道官，将顺天府取中试卷逐一简阅，要见原卷见在多少，有无情弊，据实上请，以候处分，其有迹涉可疑，及文理纰缪者，通行议处，明著为例，以严将来之防。自故相之子先后并进，一时大臣之子遂无有见信于天下者，今辅臣王锡爵之子素号多才，岂其不能致身青云之上，而人之疑信相半，亦乞并将榜首王衡与茅一桂等一同覆试，庶大臣之心迹益明矣。①

从中可以看到，高桂质疑中式举人中的七个人答卷，且有一定的依据，但对王衡的质疑，就颇有些不公不正了。乞请复试王衡的理由，仅仅因为王衡是首辅王锡爵之子，而之前故相张居正之子"先后并进，一时大臣之子遂无有见信于天下者"。天下读书人悠悠之愤难以平息，所以，王衡成为舆论的牺牲品。

高桂奏折递上去后，万历皇帝当即批复：

> 草稿不全，事在外帘；朱卷混失，事在场后。字句讹疵，或一

---

① 《神宗实录》卷二〇七，《明实录》第六五册，台北"中央研究院"历史语言研究所，1962年，第3873—3874页。

时造次,有无弊端,该部科一并查明来说,不必覆试。自后科场照旧规严加防范,毋滋纷纷议论,有伤国体。①

万历皇帝的批复中,既没有否认对舞弊的指责,又不许议论,维护内阁之意非常明显。本来言官上疏,针对的就是因内阁子婿中举所引起的言论不平。当然,这其中除了对张居正以来内阁大臣操纵科举的不满外,实则也有党派之间的攻讦动机,此点限于篇幅,不展开论述。所以,万历皇帝和稀泥式的处理方式,自然难以服众。于是,这场科场纷争不但并未就此停息,反而越演越烈,成为一场影响颇深的政治事件。

高桂上疏后,王锡爵、申时行两位内阁重臣接连上疏自明,并乞求放归:"大学士申时行、王锡爵以高桂论科场事,词连锡爵子衡、时行婿李鸿,各上疏自明,且求放归。上俱慰留之。"②二人上疏自然既有负气之举,又不无挟君主之嫌。万历慰留,以稳定内阁的用心也很明显。

由于舆情汹汹,于是,同年二月,王衡等所涉之举子参加了复试:

> 礼部会同都察院及科道等官覆试举人王衡等……王衡等七人平通,屠大壮一人亦通。疏入,得旨:文理俱通,都准会试。次日,慎行同礼科上疏言:诸生覆试,无甚相悬。中式未必有弊,字句虽有疵讹,然瑕瑜不掩。郑国望稿止全文五篇,其第四篇、第七篇止一二行,弥封员役殊为怠玩,似与本生无干。欲将弥封官罚治,得旨免罚,而以高桂轻率论奏,夺两月俸。③

此次复试,王衡等人的清白得到了官方的证实。但这场风波却仅仅是个开始,科场舞弊与否,仅仅是个导火索,背后隐藏的,其实是官场上权臣与清流之间的派系之争。

---

① 《神宗实录》卷二〇七,《明实录》第六五册,第3874页。
②③ 同上,第3875页。

虽然王衡在复试中得证清白,但其父王锡爵却认为自己素有才名的爱子蒙受科场舞弊之嫌本就是不公,后来儿子又被迫复试,已经是对自己父子二人的极大侮辱,于是再次上疏弹劾高桂。王锡爵此举,使本来就剑拔弩张的朝堂之争迅速进入白炽化状态。在此情况下,工部主事饶伸上疏替高桂辩护:

> 张居正三子连占高科,而辅臣子弟遂成故事。洪宪更谓一举不足重,居然置之选首,子不与试,则录其婿,其他私弊不乏,闻覆试之日,多有不能文者。时来罔分优劣,蒙面与桂力争,遂朦胧拟请。至锡爵讦桂一疏,剑戟森然,乖对君之体。锡爵柄用三年,放逐贤士,援引憸人。今又巧护己私,欺罔主上,势将为居正之续。时来附权蔑纪,不称宪长,请俱赐罢。①

此奏一出,朝堂哗然。

> 锡爵、时行并杜门求去。而许国以典会试入场,阁中遂无一人。中官送章奏于时行私第,时行仍封还。帝惊曰:"阁中竟无人耶?"乃慰留时行等,而下伸诏狱。给事中胡汝宁、御史林祖述等复劾伸及桂,以媚执政。御史毛在又侵孔兼,谓桂疏其所使。孔兼奏辨求罢。于是诏诸司严约所属,毋出位沽名,而削伸籍,贬桂三秩,调边方,孔兼得免。伸既斥,朝士多咎锡爵。锡爵不自安,屡请叙用。②

饶伸削籍为民,高桂降级调边,王锡爵亦不自安。戊子顺天乡试舞弊案至此暂告一段落。当然,戊子顺天乡试案的政治余波绝不仅于此,但已不在本文所要考量的范围之内了。

可以说,这是一场内阁权臣与清流言官之间两败俱伤的争战。在这场争战中,意外成为第一个政治牺牲品的,既不是饶伸,亦不是高

---

①② 〔清〕张廷玉等撰:《明史》卷二百三十《列传一百十八·饶伸传》,第 6013 页。

桂,而是后来在曲坛上赫赫有名的曲家——沈璟。

(二) 戊子顺天乡试案对沈璟的影响

在这场争论的过程中,高桂奏疏中所弹劾的主考官黄洪宪上疏为己申辩,将本次乡试所录取有嫌疑的不合格之举子的责任全部推脱给属下沈璟等人:

> 李鸿、屠大壮系《书经》,是原任行人司正沈璟取……任家相系《易经》,是沈璟简出,进士康梦相取……郑国望系《易经》,是沈璟简出,教谕王心取……①

当时之人便认为黄洪宪不无"诿过于下"之嫌,沈璟因此"以疾乞归"②,被迫引退。这场不同党派间的政治之争,使得沈璟意外成为戊子顺天科场案中第一个替罪羊。

被迫辞归还乡,结束自己之前平稳政治生涯的沈璟,时年仅有三十七岁,正当壮年。万历二年(1574),二十二岁便以会试第三名、廷试第二甲第五名的优异成绩高中的沈璟,之前有神童之称:"生而韶秀玉立,颖悟过人。数岁属对,应声如响。授之章句,日诵千言,有神童之称。"③如此"颖悟过人"的沈璟,在辞归赋闲乡间后,立即将其过人的文学才华投入到戏曲的创作之中,便不是一件奇怪之事了。

此上为沈璟在此次戊子顺天乡试案中的经历。那么,汤显祖又与戊子顺天乡试案有什么关系呢?他又是如何被卷入此次政治风波中的呢?

(三) 戊子顺天乡试案对汤显祖的影响

如上文所说,万历十六年的戊子顺天乡试案到了第二年,即万历十七年开始发酵,以饶伸、高桂的被贬罚作为第一个回合的暂停,但远未结束。

---

① 《神宗实录》卷二〇七,《明实录》第六五册,第 3891 页。
② 同上,第 3876 页。
③ 《家传》,徐朔方:《晚明曲家年谱》苏州卷,浙江古籍出版社,1993 年,第 297 页。

万历十九年(1591)闰三月丙寅朔,西北天空出现彗星。按照常规本应下罪己诏的万历皇帝,却下了一封斥责言官的诏书:"汝等于常时每每归过于上,市恩取誉,辄屡借风闻之语,讪上要直,鬻货欺君,嗜利不轨……姑且从轻,罚俸一年。"①其时,正在南京任上的汤显祖,看到朝廷邸报登载万历皇帝的斥责言官诏书,愤愤不平,遂上《论辅臣科臣疏》。汤显祖在奏疏中,抨击万历弊政,弹劾首辅王锡爵,言及戊子顺天乡试案,为被贬斥的饶伸、高桂鸣不平。此疏一上,朝野震动。闰三月二十五日,汤显祖上疏。四月二十五日,汤显祖被诏切责。五月十六日,汤显祖被贬徐闻县典史。

与沈璟少年得志,科场、官场顺利不同,汤显祖在此之前的科场与官场并不顺遂。

汤显祖,出身于江西临川的一个书香门第。天资聪颖的汤显祖从小受到良好的文化熏陶与教育。五岁即能属对,十二岁能作诗,十三岁从徐良傅学古文词,十四岁补县诸生,二十一岁中举。一路顺风顺水,二十岁刚出头便颇有诗名。意气风发的汤显祖,却在万历五年和万历八年两次会试中因为拒绝首辅张居正的招揽,从而名落孙山。直到万历十一年,三十四岁的汤显祖才以第三甲第一百一十名赐同进士出身。可以说,在中举后的科场之路,汤显祖走得并不顺利。

然而,好不容易进士及第后的官场,汤显祖也并不一帆风顺。一直在远离朝廷的南京做闲散之官的汤显祖,在万历十九年上疏遭贬后,便再也没有回到过南北二京,而是一直在地方为官。万历二十六年春,汤显祖辞官回乡。三年后的万历二十九年,吏部考察官员追罚给早已辞官的汤显祖"浮躁"的罪名,汤显祖被正式免官。弃官后的汤显祖,一直居住在故乡玉茗堂中,直到万历四十四年农历六月十六日去世。"临川四梦"中的三部——《牡丹亭》(1598)、《南柯记》(1600)、《邯郸记》(1601)均作于汤显祖辞官后的三四年间。

---

① 《神宗实录》卷二三四,《明实录》第五六册,第 4344 页。

二、从《坠钗记》《牡丹亭》看戊子顺天乡试案对沈璟、汤显祖戏曲创作的影响

我们都知道,人的思想情感是难以摆脱其生平经历的影响的。沈璟与汤显祖也概莫能外,尤其还是戊子顺天乡试案这样深刻影响二人人生经历的重大事件。顺天乡试案不但是沈璟与汤显祖二人政治生命的终结点,也是二人人生经历的转折点,更是其戏曲创作的起点。沈璟是在辞归还乡后,才进行戏曲创作的。汤显祖虽在辞官前创作过《紫箫记》(约1577—1579)、《紫钗记》(1587),但其"四梦"其二,尤其是影响巨大的《牡丹亭》皆创作于其辞官回乡之后,所以,亦可以将汤显祖的正式戏曲创作时间视为其辞官后。

下面,分析下那场万历戊子顺天乡试案对其二人心态的影响,以及具体结合二人的两部作品——《坠钗记》和《牡丹亭》分析乡试案对其戏曲创作的影响。

(一)戊子顺天乡试案对沈璟心态的影响

万历十七年(1589),沈璟被迫辞官后的心情和感悟,在他的《水调歌头·警悟》中表达得十分明晰:

> 万事几时足,日月自西东。无穷宇宙,人如粒米太仓中。一葛一裘经岁,一钵一瓶终日,达者旧家风。更着一杯酒,梦觉大槐宫。
> 又何须,吓腐鼠,叹冥鸿。神奇臭腐,从来造物也儿童。休说须弥芥子,看取鲲鹏斥鷃,小大若为同。但问红牙在,顾曲擅江东。①

在这首词中,沈璟有对万物无情、人生无常的感悟,远离官场自我放逐决心的表达,以及投身戏曲创作原因的揭示。

由此可见,投身戏曲创作,是沈璟官场失意后的精神与人生感

---

① 〔明〕沈璟著,徐朔方辑校:《沈璟集》(下),上海古籍出版社,1991年,第895页。

悟的寄托与投射。这种心情与感悟,在沈璟创作的许多戏曲作品中被反复表达。如,《十无端巧合红蕖记》中的第一出《千秋岁引》中便云:

> 袖手风月,蒙头日月,一片闲心休再热。鲲鹏学鸠各有志,山林钟鼎从来别。独支颐,频看镜,总勋业。　词社乍闻弦管歇。垆畔有人肌似雪,扇影梁尘欲相接。醒狂次公肠已断,风流公瑾愁应绝。畅开怀,妙选伎,延年快诀。①

再如,《埋剑记》第一出《提纲》:

> 达道彝伦,终古常新,女朋中无几何存。朝同兰蕙,暮变荆榛。又陡成波,翻作雨,覆为云。　所以先贤,著《绝交》文,畏人间轻薄纷纷。我思前事,作劝人群。可继萧朱,追杜左,比雷陈。②

从"朝同兰蕙,暮变荆榛""翻作雨,覆为云""畏人间轻薄纷纷"这些语句,不难看出那场戊子顺天乡试案吊诡的局势走向和被上司出卖的情感创伤对沈璟刻骨铭心的影响。这些,不但影响了沈璟其后的诗文创作,更是影响了其戏曲创作。

(二)戊子顺天乡试案对汤显祖心态的影响

在戊子顺天乡试案中遭受政治打击的汤显祖,终于在万历二十六年(1598)主动辞官回家。这与被迫辞官的沈璟的心态是不一样的。在这一年汤显祖所作的诗文中,可以看到他时时以陶渊明自比。

如,这年春天,辞官回乡的汤显祖过阳谷店,作诗《戊戌觐还过阳

---

① 〔明〕沈璟著,徐朔方辑校:《沈璟集》(上),第5页。
② 同上,第155页。

谷店,览丁亥(万历十五年)秋壁间旧题,悯然成韵,示赵滕侯》题壁,结尾四句:"俯迹自沾衣,驱车从此去。勉矣后来人,当知心所语。"①

又如,《琼花观二十韵》结尾有云:"但道芜城争艳逸,安知隋苑即披离……四海一株今玉茗,归休长此忆琼姬。"②

再如,三月归临川后,汤显祖《初归》诗有云:"彭泽孤舟一赋归,高云无尽恰低飞……春深小院啼莺午,残梦香销半掩扉。"③

该年"七月二十日,汤显祖移家沙井。居玉茗堂、清远楼从此始"④。有诗《移筑沙井》,前四句云:"亦自知津亦自迷,新归门径草凄凄。闲游水曲风回鬓,梦醒山空月在脐。"⑤

汤显祖号清远道人,便于此年得名于清远楼。对于清远道人之署名,徐朔方先生有按曰:

> 清远源出《易》五《渐》卦,象曰:"上九,鸿渐于陆,其羽可用为仪,吉。"注云:"进处高洁,不累于位,无物可以屈其心而乱其志,峨峨清远,仪可贵也。"《诗品》云:"嵇康诗托喻清远,良有鉴裁。"《牡丹亭》作于休官后,故以此署名。⑥

从以上的诗句和自署的清远道人之名,不难看出汤显祖辞官家居后不累于位,不屈于心的心境。

此外,在万历二十六年(1598)到万历二十八年这两年间,达观⑦曾专程到临川访汤显祖;汤显祖一直送达观至南昌,为此留下了二十

---

① 〔明〕汤显祖著,徐朔方笺校:《汤显祖集全编》(二),上海古籍出版社,2015年,第751页。
② 同上,第753页。
③ 同上,第793页。"彭泽孤舟一赋归"乃化用陶渊明《归去来兮辞》意。
④ 徐朔方:《晚明曲家年谱》皖赣卷,第376页。
⑤ 〔明〕汤显祖著,徐朔方笺校:《汤显祖集全编》(二),第797页。"亦自知津亦自迷"乃化用陶渊明《归去来兮辞》意。
⑥ 徐朔方:《晚明曲家年谱》皖赣卷,第378页。
⑦ 真可(1543—1603),明末僧人。字达观,晚号紫柏大师。门人尊他为紫柏尊者,是明末四大师之一。俗姓沈。吴江(今属江苏)人。

首直接或间接写给写到达观的诗。这一方面可以看出达观对汤显祖的重要;另一方面,万历二十八年(1600)和次年,"汤显祖的《南柯记》《邯郸记》先后完成,这不能是偶然的巧合"①。由于此点与本文关系不大,故而不展开论述。

（三）从《牡丹亭》《坠钗记》的对比分析中看戊子顺天乡试案对汤显祖、沈璟戏曲创作的影响

由上文可知,戊子顺天乡试案对汤显祖和沈璟的人生经历、思想观念影响至深。下面,便以汤、沈二人所创作的剧本为例进行对比分析,以此来窥见乡试案对此二人戏曲创作的具体影响。

汤显祖最知名的戏曲作品为《牡丹亭》。沈璟在戏曲创作理论上与汤显祖观点相左,对《牡丹亭》的音律问题亦多有批评,但与此同时,沈璟也从未隐藏过对《牡丹亭》的称赞与喜爱。沈璟不但改编汤显祖的《牡丹亭》为《同梦记》,而且效仿《牡丹亭》作《坠钗记》。

《坠钗记》仿效《牡丹亭》一说,沈璟自己就毫不避讳。徐朔方在《坠钗记》第一出出目下校曰:"原批云:'《沁园春》前当有一曲,亦省去耳。'据清顺治三年(1644)沈自晋《重定南词全谱凡例》,省去者为《西江月》,中有'推称临川（指汤显祖）'之句。"②沈璟在《坠钗记》第十九出中亦有对《牡丹亭》的提及:"莫非要学柳梦梅的故事么？""倘如杜女回生巧"③,刻意模仿之意甚明。此外,王骥德在其《曲律》中亦言:"词隐《坠钗记》盖因《牡丹亭记》而兴起者。"④故而,不妨以其原作与仿作为研究文本,相比较而进行分析,一探同样故事立意下,二人思想观念之异同。

1.《牡丹亭》中杜丽娘与《坠钗记》中何兴娘形象对比

虽然《坠钗记》对《牡丹亭》处处模仿,但其女主人公的形象,相同中却也颇多相异之处。正是这些相异之处,可以窥见汤显祖与沈璟相

---

① 徐朔方:《晚明曲家年谱》皖赣卷,第204页。
② 〔明〕沈璟著,徐朔方辑校:《沈璟集》（下）,第601页。
③ 同上,第660页。
④ 〔明〕王骥德著,陈多、叶长海注译:《曲律》,湖南人民出版社,1983年,第229页。

似经历下的不同心境、体悟的投映。

《牡丹亭》中杜丽娘的形象,千古之下依然光彩照人。其青春的觉醒、对爱情的大胆执着,百代之下依然激荡人心。汤显祖在《牡丹亭》中和杜丽娘身上所倾注的理想,在其《牡丹亭记题词》一文中表露得已十分明白:

> 天下女子有情宁有如杜丽娘者乎。梦其人即病,病即弥连,至手画形容传于世而后死。死三年矣,复能溟莫中求得其所梦者而生。如丽娘者,乃可谓之有情人耳。情不知所起,一往而深,生者可以死,死可以生。生而不可与死,死而不可复生者,皆非情之至也。梦中之情,何必非真,天下岂少梦中之人耶。必因荐枕而成亲,待挂冠而为密者,皆形骸之论也。①

汤显祖所要歌颂的,就是那种源自生命深处的"情"。甚至不惜在那个时代,便放出"必因荐枕而成亲,待挂冠而为密者,皆形骸之论也"的惊世言论。"情不知所起,一往而深,生者可以死,死可以生"的杜丽娘,便是汤显祖至情理想的现实化身。为这理想,汤显祖是不惜冲破一切现实规矩与制度,乃至生死界限的。

沈璟《坠钗记》中的何兴娘,虽与杜丽娘有着相似的真情痴情,但与"情不知所起,一往而深"的杜丽娘不同,在《坠钗记》的第一出《示概》中,沈璟便点明了何兴娘与未婚夫崔嗣宗(乳名兴哥)幼孩时便立下的婚约:"兴姐与兴哥,四龄盟约,支凤金钗。"②在与《牡丹亭》中杜丽娘与陌生男子梦中一欢后生死追随不同,《坠钗记》中兴娘与兴哥是在有婚约在先的情况下生发真情的。与汤显祖看透世事的荒诞,以情抗理不同,沈璟始终强调的都是一种契约下的信义。这种信义,沈璟借兴娘之父与兴娘之口在反复表达着:

---

① 〔明〕汤显祖著,徐朔方笺校:《汤显祖集全编》(三),第1552页。
② 〔明〕沈璟著,徐朔方辑校:《沈璟集》(下),第601页。

（兴娘父）宁使白头不嫁,怎教无故移夫。①

（兴娘）此语（其母劝其改嫁之语）伤风败俗定难谕。②

誓死不改作他人妇。③

他（兴哥）若不在,我死了,倒也干净。④

若是孩儿死后,把崔家原聘金凤钗,须插在孩儿头上,也了孩儿一段姻缘。⑤

儿身死后是崔氏人,把崔家聘物须插鬓。⑥

此类之语甚多,随手拈来皆是,不必一一列举。为了这样一个四岁立下的婚约,兴娘甚至一病不起,一命而亡。见怜留在人间的兴娘魂魄,不惜与兴哥私奔相守。就是在最后滞留人间的大限来临之时,兴娘还要将自己的亲妹妹作为替身,替自己完成与兴哥未竟的婚约。沈璟为什么如此塑造兴娘形象,又为什么如此安排全剧关目呢?要想读懂沈璟的用心,还得回到沈璟在那场戊子顺天乡试案中的经历中来。没有对沈璟这段经历的了解,是无法读懂沈璟的苦心的。

如前文所述,沈璟在万历十六年(1588)的戊子顺天乡试案中无辜成为上司诿过的牺牲品,备受世人的误解,并且在随后的官员考察中遭受同年朋友的黜落,狼狈离开官场。这种特殊的经历,就使得沈璟特别渴望人与人之间的真情与信义,厌恶背叛。这一点,在其创作的剧作《义侠记》与《埋剑记》中,有集中而淋漓的表达。在《坠钗记》

---

① 〔明〕沈璟著,徐朔方辑校:《沈璟集》(下),第606页。
②③ 同上,第608页。
④ 同上,第615页。
⑤⑥ 同上,第620页。

中,兴娘这种对婚约的坚守,实则便是沈璟心中一直以来对信义的呼唤和渴望的投映。甚至,在某种程度上,沈璟宁愿坚持这种信义之守而不惜牺牲女主人公兴娘的形象。何兴娘的执着,出于对信义的坚守,由理而最终生情;而杜丽娘的执着,出于对生命的渴望,由情而抗理。这就是在思想境界上,何兴娘始终与杜丽娘有高下之别的深层次原因所在。同时,这种特殊的个人经历,也造成了沈璟对社会规范的格外在意。

此外,沈璟受乡试案牵连打击后,意志开始变得消沉。如前文所录其在《红蕖记》中有云"一片闲心休再热"外,其《家传》对沈璟性格的变化有详细的描述:

> 公能任事。从祖少西公卒,逆奴私侵其财,宗人竟攘其产。公承父奉直公之志,力为捍护,置奴于法,虽以此得罪诸父昆弟不恤也。晚乃更习为和光忍辱,即恶声相加,亦遣笑之,不与校。改字聃和,非无谓也。①

究竟是什么原因,使得年轻时不惜得罪族人也要捍护家财的沈璟,变而为晚年"和光忍辱,即恶声相加,亦遣笑之,不与校"的"聃和公",《家传》中虽未明说,但了解了沈璟在戊子顺天乡试案中的经历后,这其中的转变原因,也便不难知晓了。这种过于消极的心态,亦投映在沈璟创作的《坠钗记》中何兴娘的形象塑造之上。

何兴娘的形象与杜丽娘相比,无疑显得消极被动得多。无论何兴娘实在对婚约的坚守,还是在对情的坚守之上,都显得屈服于命运之下的消极被动。如《牡丹亭》与《坠钗记》中相似名目的《冥判》②与《冥勘》③。在《冥判》中,杜丽娘的执着主动震撼人心,正是这种对爱情的执着,打动了冥界判官,杜丽娘才得以魂游人间;而在《冥勘》中,却因

---

① 〔明〕沈璟著,徐朔方辑校:《沈璟集》(下)附录二《传记·祭文》,第907页。
② 《牡丹亭》第二十三出。
③ 《坠钗记》第九出。

为判官可怜何兴娘的早夭,又因其与崔兴哥婚约未践,"咱只是怜恤伊"①,才准其"幽魂去一载才回"②。但与此同时,却又不断通过神灵之口,强调"姐儿田妹儿收"③、"伊家小妹,同纡霞帔"④、"夫妻未会生拆离,同胞小妹为继室"⑤这一命中注定的安排。正是因为这种屈服于命运安排的消极态度,使得何兴娘在第二十一出《痛归》中,虽然对情郎与亲人万般不舍,但依然未有积极抵抗。这与为了幸福积极争取努力,不惜忤逆父亲、对抗礼教的杜丽娘形象,显然有天壤之别。

2.《牡丹亭》与《坠钗记》中对科举的书写对比

《牡丹亭》与《坠钗记》中都写到了科考之事,但二人投映在科考之事上的心态与思想却截然不同。

先看《坠钗记》。

《坠钗记》直接写到科场的内容有一整出——第二十九出《选场》。本出中,除了净扮演的考官温大元上场时的打诨中有一句"有钱叫你为官宦,无钱依旧守书斋"⑥外,再无对科考有消极之语。其笔下的考官温大元也尽职尽责,非不学无术毫无原则之人。除此出外,纵观《坠钗记》全剧,作者对科考及其社会作用,并无批判。如第二十九出《选场》中所言:"分明有个朝天路,何事男儿不读书。"⑦并且在随后的第三十出《圆结》中,刻意安排了崔兴哥衣锦荣归、大小登科的结局。由此可见,二十二岁便蟾宫折桂、少年得志的沈璟,虽然官场受累,日渐消极,却始终不曾否定过科举对社会政治、文化的积极影响。这一点,是值得特别注意的。

《牡丹亭》中直接或间接写到科举的地方颇多,而汤显祖对待科举的态度,又与沈璟明显有别。

《牡丹亭》中所塑造的腐儒陈最良,便是汤显祖对迂腐书生的

---

①② 〔明〕沈璟著,徐朔方辑校:《沈璟集》(下),第626页。
③ 同上,第614页。
④⑤ 同上,第627页。
⑥ 同上,第686页。
⑦ 同上,第687页。

最无声无情的嘲弄。即便是柳梦梅,汤显祖也不放过嘲弄。冲州撞府四处"打秋风"的柳梦梅,有别于传统书生的单一形象。他善于察言观色,亦善于钻营。在第二十一出《谒遇》中,自称"现世宝"①的柳梦梅却得到只会识宝不会识才的苗舜宾的赏识,"将衙门常例银子,助君远行"②。原本知音伯乐、赠金壮行的风雅之事,却在对这一对赏识者与被赏识者的描写下,充满了汤显祖的黑色幽默与无情的嘲讽。

除此之外,《牡丹亭》中亦有直接写到科场的文字——第四十一出《耽试》。本来延误考期入不了考场的柳梦梅,正在撒泼耍赖触阶要挟之时,却巧遇苗舜宾担任考官,于是恩主苗舜宾大开方便之门,"故准收考,一视同仁"③。说到底,在这样为国抡才的严肃科举考场上,原来还是需要人脉的。写到此,当初拒受首辅张居正拉拢,从而科场蹉跎的汤显祖,其心中况味,只怕非常人能够理解吧。而这"一视同仁"四个字中,又蕴含了汤显祖的多少冷嘲。

最终,柳梦梅在"金兵来犯,战与不战"的策论一试中,滑头骑墙的答卷"生员也无偏主。可战,可守,而后能和。如医用药,战为表,守为里,和在表里之间"④,却受到一心揣摩圣意⑤主考官苗舜宾的交口称赞,誉为"高见,高见"⑥。就这样,"三分话点破帝王忧,万言策捡尽乾坤漏"⑦的柳梦梅,得中魁元。

这附庸风雅、一心揣摩上意的糊涂主考官苗舜宾身上,无疑是有戊子顺天乡试案中主考官黄洪宪的身影的。本该为国举贤的主考官,却如此昏聩无用;本该严肃公正的科举考试,却如此荒唐可笑。科举,已沦为当权者们的玩物和政治斗争的工具,这无疑是汤显祖在自身蹉跎的科举经历和那场戊子顺天乡试案的政治闹剧中收获的最大感悟了。

---

①② 〔明〕汤显祖著,徐朔方笺校:《汤显祖集全编》(五),第2681页。
③④⑥⑦ 同上,第2756页。
⑤ "主和地怕不中圣意?"〔明〕汤显祖著,徐朔方笺校:《汤显祖集全编》(五),第2756页。

在科举与政治中的双重失意失落下的汤显祖,品味参透了人世的众多荒诞不经。所以,他才在《牡丹亭》的热闹中,肆意解构着当时的社会与时代。这都是若不了解汤显祖的繁复科举经历,则无法真正深刻解读透晰的。

通过分析汤显祖与沈璟与科举的相关经历可以看出汤沈二人各自不同的科举经历对其思想和心态的影响,以及这种影响,是如何差异投映在二人相同题材剧作的写作中的。

作者单位:湖北大学/延安大学

艺文哲思

从《劝农》看汤显祖的礼治思想

马舒婕

万历二十六年(1598),汤显祖创作完成剧作《牡丹亭》,一时"家传户诵,几令《西厢》减价"。正如一千个读者心中有一千个哈姆雷特,不同的观者能从中感受到不一样的情愫与震颤。有人看到了杜、柳二人的一往情深,有人看到了封建礼教对人性的压抑,也有人看到了作者超越生死的至情观。然而深受传统儒学思想熏染的汤显祖青年中举便出仕做官,《牡丹亭》作为他晚年的专注之作,其中凝结的心思既庞杂又深刻,绝非儿女情长可以概括。《牡丹亭》原本共五十五出,在实际搬演中经过多次改编,前后留有三十余种刻本。后世舞台上流行的折子戏多围绕杜、柳二人的爱情主线展开,基本删除了表现宋金战争的副线情节和作者对科场腐败等某些现实问题的讽刺,其中所蕴含的政治意味被大大冲淡,故笔者以此为切入点,试图在一定程度上挖掘并还原汤显祖政治理想的表达。

一、《劝农》及其历史地位

《牡丹亭》的题材主要来源于明代话本《杜丽娘慕色还魂》,在话本中,杜丽娘游园惊梦、柳梦梅拾画叫画以及杜丽娘为"情"死而复生等基本情节已有雏形。汤显祖在改编时除了赋予主人公觉醒的时代精神和充实灵动有趣的生活细节外,还特意强化了整个故事的历史背景和社会风貌,为此新增了不少戏份。一类是描述宋金战争与杜宝设防的历史情景,如《虏谍》《御淮》《折寇》《围释》等。话本中规定的时代背景为南宋光宗朝(1190—1194),汤显祖将其具体到宋金战争期间,并着力展现金兵南下、李全作乱之时,杜宝设防淮安、平寇立功的情节,构建了一条历史副线。另一类是展现社会风貌的场景,如《腐叹》《劝农》等,是作者借古讽今、表达自己对某些社会状况看法的重要章节。

《劝农》是《牡丹亭》的第八出,主要描述杜宝作为地方官下乡劝农、百姓盛情接待的情形,反映了当地政治清明、世外桃源般的祥和之景。前人历来多从结构作用的角度来讨论这出戏,如吴吴山三妇合评本评道:

《劝农》公出,止为小姐放心游园之地。

因为其处于《闺塾》和《肃苑》之间,便认为杜宝下乡只是为杜丽娘私自游园提供了机会,难怪王思任评语为:

不为游花过峡,则此出庸戏可删。

事实上,如果仅仅出于这个目的,作者完全可以借春香之口说出老爷下乡劝农即可,不必大费周章地创作这么一出"大场面"的戏。原本中,这出戏需要上场的角色多达十余个,涉及净、生、末、老旦等多个行当,是一出不折不扣的"群戏",而就是这样一场群戏,在清代时却成了全本五十五出中上演最频繁的一折。折子戏的出现及盛行,表明观众的审美视点由关注剧本的故事情节偏向于欣赏舞台表演艺术,显示着审美层次的提高,而戏曲选本作为对折子戏演出情况的记录,则展示着各家戏曲最精华的部分。清康乾时刊印的剧本选集《缀白裘》中收录《牡丹亭》十二出戏,分别是《学堂》《劝农》《游园》《惊梦》《寻梦》《离魂》《冥判》《拾画》《叫画》《问路》《吊打》《圆驾》;道光时的《审音鉴古录》中收录了九出:《学堂》《劝农》《游园》《惊梦》《寻梦》《离魂》《冥判》《吊打》《圆驾》;昇平署档案记载清宫收藏的《牡丹亭》曲本中包含《劝农》的有四册:《穿戴题纲》《昆弋腔开团场杂戏题纲》《昆腔杂戏题纲》《昆腔弋腔杂戏题纲》。《劝农》这出戏直到清代还反复出现，并且被昆曲、苏剧、徽戏等多个剧种改编，说明其演出效果受到了观众和时代的肯定，那么就不应该被简单地判定为只是一场"过渡戏"。究其得以频繁演出的原因，笔者认为主要有两个。其一，《劝农》在当时是一出"吉祥戏"（如今亦可这么认为），官员与农民关系亲和，仪式当中载歌载舞，呈现一片热闹欢愉的景象，因此无论官方还是民间，都愿意在喜庆的场合演绎。其二，按照汤显祖的本意，凡演《牡丹亭》，"要依我原本，其吕家改的，切不可从"，也就是说，至少汤显祖认为《牡丹亭》中的情节都是可演的且必演的，因此《牡丹亭》的全本演出在历史上并不少见。那么，结合这两个原因来看，汤显祖本人在创作《劝农》这出戏时，应当也认为这是一出值得演且必须演的戏。而他之所以这么认为，除去对演出效果的考虑，则有可能是因为这场戏中官民祥和、政治清明、农事兴盛的世俗风貌正是他想要展现的，劝农仪式不过是他表达政治理想的一个载体。关于这一观点，下文将从创作者（汤显祖）的政治理想和劝农仪式本身两个方面来加以论述。

二、劝农仪式与以礼治国

早在西周时期，藉田大礼便是最重要的政治活动之一，天子亲耕以做表率，所谓"王耕一坡，班三之，庶民终于千亩"。即《管子》所云："劝农功以职其事，则小民治矣。"西汉初期，民生凋敝，饥荒遍地。西汉帝王行亲耕之礼，以祈农事，朝廷屡颁劝农、赈农诏，并形成了比较完备的农官官僚体系，劝导民众专心务农，国力由此日渐恢复。随着帝制国家职能的不断理性化，劝农典礼逐渐被纳入日常行政范畴，此后历朝历代都将劝农的行为和成效作为评价地方官吏的重要指标之一。《新唐书》卷一百九十《王潮传》载：

遣吏劝农，人皆安之。

《明史》卷一《景帝本纪》：

> （景泰二年二月）癸巳,诏畿内及山东巡抚官举廉能吏专司劝农,授民荒田,贷牛种。

与之相对应的便是劝农文、劝农诗、劝农戏等逐渐发展成一种文艺体类。每春二月农作初兴之时,各级官员为了更好地完成任务,便写作劝课农桑的文章以宣告君王"德意"、下谕百姓。劝农文在宋朝开始兴盛,宋人叶蕡所编的《圣宋名贤四六丛珠》中所列的16个"四六丛珠门类"已经将劝农文单列为一类,它虽属下行公文,主要行法令和教化之责,但是其中有些篇章亦不乏文学价值。朱熹《晦庵集》卷一百《劝农文》云：

> 今来春气已中,土膏脉起,正是耕农时节,不可迟缓。仰诸父老教训子弟,递相劝率,漫种下秧,深耕浅种,趋势早者所得亦早。

宋黄裳《演山集》卷三十五《劝农文》：

> 一时能勤,乃得一岁之逸；片善果修,遂享终身之报。

劝农诗方面,早在《诗经》中已有描述：

> 噫嘻成王,既昭假尔。
> 率时农夫,播厥百谷。
> 骏发尔私,终三十里。
> 亦服尔耕,十千维耦。

陶渊明继承了《诗经》的成就,"气节易过,和泽难久,冀缺携俪,沮溺结耦",词虽淡意却浓。后来苏轼被贬谪儋州,还作《和陶劝农》诗劝导黎族百姓重视农业发展。宋金以后,随着杂剧和南戏的风靡,日渐成熟的戏曲成为人们喜闻乐见的艺术样式,其中不乏劝农的情节,这不但展现了当时春耕之前的风俗人情,而且对于戏曲故事的推进、人物的塑造也起着重要的作用。《八义记》第八出中程婴与赵宣子出郊劝农,开场交代了准备劝农仪式的情形:

> 万紫千红二月天,花含宿雨柳拖烟。光阴不觉人憔悴,寒食清明在目前。今日却是二月十五,该劝课农民。自家乃赵府程婴是也,我老相公分付安排酒,在十里长亭劝农。你看今年强似去年,不用管弦竹,何须锦褥裀,墙南村北,果然桃李弄精神……好景艳阳天,花烂漫芳草芊芊。

这一出中赵宣下乡劝农救人的情节凸显了他的仁义,也为后来遭遇灭门惨祸时百姓们的义举做了铺垫。不过直接展现的劝农场景在戏曲中所见不多,多数只是靠戏词带过,比如《红梨记》中,差人答赵伯畴的话曰:

> 老爷不在衙……下乡劝农去了,正好不得空回来哩!

《双献功》第三折山儿云:

> 这孔目跟的那官人到俺那乡里劝农去来,见我家房子干净,他就在俺家里下。

因此像《牡丹亭》这样完整地演出一折劝农戏是比较少见的现象,可见汤显祖并非无意为之。

根据文化人类学提供的资料,原始社会依次出现了万物有灵、动物崇拜、图腾崇拜、鬼神崇拜、祖先崇拜和英雄崇拜等信仰形式,且彼此间呈现"异源""并行"和"后者包容前者"的规律。原始信仰的各个类别,是对当时群体生产生活方式和社会组织形式的反映。以狩猎为主要经济手段的原始先民对自然产生了最初的崇拜,与之俱生的便是祈丰仪式,延续到农耕社会时期,还出现了农神崇拜。在2011年的遂昌劝农仪式上,人们将一头金牛的模型抬到神坛上行礼祭拜,在将真正的水牛"请"到地里耕作之前,还专门为牛准备了鸡蛋和清酒,这些都与古老的牛神崇拜密切相关。在古代,牛一直是农业生产中的主要畜力,也象征着耕作的力量和中国人勤劳的性格,因此牛常常成为祈丰仪式的主角之一。直到今天,很多地区还保留着与牛相关的仪式(如鞭春牛、舞春牛、迎春牛等)和节日(如壮族的敬牛节、纳西族的洗牛脚会等)。宋代孟元老《东京梦华录》记有鞭春牛的习俗:

> 立春前一日,开封府进春牛入禁中鞭春。开封、祥符两县置春牛于府前,至日绝早,府僚打春,如方州仪。府前左右,百姓卖小春牛,往往花装栏坐,上列百戏人物,春幡雪柳,各相献遗。

可以看出,随着农业经济的发展,鞭春牛从民间走向官方,成为国家普遍推崇的仪式。同样的,祈雨祭祀也与农耕文明息息相关。因为"风调雨顺"是保证农业稳定生产的重要因素,《周礼·春官》记有:

> 司巫:掌群巫之政令。若国大旱,则帅巫而舞雩。

"雩"是古代为求雨而进行的一种仪式,"舞雩"是祭祀中相伴有舞蹈。早期祈雨的使命一直由女巫来完成。到了后来,统治者为了显示至高的权威,便自己承担祈雨的职责,甚至可以说,早期社会的统治者就是一位"大巫师"。在雩祭中,统治者还会面对天帝自责谢过,祈求上天宽恕而不要以旱涝天气来惩罚自己的臣民。商汤因为大旱而向天神祷告说:

> 政不节与?使民疾与?何以不雨至斯极也?宫室荣与?妇

谒盛与？何以不雨至斯极也？苞苴行与？谗夫兴与？何以不雨至斯极也？

再到后来，龙成了掌管云雨之神。中国各民族对于龙的传说各不相同，但都认同龙是雨神或者水神。而龙作为帝王专用的象征，既说明祈丰求雨是国家的头等大事，也说明此等大事掌握在最高统治者的手中，统治者是唯一可以直接和龙所代表的神界"对话"的人，这便增添了神权的色彩；将先民对自然的崇拜转移到对神的崇拜，进一步具体到对帝王的崇拜。

在《文化与承诺》一书中，美国人类学家玛格丽特·米德将人类认知社会的方式分为前喻文化、同喻文化、后喻文化三个时期。前喻文化，指晚辈主要依靠向前辈学习经验来生产生活，最早可以追溯到原始社会时期。由于没有书面和碑文记载，每一次变革都必须同化在人们的体验之中，因此，在原始社会末期父系氏族阶段，一族之长常常要举行带有耕种示范性质的仪式，向族人传授耕作经验，并鼓励大家进行农业生产。到了西周时期，国家依然保留着浓厚的原始经济成分，周王便成了最大的"族长"。随着"公田"和"私田"的区分，普天之下莫非王土，贵族与庶民实现阶级划分，统治者实质上不再亲自耕种，其举行庄严隆重的籍田大礼，实际也是为了借民力完成耕种。因此，无论在思想上还是实践中，劝农仪式都是君主国家重农政策的"象征物"，在此后的两千多年间，中国的小农经济社会形态始终没有发生质的改变，这一套由原始崇拜发展而来的劝农仪式也就不断地仪式化、制度化。

《说文解字》中解释"仪，度也"，本义为容止仪表；"式，法也"，本义为规矩法度。"仪式"一词从开始就具有"取法""仪态""典礼秩序形式"等内涵，利用仪式来传递统治思想、规范国家秩序，其实就是孔子"道之以德，齐之以礼"的礼治思想所在。关于"礼"，一般认为起源于祭祀祈福。《说文解字》中解释为：

> 礼,履也,所以事神致福也。

《说文解字》又云:

> 履,足所依也。

"履"可基本判定为我们今日所讲的鞋子,是保护人的脚不受伤害之物。后世文献中又多训"履"为"礼",比如《尔雅·释言》云:

> 履,礼也。

刘熙《释名·释衣服》:

> 履,礼也。饰足,所以为礼也。

二者的互训可以看出,"礼"和"履"最初有一定的相通之处,都是人们在生活中所需依赖的,只是后来"履"仍指具有实用价值的物件,而"礼"则从最初人们所必须依赖的器物和仪式,成为行人生之路时的所应之履,已然被扩充了文化意义,正如《荀子·大略》中所云:

> 礼者,人之所履也,失所履,必颠蹶陷溺。所失微而其为乱大者,礼也。

中国古代早期文明是一种萨满式的文明。殷商社会特别注重鬼神。周公对殷礼做了损益之后,使礼渗透到社会生活的各个领域,从经世济民之礼法到揖让进退之礼仪,礼成为群体社会的一套思想准则和行为规范。西周社会开始渐脱巫风而代之以礼治,如《礼记·表记》记载:

> 殷人尊神，率民以事神，先鬼而后礼……周人尊礼尚施，事鬼敬神而远之……

先秦时期，孔子为了恢复周礼，又将"仁"的概念引入"礼"，二者关系之复杂至今也是学术界讨论的热点，在此不做过多展开。但是从最基本的意义上可以说，礼是外部规范、行为准则，仁是内心自觉、成德的志愿。礼的本质体现为仁（"人而不仁，如礼何"），礼也规定着仁的方向（"克己复礼为仁"）。二者互为表里，为形式化的虚礼注入了深刻的思想基础，使"礼"真正成为"国之干也"，即以礼治国。林中坚在《中国传统礼治》中指出：

> 礼治有广义和狭义之分。广义的"礼治"，包括德治、德教、孝治、文治、政治思想、伦理价值、是意识形态、礼法制度建设等；狭义的"礼治"，包含礼义、礼俗、礼器、礼仪、礼乐、礼教、礼制等。

根据这一观点，从狭义的角度讲，劝农是对农耕社会祈丰仪式的描摹，而汤显祖笔下这场戏的主角是太守杜宝，展现的画卷也是这位官员眼中的政通人和，因此是一场能显示朝廷重农政策的礼制仪式，其中就自然带有作者的政治意识。倘若从更广义的视角来看，其中还蕴含着作者深厚的仁政思想。首先，随着明朝末年朝廷官员的腐败，劝农此种延续了一千多年的制度渐渐趋于形式化，主事官员往往例行公事地视察一番，更有甚者利用此机会去郊区春游、搜刮民脂，同为明朝人的王思任能够评出那句"不为游花过峡"，恐怕也与现实情况有关。然而戏中的劝农仪式里，却明确说出此行"为乘阳气行春令，不是闲游玩物华"，"趁江南土疏田脉佳，怕人户们抛荒力不加"，可见杜宝是认真履行春令之责，唯恐百姓辜负大好春光。其次，杜宝去的"南安县第一都清乐乡"清净优美、人民生活安宁富裕，戏中借乡民之口称赞杜宝"管治三年，弊绝风清。凡各村相约保甲，义仓社学，无不举行。极是地方有福"。这种出自百姓之口的表扬，已不仅仅是对地方官政绩的肯定，更是对杜宝政德与人格的肯定。百姓之所以自发地与太守共同参与劝农的仪式，是因为他们认同了这礼制背后的仁德，而汤显祖自己为官多年的经历说明，这恰恰是他苦苦追寻的理想状态。

三、政治理想的审美化

自万历二十一年(1593)三月十八日上任，至万历二十六年三月十七日辞官归里，汤显祖在浙江担任了五年的遂昌县令；他将自己的政治理想寄托在这个山清水秀的"仙县"，治理出了一个和戏中南安府一样和谐平静的遂昌。在农政方面，遂昌所在的浙西南山区多年贫困交加、无力交赋。汤显祖上任后，对一般百姓劝勉鼓励，对大户人家则坚决征收、毫不留情，还曾写下《复项谏议征赋书》，向当地最大的乡绅、在京为官以疾病请告在遂昌修养的项应祥催交赋税。他重视发展农业生产，每年春月都率众备好花酒、带上春鞭下乡劝农，并多次写下诗文记录当时的情景，如《班春》：

　　今日班春也不迟，瑞牛山色雨晴时。
　　迎门竟带春鞭去，更与春花插两枝。

　　家家官里给春鞭，要尔鞭牛学种田。
　　盛于花枝各留赏，迎头喜胜在新年。

可见在汤显祖的治理下，百姓的农作热情高涨，遂昌的农业生产已经有了一定的发展。学政方面，汤显祖在瑞牛山麓建射堂和学舍，取名为"相圃书院"，还修了尊经阁(图书馆)、启明楼。他亲自给学生讲课，和诸生习射，为百姓"陈说天性大义，百姓又皆以为可"。在行政方面，他施仁政于民，五年中县域没有因斗殴或刑讯而死者，也没有拘捕过一位妇女。他尊重囚犯的人格，不滥用权威，还允许狱中囚犯在除夕夜回家过年，元宵节又组织囚犯去城北河桥上观花灯，在他的感召下，竟没有一位犯人企图乘机逃脱。但是对于为非作歹的人，汤显祖绝不手软，面对项应祥四子奸淫少女、杀害佃户的罪行，他迫使项应祥最终只能大义灭亲。汤显祖自己也对这一"理想世界"满心得意，于是多次将这番景象写入剧作当中。《南柯记·风谣》中唱道：

  征徭薄，米谷多。官民易亲风景和。老的醉颜酡，后生们鼓腹歌……

可以说，戏中出现的这般和谐之景就是汤显祖在遂昌的政绩写照，也是他为官多年的理想所在。

  汤显祖二十一岁中举，却因秉性正直、不愿趋炎附势，连续四次进京会试落榜。即使在这样的情况下，汤显祖也没有远离政治，从到当时的南京做太常寺博士，其后几易官职，他都保持刚正不阿之气，直到一纸上书《论辅臣科臣疏》痛斥奸臣败坏朝纲，兼对万历帝本人颇有微词，遂被贬谪到广东徐闻县当典史，之后又被"量移浙江遂昌知县"。此时的汤显祖已经四十三岁，但是却坚持在这个贫瘠的小县里实践着自己的政治抱负，然而他最终还是对明朝的官场腐败失望至极，毅然投劾告归。其实，以汤显祖的文章才华和兴趣所在，他亦可以直接选择隐居著书，然而书香门第出身的他，自幼学习孔宋鸿儒之质，一生"贞于孔皁"，他在《广意赋》中说道：

  天孔仁察兮，岂忘镜也！

他将儒家仁学视为自己的人生之镜，时时对照自己的人格与行事，这对他的人生和仕途都产生了重大的影响。他接受的文人传统教育是来自儒家对"成人"的理想诉求，其实现途径在于"六艺"之养成，而礼、乐、射、御、书、数本身就具有强烈的仪式意味，长期的濡染已经将此种仪式感内化到他的骨髓之中，汤显祖将这种"内圣"推向"外王"，希望"有所行于天下"。《礼记·大学》有云：

> 古之欲明明德于天下者,先治其国。欲治其国者,先齐其家,欲齐其家者,先修其身。欲修其身者,先正其心。欲正其心者,先诚其意。欲诚其意者,先致其知。致知在格物。物格而后知至,知至而后意诚,意诚而后心正,心正而后身修,身修而后家齐,家齐而后国治,国治而后天下平。

这段对话揭示了修身、齐家、治国、平天下四者的承递连接关系,并将其四者作为礼治的对象,这是汤显祖等儒士一直尊崇的。他虽然只在徐闻停留半年,但在当地倡导建成了贵生书院,并写下著名的《贵生书院赋》:

> 大人之学,起于知生。知生则知自贵,又知天下之生皆当贵重也。

邹元江认为,汤显祖的"贵生"思想来自儒家的"自爱"与"爱人":"表面上是把'贵生'纳入礼义仁爱的视域之中,而实际上他是意在通过'自贵'及于'贵人',以重建人的主体地位。"他之所以每到一个地方就修建书院、教化群众,是因为他知道通过后天的学习可以告别"昧于生理,狎侮甚多"的蒙昧,这套仪式感带来的不仅仅是对于自身和子民的规范,更强调将审美作为最高的人生诉求,把对人的尊重作为生生不息之根本,真正实现"天地之性人为贵",这正是改变遂昌贫瘠状况的根本途径,却也是明末统治者所缺少的。

汤显祖的出仕做官不是为了追名逐利,而是出于那个时代深受儒家思想熏染的知识分子的自觉意识。他"以诗人的心胸,承袭孔子仁政、周公礼乐之策",期望在冰冷的虚礼中注入真正的仁爱之思,试图达到"人与社会,个体与类,殊相与共相的和谐统一"。然而在宦官当权、民不聊生的明末时期,汤显祖的努力于时代而言也不过是一丝鸿毛。辞官归隐之后,遂昌县的百姓在相圃书院中为汤显祖修建祠堂,在他六十岁生辰之时,还特意派画家专赴临川为其画像。而在四十九岁辞官到去世前的十八年间,汤显祖创作了大量诗文,并将"临川四梦"创作完成。他用至情的笔法,描绘着他所渴望的礼乐图景,《牡丹亭·劝农》和《南柯记·风谣》的诞生,饱含着诗意的生生之大情,它们连同汤显祖的"理想国",被后世久久地吟唱。

  山也清,水也清,人在山阴道上行。春云处处生。
  官也清,吏也清,村民无事到公庭。农歌三两声。
  平原麦洒,翠波摇剪剪,绿畴如画。

作者单位:武汉大学哲学学院

论达观与汤显祖的"情理之辨"

庞婧绮

一

汤显祖二十一岁秋试中式之后,坠簪于莲池,题诗于西山云峰寺壁上,因此结下了与达观禅师的不解之缘。达观读此诗后,认为汤显祖"受性高明,嗜欲浅而天机深,真求道利器";而汤显祖《妙智堂观音大士像赞》也云:"一轮明月唾霾中,嗜欲浅而天机广",无疑是受达观影响而作。《紫柏老人集》卷二十三《与汤义仍》回顾了两人颇具传奇色彩的"五遇"。徐朔方《晚明曲家年谱》中亦对两人的交游状况做了详细梳理,目前学界对两人的交游情况,以及这段交游在彼此文集中留下的印迹已有详细考证,此不赘。

如果说汤显祖前半生一直于"情"与儒家之"理"之间徘徊挣扎的话,那么汤显祖中晚年由于遇见了达观禅师,则陷入了"情"与佛家之"理"的矛盾。

对于汤显祖与达观的"情理之争"的认识,离不开对于佛学理论以及达观禅师佛学思想的整体把握。由于晚明三教合流趋势的影响,达观禅师之理论并不限于佛门、禅宗,观其文集,不但深通先秦儒学、宋明理学,甚至对道家"铅汞"丹药之学、医家《内经》《素问》也多有研究;他还潜心玩《易》,对儒释道三家经典都有契悟,往往做别出心裁之新解,并云:"是故圣人不同,而此心此道,未始不同也;惟执情忘本,乃见有不同耳。老子生于佛后,孔子生于老后。我读《道德》,不见其有非佛之言;我读《春秋》《论语》,亦不见有非佛之言。"可以说,达观是一名真正会通三教的达者。所以笔者决定不惮疏陋,以儒道证佛,以现有的知识储备对达观笔下的"情"之真正内涵进行疏解。

做完这一工作之后,笔者认为达观禅师与汤显祖之理论分歧的主要原因是,达观和汤显祖对于"情"的定义是不同的。达观笔下的"情"主要指的是"情执",甚至可以说,达观将一切属于"执着""障碍""有累""有待""有我""自缚""为物所转"等不超越、不解脱、不能证入形而上之全体,达成形而下之大用的一面,都定义为一个"情"字。达观之"情"是"情执"之义,而汤显祖的"情"中恰恰被安进了形而上本体的内容,所以,两人似乎自始至终都不在同一个频道上交流,只是陷入了名相之争。

这也正是达观终究未能打破汤显祖的"寸虚馆",升"寸虚"为"广虚",升"广虚"为"觉虚"之故;因为达观本身也陷入了名相执着,未能融摄汤显祖之"情",也不明白汤显祖心中对于"情""理"的疑惑究竟在哪里,所以无法当机接引。

二

综观《紫柏老人集》,可以发现在达观的理论体系中,有着明确的"情理对举""情性对举"格局,尊理而黜情、扬性而抑情。这一理论体系乍看之下是无懈可击的,因为达观禅师将一切有所待的执着障碍都命名为"情",在达观,"性理"即为形而上之本体,而情则是本体之蒙昧与障碍。达观认为,"性"本身是"无外""无对"的,物我之间并不亢然对立,而一旦生"情",物我遂产生对立,于是人将奴役于"情",为物所转而不能转物。

但另一方面,达观禅师对于"情"的理解又有驳杂的一面,他有时直接贬情、消情。这些提法很容易令人产生歧义,认为旨在将一切已发之情,应物之情都取消,流于死寂、空寂、枯寂,有陷入"空执""理执"之嫌。但有时达观又认为"情如波,心如水",只是一个应物无累而已;这时他并不反对"已发""应物",反对的只是"有累"。这一观点无疑是非常圆融的,不但破除了"有执",也破除了"空执",不但破除了"情执",也破除了"理执"。但达观终究将"情"和"有累"画上等号,这是在其文集中一以贯之的。

下文笔者将录《紫柏老人集》中论"情"之篇目,并进行疏解。

(一)达观将"情"等同于"情执",而认为"理"为全体大德,情是理的障碍。故而提倡"以理折情","情消、理明、性复","情理相攻,胜败漆桶……佛魔在握,以理治情"。以下所引用的法语,均持这一观点。

《警大众》云:"性既变情,则自无待而为有待矣,有待则物我亢然,顺习则喜,逆习则嗔,此情为政而性隐矣。性则智周万物而不劳,形充八极而无累,故能会万物为一己,一己则己外无物,物外无己。"在此文中,达观明确地将圣凡对举、性情对举、"无我"与"有我"对举,转物之"如来"与被物转之"如去"对举,这一格局也一以贯之地体现在整部《紫柏老人集》中。可以说,达观禅师几乎所有的法语都在阐释这一理论体系。《法语一》云:"夫理,性之通也;情,性之塞也。然理与情而属心统之,故曰:'心统性情'。即此观之,心乃独处性情之间者也。故心悟,则情可化而为理;心迷,则理变而为情矣。若夫心之前者,则谓之性;性能应物,则谓之'心';应物而无累,则谓之'理';应物而有累者,始谓之'情'也。故曰无我而通者,理也;有我而塞者,情也。而通塞之势,自然不得不相反者也,如曰'性相近,习相远'也。"达观禅师的这段法语充分体现了"三教合流"的特色,其中引用的概念均为儒家范畴内的概念。其中"心统性情"是由张载提出,朱子继承并发展的一说。然而无论张载还是朱子,都并未将"心"定义为宇宙本体。在朱子,心主要是知觉之义,是实然的气质之心,而并非主观能动的德性本体。观达观此语,认为心处于性情之间,可迷可悟,自然也是受了张载与朱子的影响而提出的,而与阳明心学之"心即理"大相径庭。在这里达观延续了性情对举的思路,认为"有我而塞者,情也",综观《紫柏老人集》,达观对于"情"的定义异常的统一,然而"情"之一字不过是一个名相而已,拨开名相,我们不难看透达观之"情"的真正内涵,应是"情执"之义。

"苏子瞻曰：'君子与小人之心皆正，君子与小人之肾皆邪。'然君子能以理养心，故心行而肾从之；小人不能以理养心，故肾行而心从之。心行而肾从之，此邪从正也；肾行而心从之，此正从邪也。邪从正，则情消而理明；正从邪，则理昧而情渐流。情消而理明，则心将复于性也；理昧而情流，则心渐累于物也。心将复于性，则坤复乾有日矣；心渐累于物，则坤终不能复乾矣。盖乾即理也，坤即情也……昔人有言曰：'取将坎位中心实，点化离宫腹内阴，从此变成乾健体，潜藏飞跃尽由心。'此诗意谓性变而为情，乾变而为离，坤变而为坎矣，则乾之一阳，限于坤之二阴，坤之一阴，处乎乾之二阳。离，心之象也，坎，肾之象也。至人知其如此，故穷理尽性，则坎之一阳，可得复而为乾也；离之一阴，亦当还其坤也。"此篇法语延续了情理对举的思路，而将情比之于"坤"阴，性比之于"乾"阳，这本是没有问题的。但问题在于这篇法语有着明显的褒阳贬阴、扬性抑情的思路，笔者认为这是不圆融的。达观所引用"坎离点化"之诗虽然十分妙，但片面强调了坎对离的点化，其实如达观所言，坎离两卦一个象征肾，一个象征心。本是一气之闭藏与开达，肾气以闭藏为体，而以开达为用，心气以开达为体，以闭藏为用，两者本就是互根的。坎卦体阴而用阳，体之阴足够凝敛，方能生一阳而至离，而离卦体阳而用阴，体之阳足够开达，方能生一阴而至坎。坎卦比象水，离卦比象火，水以润下为性，而火以上炎为性，这就是为什么火在水上而为"未济"卦，火一味上炎，水一味润下，两者不能互根，自然是未济了，也就是医家所言心肾不交。反之，则是既济。恐怕"从此变为乾健体"，若没有坤之厚载，也是不能"潜藏飞跃尽由心"的。所以达观片面强调"阳"，强调"乾"，是不圆融的。

"性如水，情如冰。冰有质碍，而水融通。融通则本无能所，质碍则根尘兀然……迷则情之累也，觉则性之契也。累则二，契则一。二则有待，一则无生。无生乃性之常也，有待乃性之变也。常则无我而灵，变则有情而昧。"这里达观认为，"情"之发生的根由是"根尘""有我"，并认为性之常是"无生"，无生是佛家术语，是不生不灭之义。但笔者认为，禅宗的"无生"应该是融摄生灭之全体，故而没有生灭相，而不是真的不生、不灭。关于这一点,达观禅师自己也有所阐述,详论于后文。

"呜呼!众生积情,情积成坚。至于贤女化为贞石,苌弘血光为碧,推其所以然之故,始从迷性为情,情积而万化无恒。"诗偈《释广百论》云:"理极情自忘,情忘识即智。以智观根尘,譬如水洗水。"《佛香庵即事偶成》云:"万物有通情,恐将情折理。此情化未能,难入至人域。""夫养怀抱,端在以理治情,情消则寸虚若青天之廓布,文章自秀朗矣。""此理也,非情也。道人愿始光,力以理折情,毋以情昧理。""又人情虽变态百出,能以理折情,精而衡之,则真伪似不可逃焉。""古今祸福,皆初无常,直以天理与人情,折断臧否,无不验者。若以天理折断人情,则公道明;设以人情折断天理,则私忿重……已发,情也;未发,性也。故以情观祸福人我之事,则有我而昧者,愈重矣,重则厚……故佛祖圣贤,要人闻道见性,别无他意,不过要拔断众人之情根而已。情根一拔,则向之祸福人我之事,皆渐渐化为妙用矣。""大都世间法,带情而入,亦可得其精;出世间法,苟不超情而入,直饶你苦心到驴年,终无有所入处。"笔者所引用的这些法语,观点可谓异常统一。

"虽然,南人不信有千人之帐,北人不信有万斛之舟,盖其信情,而不信理故也。殊不知祸福死生,物我广狭,清浊沉浮,皆情有而理无者也。倘能以理折情,则近取诸身,远取诸物,皆我臂与目也。"这应当是对汤显祖产生深刻影响的"情有者,理必无"之说。

基于这一非常明确的观点,达观在《与汤义仍》中云:"真心本妙,情生即痴,痴则近死,近死而不觉,心几顽矣!"这一则为学界普遍引用的材料,延续了达观一贯的"情理对举""情等于执"思路。"'相待'是何义?谓物我对待,亢然角立也……此理皎如日星。理明则情消,情消则性复,性复则奇男子能事毕矣,虽死何憾焉!"达观写给汤显祖的书信在其所有书信中属于篇幅极大者,而措辞也最为热切、苦口婆心。信中,达观对汤显祖给予了极高的评价,并对之寄予厚望。但笔者认为,这封书信并不能真正切中汤显祖的弊病,详论于后文。

(二)达观思想中融摄空有,体用一如的一面。

道家一个"无"字,佛家一个"空"字,本就容易引起歧义,令人误解为不生不灭的死寂、顽空。而道家的真意其实并非如此,所谓"为道日损,为学日益",日损是损去重重障碍执着,最后达到虚静的境界,只有如此方能为道日益。而所谓佛家的"空"也正是此义,这也便是《心经》所云:"色不异空,空不异色,色即是空,空即是色。"空却的是"执着",是"相",一旦空诸所有相之后,自然明白体即是用,用即是体,即体即用,体用一如的道理。

达观也承认:"真般若者,了色即空,了空即色,故不死于枯槁,不荡于情波。"这原是即体即用的极高境界。所以达观对于死寂、顽空之病,也是针砭入里的:"第众生胶固于根尘之习,久积成坚,卒不易破,故诸佛菩萨先以空药,治其坚有之病。世之不知佛菩萨心者,于经论中见其炽然谈空,遂谓佛以空为道,牓其门为'空门'。殊不知众生有病若愈,则佛菩萨之空药亦无所施。空药既无所施,又以妙药治其空病。然众生胶固根尘之习,虽赖空药而治,空病一生,苟微佛菩萨之妙药,则空病之害,害尤不细。世以佛门为'空门'者,岂真知佛心哉!"这段法语是笔者认为《紫柏老人集》中极为精彩的一段。所谓的"空药",即要人空诸一切执着,一切相。但空诸所有相之后可生"妙有",不料这一空字太容易引起歧义,世人误认佛门为"空门",反而胶着于死寂、顽空了。试问如果佛门真为"空门",那么佛菩萨的慈悲是什么?妙生万有又是什么?所以这时就会产生"空病",方破"有执",又生"空执",这是非常荒谬的。比如佛家谈"无分别心",破除分别心,不是要人一切都不分别,佛家经常用镜子来做比喻,镜子上有灰尘,照物就会失真,所以要复其明净之体,方能恢复照物之用,这就是佛家的"止观"之说。所谓的分别心,就是镜子上的灰尘,而所谓无分别心,就是镜子干净照物的本体,是"能够更好地分别",而不是不分别了。所以,这是一对体用关系,体上越无分别,用上就越能分别,体越凝定专一,用就越发散开达,这还是一对体用阴阳互根的关系。人们单单理解了体上要不分别,却把用上的分别一概抹杀了。笔者认为,镜子的譬喻不如用视网膜来得更为让人明白。视网膜上有病变,视物自然不明,可能会产生白内障等病症,要去除白内障自然是要治好视网膜病变,而不是让人做盲人不看东西了,从未听说把人治成盲人就能解决问题。而佛家的一剂空药若是要让人死寂、枯寂,那岂不是杀人吗?执着于灰尘、病变之影,当然不对,但要隳身灭质更是荒唐。可笑的是,大多世人都是这样理解佛家之空的,所以达观做出矫正,认为这犯了"空病",所以要用"妙药"来治,所谓的妙药自然是"妙生万有"。从这一意义上而言,佛家与儒家、道家其实是一模一样的,儒家的"寂然不动,感而遂通",难道不是这个意思吗?

"夫情,波也;心,流也;性,源也。外流无波,舍流则源亦难寻。然此说不明,在于审情与心,心与性忽之故也。应物而无累者,谓之'心';应物而有累者,谓之'情';'性'则应物不应物,常虚而灵者是也。由是观之,情即心也,以其应物而有累,但可名'情',不可名'心';心即情也,以其应物而无累,但可名'心',不可名'情'。然外性无应与不应,累与不累耳。"所以达观自己也认为这几个名相之间的关系"大非言语可以形容仿佛",需要真参实悟。从这段中可以看出,达观认为"情"与"心""性"是不可截然分割的,不过是一者应物有累,一者应物无累,一者无所谓应物不应物,常常虚灵而已。在这里,达观并不反对"应物",只是反对有累而已。实际上"应物"者,非情而为何?正所谓人心本静,感物而动,若不通达天地万物之情,又怎能应物,用什么来应物呢?而若是反对"应物",那不过是被死寂、枯寂给障住了,离开了"有执",又陷入了"空执",被执着填得实实的,又怎能达到"虚灵"之静呢?所以达观自己也斥责那些执于一偏之人,认为"有迷波者,谓'波非水'也,有迷水者,谓'水非波'也。谓'波非水',则凡夫甘陷无分之阱,终迷而不出矣;谓'水非波',则浅悟之徒,不免坐于忽圣之坑也"。

在这一体圆融的境界之下,达观指出了修正方法:"梦悟醒迷,圣凡隔途,究其所自,不过未达本源,故曰:'达本忘情,知心体合。'即此而观,情未忘时,不必以情忘情。何以故?情终不忘故。如一达本,情不待忘而自忘矣。"这里达观强调了做工夫的方法不是用情对治情,而是直达本源。在前文所引的法语之中,达观一直有执理而攻情的倾向,但在这里却取消了二元对立的"对治法""攻邪法",而采取了一体圆融的"融摄法""扶正法",不得不说是更为高明的境界。

在对《紫柏老人集》中关于"情理"问题的论点进行了详细疏解之后,笔者认为,达观《与汤义仍》一信中反反复复地论及的"情理"问题,并没有做到当机接引。何出此言?笔者认为,主要有以下两点原因。

一、达观所强调的"情理相待""亢然角立"之病,并不是汤显祖当下的主要弊病。汤显祖虽然早年"蹈厉靡衍,几失其性",耽于自然人性论之情,但经过明德夫子循循善诱的教导,早已有着向理学家转变的倾向。可以说,汤显祖的思想主体是充满哲思的,形而上的,如上文所言,汤显祖一直在进行本体论探索与架构。当汤显祖写下《牡丹亭》时,他笔下的杜丽娘也是一名女中圣贤,试图进行形而上的本体论探索,所以才问出那句:"你说为人在世,怎生叫做吃饭?"所以才得出答案:"似这般花花草草由人恋,生生死死随人愿,便酸酸楚楚无人怨。"杜丽娘所追求的情是本体之情,是形而上的超越之情,而不是如达观所误解的"情执"。所以《牡丹亭》与其说是一部才子佳人剧,不如说是"哲学剧""性理剧"(也许"性理剧"这一名称会引来争议,但笔者认为并无问题,这"性理"是指形而上的本体论探索而言,是性理的本意,即取其"维天之命,于穆不已""体物不遗、与物无对""为物不二,生物不测""寂然不动,感而遂通""遍觉无方,感润无碍""物各付物,各正性命""鸢飞鱼跃、浑沦顺适""良知良能,不学不虑"之意,并不是程朱理学之流于僵化的性理)。汤显祖尽管少年时代有达观所斥责的那种"情执"之病,但自经明德夫子点醒之后,他对于"情"的讨论早就上升到哲学的范畴。并且,我们可以看到,汤显祖尽管气质禀赋是活泼泼的,偏于狂的,但其绝非蒙昧灵心的伧夫俗子,他的哲思是多么深邃,他的心灵是多么倾向于升华而不是堕落,他是多么向往闻道、明道。可以说,他生来便是有着第一等愿的,追求至高无上第一义谛的文人士大夫啊!诚如汤显祖晚年所写《续栖贤莲社求友文》中所云:"吾行于世,其于情也不为不多矣,其于想也不可谓少矣。""情想"之辨源自

《楞严经》:"情想均等,生于人间。情多想少,流入横生。"《楞严经》中也采取了"情理对举"的思路,只是将"理"替换成一个"想"字,认为气质食色之"情"与灵心觉性之"想"是对立的,一个是烟火气十足的欲望,一个是列子御风的自在;一个堕落,一个飞升。而汤显祖总结了自己的一生,认为自己"情"不可谓不多,而"想"也不可谓少。可见汤显祖对于自己的修行闻道之发心与愿力,是非常认可的,并将之与自己一生所重之"情"并举。可以说,在汤显祖心目中,灵明不昧之"想"与"理"本来就占据着极重的位置,其证道明德之心,不须旁人点化就已经足够纯粹。所以,达观此信对于一般凡夫而言,或许还有振聋发聩之效,对于汤显祖而言则显得过于肤浅,不切汤显祖的气机。此信只能引人入门,而汤显祖早已登堂入室,直欲窥其堂奥矣。

二、综观《紫柏老人集》,尽管他也有"真空生妙有"的一体圆融一面,但过于强调"情理不两立","情理相攻",即采用的是二元对立的"对治法"。而这是不契合汤显祖"一体浑沦"的为学风格与境界的。

如上文所言,汤显祖是阳明心学的嫡传门人,而又深受北宋程颢之影响,所以他的为学风格是"一心任运,一体浑沦"的。凡是有着一本论圆教模型的理论体系都能吸引汤显祖,而凡是不具备这一特色的理论体系,与汤显祖都不甚契合。而达观恰恰更加强调"情理对举"之二元对治法,而其一体圆融之说在文集中相对分量较轻。

达观自己也说,"众生有病若愈,佛菩萨之空药亦无所施",但他终其一生都执着一味"空药",到处治人的"有病"。达观这句话可以替换为"众生之情病若愈,佛菩萨之理药亦无所施",再服"理药",不免要患上"理病"了。但或许达观自己也有一丝"理病"未愈,所以未能做到心口如一。

最讽刺的是,当汤显祖感于世事不可为而弃官家居的同时,达观却为了止矿税而在京城不断奔走。达观曾曰自己有"三负":"老憨不归,则我出世一大负;矿税不止,则我救世一大负;《传灯》未续,则我慧命一大负。"明知不可为而为之,可谓情深义重。当汤显祖几乎要蜷入"茧"中的同时,达观却飞蛾扑火。当汤显祖劝其自保时,他复信解释自己为何如此热衷世情:"仆虽感公教爱,然谓公知仆,则似未尽也。大抵仆辈,披发入山易,与世沉浮难。公以易者爱仆,不以难者爱仆,此公以姑息爱我,不以大德爱我。昔二祖与世沉浮,或有嘲之者。祖曰:'我有调心,非关汝事。'此等境界,卒难与世法中人道者。"可见世人也多是将"披发入山"之"出世"与"与世沉浮"之"入世"视为不两立的了。达观之"三负",非情而为何?拳拳救世之心,慧命传灯之心,非情而为何?再以达观对汤显祖的感情为例,《紫柏老人集》中,达观写给居士的诗大多以"示某某""与某某"为题,而对于汤显祖却屡用"怀"字,感怀溢于言表,非情为何?笔者从中见出的是笃于人伦,深于慧命之情。

笔者认为,达观禅师将"有累"与"无累"相对举的思路是没有问题的,但将"情理对举",恐怕就有问题了。因为,达观禅师选择了"情"字来命名他所贬斥的这一有待、迷惑的无明境界,将"情"之内涵直接等同于"情执",是有待商榷的。这一提法不够准确,因为"情"的内涵和达观所反复贬斥的"情执"的内涵是不能等同、重合的,达观自己也认为情是"应物而有累",而他所针对的只是"有累",并不是"应物"。所以可见,他所贬斥的只是情之"有累",而非情之"应物"。而达观直接提倡消"情",便让人误解将"应物"也一起消了。

而"情"之内涵又岂是应物那么简单?还可以理解为"感物",所谓寂然不动,感而遂通。这正是汤显祖与达观理论矛盾的症结所在。汤显祖将达观的"情"误解了,认为达观要将"应物""感物"之情和情执一并取消。汤显祖以《邯郸记》《南柯记》两部传奇记录了自己消解"情执""情障"的心灵探索,但"有病"既愈,"空病"又将何如?

笔者认为,汤显祖《南柯记》虽然探讨佛理十分精彩,但终究还是偏于破执的一面,有破而无立,有沉空住寂之病,而这是不符合佛理真意的。此后孟称舜《贞文记》也有此弊,所以《南柯记》《贞文记》之禅,只可说是"遁世""逃禅","有"尚不存,何况于"空","情"尚不存,何况"无情"?淳于梦之逃禅,又能逃到哪里去呢?船子和尚之"藏身处没踪迹,没踪迹中莫藏身"便是此义。

三

汤显祖万历四年(1576)夏读释典于南京报恩寺,万历七年九月初一日于南京清凉寺讲经,时年三十岁。由此可见汤显祖的佛学功底可以跻身禅师之列,《南柯记》中写契玄禅师讲经的段落,妙语连珠,应是融入了汤显祖的亲身经历。若没有深厚的佛学功底,乃至亲身升座讲经的经历,是断然写不出的。汤显祖曾作《蜀大藏经叙》《五灯会元序》等佛家经论之序。《五灯会元序》中云:"究其宗旨,要不过一直指人心地法门而已。"禅宗与宋明理学,特别是阳明心学的关系最为密切。而汤显祖所敬服之佛家之师,也正是一名禅师,甚而《南柯记》中的契玄也是一名禅师。禅宗"不立文字,教外别传,直指人心,见性成佛"的宗义是与汤显祖的为学风格十分契合的。所以禅宗是汤显祖主要修习的宗派,这应是没有异议的。

《妙智堂观音大士像赞》录自乾隆《遂昌县志》,可见是汤显祖于遂昌任上所作。赞词曰:"譬如明月当秋空,随所有水皆现影。此影离闻不可得,出闻而觉名圣人,因闻而迷名凡品。圣凡若离闻性有,一切木偶应闻道。我思菩萨未觉时,初与众人无异同。众人忽有一觉者,亦与菩萨无同异……性光天地万物君,纣非疏兮尧非亲。知而能用千眼全,日用不知光霾尘……缘象得象家岂忘,自是众人欠痛想。一轮明月唾霾中,嗜欲浅则天机广。"词中虽然也有"嗜欲""天机","圣人""众人"的二元对举,但更多的是一体圆融。汤显祖借鉴了儒家"人皆可以为尧舜"的思路,强调形而上、形而下融摄为一的境界。

"闻性"指的应是形而下的见闻知觉,若执于形而下,则是"因闻而迷"的凡人。但圣人的境界是不离形而下之用的,如果说圣人离开了这些形而下的食色之性,那么这不过是麻木不仁的"木偶"罢了。

这首赞词论形而上、形而下之间的关系已极为圆融,在词中,汤显祖提倡了即体即用,体用不二的境界。体而不即用,汤显祖斥之为"木偶";用而不即体,汤显祖斥之为"众人"。只有即体即用,才是一轮明月唾霾中的圣人境界,而这也契合了堂名之"妙智"。当然,汤显祖借鉴了宋明理学的一本论圆教体系,但从这篇体用不二的圆融之词中我们可以看出,汤显祖应该不会将佛家之空误解为死空、顽空,但事实并非如此。

综观达观禅师与汤显祖的"五遇",两人因缘之起,是首自汤显祖的那两首题壁诗:"搔首向东林,遗簪跃复沉。虽为头上物,终是水云心。""桥影下西夕,遗簪秋水中。或是投簪处,因缘莲叶东。"这诗本就是隐逸的,消极的,其中体现的并不是以天下为己任的儒家士大夫情怀,而是"遁入空门"的逃禅思想,如同世人所理解的"出世"。

达观读此诗认为汤显祖"嗜欲浅而天机深","赋性精奇,必有宿因",无疑是看中汤显祖"出世""遁世"的那一面。然而出世、隐逸只能意味着世缘淡薄,却未必意味着佛缘深厚。笔者向来认为,佛家的真意与"出世"之"死空"并没有任何关系,因为真空方能生妙有,在这一意义上,没有一个可以绝对外于"入世"的"出世"可言,出世是为了更好地入世。而达观的"嗜欲浅则天机深"自是延续了他情理对举的思路而提出的,这一论点在某一层面上可以成立,但这一层面是以天机之大本破除嗜欲之执着的层面,而不是情理相外,二元对立、"亢然角立"的层面,所以这一提法并不圆融。王守仁曰:"莫谓天机非嗜欲,须知万物是吾身。"可见再深的嗜欲也不过是一心之变化而已。而颜钧曰"是制欲,非体仁",更是在一体大本上取消了欲与仁的二元对立。而达观如此强调"出世""空"的一面,应该说在理论上是犯了沉空住寂之病的。而达观这一理论模式,对汤显祖产生了莫大的影响,使得汤显祖在晚年纠缠于"情"与"理"之间。这一纠缠,犯了一个毛病,便是达观所言的"亢然角立"之病。也许达观自己也没有想到,这正是受了他的影响而产生的。夏写时云:"达观以理破情实有之,汤显祖以情破理则未必。他只用'谛听久之,并理亦无'这种禅家习用的机锋轻轻一点,就把达观视情、理不两立的偏执性指点出来了。"这实在是切中肯綮之论!夏写时指达观视情理不两立,这是很有见地的,笔者复名之为"体用混淆,情理相外"。

达观如此强调情理相攻,难道不是犯了"情理相外"的毛病吗？相外才会亢然,才会有对,自然不能臻于大本了！《大学》云:"大学之道,在明明德,在亲民,在止于至善。"这个善,不是外于恶之善,不是与恶亢然角立之善,而是与物无对之至善本体。王守仁曰:"无善无恶心之体。"只有臻于本体,才能称之为"至"！而"体用混淆"则更容易理解,达观将体上的"空"认定为"理",推致出去,却连用上的"情"和"有"都一概抹杀了。

或许因为达观并未如罗汝芳一样对汤显祖进行当机接引,所以汤显祖对达观的思想也并不如对罗汝芳那般折服。《汤显祖集》中寄罗汝芳的书信为"奉罗近溪先生",而寄达观禅师的书信则为"寄达观",由此可见汤显祖与达观的关系是在师友之间。

但他仍受记于达观,思想上深受达观影响,这影响在两方面,一是积极方面:在体上空诸一切,破除情障情执,于所有相更加超脱。二是消极方面,于用上也空诸一切,这就造成他对于情理关系愈发迷惑,非但空诸"情相",连情本身也想要空却,但却空不了:一方面仍如同少年时代一样,保持着纯挚的真情,另一方面在佛学理论上流于死寂顽空,于是产生了理论矛盾,既无法彻底斩断情丝沦为槁木死灰之人(倘若真如此,就是犯了沉空住寂,体用混淆的毛病,不是佛家的"真空"),却又无法在理论上认可"情"的真实性(妄将体上的"空"与用混淆了,以为用上也要空诸一切)。达观在世时,汤显祖便与之有一番"情理之辨"。万历二十六年(1598)十二月,汤显祖家居于临川时,达观为礼石门圆明禅师,途经临川,与汤显祖偶遇。正月,汤显祖送达观访白云、石门,并与达观乘舟同去从姑凭吊罗汝芳。正月十五日与达观作别。此行在《汤显祖集》中留下诗十余首。也许因为是沿着盱江舟行,时间上又恰恰经历了从新月到满月的整个过程,"扁舟"与"彼岸"、"去"与"归"、"水"与"月"等与佛理有着密切关系的意象大大触动了汤显祖的禅兴。汤显祖与达观"几夜交芦话不眠",谈的是什么？自然是禅宗的话头了,其中最关键的应当是汤显祖心中最大的一个疑情,即"情有情无"之辨。达观给予他的答案,我们通过《紫柏老人集》可以想见,而汤显祖自己参出了什么，也可以从他的诗中揣度一二。

此次与达观初会之时，汤显祖写下《达公舟中同本如明府喜月而作》，本如为临川知县吴用先，诗中云："彼岸似闻风铎语，此心如傍月轮安。"风铎为"天将以夫子为木铎"之典，而以月轮譬喻达观，直接将达观奉为性光如明月一般朗照的精神导师。

《达公来自从姑过西山》有句云："厌逢人世懒生天，直为新参紫柏禅……看相有住微成恨，话到无生已绝怜。"厌逢人世，却又懒于生天，这是两头破执的禅机，本来强调不着工夫相。因为新参"紫柏禅"，这无工夫相，无作用相的工夫，却有些像不作为的沉空住寂了。"看相有住"则是于色声香味触法处生心，是着相，此为汤显祖的自省之语。

《章门客有问汤老送达公悲涕者》云："达公去处何时去，若老归时何处归？等是江西西上路，总无情泪湿天衣。"《归舟重得达公船》云："无情当作有情缘，几夜交芦话不眠。送到江头惆怅尽，归时重上去时船。"《江中见月怀达公》云："无情无尽恰情多，情到无多得尽么。解到多情情尽处，月中无树影无波。"此诗沈际飞评云："窥得宗风。"自是指其中深得禅宗的宗风妙旨了。《离达老苦》云："水月光中出化城，空风云里念聪明。不应悲涕长如许，此事从知觉有情。"从这几首诗中可以看出，汤显祖对达观禅师有着深厚的感情，但由于新参紫柏禅的缘故，按照达观的理论，他觉得这份情是不应该有的，内心一直在"有情"与"无情"之间纠葛。他受达观影响，认为应该斩断情根，但终究发现他与达观之间的深情，还是如此真切地存在着，不是能够斩断得了的，所谓"有情缘"，"此事从知觉有情"。这个"有情"，是他顶着违背师教的压力偏要说出的。于是在《江中见月怀达公》一诗中做出参悟："无情无尽恰情多。"笔者认为，"无情无尽"沿用《心经》的思路："无无明，亦无无明尽。"这句经文的意思是，本来没有"无明"，自然也就没有"无明尽"了——不需要另外去造作工夫消尽无明。"无明尽"是指对治法，只要有所对治便不是禅宗顿悟的机锋，只能算作渐修的工夫。汤显祖借用此思路，是在舟中受到达观禅师几夜的熏陶之后，试图靠近达观"情有者，理必无"的体系，但当他做出这一努力之后，终于无奈放弃，发现自己"恰情多"——汤显祖终究还是无法放弃敏锐而丰富的艺术情感。"情到无多得尽么",看来"本来无情"这条顿悟之路是走不通了,只能待到情缘转薄,暂且用对治法去消尽吧。消又如何消,尽又如何尽?这两句诗都遵循了达观"以理折情"的方法去证悟,但得出的结论恰恰与达观相反,又怎能不令汤显祖迷惑呢?"解到多情情尽处,月中无树影无波",也许是由于这晦涩玄妙的措辞,这两句诗向来缺乏解释,笔者在这里不惮疏陋作解。笔者认为,"解"字可能有两种含义,一种是解悟,即明白、懂得之义,另一种是"会""能够"的意思,"解语花""十年不见君王面,始信婵娟解误人"便都是此义(解语不是懂得别人之语,而是自己能语。"婵娟解误人"是美色能够误人之义)。笔者在这里取第二种含义。月中无树用吴刚伐桂之典,典出《酉阳杂俎·天咫》:"旧言月中有桂,有蟾蜍,故异书言,月桂高五百丈,下有一人常斫之,树创随合。人姓吴名刚,西河人,学仙有过,谪令伐树。""影无波"从字面上更难理解,但联系诗题"江中见月",便是指江中的月影能够不凭借水波而存在。如此做疏解,诗义就很清楚了。汤显祖之意是:我原本多情,倘若有一天能够达到"情尽"的地步,"除非天真的能塌,哑巴都急得说了话!"笔者在这里引用曹禺《北京人》中愫方的誓言,是觉得两者有异曲同工之妙,《上邪》也是如此。汤显祖的诗句原意是:"除非月中永不再有那棵随砍即合的桂树,除非那月影能够离开了水波!"无非是"不可能也"之义。想来,那月影怎么可能离开水波呢?又怎么能把性光之"影",抽离了情感之"波"而存在呢?而那情,正如月中的桂树一般,是砍也砍不去的啊。汤显祖在此用吴刚伐桂之典应是不无深意的。吴刚伐桂多么徒劳,而汤显祖发现斩断情根也多么徒劳!

四

综上,笔者在通读《紫柏老人集》的基础上,梳理了达观禅师的佛学理论,认为达观与汤显祖产生"情理之争"的根本原因是混淆了体用。达观之"情"主要是指情执而言。达观尊理而黜情,扬性而抑情,便是强调体上空无,但由于犯了体用混淆的毛病,将用上的应物之情也一并抹杀了。而汤显祖深感于应物之情在用上的不可抹杀,并曾经在《牡丹亭》及题词中将"情"上升到形而上的本体地位,而达观禅师的"情有者,理必无"的二元对治法又令汤显祖产生了迷惑,在进行了一番皈依的努力之后,汤显祖最终发出"情到无多得尽么"的疑问,坚持"情"之不可磨灭,但并没有从体用的角度对于两人的分歧做出解释。

作者单位:江西师范大学音乐学院

论汤显祖传奇落场集唐诗与明清曲家的戏剧观

刘叙武

落场诗又称落诗、下场诗、收场诗,是中国古典戏曲中人物下场时口中所念之诗,演员以韵白念出,通常以四句为定,可由一个角色独诵,亦可由多个角色分诵。集唐诗是明清传奇落场诗中的重要形式。所谓集唐诗,即传奇作家集合唐人诗句组合成一首"新"诗,作为传奇作品的一部分。

汤显祖的"玉茗堂四梦",尤其是他"得意处惟在"的《牡丹亭》①,大量使用落场集唐诗。这是一个饶有趣味的现象。本文试以汤显祖传奇落场集唐诗为切入点,对汤显祖及其他明清戏剧家的戏剧观做一比较研究。

一、落场集唐诗的产生发展成熟

落场集唐诗的产生、发展、成熟有一个渐变过程,即从剧作家们集古语、古诗为落场诗,发展到既有集唐句也有剧作家自己创作的诗句的落场诗,再过渡到完全采用唐人诗句落场集诗。

郭英德先生认为,戏曲落场诗"体例大概源于宋元话本的收场诗"②。宋元话本小说常以诗词作结。在早期话本里,一般用两句诗收场。后来,文人更多地参与话本的改编、创作,收场诗得到扩充、提

---

① 俞为民、孙蓉蓉主编:《历代曲话汇编:新编中国古典戏曲论著集成·明代编》(第三集),黄山书社,2009年,第48页。
② 郭英德:《明清传奇戏曲文体研究》,商务印书馆,2004年,第70页。

高,两句诗的形式近乎绝迹,演为四句诗的形式。到了明清拟话本小说里,收场诗有四句或八句,甚至更多。这与戏曲落场诗的演进路径基本上是一致的。

由于明人的改窜,今人所能见到真正意义上的元人杂剧剧本是《元刊杂剧三十种》。其中,人物下场念落场诗的情况极少。在元杂剧的明代刊、抄本中,落场诗数量有所增加,且艺术水准明显提高。杜海军先生指出,明人臧懋循选编《元曲选》,对元杂剧的修订"是在之前明刊本的基础上进行的修订,而非直接增删于元刊本……《元曲选》若与元杂剧有不同处……应当看作明人的集体作为,是一个时代戏曲观念的变化和发展的结果"①。元杂剧艺术体制在明代刊、抄本中继续发展完善,其中,落场诗从形式到内容的变迁,显现出明代文人剧作家对落场诗这一艺术形式开发利用的程度不断加深。

宋元南戏,如《张协状元》《琵琶记》等,在每出戏的末尾,角色在场上念诵两句或四句韵白后下场,这已是成熟的落场诗了。明人王骥德指出:"落诗,亦惟《琵琶》得体。每折先定下古语二句,却凑二语其前,不惟场下人易晓,亦令优人易记。自《玉玦》易诗语为之,于是争趋于文。"②南戏本以古语为落场诗,后有明代骈绮派传奇作家郑若庸"开饾饤之门,辟堆垛之境"③,首开以集句诗为落场诗之先河,自此,落场诗渐趋雅化,逐步脱离场上演出。王骥德还说:"迩有集唐句以逞新者,不知喃喃作何语矣。"集唐诗是集句诗的一个品种。王骥德自1610年春开始写作《曲律》,至是年冬基本完成系统理论,并作了《自序》,以后若干年又时有所思,不断增补,直到生命最后时刻。从王骥德的记录和《曲律》的写作时间来看,明万历年间已有一定数量的落场集唐诗出现。现在所能见到的明人传奇作品最早使用集唐形式落场

---

① 杜海军:《〈元曲选〉增删元杂剧之说多臆断——〈元曲选〉与先期刊抄元杂剧作品比较研究》,《广西师范大学学报》(哲学社会科学版)2008年第3期。
② 〔明〕王骥德:《曲律》,俞为民、孙蓉蓉主编:《历代曲话汇编:新编中国古典戏曲论著集成・明代编》(第二集),第101页。
③ 〔明〕徐复祚:《三家村老曲谈》,同上,第257页。

诗的,是大约作于明隆庆四年至隆庆六年(1570—1572)梁辰鱼的《浣纱记》。这与王骥德的记载相符合。《浣纱记》的落场诗既有集唐诗,也有梁辰鱼自己创作的诗句。可见,此时落场诗的形式进一步发生变化,进入集唐形式的发展阶段。

梁辰鱼之后,集唐形式得到了很多文人剧作家的青睐,在明清传奇、杂剧创作中颇为流行;许多戏曲作品都用集唐诗作为落场诗,于是逐渐定型,标准形式即完全采用唐人诗句,由四句唐诗单句拼合组成一首绝句。全面使用落场集唐诗的传奇作品是汤显祖的《牡丹亭》。该剧除第一出《标目》落场诗和剧中集有一句宋人诗之外,其余落场诗均为集唐人七言绝句。至此,明传奇落场集唐诗达至成熟。

二、汤氏传奇落场集唐诗的运用

汤显祖不是落场集唐诗的首创者,但他主动地顺应这个时代戏曲创作变化发展的潮流,在传奇创作中大量采用落场集唐诗,并成为运用这一形式的高手。"玉茗堂四梦"中创作时间最早的《紫钗记》中有集句落场诗七首28句。其后的《牡丹亭》全面运用落场集唐诗,有54首216句——包括最接近汤氏原本的怀德堂刊本缺、吴吴山三妇合评本存的第十六出《诘病》的落场诗:"柳起东风惹病身(李绅),举家相对却沾巾(刘长卿)。遍依仙法多求药(张籍),得见蓬山不死人(项斯)。"后来创作的《南柯记》有以集唐形式出现的落场诗四首16句。紧随其后的《邯郸记》中出现了七首28句集唐诗。由上可见,"四梦"中落场集唐诗的数量是相当可观的。

其实,汤显祖运用落场集唐诗,并非完全引用原诗原句,而是根据自己的需要,有的直接采用原句,有的则对原句个别字词加以改动。详细考察"四梦"中运用落场集唐诗最多的《牡丹亭》,将其中诗句与清初编纂的《全唐诗》进行对照可以发现,《牡丹亭》中的落场集唐诗句约四分之一与《全唐诗》的记载有出入。这一现象在其余三"梦"中也同样存在。"四梦"所征引唐诗涉及一百余人,被引用诗句最多的是杜甫、韩愈、韦庄、李商隐、白居易、王建、李白、刘长卿等十余人，诗作多集中于中、晚唐时期。

集唐虽是利用前人现成诗句，但创作难度非常大。古代诗人对集句诗创作之难已有明晰的认识。南宋诗人陆游在《杨梦锡集句杜诗序》中指出："前辈于左氏传、太史公书、韩文、杜诗，皆熟读暗诵，虽支枕据鞍间，与对卷无异。久之乃能超然自得……楚人杨梦锡，才高而深于诗，尤积勤杜诗，平日涵养不离胸中，故其句法森然可喜。因以暇戏集杜句。梦锡之意，非为集句设也，本以成其诗耳；不然，火龙黼黻手，岂补缀百家衣者邪？"①明人徐师曾说："集句诗者，杂集古句以成诗也。自晋以来有之，至宋王安石尤长于此。盖必博学强识，融会贯通，如出一手，然后为工。若牵合附会，意不相贯，则不足以语此矣。"②清人沈雄在《词品》卷上中这样写道："《柳塘词话》曰：'徐士俊谓集句有六难，属对一也，协韵二也，不失粘三也，切题意四也，情思联续五也，句句精美六也。'贺裳曰：'集之佳者亦仅一斑斓衣也，否则百补破衲矣。介甫虽工，亦未生动。'沈雄曰：'余更增其一难，曰打成一片。稼轩俱集经语，尤为不易。'"③

可见，传奇作家利用现成诗句创作落场集唐诗，首先必须熟稔大量唐人诗作，并且达到烂熟于心的程度。在实际运用时，必须融会贯通，拼合唐诗天衣无缝。这是非常不容易做到的。汤显祖创作"四梦"，精心挑选约三百首唐诗为己所用，巧妙地将诗句抽取出来再缀合成篇、嵌入剧中，显示出汤显祖在继承、吸收、运用唐代诗歌方面的深厚功力，展露出他深厚的古典文学学养和卓越的艺术创作才华。正如吴吴山三妇合评本《牡丹亭》所云："试观记中佳句，非唐诗，即宋词；非宋词，即元曲，然皆若若士之自造，不得指之为唐，为

---

① 〔南宋〕陆游：《陆放翁全集》（上），中国书店出版社，1986年，第84页。
② 〔明〕徐师曾：《文体明辨序说》，于北山、罗根泽校点：《文章辨体序说、文体明辨序说》，人民文学出版社，1962年，第111页。
③ 〔清〕沈雄：《词品》，〔清〕沈雄编纂，〔清〕江尚质增辑：《古今词话》，上海书店出版社，1987年，第27页。

宋,为元也。"①

三、落场集唐诗显出汤作的案头化倾向

剧作家创作落场集唐诗,不仅务使拼出的"新"诗形式整饬,音律谐叶,读来朗朗上口,还要保证落场集唐诗与剧情融合无间。汤显祖"四梦"中的落场集唐诗与剧情浑然融合,为剧作增色不少。其作用主要表现在以下几个方面。

其一,概括归纳故事情节。如《紫钗记》第二十五出《折柳阳关》,霍小玉所念落场诗:"一别人如隔彩云,断肠回首泣夫君。玉关此去三千里,要寄音书哪得闻?"这首落场集唐诗是汤显祖先自"凑"两句,再稍改李白《思边》诗"去年何时君别妾,南园绿草飞蝴蝶。今岁何时妾忆君,西山白雪暗秦云。玉关此去三千里,欲寄音书哪可闻?"后两句缀合而成。这种组合方式在传奇落场集唐诗中并不少见。诗句概括了这一出霍小玉惜别李益的情节。

其二,预示后续剧情发展。如《牡丹亭》第九出《肃苑》,花郎所念落场诗:"东郊风物正薰馨(崔日用),应喜家山接女星(陈陶)。莫遣儿童触红粉(韦应物),便教莺语太丁宁(杜甫)。"预示了第十出《惊梦》杜丽娘到后花园游春的剧情。首尾两句描写姹紫嫣红、呖呖莺歌的美景。第二、三句里的"女星""红粉"系指杜丽娘,一则呼应春香"好些扫除花径"的吩咐,一则说明杜丽娘是避了旁人来游后花园的。

其三,描摹心理塑造人物。如《牡丹亭》第三十五出《回生》,柳梦梅、杜丽娘、石道姑三人共念落场诗:"(生)天赐燕支一抹腮(罗隐),(旦)随君此去出泉台(景舜英)。(净)俺来穿穴非无意(张祜),(生)愿结灵姻愧短才(潘雍)。"这四句诗既刻画了柳梦梅、杜丽娘的欣喜、痴

---

① 〔清〕吴吴山三妇:《还魂记或问》,俞为民、孙蓉蓉主编:《历代曲话汇编:新编中国古典戏曲论著集成·清代编》(第一集),第706页。

情,又活写出石道姑原先因《大明律》开棺见尸,不分首从皆斩"担心害怕,现在终于放下心来、大松一口气的神情。

其四,抒发感情,点化主题。如《南柯记》第四十四出《情尽》,众人所念落场诗:"春梦无心只似云(皮日休),一灵今用戒香熏(韩偓)。不须看尽鱼龙戏(李商隐),浮世纷纷蚁子群(高骈)。"此诗不仅是本出的收束,更是全剧的总结。汤显祖以"春梦无心只似云"深化全剧"人生如梦""一切皆空"的主题,"不须看尽"四字道尽人世间沧桑,不论人类抑或蚁群,情事纷扰到头来不过是一场游戏;剧作家力图向读者、观众传达惟有看破诸事,了却尘缘,遁入空门,方可得道升天,度脱苦厄的思想。

汤显祖借唐诗的蕴藉高华,为自己的作品增添妩媚色彩,显示出文人士夫追逐才情、尚雅炫博的心态,客观上提升了传奇艺术品位。从案头文学的角度来看,这样的作品受到其他文人的热烈追捧是再合理不过的。然而,这样的剧作却由于文辞过于典雅,给观众观赏设置了重重障碍,一旦离开剧本,往往容易滑入"不知喃喃作何语"的境地,是脱离舞台实践的。说到底,集唐诗不过是古代文人的一种高水平文字游戏。上述落场集唐诗具有的种种功能不一定非得用集唐这一形式才能实现。在汤显祖的"四梦"中,尤其在《牡丹亭》中,如此大量集中地使用落场集唐诗,显示出汤作案头化倾向十分严重,正如臧懋循所说:"此(《玉茗堂四梦》)案头之书,非筵上之曲。"①

四、改删落场集唐诗纠案头之偏

"高雅文化(superior culture)的标准和产品在社会传播中天生受限制。文雅的传统自身内部就充满着矛盾,而且它还有其内在的创造力本性。创造力意味着对传统的改变。甚至,仅仅因为它传统的传播

---

① 〔明〕臧懋循:《玉茗堂传奇引》,俞为民、孙蓉蓉主编:《历代曲话汇编:新编中国古典戏曲论著集成·明代编》(第一集),第622页。

方式,高雅文化就会不可避免地引起有些人对它的重要部分加以抵制和否定。"①典雅的"四梦"在汤显祖逝世后即遭臧懋循删改。臧氏在改订《还魂记》第一折《言怀》的眉批中写道:"凡戏,落场诗宜用成语,为谐俚耳也。临川往往集唐而殊乏趣,故改窜为多。"②汤显祖原本《牡丹亭》第八出《劝农》,杜宝所念落场诗为:"闾阎缭绕接山颠(杜甫),春草青青万顷田(张继)。日暮不辞停五马(羊士谔),桃花红近竹林边(薛能)。"臧懋循将其改为:"问予何事出行田,只为乘春劝课先。赢得儿童好言语,太平第一是丰年。"如此一改,场下观众听后无丝毫费解之处。又如《寻梦》出,杜丽娘与春香共念落场诗为:"(旦)武陵何处访仙郎(释皎然)?(贴)只怪游人思易忘(韦庄)。(旦)从此时时春梦里(白居易),(贴)一生遗恨系心肠(张祜)。"臧懋循改为:"(贴)小姐,我看你精神恍惚,为着何来?(旦作叹不语介)我有心中事,难共旁人说……(下)(贴)小姐,你瞒我怎的?总是一心人,何用提防妾!"改后明白如日常说话。臧懋循加批道:"丽娘心事到底不能瞒侍儿,故此落场诗最有做,何用集唐哉?"所谓"有做",就是适宜于演员在此处表演发挥,用了集唐诗反而显得"乏趣"了。为了追求剧情发展紧密衔接,排除中间与主题关联不密切,甚至不相关的"冗余",臧懋循将汤显祖原本五十五出的《牡丹亭》删改为三十六折,将原本《诊祟》出并入《写真》出后。《诊祟》出极富喜剧笑闹色彩,原作落场诗却显得一本正经:"(贴)绿惨双蛾不自持(步非烟),(净)道家妆束厌襓时(薛能)。(旦)如今不在花红处(僧怀济),(合)为报东风且莫吹(李涉)。"给人前后不协调的感觉。臧懋循改为:"(净)这场病症甚跷蹊,不是师婆道法低。(贴)我家自有陈师父,怕道方书没药医。"并加批道:"此落场诗觉胜集唐远甚!"

---

① 〔美〕爱德华·希尔斯:《大众社会和它的文化》,〔英〕奥利弗·博伊德-巴雷特、克里斯·纽博尔德主编,汪凯、刘晓红译:《媒介研究的进路》,新华出版社,2004年,第99页。

② 〔明〕汤显祖撰,〔明〕臧晋叔订:《玉茗堂四种传奇》,金阊书业堂藏版,清乾隆二十六年(1761)镌,国家图书馆藏。

冯梦龙也认同《牡丹亭》为"案头之书"①,改编《牡丹亭》为《风流梦》,并收入他的《墨憨斋定本传奇》。冯梦龙将《牡丹亭》落场集唐诗全部改为晓畅易懂的自创诗句。这样一来,剧本更加通俗,既容易为观众理解,也方便演员记忆。

王骥德与臧懋循、冯梦龙的主张是一致的,认为得体的落场诗应"不惟场下人易晓,亦令优人易记",即适合舞台演出;用得不好,过于文雅,堆集唐句,以致"不知喃喃作何语",甚至"如《浣纱》范蠡遇西施折,用'芙蓉脂肉绿云鬟'一诗,所谓'风乍起,吹皱一池春水',干卿何事?"②就大为不妥了。

由于才学、识见所限,有的剧作家创作集唐诗不仅脱离舞台实际,且已堕入"滥套"。清代大戏剧家孔尚任不仅在自己的《桃花扇》中不用落场集唐诗,还批评说:"上下场诗,乃一出之始终条理,倘用旧句、俗句,草草塞责,全出削色矣。时本多尚集唐,亦属滥套。"③清代剧作家黄振也批评说:"上下场诗,前人多集唐句,文气本不贯串,不过拈一两句与本出稍有沾染者入之,余皆闲文,且滥套可厌。"④显然,此时的戏剧家已经清楚地意识到,落场集唐诗如用得不好,不仅不能为剧作增色,反而会影响全剧的艺术效果。

五、兼顾案头场上达至两擅其美

与汤显祖同时代及后世的传奇作家对汤显祖推崇备至,追步临川遗风成为一种时尚。各路剧作家纷纷模仿汤显祖的创作,其中包括落

---

① 〔明〕冯梦龙:《风流梦小引》,俞为民、孙蓉蓉主编:《历代曲话汇编:新编中国古典戏曲论著集成·明代编》(第三集),第38页。

② 〔明〕王骥德:《曲律》,俞为民、孙蓉蓉主编:《历代曲话汇编:新编中国古典戏曲论著集成·明代编》(第二集),第101页。

③ 〔清〕孔尚任:《桃花扇凡例》,俞为民、孙蓉蓉主编:《历代曲话汇编:新编中国古典戏曲论著集成·清代编》(第一集),第667页。

④ 〔清〕黄振:《石榴记凡例》,俞为民、孙蓉蓉主编:《历代曲话汇编:新编中国古典戏曲论著集成·清代编》(第二集),第205页。

场集唐诗的运用。这从晚明清初传奇落场诗普遍采用集唐形式可得到明证。阮大铖是"玉茗堂派"剧作家中的佼佼者。阮大铖的《石巢四种曲》共有落场集唐诗130首,其中,《春灯谜》有39首、《牟尼合》有35首、《双金榜》有37首、《燕子笺》有19首。清代大戏剧家洪昇也喜用落场集唐诗,他的《长生殿》除第一出《传概》外,剧中所有落场诗皆为集唐诗,共有约200句之多。

一方面,许多文人剧作家热衷于创作落场集唐诗;另一方面,重视场上演出的戏剧家对此颇为不满。明代传奇文字绮靡、走向案头,是有一个逐步发展过程的。自郑若庸"不复知词中本色为何物"①,首肇"骈绮"之端,此后愈演愈烈。与这一趋势相伴的是倡导"本色"的戏剧家的不断质疑。明代历次规模较大、影响较广的曲家论争无不与此相关。戏曲毕竟是视觉与听觉的艺术,过于典雅的宾白与曲词,观众很难理解,只能用作案头赏读,这实际上是背离戏曲作为舞台艺术的本质的。晚明,不论理论还是创作方面,重视舞台演出效果的理念重新主导剧坛。徐复祚说:"传奇之体,要在使田畯红女闻之而趯然喜,悚然惧;若徒逞其博洽,使闻者不解为何语,何异对驴而弹琴乎?"②凌濛初说:"曲始于胡元,大略贵当行不贵藻丽。其当行者曰'本色'。盖自有此一番材料,其修饰词章,填塞学问,了无干涉也。"③

虽说阮大铖也大量使用落场集唐诗,剧作有案头化的倾向,不过,历来曲家评价阮大铖的剧作,都认可其为真正的"场上之曲"。这主要得益于他的作品情节曲折、结构巧妙、喜剧性浓厚,十分适合场上搬演,大量使用落场集唐诗带来的偏于雅化的弊病很大程度上被消减了。而洪昇《长生殿》中的落场集唐诗,在内容上贴合剧情,形式上合辙整饬,达到了极高的艺术水准。由于《长生殿》既具有很高的文学价

---

① 〔明〕徐复祚:《三家村老曲谈》,俞为民、孙蓉蓉主编:《历代曲话汇编:新编中国古典戏曲论著集成·明代编》(第二集),第257—258页。

② 同上,第259页。

③ 〔明〕凌濛初:《谭曲杂札》,俞为民、孙蓉蓉主编:《历代曲话汇编:新编中国古典戏曲论著集成·明代编》(第三集),第188页。

值,又便于当场演出,舞台效果很好,堪称"案头场上,两擅其美"①的作品。晚明清初的优秀剧作显示出,戏剧家已经注意到要平衡案头与场上。

　　为什么汤显祖在《牡丹亭》中那么普遍地使用落场集唐诗,而在之后的《南柯记》《邯郸记》中却用得非常"含蓄"呢？这其中当然应该包含形式服务于内容的因素。不过,冯梦龙的一番话对我们亦有启发,他说:"凡物,以少整,以多乱,故横议繁而一炬至,卷弱杂而五厄乘,人事滥则天概之,必然之势也。"②冯梦龙所讲的是少整多乱、物极必反的规律。《牡丹亭》使用了 54 首落场集唐诗,全剧曲词、韵白典雅蕴藉可谓登峰造极,汤显祖所要传达的"意趣神色"③全部熔铸于其中,成为明代文学性最强的剧本。不过,《牡丹亭》也存在剧情冗长局懈,于舞台演出并不很合适的弊病,该剧尤其不适应全本演出,这已是由《牡丹亭》演出史证明了的。《南柯记》《邯郸记》篇幅缩短、少量使用集唐诗,显示出伟大的戏剧家汤显祖的反躬自省,他在达到可能达到的戏剧文学最高峰后,有意识地反拨,回归戏曲作为舞台艺术的本质。

作者单位:西南大学艺术学院

---

　　① 吴梅:《顾曲麈谈》,俞为民、孙蓉蓉主编:《历代曲话汇编:新编中国古典戏曲论著集成·近代编》(第三集)第 444 页。
　　② 〔明〕冯梦龙:《曲律叙》,俞为民、孙蓉蓉主编:《历代曲话汇编:新编中国古典戏曲论著集成·明代编》(第二集),第 2 页。
　　③ 〔明〕汤显祖:《答吕姜山》,俞为民、孙蓉蓉主编:《历代曲话汇编:新编中国古典戏曲论著集成·明代编》(第一集),第 610 页。

文献文物

汤显祖文昌里祖宅之推考

凤 歧 苍 岩

2017年以来,随着文昌里汤显祖家族墓葬群重新进入人们的视线,同时也将文昌汤氏祖宅的研究摆到了面前。由于其宅早在明隆庆壬申年(1572)的火灾中焚毁一尽,后来的四百多年间也未曾有过重建,而且地表建筑已几经更替,故史上无人对此做过探讨。现根据新出土的墓志铭,结合汤显祖的诗文等文献,爬梳剔抉,做一推考。

一、方位考

万历二十年(1592)壬辰秋,汤显祖从徐闻归抚,量移浙江遂昌县令,住城内芙蓉小筑,与友谈起文昌里旧居时,他引用祖宅门联作答:"北垣回武曲,东井映文昌。"①就此,徐朔方先生认为此门联暗喻的是其所在地理位置,并考证说:"文昌为里名,亦为桥名。东井在桥东,今已无考(或云即今东仓乡巷井,未知确否)。武曲指关帝庙,在城北。据此可约略推知汤氏故居在文昌桥东偏北之江边。亦即显祖墓(即灵芝园,一名汤家山)之北,正觉寺之西南江边。"②据雍正三年(1725)修《抚州府志》治今图与同治九年(1870)《临川县志》今县治图所示,在汝水环城转弯处,即城北城墙外转角处(距文昌桥约二里地,今赣东大桥西头),确有关帝庙与演武厅各一座。徐先生认为"北垣回武曲"指的

---

① 徐朔方笺校:《汤显祖全集》,第477页。
② 徐朔方:《汤显祖年谱》,上海古籍出版社,1980年,第5页。

即为此；而推测的"东井"，在东乡仓街（徐先生文"东仓乡"为笔误），这口古井至今仍在，只是近些年来淤塞了。此处距文昌桥约二百米。由于徐先生是对汤显祖的祖宅地理位置考证的第一人，所以后学大都循着这条思路行走。那么，徐先生的推论是否正确呢？

下面我们试着从汤显祖家族墓园——灵芝园考古中新发现的《明故义士汤公子高墓志铭》①所载"世居临川文昌堰之左""窆于先陇之次，去家居百步许"所提供的信息，来分析汤显祖文昌里祖宅所处的方位情况。

首先需要辨证"文昌堰②之左"指的是桥北还是桥南？

为说明清楚这个问题，我们有必要对文昌桥东的古地质状况做一简要追述。汝水（抚河）自旴而来，由南往北，穿城而过。河西五峰俊秀③，因山为城，称为城内；河东地平土疏，湖泊众多，称为城外。东西两岸在河水漫长岁月的冲刷下，有宽有窄。文昌桥就坐落在这两岸陡然收缩的最窄处，上、下游均为宽阔的河面。唐初千金陂④始筑之前，城外桥东一带只是由几片面积稍大的丘陵坡地支撑着，环绕坡地的是大小不一的湖泊与田地。千金陂筑成之后，桥东才逐渐兴旺起来。紧

---

① 汤子高，文昌汤氏第二世，字汝升。生于宣德癸丑（1433），卒于正德乙亥（1515）。弘治甲子年（1504），临川大旱，民众疾苦，汤子高"咨爰输粟若干石，备以赈之"，诏旌立于高义门，故亦称义士。

② 清光绪《抚郡文昌桥志》卷二《建置》："淳熙志曰，临川有文昌堰，壅水为埭，曰堰，言不成梁也。""宋乾道（1165—1173）初知州事陈公森，因东门外嗷呼争渡，民甚苦之，始作浮梁。"嘉泰元年（1201）改建石梁桥，称通济桥。宝庆元年（1225）火焦其半，募捐修复，始称文昌桥。

③ 雍正《抚州府志》卷四《山川》："郡治耸为五峰，一曰青云……二曰逍遥……三曰桐林……四曰香楠……五曰天庆。"

④ 千金陂，位于文昌里南约3公里处。逶迤而来的旴水，达于瑶湖，在西岸厓壁的阻挡下，斜直孔家渡，"唐初决一口，其后支港横溢，正道堙淤"。从此"一郡之水迁徙无常"。唐上元间（674—676），守臣尝建华陂，以遏支而行正。唐大历中，刺史颜真卿继续修筑，命为土塍陂。唐贞元（785—805）中，刺史戴叔伦又继续修筑，命名为冷泉陂。"咸通九年（868）刺史渤海李公（失名）凿冷泉，故基自文昌桥直抵南洲铺上口，凡九百七十余丈，尽出其沙与积壤，萦束盘委，望之若带。又于其上横截汝水置千金陂南北百二十五丈，于十夏告成……自此水复故道……四乡之间，沟浍绮错，灌田各数千顷。"（道光《临川县志》卷六《水利》)据此，史上应该是先有护城的陂，后才有"横截汝水"的千金陂，合称千金堤，即汤显祖所称的金堤。

挨文昌桥南侧中轴线的汤氏墓园,就是其中之一的高坡。此高坡分别朝东、南、北(以西即河流)三个方向平缓下降与延伸,与其接壤的东北方向便是水网密布的广阔赣抚平原。这在汤显祖《吾庐》"连石构川崎,凿翠启堂基"诗句中也可得到印证。

在风水学盛行的中古时期,宅基地的选择十分重视地形地貌与宅向定位的关系,顺则吉,逆则凶。依此俗,下面试以灵芝园为基点,对东西南北四个方向在"百步许"的范围内,分别进行勘察。往西,实测距离不到五十米便是抚河;往东"百步许"①则越过万寿宫(帷余观),远离桥头,无"出入桥梁望"(《吾庐》)之视野;往北呢? 其"百步许"即山北了。在风水学中,山南与山北区别很大。以南方惯以房屋坐北朝南而论,如在山南,宅基地低于山形,"后高前低,主多牛马"②,居之并吉;而在山北,坐北朝南,宅基地低于山形,前高后低,"必主寡妇孤儿,门户必败"③。若为满足"后高前低"则需坐南朝北,其结果必然是寒风习习。对于家有诸史百家、"天官、地理、医药、卜筮、河渠、墨兵、神经、怪牒"④藏书四万余卷计的文昌汤氏的先祖来说,凿翠开基,事关后代万世之大业,任何悖于风水,都绝不可以。所以,"文昌堰之左"指的是文昌桥之南。

"北斗桥南金玉台"⑤,由此可以坐实,文昌汤氏祖宅在文昌桥东偏南之江边,而不在徐先生所推断的"文昌桥东偏北之江边"。

那么"东井"呢? 据雍正《抚州府志》卷五《邑里志》:"港东厢……其井一,曰文昌桥头井。""港东厢"时为桥东行政区划名。"北斗桥阑旧井床"(《旧宅》)⑥,汤显祖诗中的"旧井床"当指此桥头之井。巧合

---

① 步,用为长度单位,历代不一。周代以八尺为步,秦代以六尺为步,旧制以营造尺五尺为步。依旧制营造尺(32厘米/尺)换算,每步约合现在的1.6米。
② 《营造门》,转引自徐杰舜主编,周耀明著:《汉族风俗史》第四卷,学林出版社,2004年,第97页。
③ 同上,第96页。
④ 邹迪光:《临川汤先生传》,转引自龚重谟:《汤显祖大传》,第289页。
⑤ 徐朔方笺校:《汤显祖全集》,第138页。
⑥ 同上,第126页。

的是,我们发现,在墓园西侧一倒塌房屋的草丛中(距墓园边缘约五米,距文昌桥头不到五十米),隐藏着一口井圈内径0.48米,井壁呈弧形向下扩展达1.5米以上,内壁由红石砌接,已弃用的水井(此井口及以下弧形面,均有明显的近现代砖砌的痕迹)。已倒塌的房屋为清代建筑。据耄耋者说,在20世纪五六十年代,这里是一所茶社,店面朝西迎街,井在后厨烧水房内,是茶社的专用水井。此井应当是汤显祖时代位于文昌桥东的"桥头井",也是徐先生误认为在"东乡仓路"而实则在此桥东桥头之井,亦称"东井"。

据上所考,门联"北垣回武曲,东井映文昌"中所指的地理物象是,北垣——抚州城北城墙,武曲——关帝庙,文昌——文昌桥,那么东井即桥东之"桥头井"。门联对其位置的指向只是大概。因为在新出土文献的支持下,汤显祖文昌里祖宅的准确位置是在文昌桥东偏南"百步许",即现在的文昌里官沟上南端与椰树下西端两条小道的交汇之处。所以,笔者认为,门联的本义应该是寓意于天地物象,冀望子孙后代成为文经武纬之才。

二、环境考

"正佺纪之文昌兮,乃余居之所世。"(《金堤赋》)[①]从文昌汤氏祖宅所在位置可以看到,这里往西,近处是汝水河,河对岸是古拟岘台;往北,百步之遥即文昌桥。与汤显祖诗句中描绘的"出入桥梁望"实景相一致。往南,近处是当地百姓称为"倒挡口"的"√"形湖泊。这是由于此段河岸近似人胳膊肘,在洪水的冲击下,史上曾多次发生过溃塌,形成一个较大的湖面。湖水向东往北绕过万寿宫、正觉寺,流过孝义桥,流向斗门。一派阡陌纵横,绿柳拂水的田野风光。"家近金堤田负郭"(《移筑沙井》)[②],从这里往东南远眺,就是千金堤以及称为瑶湖的

---

① 徐朔方笺校:《汤显祖全集》,第1659页。
② 同上,第554页。

宽阔水面了。

"戒云河之下润兮,市明堂之升气。"(《金堤赋》)在以水运为主要交通载体的中古时期,处于汝水河边城乡交接处的文昌里,是抚郡府最重要的商品集散地之一。在北起文昌桥、南至山前庙,现称为太平街二百多米长的河岸,历史上就曾有过大小多达五个货运码头,由此可见其商贸活动的发达。而汤显祖的祖宅就在市场的附近。这在他的《金堤赋》中,有一段栩栩如生的描写:

> 觯食鬻之齐人兮,辏殊方之末民。冠衣庞制兮,言语咿哈而不伦。乘余居近市兮,时闲用其引缙。居贾辏积兮,难卒单陈。白日出暴兮,璀璨瑞璘。巧蕲完兮众则须珍,瘦恶謷嗥兮争牙不均。侩狙客兮迎远津,攀来下兮辄疾鲜,阑河碕兮緼衡权。分别贾区兮更贩流转,周张脱算兮龃魁攫便,来往飞梁兮踵不得还。大贾遨翔兮连倡嬛,文丝縠缟兮萦波烟,吹歌蹋博兮工数钱。敖民无数兮从流缘,令爱盰兮顿悔贱贫,复市道兮何言。便间人兮食薪,庸徒负兮周身,金南岁北兮漕若云。

这段话的意思是:这里四面商贾汇集,来自远方的外域人十分富有。他们着宽衣大袍,言语咿呀本地人听不懂。由于我住在市场附近,时闲时会到市场上来充当翻译。这里店铺林立,难以一一陈述。在阳光的映照下,店铺内的商品璀璨缤纷。外场交易区的马匹打扮得漂漂亮亮的,买卖双方扳看马牙激烈地争论着,互不相让。老道的买卖中间人等候在码头,迎接远方而来的客商,热情地问寒问暖。曲折的堤岸上满是做买卖的人。商铺里面的顾客流动很快,外场交易一番袖里乾坤(周张脱算)后,买主扬鞭而去。文昌桥上来来往往的人们接踵而至,相会又相别。志得意满的富商们在美丽的娼妇间周旋,他(她)们穿着满是褶皱的高档绫绢,如烟波萦绕。艺人们伴随器乐翩翩起舞,取悦富商以多得赏钱。无数城市游民加入到这经商、从艺的人流中来,也带动着周边急于摆脱贫穷的农村居民,进入市场谋生。我的很多邻里就是这样靠做生意过日子的。没有什么本事的就靠卖力气赚钱了。依托千金堤,汝水河上漕船如云,南来北往的商人如织,带来了文昌里的繁荣。

"义仍赋后无消息,载笔何人许嗣音。"(清李茹旻《千金陂诗》)①汤显祖的《金堤赋》不仅文辞典雅,在众多描写千金堤的诗文中超凡脱俗,也是至今发现的写作时间最早,记录最为翔实的文昌里商贸繁荣景象的历史文献。此情此景,在二十年后汤显祖创作的《牡丹亭》中,依稀可以见到其影子。

三、形制考

"室屋之华,甲于他姓,亦必曰汤焉"②,可以看出,当时的汤氏祖屋在文昌里一带,是非常夺目的。"北斗桥南金玉台",汤显祖的诗句尽管是比喻之辞,但也足以说明其气派非凡了。然而由于直接证据的缺失,我们只能从其诗句中拼凑出其相应的形制来。

"四阿长中绳,三门映重规。"③——《吾庐》

"四阿"是建筑用语,指的是"四出水"的屋顶。由于屋顶有四面斜坡,故称四阿顶,是各屋顶样式中最高等级。"长中绳",指的是施工测量中用的绳尺。由于屋顶是曲线形的(亦称元宝顶),且弧线很长,要用很长的绳尺才能测量、制作出来。此诗句表明,汤显祖祖宅是四面出水的软形屋顶。"三门映重规","三门"指的是前厅、中堂、后堂三道门;"重规"不仅是指前厅、中堂、后堂三门前后相合,而且规制相同。这种一重三进结构,是当时大户人家中最为典型的居室结构。但文昌汤氏"室屋之华,甲于他姓",可见其豪华状。

① 同治《临川县志》卷六《地理、水利》。
② 《明故汤母孺人艾氏墓志铭》(新出土)。
③ 徐朔方笺校:《汤显祖全集》,第166页。

"不慎炎洲草,俱焦藻井渠。"①——《壬申除夕,邻火延烬余宅……》

从此句中可以了解到,祖宅天花是藻井装饰。藻井虽然与普通天花板一样都是室内装饰的一种,但藻井却象征着崇高的天宇,通常用于最尊贵的建筑物,如神佛或帝王座位顶上。所以唐代明确规定,非王公之居,不得施重拱藻井。

"鸠遗书盖四万卷余兮。"②——《广意赋》

从赋文中可以得知,汤显祖的祖辈不仅喜爱读书,而且还藏书四万余卷。那么四万余卷藏书是个什么样的概念?需要多大的面积才能存放呢?为了形象地说明这个问题,我们试以宁波天一阁明代藏书楼为例。

收藏图书典籍七万余卷的天一阁藏书楼创建于嘉靖四十年至四十五年(1561—1566),是嘉靖兵部右侍郎范钦的私家藏书楼,名为"东明草堂"。藏书楼为二层楼房,楼下六间,楼上为一大开间。由于南方多雨,气候湿润,为防止书籍发霉,所以藏书全都列柜于楼上,面积约200平方米。仿此计算,汤显祖家的藏书有四万余卷,想必至少需要天一阁藏书楼一半的面积,计100平方米才行。

据此分析,汤显祖祖宅的形制应该是一重三进式的结构,且装饰较为豪华。由于桥东文昌里地势低洼,历史上有十年九淹之说,所以三进中至少有一进有着100平方米面积的两层式的楼房,用于存放藏书,并且还建造有配套的院子等附属建筑。

问棘堂前旧草筵,百年生活胜焦先。

---

① 徐朔方笺校:《汤显祖全集》,第11页。
② 同上,第143页。

> 娟娟树底青羊出,历历江头白鸟悬。① ——《问棘堂》

上面诗句是关于庭院的描述。院内有树木有草坪,古朴、幽静、空旷,抬头即可看到汝水上空白鸟飞翔。

> 父老乘云歌紫芝,红亭花柳发参差。
> 氤氲画雨香全湿,葱翠阴烟影薄移。② ——《红泉家燕》

> 一社友朋随大展,十年抄纂自巾箱。③ ——《旧宅》

> 不醉会须重折简,池亭相近菊花开。④ ——《丰城徐德俊从岘台城上出东门石梁,迤逗秋水,枉过草堂……》

上面诗句是关于后花园的描述。花园中有池塘,有红亭,如花似锦,"一社"友朋在这里饮酒赋诗作画,毫无局促之感。

> 大父喜书诗,大母爱林池。
> 嘉鱼荐君子,嘉树引其藇。——《吾庐》

> 北斗桥阑旧井床,清池舍后匝枫樟。
> 严君别道桑麻长,太母惟夸橘柚芳。——《旧宅》

上面诗句是关于院落周边环境的描述。舍屋前有清澈的池塘。屋后环绕着的既有高大的枫树、樟树,又有低矮的桑麻树与橘柚树。

"树大分权,儿大分家",文昌汤氏自汤伯清开基以来,经过数代繁

---

① 徐朔方笺校:《汤显祖全集》,第124页。
② 同上,第15页。
③ 同上,第126页。
④ 同上,第138页。

衍,到汤显祖(第六代),已是男丁14人,并且还在不断地增加。逐代加盖房屋分开居住势在必行。20世纪50年代,民间仍有将文昌里太平街一带称为"汤家村"的说法可得一证。但从文献中可以证实,其核心建筑——祖宅,为汤显祖的父亲汤尚贤所继承:

文昌汤氏一至七代繁衍状况简表

代	一	二	三	四	五	六	七
男丁	1	3	6	12	9	14	37

说明:根据文昌谱统计。据谱载从第四代开始即有往四川、云南迁徙者。谱中凡注明迁徙不详以及早夭者均未统计在内。

在汤显祖《从太母饮伯父园》诗句"家园作酒侍尊亲……荷盆一一镜红鳞。松枫正合阴长夏,桃李徒言娇上春"[1]中,足以证明汤显祖的伯父与他们是分开院落居住的。

"大道文昌里,青门帝表闾。"(《壬申除夕,邻火延烬余宅……》)在祖宅附近迎街面之处,还立有汤显祖的高祖汤子高于"弘治甲子(1504),岁方不登,而民多怨,咨爱输粟若干石,备以赈之"[2],朝廷"昭赐旌表尚义"(《抚郡汤氏庙宇规模记》)的木制牌坊,以及牌坊边上的附属建筑"报房"[3]。房内题云:"贺文人高攀丹桂,庆举子直上云霄。"

四、建造时间考

《文昌汤氏宗谱·祖基复还记》云"原桥东之居宜在唐宋已定"。这表明,早在汤伯清(生卒年不详)之前,文昌汤氏已经在文昌里居住近四百年。只是由于汤伯清第一个安葬在灵芝园,所以才以汤伯清为文昌汤氏的开山祖。第一世祖汤伯清"构文昌阁于桥右,建太平庵于

---

[1] 徐朔方笺校:《汤显祖全集》,第127页。
[2] 《明故义士汤公子高墓志铭》(新出土)。
[3] 《抚郡汤氏庙宇规模记》,《文昌汤氏宗谱》。

桥左,复建正觉寺于长春坊,置贾田产供佛斋僧"①;第二世祖汤子高(1433—1515)"负郭有田百余亩"②;第三世祖汤廷用(生卒年不详)"克绍前徽"③;第四世祖汤懋昭(1487—1566)"仓有余粟,建庄于陆都之酉塘……近东邑之延桥岭依祖庄之右,亦建一庄"④;第五世祖汤尚贤(1528—1615)"捐万石以赈荒歉,出千金以修桥梁"⑤。从这些来自宗谱等文献的记载中可以得知,文昌汤氏世代以耕读传家,尽管十分富有,但却都没有留下建造大型宅屋的痕迹。即使在隆庆六年(1572)除夕,祖宅焚毁,"祖母泣营于毁室,不忍去也。岁丁丑,泫然而悲曰:'室可更为之。独诏所旌立子高公义门,非郡县力不可复。'显祖请诸校,校以上郡太守古公,行复之"⑥。即便如此,也未见有重建的任何记载。这说明,祖宅建造时间不在汤伯清以及他的后代时;祖宅的建造并非是仅有财力就能解决得了的。那么,其祖宅是什么时候建造的呢?

为搞清楚这个问题,有必要对宋元明的居室制度做一了解。

中国历朝历代都是居室有制。当时的朝廷对人们的居室规模、式样甚至称呼都有严格的等级限制。宋"臣庶室屋制度"规定:"私居,执政、亲王曰府,余官曰宅,庶民曰家……六品以上宅舍,许做乌头门。父祖舍宅有者,子孙许仍之。凡民庶家,不得施重栱、藻井及五色文采为饰,仍不得四铺飞檐。庶人舍屋,许五架,门一间两厦而已。"⑦元从宋制。明则规定得更为详细:"洪武二十六年定制,官员营造房屋,不许歇山转角,重檐重栱,及绘藻井,惟楼居重檐不禁……三十五年申明禁制,一品、三品厅堂各七间,六品至九品厅堂梁栋只用粉青饰之……庶民庐舍,洪武二十六年定制,不过三间,五架,不许用斗栱,饰彩色。

---

① 《亮文公传》,《文昌汤氏宗谱》。
② 《明故义士汤公子高墓志铭》(新出土)。
③ 《勤圣传》,《文昌汤氏宗谱》。
④ 《明故酉塘汤君墓志铭》(新出土)。
⑤ 《承塘公传》,《文昌汤氏宗谱》。
⑥ 《祖母魏夫人迁祔灵芝园墓志铭》(新出土)。
⑦ 《宋史》卷一百五十四《臣庶室屋制度》。

三十五年复申禁伤,不许造九五间数,房屋虽至一二十所,随其物力但不许过三间。正统十二年令稍变通之,庶民房屋架多而间少者,不在禁限器用之禁。"①

从前面的"形制考"中我们已经得知,文昌汤氏祖宅是一座一重三进,绘有藻井的楼房。对比明朝的规定,"官员营造房屋,不许歇山转角,重檐重栱,及绘藻井",民舍就更不可能了,所以文昌汤氏四阿重檐并带有藻井的祖宅,不可能是在明朝建造的。而在宋朝的规定中,"民庶家,不得施重栱、藻井及五色文采为饰",也就是说,对官员未做此规定;且从屋室的称呼看,宋规定"私居,执政、亲王曰府,余官曰宅,庶民曰家",对宋史有着过人研究的汤显祖,对此不能不知。所以汤显祖的诗文在称其祖屋的用辞中,既有自谦为"庶民庐舍"的"庐"字,如诗《吾庐》,但更多的是"宅"字,如诗《旧宅》《壬申除夕,邻火延烬余宅……》,诗句"往使南宗,馆我青门之旧宅"(《上侍郎王公》)②等。一个"宅"字,透露出这样一个史实,即汤显祖的先祖中,在宋元期间,或当有在朝为官者。此宅应由此先祖建造。只不过由于"元季谱牒散亡"(《吉永丰家族文录序》)③,"而兹谱不载,亦断也……"④因而没有在《文昌汤氏宗谱》中留下芳名罢了。

"龙文销故剑,鸟篆灭藏书。"——《壬申除夕,邻火延烬余宅……》

"藏书倏以火,林藻积披离。"——《吾庐》

壬申(隆庆六年,1572)除夕,邻家着火延至汤氏宅院,火势凶猛,至第二天早上才熄灭。不仅祖屋毁于一旦,四万余卷藏书亦荡然无

---
① 《明史》卷六十八《百官第宅》。
② 徐朔方笺校:《汤显祖全集》,第13页。
③ 同上,第1068页。
④ 《文昌汤氏宗谱引》,《文昌汤氏宗谱》。

存。从此,汤显祖一家"于乡于城三徙"①,"十载居无常"(《吾庐》)。这一年是汤显祖中举后的第三年。这场大火也给他的科举路增添了不少的磨难,但也应了祸福所倚,遇难成祥的谶言,为后来声名远播的玉茗堂的诞生埋下了伏笔。

作者单位:抚州汤显祖国际研究中心

---

① 《明敕赠吴孺人墓志铭》(新出土)。

《嗤彪赋[1]有序》注

万安飞

予郡巴丘[2]南百拆山中,有道士善槛虎[3]。两函,桁之以铁,中不通也[4]。左关羊,而开右以入虎,悬机[5]下焉。饿之,抽其桁,出其爪牙,楔而鎚之,绲其舌[6]。已,重饿之,饲以十铢[7]之肉而已。久则羸然弭然[8],始饲以饭一杯,菜一盂,未尝不食也,亦不复有一铢之肉矣,以至童子皆得饲之。已而出诸囚,都无雄心,道士时与扑跌为戏,因而卖与人守门,以为常。率虎千钱[9],大者千五百钱。初犹惊动马牛,后反见犬牛而惊矣。或时伸腰振首,辄受呵叱[10],已不复尔。常置庭中以娱宾客。月须请道士诊其口爪,镌剔扰洗各有期[11]。道士死,其业废。予独嗤夫虎雄虫也,贪羊而穷,以至于斯辱也[12]。赋之。

【注释】

[1] 嗤:嘲笑,表示唾弃和惊异。彪:虎,幼虎。南北朝庾信《枯树赋》:"熊彪顾盼,鱼龙起伏。"

[2] 予郡巴丘:指汤的故乡江西抚州府崇仁县相山。相山,唐称临川山。又称巴山。相传东汉年间,豫章太守栾巴在任时,除暴扬善,人民安居乐业。他曾巡游至此,因迷恋此山风光,于是隐居在此一直到老。后人为了纪念他,就把这山叫"巴山",把所在行政区域称作"巴山郡"(后改崇仁县),把县治所在地命名为"巴山镇"。宋朝时县令孙懋为了避"巴"字讳,因栾巴政绩显著,官拜汉沛臣相,乃改名为"相山"。其南边现有老虎港。山是著名的道教活动之地。有人注为在湖南岳阳,并言范仲淹《岳阳楼记》"衔远山"似指此山。实误。

[3] 槛虎:驯虎。

[4] 函:本指用匣子或封套装盛。此指两个笼子。枅:梁上或门框、窗框等上的横木。此指用铁条封口。

[5] 悬机:悬在上面的机关。

[6] 楔而錾之:用楔子紧紧塞住,然后斩掉爪牙。錾(chěn),斫,斩。絚(gēng):同"縆",大绳索。此谓用绳索系住。

[7] 铢:古代重量单位,二十四铢等于旧制一两。

[8] 羸然驯然:瘦弱并顺从。

[9] 扑跌:武术中的相扑、摔跌。戏:游戏。率虎千钱:大约一只虎售价一千钱。率:大约,大概。

[10] 伸腰振首:伸伸腰,甩甩头。呵叱:大声斥责。

[11] 镌刖扰洗各有期:指按时给虎修剪爪牙,驯服洗涤。

[12] 雄虫:大老虎。古人用"虫"泛指一切动物,并把虫分为五类:禽为羽虫,兽为毛虫,龟为甲虫,鱼为鳞虫,人为倮虫。虎属毛虫类,由于虎性凶猛,为百兽之长,因此老虎又称雄虫、大虫。穷:缺陷。此指把自己的前途废了。辱:使自己受辱。

【赏析】

序文交代了作赋的缘由,简明而生动地描述了一位道士捕虎、驯虎、卖虎的过程。虎性威猛,捕食贪婪,道人正抓住这个特点下手。先以羊为诱饵,将虎引进机关暗布的笼子里,结果羊没吃着,自己却被囚困住。道士善捕虎,更善于驯虎,其高招有二:先锯其爪牙,使虎失去威猛的利器;再用饥饿法,彻底改变其食肉的本性,习惯食饭菜。直驯到虎"都无雄心",才将其放出,教以"扑跌之戏",之后,道士将老虎卖给人家看门、戏耍,从中取利,按月给虎做一些保健,让它成为人的宠物。道士死后,就没有人再做改造老虎的工作了。作者为此发出感慨:"雄虫也,贪羊而穷,以至于斯辱也。"序言叙事曲折奇险,文笔灵动。明人沈际飞曾说玉茗堂之赋"长于序述",这种叙述的才能又最能体现在赋的序中,以至于他认为这篇序文"事奇,一序已足"。

夫何山中之一兽兮,受猛质于西旻[1]。貌低团而项延,鼻黝隆而齿龈[2]。目斜匼而电烁,声倨额以雷殷[3]。舌理粗而莝树,须锋横而猎人[4]。爪含钻而卷曲,尾拂彗而绠伸[5]。咤形模其足怖,矧精威之绝尘[6]。静啸而阴飚窣起,坦步则稠林自分[7]。凛气候之相制,隐形势而见尊[8]。况百拆之深山,常此窟之成群[9]。黄班属而卧陇,白颔连而饮津[10]。初涉味于牛马,遂舐及于人民[11]。户震躬而屏徙,或重迁而远藩[12]。

【注释】

[1]质:本质,禀性。《荀子·劝学》:"其质非不美也。"西旻:古人以西为白虎之位,故有此说。道教认为西方七宿星君四象之一为虎。

[2]团:圆。项延:仰首伸颈之意。项:颈的后部,泛指脖子。黝隆:黑黑地隆起。龈:牙龈。

[3]匼:"眶"的古字。眼眶。这里是看的意思。电烁:像闪电一样,耀目明亮。雷殷:隐隐然的雷声;雷声隐隐。

[4]理:纹理;条理。莝:铡碎的草。此作动词,嚼碎。《史记》:"置莝豆其前,令两黥徒夹而马食之。"猎人:捕获人。此句意为虎舌之纹理粗糙到可以锉下树皮,鬓毛如剑锋横出可以刺人。

[5]含钻:含有钻的强力。钻:用尖的物体在另一物体上转动,造成窟窿。拂彗:扫过彗星。绠(gēng):粗绳索。此喻虎尾像大绳一样粗直。

[6]咤:诧异;惊奇。矧(shěn):况且,何况。精:甚,很。《吕氏春秋·勿躬》:"自蔽之精者。"绝尘:脚不沾尘土。形容奔驰神速。

[7]飚:指暴风,形容声势大,速度快。窣:从穴中突然钻出来,引申为纵跃。宋孔平仲《谈苑》:"如闭目窣身入水,顷刻间耳。"坦步:安然地步行。稠林:密林。自分:自己分开。

[8]凛:严肃。气候:指天气。南朝宋谢惠连《石壁精舍还湖中》诗:"昏旦变气候,山水含清晖。"相制:互相制约。形势:形态;形体。

[9]成群:众多的人或动物聚集在一起。《庄子·马蹄》:"禽兽成

群,草木遂长。"

[10] 班:同"斑",一种颜色中夹杂的别种颜色的点子或条纹。属:种类。此指牲类。陇:通"垄"。田埂。颔(è):鼻梁。饮津:饮水。黄班、白颔均为猛虎名。

[11] 涉:涉及。舐:伸出舌头贴在食物上来回摩擦。

[12] 户:住户,人家。一家称一户。这里指家家户户。震躬:受到震惊而吓得弯曲身体。屏徙:屏住呼吸迁徙,意为悄悄迁走。重迁:指多次迁居。远藩:指成为远方的藩镇。

【赏析】

正文第一段写虎形貌之雄,"貌低团而项廷,鼻勠隆而齿龈。目斜匡而电烁,声倨颔以雷殷。舌理粗而锉树,须锋横而猎人。爪含钻而卷曲,尾拂彗而缅伸"。再写虎威风之大,"叱形模其足怖,矧精威之绝尘。静啸而阴飚窜起,坦步则稠林自分。凛气候之相制,隐形势而见尊"。威风八面,在山林中称王称霸,"初涉味于牛马,遂舐及于人民"。人畜被食,只得一再远徙躲避。

独无生之道士,故有心而与邻[1]。力不加于子路,术不诡于黄神[2]。布石关之宛转,交铁叶以缤纶[3]。界鸣羊于接槛,诱闻膻而见循[4]。进密历以穷路,退蹢躅而下门[5]。遂乃聊浪掷跌,偪仄轮囷[6]。始伦瞉而怒涌,久牢骚而意烦[7]。气屈而皱,力瘅而踆[8]。圹局拘而势改,积威约而理均[9]。于是道士欣焉,待旦及晨[10]。举之于悬处,饿之以兼旬[11]。待威神之委顿,任处置之纷纭[12]。未陷头而拔须,先冒爪而剔蹯,搣权牙于巨斧,磨刺舌以疏币[13]。香泔变其肠胃,清水洗其喉唇[14]。欲次第而施食,已随宜而致驯[15]。初犹啖以碪肉,次则习以盘飧[16]。或设以稃粒之余,或投以荝芥之根[17]。既苦饥而伏槛,敢择食以怼恩[18]。遂乃改山林之性气,狎鸡犬之见闻[19]。遇夫人之下视,即弭耳而意亲[20]。谅厓柴之已去,放野牧以逡巡[21]。非止柔性,兼弱其筋[22]。圆腰纤而胁息,艳班摧而褧皱[23]。抚之而亦喜,扑之而不嗔[24]。似巨狸之扰足,苦卑犬之缠身[25]。偶循隅而吐啥,辄蒙呵而怆魂[26]。昔有大虫之号,今有小畜之云[27]。

【注释】

[1] 无生:佛教语。谓没有生灭,不生不灭。与邻:为邻。

[2] 子路:南朝梁殷芸《殷芸小说·子路杀虎》:"孔子尝游于山,使子路取水,逢虎于水所,与共战,揽尾得之,内怀中,取水还,问孔子曰:'上士杀虎如之何?'子曰:'上士杀虎持虎头。'又问:'中士杀虎如之何?'子曰:'中士杀虎持虎耳。'又问:'下士杀虎如之何?'子曰:'下士杀虎持虎尾。'子路出尾弃之。"黄神:汉代术士。《西京杂记》卷三:"有东海人黄公,少时为术,能制蛇御虎……及衰老,气力羸惫,饮酒过度,不能复行其术。秦末,有白虎见于东海,黄公乃以赤刀往厌之,术既不行,遂为虎所杀。"

[3] 石关:石门。宛转:随顺变化。《庄子·天下》:"椎拍辊断,与物宛转,舍是与非,苟可以免。"铁叶:指铁隔板。缤纷:繁多而凌乱。

[4] 接槛:隔在笼槛之一边。膻(shān):有膻味的兽肉。此指羊。见循:逐渐靠近。循膻气而来。

[5] 历:通鬲,阻隔。踯躅(zhí zhú):徘徊不进貌。唐韩愈《此日足可惜赠张籍》:"辕马踯躅鸣,左右泣仆童。"下门:放下门闸。

[6] 聊浪:烦躁跳荡,放纵不羁。《文选·扬雄〈羽猎赋〉》:"储与乎大浦,聊浪乎宇内。"掷:腾跃,将自身抛入空中。唐周贺《晚题江馆》:"澄波月上见鱼掷,晚径叶多闻犬行。"趺:顿足。偪仄(bī zè):狭窄。王安石《送郑叔熊归闽》:"黄尘彫鬵裘,逆旅同逼仄。"轮囷(qūn):盘曲貌。此指狭小之空间。

[7] 伧(cāng):寒碜。狞(níng):犬多毛谓之狞。牢骚:抑郁不满的情绪。

[8] 屈:压抑,屈服。瞓(zhāo):皮肉上的薄膜。指肉筋突出。瘅(dàn):由劳累造成的病。踀(zhāo):忽走忽停的样子。

[9] 圹：通"旷"。荒废。约：谓威势为人制约。《文选·司马迁》："猛虎在深山，百兽震恐；及在槛阱之中，摇尾而求食，积威约之渐也。"均：和。

[10] 待旦：等待天明。此指等待时机。

[11] 兼旬：二十天。这里是泛指。

[12] 威神：赫奕的声威；神明般的威严。委顿：颓丧；疲困。纷纭：纷争；混乱。

[13] 未：没有、不曾。胃（juàn）：缠绕。蹯（fán）：兽的脚掌。挅（liè）：拗折，折断。权牙：指虎牙。巨斧：沉重的大型斧。币：同"币"，古人用作礼物的丝织品。此指像丝织品一样通畅顺畅。

[14] 泔：淘米水，洗过米的水。

[15] 次第：顺序。金王若虚《〈史记〉辨惑一》："次第明甚，不可乱也。"随宜：便宜行事。谓根据情况怎么办好便怎么办。驯：驯服。

[16] 啖（dàn）：给某吃。碪（zhēn）：同"砧"。砧子，这里是砍肉的意思。盘飧（pán sūn）：盘盛食物的统称。

[17] 粋：同"稃"。馓子，一种面粉做的油炸食物。粒：米粒，谷粒。菘（sōng）：蔬菜名，又分为白菜、青菜、黄芽菜数种。芥：芥菜。

[18] 槛（jiàn）：关牲畜野兽的栅栏。怼（duì）：怨恨。屈原《九歌·国殇》："天时怼兮威灵怒，严杀尽兮弃原野。"

[19] 狎：习惯。见闻：知识，经验。

[20] 夫人：犹众人。《周礼·考工记序》："粤之无镈也，非无镈也，夫人而能为镈也。"孙诒让正义引王引之曰："夫人犹众人也。"弭耳：犹帖耳。形容动物驯服、安顺貌。《淮南子·人间训》："夫狐之捕雉也，必先卑体弭耳以待其来也，雉见而信之，故可得而擒也。"

[21] 厓柴：悬挂在崖边的柴木，形容张口欲咬人之状。《敦煌变文集·大目干连冥间救母变文》："长蛇皎皎三曾黑，大鸟崖柴两翅青。"逡巡：徘徊不进；滞留。汉王逸《九思·悯上》："逡巡兮圃薮，率彼兮畛陌。"

[22] 柔性：柔弱其性。

[23] 胁息：表示恐惧。《文选·宋玉》："股战胁息，安敢妄挚。"李善注："胁息，犹翕息也。"艳班：鲜艳的斑色。襞(bì)：衣服上打的褶子，泛指衣服的皱纹，此指皴皮。皴(cūn)：指皮肤因受冻或受风吹而干裂或皮肤上积存的泥垢和脱落的表皮。

[24] 嗔：怒，生气。

[25] 狸：狸子，也叫野猫。以鸟、鼠等为食，常盗食家禽。《诗·豳风·七月》："一之日于貉，取彼狐狸，为公子裘。"缠身：纠缠住身子。形容不能解脱。

[26] 循隅：沿着边角。在角落里。吐：怒吼。喑：缄默不语。蒙呵：蒙受呵叱。

[27] 大虫：即老虎。

【赏析】

第二段描写道士捕虎驯虎的经过。道士之所以能成功地治虎，关键就在于看准了虎贪婪的弱点，从而将它捕获和彻底驯服。道士先是"布石关""交铁板""界鸣羊""诱闻膻"，以羊做诱饵，将它引入机关暗布的笼子中，而虎却吃不到羊。"进密历以穷路，退躑躅而下门。遂乃聊浪掷跌，倡伏轮囷"，关在狭小的铁笼子里，进退不得。"始伧偻而怒涌，久牢骚而意烦。气屈而皱，力殚而踆。"刚开始老虎咆哮怒吼，久后则意烦气屈，力尽而皱，渐渐改变了它原有的威猛。接着，道士采取措施驯虎。"揆权牙于巨斧，磨刺舌以疏币，香泔变其肠胃，清水洗其喉唇。欲次第而施食，已随宜而致驯。初犹啖以砧肉，次则习以盘飧。或设以柞粒之余，或投以菘芥之根。既苦饥而伏槛，敢择食以怼恩。"饿它一定时间，剔利爪，扭利牙，磨刺舌，用淘米水变其肠胃，清水洗其喉唇。起初吃点肉，然后则设以籽粒之余，投以菘芥之根。为了填饱肚子，哪怕是菜根麦粒，老虎不但不敢有任何怨恨，为了生存什么都要吃。经过百般折磨，猛虎改变了其野性和食性。"改山林之性气，狎鸡犬之见闻。遇夫人之下视，即弭耳而意亲。"驯养后"抚之而亦喜，扑之而不嗔。似巨狸之扰足，若卑犬之缠身。偶循隅而吐喑，辄蒙呵而怆魂。昔有大虫之号,今有小畜之云"。原先的猛虎成为温驯如犬、牛的虎,伸一下腰、抬一下头,都要挨骂。

懊撑距之无时,委降戢于非伦[1]。虽山君之短智,亦梁鸯之浅仁[2]。见其弱而可弄,牵以售而论斤[3]。有守犬其未足,借虚名而守阍[4]。既爪牙之久折,亦何威而见奔[5]。第周旋于苑薄,得混迹于麂麇[6]。学婆娑而昵主,戏矍绰以娱宾[7]。感知音之君子,被叹涕之殷勤[8]。伟兹灵之巨猛,郁有武而有文[9]。偶唇吻之所及,皆性命之相因[10]。论雄心与刚力,固决乾而倒坤[11]。略网纰而凤飞,触熛燎以雷喷[12]。哮怒则千人自废,愤蹶而万瓦犹震[13]。非胥疏其有欲,何牢槛之敢陈[14]。偶朵颐于跛羊,落一发于千钧[15]。饥窘来而饵施,利器往而性泯[16]。足人间之玩扰,何气决之可存[17]。谅如此而久生,固不如即死之麒麟[18]。

【注释】

[1]撑距:撑持;支撑。汉蔡琰《悲愤诗》:"斩截无孑遗,尸骸相撑拒。"降戢:放下、收敛锐气。非伦:不相当,非同一类。

[2]山君:老虎。旧以虎为山兽之长,故称。《说文·虎部》:"虎,山兽之君。"《骈雅·释兽》:"山君,虎也。"梁鸯:周宣王时驯养鸟兽的能手。《列子·黄帝》:"周宣王之牧正,有役人梁鸯者,能养野禽兽,委食于园庭之内,虽虎狼雕鹗之类,无不柔驯者。"此处借指道士。仁:同情;怜悯。韩愈《后十九日复上书》:"将大其声,疾呼而望其仁之也。"

[3]弄:戏耍;游戏。《左传·僖公九年》:"夷吾弱不好弄。"

[4]守犬:看家的狗。《礼记·少仪》:"犬则执绁,守犬、田犬则授擯者,既受,乃问犬名。"孔颖达疏:"犬有三种:一曰守犬,守御宅舍者也;二曰田犬,田猎所用也;三曰食犬,充君子庖厨庶羞用也。"未足:算不得。虚名:与实际不符的声誉。守阍(shǒu hūn):守门。

[5]见奔:从奔跑中看见识知。

[6]第:仅;只。《明史·海瑞传》:"此人可方比干,第朕非纣耳。"

周旋:谓辗转相追逐。《左传·僖公二十三年》:"若不获命,其左执鞭弭、右属櫜鞬,以与君周旋。"苑薄:贫瘠的苑园。苑指古代养禽兽植林木的地方,薄是指贫瘠的意思。混迹:谓使行踪混杂在大众间。宋陆游《好事近》词:"混迹寄人间,夜夜画楼银烛。"毚(chán):兔跳动的样子。《诗经·小雅·巧言》:"跃跃毚兔,遇犬获之。"注:毚兔,狡兔也,喻谗人。麇(jūn):同"麕",指獐子。

[7] 婆娑:舞貌。形容姿态优美。《诗·陈风·东门之枌》:"子仲之子,婆娑其下。"毛传:"婆娑,舞也。"昵:亲近,讨好。戁:怯而媚。绰:姿态柔美。

[8] 知音:这里指了解、赏析老虎的人。叹涕:感叹涕泣。殷勤:指巴结讨好。

[9] 兹灵:这个灵兽。郁:充盛,多。《论语·八佾》:"周监于二代,郁郁乎文哉!"

[10] 性命:指生物的生命。相因:相关;相互依托。

[11] 雄心:伟大的理想和抱负。固:必,一定。决乾倒坤:把天地颠倒。形容本领非常大。乾坤:指天地。

[12] 掠:通"掠"。夺取。此指撕破。网絓(guà):捕禽兽之罗网和缚兽之绳。絓:缫茧时弄结了的丝。熛(biāo)燎:火焰迸射。熛:飞迸的火焰。燎:喻火烧气势旺盛。《诗·小雅·庭燎》:"'夜未央,庭燎之光。'疏曰:'庭燎者,树之于庭,燎之为明,是烛之大者。'"雷喷:像雷电一样喷发。

[13] 哮怒:咆哮发怒。自废:自行停止。蹶(jué):用后腿向后踢。

[14] 胥疏:谓与人相远,流转各地。有闲散、流浪等义。《庄子·山木》:"虽饥渴隐约,犹旦胥疏于江湖之上,而求食焉。"胥:片刻。疏:疏忽。此句是说:不是闲散其意识征服其思想,哪敢说牢槛能征服他?

[15] 朵颐:鼓腮嚼食。一发:一根头发。《朱子语类》卷六三:"今以一发之微,尚有可破而为二者。"千钧:三十斤为一钧,千钧即三万斤。常用来形容器物之重或力量之大。

[16] 饥窘:饥饿困窘。饵:糕饼。利器:锋利的武器。《书·说命

上》"若金,用汝作砺。"孔传:"铁须砺以成利器。"性泯:勇敢的性情泯灭。

[17] 何:哪里。气决:谓果敢而有魄力。《新唐书·苏定方传》:"定方骁悍有气决,年十五,从父战,数先登陷阵。"

[18] 即死:立刻死去。麒麟(qí lín):传统瑞兽,比喻才能杰出、德才兼备的人。《管子·封禅》:"今凤凰麒麟不来,嘉谷不生。"

【赏析】

第三段说猛虎被驯服后失去本性,这时,道士将其卖给人家守门,没有了威风的老虎只能"学婆娑而昵主,戏躩绰以娱宾"。周旋于庭院之内,混迹于獐兔之间。最后,作者感叹:"足人间之玩扰,何气决之可存。谅如此而久生,固不如即死之麒麟!"为了求得一饱而泯灭本性,任人摆布,还不如立刻死去的麒麟,像这样活着有什么意义呢!作者不仅叹其可耻的下场,而且嗤其失去应有怀抱。

此赋说的是山中猛虎被道人诱捕后,经百般折磨而一改野性和食性被驯养,卖与人家守门。"学婆娑而昵主,戏躩绰以娱宾。"失其本性,丧其素志,如绕足之猫,缠身之犬,其状可叹可嗤。作者所耻笑的,表面上是"贪羊而穷"遭受种种耻辱的老虎,骨子里是揭露和讥讽那些比老虎还贪婪的贪官污吏,因贪污犯罪而取辱。结合作者因不甘同流合污而终于退出官场的经历来看,赋文对那些由于贪婪而取辱的官吏给予了盱衡厉色的警告和辛辣的讽刺,有明显的社会现实意义。即使在今天,对为官者也能起到鉴戒作用,它告诫为官者,做人干净是居官的第一要义。为民办事是一种为官责任,而不应是受利益的驱使。在任何岗位都要始终谨记干净做人的铁律,坚持自己的操守。

赋文章虽短,却贯穿着一明一暗两条线索,明处说虎的遭遇,即受诱捕、驯服、压抑和侮弄的过程,同时又无不透露出作者对虎处境的同情。"贪羊而穷"的叙述,给读者带来的不是猛兽昔日伤人猛兽受到报应的快感,而是对老虎的同情与对施虐者的愤懑,让人在虎这种不可一世的猛兽身上看到了人在现实环境中所受到的严酷摧残和戕害。文章亦叙亦议,角色形象鲜明,使人留下深刻印象。

作者单位:江西省移动通信公司抚州市分公司

汤显祖佚诗《送龚方伯之任浙省》小考

毛 静

近日临川书友郭海波先生示以新发现之汤显祖诗作《送龚方伯之任浙省》，据称此诗为历代汤显祖诗文集各种版本，包括上海古籍出版社新旧两个版本《汤显祖集》所失收者。笔者经核对《汤显祖集》及相关史料，认为此诗不但是未收之佚诗，而且可以肯定，此诗的确是汤显祖所作。据此，笔者进行一些初步的考证，并对此诗进行浅释，以求证于诸方家。

此诗题为《送龚方伯之任浙省》，收于明末人于承祖所编《明仕林诗类》卷二十六《藩司部》，第二十四页 b 至二十五页 a。此书单页十行，满行二十字。《明仕林诗类》系万历年间文人辑刻的诗词选集之一种，上至宰辅词林，下至藩司郡守，以职掌系以诗存。此书国内无藏，唯美国国会图书馆藏有二十六卷本，已有电子版可供阅读。此书很早以前就有学者从中辑得李时珍诗作，所以并非第一次为国内读者所知。

《送龚方伯之任浙省》全诗内容为：

醉拥骊驹赋别筵，宪臣今复典承宣。
位崇岳牧诸侯贵，地总扶舆两浙全。
紫气望连吴地迥，彩毫题遍越山偏。
更怜八咏今犹昔，此日风流并可传。

诗中所赠对象龚方伯，即新任浙江左布政使龚勉(1536—1607)。勉字子勤，初号云屋，晚号毅所，无锡南门外跨塘桥人，明隆庆二年(1568)

进士。万历十三年(1585)刻有《尚友堂诗集》。除地方志有传外,冯梦龙《快雪堂日记》也提到自己见过晚年龚勉老来无孙,暮境颇为凄凉。

龚勉起家进士,先后任嘉兴、吴桥、秀水等县知县;复任南京刑部主事、郎中,调浙江任嘉兴知府(值得一提的是,龚勉曾在嘉兴修复南湖的烟雨楼)。此后龚的履仕进入了正史视野,一些升迁记录均在《明神宗实录》中有所反映。如万历十五年十一月,"以嘉兴知府龚勉为浙江右参政",分守金(华)衢(州)严(州)等处地方(卷一百九十二,"万历十五年十一月癸丑"条);万历二十四年四月,龚勉平调山东,仍为按察使(卷二百八十四,"万历二十三年四月甲辰"条)。次年五月,与其他省份几位按察使一并得到擢用(卷三百一十,"万历二十五年五月庚戌"条),龚勉这次擢升的去向,就是汤显祖提到的浙江布政使。

通过上引龚勉履仕可以推论,汤显祖此诗作于万历二十五年五月,当他得知龚勉升为浙江布政使之后写就此诗。此时汤显祖正在浙江遂昌知县任上,本年初夏离任赴杭州参与考绩,当年汤显祖四十八岁,龚勉六十二岁。

龚于汤为长辈、先达。汤显祖是万历十一年中的进士,旋即自请为南京太常寺博士,此时龚勉正在南京任刑部官员,两人具备了时间、空间交集的条件。龚勉是无锡著名文人王问的弟子,诗写得也不错。此时南京聚集了一大批文化名流,龚、汤二人更多的交往可能应该发生在此时。万历二十一年,汤显祖由徐闻典史的贬所右迁浙江遂昌知县,龚勉正在浙江做按察使,属于汤显祖间接的上司。万历二十四年,龚被调到山东,次年又从山东调了回来,重逢浙水,所以汤显祖在诗中显得颇为高兴。

汤、龚二人还有一层关系,是通过大学士张位产生的。汤与张位的关系很好,张位不仅是汤的江西同乡,还是汤中进士时的主考官,属于座主与门生的关系,所以汤称张为"师相";张位致仕回南昌,还替自己的得意门生、在家写剧的汤显祖张罗《牡丹亭》的排演。而这位对汤有知遇之恩的洪阳先生张位,与龚勉都是隆庆二年(1568)的进士,两位同年之间交情不错。如果从这一角度而言,龚勉比汤高一辈。有了这一层关系,龚勉和汤显祖之间的交往是再正常不过的了。所以说,此诗的立意、背景,都符合两人的身份,的确是一首汤显祖的佚诗。

最后将此诗几处用典,浅释如下:

诗题中的"方伯",是明清时期对地方官,特指布政使的雅称。"方伯"一词出自《礼记·王制》"千里之外设方伯"。周初,"天子建国,诸侯立家"。天子在所分封的诸侯国中,委任王室功臣、懿亲为诸侯之长,代表王室镇抚一方,称为"方伯",后泛指地方长官,又称"方岳",取"一方崇仰之山岳"之意。

首句中涉及"骊歌"的典故。骊歌即"离歌",告别之歌。语出逸诗之《骊驹》篇:"骊驹在门,仆夫具存;骊驹在路,仆夫整驾。"客人临去歌《骊驹》,后人因而将告别之歌称之为"骊歌"。

第二句"宪臣",指风宪之官。明代设提刑按察使以掌刑名,别称"臬台""宪台"。龚勉由山东按察使转浙江布政使。布政使的全称是"承宣布政使",故曰"承宣",取其承流宣播之意。宋代曾于节度使属下设承宣使,明代称承宣布政使,主管民政。

第三句"岳牧",指"方岳"和"宰牧",还指布政使,为一方诸侯。第四句"扶舆",指盘旋上升貌,如明初刘伯温《满庭芳·寿石末公》:"收拾尽,乾坤清淑,为瑞在扶舆。""两淛"即两浙,浙东和浙西。"淛"为"浙"的异体字。

第七句中"八咏"典故,系南朝齐隆昌元年(494),东阳郡太守、著名史学家和文学家沈约在浙江金华建了一座"玄畅楼",多次登楼赋诗,写下了八首脍炙人口的诗篇,后人称为《八咏》诗,是当时文坛上的长篇杰作。玄畅楼因《八咏》诗而改称"八咏楼";后世雅称文章宏富精切的作品称"八咏"之作。

作者单位:江西高校出版社重点图书工程办

汤墓兴毁续新篇

龚重谟

2016年11月,抚州市在推进文昌里历史文化街区改造、修复、建设过程中,拆除20世纪60年代末建设制冰厂时,发现了被覆盖的汤显祖家族墓园。2017年4月初,我回老家黎川县参加高中毕业同学聚会,经抚州回海南。因我受聘为抚州汤显祖国际研究中心的学术委员和客座研究员,中心主任吴凤雏先生带我去了文昌里,优先让我参观了已发现但尚处不对外公布状态的汤显祖家族墓群的现场。墓群占地范围之广令我震撼!凤雏先生还指着标为4号的墓告诉我,初步确定这就是汤显祖的墓,发掘方案正等候国家文物局批复。我曾要求他们,待批复正式发掘后,望能告知我一下,我将专程来抚州,亲临现场目睹汤墓的开挖。因我1982年曾对汤墓的兴毁做过调查,写了《沧桑兴毁汤公墓》一文,现我要为它续写新的篇章。

此后,我倍加关注汤显祖家族墓群正式发掘的信息。8月28日,《光明日报》重磅报道:"江西省文化厅、抚州市政府召开新闻发布会宣布,汤显祖故里江西抚州市发现汤显祖家族墓园,该墓园共发现42座明清时期墓葬、出土了6方墓志铭,目前基本确定汤显祖墓。"[①]同日,"凤凰资讯"用醒目的标题惊呼:"江西考古惊世大发现!""将震惊文化界!"我这个从抚州走出30多年的汤学研究者,喜悦之情难以言表。

然我的喜悦仅维持了一天。第二天,"新华网"便在题为"明末戏

---

① 晓军、马荣瑞:《汤显祖家族墓园考古获重大突破,汤显祖本人墓地基本确认》,《光明日报》2017年8月28日。

剧家汤显祖墓被发掘,发现其亲自撰写的墓志铭"一文中,引用了该市负责文博工作的同志话说:"新考古发掘除了石棺椁、青花瓷器、石墓志铭等外,并没有发现汤氏家族的遗骸与更多的遗物。"①期盼能发掘出汤显祖灵骨的我,看到这一报道,本并不乐观的心更一下凉了半截!接着就迎来新闻报道的大"反转"。"凤凰网江西"(9月13日)报道的标题是:"涉嫌违规!汤显祖墓园考古擅自发掘、未及时上报,国家文物局将追责。"国家文物局的表态,如一瓢凉水,浇灭了所有关注此事者的热情。一心要为汤墓兴毁续新篇的我,面对舆情"反转"中媒体报道的内容进行了思考,理出了如下几个问题,以申我一孔之见,并就教于高明雅士。

一、汤显祖家族墓园是汤显祖父亲捐赀买下的吗?

现在多家媒体在报道发现汤显祖家族墓群时,都引用了这样一段话:"根据文献记载,汤显祖逝世后葬在抚州市文昌里灵芝园内。汤显祖家族墓园自汤显祖父亲铭四公/承塘公(生于嘉靖戊子年[1528],卒于万历乙卯年[1615])捐赀买灵芝园葬伯清、子高诸公以来,灵芝园就成为汤显祖家族主要成员的埋葬地。"②此说出自《文昌汤氏宗谱》卷首《抚郡汤氏廨宇规模记》,作者是子高公八世孙颐少由、九世孙肃思公两人,时间是康熙五十二年(1713)。原文是:"以卒葬而论,自伯清公、子高公以下诸祖,悉葬于承塘(汤显祖父亲号)公捐赀所购之灵芝园。"徐朔方教授在《汤显祖年谱》汤尚贤条目中加以引用,但加了说明,是"诸文原句凑合而成"。我过去对此条引文未细加研读,在文中也是人云亦云。现我深入思考后,感到此说不仅不合情理,甚至有违现实常识。据新出土的《明故义士汤从子高公墓志铭》记载,汤子高生

---

① 何晞宇:《明末戏剧家汤显祖墓被发掘,发现其亲自撰写的墓志铭》,《封面新闻》2019年8月29日。
② 晓军、马荣瑞:《汤显祖家族墓园考古获重大突破,汤显祖本人墓地基本确认》,《光明日报》2017年8月28日。

于宣德癸丑(1433)，终于正德乙亥(1515)。停柩六年后，下葬距居屋百步之远的家族墓葬地即灵芝园。承塘公嘉靖七年(1529)十二月生，万历四十三年(1615)卒，在子高公死后安葬在灵芝园已八年后他才出生。从子高公墓志铭可知，其下葬后没有再迁附。承塘公要购灵芝园，也要到壮年才有能力办。也就是说，即使承塘公购灵芝园做祖坟地，那也应是子高公下葬上百年以后的事。一个本葬在灵芝园上百年的先人，到曾孙与玄孙时再来为他买下该地做祖坟地，这与情理不合。灵芝园当初如果是他姓之地，怎容许汤伯清、汤子高诸祖葬于此几十年上百年？如果灵芝园本来就是汤家自己的祖坟地，何须要承塘公捐赀来购买？我百思不解后，翻出1982年以前摘抄的《汤氏宗谱》有关资料，特别是认真地读了新出土的子高公墓志铭，原来汤显祖父亲承塘公捐赀所购的不是灵芝园，而是捐赀"立墓祠"，即建了用来墓祭葬在灵芝园诸祖的汤氏祠堂。现将有关资料按撰写的时间先后做一排列：

（一）正德十五年(1521)十二月由赐进士中顺大夫湖广襄阳府知府东乡吴华撰的《明故义士汤公子高墓志铭》记载："庚辰(1520)冬十二月十有八日，其子莹等，谨奉柩，葬于先陇之次，去家百步许。""先陇"指祖先的坟墓；"之次"是之后。这里明明白白地告诉了，子高公死后安葬在故居屋后祖坟地即灵芝园，距故居不过百步的距离。在子高公安葬前，其父汤伯清早已葬在这里。该墓志铭写于子高公去世停柩六年后安葬的庚辰年十二月，应是最早也是最可靠的记载。

（二）《文昌汤氏宗谱》载有由赐进士任云南布政使司参政年家姻王志撰写《承塘公传》云："他如卜宅兆以妥先灵。"此语出自《孝经·丧亲章》"卜宅兆而安葬之"一句，意思是说人死安葬后，三年丧毕，应将亲灵位牌移于建的宗祠内，使亲灵有享祭的处所。承塘公捐赀所建的正是这样墓祭宗祠，以对先祖尽孝。

（三）清顺治元年(1644)，赐进士正议大夫资治尹都察院左副都御史姻晚生易应昌为承塘公及其原配吴夫人写的合葬墓志铭中说："他如立墓祠以妥先灵。"这就更明确地说出了承塘公在墓地建了祭祀先灵的宗祠。《承塘公传》和夫人合葬的墓志铭都是盖棺定论其一生主要功德的文字,可只字未提捐赀买灵芝园葬家族先祖事。

(四)汤显祖侄孙汤秀琦康熙二十九年(1690)撰写的《祖基复还记》只说"八世祖伯清公……葬宅后灵芝园",也没有提到灵芝园是承塘公捐赀所购,唯有康熙五十二年子高公八世孙颐少由、九世孙肃思公合写的《抚郡汤氏廨宇规模记》中提到:"以卒葬而论,自伯清公子高公以下诸祖,悉葬于承塘公捐赀所购之灵芝园。"他二人合写这篇文章时,距子高去世198年,距承塘公去世98年,故他们在文中申明:"因思前代堂构规模,虽世远年湮不可考,亦不无父老所常道耳闻目击者,姑略述数语以为之。"可见他们写这篇《抚郡汤氏廨宇规模记》,因年代久了,只据一些传闻所写,内容上有不准确失实之处,不能作为根据。

综上所述,据《祖基复还记》载"桥东之居,宜在唐宋已定,不仅在伯清子高也"可知,灵芝山与文昌里故居从汤伯清在世甚至更早一直属文昌里汤家的"廨宇规模"。故灵芝山又称"汤家山",不是如一些媒体所说的,"曾一度称为汤家山";至今抚州人还称之为"汤家山",只是没有称灵芝山那样普遍。从新发掘的汤显祖为祖母魏夫人迁祔灵芝园亲撰的墓志铭中有"吾祖茔产芝"一句可推知,灵芝山因产灵芝得名。清代康熙、雍正年间金溪人冯咏在《灵芝山汤祠部墓》诗中有"是山名灵芝"[①],亦可印证。

灵芝山虽为文昌里汤家的家山,但并不是每块地都适宜做墓葬地。"卜宅兆",就是选好一地进行占卜,也就是看风水,趋吉避凶。早在汤伯清手上甚至更早,就选好位于屋后灵芝山中的一块小盆地做墓园。它背靠灵芝山,前面临汝水,是前朝后靠左右抱的甲山耿向风水宝地,称为灵芝园。第一个安葬在此的是汤子高父亲汤伯清,接着是汤子高世系以下直到汤显祖及其夫人与后人。到目前为止,发现文昌

---

① 刘昌衍先生的《灵芝园初考》(未刊稿)和郑培凯2012年3月15日在北京大学文化产业研究院主讲《晚明文化与昆曲盛世》(速记稿)均对该诗有引用。刘文对灵芝园初考甚详,引全诗;郑文仅引为:"步出城东桥,杨柳夹河路,居民千百家,中有玉茗墓,是山名灵芝,四面逾百步,其上列祖茔,其旁昆弟袱。"

里汤家家族明清墓葬 42 座(其中清代墓葬 2 座),还有汤氏祠堂等附属建筑物遗址。

二、汤墓是"文革"中彻底毁掉的吗?

2017 年 8 月 28 日"凤凰资讯"报道:"据文献记载,汤显祖墓自 1616 年下葬至 1966 年彻底捣毁,时长跨越 350 年,期间历经多次毁建,从第一次明末清初(1645)毁于战火到康熙庚午年(1690)复建,第二次太平天国(1858)毁于战火到光绪二十九年(1903)复建,时间间隔仅为 45 年,而第三次修缮(1957)更是在第二次重修的基础上进行的,因此汤显祖墓葬在历次毁建的过程中,其具体位置准确可靠。"①囿于见闻,我没有查阅到这样"文献记载",很想知道它的来源。我仅从《文昌汤氏宗谱·祖基复还记》中找到涉及与汤墓被毁有关记载的仅这样几句:"甲申鼎革,桥东荡毁殆尽","窃念此居开于钱塘,始迁之始,而伯清以下诸祖之墓在焉。乃踞于叛帅,而又贮以漕粮。非惟数百年祖基不能守,冢墓亦蹂践且平"。"叛帅"是王得仁,他 1646 年冬命人在桥东"故基垣墉,造马王庙"。另外还有一条是:"自甲申以来,所有之规模尽毁。"(《抚郡汤氏廨宇规模记》)

结合"明亡清兴"与抚州有关的史实,我在撰写《沧桑兴毁汤公墓》(1982 年脱稿,2008 年发表)一文中,对汤墓的兴毁做了这样推断性的描述:"汤显祖死后的二十八年,'甲申(1644)鼎革',明亡清兴。1645 年揭重熙(临川人)与同乡曾亨应、东乡艾南英等招募乡人,组织抗清队伍,被清兵围困三个月,近城许多民宅都被焚毁,几十里外遭清军掳掠。城被攻破后,清军在城里驻防,灵芝山地处城外,墓冢被'蹂践且平',城内沙井新居也被毁。1646 年冬,叛帅王得仁命人在桥东汤家'故基垣墉造马王庙'。康熙初年,因汤家故居临江,官府选在这设漕

---

① 《江西抚州发现明清墓葬 42 座,基本确定为汤显祖及其家族墓园》,《凤凰资讯》2017 年 8 月 28 日。

运码头,并在汤家遗址上兴建储运仓库,这样,汤家'数百年产业,一变为异域'。"这样看来,叛帅王得仁将汤墓彻底捣毁的可能性更大。这时汤显祖的墓一定有碑,碑上一定镌有其功名、官职身份和同穴共葬夫人的碑文。在叛帅王得仁看来,汤显祖既为明朝官员,定有随葬财物,遂趁火打劫,搬开压棺石,撬开棺椁毁尸洗劫一空。故《文昌汤氏宗谱·祖茔复还记》载为"冢墓亦蹂践且平"。1982 年我在该文中推断:"《祖茔复还记》所说的 1645 年战乱汤的墓冢遭'蹂践且平',有可能就已被毁,如果这次仅是将墓的表面蹂践平,那么汤墓也许还在灵芝山被镇在冰棒厂之下。"当人民公园的汤墓正受到人们祭拜时,我不识时务,做此论断,虽不可能引起有关方面的重视,然现在看来起码说明我不是在胡说八道。因为 2016 年文昌里改造建设过程中终于发现了被覆盖的汤显祖家族墓群,并"初步确定 4 号墓为汤显祖与其傅氏夫人的双室合葬墓"。

1980 年我为抚州汤显祖纪念馆(当时叫陈列室)撰写陈列提纲并撰写汤的传记做过调查后,已让我感到汤显祖墓的彻底捣毁不在 1966 年。1957 年为纪念汤显祖逝世 340 周年,抚州市政府将清代光绪年间权知江召棠为汤重立的墓碑洗刷一新,填土做了墓堆,四周栽有松树,建有围墙,并在墓地建造了六角顶的"牡丹亭"。1966 年"破四旧"中,"红卫兵"砸烂了墓碑,挖平了墓堆(但未深挖),毁了六角顶的"牡丹亭",没有人说挖出了汤显祖的骸骨。只是 1968 年,经抚州市革委会"抓促部"的批准,在文昌桥东汤显祖墓的墓基上建了冰厂,参加建冰厂挖地基的一位姓胥的同志挖出来许多瓷碗和一面铜镜,并没有挖出骸骨。如果胥姓所挖已触及了汤显祖的墓穴,那他对墓的破坏比 1966 年"红卫兵"仅毁墓表要大得多。一座墓葬的"彻底捣毁"最重要的是墓主骸骨的"彻底捣毁"。墓主骸骨没有了,原来的真墓也只是一座空墓,其价值也发生了质的变化。最近我电话采访了抚州市文博负责同志得知,挖出的"汤临川玉茗先生墓""玉茗公墓"两块压棺石和"义仍汤公之墓"残缺墓碑(笔者按:这其实也是压棺石)是在 4 号墓附近。当年毁墓者是先搬开压棺石后丢在附近,然后撬开棺椁捣毁灵骨的。这几块压棺石散乱地摆放在4号墓附近,因此断4号墓为汤显祖墓是有道理的。压棺石没有再搬回到原墓穴,说明汤墓捣毁后没有再复建。因此说,汤墓"第二次太平天国(1858)毁于战火"缺乏根据。光绪年间临川知县江召棠不是复建汤显祖墓,只是为汤墓重立了墓碑,并竖了"文昌超海内,品节冠临川"两条石柱楹联。现在"发掘除了石棺椁、青花瓷器、石墓志铭等外,并没有发现汤氏家族的与更多的遗骸与更多的遗物",追根寻源就在"甲申鼎革""冢墓亦蹂践且平"和"桥东(笔者按:包括汤墓在内的'廨宇规模')荡毁殆尽"。

自从汤显祖家族墓群发现称作"惊世大发现"披露后,无论广大公众还是我这个汤学研究人员,最关注的还是汤显祖的遗骨的挖出。可结果是遗骨不存,成了千古遗憾。对此,市文博业务负责同志的解释是:"这是由于灵芝园所处地势较低,曾遭遇数次水患,保管条件很差。除了石制品、陶瓷制品等外,木棺材、丝织品以及骸骨等都湮灭。"这样的解释缺乏合理性,引起我的狐疑:汤显祖墓到底是"地势较低,曾遭遇数次水患,保管条件很差"而"湮灭",还是"文献记载"的"1966年彻底捣毁"?如果是"地势较低""遇数次水患"造成的,应不只是4号汤显祖墓的骸骨被"湮灭",而是所有42座墓葬都遭同样的命运。可其他墓并没有这样遭殃。我十分敬佩有"当代汤显祖之称"、原江西文化界老领导、著名戏剧家石凌鹤先生的洞见。三十多年前,我在上海观摩首届戏剧节时曾去探望他,聊天中谈到抚州为纪念汤显祖逝世366周年,准备将汤显祖墓迁人民公园事。石老听了当即很不高兴地说:"回去告诉你们市里,三百多年的墓,能挖出什么东西?若挖不出东西迁过去,岂不就假了吗?"这话表达的是这位江西文化界德高望重的老领导对江西文化事业的关心。他不是搞考古的,此话不一定符合墓葬考古的科学性,然没想到却被言中了,值得我们深思!

三、人民公园的汤显祖墓是衣冠冢吗?

由于灵芝园墓群的发现,汤显祖墓得到了确定,那么1982年在人民公园造的新墓应叫什么墓？不免进入研究者思考。我看到有的新闻媒体称之为"衣冠冢"，这样称是否恰当？能否有更好的叫法？墓有三种：一是真墓，即死者尸首也随葬品的墓；二是招魂墓，是家属希望死者灵魂安息而建造的墓穴，通常会把死者生前的遗物放进墓穴中；三是衣冠冢，是只埋有死亡者的衣冠而无死亡者遗体的坟墓。从春秋时代就有如此之分。如子路是跟随孔子周游列国的七十二贤之一。周敬王四十年（公元前480），卫国（黄河以北的诸侯国）作乱，父子争位，子路为救其主卫出公姬辄，被剐醢杀死，砍成肉泥，死后葬于澶渊（今河南濮阳）。濮阳至今有子路墓三处：位于濮阳市区的子路墓称为真墓；位于清丰县西南30里叫招魂墓；位于长垣子路墓称衣冠冢。1982年8月24日将汤显祖墓从灵芝园迁往人民公园，迁去的只是一些古砖、瓷碗陶钵的碎片和少许腐烂的木屑，还有一支银质的发簪，既没有汤显祖的遗骨，也没有汤显祖的衣冠。墓葬自古即有真墓、招魂墓和衣冠冢之区分，我们就该选一个符合实情的墓葬专业称谓。"招魂墓"似比"衣冠冢"较符合实情。在一些人看来，此乃无关大局的小事，然这样小事却关系到墓葬的科学性。

四、如果挖出了汤显祖遗骸，舆情会"反转"吗？

这是我设想的假议题。我之所以设想这样的议题，那是我与公众尤其是抚州公众太想有汤显祖遗骨存在的心态使然。汤显祖、莎士比亚和塞万提斯为鼎立而峙的世界文化巨匠。莎士比亚墓葬在斯特拉特福三圣一教堂内，本保存完好，但也有遗骸早从坟墓中盗走一说；塞万提斯安葬在马德里修道院墓地，本连墓碑都没有立，坟茔也长期下落不明，但到2015年3月17日，他的遗骸终在马德里市中心的特里尼塔里亚斯教堂内找到；唯葬在祖坟地灵芝园的汤显祖遗骨至今下落不明。这次汤显祖墓的发掘不仅未能像塞万提斯那样，出现失而复得的奇迹，而且还因违规发掘，招来舆情"大反转"。据统计，"截至9月21日17时，有关汤显祖墓被违规发掘的网络新闻达2 452篇，报刊文章145篇,论坛帖文115条,博客文章66篇,微信563篇"①,也可以称得上铺天盖地!

现在我设想:如果汤显祖墓的发掘出现了奇迹,挖到了汤显祖的遗骨,舆情会出现现在这样的"反转"么?我看未必。有汤公遗骨的存在,将震惊中外,所有热情关注者会为之雀跃,其意义与价值将大大抵消因"违规"所带来的负面影响。再说,如果海昏侯墓是"因为当时已经发现墓葬被盗,为了更好地保护文物才进行发掘的"的话,那么汤显祖墓早在明初"甲申鼎革"中遭"蹂践且平",1966年又遭到破坏,也应属保护性发掘的对象。也许媒体能带着这样谅解,在"惊世大发现""震惊文化界"高调声中,继续为之唱着赞歌。不管怎么说,汤显祖家族墓群在抚州的发现,也是一件了不起的文物考古发现。

事实上,仅从对汤显祖墓的发掘的具体情况来说也是情有可原的。据负责该项目考古的江西省文物考古研究院副院长王上海披露,标为4号的汤显祖墓,"券拱破坏掉了,墓葬上半部分全部破坏掉了,墓穴也捣毁了"。考古人员之所以下到墓穴,不是去发掘而只是去清理,那是为"在勘探中避免二次伤害。如果墓葬保存较好就不会下去,但是4号墓券顶都已经垮塌,就下去将破坏的部分清理了一下"。在清理时,"发现墓中已经没有墓主遗物,只有垮塌的碎砖,一些青花碗有的也已经破碎,骨骼则一根都没有了"②。在这种情况下,考古专业人员才下到墓室清理,其目的也是为了保护和抢救,没有造成任何文物的损坏。只是这一清理,揭开了汤墓的神秘面纱——原来已是一座既无遗骨又无遗物的空墓。汤公遗骨去向不明,有无随葬文物丢失也无从知道,这是历史所造成的,不是现地方行政管理部门和考古人员能负得起的责任。现在促使我进行另一思考的是:这4号墓是否真的是汤显祖的?42座墓中还有没有别的墓是汤显祖墓?还要不要再动

---

① 田野:《汤显祖墓发掘现反转:考古为何要有所不为?》,《人民网》2017年9月26日。
② 《汤显祖墓被毁坏51年后重现,墓内已尸骨无存》,《中国新闻网》2017年8月29日。

用更高级的考古手段进行新的勘探？另外，入葬灵芝园墓地的第一人是汤伯清，他的墓是否在 42 座墓葬中了得到确定？现在其子汤子高墓已发掘出了墓志铭，作为入葬灵芝祖墓第一人的汤伯清，其墓价值更不一般。

作者单位：海南省文化厅史志办

汤显祖两则与宜黄有关的佚文考略

许爱珠

笔者是土生土长的宜黄人,乃古宜黄县城曾经的望族许氏后人。宜黄许氏,乃高阳郡许氏一脉。2017年6月,笔者有机会参加了全国许氏宗亲大会,遍览高阳郡许氏的世系宗谱,了解了宜黄许氏的世系繁衍及历史变迁。宗谱又称家谱、族谱、谱牒、家乘,是以表谱记载家族的世系繁衍及重要人物事迹的书。宗谱作为一种特殊的文献,记载的是同宗共祖血缘集团世系人物和事迹等方面情况的历史图籍,对于历史学、民俗学、人口学、社会学和经济学的深入研究,均有不可替代的独特功能;而族谱所收录的历代名人所撰序跋、赞表等文章,也有幸借助宗谱得以传世,有些文章不见录于各名家的文集也很正常。借助宜黄许氏宗谱,笔者收集了诸多江西尤其是抚州历史名人为许氏临川石鼓(宜黄硖石)世系宗谱撰写的文章,比如宋代王安石、欧阳修,明代谭纶、汤显祖,清代蓝千秋、黄爵滋、谢阶树等,为临川石鼓、宜黄硖石许氏宗族或某一先祖撰写了序、跋、赞、祭、墓表等文。其中,许氏宗谱所录汤显祖著《策五公许凤宇先生赞》《又祭文》两文,笔者尚未发现被收录在任何公开出版的文集中。今特此纪录,并尝试做粗略考证,以求教于方家。

一、两则原文实录

这两则佚文,笔者见于宜黄许氏北宗(即宜黄老县城城北,又叫邑北)族谱,是在清宣统己酉(1909)九修基础上修撰而成的十修族谱。九修老谱之前还遗清嘉庆癸酉(1813)六修、乾隆戊戌(1778)四修、康熙辛卯(1716)三修的诸多资料。现原文实录(未标点)如下。

其一,汤显祖为宜黄邑北许氏第十世策五公许凤宇所著赞文:

(十世)策五公徐凤宇先生赞

昔在胜国穆神代兴时为中世维彼穆庙享国日浅宇内平治神庙继之福祚灵长文恬武熙泽被遐辄靡不又安以遨以嬉公生于斯冬可以裘夏可以绨公隐于斯黄山之麓宜水之湄于焉游息冈高谷深晔匕紫芝有屋数椽有田百亩有圃一畦有琴一裹有经一篋有子一嬔公顾谓子田庐与汝琴经遗儿吁嗟公姓克成厥志以表于宜揆阙本原敷畜自公宜世世祀

明赐进士第授太常博士迁南祠部郎

愚弟汤显祖若士氏顿首拜撰

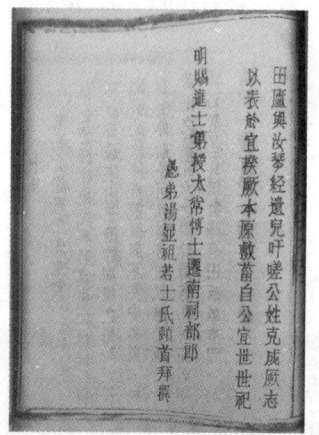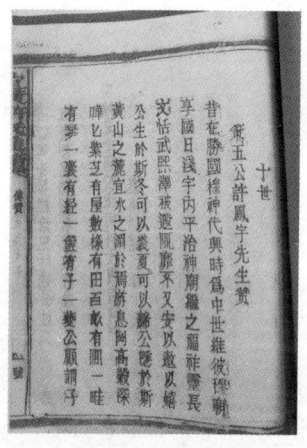

宜黄许氏族谱署名汤显祖所撰文《策五公徐凤宇先生赞》

其二,汤显祖为许氏族人所著祭文:

又祭文

伊昔桑户子反琴张相与相为死生相忘游方之外逍遥彷徨继世而新唯予三人相视莫逆与古为邻嗟来桑户汝已返真缅想平昔明明不隔假物托体偶俱游适疢决痛溃时犹旦宅书与君交两鬓垂

首癸酉之春乃与秋偶要殊后先情无返以风雨萧萧把臂定交君刲书锷秋也寂寥性不易方异味同调君书在隅秋屏郊居朝夕言面书密秋疏形有疏密神则偕俱君之惠和在古无多日熏风暄洵恬不波挹注衰俗归则那厉虐之迪孰识其原伤心具尔负痛灵根奄忽同归孝魂友魄日薄虞渊寒冰凄然山阳笛奏向子悲咽故交零落目断霜天愤匕从俗以观众目愧彼两贤鼓琴编曲吁嗟乎子之往也吾无以为质矣鼎折足刍一束人如玉虽欲勿哭焉得而勿哭

明赐进士第授太常博士迁南祠部郎

汤显祖若士氏顿首拜撰

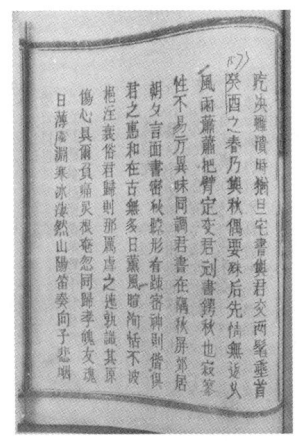
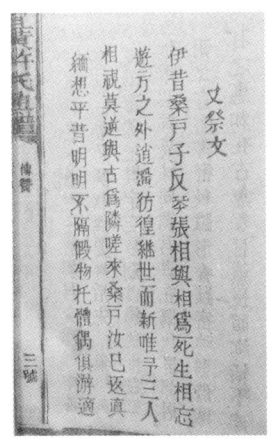

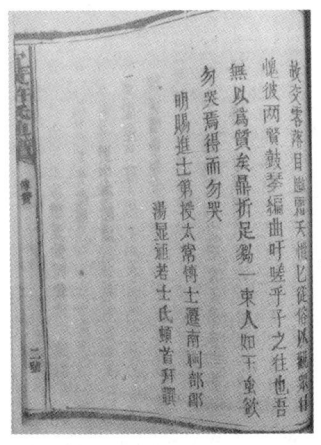

宜黄许氏族谱署名汤显祖所撰文《又祭文》

从原文内容看,第一则主要称赞宜黄许氏第十世许凤宇的祖先世代于国有功。凤宇本人则是隐士高人,不求闻达,品行高洁,许氏后人应世世瞻仰。第二则文章没有明确的题目,但文章一开始就以《庄子》中所载桑户、子反、琴张三子相与为友,相忘生死的典故,来寄托汤显祖对于许姓友人的哀思。我们可知他们应该是知己,是密友,而且文中还提到逝者和汤显祖本人相交于"两鬓垂首"之时,可见他们还应该是发小。他们朋友三人兴趣相投,都喜欢诗书琴曲,常一起鼓琴编曲,甚为欢喜。如今贤友已逝如大鼎折足,令汤显祖伤心不已,想不哭却忍不住不哭。联系前文所记载的许凤宇的行事为人和此文中描写之人,有诸多契合之处,因此,我们可以认为,汤先祖所祭奠的,很大程度上是许凤宇;但也并不排除是许氏另一位与汤显祖一同长大的族人,而这位许氏族人,同样是道骨仙风,大隐于市。

二、两则佚文之辨伪

要考证以上两则佚文之真伪,笔者以为首先需要详细梳理宜黄许氏的世系源流及其与汤显祖、谭纶等抚州历史名人的渊源关系,以及文章在写作时间上的合理性,以帮助我们廓清疑团。

宜黄许氏一族,乃中原汝南高阳许氏的后裔。《新唐书》记载,许氏"自容城(今河南鲁山)徙冀州高阳北新城都乡乐善里,秦末有许猗,隐居不仕"。自许猗始,许氏世居高阳。汉朝时有多人入朝为官,多有政声。如许毗,许猗曾孙,曾任侍中、太常。许德,许毗子,曾任汝南太守。许据,许德子,曾任大司农,为九卿之一。到魏晋南北朝时期,高阳许氏更加兴旺发达,许据子孙继续世代为官,如许允,许据子,魏时为中领军,镇北将军。许奇,许允子,晋朝时曾任尚书祠部郎。许猛,许奇子,幽州刺史。许皎,许允孙,会稽内史。许询,许皎子,晋朝名士,一生隐居山林,与书圣王羲之交友,吟诗饮酒,挥毫泼墨,终老于山林。《世说新语·文学篇》注引《续晋阳秋》记载:"正始中,王弼、何晏好庄老玄胜之谈,而世遂贵焉。至过江,佛理尤盛,故郭璞五言,始会合道家之言而韵之。询及太原孙绰,转相祖尚,又加以三世之辞,而《诗》《骚》之体尽矣。询、绰并为一时文宗,自此作者悉体之。"

许询是东晋玄言诗人的代表。晋简文帝称询"玄度五言诗,可谓妙绝时人"(见《世说新语·文学》)。

唐中书令许敬宗乃许询的第八代孙,而许敬宗第十六代孙许会(993—1069),是北宋时期迁入江西临川石鼓的始祖。据宋王安石庆历三年(1043)所作的《肇修石鼓许氏宗谱序》一文记载:"(许)会为进士,方壮时,亦慨然好议天下事,今为太庙斋郎。"据《临川金溪许氏世系宗谱》记载,许会乃宋宝元解元,擢进士及第。宋庆历八年调任抚州知州。遂居家徙歙东,往临川运使,居石鼓。生子三,长子许博笃志义方,不应举辟。许博生子五,次子文郁生于宋仁宗宝元元年(1038)。文郁公诗书自娱,不求闻达,有隐君子之风。元祐年间(1086—1093)文郁公迁居宜黄仙桂乡俗里硖石(又名渣浦、洙塘,今宜黄县棠阴镇硖石村——笔者注)。文郁生子四,长子士英。士英以下四传至宗宏公,从硖石迁至县城凤岗镇。民顺公而上宋之代凡三。

元明清时期的宜黄许氏后代,仍然继承了许氏祖先两大特点:要么入朝为官,忠孝两全;要么隐世而居,不求闻达。尤其是宜黄邑北一支,在当地影响很大,后代与宜黄县其他望族如吴氏、谭氏、罗氏、欧阳氏、黄氏等多有来往和联姻。同邑名人谭纶为许氏五世撰写墓表,清朝黄爵滋乃许氏外孙,也给许氏十六世许光亭撰写过七十大寿传文。许氏在抚州作为汝南名裔,也颇具声名。由此可知,许氏宗族在整个抚州地区影响亦甚。直至20世纪80年代,宜黄县城仍然保留了许氏大宗祠,位居县城中心,其规模之大,无出其右,令人依稀可见许氏宗族当年的盛名和气魄。

笔者依据目前所掌握的宜黄许氏族谱看,可以确定宜黄邑北民顺公乃开基始祖,民顺公以降世系年表,表字统一为"顺肇敬彦尚 天震以一世 廷启应文章 思承树堂德 宗开传太岳 祚衍本高阳",其派行分六房,其中有一支脉自渊公迁居永丰河坪。明代许氏有谱可循的是第四代仁三公许彦达,生于1412年;许凤宇为许彦达的第六代孙,如果按 25 年为一代计算,许凤宇出生于 1546 年左右,而汤显祖生于 1550 年。以上所录赞文的人称落款中,汤显祖自称愚弟是说得过去的。以上所录两文,从两则佚文所描写的内容看,对许氏远祖给予了很高的评价,说明汤翁对抚州许氏世系源流非常了解;另一方面,许凤宇(或者为另一位许氏族人)不求闻达、琴书自娱的名士做派也令汤翁激赏不已。

  从目前掌握的材料看,这两则佚文最大的问题在于都没有落款时间。导致这一问题的原因很多,比如多次修谱过程造成漏登,或者老谱损坏无法辨认,或者是其他原因。这有待于以后进一步的研究和考证。但"又祭文"一则中出现的一个时间给了我们很关键的提示,这就是文中提到的"癸酉之春"。我们以一个甲子为限,在汤显祖的人生岁月里,"癸酉之春"只能是 1573 年的春天。围绕着这个时间,联系汤显祖当时的人生活动轨迹,我们可知这正好是汤显祖第一次会试(1571)落榜之后的两年。这期间汤显祖郁郁不得志,受其祖父"仙游"思想影响,他前往宜黄云盖山怀仙,并和诗为证。同时,1572 年除夕之夜,邻家失火,家道尽毁。汤显祖前往宜黄避难,在时间上是完全吻合的。而 1573 年汤显祖又撰《壬申除夕,邻火延尽余宅,至旦始息。感恨先人书剑一首。呈许按察》一诗。经查,这首诗中所提的许按察,乃许子良(1537—?),浙江仁和人,字直夫。明穆宗隆庆二年(1568)进士,授闽县知县,治行第一。有政绩,擢监察御史,按河南,改江西。

  两则佚文所记之许氏族人,目前未知是否和许按察有无关系,但至少我们不能断定毫无关系。联想到"又祭文"提到的逝者和汤显祖本人相交于"两鬓垂首"之时,我们至少推断宜黄许氏和临川汤氏两家乃故交也未为不可。

  要之,囿于许氏家族与抚州历史文化名人的交集甚多,佚文中对许氏家族的高度赞誉,而许凤宇等许氏后代不求闻达,相忘江湖的仙道做派,和汤显祖固有的"仙游"思想不谋而合,加之嘉靖癸酉年(1573)这一关键时间节点的出现,笔者认为,这两则佚文伪作的可能性非常小。

当然，出于对第一则佚文"策五公许凤宇先生赞"如此这般的文章题目，似不能称其为题目，因而有人可能质疑其真实性。但这其实不是问题。因为根据惯例，许多名人为非本家族(人)所撰之文，往往会由后辈族人重新拟标题以传世。

而由两则佚文推及汤显祖与宜黄的关系，引发我们进一步的思考的问题其实还有很多。一直以来，我们谈论汤显祖和宜黄的关系，一般都更关注汤显祖从遂昌挂冠回乡之后，开始专心戏曲创作，悉心调教宜伶，扩大明代宜黄腔的影响，推动宜黄清源祖师戏庙建设，等等。但笔者受到这两则佚文启发，联系汤显祖早年在宜黄的活动轨迹和相关诗作，觉得有必要重新梳理汤显祖与宜黄，包括宜黄人、宜黄戏曲的关系。笔者认为，应该进一步重视宜黄独特的人文及自然环境对于汤显祖早期影响的研究。我们已知不少汤显祖本人早年有关宜黄的诗作，收录于徐朔方先生笺校的《汤显祖诗文集》中的有：隆庆六年(1572)所作《送谭尚书行边》《重酬谭尚书》二首诗；隆庆七年作《壬申除夕，邻火延尽余宅，至旦始息。感恨先人书剑一首。呈许按察》；隆庆八年作《留别大司马谭公》；还有不能确定写作时间的《和大父云盖山怀仙之作》。如此多的与宜黄有关的诗作，再加上以上两则佚文，我们可知二十五岁之前的汤显祖，往来于宜黄的时间不短，且积极地结交宜黄的当地名门望族，对宜黄很熟悉。从上述佚文所提"相交于两鬟垂首"之时，我们甚至可以推断汤显祖少年时期就去过宜黄了。至于到底是什么原因和情况，让少年汤显祖就在宜黄嬉戏玩乐，就不是本文所能及的，这需要我们以后进一步研究和取证了。

作者单位：南昌大学文学院

案头场上

《牡丹亭》评赏
——《牡丹亭》逐出简介品评

吴凤雏

《牡丹亭》(全名《牡丹亭还魂记》)是我国明代戏剧家汤显祖传奇剧作的代表。完成于万历二十六年(1598)秋。全剧共五十五出。现逐出介评如下。

第一出 《标目》

【介】标目——标明纲目。明代传奇第一出,通常称为"家门"或"家门引子"。一般由副末或末上场,又称为"副末开场"。用1—2支曲牌介绍创作缘起和剧情梗概,如本出【蝶恋花】介绍创作缘起;【汉宫春】介绍剧情梗概。

【评】作者在阐明创作缘起的【蝶恋花】中,一句"世间只有情难诉",如圣人云"食、色,性也"一样,揭示了人类一普世价值,文学一永恒主题——情。的确,一个"情"字,谁能说得尽、道得齐?汤公戏曲,均以"言情"为主旨,尝自云其"四梦",皆"因情成梦,因梦成戏"。更汤公一生,无不为一"情"字诉求:早年,为情而咏、而叹、而"弹剑高歌";直至生命垂暮,仍在"为情作使,劬于伎剧"。唯汤公若士,真"乃可谓有情人"也!盖缘于其"恒与理相格"之"至情"的人生哲学观。

在该传奇剧作中,纯情小姐杜丽娘,情不知所起(实乃天性使然),一往而深,为情而死,又为情而复生。其情之挚,其情之至,其搬演之跌宕,其宣泄之艳绝,可谓惊天地而动鬼神,亘古罕见!杜丽娘死去活来的爱情传奇和死生追寻,实质上表达了当时人们对专制政治和宗法道统长期压抑人的自然权利和合理个性诉求的憎恨与厌恶这一普遍情绪,写出了普天下青年男女对婚恋自由的渴望,对"至情"的追求。因而,重现了人性光辉,具有人文启蒙意义。诚哉,唯其难能如是,因而《牡丹》不朽,更汤公不朽也!

第二出 《言怀》

【介】言怀——梦梅言怀。本出写男主角柳梦梅自述家世:以先祖柳宗元为骄傲,只叹家道中落,留滞岭南栽花接果;又因梦见梅树下美女道与姻缘,遂改名立志,必定蟾宫折桂,笼定花魁。

【评】作为一部大型传奇剧,前三四出,属于起始部分,介绍男女主角和重要人物的家门身世及其之间的关系;交代事由并为剧情发展预设关巧,抽出线头。

在本出,作者笔下男主角柳梦梅,采用话本的原姓名,却为其设计了一个显赫的书香家世:河东柳宗元一氏(只巧将话本中"四川柳氏"和"山西杜氏"两家换改籍贯),这就为作者后面写戏说事创造了很多方便和自由发挥的广阔空间。巧!随后,通过柳梦梅述梦改名和言志折桂的表白,透出全剧情节的两个重要信息:一、这将是一对痴情人与梦相关联的爱情故事;二、这位落魄书生日后将大伸其志,高中状元。看似仅几句不经意的科白,实则一大关巧。特别是,柳生的述梦与后文丽娘的入梦,有虚实详略之妙;柳生因梦改名,丽娘因梦而病,前后形成应照,又不离一个"情"字主旨。最后,抽出一个线头,要去会个"朋友韩子才",为下面的剧情展开做出提示。

第三出 《训女》

【介】训女——椿萱训女。南安太守杜宝,自述是大诗人杜甫后人,膝下单生一女,视若明珠,切望育成才女,以增门楣。请出夫人甄氏,商议此事。然后引出女主角杜丽娘小姐。果然才貌端妍,对父母孝敬有加。二老免不了一番训导,决定聘请塾师,坐馆课女。

【评】本出在介绍人物的处理上,与前出不同:先杜宝夫妇出,再女主角杜丽娘登场,既有别于男主角的出场方式,又为女主角出场做好铺垫,且节约了介绍人物的场次,拉紧了节奏,一石三鸟,显出匠心。杜宝以名儒自命,开口便见古执个性;杜母怜惜女儿,几句便显出许多母爱;丽娘一登台,"娇莺软语",举止科白间透出无限春风情愫。"三爵之觞",孝敬椿萱,寸草春晖,"恭祝万福"……分明是"才貌端妍",循规识礼,出自宦族名门的乖乖女,无有半点野性和浮浪,更为丽娘日后因情而大转折,实乃"天性使然",埋下实证,留下许多思考。就女儿白日瞌睡一事,夫妇二人态度不同,可见爱女儿方式不一;所议爱女的教育问题,直接引出"延师"后文。

第四出 《腐叹》

【介】腐叹——腐儒酸叹。老秀才陈最良慨叹自己科场失意,生计日益窘迫;闻得府学门子告知,杜太守已选聘他为私塾先生,不禁喜出望外。

【评】陈最良是《牡丹亭》中又一个打造得十分成功的艺术典型:腐儒形象。一出《腐叹》,紧扣一个"腐"字,活画出老秀才最主要的性格特征:迂腐。他自幼习儒,十二岁进学,考了十五次,苦熬四十多年,却一直中不了举;虽是增广生员,却又因考劣停了廪;而今年近六旬,衣食单薄,吼病进侵,面临"绝粮",一副寒酸。正是这样一个陈腐酸朽的老秀才,却被堂堂太守杜宝选中,延为塾师;待后还派大用,立下说降大功;末了,居然成为圣上亲赐的黄门奏事。这看似个人造化和命运巧合,实有其体制性必然。陈的遭际,既是对封建科举制戕害人才的针砭,又是对当时举才用人制度的嘲笑。

精彩处还在于,陈最良的迂腐并不是单一干瘪的。他虽一生为功名蹉跎,却又能考不成,"儒变医",所事皆知,人称"百杂碎",说明他既迂腐,又有很强的适应能力。听说有个太守府塾师的美差,心中极想,口里却说:"官衙不是好踏的。"女学生一发难教,轻不得、重不得,啼不得、笑不得。可见,迂腐中藏着虚伪。待后,在《延师》中表现出的既迂腐又懂世故能逢迎;在《闺塾》中活现的既学究式迂腐、又刻板认真等等,无不惟妙惟肖。且老秀才上场,每每于迂腐中透出幽默和诙谐,为剧场效果增色不少。从全剧看,在情节关目上,陈最良又是一必不可少的串联穿插角色。对于这个新创角色(原话本中无),作者可谓写活用足,颇费匠心。至于陈最良场上所述"通关节""穿门子"等七事,更是再现了当时世情和社会俗态。看似闲中带出,却是神来之笔。

第五出 《延师》

【介】延师——延师课女。府衙后堂,杜宝与新聘塾师陈最良见面,一番客套后,传出女儿丽娘拜见师傅,又是一番叮咛教诫,指定先习《诗经》,以承后妃之德,并命丫鬟春香伴读。

【评】《延师》既是前戏《训女》《腐叹》的承接,又是后戏《闺塾》的铺垫。虽是过场戏,父、师、女三者见面时却各有不同表现:杜宝指定为女儿讲《诗经》,命春香"伴读",交代"有不臻的所在,打丫头",一派家长作风;反复叹息"伯道终无儿,中郎有谁付","则可惜她是个女儿",骨子里浸透"重男轻女",符合杜宝身份和正统士大夫思想,真实可信。陈最良见黄堂,一上场就紧张,一边自慰"须抖擞,要拳奇",一边"跪拜,起揖,又跪拜",浑身上下都现出酸腐。丽娘小姐见师类见父母一样,彬彬有礼,婷婷娉娉,一丝不失内外规范,再证了是个知书识礼、循规蹈矩的名门佳丽。

第六出 《怅眺》

【介】怅眺——二友怅眺。香火秀才韩子才自述乃韩愈之后,与来访好友柳梦梅一起,追述先人功业和传世名文,探究穷达之变,有心重树先人伟业。韩子才点拨柳生:不妨拜谒识宝钦差苗舜宾看看,可图前进。

【评】对于《怅眺》,历来有两种截然对立的意见:一种认为"此折极闲极趣,非临川(显祖)不能为"(朱墨本茅远士评点);一种认为是"赘余",因而删去(如臧晋叔改本)。该如何看?

如果从舞台演出角度看,此出除韩子才劝柳梦梅"干谒"苗老先生数句可视为后文伏笔外,其余多是游戏文字,且前已有柳生"言怀",此又写二生郁闷失意,似乎牢骚太盛,语意重叠;前已有杜、柳俩均是名人之后的巧合,此又添韩为韩愈后人,不免"穿凿太甚";且平白多出一角色,基本闲着无戏,后面还要处理等等。"删去"之说,确实不无道理。

但如果换个角度,从案头阅读之作来看,这里无论是说"退之与湘子",还是道"陆贾见高祖",尤其是韩、柳二公文章"三六九比势",无不写得才情飞动、极雅极趣。而且,全剧类此的显示作者博学才情的"晒文"笔墨,还为数不少:除曲词道白中不时出现铺衍骈偶外,其他如"冥判"中的"数花"、"道觋"中的"千字文"套用,等等,以至几乎每出下场诗均用"集唐"(剧中另有十六首"集唐"),且都十分贴切。这些"才情"文字,读来无不使人或捧腹称妙,或击节叫绝。但它们均可能是多余的"晒文"或"奢侈之笔"。然而,要做到如此精巧,写得如此有才情有雅趣,却远非易事,非"读书破万卷",且"非临川(辈才子)不能为"!倘若全部"删去",精简是精简了,但似乎少了嚼头,少了品味,更少了临川才子特有的神采飞动的"意趣"。此正是《牡丹亭》的魅力与特色所在:它既是场上之曲,又是案头经典;既可拍可演,又可诵可藏。明白此,才可能真正读懂《牡丹亭》,品得其中三昧!

第七出 《闺塾》

【介】闺塾——春香闹学。闺塾,即闺秀学馆,女子学堂。陈最良按儒家观点给杜丽娘讲解《诗经·关雎》篇。却不时被丽娘和春香"错误"理解。尤其是春香,常以插科打诨的方式嘲讽老夫子,且不服陈师傅荆条责罚,杜丽娘只好出面打圆场。

【评】此出是作者精心设计的一个欢乐场子。如果说《牡丹亭》是串项珠,那么"春香闹学"则是这串项珠中闪亮的一颗。闹学很有戏,常被作为折子戏单场演出。

戏从"闹"字中出。闹的主角是春香,她一闹于《诗经》开篇,二闹于"文房四宝",三闹于"出恭"之后,连弄三波,层层起浪。从戏弄师傅到难堪师傅、顶撞师傅,终于惹恼了师傅,动起了"荆条",从而掀起戏剧高潮。在这场"闹"剧中,春香的顽皮憨劣,先生的迂腐绝伦,丽娘的沉稳不发,都历历如见。提示两点注意:第一,从全剧戏剧矛盾的展开来看,闹学是开端,闹的主角虽是春香,戏的主角却仍是丽娘。因为,春香是丫鬟、是仆,小姐是主,主仆同场,仆无论怎么表演,也心中必估摸、暗合主人的意。所以,这是"明写春香,暗写丽娘"。关节处,还由丽娘来收场。而当春香说出"有座大花园,好耍子呢",丽娘先不作声,待先生一走,立马就"我且问你,那花园在那里"？这一问,即泄漏春光,点出"戏眼",且为后面"游园"作地。第二,从丽娘青春觉醒的历程来看,闹学也是开端。《诗经》开其情窦,"花园"点其春心也。均是妙处所在。

第八出 《劝农》

【介】劝农——黄堂劝农。阳春时节,杜太守吩咐置备花酒,下乡巡视农桑,督劝农事,不同于风流官吏、轻薄书生,赢得当地田夫、桑妇、牧童、茶农的爱戴。

【评】班春劝农,汉已有之,延至明清,已成风习。《劝农》情节,话本中无,是汤公特意增加,值得注意。从关目上看,杜宝下乡劝农,为丽娘游园创造条件,此其一；其二,在汤公笔下,杜宝是个十分复杂的人物。在教育女儿、对待女儿婚姻问题上,他是非常固执的封建道统的维护者,是丽娘向往自由的对立面和自主婚姻的主要障碍。除此之外,他算得上是个仁政爱民、清廉自律、敢于担当的好官。此出着意展示了杜宝勤政爱民的一面,于中可见作者对这一人物的复杂态度。其三,劝农也隐隐透出汤公遂昌为政的影子,使人想起汤公在遂昌的所写、所做,如"迎门竟带春鞭去""要尔鞭牛学种田"(《班春二首》)等皆汤公作于遂昌的诗句。剧中田夫、牧童、桑妇、茶妪,各得其所,各从其业,一幅幅田园风光映托出太平气象,寄托了作者"官也清、吏也清"的风清民淳的仁政理想。此外,本出曲调明白如歌,轻快诙谐,别具一格,尽显元人风范,读来耳目一新。

第九出 《肃苑》

【介】肃苑——肃扫花苑。本出写春香按照小姐吩咐,来找花郎打扫园林路径,以备小姐游园。

【评】如果说《劝农》是为游园创造条件的话,《肃苑》则为其做铺垫。丽娘虽未出场,通过春香之口,却把小姐游园的原因("读书困闷",动了"情肠"),目的("要把春愁漾")说得清清楚楚,且瞅准了时机,选定了日子,可谓做足了准备,甚至连最后的障碍也扫除了:陈师傅也"告归几日"。可见关目针线之缜密。同时,"从不晓得伤个春,从不曾游个园"的陈最良的腐态,与善察心思,心灵嘴快的春香的机巧,形成鲜明对比。似乎多余的噱头倒是春香与花郎的那些逗趣的科白和搞笑的曲辞。

第十出 《惊梦》

【介】惊梦——游园惊梦。杜丽娘盛装打扮,来到后花园游园赏春。大自然的美妙和生机,使丽娘心身陶醉的同时,不由得触景生情地撩起少女伤春的情怀。于是,兴尽回来,隐几而眠,做起了美丽温情的春梦:与一执柳书生梦中幽会,共赴高唐。刻骨铭心的欢愉使之恋恋不已;少女杜丽娘的青春觉醒了。

【评】一部《牡丹亭》,《惊梦》是戏胆,是整本戏的关键所在。不仅《延师》《闺塾》《肃苑》等前数出线头都指向于此,且后面的《寻梦》《写真》《闹殇》《冥誓》《回生》等一系列铺衍,皆于此生出。人云"丽娘一梦,《还魂》皆活"。诚哉!

《惊梦》是丽娘生命性情的大转折。纯情少女的一点情,由梦惊起;被激活的少女青春意识,从梦中觉醒。一个在父母眼中"点点年纪"、啥也不懂的"女儿家",蓦地于此步步蜕变成一个为情而生为情而死的情痴。一个乖顺自束、老成持重的名门闺秀,于此渐渐死去;一个渴慕爱情、敢作敢为的新生女性,正节节萌长。"惊梦"而后,从此丽娘眼里心中只有所爱只有情,什么"内训""女鉴"道统规约,什么"父母之命,媒妁之言",甚至女孩儿最可宝贵的青春生命,统统都让位于情,受制于情,并终皆为情所使。汤公就是这样精彩生动而又高妙地用戏剧搬演着他的"情不知所起,一往而深",生者可死,死可复生,乃至"情至"的"言情"哲学信条,整本《牡丹亭》,不啻一部"言情"的形象化的哲学宣言。

本出不仅立意新巧,肯綮尽显,且曲辞造语,典雅新奇,科介道白,夺目新颖,结构完整,前后呼应。开篇"梦回莺啭",以"梦"字逗起游园前三曲,一"乱"一"漾",衬出激动心情;【醉扶归】中一句"可知我一生儿爱好是天然",唱出丽娘天然本色;接着在"姹紫嫣红"中引出游园三曲妙唱,曲曲精彩绝伦,流芳古今。然而,一派绚丽春光,引动的不是心旷神怡的游兴,而是迅速生发出思春少女的孤寂和烦愁。在这种心境下,眼见着"成对的"莺燕,耳闻着呖呖溜圆的"燕语莺歌",无不频添心烦,虽然春时一到,"是花都放了",唯独富贵中的牡丹"她春归怎占的先"!触景伤情,游园只好草草结束,于下引出惊梦胜景。

惊梦中,则又"全以介取胜"。自入梦至交合,亦做亦唱,以唱辅做,一举一动,惟妙细腻,亦娉亦婷,风情万千。并请出花神助阵,正写侧描,花样翻新。梦醒后,则再以丽娘大段独白,复述梦中情事。唱、做、念三大功夫分别于梦前、梦中、梦后三节悉数尽用,真可谓刻意精心,手段用尽,无不精妙到极致。最后,在【尾声】中仍以"梦"作收煞:"有心情,那梦儿还去的不远。"且为后面"寻梦"垫出先声。正是精妙的构思,衍之以精妙的曲辞和精妙的科介与宾白,才打造出如此精妙的一出《惊梦》!

第十一出 《慈戒》

【介】慈戒——慈母训诫。杜夫人发现游园后的丽娘整日情思昏昏,心里怜惜。一边责怪春香逗引;一边训诫:女孩儿只该在香闺拈花剪朵。

【评】此出是过场戏,为后面的《寻梦》做一间歇。显出作者关目节奏上一张一弛的匠心。即便如此,作者也不忘表现老夫人娇惜爱女(不责女儿责丫鬟),除了"不许去花园""多做针线女工"这类的老调重弹,实在也拿不出什么"教训"女儿的招数。而春香的应对,除了显示她的机巧天分外,又露出无邪的情态。

第十二出 《寻梦》

【介】寻梦——丽娘寻梦。杜丽娘自游园惊梦后,情思辗转,竟夜无眠,禁不住背着春香回园寻梦。然而,除了温情的回忆历历闪现外,眼前却是一片凄凉冷落,彻骨揪心的伤感使丽娘无限悲切,泪不能干。

【评】《寻梦》是《惊梦》的承续,是《惊梦》的姐妹篇。如果说在"惊梦"中,丽娘还只是情生梦中,是主观意识使然;在"寻梦"中,则完全是主动行为。且在"寻"字上刻画,几乎是独角长套连唱(全出共二十支曲,丽娘一人独唱十六支,从【忒忒令】正式寻梦,一气连唱九支),充分发挥了戏曲长于"言情"的特点,可谓"淋漓酣畅"!

在这里,丽娘不再浓妆艳饰,不再"步香闺"怕人见,自说心事也不再羞涩,不管春香知与不知,甚至不再顾忌母亲的知晓与责备。"你说为人在世,怎生叫做吃饭?"一句问白,实际是梦醒少女对"为人该怎生活着"的追问!对生命意义的质询!从惊梦到寻梦,从敢思到敢为,完成了杜丽娘青春觉醒的重要过程。此后,她更敢于写真留记,敢于直面父母,敢于面对鬼蜮,甚至敢于自主婚配、金殿面圣……皆因"笃于情者之所为"。

曲辞优美,刻画生动入微,活现"情痴"形态。如"睡荼蘼抓住裙衩线",一枝一叶,皆怜人意;"他捏这眼奈烦也天,咱嗷这口待酬言",一情一态犹如活现。最后,归结为撼人心魄的心灵呼喊:"这般花花草草由人恋,生生死死随人愿,便酸酸楚楚无人怨。待打并香魂一片,阴雨梅天,守的个梅根相见。"为了"由人恋""随人愿",她已"无怨"无悔,决意拼了这一片"香魂",也要"寻"个"梅根"相见!此情此意,足以惊神动鬼。

一惊一寻,姐妹篇章;两次游园,一略一详,匠心巧运。珍珠宝玉,交相辉映。此等精彩,无非凡功力者难能写出,亦非具有非凡功力者,难以演好!

第十三出 《诀谒》

【介】诀谒——诀仆干谒。柳梦梅不甘藏身荒圃,决心外出游访干谒。于是与跟随服侍他多年的老院公郭驼子依依惜别。老院公愿他衣锦还乡,预言与他必定再见。

【评】本出以生角戏和谐趣气氛调节前后出的旦角重头戏。此出趣在"驼上发挥"。郭驼的形象和【字字双】曲词,皆可博人一笑,逗活气氛。从生角戏情节发展来看,《诀谒》又是关目的一重要拐点:只有柳生自此走出岭南,才有后面的《谒遇》《旅寄》等情节展开。分手之际,郭驼一句"则要你衣锦还乡俺还见的你",暗示了后面柳生的高中和郭驼的《仆侦》。

第十四出 《写真》

【介】写真——写真留记。本出剧情:杜丽娘自花园寻梦后,真的病了。每日情思昏昏，日渐消瘦。为了留住青春容颜，她给自己精心描绘了一幅画像，形神兼备，妙若天仙。并即兴题诗一首，寄托情思。

【评】《写真》是继《惊梦》《寻梦》之后，描写杜丽娘的又一重要场次。"丽娘千古情痴"，再现"留真一节"，又为后面《拾画》张本。因此，从关目上看，此节也很重要，"若无此，后无可衍矣"。

此出妙在对写真过程的刻画，精彩细致：先从春香口中说出"十分容貌怕不上九分瞧"，从而引出要留住春容，"自行描画"。在一气连唱三曲的同时，"先展绡，次对镜"，揣思不定，反复评度，然后落墨；先画鼻、显腮斗、次樱唇、次柳眼、次云鬟、次眉黛、最后点睛；如见秋波欲动，又添眉间妆饰，再加湖山、青梅等背景，"徘徊宛转，次第如见"……充分表现丽娘何等自惜青春，珍爱生命，从而更显见她最后为情而殇逝是怎样至情和痛绝。自题一首："近睹分明似俨然，远观自在若飞仙。他年得傍蟾宫客，不在梅边在柳边。"既是自赞美貌青春、大胆宣示心中所爱，又是为剧情发展预留证据。

第十五出 《虏谍》

【介】虏谍——虏踪边谍。本出剧情：金主完颜亮已占半壁江山。闻说杭州西湖胜似人间天堂，乃召集文武，计议进犯南宋，夺取江南。

【评】大型传奇《牡丹亭》有两条情节线：一是主线：杜柳爱情；二是副线：宋金战争。将杜柳生死情恋的爱情故事，放在广阔的社会背景中来观照和展示，更显其深刻和真实，此其一；爱情婚姻与社会矛盾相绞合，剧情更跌宕，波折迭生，引人入胜，此其二；文武戏同场，静动交错，反差巨大，剧场效果更为强烈，此其三。噫，唯此大题材、大背景方显汤公大手笔！《虏谍》则是这一副线的开始，于此插入，恰到好处。

第十六出 《诘病》

【介】诘病——诘病问因。杜夫人见女儿厮病如此，弱不禁风。追问春香，才知是女儿游园惊梦，怕是触犯了柳精花妖，欲请巫师禳灾去邪除病魔。而杜太守则认为女儿点点年纪，知道什么，定是伤寒暑热，找医师看看就行，并忙于办公事去了。

【评】此出并后面的三四出，皆为过渡性或穿插场次，可能略显拖沓。不过《诘病》与《诊祟》从侧面写丽娘病况,亦未游离主线,且为《闹殇》做时间上的隔断;《道觋》和《牝贼》介绍石道姑和李全及其妻杨氏等次要人物,为后段剧情发展做准备。对爱女之病,夫人上心,老爷不急;小姐生病,丫鬟受责,均在情理之中,又从不同侧面表现了人物。

第十七出 《道觋》

【介】道觋——石姑道觋。觋,原指男巫,泛指巫师。道觋,指道姑自说自道巫觋。紫阳宫石道姑性情爽直,自述其先曾婚嫁、后才出家的石女身世,并应请去杜府祈禳。

【评】在汤公时代,《千字文》可谓妇孺皆知。石道姑独白套用其116处自述经历,虽属文字游戏,"晒文"笔墨,却也"与他曲套语可厌不同",肯定能收到别开生面的剧场效果。不过其中部分意涉猥亵,流于低俗,则为一疵。同时,"集唐"除下场诗中运用外,这里也开始剧中出现,熟悉者听到读来,别有雅趣。

与腐儒陈最良不同,石道姑除打诨谐趣外,在助丽娘还魂、婚走中,时时显出仗义一面。

第十八出 《诊祟》

【介】诊祟——医巫诊祟。陈最良和石道姑先后为丽娘治病。陈最良依中医把脉,按《毛诗》开方;石道姑按道法画符念咒。然而,其效甚微。

【评】先写陈最良治病,后写石道姑禳解,均与前戏接应。丽娘于闺塾中听讲《毛诗》,初开情窦;这里陈师傅"《毛诗》病用《毛诗》去医",依诗开方,活现老夫子之酸腐,谐谑成趣,且前后应照。师生联唱一曲【金索挂梧桐】,道出许多关切情谊。不过,由老学究陈师傅嘴中说出"抽一抽"的意涉低俗的话,有悖于情理身份,从哪方面看均属败絮。

第十九出 《牝贼》

【介】牝贼即女贼。投金汉将李全奉命率军骚扰淮扬。其妻杨氏梨花枪万人无敌,处处威风,李全一切遵听妇命。

【评】此出过场戏,承接《虏谍》,由投金叛将李全引出其妻杨氏,意在突出杨氏地位,李全畏妻,一切遵听妇命。所述奉命"骚扰淮扬",为杜宝《移镇》作垫。

第二十出 《闹殇》

【介】闹殇——丽娘之死。本出剧情：多情女杜丽娘香消玉殒于中秋之夜。痛煞杜宝夫妇。遵遗嘱将爱女葬于后花园梅树边，紫檀匣盛春容画轴殉葬太湖石下。为御金兵南犯，杜宝奉旨任安抚使镇守淮扬。临行前，割后园修梅花庵托石道姑看守，又请陈最良前后关照。

【评】《牡丹亭》共五十五出，以杜柳生死情恋为主线，以《闹殇》《回生》为分割点，全剧大致可分为三大段落。全剧以及每一段落，均按照传统戏剧"起、承、转、合"的构戏法则，设计情节，结构关目，形成矛盾冲突，层层承波迭澜，步步推向高潮，然后迅做一大转折，如此递经三阶段之三次承转，最后"合"于《圆驾》，结束全剧。

《闹殇》之前为第一大段落。写杜丽娘由生至死的过程。开先四出，作为起始场次，从《延师》《闺塾》开始铺衍剧情，至丽娘游园惊梦而情生，为情之一"承"，《寻梦》为情之二"承"，《写真》为情之三"承"，经三承之后，至此《闹殇》为一转，一阶段结束。本出为全剧的第一个高潮。写得悲绝凄惨，撼人心魄。

"世间何物似情浓？整一片断魂心痛。"久病恹恹的丽娘，弥留之夜，念叨的仍是一个"情"字。在人间团圆的中秋之夜，丽娘面临的却是生死决绝。她一边叩问"中秋月儿谁受用"？一边怨"恨苍穹，妒花风雨，偏在月明中"。如此风雨如磐，一病弱之身，如何经得起这一夜风雨，"怎能够月落重生灯再红"？真真字字催泪，曲曲断肠。

至此，"并下"，转场。于冷雨凄风中做一收煞。

接下"春香哭上：小姐一病伤春死了也！"云云，以及"圣旨"下达，小姐坟置梅花庵，等等，皆为转而又起也，为后面情节做必要交代。杜宝夫妇北上淮扬，又为剧情向纵深发展，分出一条支线。

第二十一出 《谒遇》

【介】谒遇——干谒遇知。本出剧情：柳梦梅来到香山岙多宝寺，拜谒钦差大人苗舜宾，自称是济世之才，当今真正献世之宝。从而打动了苗大人，并获得赴京旅费的资助。

【评】自本出至《回生》，为整部戏的第二大段落，叙杜丽娘死而复生的经过。舞台主角由第一阶段中以丽娘为主转而为以柳生为主。

《谒遇》上承《诀谒》，下启《旅寄》。香山岙即澳门。话本中无此情节，是汤公全新增加。万历十九年(1591)汤显祖南贬广东徐闻时，曾到过广州、澳门，并遇见过碧眼金发的西方传教士。本出内容有汤公此间见闻的影子。移上舞台，在当时颇为新潮，新奇别致、生面独开。剧中柳梦梅关于"宝物蠢尔无知，尚然无足而至"等一番议论，曲折地表达了怀才不遇者的愤懑不平；而"天子好见"，官府难求，"重瞳有眼苍天瞎"等，"亦是伤时之论"。

第二十二出 《旅寄》

【介】旅寄——病旅寄庵。柳梦梅北上赴京赶考途中，路经南安，风雪中不慎摔倒。恰遇陈最良搭救，并将柳生带往梅花观将养。

【评】本出虽属过渡场次，却也少不得：柳生若不于风雪中跌扑遇险，则不能引得陈最良搭救；不染疾将养，则不会在梅花庵暂住，也就无从引出《拾画》《玩真》，等等。关目设计，颇见匠心。陈最良救人过程，小小细节，短短数语，亦活现迂腐老书生的作派程式。

第二十三出 《冥判》

【介】冥判——冥府之判。本出写杜丽娘魂魄来到阎罗殿，胡判官听丽娘诉说惊梦痴情而亡，始不信，花神作证，且查婚姻簿，杜丽娘与柳梦梅确有前生姻缘未尽，乃放丽娘鬼魂出枉死城，随风去寻梦中人。

【评】《冥判》是汤公悉心打造的一出奇戏。有此，丽娘于生之死，又于死之生，才清晰可见；有此，才完成了《牡丹亭》惊神动鬼、入地问天、出生入死的完美结构。

作者遴选民间关于冥府的种种传说，且调动自己方方面面的积累，写得天花乱坠而又才情四溢：一曲正格只九句的【混江龙】，兴致来时，胡判官一气增唱六十多句，从"啸一声"到"天上消灾"，且歌且舞，正是"舞判"；聪明正直索"润笔"，金州银判"比阳世"，则哂笑谐谑，洋洋洒洒；接着"花间四友"，被随手拈来挥去，胡点瞎判，却又不失矩度。至若花神"数花"，报出三十九种，释出三十九忞，更是惊世才情，尽意泼洒。一个森森俨然的阴司,看似恐怖,却不失亲切,颇富人情;看似荒诞,却不失风趣,溢着喜气;看似游离,却切中肯綮,游刃于死生之间。汤公真旷世奇才也!

第二十四出 《拾画》

【介】拾画——梦梅拾画。柳梦梅大病初愈,偶知梅花庵后有花园一座,乘兴一游,于湖山石后拾得装有杜丽娘自画像的紫檀匣。以为是观音画轴,好不高兴,带回书房准备细览叩拜。

【评】《拾画》与随后的《玩真》是柳生的重点戏场。如果说此前着重展示柳生才高志远的一面,从拾画起,则转而着重展现其情挚情痴的一面。与言怀自述中因梦改名,恰是一种应照。此出围绕"拾"字设计情节:既要拾画,必去园林,为此,开戏于病愈、初霁,无处消闷解怀,从而引出游园,自然贴切。柳生游园所见"断垣低垛","水阁摧残,画船抛躲",等等,与丽娘游园之景暗相呼应,且景随情融,此心似彼。柳生在湖山石下拾得画匣,半展画幅,仅见美人,便认作观音画像,为《玩真》展礼留下余地,堪称妙处。

第二十五出 《忆女》

【介】忆女——萱堂忆女。在丽娘生忌之日,身在异乡淮扬的老夫人与春香上香祭奠,二人见物思人,黯然情伤。

【评】随着柳梦梅旅寄南安,原分头表述的杜、柳主线,稍后得以合二为一;而杜宝夫妇分出的一支,于此插入一表,恰是好处。针脚细密,线头不乱。慈母忆女,"割断的肝肠寸寸";女仆忆主,念"受恩无尽,赏春香还是你旧罗裙"。句句催泪,字字入髓。

第二十六出 《玩真》

【介】玩真——叫画玩真。柳梦梅回到书房将画像挂展开来,才发现并不是观音画像,而是一位手执青梅,身倚垂柳的人间女子行乐图,似曾梦中相识。遂在画上步韵和诗,每日早晚,玩之叫之,拜之赞之,痴情地切盼美女从画中走下来。

【评】此出《玩真》承接《拾画》而与之联璧,历来有"拾画叫画"之谓。又与《写真》前后呼应,熠熠生辉。连同"游园惊梦""春香闹学"

等,是历来演出最频繁、生命力最持久的几出折子戏,可见人们对其珍爱有加。

从【黄莺儿】到【莺啼序】前三曲,对画幅先远后近,先下而上进行品评。初以为是"观音",又猜度是"嫦娥",复又推翻,猛然"惊愕",记起梦中"似曾相识",通过细观帧首绝句。最后才判定"此乃人间女子行乐图也"!层层落箨剥笋,步步引人入境。接着写书生品画之情态:先是"端详停和",问她怎么柳呀梅的猜出自己姓名;尔后"四目相看","恁横波,来回顾影,不住的眼儿睃";尔后弄得晕情多多,"如愁欲语,只少口气儿呵"!尔后痴痴地直唤"美人,姐姐"!随心所欲,随口乱叫,简直觉得她"动凌波,盈盈欲下",忽地怎又"不见影儿那"!书生呆气,脱然活现,精彩传神,令人拍案叫绝。

第二十七出 《魂游》

【介】魂游——魂游故园。石道姑为杜丽娘拈香祈祷,丽娘亡魂飘然而至,重游后花园,闻得呼唤,不胜神伤。撒下些梅花瓣,悄然离去。

【评】《魂游》为下出《幽媾》做铺垫,不使突兀。这是丽娘鬼魂继《冥判》后的第二次登场,起首"下得望乡台"云云,均与《冥判》末尾紧连密接,可谓丝丝入扣。魂游旧地,处处生情。由远及近,层次清晰:远远地只见灯影,偶闻"人声";一路"转过牡丹亭,芍药栏,伤感断垣荒径",稍近才闻得"好一阵香也";入得庵堂,首见铺橙,次见青词,次见净瓶、残梅,为"留些踪迹",故意散落梅花片片,唱出"一点香销万点情"。不但层次不紊,妙词佳句如同口随心出,贴切自然。出首安排小道姑"游方到此",乃为后面《旁疑》《欢挠》设下伏笔。

第二十八出 《幽媾》

【介】幽媾——夤夜幽媾。媾,交合。本出剧情:杜丽娘游魂看见柳梦梅痴情于自己的画像,十分感动,深夜现身与柳生幽会。托身于梦梅,平生之愿足矣。柳生喜出望外,又岂敢忘情。于是,二人遂做夫妻,夜夜幽会于梅花庵。

【评】本出紧接上出,是杜丽娘与柳梦梅二位主角继"惊梦"之后,第二次同场对戏,因而重要。前为梦中之会,情意之恋;此为幽冥之会,人鬼之恋。有人疑问:既是"幽媾",何不直截入戏,却偏偏于旦魂上场前,由柳生唱下那足足九首曲子?

此正是汤公用心之处。从柳生的戏来看,此处紧承"玩真",在那里,柳生对丽娘画轴一见钟情。此处则深入一步,刻画其情真意挚。唯其如此,才值得丽娘感动,"待展香魂去近他",一对情痴,一拍即合。且此九支曲,曲曲工巧。可见臧晋叔改本将其中大部分曲删去,仅留一支【懒画眉】,是未谙汤公苦心。见绝色美女黉夜造访,柳生开门便问:"尊前何处,因何至此?"属情理之中,亦显出柳生乃谨慎之人。末尾又追问:"姐姐贵姓芳名?"更知柳生非浪荡之辈。对此二问,旦魂先是反问:"秀才,你猜来。"以问对问挡过,妙。后是答以"少不得花有根元玉有芽,待说时惹得风声大"。理由成立,语带双关,巧。

第二十九出 《旁疑》

【介】旁疑——道姑旁疑。石道姑发现柳生游园后,痴痴迷迷,晚上书房里唧唧哝哝,便疑心游方小道姑与柳生有染。小道姑难忍羞辱,与石道姑发生争执。经陈最良劝解,二道姑决定要探个究竟。

【评】《幽媾》之后,插入《旁疑》,是为后面的《欢挠》结扣作垫。虽属过场戏,却也别有谐趣:老道姑一上场脱口就是"人情常带三分疑",道出自己对柳秀才、小道姑二者"疑窦",已经引出趣头;接着,老、小道姑用道家经语相谑,更是"窈妙"生趣;再接下,陈学究上场凑局,劝以儒家典故,一番"藏姑待姑""大姑小姑""君子儒"加"姑不姑",牛头马嘴,天花乱坠,搅得笑料百出、满堂生风。

第三十出 《欢挠》

【介】欢挠——姑道挠欢。柳生与丽娘鬼魂幽会正欢,道姑们前来探测。门被敲开,丽娘隐身画后,又闪身飘然出门。柳生若无其事,众人茫然不解。

【评】由《旁疑》引出《欢挠》。乃观众意料中事,唯剧中人不知耳,因而造成悬念,看作者如何解扣,生出波澜。丽娘与柳生欢会,先是以"集唐"互对,显出才情,继之以酒果对酌,引出迭迭情话。当此之时,大、小道姑稍稍上场,敲门而入,引出搅欢故事。波推澜接,环环紧扣,见出排场之妙。场上唱白,妙语迭出,如"止因北上南安,凑着东邻西子","梅子酸似俺秀才,蕉花红似俺姐姐","美人憔悴,酸子情多",等等,更似锦上添花。

第三十一出 《缮备》

【介】缮备——修缮武备。本出剧情:杜宝镇守淮扬已三年。淮扬枕障江南,勾连塞北,为兵家必争之地。这天,杜宝在新筑城墙落成后的江边开宴,与将士们对酒临江,抒发感慨。

【评】此处又插入杜宝镇守淮扬一出,既呼应前后,又展示杜宝作为社稷之臣值得肯定的一面。"商人中纳"的情况,符合当时史实;所唱军旅曲辞,"三千客两行,百二关重壮"造出边塞气息,颇具元曲本色。

第三十二出 《冥誓》

【介】盟誓——杜柳盟誓。丽娘与梦梅的人鬼之恋,日渐弥深。为早日还阳,丽娘终于在柳生盟誓后,向他讲明真情。柳生亦为丽娘至情所动,于是共商还阳之策。

【评】《冥誓》是丽娘"由死之生"过程中重要一出。如果说"冥判"是其发端,经过与柳生初会于"幽媾",再会于"欢挠",此为第三次幽冥之会,颇见关目递次。这次幽会,人物上下安排也与前两次不同:生先上后下再旦上,由旦在房中候生,显出变化。说出真情一段,细腻而有层次:起始以集唐暗托心事,然后围绕"拈香盟誓",由"笑"而"叹","欲说又止",就是捏住不说自己出处;盟香之后,感其诚而泣,但仍远远从画轴说来,坦露身世;到要害处,又先"剪了灯",再复说出"未是人,是鬼";随后,围绕着发墓还魂,和盘告与柳生,自己"三光不灭""一灵未歇",以定其惊惧;又交代"可与姑姑计议而行",以壮其胆力;然后飘然而下。情节发展如流水迭波,灵动而飘逸。然则魂旦落场后又复上,又叮咛,又跪嘱,乃为坚其心志。节节感人,迭起波澜,更显出丽娘"为柳郎而死"又"为柳郎而生"不灭的真情,自始至终"直为情至而然"。

第三十三出 《秘议》

【介】秘议——生姑秘议。本出剧情:柳梦梅向石道姑说明真情,诚托相帮,并秘密商定掘墓开棺助杜丽娘起死回生的计划。

【评】此出与下出《诇药》,皆过场小戏,为杜丽娘回生做准备,均似可有可无。柳生发墓找道姑秘议,乃丽娘上出就有交代;小姐回生须备些定魂汤药,也不是非得在此说出不可。至于石道姑三惊,以及说出"大明律开棺见尸,不分首从皆斩","你宋书生是看不着皇明例"云云,宋代人说明代事,属"当行谑语"。戏曲中,剧中人插科打诨,时有前代人谈后代事,如沈采《千金记》中,秦末乌江亭长却念出唐人杜牧诗句。《春芜记》中,楚国王竟有"不怕府县三司作"之句等,皆调谑写法。

第三十四出 《诇药》

【介】诇药——叩医求药。诇,寻求。石道姑到陈最良所开药铺讨教打探一番,为杜丽娘准备好安魂药。

【评】此出紧接上出,趣在调侃。除石道姑谎编小道姑赛江神时遇凶煞,以诓骗陈最良的安魂药"烧裆散",属剧情之所需,余皆道儒相谑。对白十分简当,然却时涉污猥。

第三十五出 《回生》

【介】回生——丽娘还魂。柳梦梅在石道姑和其侄癞头鼋的帮助下,在后花园梅树下,毅然掘墓开棺,终使为情而死三载之久的杜丽娘还魂回生。

【评】《回生》是全剧的第二个高潮,是杜柳爱情"人鬼之恋"的收煞。杜丽娘为获得美好爱情由生之死,又由死之生的执着追求,终于"幽契重生",果然"月落重生灯再红"。这是"至情"的胜利。嗣后,剧情从"自由爱情获得胜利",转而围绕"自主婚姻获得认可"来展开。

丽娘还魂回生,睁眼之初,问她可认得、记得,皆茫然不语,却突然问:"只那个是柳郎?"可见她至情所系,乃梦中之人。笔如神来,妙绝妙绝。亦可见汤公对待细节,一如狮子搏象,全力以赴,绝不放过。

臧懋循对丽娘回生即唱【金蕉叶】颇以为然:"丽娘还魂,惟有扶土伏几,待其渐醒而已,岂唱【金蕉叶】引上场时乎?"而朱墨本(茅远士评点)却说【金蕉叶】"像还魂时光景"。并盛赞【尾声】中最后一句"可知道洗棺尘,都是这高唐观中雨",乃"结语奇秀"。见仁见智,读者当自评判。

第三十六出 《婚走》

【介】婚走——成婚出走。为避免掘墓开棺可能招致的麻烦,依石道姑建议,梦梅与起死回生的丽娘即刻成婚,拜过天地,然后乘船出走,直赴临安应试。石道姑一同随往,以便照顾丽娘。

【评】《回生》之后紧接《婚走》,由此转入全剧第三大段落:杜柳自主婚姻为获认可所历之坎坎坷坷。本出之妙,在于节奏极富变化。先是舒缓而起,"叹梦境重开,情丝不断",与上节相衔;陈最良突然楔入,随即逼紧,节奏由此而加快,而成亲,而婚走;至"拢船登舟"后,复又放缓,颇具法度。而陈老之来,为《骇变》张本,以后种种曲折,皆从此生出。连同石道姑一同带走,又是一妙,既合情理,又便于"做"戏。

丽娘复活后,议及婚姻之事,说要问过"父母",请个"媒人",皆因"前夕鬼也,今日人也,鬼可虚情,人须实礼"。点出前是头脑中"想"出来的事儿,此才是现实中要"做"的事儿,直指后段要害,在于"实礼"之争。说明丽娘对面临的境况及后面的困难十分清醒,却并不畏惧。剧中曲辞,或文而不迂,或平白如话,各皆佳妙。

第三十七出 《骇变》

【介】骇变——腐儒惊变。本出剧情:有看墓之责的陈最良这早来梅花庵,约柳梦梅一同为丽娘扫墓。却发现人去房空,墓棺被掘,尸首不见,悲愤填膺。认定是柳梦梅和石道姑盗墓抛尸,尔后一同私奔了。遂向官府报了案,并连夜赶往淮扬报知杜宝夫妇。

【评】这是陈最良的独角过场小戏。写其发现小姐之墓被发的过程,缓起紧托,步步递进,十分紧凑精彩。随着杜柳婚走,同赴临安,陈最良又"星夜赶往淮扬"报案,故事主线于此转场北抬,从南安移向淮扬、临安方向发展。自此之后,杜柳婚姻与宋金战争主、辅两线,渐渐抽紧,针脚加密,线头交错,跌宕生变。

第三十八出 《淮警》

【介】淮警——淮安之警。降金贼将李全为金兵南侵开路,他依照夫人"围城打援"之计来对付杜宝。决定先围了淮安城,待杜宝从扬州分兵来救时,"断其声援,于中取事"。

【评】前评所述,后面线索渐渐抽紧。从何而紧?唯"淮警"最能一紧百紧。只有李全"先围了淮安",才有杜宝《移镇》,而夫妇分道;才有《耽试》延期发榜,并小姐"急难",柳郎行探,等等。此后数出,多为情节交代戏(因而常被后世改编者所删并)。总的看,大都场次短截,急缓相参,关目曲折,悬念迭起。

第三十九出 《如杭》

【介】如杭——夫妻如杭。杜柳一行来到京都临安,新婚燕尔,恩爱绵绵。忽听石道姑传来信息:考期已到。柳梦梅急忙准备应试。

【评】前出刀枪剑戟,军情似火;此出诗酒旅舍,夫妻恩爱。一急一缓,一武一文,关目巧在有变。只有在如此场合,丽娘、柳生才可饮酒论诗,谈及"梅边柳边"之事,十分自然贴切,又呼应前情,交代因果。由是人评云"此段断不可少"。断不可少者还在于,临安(杭州)乃全本戏矛盾归结之地,人物集中之地,先有丽娘、柳生"如杭",才有后来此地"遇母",此地"索元",此地"圆驾"。无此,后戏均无落脚。道姑传来"选场"考试一事,丽娘随即将眼前酒当饯行酒,看似随手变化,却是巧构在前,极便场上做戏。【小措大】曲牌杜、柳先后连唱,从一到十,又从十到一,顺来倒去,既生情趣,又显杜柳才情,切合人物。

第四十出 《仆侦》

【介】仆侦——仆侦主讯。郭驼从岭南一路找到南安府,打探柳梦梅的消息,遇见癞头鼋,得知主人行踪,随即赶赴临安。

【评】本出纯属调节性过场小戏。由小癞与老驼,一丑一净两人逗戏,充满谐趣。此二人地位皆属下等,且各有生理缺陷,却不失情义。戏由柳生赠小癞一领"黑海青"长袍引起;老驼终场转赴临安,又为后面的《索元》埋下伏笔。

第四十一出 《耽试》

【介】耽试——耽试告遗。柳梦梅赶赴考场,不料试期已过。他再三恳求并以死明志,终获主考官苗舜宾大人的恩准得以补考。相对于其他应试生,梦梅更为出色的答卷得到赏识。但金兵已杀近淮扬,震动京都,朝廷命杜宝前去迎敌,并推迟放榜日期。

【评】此出《耽试》,笔带讥刺、语近调侃。作者通过柳梦梅告遗补录,对封建科举从试制到效果均予以否定式嘲讽。所谓考官,是"猫儿睛",只识"真宝",不懂文章;所谓考题,模棱两可,似是而非;所谓考试,掩人耳目,可遗可补;所谓举才,随意人情,随心所欲。只因柳生在南海干谒过主考官,即准补考,并点荐为状元。这里的调侃和揶揄,意不在于说柳生无才,而在于讥刺试制试官,均与作者经历及当时科举弊端有关。末尾,一封"边情"急报,剧情急转,放榜延期,并引出《移稹》,随后生出种种枝节。

第四十二出 《移镇》

【介】移镇——移镇分道。本出剧情:李全犯淮,杜宝奉旨赴淮安抗敌。乘船途中又接圣旨,须弃船乘马,星夜火速赴淮。他只好让夫人携春香取道往临安暂避战乱,自己只身引军赴敌。老夫妻怆然泣别。

【评】李全袭淮,杜宝奉旨移镇淮安。半途又因事态突变,导致杜宝走马红亭,夫人船转临安,后面丽娘《遇母》才有可能,《寇间》才有戏做。一切皆在变化,关目活脱,跌宕多姿。杜宝虽失爱女,然则拒不"纳妾",正合其端正自持的谨严性格,又显出他以国事为重的一面。【长拍】一曲,写江上秋景,"天意初秋,金风微度","浪花飞吐,点点白鸥飞近渡……何处菱歌,唤起江湖"。庄而秀丽,调似盛唐,系佳妙曲辞。

第四十三出 《御淮》

【介】御淮——淮安御敌。杜宝率兵抵达淮安,冲入围城,鼓舞淮安军民同心御敌。杜宝与李全在淮安城内外对峙。

【评】本出有鏖战场面,武戏插入,排场热烈,显出变化。杜宝临危受命,亲赴战场,率军解万死之围,颇见英武之气。【六幺令】等曲风格豪壮,"正宜铁绰板、铜琵琶歌之,不妨壮也"。

第四十四出 《急难》

【介】急难——急难寻探。杜丽娘听说淮扬战事,担心父母安危。柳梦梅考场回来,受丽娘之托,立即前往淮扬打探杜宝夫妇消息,夫妻依依惜别。

【评】前面,杜宝与夫人分道,剧情已另出一枝;这里,丽娘让柳郎赴淮扬打探父母消息,是又生出一枝,并由此引出《闹宴》《硬拷》,等等。全剧开始构设大团圆前的大错综、大起伏的大关目排场。

丽娘回生之后,时时以父母为念,听说寇侵淮扬,更是心急火燎。既符合形势之变的情理,又与杜宝执古不变形成对比。丽娘担心父亲"执古妆乔",要柳郎带上"春容"画轴,以便证明女婿身份。岂不知柳郎后面几被"春容"赚杀。这里便是设伏埋机处。

第四十五出 《寇间》

【介】寇间——贼寇使间。本出剧情:陈最良辗转来到淮安城下,却被贼寇拿住。李全夫妇趁机使间,骗他说已杀了杜夫人及春香,故意放他进城给杜宝传信,以挫杜宝斗志。

【评】《寇间》及《折寇》《围释》三出,集中写宋金战争。期间,关键性的串连人物是陈最良。他赶来淮扬本是为报送发墓消息,却被李全捉住,成了杨氏用计劝降的间使。下出见到杜宝后,又反被杜宝所用,离间李全与金邦,说通杨氏归降南宋,因而围释。功成。战争结束。只是误报夫人、春香死讯,留下一扣,牵引主要剧情继续深化发展。构思奇巧、错综跌宕。剧中陈最良东拉西扯以儒典说兵法;老眼昏花,惊恐中错认夫人、春香首级,既合剧中情境,又活现老学究迂腐胆怯本色。紧张中溢出轻快,甚趣。

第四十六出 《折寇》

【介】折寇——反间折寇。杜宝在淮安城中想出破敌一计,苦于无合适之人相助。恰巧陈最良来到,报丧劝降。杜宝忍下悲愤,劝使陈最良再入贼营送信,以行破敌之计。

【评】此出紧接前场,杜宝利用陈最良提供的信息,察出其中奥妙,在杨氏身上做文章,显出智慧。前后同是用计,却两种写法,两相对比:前者笔带谐谑;此出全是正写。符合人物身份,反映作者态度。当杜宝闻说夫人、春香遇难,小姐坟墓被盗,不禁潸然垂泪,转而即说:"我怎能乱了方寸,灰了军心,身为将怎顾的私?"表现了为国忘私的品格。对于杜宝,无论写他勤政爱民、忠勇为国,还是执古傲慢、固守道统,作者始终是正面刻画,无有半点游戏谐谑。说明作者并非要否定他,只是展示他,让读者去评去判。

第四十七出 《围释》

【介】围释——溜金释围。本出剧情:金主使者到李全帐中,喝酒调戏其妻,惹怒李全夫妇。陈最良带来杜宝的劝降信。李全夫妇迫于形势,权衡利弊,同意归宋,从而解除了淮扬之围。

【评】在《围释》中,杜宝用腐儒当说客,竟然成功释围,看似近于荒诞,实则是"以滑稽笔法针砭时事"。剧中一切科诨"极尽聪明巧妙",作者"一肚皮不合时宜",也都借此"发泄尽矣"。如,所封"讨金娘娘",所云"但是娘娘要金子,都来宋朝取用",等等,正与明朝用金珠招抚俺答三娘子相表对。然则,若无金邦"那颜"调戏杨氏,惹得李全撕破脸皮,那颜受辱愤然离去,要"叫人相杀"一段,则李全夫妇归顺未免牵强,难可全信。所以,此段断不可少。于此亦证作者用心之细、构思之巧。随着围释,李全夫妇引兵撤归海上,战争情节圆满休煞。只留下杜柳小夫妇与杜宝老夫妇之间的线索与戏扣了。

第四十八出 《遇母》

【介】遇母——临安遇母。杜夫人和春香辗转到达临安,夜晚借宿,恰巧是杜丽娘所赁居所。母女意外重逢,一阵疑辨之后,悲喜交加,激动万分。

【评】要写老、少夫妇大团圆,先写母女相遇,从缓处解扣。要得。欲写母女相遇,先从丽娘和道姑口中述出"淮扬兵乱、开榜稽迟""柳郎打探"等,与先前线索一一对接。然后遣走道姑独留丽娘,从暗中做起——设局精巧。老夫人与春香摸黑进屋,暗中生寂,闻声生疑,疑人为鬼,由是惊恐,避之唯恐不及;而小姐先一步认出母亲,由疑转喜,却被疑是鬼,不得亲近,转而生悲,因而应声反而渐低;待到道姑前来,暗转灯明,一切惊疑俱悉,母女相拥而泣。层层节节,均皆刻画得分明细致,真切动人,极有戏做。就连道姑持灯,先照地见满地黄钱,然后才照见人,认出夫人,也都切合生活情境。母女相认后,连唱带诉的几首曲子,写得极佳。如"肠断三年,怎坠海明珠去复旋"?"看时儿立地,叫时娘各天","鬼不要,人不嫌,不是前生断,今生怎得连"。字字动人心魄,催人泪落。

第四十九出 《淮泊》

【介】淮泊——淮泊秋风。为寻岳父,柳梦梅一路来到淮安,歇店无钱、忍饥挨饿,只得暂息"漂母祠"。

【评】上出母女相遇之后,自此剧情一转,叙写柳梦梅淮安打探一线,引出"闹宴""硬拷"等翁婿正面冲突。于中又穿插朝廷"索元"、驼仆寻主等情节,层层逼紧,直向高潮。柳生到扬州扑空,一路辗转至淮安,已是囊中空空,"客路贫难"。落泊之时,又偏遇"水银"变活,杜宝告示"从无女婿亲闲杂",店家死活不买账。因而,只得一落荒野古祠栖身。此为下节"闹宴"做铺垫,是高中状元之大起之前的一大落;后面还将二落牢囚,三落吊打。然后是翁婿面圣,矛盾直冲金殿。

第五十出 《闹宴》

【介】闹宴——婿闹翁宴。本出剧情:杜宝在官衙为淮安围释大摆宴席。柳梦梅破衣垢面前来认岳父,却被当作骗吃骗喝的穷酸无赖,拒之门外。他愤然怒打中军门官,被杜宝捆绑起来,押解临安。

【评】《闹宴》紧接前场,直写翁婿冲突。分层推进,两相对比,颇为生动:开先,柳生以"杜老爷女婿拜见",求于府门之外,杜宝以为是"画师"打秋风,以"军务不闲"相推不见;接下,柳生又再次告进于太平宴席间,恼得杜宝下令驱赶;到后来,柳生"饥困难忍","不免冲席而进",杜宝震怒,着令"中军拿下"。柳生闹宴,终以落入牢囚告结。

剧中柳生"破衣、破帽、破裙袄、破雨伞、破画儿",一副寒碜;杜宝却是"锦帐、金貂、金佩肘、玉垂腰"八面威风。翁婿之间,一贵一贫,一饱一饥,对照鲜明。即便同是秋景,杜宝眼中是"浪卷云浮,长淮千骑雁行秋";梦梅唱出却是"穷愁客愁,正摇落雁飞时候。心态情境,迥然各异。

第五十一出 《榜下》

【介】榜下——敕颁金榜。陈最良奉杜宝之命到京师详奏招安李全之事;主考官苗舜宾奏请皇帝敕发金榜。皇帝钦点柳梦梅状元及第,命陈最良为黄门奏事官,请新科状元赴琼林宴。

【评】此出提起"状元"一线,前与《耽试》一出相应照,后为《索元》一出做先声。穿插在柳生与杜宝冲突之间,调节节奏,显出关巧。剧中,苗翰林见陈最良,惊云又是遗才报考,以及王枢密云陈最良夹带一篇海贼文字,"到中的快",皆是以调侃之语来针砭时弊。而陈最良一个迂腐透顶的酸老秀才,却以"有奔走口舌之才"被钦命为"黄门奏事官",令人啼笑皆非。特别是他身穿"破衣巾",得意自云:"先师孔夫子,未得见周王,本朝圣天子,得睹我陈最良,非小可也。"极显腐儒得意情态。可见,剧中只要有陈腐儒一掺和捣搅,便谐趣横生,满堂有笑。

第五十二出 《索元》

【介】索元——寻索状元。本出剧情:郭驼一路寻主来到京城。军校们沿街寻呼并不认识的新科状元柳梦梅,正巧碰上郭驼,便一起索寻……

【评】《索元》犹如喜剧过场,科诨谐趣充满欢快,令人解颐。军校索元,巧遇郭驼,一为聚合剧中人物,二为表演中增添喜剧色彩,三为随后《硬拷》中老仆救主埋下伏笔。【香柳娘】等曲辞,"每每从柳字生情",既有巧趣,又生奇趣。

第五十三出 《硬拷》

【介】硬拷——拷打状元。杜宝平章回到临安,硬审吊打柳梦梅,要他招认掘墓盗宝之罪。柳申辩无据,死不认罪。正巧,军校及郭驼寻找状元到此,苗舜宾又来证实状元不假,解救了他。但杜宝依然认为女儿还魂是妖孽成精作怪,要陈最良呈报皇上,必须"奏闻灭除"。

【评】此出承接《闹宴》,续写翁婿直面冲突,是柳生大起大贵前的第三遭难落:被吊打平章府(第一遭淮泊漂母祠,第二遭闹宴入囚牢)。上节柳生被囚,自以为丈人"怕俺寒儒薄相,故意不行识认",在众人面前丢了脸面。因而这里主动拿出护身之符:小姐"春容"图。谁知更惹大祸,被杜宝一眼认出是随葬之物,判定柳生是盗墓之贼。悲愤交加,先是"采下打",继而"取桃条打",再而"高吊起打"。冲撞辩驳之中,尽显书生憨痴,老爷执傲。郭驼发现主人被吊打,怒将拐杖击平章,显出老仆忠义;柳生听说自己高中状元,顾不得疼痛,立马要郭驼"快向钱塘门外报与杜小姐知道",可见书生情挚,一心系于丽娘。杜宝则依然不信不认,愤愤然要将此"妖孽之事""奏闻灭除",预示随后还有更大风暴,将矛盾直推高潮。

曲辞【折桂令】颇具本色,【沽美酒】(带太平令),高华流丽,【雁儿落】(带得胜令),则欠雅,"不似对丈人语"也。

第五十四出 《闻喜》

【介】闻喜——母女闻喜。杜丽娘正在思念父婿,忽闻喜报:柳梦梅高中状元,杜宝高升平章;而丈人不认女婿的消息,又令丽娘喜中有忧,且奉旨前去朝见圣上。

【评】《闻喜》是《圆驾》的先声。大团圆必须丽娘、老夫人等悉数到场。又借军校之口,将杜宝高升、柳生高中、翁婿冲突、平章动本,以及要"平章、状元和小姐三人,驾前勘对,方取圣裁"等前段情事和当前圣旨一一说出。全剧高潮波澜直涌殿前。

然而,此出开戏,仍从丫鬟整绣床,小姐温针指开始。平平起来,使人似见全剧开始时杜府之情境,首尾远远照应。又与上出"硬拷",下出"圆驾"之激烈热闹,形成鲜明对比——构局高妙。"秋风吹冷破窗纱,夫婿扬州不到家。玉指泪弹江北草,金针闲刺岭南花。"丽娘此四句上场诗,又是绝好佳词,透出中唐风味。【罗江怨】一曲,从"梦园"到"阴司",爱河边畔题红叶,鬼门关头望秋月,写丽娘情思缠绵,灵犀一点,穿透幽明。《牡丹亭》言情之旨,一径贯通。而春香询问小姐:"你和柳郎梦里、阴司里,两下光景如何?""阴司可也有好耍子处?"再现至亲跟随、顽皮丫鬟的好奇和憨萌。

第五十五出 《圆驾》

【介】圆驾——金殿圆驾。本出剧情:杜丽娘和杜宝、柳梦梅及杜母等，先后来到金殿之上，接受皇帝的亲询、裁夺。通过争执、勘对、调解，固执的杜宝仍然拒不认女允婚。最后，圣旨宣下，全家人终于团圆。

【评】《圆驾》是全剧的大高潮，是全戏矛盾的大收煞。臧晋叔说："传奇至底板，其间情意已竭尽无余矣，独此折夫妻父子俱不识认，又做一翻公案，当是千古绝调。"此评中肯。即使到最后圣旨下达，"敕赐团圆"，翁婿仍未和合，矛盾并未完全解决。翁之固执，婿之倔傲，仍跃然眼前。此等曲已终而意无穷，不落俗套，合当喝彩。

此出又是欢乐场子，自始至终透着热闹。圣殿排场金碧生辉。

先写翁婿冲辩，既与上出相承，又引出丽娘上场作人身勘对。杜宝一见女儿，便咬定是"花妖狐媚"，奏过要打；待"照胆镜"鉴定为人，小姐自述，柳生质证，并母亲指认，陛下钦定"重生无疑"，杜宝仍要她"离异了柳梦梅回去认你"；只认女儿，不认婚姻，说穿了是因为杜柳是"自媒自婚"，有忤名教，有损自己官声。可见，在维护封建礼教、坚守封建道统方面，杜宝真乃死硬分子。

丽娘上殿见"似这般狰狞汉叫喳喳，在阎浮殿见了些青面獠牙，也不似今番怕"，颇带讥刺；她大胆面圣，坦承自己因情而亡以及自媒自婚的正当理由；见了父母、夫婿，真情涌动。当父亲要她离了柳生，"回去认你"——怎么可能？死去活来所恋所求，也只为柳生。面对如此不通情理的"前生的爹"，她表示，要俺"赴了柳衙""回杜家"，无论如何也"叫不转"，做不到！——真乃可怜可爱、可钦可敬之至情女神也！

与之相应衬，柳梦梅也堪称痴情种子。他因梦即改名立愿；拾得丽娘春容，即爱慕之至，玩、叫、礼、拜，终日不倦；既与旦魂情交幽合，即以为有精有血而不疑；又谋诸石姑，开棺掘墓而不骇；及走淮扬道上，苦认妇翁，吃尽痛棒而不悔。他对丽娘的爱恋，从未动摇变易过。他对杜宝愤愤然，也更主要是因其不承认他与丽娘的爱情和婚姻。柳梦梅除了诚挚痴情一面，他同时又是一位正直倔傲、倜傥豪达的才子。

其余上场人物：老夫人、春香满是人情，是可亲敬之善良的人；郭驼、石姑、癞头等，个个均有情有义。唯独陈最良，则不只又酸又腐，不谙人情、不通情义,且无原则,一切以陈腐典则为依归,视眼前利害而苟且,乃最可笑可叹之人也。

圆驾之时,众唱"姻缘诧""福分大",同叹"齐见驾,真喜洽",柳梦梅要"把牡丹亭梦影双描画"。最后一句,杜丽娘骄傲地宣称:"普天下做鬼的有情谁似咱!"再次点明了全剧的言情主旨。

一部惊神动鬼,入死出生的爱情悲喜剧,终以至情真爱得高扬,自主婚姻被认可而告圆满落幕——这是自主婚姻的胜利,更是人生至情的胜利。

附注:关于《牡丹亭》中的"集唐"诗。全本共出现"集唐"诗69首,计280句,分别集自129位诗家的270余首诗。这280句"集唐"所出自的诗家姓名及具体篇目,在本人的《牡丹亭·评注》(中国戏剧出版社,2010年)的"注释"和附文中,均已一一做出注释和说明。唯第三十五出《回生》下场诗集句"随君此去出泉台",三妇本注作者为"景舜英",却未标明所出篇目。当时,查《全唐诗》等等,均未见此人此句。于是,存疑为司马扎《送孔恂入洛》中"送君此去心如何"句所化。误。现已查实,应出自景舜英的诗篇《留金扼臂赠别》:"恩情未足晓光催,数朵眠花未得开。却羡一双金扼臂,随君此去出泉台。"至此,《牡丹亭》中280句"集唐"出处,业已全部查明勘实。不亦慰乎!故在此特予注明。

作者单位:抚州汤显祖国际研究中心

《牡丹亭》开启中国戏剧舞台新的纪元

龚国光

谭正璧说过:"汤显祖是中国古典戏曲史上由简陋的宋元戏文进展而为体制比较完整的明代传奇以来的第一个伟大戏剧作家。"①谭老先生以极其精练的语言,概括了汤翁在中国古典戏曲发展史独特的历史地位。就是说,汤显祖作为"第一个伟大戏剧作家",不仅引领了中国戏剧潮流的导向,而且给中国戏曲舞台艺术带来了翻天覆地的变化,添入了诸多前所未有的表演元素。自《牡丹亭》问世四百余年来,人们对这部作品的兴趣从未停歇。因其呈现出非同一般的睿智、胆识与才略尤显五光十色、异彩纷呈,它仿佛是一座永不枯竭的矿藏,吸引着人们对其做不懈的探索。田仲一成在阐述宗教祭祀与中国戏剧起源的关系问题时说:

> 东方中国宗族制家庭悲剧里,每个男女主人翁陷于悲苦命运,自己甘于苦命,依靠玉帝、观音等神佛的同情,才得以超出苦命图圄……其中唯有《牡丹亭还魂记》之杜丽娘似乎是依靠自己的努力(梦想而求)而获得"复活",显出中国戏剧所踏进的新阶段。②

所谓"显出中国戏剧所踏进的新阶段",是指中国戏剧思维结构模式从

---

① 谭正璧:《汤显祖戏剧本事的历史探溯》,《戏剧研究》1960 年第 1 期。
② [日]田仲一成:《论中国戏剧从宗教祭祀中产生的过程和环境·结论》,《东亚农村祭祀戏剧比较研究》,东京大学东洋文化研究所,1992 年。

此发生了本质和深刻的变化而进入一个崭新的境界。如果说,此前的戏剧结构模式始终摆脱不了神佛的祈求,仍或多或少流露出一种原始宗教神灵护佑痕迹的话,那么,自《牡丹亭》出,便冲破了这种依靠神佛解决问题的套路,而凭借个体的努力即人的力量,与封建权势(包括封建家庭伦理)做殊死的拼争,并取得"复活"的胜利。它预示着中国戏剧思维结构模式,以及随之而来的中国戏剧舞台表演的大变革已进入一个新的纪元。

一、创作《牡丹亭》的哲学基础与蕴涵

江西理学的社会影响极其深远。江西王学传人不仅在传承王学方面全面继承王阳明"事不师古,言不称师"的气质禀性,而且他们在实践中也始终坚持"知行合一"的学术样式,从而推动了江西理学"独立不惧,卓尔不群"学风的形成。这里要特别提及的是作为"阳明后学"的泰州学派。其创始人王艮为江苏泰州人,故称"泰州学派"。王艮的第一位江西籍弟子是徐樾,贵溪人;第二位是颜钧,永新人;第三位是罗汝芳,南城人;第四位是何心隐,永丰人。因此,泰州学派从某种意义上亦称"江西学派"。这一学派主张"百姓日用即道",以揣摩为妙语,纵恣为自然。何心隐、罗汝芳认为"心"是万物本源,"以赤子良心不学不虑为的",具有"狂禅"意味。

汤显祖少年时期便接受程朱理学的传统教育,后来结识泰州学派家乡人罗汝芳,受他影响很大。同时佩服泰州学派中坚思想家李贽的"童心说",并在此基础上提出自己的"情至说"。一部《牡丹亭》,发出了在封建专制重压下青年要求个性解放,争取爱情自由、婚姻自主的呼声,控诉了封建礼教对人们幸福生活、美好理想的扼杀与摧残,当时无疑是被封建礼教斥之为"异端"的。方志远等说:

> 明代江西文化中的异端文化,却是真正的民众文化。其实,历史上所有伟大的思想家,其思想在开始时大多都被视为"异

端"。因为他们总是要挑战传统,总是因为代表人民的愿望而为统治者所不容。①

万历三十年(1602),礼科给事中张问达疏劾李贽,李被无辜逮捕。月余,李贽于狱中自杀。汤显祖有《叹卓老》诗以祭:"自是精灵爱出家,钵头何必向京华?知教笑舞临刀杖,烂醉诸天雨杂花。"次年,汤显祖佛界挚友释达观(真可、紫柏老人)言行多与名教抵触,和李贽一样被奸贼所陷入狱,并死于狱中。汤显祖有《西哭三首》以悼,其第三首云:"三年江上别,病余秋气凄。万物随黄落,伤心紫柏西。"李贽和紫柏的死,对于汤显祖的震动是巨大的。汤显祖深知,用个人力量和封建势力拼争,无异于以卵击石。这就存在一个斗争的策略问题,能否用"曲意"之笔做"弱者"的呼喊与抗争?汤显祖毅然决然地选择了"戏剧"这一斗争形式,继续着李贽和紫柏的未竟事业。汤显祖在《答凌初成》信中,明确指出,《牡丹亭》一剧,"其中骀荡淫夷,转在笔墨之外耳"②。这是什么意思呢?他在《寄石楚阳苏州》信中,又有这样的话:"有李百泉先生者,见其《焚书》,'畸人'也。肯为求其书,寄我'骀荡'否?"③由此我们明白,所谓"寄我骀荡",所谓"转在笔墨之外",其意指《牡丹亭》是继李贽《焚书》之后另一类的叛逆反抗,而且这种反抗是运用幻想的世界和充满鬼神的形象对现实的历史痛加鞭挞的。侯外庐说:

> 如果从哲学和历史的角度去分析"物之理",势必不免于李贽、紫柏的厄运,这就使得汤显祖不能不从幻想的形式,去作弱者的抗议。……《牡丹亭》之所以是超过了《西厢记》的艺术发展,其关键就在于:第一,创造了两种神来集中地反映社会的矛盾;第二,用不甘于黑暗而死、并因获得光明而生的手法来从幻想中解

---

① 方志远、谢宏维:《江西通史·明代卷》,江西人民出版社,2009年,第356页。
② 〔明〕汤显祖:《答凌初成》,徐朔方笺校:《汤显祖诗文集》卷四十七,第1345页。
③ 〔明〕汤显祖:《寄石楚阳苏州》,徐朔方笺校:《汤显祖诗文集》卷四十四,第1247页。

决社会的矛盾,因此,"死者生之"的背后是一幅斗争的图景。①

这段话深刻揭示了《牡丹亭》内核中最本质的东西。汤翁的禀性,和李贽、紫柏一样,他们都是封建社会中逆潮流而动的披肝沥胆的"圣哲"与大无畏者。汤显祖所以选择戏剧,是因为它是可以在有效保护自己生存的条件下,更有利于向黑暗的封建社会的投枪。陈继儒《牡丹亭题词》中,记述了这样一件事:

> 张新建相国尝语汤临川云:"以君之辨才,握尘而登皋比,何渠出濂、洛、关、闽下?而逗漏于碧箫红牙队间,将无为青青子衿所笑!"临川曰:"某与吾师终日共讲学,而人不解也。师讲性,某讲情。"张公无以应……化梦还觉,化情归性,虽善谈名理者,其孰能与于斯!②

张位,南昌新建人,官居相国。他对汤显祖的才学极其赏识,但对其从事戏剧创作却多有微词,汤显祖对此似乎并不买账,这就是所谓"道不同,不相与谋"。但话又说回来,汤显祖通过戏剧,运用"曲意"之笔来阐述自己的理念,他的哲学机锋和理辨之才,又在濂、洛、关、闽之下?《红楼梦》卷首诗云:"满纸荒唐言,一把辛酸泪。都云作者痴,谁解其中味。"曹雪芹用小说这一形式透析了自己的泣血之言,而汤显祖则早在曹雪芹一百余年前便运用戏剧这一形式走了这条反抗之路。一部《牡丹亭》,在"性"与"情"的对垒中,早已名扬四海、千古不朽。这的确是张位未曾料到的。无与伦比的人格魅力和创作《牡丹亭》所蕴涵的厚重的人文精神,深刻映照着汤翁艰辛的创作历程。戏剧对于他,不是消遣,不是把玩,而是战斗,是投枪,是一种理想的寄托与归

---

① 侯外庐:《汤显祖牡丹亭还魂记外传》,毛效同编:《汤显祖研究资料汇编》,第1070页。

② 〔明〕陈继儒:《晚香堂小品》卷二十二,同上,第855页。

宿。因此,我们可以说,《牡丹亭》的问世,实在中国剧坛幸甚! 世界剧坛幸甚!

二、表演理论系统化与宜伶演出

汤显祖应宜伶的要求撰写了一篇千古不朽的奇文,这就是《宜黄县戏神清源师庙记》。它的问世,击碎了明代戏曲那种令人窒息的一成不变的演剧模式,昭示着中国舞台表演一个新时代的到来,其价值不可估量。《庙记》开卷便是"人生而有情",惊世骇俗,同时指出:"思欢怒愁,感于幽微,流于啸歌,形诸动摇,或一往而尽,或积日而不能自休。"汤翁的"至情"理论在这里得到淋漓尽致的发挥。关键还在于,《庙记》是中国戏剧史第一次从哲理的高度来探索"戏剧之道"。首先,汤翁提出了一个当时艺人亟待解决的问题:戏曲演员所凭借的只是一个小小的舞台,有限的几个角色,却能在"一勾栏之中","生天生地生鬼神,极人物之万途,攒古今之千变",使人"恍然如见千秋之人,发梦中之事",这种神奇的效果何以能够取得,这种美妙的方法何以能够成立? 于是,汤翁开始了"道"的探索:

> 汝知所以为清源师之道乎? 一汝神,端而虚。择良师妙侣,博解其词,而通领其意。动则观天地人鬼世器之变,静则思之。绝父母骨肉之累,忘寝与食。少者守精魂以修容,长者食恬淡以修声。为旦者自作女想,为男者常欲如其人。其奏之也,抗之入青云,抑之如绝丝,圆好如珠环,不竭如清泉。微妙之极,乃至有闻而无声,目击而道存。使舞蹈者不知情之所自来,赏叹者不知神之所自止。若观幻人者之欲杀偃师而奏《咸池》者之无忌也。若然者,乃可为清源师之弟子,进于道矣。①

---

① 〔明〕汤显祖:《宜黄县戏神清源师庙记》,徐朔方笺校:《汤显祖诗文集》卷三十四,第1128页。

这是中国剧坛第一篇以艺术实践探讨戏曲舞台表演规律的文章。这里的"道",是指戏曲艺术的规律与法则,是戏曲表演一种最高级别的审美意境。汤显祖为宜伶详细讲述了进入角色,追求"道"境的方法与步骤。一开始便用了"神"和"虚"这两个美学概念,与汤翁论述的"神情合至"的神和"恍惚而来,不思而至"的虚,本质上是相同的。汤翁借用这两个概念作为演员入门的第一要素,作为一种表演必备的修养。"动则观天地人鬼世器之变,静则思之",这种破除时空极限的"象外之象",正是由于"神"和"虚"的激活而出现的"动静之变"。其中,我们还有幸看到斯坦尼斯拉夫斯基体验派体验人物时的某种艺术元素在戏曲表演中发挥着重要作用,这是四百余年前戏剧表演理论一个很了不起的卓越贡献。而最后出现的"使舞蹈者不知情之所自来,赏叹者不知神之所自止"的"道"境,则是"神"和"虚"在衍进过程中的必然产物与结果。但此时的这种"神情合至",已经是演员表演灵感思维中一种高层次的审美意境了。由此我们体会到:在汤显祖时代,宜黄海盐腔在江西这块土地上,何以能如火如荼地蓬勃发展?其从业者何以竟多达千余人,曾掀起一个气势恢宏的地方戏曲运动?我们从汤翁所撰写的《庙记》中得到了答案。

汤显祖时代的江西宜伶造就了不少杰出的表演艺术家,尤其在演出《牡丹亭》时,其精湛的技艺被表现得淋漓尽致。这些都在《汤显祖诗文集》中得到详细而具体的记载,《听于采唱牡丹》:"来时动唱盈盈曲,年少那堪数死生。"《伤歌者》:"聪明许细自朝昏,慢舞凝歌向莫论。死去一春传不死,花神留玩牡丹魂。"《滕王阁看王有信演牡丹亭二首》:"韵若笙箫气若丝,牡丹魂梦去来时。河移客散江波起,不解销魂不遣知。""桦烛烟销泣绛纱,清微苦调脆残霞。愁来一座更衣起,江树沉沉天汉斜。"在这里,观者与演者融为一体,出现了"舞蹈者不知情之所自来,赏叹者不知神之所自止"的"道"境。《牡丹亭》的舞台表演,彻底打破了明代剧坛作品那种千篇一律的刻板的"情境"(指客观的具体环境)模式;开拓出一片五光十色,绚丽多彩的"意境"(指主观的精神世界)天地。

三、舞台表演心理的深度开掘

瑞士心理学家荣格指出:"当人们相当长时间的思索一个梦以抵达事情底蕴的时候,当人们把梦设想为拥有一个自我的时候,就要在不同的外在表现下面对梦进行考察,梦总能被表达为某种东西。"[①]这就为汤显祖的创作找到了理论根据。以"梦"为外在表现形式,是作者长期思索、寻觅的结果。这种形式一旦被作者掌握,便逐步摆脱对它的单方面的依赖,而积极地注入自己的思考,按照自己的人生经验和艺术经验重构作品。这似乎更接近汤翁戏剧创作的本意。这就使《牡丹亭》产生一种很强的梦幻效应,给舞台表演带来一系列新的变化。

时空的灵活性与随意性,是戏曲舞台的固有特征。所谓"行行走走,来到自家门口",演员只要在舞台上走上一圈,时空转换即告完成。这种低层次的舞台图解,已成为传统戏曲表演一个最简便、最省心的俗套。《牡丹亭》的功绩,就在于把这种机械的、早已被公式化的套路演化为有机的,具有生命意义的表演流程。而《牡丹亭·惊梦》一折,则把舞台的这种时空转换发挥到极致。《惊梦》的舞台表演,大家非常熟悉,在此毋庸赘述。《惊梦》的梦幻效应,不仅仅表现在上述对于艺术形式的把握,而且更多的是一种理解,是一种渗透着情感和意志的高级别的心理活动。它以超现实的浪漫手法,最深刻地表达一种人类的生命感受。《寻梦》一折,就是杜丽娘灵魂深处的一种生命呼唤:

(白)唉!寻来寻去,都不见了。牡丹亭,芍药栏,怎生这般凄凉冷落,杳无人迹?好不伤心也![泪介]

【玉交枝】是这等荒凉地面,没多半亭台靠边,好是咱眯瞙色眼寻难见。明放着白日晴天,猛教人抓不到魂梦前。霎时间有如

[①] [瑞士]F.弗尔达姆著,刘韵涵译:《荣格心理学导论》,辽宁人民出版社,1986年,第106页。

活现,打方旋再得俄延。呀,是这答儿压黄金钏匾。(白)要再见那书生呵!

【月上海棠】怎赚骗？依稀想像人儿见。那来时荏苒,去也迁延。非远。那雨迹云踪才一转,敢依花傍柳还重现。昨日今朝,眼下心前,阳台一座登时变。

《寻梦》与《惊梦》的时间相隔只有一天,而客观景物的变化却如此迅速,那"姹紫嫣红开遍";那"朝飞暮卷,云霞翠轩;雨丝风片,烟波画船";那"生生燕语明如翦,呖呖莺歌溜的圆",等等,一夜之间,竟全部成了"凄凉冷落"、"荒凉地面"。其实,自然景物依然故我,改变的恰是人物心理最为复杂的情感冲突。滕守尧说：

> 所谓情感表现,也就是本能冲突受到社会道德的压抑而不能赤裸裸地表现时所采取的迂回路线的外在表现形式。正如幼苗的生长力受到各方面的压制之后而造成的曲折歪曲一样。①

汤翁无疑体验到人物这种强烈的生命感受与复杂的心理流程,而把它运用在戏曲舞台表演上,其意识流手法在这里便得到最完善的显现。吴小如说过：

> 我们的汤显祖在四百年前已成为写"梦"的专家了……看了张继青的《寻梦》,感到汤显祖已把封建少女潜藏于心灵深处的"意识流"采用立体的形式表现在戏曲舞台上了,如果我们认为只有西方作家才懂得"意识流",岂不有点厚外而薄中、数典而忘祖了么？②

---

① 滕守尧:《审美心理描述》,中国社会科学出版社,1985年,第160页。
② 《吴小如戏曲文录》,北京大学出版社,1995年,第537页。

这是很值得我们深刻反省的。从心理学角度看,人的大脑是高级神经活动中枢,思维的器官。一般来说,由思维导致感觉、知觉、记忆与想象,进而派生出更多的分支,以完成一个人的正常行为。而所谓"梦",则由多个不规则意象组成,是一种无约束力的顺其自然而进行的想象,具有很大的随意性。梦中的各种情景总是变幻莫测,离奇古怪。汤显祖《耳伯麻姑游诗序》云:"世总为情,情生诗歌,而行于神。天下之声音笑貌大小生死,不出乎是。"这即是汤显祖的文艺观,也是他戏剧创作的灵魂,而"梦"正是在这一点上为其实现这一创作主张提供了最为理想的表现形式。于是,在 17 世纪初的中国戏曲舞台上,我们有幸看到了人物在潜意识中那种瞬息万变的复杂曲折的流动状态,特别是隐藏在灵魂深处的最为丰富的心理活动。苏珊·朗格在谈及戏剧动作时说:

> 我们这里是把所有反映都当做动作的,无论是可见的,还是不可见的,因此,在戏剧中,任何身体或内心活动的幻象都统称为"动作",而由动作组成的总体结构就是以戏剧动作的形式展示出来的虚幻的历史。①

这段话强调了"内心活动"在动作中的重要性,这种"不可见"动作,是使舞台人物立体与深化的必备的特质。

《牡丹亭》舞台动作的最大特色,就是"可见"动作与"不可见"动作呈"交叉互动"状态,而尤以内心活动的"不可见"动作为主导,即使在"可见"动作中,也往往充满内心活动,使舞台动作具有丰富的生活经验与深厚的人生情感。只要翻开《牡丹亭》,我们立即会被这种"不可见"的千变万化的舞台动作所吸引,有如苏州园林,五步一景,十步一境,应接不暇,美不胜收。《惊梦》与《寻梦》自然不用多说。仅看杜丽

---

① [美]苏珊·朗格著,刘大基、傅志强、周发祥译:《情感与形式》,中国社会科学出版社,1986 年,第 355 页。

娘的"不到园林,怎知春色如许"这句极平常的话,一旦把它放到特定的意境之中,便成了人物内心对生命的呼唤。也正是作者的满腔真情使这句话,确切地说,使这个"不可见"动作具有无比丰富的情感内涵,如果一个优秀的表演艺术家演剧至此,一定会感到一种强烈的心灵震撼。再如第二十四出《拾画》,柳梦梅来到花园,仔细琢磨这座早被荒废的园子,朦胧中感觉到:"似这种狼藉呵,敢断肠人远,伤心事多?"这完全是由客观存在所引起的知觉,通过心灵过滤,在人物无意识中的一种直觉与感应。《牡丹亭》的演剧,就是靠着这种朦胧而特殊的情感而不断深化的。

四、《牡丹亭》对梅兰芳演剧的影响

有种观点比较鲜明突出,这就是如何尊重原著的问题。这种观点对于改编者提出了更高的要求,就是说,既希望按原著演出,但在原著全本已不能适应当时舞台需要的情况下,宁可选择一些经典折戏上演,昆曲《牡丹亭》的《闺塾》《游园》《惊梦》《寻梦》等数折,正是在这样一个大的历史背景下所形成的一种传统演剧模式。因此,这几出折戏数百年来基本是在原著基础上的演绎,其舞台表演虽然随着时代的不同有所变化,但它们的舞蹈路向却是基本一致的,从而培养出一代又一代杰出的表演艺术家。其中,最为典型的莫过于梅兰芳大师。可以说,梅先生在其贯穿一生的艺术实践中,始终与汤翁的《牡丹亭》折戏相伴,并结下不解之缘。

据梅先生《舞台生活四十年》的描述,使我们较清晰梅先生学习《牡丹亭》折戏的轨迹。早在梅大师先祖学戏时代,最初学艺都是从昆曲入手的,因此,幼小的梅兰芳耳濡目染,也会跟着哼几句《游园》中的"袅晴丝,吹来闲庭院……"民国二年(1913),梅先生十九岁,此时很少看到昆曲,他觉得这是戏剧界一个绝大的损失:

> 您要晓得,昆曲里的身段,是前辈们耗费了许多心血创造出

来的。再经过后几代的艺人们逐步加以改善，才留下来这许多的艺术精华，这对于京剧演员，实在是有绝大借鉴的价值的。①

在梅先生的倡导下，并身体力行一口气学会了三十几出昆曲，其中就有《春香闹学》《游园惊梦》两折，并于民国四年（1915）二十一岁时开始演出。最初演出，总是由姜妙香扮演柳梦梅，姜先生感同身受并细致地描述当初演出的情况：

> 这出《游园惊梦》，当年刚排出来，梅大爷真把它唱得红极了。馆子跟堂会里老是这一出。唱的次数，简直数不清。把斌庆社的学生唱倒了仓，又换上富连成的学生来唱。您想这劲头够多么长！②

随着《游园惊梦》演出频率加快，梅先生看出一个重要的关键，就是先要懂得曲文的意思。如果这些曲词没有搞懂，杜丽娘的表演很难深入。以"没揣菱花，偷人半面，迤逗的彩云偏"为例：前一二句是说在镜子里偷看到半个脸了，后面一句"迤逗"，牵惹的意思，"彩云偏"则是指女人的鬓发歪在一边了。因此，既然《游园惊梦》的唱词有高度的文学价值，演员就必须要有高度的表演艺术来相配合，才能引人入胜。梅先生甚至提出，要演好《游园惊梦》，必须要理解全本《牡丹亭》的曲词。梅先生说：

> 《游园惊梦》是乔慧兰老先生教的，陈德霖老先生又常给我指正。最初也是先生怎么教我怎么唱，对唱词的含义，并没有很好的理解，后来经过好几位精通诗词的老朋友给我一再详细讲解，对我的帮助真不小。可是，我在学习的过程中，却也费了很大的

---

① 梅兰芳：《舞台生活四十年》第一集，中国戏剧出版社，1961年，第166页。
② 同上，第168页。

事,因为我从小就演戏,没有古典文学根柢。明白了词义以后,进而深入体会人物性格,也不是短时期能够做到的。我这几十年来,对这出戏唱的次数真不算少,唱一次研究一次,一直到去年拍电影的时候,我又重新把全部唱词和几位老朋友一字一句地细细钻研,自己觉得似乎又有了新的理解,因此,在表现杜丽娘的性格方面,和过去有所不同。①

表演艺术大师对汤显祖《牡丹亭》的理解与喜爱是如此敏悟和执着,并把汤著当作自己艺术生涯的毕生追求,并辛勤呵护,认真实践。他们在《牡丹亭》舞台演剧一系列的形式流程中,都灌注了一种生命的活力。他们天才地把这种由灵感思维激发的活的意象外化于程式之中,使他们的心灵不断呈现一种变幻莫测的审美意境,亦即汤显祖所描述的"道"境。梅兰芳先生是京剧艺术大师,是中国京剧发展史上的一个新的里程碑。我们不仅能较清晰地感受到梅先生舞台艺术发展的脉络,而且能深切地体会到汤翁《牡丹亭》数百年来对中国剧坛超凡的历史贡献。

最深刻的一次,是1956年冬,梅剧团来江西进行的旅行演出。当他知道南昌离汤翁的家乡临川很近,翌年又恰是汤显祖逝世三百四十周年纪念时,心情激动不已,临时决定演出《游园惊梦》,并打电报给中国京剧院,请示把在日本演出时专门为《惊梦》定做的一套纱灯派专人送来,成为当时艺坛的一个佳话。

梅先生第一次拍电影是在1920年,二十六岁。这年春末,梅剧团来到上海在天蟾舞台演出。商务印书馆电影部决定为梅先生拍戏,朋友主张拍《天女散花》,而他自己则提出拍《春香闹学》。梅先生说:

> 昆曲《春香闹学》是明代汤显祖所著《牡丹亭》传奇中的一折,我扮春香(丫鬟)……春香的出场用了一个特写镜头,我用一把折

---

① 《梅兰芳文集》,中国戏剧出版社,1962年,第52页。

扇遮住脸,镜头慢慢拉开,扇子往下撤渐渐露出脸来,接着我做了一个顽皮的笑脸。那天拍摄时有一个美国电影公司的朋友来参观,对这个镜头的表现方法和春香的面部表情都十分欣赏。①

四十年后,时任文化部部长夏衍提议拍摄《游园惊梦》,于1960年初完成影片的全部拍摄。当梅先生观看样片时,激动地说:

> 我想起23岁那年,1916年1月23日,我在吉祥园初演《牡丹亭·春香闹学》里的春香。我第一次拍电影,就是在上海商务印书馆摄影棚里拍的《春香闹学》。到1918年我演出了《游园惊梦》的杜丽娘。流光似箭,一晃已经四十多年了。②

另一位昆曲表演艺术大师俞振飞的一段话也很值得回味,他说:"说也凑巧,我第一次与梅先生订交,是我吹的笛子,他唱的《游园》;第一次同台演出,又是他的杜丽娘,我的柳梦梅;最后一次合作拍电影也是《游园惊梦》,而最后一次同台合作,还是《游园惊梦》。"

数百年来,似乎没有一部戏剧在"活性传衍"这个问题上能像昆曲《牡丹亭》这样,无论时事发生怎样的变故,还是自身艺术规律的兴衰,其传承却如行云流水,显得那样的从容不迫,从而使它包蕴了无可比拟的从不间断的丰富性和奇幻莫测的独具魅力的神秘性。汤翁在天之灵,真不知会发出怎样会心的微笑。

结　语

应该指出的是,历史上自《牡丹亭》问世后随即出现的改编现象,诸多改编者并不是对作者和他的作品提出异议,恰恰相反,他们怀着

---

① 梅兰芳:《我的电影生活》,中国电影出版社,1984年,第6页。
② 同上,第163页。

崇敬的心情仰视汤显祖,以十分虔诚的心理礼拜《牡丹亭》。正如将《牡丹亭》改编成《风流梦》的冯梦龙所言:"若士先生千古逸才,所著'四梦',《牡丹亭》最胜。"①因此可以看出,他们改编的动机也恰恰是对《牡丹亭》的一种"真爱"。他们感到《牡丹亭》不足之处,或者说剧本所出现的问题,是在"格律"这个形式上,认为汤显祖的"乡音"较重,与"格律"不合。殊不知,他们在改编的同时,汤显祖的人格魅力及《牡丹亭》的人文精神也在这种改动中删削殆尽了。由"灵性"所支撑的"意趣神色"应是《牡丹亭》文学创作的第一要素,是产生艺术虚境的必经之途。我们认为,明后期剧坛所发生的"格律"与"文采"之争,其全部症结都集中在这个问题上。

《牡丹亭》的人文精神是永远不灭的。自《牡丹亭》出,中国戏曲传统的平面、单向、直叙的演剧模式受到严峻挑战与强烈冲击。可以说,《牡丹亭》以其独有的情理与空灵的意境,使中国戏曲舞台演剧结构发生了质的变化,并以全方位的态势踏进了一个新的阶段。

作者单位:江西省社会科学院

---

① 〔明〕冯梦龙:《风流梦小引》,毛效同编:《汤显祖研究资料汇编》,第1080页。

以情感动机维度模型理论重新审视《牡丹亭》

马　慧　何辉斌

观众对一部戏剧的人物评价、情节判断、理解思索等是一个持续进行的认知过程。这往往被认为是受理性掌控的。但事实是,这一过程中情感起着重要作用,对认知过程形成了反馈,调整其方向,校正其预期,推进其聚焦。只有充分地探讨情感在观众认知中的运行机制,才可以比较完整地进行戏剧理解。吉堡和哈蒙-琼斯提出"情感的动机维度模型",研究了情感的动机强度和认知之间的关系,区分了高强度动机的情感和低强度动机的情感对注意力、记忆及认知分类产生的不同。本文将结合这一模型为一些重要的戏剧问题寻找新的视角,即观众对戏剧的人物评价、情节判断、理解思索等认知的背后,情感的动机维度是怎样起到引导和制约作用的。具体文本以汤显祖的《牡丹亭》为例。

一、情感的动机维度模型

在论述吉堡和哈蒙-琼斯的情感的动机维度模型之前,有必要提及拉塞尔的情绪的维度理论和弗雷德里克森的积极情绪的扩展和建设理论。①拉塞尔的维度理论提出了情绪由愉悦—非愉悦、激活—非激活两个维度来确定。他说:"在一个特定的时刻,有意识的经验(原

---

① B.L. Fredrickson &. C. Branigan(2005). "Positive Emotions Broaden the Scope of Attention and Thought-action Repertoires." *Cognition and Emotion*, vol.19(3), pp.313-332.

初的感觉)是两个维度的混合……横向维度,愉悦—非愉悦,范围从一个极端(如痛苦)通过一个中性点(适应性水平)到一个相反的极端(如狂喜)。这种感觉是对一个人当下状态的评价。纵向维度,唤醒,范围从沉睡到困倦,经过各种程度的灵敏度到狂热。这个感觉是调动和能量的程度。"①愉悦度的区间是愉快到不愉快,唤醒度的区间是激活到无效。这两个维度的交叉点就构成了某种情感。拉塞尔理论使从维度方面进行情绪定义和划分的尝试得到广泛的承认。弗雷德里克森的积极情绪的扩展和建设理论,认为积极情绪可以激活行动,可以增强和扩展认知,即积极情绪对认知有扩展作用。该理论将积极情绪视为一个统一体来研究。

吉堡和哈蒙-琼斯建立了情感的动机维度模型,可以看作对情绪的维度理论和积极情绪的扩展和建设理论的修正。这一观点主要体现在《情感的动机维度模型:对于注意力、记忆和认知分类的影响》这篇论文中。文章首先探讨了以往的情感和认知之间的互动理论,尤其是关于情感怎样影响注意力和认知幅度的理论。在此基础上,提出了一个关于动机强度和认知幅度之间关系的概念模型。文章的结论是:"积极情感在动机强度上的变化;一些积极情感状态具有很强的动机维度,有一些则比较弱。我们已经证实了,这些积极情感状态对注意幅度有不同的影响。高趋近动机的积极情感引起注意焦点的窄化,低趋近动机的积极情感引起注意焦点的扩展。由动机维度模型引起的注意效果并不局限于积极情感,而且也适用消极情感在动机维度上的变化。高动机强度的消极情感会窄化注意焦点,低动机强度的消极情感会扩展注意焦点。所以,动机强度影响了情感—认知的互动,不管是积极情感还是消极情感。"②也就是说,高动机强度的积极情感或消

---

① J.A. Russell(2003). "Core Affect and the Psychological Construction of Emotion." *Psychological Review*, vol.110, p.148.

② P.Gable & E.Harmon-Jones(2010). "The Motivational Dimensional Model of Affect: Implications for Breadth of Attention, Memory and Cognitive Categorization." *Emotion and Cognition*, vol.24(2), p.332.

极情感会导致相对窄化的注意范围,而低动机强度的积极情感或消极情感会导致一个相对扩展的注意范围。

所谓窄化,也就是将注意力集中于周围最为关键的信息上,快速地做出反应。高动机强度的积极情感中,窄化注意焦点可能帮助有机体集中注意力去获取渴望的物体,实现期待的目标。摒除了不必要的认知,这样的聚焦可以促进直接行动,快速地进行趋近反应。同样,在一个高动机强度的消极情感中,窄化注意焦点则有助于一个生物体集中评估一种厌恶、恐惧、有害的环境或目标,并快速地进行回避反应。

所谓扩展,也就是注意力去搜集较为广泛的总体的信息。注意的扩展与趋近或躲避反应的关系不那么直接。低动机强度的积极情感中,注意力的扩展意味着注意焦点合并了一个更广泛的环境线索或信息,有助于形成更具创造性或选择性的办法。低动机强度的消极情感中,注意力的扩展可以导致更随意的注意,可以帮助生物体从一个失败的目标中解脱,而且从多方面思考出更新奇多样的解决方法。

除了以上内容,论文还考察了不同动机维度的情感对记忆和认知分类的影响。这一研究的推进之处是在以愉悦度和唤醒度二分法的维度理论基础上提出了动机维度,将情感按照动机强度的程度进行了划分,做了进一步的修正。同时,打破了以往积极情绪必然引发注意力扩展的结论,这一理论模型使情感状态对认知扩展或窄化的研究更具体。在总体上来说,情感的动机维度模型推动了情感与认知的互动研究。

为了更加清晰,情感的动机维度模型的主要观点可以以表格示之:

情　　感	对认知(主要是注意力)的影响	对生物体行动的意义
高动机强度的积极情感	窄化	趋近
高动机强度的消极情感	窄化	逃避
低动机强度的积极情感	扩展	整合
低动机强度的消极情感	扩展	舒缓

二、情感的动机维度模型下的《牡丹亭》解读

将情感的动机维度模型引入戏剧解读,可以为作品研究提供新的阐释视角。观众观看戏剧时会对其中的人物、情节、思想、风格等进行评判。这种评判通常被认为是纯粹理性的结果,其实,情感在其中起着不可或缺的作用。也就是说,我们对一部戏剧的认知中有相当部分由情感来控制和决定。不清晰这一点,对戏剧理解的统一性就会有欠缺。下面以《牡丹亭》为例,着重探讨情感的动机维度对观众认知的影响,特别是高动机强度的积极情感对认知的影响。

《牡丹亭》作为经典,是一部至情之作。汤显祖本人甚爱《牡丹亭》,自言:"一生四梦,得意处惟在《牡丹》。"全剧赞扬情爱自由,颂扬人之天性,是典型的高强度动机的积极情感。我们从上部分的论述中已经知晓,这会引起注意窄化和趋近的行动意义。一般的观众都会为杜柳爱情的圆满感到满足,认为杜宝固执难喻,生死相伴的剧情让人生出对情爱自由的无限向往,这些早已习惯为自然的认知到底从何而来,情感的动机维度起到关键作用。

(一)人物评价中的注意力窄化

观看戏剧,首先会对剧中人物做出评价。此部分以杜宝为例。杜宝作为一个固执难喻的形象历来受到观众的鄙弃。观众反感于他对杜柳二人爱情的阻碍,实在是个不通情达理的人物。这一评价的背后是情感所引起的注意力窄化。丽娘出场的细节无一不带着情根深种的格调,如《闺塾》中,拿来的文房四宝里,墨是画眉用的螺子墨,笔是画眉细笔,纸是薛涛笺,砚是鸳鸯砚。从《标目》到《肃苑》,丽娘的寂寞和束缚流露无疑,直至《惊梦》将丽娘的春情春恨推向一个至高点。观众期待丽娘爱情圆满的情感也明确形成,由此希图下面的情节可以保持这种幸福。作者接下来展示了超越人生大限的传奇性情节。待主人公惊诧而醒,前往花园寻梦不得,相思成病,"待不思量,怎不思量得?"[①]丽

---

① 〔明〕汤显祖:《牡丹亭》(王思任批评本),凤凰出版社,2011年,第55页。

娘病重,情痴难解,"世间何物似情浓?整一片断魂心痛"①。并自画肖像,置于花园,有待有情人。一缕香魂,寂然远去。剧至此,希冀丽娘爱情圆满的愉悦与目前所受挫折的焦虑促使观众继续寻找接下来的命运发展。三年后,柳梦梅拾得丽娘画像,心生爱慕,丽娘魂魄由画中走出,两人温存,丽娘言:"妾千金之躯,一旦付于郎矣,勿负奴心。每夜得共枕席,平生之愿足矣。"②为长相厮守,丽娘请柳梦梅打开坟墓,救己复生。"似倩女返魂到来,采芙蓉回生并载。"③丽娘重生,叹:"孤坟何处是俺望夫台?柳郎呵,俺和你死里淘生情似海。"④最终,大团圆结局。"从今后把牡丹亭梦影双描画。亏煞你南枝挨暖俺北枝花。则普天下做鬼的有情谁似咱!"⑤观众的情感体验使其注意力都聚集在杜丽娘的爱情命运上。观众着急看到杜柳的爱情是否圆满了,遇到了怎样的波折,能否得到化解。生而复死,死而复生,起起落落,舍弃不得,其他情节则极少在注意范围内。强烈的情感期待使主人公的爱情过程和结果成为观众视线内的关键点,并以此为评判其他人物的标准。依照情感的动机维度理论,这是一种高强度动机的积极情感带来的注意力窄化反应。

杜宝承担了对杜柳爱情进行阻碍的角色。从《硬拷》到《圆驾》,杜宝对柳梦梅自称为婿坚决不承认。从一开始"何曾得有个女婿来?可笑,可恨!祇候们与我拿下"⑥。翻到柳包袱中的女儿画像,将其认为盗墓贼,下了斩的命令。得知了柳梦梅已中状元,众人皆劝他认下状元女婿,唯有杜宝坚持,"先生差矣!此乃妖孽之事。为大臣的,必须奏闻灭除为是"⑦。丽娘与杜宝在皇上面前见面,杜宝见到女儿,并未有半点欣喜,而是将其视为鬼魂,"臣女没年多,道理阴阳岂重活?愿

---

① 〔明〕汤显祖:《牡丹亭》(王思任批评本),第 62 页。
② 同上,第 105 页。
③ 同上,第 132 页。
④ 同上,第 135 页。
⑤ 同上,第 216 页。
⑥ 同上,第 201 页。
⑦ 同上,第 205 页。

吾皇向金阶一打,立见妖魔"①。皇上听闻各方讲述,判定丽娘乃重生为人,要全家相认,此时杜宝仍然将之视为鬼。最后的僵持阶段,圣旨来到,"据奏奇异,敕赐团圆"②。一剧终结,杜宝在不情不愿之下才接受了这个结局。眼看着丽娘已经复生,却无法与柳梦梅得到世俗意义上的承认,观众对杜宝这个障碍感到固执得难以理喻。而这一评价其实是来自情感的作用,来自对丽娘爱情圆满的情感期待。无论谁出于什么理由成为障碍,这个人一定会遭到鄙弃和痛恨。如果不是对丽娘的情感体验在先,单纯看杜宝的所作所为,都在常理之内,无可厚非。女儿已亡三年,忽见陌生人说,已经生还,并期待正式结为夫妻,面对这样的场景,杜宝认为柳梦梅是贼是盗,女儿是鬼的反应完全可以被理解。况且,杜宝是正统的儒生,秉承儒家礼法,怪力乱神子所不语,六合之外存而不论,又怎会接受这死而复生的无稽之谈?但观众已经不再考虑这些是否合乎常识和道理,不管其怎样虚幻缥缈,只因强烈的情感期待已然形成,由此注意力只集中在杜柳爱情这一承载情感体验的情节线索上,并潜移默化地影响了对杜宝的判断和评价。而杜宝作为忠君正直、清明无私的官吏,很多正面特质都被观众无意识地摒弃了。所以,我们对于人物的判断和评价并不都基于理性的分析和逻辑的推演,而很可能受到了情感的无意识影响。

(二)观众反应中的趋近意义

结合吉堡和哈蒙-琼斯的情绪的动机维度理论,愈是高强度动机的积极情绪,愈会激发趋近的行动力,而整部《牡丹亭》传达的是愉悦的强烈情绪,促进了观众争取情感自由的行动力。丽娘春日游园,自我觉醒。痴梦醒来,寻觅不得,郁郁寡欢,香消玉殒,凄然离世。丽娘作为至情至性之人,可以用生命来反抗社会规范的压制,生前不得所愿,但作者随即以还魂弥补了观众的暂时遗憾。浓烈的爱情向往,使丽娘从画中走出,与柳生结为夫妻,并最终获得美满结局。作者通过

---

① 〔明〕汤显祖:《牡丹亭》(王思任批评本),第211页。
② 同上,第216页。

杜丽娘这个人物,表达的不仅是对爱情的向往,更是对自我意识、生命意识的张扬;不仅是对个人情感自由的呐喊,更是对晚明社会风气的一种不合作姿态。

汤显祖以剧中传奇爱情的胜利传达着自己的观念:"世总为情,情生诗歌,而行于神。天下之声音笑貌大小生死,不出乎是。因以憺荡人意,欢乐舞蹈,悲壮哀至焉;一无所至,而必曰传者,亦世所不许也。"①情感是一切文学的出发点。宋代理学的兴起,使文学主情的领域遭到严重侵占。李贽等人大力宣扬"童心说"张扬性情,号召以情感解放来对抗理学的压制。汤显祖推崇至情,成为晚明社会主情思潮创作的一员主将。虽然,汤显祖最后还是通过杜宝的承认,使得丽娘对自我感情的追求符合了社会伦理道德的要求,但这不能降低"至情"对社会的冲击力。要在社会上传播这些与主流相悖的理念,必须使戏剧的受众建立和拥有追求情感的信心和力量。"《牡丹亭》中的'至情',首先表现为'人'作为个体其内在的生理性欲望;它可以突破社会规范、人伦秩序的拘囿,显示出对传统礼教社会的巨大冲荡力。"②"当主情论者将'情'确立为人和世界的依据目时,将已经越出了文学的边界,显示了这不是一场单纯的文学思潮,更是一场社会革新思潮。"③明代人沈德符言:"汤义仍《牡丹亭梦》一出,家传户诵,几令《西厢》减价。"④这种家传户诵的盛况里,剧中炽热爱情的渲染对社会有着极强的引导效果。如当时的名伶商小玲,每当扮演起杜丽娘,就会将自己的不幸婚姻投注于角色之上,每每痛入心脾;生命的戛然而止亦是因为一次表演时心痛不能自持,猝然逝于舞台之上。此外,还有极爱《牡丹亭》将其作为陪葬品的金凤钿,等等。这些深受压抑的女性,在《牡丹亭》中找到了精神的慰藉和共鸣,生死不渝的爱情让她们被阻挡的

---

① 〔明〕汤显祖:《耳伯麻姑游诗序》,徐朔方校:《汤显祖诗文集》,第1050页。
② 程芸:《汤显祖与晚明戏曲的嬗变》,中华书局,2006年,第83页。
③ 洪涛:《以情为本:理欲纠缠中的离合与困境——晚明文学主情思潮的情感逻辑与思想症状》,《南京大学学报》(哲学·人文科学·社会科学)2009年第4期。
④ 〔明〕沈德符:《顾曲杂言》,《中国古典戏曲论著集成》第四卷,中国戏剧出版社,1959年,第206页。

生命之流有了发泄的出口。观众看到历经磨难的爱情终得圆满,会加固这样一种思想:情感自由是可以期待的。如果作者没有用超越生死这种传奇手法来渲染出这震撼人心的爱情,冲击力会出现折扣。作者充分突出了有情人终得圆满的愉悦情感,更好地激发了人们在社会中追求爱情追求自由的行动力。杜柳爱情的胜利促使人们以剧中得来的饱满情感体验向往起现实中的自我释放。《牡丹亭》与晚明其他主情派的创作一起,潜在地改变了社会的文化状态。

在戏剧中,情感体验对观众相应的思维或评价等认知过程有反馈作用。越是呈现出高强度动机的情绪,对观众的引导力越突出。这不仅可以解释《牡丹亭》惯用的大团圆完美结局,也可以从这一点上得到支持。每部戏剧都有自身的价值观和倾向性,以主角为主要体现者,如女主人公的节烈隐忍,男主人公的忠孝仁义。最后的大团圆结局,皇上圣明,臣子忠君,状元及第,苦尽甘来,琴瑟恩爱是作者宣扬的这些价值观和倾向性的胜利,是一种广而告之的自我圆满和自我确定。这种积极情感的确立,十分有利于观众去向往和仿效,也就是促使观众做出明确的趋近行为,从而使作品的价值观和倾向性得到更大范围的弘扬和实践。反之,如果结局不尽如人意,正面的情感得不到充分抒发,那对观众行动力上的意义就会相应减弱。戏剧属于群体性的艺术形式,有可能引发集体情感,继而引发有规模的针对某种社会状况的动作。观众的趋近力则意味着对社会秩序的某种参与,这也是戏剧相较其他艺术形式更容易产生集体效果的内因。优秀戏剧的强大情感力量促成了对有益目标的集中。所以,吉堡和哈蒙-琼斯的情感的动机维度模型,可以为这些特质的戏剧提供一个角度的阐释。

三、情感的动机维度对戏剧认知产生影响的生物性基础

依据情感的动机维度模型对《牡丹亭》的解读,提醒了我们要注意情感对戏剧认知产生影响的生物性基础。无论对观众注意力的聚焦,

还是产生的趋近行动力,都基于身体的自动处理,首先是一个生物性过程。情感从进化论的角度看首先是一种适应策略,人要顺利生存下去,必须对周围的相关信息做出判断,然后采取相应的更利于自身生存的措施,趋利避害,实现自我保护。情感在判断信息的过程中起着关键作用,引导人去关注当下最重要事情的状况,决定是采取趋近还是逃避行为。这种趋近或逃避行为是通过身体系统的自动处理来实现的,是一种本能性存在,有利于物种繁衍和生存。

观众在情感体验的支配下对戏剧情节和人物的认知就是情感体验的生物性在文学领域内的体现。如果戏剧传达出的是高度兴奋或恐惧情感,会使观众注意力极为集中,摒除其他无用信息,对作品中极力渲染的思想情绪感到震惊,然后引发争取目标或回避目标的行动力。对那些能带给我们愉悦的信心的信息,总是倾向于去努力实现,而对那些让我们畏惧的讨厌的信息,总是倾向于避让。具体来说,热情兴奋的喜剧,会引起对情节和人物的高度聚焦,对剧中价值观有趋近实现的动力。沉痛惨烈的悲剧,也会让观众高度聚焦,对可怕痛苦的场面极度畏惧,如流血的争斗、亲情的背叛、执着的复仇等。面对高度凝练的艺术再现,观众会产生本能的回避。如果戏剧传达的是较平缓的情感,不管安静还是忧伤,会使观众的注意力纳入更多的信息来源,对剧中的更多元素进行思考,对剧中人物面临的问题及解决办法展开多方位地体验和感悟。不同动机强度的情感对观众认知的不同作用体现了情感的生物性成分以及在进化论中的意义。而戏剧作为集体性艺术形式,其社会意义的产生一定程度上建立在人的生物性基础之上。

所以,戏剧研究要充分重视情感的生物属性一面。人作为生物中的一员,遵循着某些最基本的生物本能,如趋近有利目标,逃避有害目标等。同时,作为社会成员,人还可以运用情感的生物本能去付出实际的行动力,对社会关系进行建构或者解构。体现在戏剧中,就是其传达的情感情绪依据强度的不同,引发观众不同的反应,从而对社会施加间接影响,如《牡丹亭》宣扬的"至情"对晚明其他剧目以及整个社会风气都有着或明或隐的关联。可以说,情感是奠基社会文化的生物基础之一。"社会建构者通常认为情感是由文化所标签,并形成情感文化,但是如果我们从情感进化的视角来分析这个问题,我们将得到相反的结论:文化被情感所标记。"[1]由此,我们对戏剧的研究不能只从社会层面进行,有必要结合情感的生物性进行探讨。

四、结 语

观众的戏剧感受是一个动态的过程,情感体验一旦形成,会对认知评价进行反馈。对一部戏剧作品的理解就是认知和情感相互作用的过程。吉堡和哈蒙-琼斯建立的情感的动机维度模型,为戏剧作品的情感如何影响观众认知提供了一个解读视角。该模型指出高强度动机的积极情感和消极情感引起注意力的窄化,认知过程的集中。低强度动机的积极情感和消极情感引起注意力的扩展,认知过程的分散。本文即以《牡丹亭》为例,阐释了强烈的积极情感是如何集中了观众的注意力,同时引发了观众迫切的行动力,从而为社会文化的变革创造条件。同时,还需注意,情感体验对认知过程的反馈主要通过生物系统的自我激发,体现了情感的生物性动力。戏剧作为集体性艺术形式,其社会意义的产生一定程度建立在人的生物性基础之上。情感的动机维度模型下的《牡丹亭》解读,为在情感与认知交融角度进行更广范围的戏剧理解提供了较有意义的尝试。

作者单位:马　慧　聊城大学文学院
何辉斌　浙江大学外语学院

---

[1] [美]乔纳森·特纳著,孙俊才、文军译:《人类情感——社会学的理论》,东方出版社,2009年,第37页。

"一生儿爱好是天然"
——论杜丽娘的"死亡"与"重生"

徐 晨

一

作为中国古典戏曲的双璧,《牡丹亭》难免常常被用来与《西厢记》做比较。而恰恰又因为《牡丹亭》所处的时期,它又总是被作为上承《西厢记》,下启《红楼梦》的作品。杜丽娘,也就自然以在反抗压迫、追求爱情、争取自由等方面,比崔莺莺更大胆、比林黛玉尚不足的女性形象,不偏不倚地正处在从宋元到明清女性情爱意识觉醒的过渡期与转折点上。①

细察之下,这个观点却并不令人满意。就人物形象的塑造而言,杜丽娘与崔莺莺之间除了身份上的相似,其余并没有可比性。崔莺莺不过是一个遇见某个男子,听了男子的温情软语,并且在丫鬟的怂恿下,半推半就,认为自己一旦委身便一定要嫁给对方的千金小姐。并且,在《西厢记》中,反抗的主角不是崔莺莺,而是红娘。是红娘见不得张生病痛难耐,为张生想办法、出主意。崔莺莺举棋不定之时,是红娘劝崔莺莺大胆向前,无须多虑。事情败露后,是红娘临危不惧,与老妇人据理力争,认为小姐与张生相好并不是见不得人的事。这里的红

---

① 此类观点几乎已成共识,如近些年发表的文迪义《〈红楼梦〉:女性意识觉醒之丰碑——兼与〈西厢记〉〈牡丹亭〉比较》(《山花》2013年第11期),王妍《〈西厢记〉〈牡丹亭〉"女性意识"之解读》(《盐城工学院学报》2005年第4期),舒红霞、王骁《〈西厢记〉〈牡丹亭〉〈红楼梦〉女性意识初探》(《大连大学学报》2002年第3期),曾效葵《从〈西厢记〉和〈牡丹亭〉看中国古代女性意识的觉醒》(《安徽文学》2011年第7期)等文,都曾有所论述。

娘,像是一个"过来人",明白小姐的心思,在其羞涩矜持的时候,推她一把,给她一点鼓励,是一个"大姐姐"的形象。正因如此,在日后的很多演出中,红娘的地位甚至越过崔莺莺之上,成为绝对的主角。在某种程度上,当我们提到《西厢记》,首先想到的是"愿普天下有情人都成了眷属"这一主题,而第二个想到的,恰恰是这个聪明、泼辣、大胆、机灵的红娘,而不是娇滴滴的崔莺莺。

《牡丹亭》则恰恰相反。与崔莺莺的半推半就不同,杜丽娘是主动造梦的。主动造梦,便意味着杜丽娘与崔莺莺等一般的大家闺秀截然不同。她并不像那些名门小姐一般,在偶然的情况下,在寺庙或是后花园里意外遇见一男子,然后便私定终身。《牡丹亭》之杜丽娘,妙就妙在,她的爱情,皆由她完全创造——是她自己一手打造了一个自己喜欢的男主角。杨明贵曾在其文章《从爱情发生模式看杜丽娘之死的文化意蕴》中引述道:"莺莺对于张生,是由'情'到'欲';杜丽娘对于柳梦梅,却是由'欲'到'情'。也就是说,杜丽娘并不是先爱上柳梦梅,才有冲破'男女之大防'的选择,而首先是难耐青春寂寞,由自然涌发的生命冲动引向与柳梦梅的梦中幽会,恣一时之欢,由此孕育了生死不忘之情。"①杜丽娘起先只是一个懵懂的少女,因由大自然的美好,想到了同样美好,甚至更加美好的自己,正值青春年华,却无人来欣赏。身边不是年迈保守的父母,就是古板迂腐的教书师父,唯一能与自己说说话的春香,也还是一个不懂男女之事的小丫头。因而,受到自然美好感召的杜丽娘,触景生情,融情于景,用"梦"的方式在春意盎然的美景中,制造了一段只属于自己的情爱故事。在这个故事中,男主角柳梦梅可以是任何人,只因在柳边折枝相赠,只因梅子磊磊可爱,因此姓柳名梅,加之出现在杜丽娘的梦中,故曰"梦梅"。由此可见,柳梦梅这一形象,完全是按照杜丽娘的臆想凭空设计出来的,而这一点,恰恰最能说明杜丽娘的爱情与他人的不同。

那么,问题是,这种不同究竟意味着什么?杜丽娘的"因情造梦"

---

① 章培恒、骆玉明:《中国文学史》,复旦大学出版社,1996年,第437页。

所编织的情梦世界究竟有着怎样的戏剧史意义？或者说,究竟是什么成就了杜丽娘的不朽的情爱,同时也成就了《牡丹亭》的爱情绝唱？诸如此类,也就需要我们进一步地加以发掘和品味。

二

《牡丹亭》一剧,如果从"情"的角度出发,剧中所有人物都可以被视为杜丽娘的陪衬。从"情"的角度来看,便是有意按下丽娘父亲杜宝这条与政治有关的副线不表。在故事展现的层面上,《牡丹亭》的剧情结构是双重的,它其实写了两个故事:其一自然是杜丽娘的爱情故事;其二便是杜宝的政治故事。它给人一种强烈的感觉,那就是,《牡丹亭》中的第一男主角并非柳梦梅,而是杜宝。杜丽娘和杜宝的言行挑起了剧本的两条情节主线,他们则分别是这两条线中的绝对主角。剧作家写的都是自己,可是,如果我们细加品味就会发现,年过半百的汤显祖,身上并没有多少柳梦梅的影子,而是与为官清廉、一心想为国家、百姓出力的杜宝更为相像。再者,如果我们抛开杜宝这个与情无关的人物不谈,《牡丹亭》中唯一能代表汤显祖对情的认知的人物也就是杜丽娘;只是杜丽娘,与柳梦梅并没有直接关系。从主动造梦,到寻梦、写真,到冥间审判,到魂游、幽媾,到主动坦白实情并指引柳梦梅开棺,再到要求人间的"实礼",如此种种,实则都是杜丽娘一己的诉求与行动。柳梦梅充其量只是杜丽娘爱情的最大配合者,甚至连"合伙方"都算不上。因此,与其说《牡丹亭》写的是杜丽娘与柳梦梅二人的爱情,不如说剧中所展现的就是杜丽娘"一个人的爱情"!

这样说,可能会跟很多人的观点相悖,如在《〈牡丹亭〉"至情""有情"辨——从梦与真的关系考察》一文中,作者赵蝶就认为,《牡丹亭》中,柳梦梅也有做梦的情节,且二人之梦构成一种呼应的关系。[1]杜丽

---

① 赵蝶:《〈牡丹亭〉"至情""有情"辨——从梦与真的关系考察》,《戏曲研究》2016年第1期。

娘一梦,柳梦梅一梦,这种"双梦"结构,让两个人彼此在梦中相遇相约,继而才有了后面的相知相爱。"天下无不根之萌","双梦说"让二人的爱情看起来仿佛如前世注定般充满了宿命感,愈发动人。可是品味便不免让人对柳梦梅之"梦"心存疑虑。杜丽娘的"一梦而亡",已经被无数学者细加探究过,从"惊梦"到"寻梦"到"闹殇"到"幽媾"到"回生",环环相扣、一气呵成。而关于柳梦梅的"梦",却漏洞百出、难以经得起细察。

其实早在第二出《言怀》,柳梦梅"自报家门"后便说了一段话:"忽然半月前,做下一梦。梦到一园,梅花树下,立着个美人,不长不短,如送如迎。说道:'柳生,柳生,遇俺方有婚缘之分,发迹之期。'因此改名梦梅,春卿为字。"此段表白看来是为了显示自己的痴情——因为梦中女子的一句话便改换了名字,实则不符实际。且不说古时的男子会不会轻易改名,只说柳梦梅如果能为梦中的女子痴情到改名字的程度,这个女子必定是让其心心念念牵肠挂肚的。并且,在梦中既已知"不长不短,如送如迎",那么应该是对该女子的样貌、身型、姿态了然于心才对。而在第二十四出《拾画》中,柳梦梅捡到画后,并没有认出画中女子即自己朝思暮想的树下美人。直到在后日日夜夜对画像的把玩中,发现了杜丽娘题在画卷上的诗"不在梅边在柳边",才心生疑惑,不免把"画中人"和自己先前的"梦中人"联系在一起。如果这个安排还能显示杜丽娘与柳梦梅果然是"梦中注定"的话,那么在第二十八出《幽媾》里,二人的相遇又出现了不合理性,而这种不合理性同样出现在柳梦梅身上。这场相遇,对于杜丽娘来说,并不突兀。杜丽娘魂游观中几晚,听得柳梦梅高声低叫"俺的姐姐,俺的美人",不免动情。同时,杜丽娘还通过名字与自己画像的比对,确认了柳梦梅就是自己的"梦中人",之后才大胆地来到柳生的房前敲门,一诉衷肠。而柳梦梅这边却并非如此。当杜丽娘来敲门的时候,柳梦梅见到她的第一反应是:"呀,何处一娇娃,艳非常使人惊诧。"随后便如得了便宜般欣喜道:"果然美人人见人爱,小生喜出望外。何敢却乎?"并补充道:"以后准望贤卿逐夜而来。"可见,柳梦梅其实是在心里已经有了"梦中人、画中人"的情况下,又欣然接受了夜半敲门的陌生女子。也许有人会说,柳梦梅其实知道那就是杜丽娘,对于这点,也实在让人难以苟同。在第三十二出《冥誓》中,也就是二人夜夜欢歌了许久之后,杜丽娘深觉这样下去不是办法,便将自己的身份如实相告。待问道柳梦梅她的画卷从何而来时,柳梦梅惊讶道:"可怎生一个粉扑儿?"杜丽娘也才亲口确认说:"可知道,奴家便是画中人也。"也就是说,在此之前,柳梦梅其实是在不知道杜丽娘就是其"心上人"的情况下与其共度良宵并发下海誓山盟的。如此看来,缘分倒是有了,但痴情何在?

因此说,《牡丹亭》所渲染的只是杜丽娘一个人的爱情,柳梦梅只是个陪衬,某种程度上来讲,也许并不为过。

三

艺术史上,爱情,总是要在生死的陪衬下,才显得伟大。因此,古今中外那些感人肺腑的爱情故事,无一不有着死亡的烘托。在中国古代,前有自挂东南枝的《孔雀东南飞》,后有比翼化蝶的《梁山伯与祝英台》,故事的主人公往往会选择"殉情"这一方式来维护自己的爱情。反观国外也是如此,不管之前的《罗密欧与朱丽叶》,还是顶着"有史以来最感人的爱情故事"的电影《泰坦尼克号》,爱情,只有在死亡的面前,才更显珍贵。

中国人历来讲究因果,讲究轮回,而世间最大的因果轮回,便是生死。汤显祖云:"情不知所起,一往而深。生者可以死,死可以生。生而不可与死,死而不可复生者,皆非情之至也。"[①]也就是说,生死之间是可以互相转换的,而唯一能强大到可以完成此间相互转换的力量,便是情。因情,得不到它的人可以睡去,只要梦中有情。当梦中的情缘散了,做梦人可以死去,只要另一个世界有情。当"人鬼情"不能长

---

① 徐朔方、杨笑梅校注:《牡丹亭》,人民文学出版社,2015年。

久,死去的人可以复生,只要复生后可以继续未了之情,正如杜丽娘自己所言:"前日为柳郎而死,今日为柳郎而生。"①

对于杜丽娘之死,已经有许多学者做过细致的探讨和分析,如庞杰在《〈牡丹亭〉中杜丽娘亡于思疾的原因》一文中,曾把杜丽娘的死因归结于"《牡丹亭》'至情'的主旨""汤显祖的儒家思想"以及"传奇的奇异色彩"三方面原因。②这种说法固然有其道理,但事实上,杜丽娘之死,在汤显祖的安排下,乃是一种积极的主动的死。徐朔方先生曾说:"杜丽娘不是死于爱情被破坏,而是死于对爱情的徒然渴望。"③这句话,我们可以同意其前半部分,也就是说,杜丽娘与之前的刘兰芝、祝英台不同,在杜丽娘死亡之时,并没有一个反面角色来破坏她的爱情,她也自然不是死于爱情被破坏。而后半句"死于对爱情的徒然渴望",实则有待商榷。杜丽娘真的是死于对爱情的徒然渴望吗?窃以为不完全是对的。杜丽娘之死,恰恰与她的梦一样,死去,只是做梦的下一步,是对追寻爱情的更有力的办法。比之做梦,死去,便能更彻底地摆脱一切人世间的苦恼和障碍。

春花秋月是为最美,杜丽娘因春伤情,因此一梦不醒。而这一梦,却恰恰是对自己爱情的一种成全。梦醒无果,想要再次享受爱情美妙的杜丽娘,必须寻找新的方式。故而,在中秋之夜,杜丽娘看似死得凄惨,其实却是在告别人间的同时,开启了新的团聚之旅——与那个带给自己"千般爱怜,万般温存"的心上人。人有悲欢离合,月有阴晴圆缺,作者选择在月圆之时送走丽娘,故而是"以乐景衬哀情",却也不失为一种祝福和憧憬。

在《牡丹亭》剧本中,杜丽娘早在"游园"后、"惊梦"前就曾独白过:"可惜妾身颜色如花,岂料命如一叶乎?"以"叶"比"命",正是杜丽娘第一次预见到自己那即将如同落叶一般飘零的命运。无独有偶,在《寻

---

① 徐朔方、杨笑梅校注:《牡丹亭》,第187页。
② 庞杰:《〈牡丹亭〉中杜丽娘亡于思疾的原因》,《成都师范学院学报》2014年第2期。
③ 徐朔方、杨笑梅校注:《牡丹亭》,第2页。

梦》一出中,当杜丽娘寻梦不得,忽见一株大梅树时,脱口而出道:"这梅树依依可人,我杜丽娘若死后,得葬于此,幸矣。"随后又补充道:"这般花花草草由人恋,生生死死随人愿,便酸酸楚楚无人怨。"在被春香劝离之后,更是直接地表明了自己的心态:"难道我再到这亭园,则挣的个长眠和短眠!"梦,是生命短暂的静止和休眠;死,则是长期而久远的梦。当梦境不可复制,不可重现,杜丽娘只能选择死亡这种极端且惨烈的方式来完成自己的爱情。因此,我们可以推断,在此时,杜丽娘的心中已经有了用"短眠"和"长眠"这两种获得爱情的办法了!"短眠"已经尝试过,余下的,便唯有"长眠"尔。而在第十四出《写真》中,杜丽娘面对自己瘦削的容貌,想到用写真的方式来留住自己的美貌,并言:"若不趁此时自行描画,流在人间,一旦无常,谁知西蜀杜丽娘有如此之美貌乎!"按常理推断,杜丽娘小小年纪,即使身体欠佳,也不应该想到死亡。而杜丽娘却直接想到画像可以作为自己死后被记住的信物,可见其对自己死亡的最终命运预见得非常清晰。在杜丽娘生前的最后一出《闹殇》中,杜丽娘也曾先后言道:"奴命不中孤月照,残生今夜雨中休⋯⋯此乃天之数也。"种种皆可见,杜丽娘对于自己的死亡,早有了断。而根据杜丽娘病逝前对春香"咱可有回升之日否"的发问以及临终前留在世上的最后一句"怎能够月落重生灯再红"又可以大胆推断,杜丽娘不仅对自己的"死亡"早有预料,甚至对自己的"重生",也是有预料的。由此可见,"梦境""死亡""重生",恰恰对应着杜丽娘与柳梦梅"梦中情""人鬼情""人间情"的三部曲。

  死有很多种,同样是因情而死,却也是千姿百态。刘兰芝是守护爱情不得,愤愤而死;祝英台是渴望爱情不得,悲伤而死,而杜丽娘之死,看似是死亡,实则是向死而生、为生而死,是一种有别于简简单单殉情的死亡。这种死亡,看上去是被动的"因病成疾、慕色而亡",其实是为了获得爱情的主动性选择,正如毛德富在其《"寻梦"——杜丽娘爱路叙说》一文中所说:"杜丽娘之死,并不意味着她生命的结束,而应该说是杜丽娘新的斗争的开始;杜丽娘之死,并不是悲剧的结束,而是杜丽娘与封建礼教斗争转换了形式"①,真乃"生生死死为情多",彻底突破了"发乎情、止乎礼"的条条框框,达到了一个人为了争取自己所爱而可以达到的最高峰。

某种意义上,"死亡"与"重生"的结合还具有世界文化史上的原型意义。原始先民就是从四季轮回中就体察到这种"死亡"与"重生",从而产生遍及世界各地的四季神话;基督教《圣经》中更以基督之"死亡"与"重生"来构建起一套神学谱系。故而在这里,"死亡"并非意味着肉体的死寂,而更是直指精神的"重生";换言之,也就是精神不死!在这个意义上,杜丽娘为了情爱,因情而死,死而复生,虽不似基督之死而复生那般神奇而圣洁,却也就像填海之精卫,情海欲填,死不足惜!况且,四季的轮回,与《牡丹亭》的生生死死,也正好形成了鲜明的映照,剧作家"一生儿爱好是天然"的天道美学在这里也得到了最好的诠释与体现。

四

正是在一种"死亡"与"重生"的文化视域之下,杜丽娘的情梦世界才显得瑰丽无比、不同凡响。

凡间女子为实现自己的情爱,必然是有着重重障碍的。然而,正是在戏中,剧作者如果想赋予凡间女子她所不具备的能力,必然要赋予她特殊的身份,也就是说,她有办法或者至少可以不遵守凡间的规定与礼数。这也就意味着,她不能是个凡人。不是人,那么就只剩下几种选择:仙、鬼、妖(精、怪)。杜丽娘本为凡间女,自然不可能突兀地得道成仙,不能成为妖魔鬼怪。那么唯一的出路,就是变成鬼。只有变成鬼,才能暂时获得凡间女子不可获得的"权力"。但是,却也不能像《李慧娘》或《活捉三郎》中的主人公,只是一味地因"鬼"而"神",快意恩仇,或报仇雪恨,或快活缠绵。

---

① 毛德富:《寻梦——杜丽娘爱路叙说》,《殷都学刊》1994年第4期。

因此《牡丹亭》的剧情中,如果说梦中的杜丽娘依然是对手持柳枝的柳梦梅半推半就,那么化身为鬼魂的丽娘则直接来到柳梦梅的房前敲门。如果还是人世间的姑娘,杜丽娘绝对不会有这种胆量。正是因为成为鬼魂,才有此魄力。因此,对于已死去的杜丽娘来说,"鬼"这一身份,不仅仅是前文所提到的对爱情的进一步追寻,更是被额外赋予的权力的象征。正因为有了这种权力,杜丽娘才能在没有如红娘般的丫鬟的帮助下,独立完成与心上人的甜蜜约会。王思任曾用一个"妖"字评价杜丽娘[1],想必,这个"妖"字不仅指杜丽娘妖艳的美貌,更指其可以为了心上人出生入死、死去活来的叛逆本性,正所谓"一灵咬住,必不肯使劫灰烧失",普通凡间女子,自是不可比的。这样看来,"牡丹花下死,做鬼也风流",也就不仅仅指男性了。

除此而外,传奇传奇,非奇不传,在对爱情的渲染中加上"慕色而亡""人鬼幽会""掘墓开棺"等桥段,这种大众接受层面上的"死亡"与"重生",不仅增加了剧情的跌宕起伏,从而也大大有利于剧本的传播,而且更是对于大众心灵的抚慰,因缘聚会,善恶有报,也就成为大众审美中屡试不爽的安神片。

确实,杜丽娘"慕色而亡,一梦而死",它既是"死亡",更是"重生"。也由此可见,杜丽娘之死也正是其独特的追寻情爱的方式与途径。正是这样独特的方式与途径,才让杜丽娘与同时期其他大户人家小姐"一见钟情"式的爱情产生了质的区别。造梦、寻梦,继而不惜放弃生命来成全自己的情爱追寻,如此投入,必然换得到一份超越生死的不朽爱情。虽九死而犹未悔,欣欣然向死而生,成就了杜丽娘,也完满了牡丹梦。

作者单位:浙江传媒学院戏剧影视研究院

---

[1] 〔明〕汤显祖著,〔明〕王思任批评,李萍校点:《王思任批评本〈牡丹亭〉》,凤凰出版社,2011年,第1页。

"临川四梦"人物塑造的空间表征法

王 琦

明代伟大的戏剧家、文学家汤显祖,为后人留下了卷帙浩繁的诗赋、文论、尺牍,尤为可贵的是留下了代表中国戏曲创作高峰的"临川四梦"。作为"明传奇之冠"(王季烈语),"临川四梦"以其强烈的思想性和艺术感染力折服观众,成为历久不衰的戏曲艺术经典。众所周知,人物、情节和环境一直被视为构成小说、戏剧等叙事类文学作品的三要素,且人物在其中往往居于首要位置。"临川四梦"的闪光之处就在于,它塑造了一系列熠熠生辉的典型人物,如为情"生者可以死,死可以生"的至情女子杜丽娘,为爱才不惜散尽家财、典当玉钗的痴情女子霍小玉,路见不平仗义挺身的豪侠黄衫客,等等。正如王思任在《批点玉茗堂牡丹亭叙》中所言:"其款置数人,笑者真笑,笑即有声;啼者真啼,啼即有泪;叹者真叹,叹即有气。杜丽娘之妖也,柳梦梅之痴也,老夫人之软也,杜安抚之古执也,陈最良之雾也,春香之贼牢也,无不从筋节窍髓,以探其七情生动之微也。"这些生动鲜活的典型人物,无疑使中国戏曲文学人物画廊五彩缤纷。从叙事学的视角,细探这些典型人物的塑造方法,为我们深入解读"临川四梦"戏曲文本开辟了一扇"窗"。

一般来说,塑造人物形象的方法主要有如下三种:"一是展示行动,让读者在人物的言谈举止中把握其典型的性格特征;二是描写人物外貌,从而使读者对人物形象先产生一个静态的'图像';三是专名的暗示与黏结。'专名在人物生成中的作用不光是暗示,更重要的作用是黏结各人格特征,把它们统一为一个有机体。'"除了上述三种人物塑造法外,龙迪勇在其著作《空间叙事研究》中首次命名了一种新方法——空间表征法。所谓"空间表征法"指的是"让读者把某一个人物的性格特征与一种特定的间意象结合起来,从而对之产生一种具象的、实体般的、风雨不蚀的记忆"。龙迪勇详细论了"空间表征法"在"塑造人物形象方面的巨大潜力和广阔前景"——"它不仅可以出色地表征出一个群体的'共性'或'集体性格',可以很好地表征单个人物的'个性'或'独特性',就像它既可以出色地表征'扁平人物',也可以很好地表征'圆形人物'一样"。

通过细读"四梦"文本,我们发现,空间的确是人物性格生成的具体场所及人物形象的绝佳表征。汤翁在"临川四梦"中非常善于通过书写一个个特定空间来塑造人物典型。故此,本文欲着重探究"临川四梦"戏曲文本中人物形象塑造的空间表征法。

一、家宅:居住空间——人物原初性格的塑造空间

"家宅"对于人的重要意义自然不言而喻。生于斯长于斯,它既是人类遮风避雨的庇护所,又是最让人放松和怀想的精神家园。"它是我们最初的宇宙——确实是个宇宙。它包含了宇宙这个词的全部意义。"不同的家宅环境可表征人物不同的成长环境和现实处境,是人物原初性格的塑造空间。

《邯郸记》第二出《行田》中,主人公卢生正式登场。他的几句宾白,便将其困顿窘迫的家宅环境描述殆尽:"白屋三间,红尘一榻,放顿愁肠不下。展秋窗腐草无萤火,盼古道垂杨有暮鸦,西风吹鬓华。"显而易见,主人公卢生居住在"空田噪晚鸦,牛背上夕阳西下"的乡村小店"三家店儿";全部家当只有"白屋三间""数亩荒田";衣着方面,"到九秋天气,穿扮得衣无衣,褐无褐,不凑膝短袭蔽貂";出门无高车驷马,而是"乘坐着马非马,驴非驴,略搭脚青驹似狗"的跛足"蹇驴"。看到这些描写家宅的"空间意象",一个时运不济、落魄无依的乡间穷儒形象瞬时跃然纸面。如此贫愁潦倒的出身无疑为其跳入吕洞宾的磁

州玉枕中历经自以为"得意"的人生做足了叙事铺垫。

相较于卢生孤寒窘迫的居住环境,女主人公崔氏的"家宅"显然是富贵奢华的侯门深院。卢生跳入枕中惊讶地发现:"(生转行介)怎生有这一条齐整的官道?"(行介)"好座红粉高墙。"随后叙述者借助卢生的视角,由远及近,由外及内,细细打量这座粉墙高院,接着,"镜头"继续拉近,开始对宅院之中的闺阁进行"特写":从嗅觉到视觉,从远景到近景,把"世代荣华,不是寻常百姓家"的清河崔氏的富贵府邸描写得生动传神。显然,崔氏出身豪门贵族,日后形成强势霸道、财大气粗的作派顺理成章。毫无悬念地,随后的情节由"思想起我家七辈无白衣女婿,要打发他应举"到"奴家四门亲戚,多在要津,你去长安,都须拜在门下",再到"奴家再着一家兄相帮引进,取状元如反掌耳"。门庭显赫的崔氏可谓一手设计并促成了卢生出将入相的仕途荣辱之路。其间,叙述者对崔氏"家宅"浓墨重笔的描写,鲜明地烘托出崔氏性格中的强势大气,极大地推动、铺陈了后续情节的发展。

《紫钗记》中女主人公霍小玉的居住地"霍王府",亦是足以表征人物性格的居住空间。在第四出《谒鲍述娇》中,媒人鲍四娘将霍小玉的居住地霍王府的地理位置告知李益——"住在胜业坊三曲莆东闲宅是也"。因霍小玉的母亲郑六娘原是王府歌姬,嫁与霍王为妾。霍王死后,诸兄弟嫌六娘出身低微,遂分了一份财产,将其母女二人驱逐出王府,迁居于胜业坊。这里的"胜业坊"为唐代街坊的名称,实乃倡优聚居之地,由此暗示了霍小玉母女的社会地位:虽名为霍王之女,实则社会地位低微。居住于胜业坊的霍小玉,自小目睹了母亲因身份低微被逐出王府的情景,于是对爱情婚姻的态度始终带着母亲留下的先天伤痕,既充满向往又心存隐忧。这种心有余悸、复杂敏感的人物心理在其日后对进京赶考、多年不归的李益的分外担忧中得到了充分的表现。在这里,家宅不仅仅是人物遮风避雨的居住地,更具备了提示人物身世、预示人物命运、塑造人物性格的叙事功能。

可见,家宅可以为人物的原初性格赋予一个合情合理的缘由。人物与其所生活的空间环境之间形成了一定的统一性,已然融为一体、密不可分了。作为物质生活环境的"家宅",对塑造人物性格具有原生态的空间表征意义。联想到人物的居住地,一幅幅栩栩如生的人物绣像便呼之欲出,令人印象深刻。

二、花园:休闲空间——人物自然天性的释放空间

中国古代,"花园"是一种艺术,也是休闲娱乐的场所。它是游离于规范秩序之外的"私人空间"或"休闲空间"。相对于高度仪式化的宗庙、陵寝、祠堂及已被充分秩序化的家宅而言,"花园"是一种"法自然"的"原生态空间"。那些已被宗法社会规范化的家宅显得那么有条不紊、千篇一律,将人的自然天性压抑得动弹不得。生活于其间的人们,日复一日重复着合乎"规范"的日常活动,近乎丧失了灵魂深处的自然旨趣。而作为不可多得的休闲空间的花园,则可称得上是释放人们纯真天性的天堂。

《牡丹亭》中的"花园"无疑是全戏中最核心的空间意象。出生于宦族名门、"才貌端妍",素来孝顺父母、尊重师长、循规蹈矩的太守千金杜丽娘,平日里足不出户,只在闺阁里做些刺绣、读书、临帖之事,到日后她如何会性情大转,因梦成痴,因痴成病,最终"至手画形容,传于世而后死"?这期间的巨大转变,起因皆在于这个典型化的空间意象——"花园"。"花园"的第一次出现是在《牡丹亭》的第七出《闺塾》。丫头春香借口"溺尿"逃学出去,忽然发现"原来有座大花园,花明柳绿,好耍子哩"。素来沉稳的杜丽娘闻后故作不发,待先生下课后少女情态立现。可叹已是"二八年华"的少女丽娘,日日闲守空闺,足不出户,竟浑然不知自家后院有如此景致的花园。既已知晓,仍能故作矜持,隐忍不发,尽显名门闺秀的家教涵养。随后第八出《劝农》、第九出《肃苑》皆为第十出《惊梦》中的丽娘游园创造条件,做足铺垫。

在第十出《惊梦》中,随着丽娘的盛装游园,这个充满神秘感的后花园的空间布局开始逐渐呈现出来。春香眼中的花园原是反映了"花园"本来面貌的:"(行介)你看,画廊金粉半零星,池馆苍苔一片青。踏

草怕泥新绣袜,惜花疼煞小金铃。"而丽娘眼中的花园却是"姹紫嫣红"与"断井颓垣"并存的空间:"(旦)不到园林,怎知春色如许?【皂罗袍】原来姹紫嫣红开遍,似这般都付与断井颓垣。良辰美景奈何天,赏心乐事谁家院!"看到园子里百花开遍,丽娘不禁心生一丝埋怨:"恁般景致,我老爷和奶奶再不提起。"尽管花园中的景致委实不错——"(合)朝飞暮卷,云霞翠轩;雨丝风片,烟波画船"。然而,对长期禁锢深闺的丽娘来说,却仍是:"锦屏人忒看的这韶光贱……观之不足由他缱,便赏遍了十二亭台是枉然。不如兴尽回家闲过遣。"可见,面对同一空间,不同的人物却有着迥然不同的心理感受。这里的空间叙事,鲜明地反映出了丽娘和春香截然不同的性格特点。

　　尽管此前也有对这座后花园的空间描写,但大多停留在对花园景致的笼统概述上。直至丽娘伏案入睡,叙述者才将其梦中云雨事的发生场景详加描述。随着叙述的层层递进,后花园的空间画面也渐次明晰了起来。众所周知,杜丽娘和柳梦梅梦中的交合地点是全剧空间叙事之肯綮。叙述者运用多重叙述的手法对这一核心空间进行了反复渲染和刻画,令观众难以忘怀。第一次是在叙述者对丽娘梦境的叙述中。第二次则是在丽娘对梦中情事的回叙中。第三次是在第十二出《寻梦》中。丽娘欲在真实花园中重寻梦中情事的发生场域,却只看到:"牡丹亭,芍药阑,怎生这般凄凉冷落,杳无人迹?好不伤心也!(泪介)"然而,现实的花园中却多了一个空间标识物——梅树:"(望介)呀,无人之处,忽然大梅树一株,梅子磊磊可爱。"丽娘顿生死后葬于此地之念。第四次是在第十四出《写真》中。丽娘自绘,只见画中的自己"谢半点江山,三分门户,一种人才,小小行乐,捻青梅闲厮调。倚湖山梦晓对垂杨风袅。忒苗条,斜添他几叶翠芭蕉"。这幅女子行乐图再现了"青梅""湖山""垂杨"等空间意象,大多暗合了其梦中之景,前后呼应。第五次是在第二十七出《魂游》中。丽娘的鬼魂继"冥判"后魂游旧地所见的空间场景:"呀,转过牡丹亭、芍药阑,都荒废尽。"离魂三年,尚能记得梦境和后花园中几个富有典型象征意义的空间意象,可见这些标志性的空间意象何其令丽娘魂牵梦萦。

总之,通过上述五次对花园中的"牡丹亭、芍药阑"这一典型空间的反复书写,充分体现出花园这个休闲空间对激发妙龄少女丽娘心底最真实纯粹的人性本能所发挥的重大功能。杜丽娘这位被封建礼教禁锢身心的贤良淑女,在"花园"这个休闲空间的偶然"电击"下,潜藏于其理性外壳中的本真情感被彻底激活了,从而转变为一位为爱情可生可死、生死不放的至情女子。显然,在这个彻头彻尾的巨大逆转中,"花园"这一休闲空间的叙事发挥了至关重要、不可替代的作用。由此可见,"花园"这个封建礼教鞭长莫及的休闲空间和私人空间,是释放人物自然天性的绝佳场域。它既可以是各种浪漫故事的发源地,亦可以是各种幸福回忆的安放地。概而言之,《牡丹亭》中后花园的空间叙事至少发挥了如下三重功能:一是让杜丽娘被封建礼教禁锢、压抑的原初本真的人性有了释放的空间;二是使原本朦胧混沌的梦境叙事有了清晰的空间标识,让原本不可靠的梦境叙事变得真实可信;三是多重空间叙事使得人物形象更加丰富饱满,立体生动。

三、树国:虚幻空间——人物性格的拓展空间

想象是赋予艺术作品生命力的重要因素,往往可以为艺术作品的传播插上流芳千古的翅三膀。相对于"家宅""花园"等源自真实世界中的虚构空间,想象世界中的"虚幻空间"的叙事则显得更为奇幻神秘。在《南柯记》中,汤翁用他的灵性笔触为我们构建了一个神奇的乌托邦——大槐安国。

"槐树小穴中,何因得由国都乎?"——《南柯记》中的主人公淳于梦与我们同样有一问。对此,槐安国的紫衣使者给出的答案是:"淳于公,不记汉朝有个窦广国,他国土广大;又有个孔安国,他国土安顿,也只在孔儿里。怎槐穴中没有国土?"寥寥数语便令受述者信服:大槐安国乃"理之所必无而情之所必有"虚幻空间。

随后,叙述者让大槐安国主蚁王详细介绍了本国的历史由来。由此可见,大槐安国聚众成国、稳如磐石的原因缘于天时、地利、人和。

接着,蚁王又将槐安国内的空间布局向受述者娓娓道来:"……火不能焚,寇不能伐。三槐如在,可成丰沛之邦;一木能支,将作酒泉之殿。列兰锜,造城郭,大壮重门;穿户牖,起楼台,同人栋宇。清阴锁露院,分雨露于各科;翠盖黄扉,洒风云于数道。长安夹其鸾路,果然集集朱轮;吴都树以葱青,委是耽耽玄荫。"国都具体格局如下:"北阙表三公之位,义取怀来;南柯分九月之官,理宜修备。右边宪狱司,比棘林而听讼;左侧司马府,依大树以谈兵。丞相阁列在寝门,上卿早朝而坐;大学馆布成街市,诸生朔望而游。真乃天上灵星,国家乔木……"由此可知,大槐安国都城虽小,却有着一套完善的行政司法体制,官员各司其职,欣欣向荣,国泰民安,可谓"麻雀虽小五脏俱全"。通过对这一神秘空间的叙述,受述者仿佛可以亲见这位霸气威严、有胆有谋、文可治国、武可安邦的国主蚁王正威风凛凛、饱含深情地俯瞰城池众生的画面。

此外,对大槐安国都城的空间描写,不仅体现了国主蚁王的形象,更将男主人公淳于棼的复杂心理充分表现了出来。淳于棼被选为蚁国驸马后,两位紫衣使者驾牛车前来接他入国。初见蚁国风貌,淳于棼用陌生化的叙述语言描述了他眼中的大槐安国的风土人情,充分表现了初来乍到的淳于棼见到蚁国臣民对自己莫名的恭顺敬畏时,他的新奇、忐忑、疑虑等复杂心理。

随后,当牛车抵达城门时,淳于棼眼里的大槐安国一派繁华富贵的景象:

(生)好一座大城,城上重楼朱户,中间金牌四个字:(念介)大槐安国。(内扮一旗卒上)传令旨,传令旨,以贵客远临,令且就东华馆暂停车驾。(卒叩头走起,同向前道行介)(生)城楼门东有这座下马牌,怎左边厢朱门洞开?(紫)到东华馆了,请下车。(生下车入门,背笑介)这东华馆内,彩槛雕楹;华木珍果,列植于庭下;几案茵褥,帘帏肴膳,陈设于庭上。俺心里好不欢悦也……

显然,"重楼朱户""金匾题字""朱门""彩槛雕楹""华木珍果",这些奢华和礼,既凸显了蚁国国主对淳于棼的重视与厚爱,也为人物日后的失落埋下了伏笔。

淳于棼在梦中出守南柯大郡,富贵二十余年,公主薨逝,拜相还朝,专权乱政,国王见疑,被紫衣使者遣送回家。还是原来的那条来路,还是原先接驾的二位使者,然而,此情此景,人物的心境和眼前的风物却与来时迥然不同。

【绣带儿】才提醒趁着这绿暗红稀出凤城,出了朝门,心中猛然自惊。我左右之人都在那里?前面一辆秃牛单车,岂是我坐的?咳,怎亲随一个都无?又怎生有这陋劣车乘?难明。想起来,我去后可能再到这朝门之下,向宫廷回首无限情,公主妻呵,忍不住宫袍泪迸。看来我今日乘坐的车儿,便只是这等了,待我再迟回几步。便是这座金字城楼了。怎军民人等见我都不站起?咳,还乡定出了这一座大城宛是我,昔年东来之径⋯⋯

紫衣使者随意行走,做不畏生,打歌唱道:"一个呆子呆又呆,大窟弄里去不去,小窟弄里来不来。你道呆不子也呆?"随后鞭牛道:"畜生不走。"语带双关,极尽轻蔑。

作者前后两次对同一条道路和都城风土人情做了截然不同的空间叙事,以充分表现淳于棼从权臣贬为庶民、从云端跌入谷底的极端失落沮丧的心情,以及与人间无异的蚁国臣民的世态炎凉,为淳于棼最终之"悟"做足铺垫。所有的一切皆既出乎意料,又在情理之中,完全符合虚构叙事的"艺术的真实"。

由此可见,"虚幻空间"为人物性格发展拓宽了空间,为人物个性的张扬插上了想象的翅膀。通过对一个个富有梦幻色彩的"虚幻空间"的空间书写,叙述者可以巧妙地塑造出一个个"圆形人物"。这些立体饱满的圆形人物,连同一个个神奇玄幻的叙事空间,成为令受述者难忘的人物形象。

总之,作为人物形象塑造的方法之一,空间表征法自有其独特出色之处。汤显祖的"临川四梦"正是充分运用了空间表征法塑造出一个个生动鲜活、立体饱满的人物形象,为中国戏曲文学典型人物长廊增添了数面传神的"脸谱"。

作者单位:江西省社会科学院

身份与地域:再论"沈汤之争"的错位鸣争

汪 超

综观万历曲坛乃至明清传奇戏曲发展史,都无法回避"沈汤之争"的辩论。无论在于沈汤二人的曲坛地位,还是论争自身涉及问题的审视,以及所带来曲坛的发展变化,都是需要不断论辩明晰的关节,并作为考察万历曲坛的重要突破口。"沈汤之争"去今久远,沈璟堂侄沈自友《鞠通生小传》曾描绘为"水火既分,相争几于怒詈",不过也有研究者对此提出质疑,认为论争或许并不存在。①这种质疑并不否认二人戏曲理念的分歧,怀疑或许只是对过去将论争无限扩大的一种反驳,源自关注"沈汤之争"的某些误区,即将"沈汤之争"简化为"沈汤优劣"论,针对二人进行高下之分、褒贬之论,间离失却论争的本真内涵,成为诗歌理论中李杜优劣论的翻版。②

历来学人对于"沈汤之争"的本质阐述也是众说纷纭、各阐其论,提出诸多精辟独到的观点。③沈、汤二人立足不同的身份立场,基于不同的地域文化背景,导致戏曲观念和思想的错位展开,进而挖掘背后丰富的内涵和影响,是为认识辨析"沈汤之争"的关键。

---

① 周育德:《也谈戏曲史上的"汤沈之争"》,《学术研究》1981 年第 3 期;叶长海:《沈璟曲学辨争录》,《文学遗产》1981 年第 3 期。
② 如:"既我郅隆,惠风融畅,人乐管弦,学士大夫窃从烟云花月之间舒写情思,于是旗鼓骚坛,如临川先生时方诸李供奉,我先词隐时比诸杜少陵。两家意不相侔,盖两相胜也。"(沈永隆:《南词新谱》后叙,吴毓华编著:《中国古代戏曲序跋集》,中国戏剧出版社,1990 年,第 437 页。)
③ 刘淑丽:《建国以来"汤沈之争"研究综述》,《戏曲艺术》2008 年第 3 期。

一、曲坛困惑与戏曲观念的明晰确立

沈、汤二人可谓万历曲坛的领军人物,被推向曲坛浪潮的戏曲大家,都对所在曲坛的发展现状做出阶段性的自我探索。其间似有"高处不胜寒"的困惑,既含自我认同的不相一致,又有缘自外在环境的知音难求,导致沈、汤戏曲理念的逐渐明晰与坚守,同时也成为二人理念分歧的内因之一。

明代传奇戏曲发展至万历时期已渐兴盛,文人纷纷染指戏曲创作,多有兴之所至的意味,有别于传统严谨的诗文创作。一方面由于传奇戏曲文体认知的不足,导致文体创作经验的匮乏;另一方面是曲坛繁荣的背后却也混乱无序,所以廓清曲坛秩序与厘清方向的任务迫在眉睫,不少文人曲家都进行了自我摸索与探究。沈璟自1589年告疾还乡二十余年浸淫戏曲,"词隐先生乃增补而校定之,辨别体制,分厘宫调,详核正犯,考定四声,指摘误韵,校勘同异,句梳字栉,至严至密。而腔调则悉遵魏良辅所改昆腔,以其宛转悠扬,品格在诸腔之上,其板眼、节奏,一定不可假借。天下翕然宗之"①。不过沈璟论曲的套曲却直述其困惑:

【金衣公子】奈独力,怎提防,讲得口唇干,空闹攘。当筵几度添惆怅!怎得词人当行,歌客守腔,大家细把音律讲,自心伤,萧萧白发,谁与共雌黄?

【尾声】吾言料没知音赏,这流水高山逸响,直待后世钟期也不妨。

---

① 〔清〕徐大业:《书南词全谱后》,乾隆《吴江县志》卷五七。转引自赵景深、张增元:《方志著录元明清曲家传略》,中华书局,1987年。

沈璟描述苦口婆心的场景如临其境,面对文人墨客动辄填制戏曲的曲坛现状,虽然一己情愿细细地讲解格律声韵,但是真正领会贯彻的效果未能如望。其所矜矜自守专业化的格律规范,相对于并非戏曲专业出身的文人而言显然存在很大差距。深究细化沈璟的困惑约在两点。

一方面,经过沈璟等曲家的努力经营,曲坛的吴中格局逐渐形成,与之伴随的则是自我核心意识的逐渐增强,促使他们有责任去规范曲坛创作,从而推动戏曲的良性发展。但是面对近于纷攘的创作局面,沈璟等人的努力稍显薄弱,曲坛的整体格局不会立刻扭转;其创立倡导的较为严格的体制规范,即使得到多数文人的理论认同,但又有别于具体实践的认真贯彻,故而音律不合的现象多有发生,"盖近来词家,徒骋才情,未谙音律。说情说梦,传鬼传神,以为笔笔通灵,重重慧现,几案尽具奇观。而一落喉吻间,按拍寻腔,了无是处,移换推敲,每烦顾误,遂使歌者分作者之权"①。所以,当初"盖先生雅意,原欲世人共守画一,以成雅道"的良苦用心,俨然成为沈璟自叹知音难觅的缘由。如此困惑也更加坚定其恪守格律规范的决心,以及纠偏曲家创作的责任与动力,风头正炽的新曲《牡丹亭》便首当其冲,成为规范纠偏的标榜和典型。

另一方面,如何规范完善南曲格律准则,同时展现南曲的独特体性,也是明代曲家摸索、论辩的重心所在。沈璟既意识到规范曲法的必要,又困惑于可依凭借的模式,所以在复古思潮的熏染下提出取法元曲的思路,尤其是周德清《中原音韵》的规范效应和音律传统,也是将昆曲推向全国范围的平台和机遇。沈璟的思路显然是从宏观角度促进昆腔传奇迈向全国的良方,但是南戏乃至传奇戏曲又有自身的发展规律,所以徐渭等曲家则又坚守南曲自身体性的底线与准则。显然,沈璟为首的曲家与其他南方曲家,提升南曲传奇地位和规范传奇创作的目的一致,只是涉及的具体过程和途径则出现一定程度的差

---

① 徐凌云、胡金望点校:《阮大铖戏曲四种》,黄山书社,1993 年,第 313 页。

异,这或许也是沈璟苦苦忠告却收效甚微,使其感发孤掌难鸣的困惑所在。

汤显祖身为有明一代名士,究其身份与才华的定位所识,故其困惑一方面来自"词曲小道"的观念,另一方面来自"自教小伶"的苦衷。

汤显祖作为士子也受到科举体制与传统观念的束缚,"常自恨不得馆阁典制著记,余皆小文,因自颓废"①。执着于传统的文章之学作为彰显志向的根本。作为明代才子的汤显祖可谓众体兼善,清初李渔评述:"汤若士,明之才人也。诗、文、尺牍俱有可观,而其脍炙人口者,不在尺牍、诗、文,而在《还魂》一剧。使若士不草《还魂》,则当日之若士已虽有而若无,况后代乎?"②显然受限于传统的"词曲小道"观念,这还可见于老师张位的反诘,陈继儒《牡丹亭题辞》云:

张新建(位)尝语汤临川曰:"以君之辩才,握麈而登皋比,何渠出濂、洛、关、闽下? 而逗漏于碧箫红牙队间,将无为青青子衿所笑!"临川曰:"某与吾师终日共讲学,而人不解也。师讲性,某讲情。"张公无以应。

老师张位的忠告无可厚非,汤显祖的言辞无疑有所辩解,明代文人的"性""情"之辩也为《牡丹亭》提供了主题阐发的依据,强化了"主情"的戏曲观念,其间尚有依托文章之学的认知:"凡文以意、趣、神、色为主,四者到时,或有丽词俊音可用,尔时能一一顾九宫四声否?"基于文章传"情"的立场,努力提升传奇戏曲的文体品性,成为汤显祖着意坚守的作曲之重。

汤显祖的苦衷还在于:"玉茗堂开春翠屏,新词传唱《牡丹亭》。伤心拍遍无人会,自掐檀痕教小伶。"杨懋建读后叹曰:"嗟夫! 解人难

---

① 〔明〕汤显祖:《答张梦泽》,徐朔方笺校:《汤显祖全集》,北京古籍出版社,2001年,第1452页。
② 〔清〕李渔:《闲情偶寄·词曲部·结构第一》,《中国古典戏曲论著集成》七,中国戏剧出版社,1980年,第8页。

索,自古已然,小伶自教,固犹愈于执涂人而语之。"①感叹知音难赏的自古命题,一方面在于剧本创作与舞台表演的差别。汤显祖坚持"唱曲当知,作曲不尽当知也"的观点,"唱曲"与"作曲"分工明确,作曲者侧重情节构置、文词敷设等文本创作,唱曲者侧重唱腔曲辞、舞台表演等二度创作。面对司职专业舞台演出的小伶,汤显祖不得不亲自教授领会戏曲作品,从而引发其难有知音的困惑感慨。另一方面或许在于所配唱腔的不同。由于戏曲唱本的流动性特征,《牡丹亭》究竟是依弋阳腔还是昆山腔所作,还是没有依托固定的声腔,一直以来从未有定论。声腔的不同与唱曲者所在地域的差异等因素导致汤显祖不得不亲自教授,这份艰辛自然也更笃定其自我坚守的信念,出现针对他人改窜的不满以及自我戏曲观念认同的悬殊。

可见,沈、汤二人的不同困惑都更加坚定各自戏曲观念的酝酿与思考;基于戏剧艺术的独特体性出现理论倡举与具体实践的相对协调,文本创作与舞台演出的两重创作,以及身份、地域诸多因素的切入等。"沈汤之争"所牵涉的诸多问题都可纳入讨论。如就理论倡举与具体实践的相对协调而言,沈璟执着格律规范的严遵恪守,而汤显祖则突出具体实践的主文之意,表现出不同的戏曲文体辨体思维:

> 寄吴中曲论良是。"唱曲当知,作曲不尽当知也",此语大可轩渠。凡文以意、趣、神、色为主,四者到时,或有丽词俊音可用,尔时能一一顾九宫四声否?如必按字摸声,即有窒滞迸泄之苦,恐不能成句矣。②

汤显祖明确赞同区分"作曲"与"唱曲",强调作曲之能事不在音律,而是顾及"意、趣、神、色为主"的"文"的体性。如果过于纠结琐碎

---

① 〔清〕杨懋建:《长安看花记》,徐扶明:《牡丹亭研究资料考释》,上海古籍出版社,1987年,第139页。
② 〔明〕汤显祖:《答吕姜山》,徐朔方笺校:《汤显祖全集》,第1302页。

的字声之间,则易破坏戏曲作品的整体性,难以喷薄表现诸如传情的时代洪流。可以看出,汤显祖十分肯定"作曲"的自我定位,更看重自我才情的自由抒发,从而得到专业曲家自居的沈璟的回应:

【二郎神】何元朗,一言儿启词宗宝藏。道欲度新声休走样。名为乐府,须教合律依腔。宁使时人挠喉捩嗓。说不得才长,越有才,越当着意斟量。

【前腔】曾记少陵狂,道细论诗晚节详。论词亦岂容疏放?纵使词出绣肠,歌称绕梁,倘不谐律吕也难褒奖。耳边厢讹音俗调,羞问短和长。

沈璟的言辞明显有所针对性,认为"越有才"越深知合律依腔的必要与重要,并且推出明代文人尊崇的杜甫为例,作为才情与声律完美结合的典范,律吕不应成为绣词才情的借口或者牺牲品,二者可以实现完美融合,也开启吕天成等人的双美理论。

显然,汤显祖并不是完全否定戏曲格律的必要,他明确赞成"寄吴中曲论良是","曲谱诸刻,其论良快"。①他虽然表明"不佞生非吴越通,智意短陋,加以举业之耗,道学之牵,不得一意横绝流畅于文赋律吕之事"②,而一旦王骥德指出《紫箫记》的曲律问题,就立即主动邀请王骥德帮助修改。这里需要注意的是,这次修改是要二人共同商量完成,汤显祖本人可以当场斟酌取舍,这又与沈璟等人的一厢情愿大相径庭。

作为文人才子的汤显祖看来,传奇剧本的创作更多仍然基于"文"的前提,并且定下"以意趣神色为主"的基调,进而辨析"丽词俊音"与"九宫四声"的关系。汤显祖认同兼顾"九宫四声"的必要性,但不必完

---

① 〔明〕汤显祖:《答孙俟居》,徐朔方笺校:《汤显祖全集》,第1392页。
② 〔明〕汤显祖:《答凌初成》,同上,第1442页。

全"按字模声",而是在熟知的基础上可以驾驭超越。"丽词俊音"更符合"以意趣神色为主"之"文"的体性特征,汤显祖的辨体思维立足才子的自我认同而筑于"文"的基础,同时认为二者也必须兼顾齐备,只是在剧本创作的具体实践中文辞与音律偶有矛盾之时,选择以"丽词俊音"为主的倾向,而不必恪守拘谨于"按字模声",失去作为"文"的体性本质。其实,在"意趣神色"与"丽词俊音"的背后,更蕴含文人满腹积郁的豪气、宣泄不尽的才情,文词、音律不过是外在流露的体现,恰如清代文人胡介祉所言,"盖先生以如海才,拈生花笔,兴之所发,有浩瀚千里之势,未尝不知有轶于格调之外者,第惜其词而不之顾也"①。

就沈璟自己的戏曲创作而言,王骥德也多次指出其不严之处,"生平于声韵、宫调,言之甚瑟,顾于己作,更韵、更调,每折而是,良多自恕,殆不可晓耳"②。同时认为作曲之法固然重要,过于恪守谨严很可能成为束缚而难以出彩,"《还魂》、'二梦'如新出小旦,妖冶风流,令人魂销肠断,第未免有误字错步……吴江诸传如老教师登场,板眼场步略无破绽,然不能使人喝彩"③。为此,王骥德进一步指出:"词隐之持法也,可学而知也;临川之修辞也,不可勉而能也。大匠能与人规矩,不能使人巧也。其所能者,人也;所不能者,天也。"④道出二人各取不同层面的优长。

汤显祖辨体理论的阐发颇似苏轼"以诗为词"的词学观点,即在于可以突破音乐格律的束缚,开拓词体的表现境域。晚明曲家臧懋循也曾指出:"汤义仍《紫钗》四记,中间北曲,骎骎乎涉其藩矣,独音韵少谐,不无铁绰板唱'大江东去'之病,南曲绝无才情,若出两手,何也?"⑤汤显祖同苏轼一样不是不熟谙词曲格律,而是满腹才情不可抑止,当格律因素成为才情文辞抒发的束缚与障碍时,他们采取文辞为

---

① 〔清〕胡介祉:《格正还魂记词调》序,吴毓华编著:《中国古代戏曲序跋集》,第428页。
② 〔明〕王骥德:《曲律》,湖南人民出版社,1983年,第224页。
③ 同上,第209—210页。
④ 同上,第228页。
⑤ 〔明〕臧懋循:《元曲选》序,《元曲选》,中华书局,1989年,第3页。

先、格律次之的态度,个别不合格律之处灵活待之,而不是拘泥恪守的斤斤于古。

可见,沈、汤二人的不同困惑导致他们各自戏曲理念的坚守。沈璟力图复古思潮之下恪守戏曲文体的规范,旨在秩序的维护和体系的建立;汤显祖则在心学思潮之下提升戏曲文体的体性,表达重文传情的时代主流,同时提出不拘格套的思路方法。沈、汤戏曲观念的错位又成为明代复古思潮在戏曲文体的再现。

二、身份定位与戏曲观念的对应差别

围绕"沈汤之争"所折射出戏曲观念的分歧,还不可忽略二人的身份定位及其所把持的出发点。如前所述,汤显祖《答吕姜山》明确提出"作曲"与"唱曲"有别,即二者不同身份的自我定位:汤显祖有意分离强调二者分工不同,符合传统文人的文体观念;沈璟则强调二者合一,"越有才,越当着意斟量",符合专业曲家的作曲思路。

戏曲艺术的最终形成存在多重创作的独特过程,就文本形式而言有剧本与脚本之分,就创作者而言则有"作曲"与"唱曲"之分,他们通过一度、二度乃至多次改编润色,才能形成较为成熟的戏曲作品。从某种程度而言,多重创作身份角色的加入使得戏曲作品没有最终的定本,而是处于不断完善润饰的动态过程,这与传统的文学创作存在较大差异。汤显祖也正因为立足于传统文人的身份立场,明确"作曲"的分工事项而强调为文"意、趣、神、色"的部分,并认为"虽是增减一二字,以便俗唱,却与我原作的意趣大不同了";这实际代表了文人曲家的普遍认识,如元代顾瑛《制曲十六观》、周德清《作词十法》等都可见立足文人身份的立场,强调"制曲""作词"的理念而作为文学创作的具体表现。清代曲家徐大椿也明确提出"曲之工不工,唱者居其半,而作曲者居其半也",表示"作曲"与"唱曲"二度创作的独特现象,针对任务进行明确分工和区别,同时认为还要"作曲者与唱曲者,不可不相谋"。

汤显祖认为"作曲"与"唱曲"知识修养、着意侧重不同。"作曲"更多在于故事情节、思想内容、语言文辞等的传达,而"唱曲"更多在于格律声韵、演唱技巧、舞台表演等的表现,这或许更符合汤显祖等传统文人身份的文体创作观念。"唱曲"作为二度创作的主体,完全可以根据自我格律知识、表演经验进行调整,使得戏曲创作的重心发生倾斜与转化,故而沈、汤等人考虑的视角思路不同,"《还魂》一编,文采风流,卓然自立。而音调铿锵,有碍喉舌。于是才士得之动容,伶人见而瞽目。盖因其才思虽佳,宫商未合耳"①。可见"才士"与"伶人"的反应不同,沈璟等人强化"作曲"当要兼顾"唱曲",从而讲究格律规范以便演唱,传奇格律体制的规范正在于保证戏曲的可唱性与可演性。

若从戏曲创作的从业者身份而言,早期剧本创作有民间艺人的编演,随着文人士夫群体的不断介入,他们未能摆脱传统文学创作的思维模式,虽然也兼顾调谐格律、文词,但更多的尚属文学性的凝练斟酌,直至经过沈璟等专业曲家的激辩建树,强调二者身份合一的可能与必要,方能成为称职的专业曲家,这也得到明代文人的逐渐认可。清初李渔指摘金圣叹批《西厢》:"圣叹之评《西厢》,可谓晰毛辨发,穷幽晰微,无复有遗议于其间矣。然以予论之,圣叹所评,乃文人把玩之《西厢》,非优人搬弄之《西厢》也。文字之三昧,圣叹已得之;优人搬弄之三昧,圣叹犹有待焉。"②明确指出"文人"与"优人"视角的不同,并且结合自我创作的经验提出"填词之设,专为登场",同时认为,"常有观刻本极其透彻,奏之场上便觉糊涂者。岂一人之耳目,有聪明、聋聩之分乎?因作者只顾挥毫,并未设身处地,既以口代优人,复以耳当听者,心口相维,询其好说不好说,中听不中听,此其所以判然之故也。笠翁手则握笔,口却登场。全以身代梨园,复以神魂四绕,考其关目,试其声音,好则直书,否则搁笔,此其所以观、听咸宜也"③。点睛传神地指出戏曲创作的生动形态,也逐渐获得明清之际文人曲家的共识。

---

① 〔清〕黄图珌:《看山阁集南曲序》,俞为民、孙蓉蓉主编:《历代曲话汇编清代卷》,第95页。
② 〔清〕李渔:《闲情偶寄卷三填词余论》,《中国古典戏曲论著集成》七,第64页。
③ 〔清〕李渔:《闲情偶寄卷三词别繁减》,同上,第55页。

沈、汤二人曲坛身份的自我定位似乎还有另外层面的认识：汤显祖俨然冲锋陷阵、特色鲜明的旗手，强调传奇戏曲文人主体价值的依托寄寓，以其纵横千古的笔触恣意挥洒才气，高举主情的时代旗帜来凸显主体价值，意在推尊传奇戏曲文人主体价值的同时，也提升传奇戏曲的文体地位；沈璟则以曲坛盟主的身份自居，考虑得更加稳重、实际、合理，着眼于曲坛发展的整体全局，希冀通过传奇格律的规范遵守，确立传奇文体性质和价值体系，从文体内部出发获得文人的认可接受，并最终抬高传奇戏曲的文体地位。

汤显祖以"主情"理论作为支点思考反省情理、人生、社会等，高扬文人主体自我价值和地位，通过传奇戏曲主题的诠释演绎并引起轰动效应，"汤临川《牡丹亭》传奇名擅一时，当其脱稿时，翌日而歌儿持板，又翌日而旗亭已树赤帜矣"①。肯定有情人生的最高境界——"至情"，认为人生的艺术活动皆"为情所使"，其中尤以《牡丹亭》为代表，其《题词》曰："情不知所起，一往而深。生者可以死，死者可以生。生而不可与死，死而不可复生者，皆非情之至也。"这种贯通于生死虚实之间的"至情"，呼唤着精神的自由与个性的解放，最能表达这种"至情"的方式就是戏曲之道。可以说，《牡丹亭》谱写了至真、至美的"情"之赞歌，肯定青春的美好、爱情的崇高、个性的解放，给当时社会注入一股新鲜的气息，唤醒更多世人对于"至情"的认识；对于传奇戏曲文体的认可，在"情"这一主题升华和流传的同时，扩大传奇戏曲的表现主题，提升传奇戏曲的文体品位。

"临川四梦"处处可见作者强烈的主体性色彩。借助传奇表达自我的人生观和社会观，淳于梦与卢生则更仿佛就是汤显祖的化身；汤显祖借以实现自己现实中难以企及的愿望，并完成自己对于社会、人生的种种思索，主体性在现实与人生面前的莫可奈何与微不足道；与《紫钗记》《牡丹亭》的高扬相比，这种探索反省更为深邃、理性。"临川四梦"中我们明显地看到汤显祖自我主体意识的痕迹，从最初对于情

---

① 〔清〕石韫玉：《吟香阁曲谱》序，毛效同编：《汤显祖研究资料汇编》，第935页。

感、理想大胆执着的追求,到对于这种追求的重新思索与反省,对于人生意义、社会现实的深刻探讨,汤显祖强调的"意、趣、神、色"等主体性色彩得到最大限度的张扬与肯定。

沈璟则集中着眼于昆腔传奇发展较为繁盛的吴越地区,旨在推动当时曲坛核心地位的确立,所以更多倾向于规范昆腔传奇现状、辨析传奇文体的出发点,从整体全局的角度树立自己的戏曲理论。沈璟自1589年归乡隐居后就"日选优伶,令演戏曲","息轨杜门,独寄情于声韵",与孙鑛、孙如法、王骥德等人潜心切磋曲学,试图建立规范完整的昆腔格律体系。立足蒋孝《旧编南九宫谱》的基础,搜集古本戏文的曲例,细致分析昆腔的宫调、曲牌、句式、音韵、声律、板眼等问题,最终于1606年完成关于昆腔格律的专著——《南曲全谱》,此外还辑录《南戏韵选》《古今词谱》《遵制正吴编》《论词六则》《唱曲当知》等戏曲音乐理论著作,都是填词制曲者所遵从的必要之作。

沈璟《南曲全谱》展现出较为全面的辨体思维具有教科书式的典范意义,此外还有【二郎神】套曲提出的格律论用以指导具体的创作与演唱。沈璟的女婿李鸿为其曲谱作序云:"(沈璟)常以为吴歙即一方之音,故当自为律度,岂其矢口而成,漫然无当,而徒取要眇之悦里耳者。"所以沈氏作谱的意图即在于经过他的努力,"寻声校定",以便"一人唱,万人和,可使如出一辙","欲令作者引商刻羽,尽弃其学,而是谱之从",力图为文人创作提供标准化的曲牌规范,以改变当时曲坛较为混乱的现状。昆腔传奇自魏良辅、梁辰鱼等人不断开拓而渐受欢迎,不少士大夫纷纷投入创作,"今则自缙绅、青衿,以迨山人、墨客,染翰为新声者,不可胜记"[①]。只是他们多为"趋慕风雅、宣泄才情",视度曲填词为风雅之举而缺少明确的辨体意识,从而出现"不寻宫数调,而自解其娱;不就拍选声,而自鸣其籁"的现状。虽然前有李开先、梁辰鱼、何良俊、王世贞等人的探索,但各家观念纷

---

① 〔明〕王骥德:《曲律》,第317页。

坛不一,甚至出现争论,沈璟则希冀"怎得词人当行,歌客守腔,大家细把音律讲";致力于格律辨析与体系建构,规范统一文人传奇的创作,形成与元杂剧相媲美的局面,"盖先生雅意,原欲世人共守画一,以成雅道"。

可见,"沈汤之争"的分歧还在于身份定位的不同,导致推尊传奇文体途径的差别,但最终都致力提升传奇戏曲的文体地位。

三、地域视角与"沈汤之争"的审视

沈、汤争辩缘起于《牡丹亭》的改编,汤显祖所发率直意气之语:"不佞《牡丹亭记》,大受吕玉绳改窜,云便吴歌。不佞哑然笑曰,昔有人嫌摩诘之冬景芭蕉,割蕉加梅。冬则冬矣,然非王摩诘冬景也。其中骀荡淫夷,转在笔墨之外耳。"①需要特别指出,吕玉绳窜改所为"云便吴歌"难免不合临川汤显祖的本意,不仅存在方言、声腔、文词诸多问题,而且涉及更深的地域文化差异。汤显祖地域有别的心态在《答吕姜山》的言辞间也有流露:"弟虽郡住,一岁不再谒有司。异地同心,惟与儿辈时作磻溪之想。"汤显祖罢官隐居乡里,即使与当地官员也少往来,可见自求安逸闲适的心态,仅做一地之隅的戏曲娱赏,并非如沈璟身居吴中而定曲坛之策。

自徐渭、魏良辅以降的文人曲家都努力将昆腔从"新声"推至"正声",突破"止行于吴中"的地域限制。魏良辅《南词引正》曰:"惟昆山为正声,乃唐玄宗时黄幡绰所传。"②似乎与徐渭《南词叙录》"隋唐正雅乐,诏取吴人充弟子习之"相互印证,重在突出吴中声乐的正统地位。至沈璟等曲家则更要确立昆腔"新声"泛之四海的标准,以巩固吴中的核心正宗地位。沈宠绥《度曲须知》卷下《方音洗冤考》就方言角度,"尝考宁、年、娘、女数音,其字端皆舌舐上颚而出,吴中疑为北方土

---

① 〔明〕汤显祖:《答凌初成》,徐朔方笺校:《汤显祖全集》,第1442页。
② 钱南扬:《魏良辅南词引正校注》,《汉上宦文存》,中华书局,2009年,第94页。

音,所唱口法,绝不相侔。幸词隐追始《正韵》,直穷到底,奴经一切,昭然佐证,而土音之嘲始解"①;指出沈璟力求贯穿南北使得昆腔新声逐渐通向全国,从"土音之嘲"转变而为"雅声正调"。

"沈汤之争"的焦点无非声腔与格律两途,其间无不表现出地域因素的渗透介入。汤显祖"临川四梦"究竟属于何种声腔? 一直以来为争议最多并未有定论,但是从汤显祖"云便吴歌"的不满可见,《牡丹亭》显然最初不是完全符合沈璟等人标榜的昆腔正声,而是保留弋阳腔的痕迹,并招致他们的不满与改编。晚明曲家凌濛初和臧懋循也多有指出,如臧懋循改本《南柯记》评第十九折【四块玉】云:"此曲已见《牡丹亭》,中间音调须与深于曲者尚之,而临川以惯听弋阳之耳,矢口而成,其舛宜矣。予此改,亦如调瑟,然不能更弦,终难尽美也。"又改本《紫钗记》评第三十七出【神仗儿】:"原本【神仗儿】与《琵琶记》调多不合,当时弋阳腔误人。"臧懋循较为苛刻地指出汤作附着的弋阳腔痕迹。此外,崇祯年间独深居士点定《玉茗堂四种曲》"诸家评语"援引袁宏道曰:"词家最忌弋阳本子,俗云'过江曲子'是也。《紫钗》虽有文彩,其骨骼却染有过江曲子风味,此临川不生吴中之故也耳。"与"文彩"相对应的不足当为俚俗,《紫钗记》等所含"过江曲子"的审美风味,显然有别于当时文人士夫喜好的昆腔雅曲。昆山腔、弋阳腔等虽同属南曲体系,但其间的风格趣味却各有千秋。凌濛初《谭曲杂札》曾说明弋阳腔的体性:"况江西弋阳土曲,句调长短,声音高下,可以随心入腔,故总不必合调,而终不悟矣。"概括弋阳腔为未经文人化的"土曲",而且突出"随心入腔"的特性,所以句调、声音的变化较大,才出现"不必合调"的现象,这与经过沈璟等曲家严格规范的昆腔相比体制略显随意。类似的辩护又如范文若《梦花酣序》:"临川多宜黄土音,板腔绝不分辨,衬字衬句,凑插乖舛,未免拗折人嗓子。""拗折人嗓子"为宜黄土音的体性所限而非汤显祖的率性粗制所为。宜黄乡音的记载还见

---

① 〔明〕沈宠绥:《度曲须知》卷下《方音洗冤考》,《中国古典戏曲论著集成》六,第196页。

于汤显祖的《右武座中,章斗津、朱以功举吾郡杂字乡音为戏,听然答之》等诗篇。

地域色彩的渗透还体现在汤作的格律文词方面。明代曲坛的整体格局呈现出南北曲交错发展的状态,其中南曲系统又是诸腔并陈,汤显祖《庙记》言,"至嘉靖而弋阳之调绝,变为乐平,为徽、青阳"。其间诸多声腔品性差异较大,如海盐腔多用官语且"体局静好",而弋阳腔则"错用乡语","其调喧"。昆山、弋阳、海盐、余姚等地域文化不同,也导致格律文词方面同样存在差异。这也是沈璟等曲家改编《牡丹亭》的原因之一①,这主要集中在两个方面:一是用韵,二是"乡语"。

沈璟《词隐先生论曲》【二郎神】提出将入声代平声:"倘平音窘处,须巧将入韵埋藏。这是词隐先生独秘方,与自古词人不爽。"这样处理显然意在摆脱诗词四声理论,促成南曲四声的独立规范。沈璟明确表示传奇用韵遵从周德清《中原音韵》:"惟沈宁庵吏部后起,独恪守词家三尺,如庚清、真文、恒欢、寒山、先天诸韵,最易互用者,斤斤力持,不少假借,可称度曲申、韩……沈工韵谱,每制曲,必遵《中原音韵》《太和正音谱》诸书,欲与金元名家争长。"②沈璟的出发点很明确,即取道相对成熟的北曲规范,相对广泛的官语声韵等,从而为传奇创作确实提供可依参考的规范,摆脱曲韵依托诗词韵律的状态,"欲与金元名家争长",将昆腔传奇提升至正统经典之列。

沈璟意在针对当时文人雅士染指创作用韵乱押的普遍现象,如徐

---

① 沈璟针对汤显祖格律问题,还存在诗词曲格律的差异方面,如【二郎神】:"用律诗句法须审慎,不可厮混词场。【步步娇】首句堪为样,又须将【懒画眉】推详,休教卤莽。试一比类,当知趋向。岂荒唐,请细阅《琵琶》,字字平章。"沈璟以两个昆曲常用的曲牌为例,【步步娇】首句为"※仄平平平平去"(※是平仄不拘),而《牡丹亭惊梦》填为"平平平平平平去",显然不合曲谱格律,也不符格律诗法。又【懒画眉】首句本为"※仄平平去平平",而《牡丹亭寻梦》为"仄平平仄仄平平",沈璟批评为"用律诗句法"较为贴切。不过,此等填制之法又见高濂《玉簪记·琴挑》与袁于令《西楼记·楼会》,都源自《琵琶记》的定式,体现出汤显祖等曲家遵从高明的南曲创作范式的典型现象,与沈璟等曲家思路略有不同,这又回复至究竟是遵从北曲规范还是南曲传统的问题。

② 〔明〕沈德符:《顾曲杂言》,《中国古典戏曲论著集成》四,第206—207页。

复祚批评姻亲张凤翼"先天、廉纤随口乱押,开闭罔辨,不复知有周韵矣"。徐氏作为吴中曲家批评的标准就是《中原音韵》。沈璟《南九宫词谱》卷八引《琵琶记》第二十五出【驻马听】"书寄乡关",批注为"用韵甚杂,不可为法,但取其协律耳"。并且论曲套曲【二郎神】"制词不将《琵琶》仿,却驾言韵依东嘉样。这病膏肓,东嘉已误,安可袭为常"。出丁《琵琶记》在南曲的重要地位,其影响也波及文人传奇戏曲的填制,曲家祁彪佳就认为:"音律之道甚精,解者不易。自东嘉决《中州韵》之藩,而杂韵出矣。才如玉茗尚有拗嗓,况其他乎? 故求词与词章十得一二;求词于音律,百不得一二耳。"吴中曲家欲规范曲坛来确立吴中观念,当时风头正炽的《牡丹亭》的格律问题正好成为争议指摘的标的。

其实,究竟依照成熟规范的《中原音韵》,还是袭遵传统南曲的声韵体例,也是明代曲家争议分歧的焦点之一。沈璟也认知仅遵《中原音韵》的不足,"别无南韵可遵,是以作南词者,从来俱押北韵,初不谓句中字面,并应遵仿中州也"。同时"欲别创一韵书",可惜的是"未就而卒"①。汤显祖则坚持南曲声韵的"别是一家",所以选择取法南曲之祖《琵琶记》的准范,突出南曲声韵方面的自身特色。其次,南曲较为宽松的用韵体制也适合汤显祖率性激扬的创作个性,可以提供较为广阔的表现领域。所以说,格律问题实则人云亦云,叶堂《纳书楹"玉茗堂四梦"曲谱》凡例云:"知音者即以为临川之韵可,以为临川之格也可。"汤显祖《答孙俟居》也曾批评沈璟,"且所引腔证,不云未知出何调犯何调,则云又一体、又一体。彼所引曲未满十,然已如是,复何能纵观而定其字句音韵耶"?②既参照曲谱又不必完全依照曲谱。最后,还要辨明汤显祖对于周德清的态度,"周伯琦作中原韵,而伯琦于德辉、致远中无词名"③。这或许也是造成汤显祖不全然遵奉《中原音韵》,最后取南而背北的另一推动因素。

---

① 〔明〕王骥德:《曲律》卷二,第117页。
②③ 〔明〕汤显祖:《答孙俟居》,徐朔方笺校:《汤显祖全集》,第1392页。

针对汤显祖的指摘还有"错用乡语",出现临川地域色彩鲜明的语词:

> 近世作家如汤义仍……至于填词不谐,用韵庞杂,而又忽用乡音,如"子"与"宰"叶之类,则乃拘于方土,不足深论,止作文字观,犹胜依样画葫芦而类书填满者也。义仍自云:"骀荡淫夷,转载笔墨之外,佳处在此,病处亦在此。"彼未尝不自知。①

凌濛初替汤显祖辩解为,"拘于方土"固然有理,不妨还可认为是汤显祖有意为之的点缀之笔,就如同当下普通话之间夹杂一二粤语、吴音,其新鲜之感或能促进文词语言的丰富多彩,更加表现出汤显祖着意的"骀荡淫夷"。意趣才是戏曲文本的浓墨重彩,"《还魂》、'二梦'如新出小旦,妖冶风流,令人魂销肠断,第未免有误字错步……吴江诸传如老教师登场,板眼场步略无破绽,然不能使人喝彩"②。所以,"汤显祖是江西临川人,虽然在江苏、浙江一带有较长的生活经历,但他与一些在诗文领域把持着话语权,或在戏曲领域主导舞台表演倾向的吴地士人,维持着明显而微妙的心理距离。这既源于汤氏耿介、孤傲的人格气质,也与他对江右一带文化传统的自信有关"③。在所作的诗文曲作之间表现出游离文坛的自我之音和独立风范,可谓晚明文人人格品性的另一展现,汤显祖的自信同样源自地域文化的优越感,如江西儒学传统的熏染、悠久戏曲文化的传承等。

基于此,还有"吴江派"与"临川派"的讨论也以地理区位作为流派统名,大多因为流派成员出自共同地域,接受相同文化地理名俗的熏染,或有共同的学术文化接受背景。"临川派"的提法或可追至吕天成《曲品》卷下《拜月》:"元人词手,天然本色之句,往往见宝,遂开临川玉茗之派。"临川只是标明汤显祖的籍贯,派则更多倾向于风格,而非确

---

① 〔明〕凌濛初:《顾曲杂谈》,《中国古典戏曲论著集成》四,第 254 页。
② 〔明〕王骥德:《曲律》,第 284 页。
③ 程芸:《汤显祖与晚明戏曲的嬗变》,中华书局,2006 年,第 18 页。

切断定汤显祖为首的戏曲流派。具体将其分类源于吴梅《中国戏曲概论》:"有明曲家,作者至多,而条别家数,实不出吴江、临川、昆山三家。"此后青木正儿《中国近世戏曲史》描述明代戏曲,将叶宪祖等人列入"吴江一派",阮大铖等人列入"临川一派";从其成员的地理籍贯分布而言,很显然流派的划分不具备浓郁的地域色彩,而是重点在于凸显汤、沈二人的地域性身份。

四、结语

晚明曲家对于新传奇文体的意识更加强烈,似乎缘起于尊崇元曲的氛围下有明文人曲家建树明代戏曲的志向,这体现在沈璟等人志在规范昆腔传奇的体制,并努力推广流行于更广的范围。又吕天成《曲品》虽按时间顺序标举"旧传奇"与"新传奇",但是"新传奇"的强调更流露出万历曲家的文体树立意识,确立当时在曲坛独树一帜的传奇戏曲。所以,以此进而理解吕天成既将"临川四梦"归入新传奇,又对其中不合格律规范尤其是他们所树立的规范标准之时,难免会针对其中的句格、正衬、声韵等问题提出批评,这种指摘一方面来自他们坚持自我规范核心的态度,另一方面来自未能操其准则的遗憾与不满。他们立志规范统一的同时,忽略了戏曲形态多元、多彩的一面。全国抑或南曲由于地域因素导致的文化、习俗、方言、审美等诸多方面的差异而千姿百态,试图用完全统一的标准加以束缚不仅不能实现,反而可能更会适得其反。

"沈汤之争"并非需要面对面直接交锋,其"争"或许更多的在于戏曲观念的错位分歧,并且引起更多的思考启示,而不是"争"的外在形式,这才是"争"的价值意义。沈、汤两位曲坛巨擘对于戏曲创作和理论上的分歧,也吸引当时的文人曲家纷纷卷入其中,或是辩护一方,或是深思反省,或是总结探索,为此展开对于传奇文体的认识和建设。这次论争成为一个聚焦点和触发点,掀起戏曲理论研究的新潮,促进传奇发展的新方向:理论研究方面不少曲家辨体命题的展开,认识也逐渐理性化而趋于成熟,如王骥德、吕天成、李渔等;在实际创作方面提出调和二者的中间路线,如"合之双美"说、"必法与词两擅其极"说等,促使传奇戏曲文体朝着正确的方向发展。

作者单位:安庆师范大学文学院

影响传播

中国戏剧"曲的历程"之巅峰*

元鹏飞

　　古希腊戏剧发展史上,作家决定着戏剧的走向,引领着戏剧的发展,并产生了一批闪耀光芒的剧作家。更重要的是,这些古希腊作家作品中展现的对人类自身、历史命运的人文关怀精神,塑造了其戏剧的品格。由于不同民族的历史文化背景不同,中国戏剧的作家是在戏剧成熟之后才涉足这一领域的。除了元代特殊的时代背景催生过一批反映时代精神的杰作,作家将其对时代、人生、命运的深刻思考借助戏剧形式表现出来,最成功的只有汤显祖。鉴于中国戏剧特殊的历史道路,我们将其作品称为中国戏剧"曲的历程"之巅峰。所谓巅峰,杜绝"之一"这种和稀泥的含混提法。

　　从剧作上演的历史情况看,汤显祖的剧作确实没有什么可夸耀的业绩。但是,失去了汤公剧作的中国戏剧史,必将暗淡无光。杰出的、没有惊艳上演率的剧作,却又是中国戏剧史上踵事增华不可或缺的巅峰,通过这种似乎悖谬的戏剧史现象,我们看到的是中国戏剧的特殊道路、民族属性,并可以从中提取出指导现实戏剧传承的有益经验。

一

　　中国戏剧走了一条不同于古希腊戏剧的发展道路。

---

* 国家社科基金重点项目"脚色制与地方戏的兴起研究"(14AZW011)阶段性成果之一。

因为戏剧首先是文化的产物。

早于古希腊戏剧走向成熟的公元前 6 世纪,西周已经于公元前 11 世纪确立了礼乐制度。在礼乐文化生态中,原始的戏剧要素得以重新驯化,开始了漫长的从乐舞演出走向故事表演的演进历程。从此,原始宗教的仪式化表演在礼乐文化格局中与世俗乐舞表演构成平行关系,同向前进。古希腊戏剧从原始宗教乐舞中脱胎而来的纵向历史次序不是中断了,而是扭转为乐舞与仪式横向平行的"镜像关系",这一镜像关系成立的依据就是"表演"。只是仪式表演已经无法迈向成熟的戏剧形态,但乐舞表演自身的形态演进,提供了乐舞与戏剧的"表里关系",当这种表里关系实现反转的时候,就是戏剧形成并走向成熟的时候。

戏剧与乐舞"表里关系"反转的契机出现于唐代李隆基设置的"梨园"机构,这一机构改变了古代演员群体的组织形式,深刻地影响到古代演员职能的转变,也是造成戏剧与乐舞表里关系反转的机制。

自从礼乐文化的建设阻止了中国古代祭祀仪式中发展出戏剧的路径走向以来,乐舞表演占据了世俗生活的方方面面。宫廷、贵族、平民、边疆部族各有其乐,这在《诗经》中有全面的展示。秦汉施行乐府制度,被礼乐改造过的各种戏剧要素的特征为碎片状、片段式,对应的全体演员也处于分散的状态。所谓"百戏散乐"不仅是戏剧形态的分散,也包含演艺主体即演员间缺乏交流传承的状况。这种状况在隋唐教坊制中有了根本性的改变。

实行教坊制之前,北魏已经出现了乐户制,为表演艺术的纵向代际传承提供了制度保障。文献记载,出现于北齐的"踏摇娘"依然盛行于隋唐,并有各种变异型的发展,就不再是此前"东海黄公"和"蚩尤戏"一类可以相提并论的戏剧现象了。"东海黄公"和"蚩尤戏"只是戏剧要素的片段形态,"踏摇娘"则具备了戏剧本质特征的演出形态。在这一点上,我们的理论认知尚属混沌状态。

研究历史上的文化现象,首要的是在历史语境中展开话语。

就"戏剧"而言,其之所以被人们认识到,是由于本体得以产生并稳定存在。甚至,在古代中国的礼乐文化生态中,这一本体一直未被独立认可,而是作为"乐"的附庸或变异。但是,一旦"戏剧"的本体被认知并概念化后,这一本体的一些本质特征就可以产生知识背景投射的效果,便利了我们在此知识经验前提下认为某些演出是戏剧或不是戏剧,乃至于总结出"戏剧就是扮演"的论断。然而,在知识背景一片空白的历史文化原生态语境中,将这一论断运用到"戏剧"本体的产生前却极不合理。知识作为概念投射的方向应该是当下和未来,我们甚至可以根据"戏剧"概念的某些内涵创造"戏剧",因为作为观念的"戏剧"这一词语本身也可以部分代表全体地具有的"全息"特征,但在"戏剧"本体出现前,在其本体的准备阶段,不能以观念的"全息"特征来部分代表整体地说历史上那些具有戏剧性的演出就是戏剧(本体),例如唐前的"东海黄公"和"蚩尤戏"等。

作为本体的戏剧,在古希腊随着 Tragedy 而出现 Drama;但在古代中国,由于没有文学内核的依托,戏剧本体的出现需要另一种方式,这就是组织化的演员体制。这一组织体制在古代中国祭仪中是没有任何问题的。礼乐文化中,专职组织化的祭仪人员很多是世袭的,更多的则是官方成规化的存在。戏剧演员则不同,在隋唐之前,很多表演要素体现于俳优倡伶,甚至直到隋唐教坊出现,也依然以乐舞的形式为主。唯一不同的本质变化是演员从此由分散走向了聚合。而演员得以聚合就是走向组织化的前提,这一发展趋势最终在李隆基的"梨园"机构中成为有机的形制。文献记载中关于"踏摇娘"的演出活动以"冲州撞府"的散乐艺人为主体,北魏开始的乐户制度就是以家庭为主的前戏班时代,李隆基的"梨园"机构则属于皇家专享戏班,并为这种民间组班形式提供了更全面、高级的复杂形态,是为中国戏剧班社组织的正式形成。

在这样走向戏剧成熟的组织机制中,没有剧作家的位置。唐宋时期兴起了科举制度,自视清高的文人也不会正视这套艺人的演出机制,所以我们看到,即使戏剧已经在唐代形成了,产生了歌舞戏和弄参军等丰富的形态类型,其成熟依然需要得到文学要素滋养。这一条件在宋代借助与说唱文学共享的叙事文学场域,特别是进一步完善的"杂剧色"机制,催生了北宋开始的成熟戏剧。此后,"杂剧色"的成熟戏剧形态进一步与诸宫调艺术结合,就是中国"戏曲"的"原生形成",在此基础上,才有记录"戏曲"曲唱的文本,即遗留至今的元刊杂剧。剧作家采取主动姿态介入戏剧演进还是要在剧本形态上适应艺人的组织机制,而不是相反。在这样的介入中,即使出现了颇富才情的作品,产生了具有创作力的剧作家,但以傲然姿态申明剧作家主体地位的尚无一人,直到汤显祖出现。

二

我们简笔勾勒的不同于以往戏剧史构建的中国戏剧演进图景,可以衬托出来的也是一个新的结论:沈汤之争,不仅是剧作文辞与乐律孰为主导的问题,更是剧作家与戏剧演员如何确定各自在中国戏剧坐标上的位次问题。遗憾的是,汤显祖的努力未能打破中国戏剧"演员中心制"的格局,但为我们留下了永葆人文精神的杰作。借助于中华人民共和国成立后的"戏改"运动,剧作家确实凸显了自己的地位,演员中心制已经完全被打破,但能够比肩汤公"四梦"的剧作呢?

谈及汤公"四梦"的艺术成就,拙文《案头场上说"四梦"》曾就其在梦境文学方面的成就做总结,评价认为:

> "玉茗堂四梦"在中国古代文学梦境文学的创作、中国古代戏曲舞台梦境的搬演两个方面取得了继往开来、承前启后的巨大成就。临川四梦成为汤显祖发抒人生情怀的重要手段,他上承庄周梦蝶的哲理思辨,也可能影响到了《红楼梦》对人生深重体验的表述。比较而言,临川四梦不如《红楼梦》的长篇巨制,庄周梦蝶则不如临川四梦展示人生荣辱浮沉的直观,当孔夫子发出"不复梦见周公"的感叹,自哀政治理想不得实现时,又比不上庄周梦蝶的意味隽永,而不管历史进程如何,这种将人生与梦境联系在一起

的体验是相通的。但最终惟有场上搬演的戏曲艺术能够将历史、人生、梦境与舞台演绎为一体。当庄周梦蝶被搬演于舞台,当临川四梦形诸方丈氍毹时,可以说人生之悟与梦境之感已经通过案头场上相一致的艺术手法得到了艺术的升华,在这个时候,我们又可以说,惟有戏曲,惟有戏曲的搬演特性才能进一步把梦境文学的魅力与艺术效果最好的呈现出来,也才有梦境文学的继续发展进步。

今天,在摆脱纯文学视角后,从戏剧发展史的角度看,汤公的剧作其实是尝试对演员中心制戏剧传统的超越,因此才更有独特的价值与地位。

中国戏剧演出的程式、机制靠的是角色制。世界戏剧史上,演员中心的戏剧屡见不鲜,包括最早的古希腊戏剧的前身,包括欧洲中世纪的神迹剧一类,也包括黄竹三师指称的"泛戏剧形态"中的一些演出,甚至现代卓别林就是演员中心戏剧的杰出代表。但是,演员中心的戏剧不是演员中心制的戏剧。

从唐代"梨园"出现,到北宋"杂剧色"的演出,再到宋元戏曲的"原生形成",这是中国戏剧演员中心制的形成、成熟与定型阶段,有大量文献材料、戏剧文物以及剧本形态本身的证据。自宋元时期"杂剧色"的戏剧演出与诸宫调结合导致"戏曲"的"原生形成"以来,直到清中叶乾隆年间花部兴起重新出现演员中心,这是一段中国戏剧独具的"曲的历程"。这一提法由卢冀野先生最早提出,其《中国戏剧概论》自序中疑惑道:"元明清三代的杂剧传奇,这是以'曲'为中心的。我们可以从曲的起源上推论到宋,到六朝。突然去掉了南北曲的关系,叙到皮黄话剧,这好像另外一个题目似的。我说过一个笑话:中国戏剧史是一粒橄榄,两头是尖的。宋以前说的是戏,皮黄以下说的也是戏,而中间饱满的一部分是'曲的历程'。岂非奇迹?"①

---

① 卢冀野:《中国文学七论》,广西师范大学出版社,2007年,第362页。

"曲的历程"阶段,涌现了大量投身戏剧的作家,也创造出了满天繁星般的剧作,但真正因个人的觉醒投身戏剧创作的有几个人呢?客观地说,"元曲四大家"勉强体现了这方面的思想意识,但个体原创的力度有限;进入明代,徐渭的《四声猿》以"奇绝"成就宣泄着一代畸人在扭曲时代的勃发生命力,但受制于杂剧简短的文体形态,容量也差强人意,所以分量不足。只有汤显祖,感受到了明代文化政治生态对人性的压抑与扭曲摧残,借助传奇的体制创作了鸿篇巨制。

作为一个有思想、有政治抱负,受传统"修齐治平"观念熏陶的读书人,在明代日渐压抑的社会生态中,汤显祖一直是具有"不合群"特性的人。拒绝首辅的拉拢,拒绝刻意营造的官场生态链,只单纯地按照自己的良知行事,汤显祖即使最后退出官场,也不后悔自己的人生选择。《邯郸记》和《南柯记》"情空"的意蕴就是作者对当时世俗官场人人汲汲事功的不屑。当然,这种观念的表达是消极的,但在当时的历史条件下,这是避免碰壁的次优选择。在这之前,汤显祖也曾在感受到时代令人窒息的氛围中努力进取过,这种"知其不可为而为之"的锐气催生的就是作者极为珍视的《牡丹亭》。这部作品凝聚的"意趣神色"不仅仅是文学作品品鉴意义上的那些内容,一定饱含着作者曾经激情奋发的岁月的印迹。

人死三年而为情复生的故事固显荒唐,但这种荒唐事所表达的深邃思想内涵却是合理的。宋明理学的兴起摧残禁锢人性之惨烈,对作者而言是现实感受。借助题材的改造利用,将杜丽娘作为中晚明以来人们渴望冲破礼教的束缚,获得个性自由的艺术象征,就植根于汤显祖对时代和生活的感受,对所生活环境的感受,对明代政治文化生态的感受。对当时人们的爱情向往与理想追求有巨大感召力的杜丽娘如醉如痴的深情,其对爱情生生死死的追求体现象征的正是汤显祖对理想执着的追求。与晚明文学个性解放的旗手——李贽的交往,坚定了作者对情理、对人性、对良知的认识,这种对于美好的、应该得到合理满足的生命冲动的肯定,驱使汤显祖以杰出的艺术创造予以表现。如果说苏轼的豪放词"自是曲子中缚不住者",汤显祖在借助"曲"文字创作《牡丹亭》时,也早就在营造意趣神色的境界中,不知不觉地冲击着演员中心制的文体格局,把故事型传奇文体提升到了展示人的精神与环境相互撞击的地步。

于是,汤显祖的剧作自然在内在的戏剧精神品格上契合了古希腊以来的西方戏剧,在人文精神的意蕴上具有了超越时空的历史价值。

三

脱胎于祭台献演的氛围,古希腊戏剧围绕神灵尤其是英雄的人生悲剧,从人在伦理冲突、两难选择、人生悖论等面前的心灵悸动和痛苦抉择入手,刻画重心在于人物形象,尤其是其灵魂深处的挣扎。而中国戏剧自接受了礼乐文明的驯化,早已回避了这些沉重的话题,戏剧不仅是"乐"(yuè)的附庸,还先天被涂上了"乐"(lè)的色彩。无论歌舞戏"踏摇娘"还是滑稽戏"弄参军",都有故事的框架依托,演员只在敷演这些人人尽知的故事中展示其卓绝伎艺,乃至演员自身的舞蹈、音喉,所谓"色艺双绝"至元代而为评判标准,其由来实已久矣!

北宋"杂剧色"的出现标志着中国戏剧的成熟。这一结论早已由大量文献材料和繁夥的出土文物所证实。四十多年前,美国亚利桑那州立大学奚如谷教授在其《金代戏剧面面观》一书中,主要根据《楼钥》(1172)、《东京梦华录》(1147)、《都城记胜》(1235)、《西湖老人繁胜录》(1250)、《梦粱录》(1241—1274)、《武林旧事》(1276—1290)、《辍耕录》(1366)中的记载和一些出土文物的综合分析,得出了中国最早的成熟戏剧是活跃在宋金舞台上的通俗民间话剧这一结论。[①]他的基本观点是,在金元一百多年的时间里,杂剧的演出形式保持着高度的连续性,这使得他倾向于把这种连续性上推到北宋时期。这种连续性的存在,也否定了冯沅君提出的元代音乐剧的兴起使宋金杂剧消亡了的论断。

---

① Stephen H. West. *Vaudeville and Narrative: Aspects of Chin Theater*. Franz Steiner Verlay Gmbh. Wiesbaden, 1977.

宋金杂剧并没有消亡,而是在继续发展完善,并将音乐剧也吸收为自身的组成部分。戏曲艺人,无论随宋室南迁还是继续留在北方,都主要利用北宋的传统形式来满足观众的要求。既然北宋戏剧和元代戏剧保持着连续性,那么,如果元杂剧是成熟戏剧,宋杂剧也应当是成熟戏剧,尽管前者是音乐剧而后者是话剧。

奚如谷认为,宋金杂剧有两种基本表演形式,分别为一人表演型和群体表演型,从进化的观点看,群体性的表演显然更加高级一些。从出土文物可知,有些类型的院本杂剧被搬上了戏剧舞台,主要是么末和正杂剧的形式。除了通常的讽刺滑稽剧以外,从一些同名的院本名目和元杂剧的剧目这一现象看,当中不排除也有一些比较严肃的戏剧表演存在。宋金杂剧院本中唯一所缺乏的因素是具有一定长度的成套音乐,金代的诸宫调提供了这种音乐条件。奚如谷认为,诸宫调是中国戏剧的最后一种催化剂,它使已经成熟的宋戏剧在不长的时间里一跃而为完全定型的戏剧,实际就是本文命名的"戏曲"的"原生形成"。

戏曲"原生形成"的机制实际由北宋杂剧色决定,并且北宋杂剧色的演出已臻于戏剧自身的完全成熟也有大量证据,最新的材料及其研究成果亦已问世。①在某种意义上,北宋"杂剧色"就相当于地方戏兴起以来的行当化演出。而北宋"杂剧色"的演出,根据文献记载看也就是"寻常熟事"的"艳段",敷演山东河北村人滑稽小品式的"散段"。最重要的代表成熟戏剧的"正杂剧"则"大抵全以故事,务在滑稽唱念,应对通遍"。也就是说,依托故事做表演就是中国戏剧的形成与发展逻辑,将人物命运、人的灵魂在不同情况下的挣扎沉浮作为戏剧的核心表演内容,也就是说古希腊悲剧式的戏剧表现,一直是凤毛麟角的。折子戏选本的统计结果表明,作为时代经典,《窦娥冤》和《赵氏孤儿》在元明戏剧中的演出状况,和文学史的描述是有相当距离反差的。在

---

① 元鹏飞、李宝宗:《宋代戏剧形态发展的重大新物证——北宋宣和二年杂剧做场图探论》,《中华戏曲》第 51 辑,文化艺术出版社,2015 年。

这样的时代潮流中，汤显祖《牡丹亭》的创作显然是不合时宜的，这也同样为后世的戏剧选本证实了。

事实又证明，这种不迎合浅俗之"乐"的戏剧才有真正感发人心的力量。高明改编《琵琶记》时所写开场词中感叹"论传奇，乐人易，动人难"，但其围绕"子孝共妻贤"主题塑造的五娘形象，只是按照宋明理学规范呈现的"苦戏"，在那种伦理教化被抛弃后自然价值消减。《牡丹亭》却是以反抗、对抗伦理教化为立足点，以人性最本真的灵动与追求为表现，为此不惜得罪卫道士的面目出现的，那么，所谓曲律规范这种小技岂在话下？吕家戏班以便于演出而改戏，词隐先生沈璟以便于曲唱而指责，可谓根本未谙汤公创作意蕴所在。

显然，汤显祖的创作早已突破"曲"为本体，演员为主体的中国古代戏剧格局，从作家主体角度确立了一种新的典范。这一典范将搬故事戏剧中的简单人物轮廓变为透视人的灵魂与环境冲突的悲剧类型，而且比之杂剧更符合西方戏剧所要达到的长度之要求。尽管这一尝试未能完全主宰中国戏剧在明以后的格局和走向，但影响所及也产生了"玉茗堂派"。以往研究主要从骈词丽语角度与格律派做区分，在精神内涵方面的强调和发掘尚留有余地。而由于缺乏对中国戏剧演员中心论的认识前提，对汤显祖剧作在这种戏剧格局中的"曲的历程"巅峰的意义，除了吕效平《戏曲本质论》一书的相关章节对"演员戏曲"和"作家戏曲"辨析中的高度肯定外，其他研究者还缺乏更深刻的体认。

中国地方戏的兴起已经是中国戏剧在声腔"次生形成"后的"衍生形成"阶段，进入彻底显性的"演员中心制"阶段，作家的才情发挥几乎完全受到排拒，固然是中国戏剧创作的低谷。但是，自20世纪初兴起的戏剧改良运动以来，尤其是借助体制的力量施行"戏改"运动后，剧作家中心制已经完全取代了传统的"演员中心制"，其中的成败得失之评论是另一个问题，但对于民族传统戏剧的传承肯定是有非常不利影响的。现在的另一个问题是，既然剧作家中心制已经完全成为事实了，当下、数百年后，回望戏剧史，当今剧坛中民族传统戏剧创作领域，一个个获得奖励、称号的剧作家，谁将有幸荣膺汤显祖历史上曾经得到的地位?

　　今天我们纪念汤显祖这位明代不朽的剧作家,并誉之为中国戏剧史上"曲的历程"之巅峰。那么,在传承传统成为时代潮流的当下,谁能再次达到《牡丹亭》曾经的经典地位? 我们拭目以待!

作者单位:西北大学文学院

遗民心绪与道德重构
——论陈轼与《续牡丹亭》

朱夏君

王思任曰:"'四梦'熟而脍炙四天之下,四天之下遂竞与传其薪而乞其火。"①汤显祖《牡丹亭》写定后,因其在剧坛影响深远,故而后人模拟与续写的作品层出不穷。就续书而言,以陈轼《续牡丹亭》、程梦星《后牡丹亭》、王墅《后牡丹亭》较为著名。但程梦星《后牡丹亭》、王墅《后牡丹亭》均已散佚。陈轼的《续牡丹亭》成为现存唯一的《牡丹亭》续书。

《续牡丹亭》共四十二出,分上下两卷,各二十一出。今南京图书馆藏清三槐堂刻本,国家图书馆藏民国古吴莲勺庐抄本。王汉民辑校《福建文人戏曲集》整理本于2012年由海峡文艺出版社出版。《续牡丹亭》剧情如下:

柳梦梅与杜丽娘完婚后,官居翰林学士之职,整日在家研读朱熹《纲目》《集注》。赖头鼋寻找石道姑来到杭州,以泥丸扑打陈最良下马,被陈最良解送官府。杜丽娘为救赖头鼋,令石道姑嫁给陈最良,化解这场矛盾。柳梦梅遭到同僚许及之陷害伪学党,携杜丽娘流放至柳州。杜宝亦因此案上疏乞归,移居西湖。赖头鼋为送别柳梦梅、杜丽娘,从杭州追至柳州、桂林。柳梦梅在流放途中拜访故友桂林刺史韩子才,不想韩子才毫无廉耻,拜奸相韩侂胄为叔。被柳梦梅喝骂一番后,韩子才怀恨在心,张榜不许桂林地方收留柳梦梅,幸得土猺女将招

---

① 〔明〕王思任:《春灯谜记叙》,吴毓华编著:《中国古代戏曲序跋集》,第169页。

步玉馈赠金银并送归柳州。柳州管营官侮辱柳梦梅,令其与杜丽娘住在马房,斩草煮料,喂养牲口。赖头鼋有感于贤人受冤,拼死叩阍,使柳梦梅官复原职。西川受五溪蛮侵扰,柳梦梅奉旨前去安抚,举荐招步玉为西川总管,得胜而回。陈最良被革职后假意隐居富春江,渔夫看出其利欲熏心,与之绝交。春香由杜丽娘安排,嫁柳梦梅为妾。杜宝蒙皇帝特恩启用,但上书乞归回籍。柳梦梅夫妇、杜宝夫妇、陈最良夫妇、招步玉与已授官职的郭驼、赖头鼋会合于蜀中。

一

《续牡丹亭》作者陈轼,字静机,福建侯官(今福州)人。生于明万历四十五年(1617),卒于清康熙三十三年(1694)。崇祯十三年(1640)进士,官南海知县,隆武时官御史,永历时官广西分守苍梧道、布政使司参议、广东分巡岭西道、提督学政、布政司右参政兼佥事。入清后,不肯折节事清。归里,葺道山故居居之。陈轼喜风雅,擅诗文,工词曲。著有《道山堂前集》四卷、《后集》七卷传于世。另著传奇《续牡丹亭》(一名《续还魂》)。陈轼又与郑开极、陈学夔等编纂《福建通志》六十四卷。

黄周星《道山堂集序》中云:"静机家世通显,簪笏蝉联。"①可见陈轼并非贫寒出身,其家至少在当地属于显贵。陈轼年少具有出仕之志,于二十四岁中进士,在众多进士中"裒然为英妙之冠,盖其齿才廿四耳"②。由于身逢鼎革,年轻有为、本可以在仕途中一伸抱负的陈轼在仕途上却显得尤其尴尬。

崇祯十三年,陈轼中进士后官南海县令。四年后,崇祯在煤山自尽。陈轼转而于南明隆武帝朝廷任御史。其时,清军已由扬州渡过长江,江南陷入危境。在隆武帝朱聿键的南明政权内部,党派斗

---

① 〔清〕黄周星:《道山堂集序》,《清代诗文集汇编》编纂委员会编:《清代诗文集汇编》六二,上海古籍出版社,2010年,第2页。

② 同上,第1页。

争异常严重,地方势力跋扈自雄,对南下的清军毫无抵抗能力。1646年,地方势力郑芝龙叛明附清,隆武帝出奔汀州,不久被清军追及擒杀。陈轼失望回到广东。永历朝时,陈轼复出任广西分守苍梧道、布政使司参议、广东分巡岭西道、提督学政、布政司右参政兼佥事等职。顺治七年(1650),清兵陷桂林。次年永历帝朱由榔走广西。对政局彻底失望的陈轼没有扈从出走,回到了故乡福建。1658年,吴三桂率清军攻入云南。1659年,永历帝出逃缅甸。1662年,永历帝与其子等被吴三桂处死于昆明。由此,陈轼绝迹仕进,在家乡隐居终老。

陈轼的孙子陈汉谨在谈到《续牡丹亭》的创作主旨云:"临川复其师云:师言性,弟子言情。旨哉言乎。俞宁世先生尝惜临川之才未尽其用,四梦盖自写其生平,此定论矣。先王父由县令起家,陟谏垣,晋卿贰,方将大有作为,亡何遭时不偶,漂泊归隐五十余年。则兹编之续,毋亦夺酒杯以浇块垒者欤。"①言陈轼生不逢时,以致在"大有作为"之时不得其用。而《后牡丹亭》的创作,则是为了浇"未尽其用"之块垒。

《续牡丹亭》第二出《忧时》中,状元及第的柳梦梅谈到为官"不如秀才家安闲自在"的时候,剧本以杜丽娘之口传达了陈轼的人生理想,其云:"柳郎,你如今年富力强,正是捐麋报主之日。休要和光同尘,有负平生。"②我们在感叹杜丽娘如此功利的同时,难免要怀疑进士出身、"年富力强"的柳梦梅有着陈轼自己的影子。陈轼的官宦生涯由1640—1650年,时其年二十三至三十三。短短十年中,陈轼由县令、言官到寺卿,职位逐渐上升,而这十年也是清兵南下,明廷经历了彻底覆灭的最后历程。1650年陈轼隐退时三十三岁,正值人生盛年。

陈轼的隐居不仕是对自身及政局深刻体认的自然选择,然而其颇有抱负未伸、仕途失意的痛苦与无奈。陈轼的挚友黎士弘为《道山堂

---

① 《续牡丹亭传奇题词》,王汉民辑校:《福建文人戏曲集》元明清卷,海峡出版社,2012年,第126页。

② 〔明〕陈轼:《续牡丹亭》,同上,第129页。

集》作序云:"先生早岁成进士,出宰剧县,政成报满,改官言路。继分宪岭表,晋擢卿寺。值鼎革归来,优游里巷者五十余年。当先生在岭表,久为四民爱戴,时年才逾三十,又四字太平,使功名之念未销,不难濡足褰裳,冀用其所不足,而先生不尔。不则以先朝遗旧,易为名高,肆志微文,亦足附西山之高义,而先生又不尔。淳心道味,抱朴含贞,故其发为文章,大雅春容,言也可思,歌也可咏,有合于古人不怨不伤之旨。"①将陈轼早年的仕进情况与黎士弘的叙述联系起来看,陈轼在为官上具备较强的能力,仕途生涯也较为顺利。黎士弘深为陈轼的早早归隐感到惋惜,又十分赞赏他在明清易代之后的遗民气节,云其有"有合于古人不怨不伤之旨"。

  实际上,处于盛年的陈轼隐居不出,多半是出于身为士大夫对旧朝的责任感,但其是否真的能在此种处境中"不怨不伤"却值得进一步讨论。从《道山堂集》所载诗文来看,我们认为陈轼是抱着遗憾的、无奈的心境归隐的。陈轼《张禹论》云:"人臣之患,莫大于有当为之任而故让之,有可进之机止而不能发也。视其君之不振与国之将倾而不之恤,斯其人之罪虽万死不足赎矣。"②足见陈轼对家国、君主抱有极大的责任感,而其在政治上的态度也是以积极进取为主的。怀抱大志的陈轼在隐居后的心情是压抑而悲伤的。其诗《何处难忘酒仿白乐天体》(之六)中云:"何处难忘酒,山川战后过。伤心闻锦曲,系马见铜驼。易水凄风劲,新亭洒泪多。此时无一盏,安得壮悲歌。"③此诗充满了黍离之悲,大约是陈轼目睹南明政权衰败之后,寄托自己哀时伤乱情怀的作品。《蓼园诗删序》云:"余叹天下之材而不能为天下用何多也。夫有天下之材而不得经营四隅,纵志舒节,使天下背风而驰,所挟者博而所应者促,非材之过也……虽横礼乐而从金版,可大有为,而

---

  ① 黎士弘:《道山堂集序》,《清代诗文集汇编》编纂委员会编:《清代诗文集汇编》六二,上海古籍出版社,2010年,第105页。
  ② 〔明〕陈轼:《张禹论》,同上,第15页。
  ③ 〔明〕陈轼:《何处难忘酒仿白乐天体》,同上,第65页。

不能不缓珮玦困蓬艾,岂遇为之耶。"①又《湛苑叔父静海罢官归舟至严滩不值,作诗以寄》(其二)云:"吾家冷落甚,大半不如前。原隰无膏壤,诗书有蠹编。御冬惟枕杻,仰屋总窥天。世态秋云里,谁能更乞怜。"②诗中对人才困顿与家族冷落破败的感慨,也隐隐蕴藏着陈轼对自己抱负与理想不及实现的遗憾与伤感。

正因为如此,陈轼在《续牡丹亭》柳梦梅的形象塑造中增加了"尽用其才"的种种续写,从而补偿了剧作家在现实境遇中的精神创伤。汤显祖在第二出《言怀》柳梦梅出场时是这样描写他的:"【真珠帘】河东旧族,刘氏名门最,论星宿连张带鬼。几叶到寒儒,受雨打风吹。谩说书中能富贵,颜如玉和黄金哪里?贫薄把人灰,且养就这浩然之气。"并云:"凭依造化三分福,绍接诗书一脉香。能凿壁,会悬梁,偷天妙手绣文章。必须砍得蟾宫桂,始信人间玉斧长。"这里柳梦梅的形象是正在读书应考的一介寒儒。另外,《牡丹亭·旅寄》一出中柳梦梅自称"白面书生""读书之人";《硬拷》一出有"是斯文倒吃尽斯文痛"之语,则柳梦梅为书生无疑。陈轼在《续牡丹亭》中,柳梦梅一出场就是状元及第的翰林学士,其岳丈杜宝在《牡丹亭》中已任平章之职,陈轼则进一步加强了杜宝的权利,谓其"秉国钧轴,权倾朝右"③。宋代翰林学士的职责是负责起草朝廷的制诰、赦敕、国书以及宫廷所用文书,侍从皇帝出游,充当行政顾问。而且北宋的很多宰相也是从翰林学士中选拔的。北宋前期的翰林学士没有秩品。元丰改制后,翰林学士承旨和翰林学士成为正式官员,正三品。柳梦梅出仕即担任翰林学士之职,而且有一位位高权重的岳父,在青年文官中应该属前途无量的了。

但是除了文治,陈轼的人生理想还有武功的内容。因为处于明清易代的乱世,陈轼对武功的期许较文治更为强烈,故而不甚满足于柳

---

① 〔明〕陈轼:《蓼园诗删序》,《清代诗文集汇编》编纂委员会编:《清代诗文集汇编》六二,第121页。
② 〔明〕陈轼:《湛苑叔父静海罢官归舟至严滩不值,作诗以寄》,同上,第66页。
③ 〔明〕陈轼:《续牡丹亭》,王汉民辑校:《福建文人戏曲集》元明清卷,第129页。

梦梅担任翰林学士这样的文官。《续牡丹亭》柳梦梅云:"惟是袍笏初膺,报称不易,况值王事多艰,虽是优游翰墨,却也分忧宵旰。""忧勤思报国,怎优游,梦绕江山未雨绸。"①其对于官居翰林学士显然并不满意。《续牡丹亭》中,柳梦梅在仕途上经历一番波折后,被起用并任命为西川节度使,并与土猺女将招步玉一起平定了五溪蛮之乱。剧本在第四十三出《议剿》中充分展示了柳梦梅作为武将的才能与气魄。他先向皇帝举荐了身怀绝技,善于用兵的招步玉,又与其一起平乱。其【黄龙滚】一曲云:"潢池妖雾迷,潢池妖雾迷,剽掠如蚊蚁。急保封疆,征讨除奸宄。前矛推重,孙吴神智。严旗鼓,整烝徒,休儿戏。"②陈轼让柳梦梅无端受到党祸牵连,流配柳州,即为柳梦梅由文臣转为武将提供潜在的机缘,使得其免于尸位之愆,这分明是身处兵乱之际的陈轼自己的人生追求。

二

与清初的许多遗民一样,陈轼作为见证明朝覆亡的士大夫,在《道山堂集》以及《续牡丹亭》中反思了明朝的劣政及其灭亡的原因。

明朝士大夫与内阁宦官对峙形成党争。党争不仅使政治混乱、吏治腐败,而且导致国事日颓,是明代最大的弊政之一。清初遗民学者顾炎武、王夫之、黄宗羲对明代党争均有过批评。唐甄更有"除党"一说,其云:"昔者明之为党,邪者缘卿相,缘奄奴;正者缘气节,缘道学。如南濠之市,货别为行,惟贾所投。凡人之求显名厚禄者,不入其党,不得也。当是时也,党之为势,固于人心,蔓延海内,若亡人之国而不与之俱亡者。"③

陈轼对于明代党争极为反感,《道山堂集》中《三案论》一文剖析了与明末党争深入相关的"梃击、红丸、移宫"三案中,皇帝的责任以及党

---

① 〔明〕陈轼:《续牡丹亭》,王汉民辑校:《福建文人戏曲集》元明清卷,第 129 页。
② 同上,第 196 页。
③ 〔清〕唐甄:《潜书》下篇下《除党》,中华书局,1963 年,第 162 页。

争者的心态,其云:"国家之朋党,酿于人主之一念所积而成。一念稍有过差,举朝因之以为是非。是非生而好恶起,谋公之人与营私之人杂乱交煽。不幸而有激之者,争之愈甚,救之愈难,而朋党之惑遂至于不可解……大抵魏忠贤之杀人,借三案以为刀锯,而小人之谄附,则借三案以为功名……延熹逮捕膺、滂下北寺之狱,绍圣朋奸卞肆罗织之文。东林何罪而罹斯酷,然国之元气亦以伤矣。"①《黄处菴工部七十序》一文谈到党争的危害:"更念国家数十年水火之衅,在于柄用者重门户不念君父,报私仇不思国恤,以致神州陆沉,海宇糜烂不可复。"②基于这种观念,陈轼不赞成士大夫结党,甚至对众所称道的东林、复社亦有微词。《林平山八十寿序》一文云:"明系士大夫竞立门户,倡为东林、复社之说。公所宦游吴越之间,正援引声气之地。公以为甘陵之部、元祐之碑,非盛世所宜有也,屹然中立,无所攀附。"称道林平山不依附东林、复社,保持独立的政治态度。

陈轼深感党争之弊,并意欲在剧本中宣之。在《续牡丹亭》中,陈轼为杜柳故事设置了南宋"庆元党禁"的背景,借宋朝事以反思明代劣政。按南宋庆元三年(1197),朱熹以十大罪状被定为"伪学之首"。朝廷以"伪学逆党"的罪名,大肆迫害朱熹及其门徒。朱熹著述被查封,其门徒有的进山隐居,不敢露面,有的易衣冠,狎游市肆,以示与"伪学"划清界限,史称"庆元党禁"。陈轼在《刘氏理学八贤传序》中谈到此次事件:"韩侂胄柄国,庆元诸奸复鼓诽议,比大儒于优人,指吃菜为妖术,籍记党人共一百六人。当时论者是孔孟而非程朱,其实狐嗥犬吠,彼不知孔孟,乌知程朱哉。"③对照陈轼为剧本设置的真实背景,我们不禁要联想汤显祖《牡丹亭》的历史背景。据《牡丹亭》第十五出《虏谍》完颜亮云:"俺祖公阿骨都,抢了南朝天下,赵康王走去杭州,今又三十余年矣。"按,赵构于1129年入杭州,三十年后为1159年。又《牡

---

① 〔明〕陈轼:《三案论》,《清代诗文集汇编》编纂委员会编:《清代诗文集汇编》六二,第168页。
② 〔明〕陈轼:《黄处菴工部七十序》,同上,第146页。
③ 〔明〕陈轼:《刘氏理学八贤传序》,同上,第137页。

丹亭》第十九出《牝贼》涉及李全与其妻杨氏兵扰淮扬事,第四十七出有李全夫妇归顺南宋事。按,李全与其妻杨妙真为金末农民起义红袄军首领,两人率部于1218年降宋。把上述两则历史事件串联起来看,1159年与1218年前后相差约六十年,则《牡丹亭》在时间上存在极大的矛盾。由此也可知,汤显祖在创作剧本时并没有很严格地参证历史,其在观念上是不以历史时间为意的。

在《续牡丹亭》中,剧中主要人物活动于"庆元党禁"前后。翰林承旨许及之因为杜宝"古调违时,迂肠忤众",便想借"伪学"一事,从迫害柳梦梅入手,打击杜宝。许及之云:"我想此人(指杜宝)在朝,总非我辈之利,要设个计较摆布他。喜得近来严禁伪学,正在吹索罗织。我前日在他女婿柳春卿处,见他批点《纲目》《集注》二书,又在我面前流连赞叹,其为伪学党与无疑。不免将这一桩公案,据实参奏,把他打入党锢圈中,那平章老儿翁婿相关,瓜履有嫌,自然不安其位了。""这批点《纲目》《集注》,就是真赃实证,明明朋党招牌了。"①许及之借伪学案无中生有地将柳梦梅归入朱熹一党,从而排除异己,为自己谋取私利,很明显,这是借党争迫害异己的行为。由于许及之的暗中告发,柳梦梅被流配柳州,而其岳父、正直的官员杜宝也因此事上疏乞归,朝政便被阉人田庆、权臣韩侂胄等人把持了。

实际上,在《续牡丹亭》中,柳梦梅只是批点了朱熹的《纲目》《集注》,与朱熹并无政治上、生活上的交集,所以不能算是朱熹一党。真正结党的是许及之与太尉田庆,韩子才与宰相韩侂胄等人。许及之通过参奏柳梦梅一事,"声望大振,权贵倚为腹心,时局在其掌握。近升参政,兼枢密院事"②。可以说,通过打击异己,为自己的仕途生涯加了砝码。许及之深知田庆是皇帝的心腹之臣,就处心积虑地结交讨好他。在深秋时节没甚热闹好看的时候,许及之设计让水手们"大放龙舟,俱照端午节一样厮哄,又剪彩为莲,放在水中,鼓楫采莲为乐,真个

---

① 〔明〕陈轼:《续牡丹亭》,王汉民辑校《福建文人戏曲集》元明清卷,第151—152页。

② 同上,第178页。

游观之处,令开生面"①。尤其值得注意的,太尉田庆的真实身份乃是"身遭阉割,断了百代宗祧,面少须眉,埋没了一生风月"的朝廷内监。田庆权倾朝野,剧本中称其"每日价亲近至尊,兼以性工柔媚,虽然是卑微仆御,豢养厮儿,当不得权显起来,直恁的河翻水决"②。陈轼在剧本中的这些描述,正合明代天启年间魏忠贤乱政,培植"十孩儿""四十孙"等党羽,排除异己的历史事实。

谢国桢《南明史略》云:"党争主要的表现在于争取执政权。"③因此,党争者大多不大顾及国计民生,而是根据利益划分敌友。陈轼的旧友桂林刺史韩子才为了仕途显达,以同姓之便,冒称宰相韩侂胄侄儿以攀附权贵。柳梦梅去拜谒他时,他因杜宝、柳梦梅与韩侂胄不属一党,极力与之划清界限。"他为伪学一党,谪戍柳州,我若与他往来,就是一党人了。平章叔爷知道,也不大便益。"④在柳梦梅执意见他时,他不顾此前的朋友之谊,云:"好扯淡,小弟做自己的官,与老先生何干?""小弟与老先生,并无半点瓜葛,何劳枉顾?"⑤凡此种种,都是对党争中小人心态与行为的揭露。总体而言,陈轼在《续牡丹亭》中揭露了党争给正直的官吏带来的灾难与对国家造成的危害,并且毫不留情地反映了党争者的卑劣心态,这不能不说寄寓了作者对明朝独特的政治状况的反思。

除了党争之外,陈轼还关注明末吏治的腐败,官吏的钻营与贪婪。《道山堂集》中《唐洁庵传》一文曾谈到南明政治的混乱,"南都册立,江左溺于宴安,货赂成习"⑥。《续牡丹亭》力图展现这种虐政。陈最良是《续牡丹亭》着墨较多的人物。第三出《腐梦》中,陈最良被授官吏部郎中,又受到石道姑求爱,醒来后连说"好梦,好梦",追求升官、美妻的

---

① ② 〔明〕陈轼:《续牡丹亭》,王汉民辑校:《福建文人戏曲集》元明清卷,第178页。
③ 谢国桢:《南明史略》,上海人民出版社,1957年,第12页。
④ 〔明〕陈轼:《续牡丹亭》,王汉民辑校:《福建文人戏曲集》元明清卷,第172页。
⑤ 同上,第173页。
⑥ 〔明〕陈轼:《唐洁庵传》,《清代诗文集汇编》编纂委员会编:《清代诗文集汇编》六二,第184页。

庸俗理想暴露无遗。在仕途升迁问题上,陈最良希望通过私人关系晋升。他瞄准了显要的吏部衙门,又知道杜宝当政,便云:"俗语道,朝里无人莫做官,我如今趁了杜平章当国,求他破例升转。目下京里最显要的是吏部衙门,我若钻营要做,不怕杜平章不肯哩。"①后被杜宝训斥道:"我道你说甚的事,原来是这钻营勾当。名器者,朝廷之名器,岂是老夫把得与人吗?"②

  韩子才依附韩侂胄当上了桂林刺史。他在任上时,一心想着搜刮民脂民膏,当他发现桂林地偏民贫后大失所望,云:"尘积簿书繁,民贫索赂艰。揭彤幨使势张帆,投隙寻疵穿饿眼,开着口,恣狼餐……赖托平章叔爷荫庇,纵横如意,绝不棘手。惟下官异路出身,侥幸破格,为利之名,胜于为名。争奈蛮方人情结涩,物力艰难,只有几间茅屋,没有许多地皮。空说桂林山水甲天下,山又抬不去,水又呷不完,要他何用。今日早堂,看有甚么利市,不枉了一日工夫也。"③韩子才不顾百姓贫弱与国家动荡,贪婪谋求聚敛财富,写出了部分明代官僚的弊病。明朝自万历以来,贵族与官僚不断兼并土地,又增加赋税,大肆搜刮民财,弄得民穷财尽,政府的财政出现了极大的困难,而这也是导致明代灭亡的重要原因。谢国桢《南明史略》云:"明朝腐朽的统治者,自英宗以后丝毫不思振作,对边防不但不知戒备,相反地由于商品经济的发展,刺激了统治阶级扩大剥削的欲望,更加紧了对人民的剥削……到了万历二十年以后,横征暴敛,大量榨取的结果,弄得物价腾沸,民不聊生……明熹宗由校即位后……更进行重重盘剥,到处敲诈掠夺,使人民陷于水深火热之中,酿成了极端尖锐的社会矛盾,迫使人民起而反抗,酝酿而形成了明末农民大起义。"④陈轼在《续牡丹亭》中,通过不顾国计民生、只知钻营的陈最良与肥己营私、盘剥百姓的韩子才两位官吏形象,抨击了明代吏治的腐败。

---

① 〔明〕陈轼:《续牡丹亭》,王汉民辑校:《福建文人戏曲集》元明清卷,第132页。
② 同上,第137页。
③ 同上,第172页。
④ 谢国桢:《南明史略》,第5—7页。

三

明末清初战争与农民起义对传统社会的纲常秩序造成了极大的冲击。在社会巨变后,一部分有思想的士大夫开始思考明代政治和社会的弊端,如黄宗羲的《明夷待访录》中,将君臣关系作为话题讨论,对君主制进行了剖析与批评,提出了一些具有民主色彩的政治主张。另外一部分较为传统的士大夫则并不从反思社会政治体制出发,而认为明朝覆亡缘于世道衰败与人心不古,他们希望重新确立纲常伦理的权威,从而改造明末浮夸、奢靡、混乱的日常生活。如王夫之"民之初生,自纪其群,远其害珍,摈其异类,统建维君。故仁以自爱其类,义以自制其伦,强干自辅,所以凝黄中之细蕴也"①,即反拨明代心学流弊,重新确立日常伦理的社会价值。

陈轼对于合理的社会秩序有着深刻的向往,而回复、重构伦理道德则是其理性思考后得出的结论。《道山堂集》中《刘氏理学八贤传序》云:"道学之名,天下万世之所共仰也,而禁道学之名,天下万世之所共诋也。"②又《唐闻川孝廉七十寿序》云:"人之立身所重者,节也。古之人有立节于一日者,可谓难矣。然历于数十年之久而如其一日,则节之立也更难。"③就女性而言,陈轼以三从四德、宜室宜家为标准来衡量女性的价值。其《林宜人传》一文盛赞林宜人的至孝,谓其"性至孝,而孝最奇。姑病笃,割股以进。而姑病愈,母病笃,隔二百里以外,割肝寄之"④。《侄妇郑孺人传》一文又称道其侄郑孙孺人在丈夫去世第二天自缢"成仁赴义"的行为。⑤

汤显祖在《牡丹亭记题词》中云:"情不知其所起,一往而深。生者

---

① 〔清〕王夫之著,王伯祥校点:《黄书噩梦》,北京古籍出版社,1956年,第37页。
② 〔明〕陈轼:《刘氏理学八贤传序》,《清代诗文集汇编》编纂委员会编:《清代诗文集汇编》六二,第137页。
③ 〔明〕陈轼:《唐闻川孝廉七十寿序》,同上,第15页。
④ 〔明〕陈轼:《林宜人传》,同上,第199页。
⑤ 参看〔明〕陈轼:《侄妇郑孺人传》,同上,第198页。

可以死,死可以生。生而不可与死,死而不可复生者,皆非情之至也。"①此种男女至情在倡导伦理秩序的陈轼看来确是不可取的。故而《续牡丹亭》反其道而行之,试图将一个"情有理无"的爱情故事纳入夫忠妻贤的伦理故事之中。周育德《中国戏曲文化》认为陈轼《续牡丹亭》是对于汤显祖"至情"论的倒退:"'情归于正'实际上是把情与伦理合而为一,是向儒家理学的退却。难怪清人陈轼写的《续牡丹亭》和王墅写的《后牡丹亭》,都让柳梦梅入仕后,变成了满口仁义忠孝的道学夫子,成了奋不顾身的忠臣。这种变化是汤显祖始料所不及的。"②这种倒退是通过改造汤显祖在所叙述的男女之情而实现的。陈轼在《续牡丹亭》中通过杜丽娘与柳梦梅之口,有意将杜柳的夫妻之情与君臣之情、父女之情联系在一起,为杜柳"正情"的同时强化了为臣、为子、为妻必须服从于君、父、夫的道德诉求。如第二出《忧时》杜丽娘云:"柳郎,君臣夫妻,原无二道,这呼魂怆切,冥誓坚贞,推此便可以对君父。拼着你至诚种子,信行根苗,把衮阙金针绣。驱驰皇路抒良筹,显得宜家教国优秀。"③又第十四出《就讯》,当赵师睾指责柳梦梅只晓得温存假意叠,偷花手段绝,哄香闺小女娃,扯孤魂来亲热时,柳梦梅反驳道:"老法台,人不识男女之情,焉知君臣之分?""你说我趁蝴蝶怕花折,谁晓得铁石冰心信义重叠,不争的似《离骚》情切,也当个美人香草苦思绝。"④

陈轼提倡以经术润饰吏事以致用,其《吴闽县寿序》云:"必以经术润饰吏事,刚柔宽猛,剂错成治,以惠群生。"⑤在经学之中,陈轼又甚为服膺朱熹的学说,认为朱子学可以考察治乱。《道山堂集》中《井上述古序》一文云:"朱晦庵曰,读书义理已融会胸中而不看史书考治乱,

---

① 〔明〕汤显祖著,徐朔方笺校:《汤显祖全集》,第1153页。
② 周育德:《中国戏曲艺术大系 中国戏曲文化》,中国戏剧出版社,2010年,第244页。
③ 〔明〕陈轼:《续牡丹亭》,王汉民辑校:《福建文人戏曲集》元明清卷,第130页。
④ 同上,第156页。
⑤ 参看〔明〕陈轼:《吴闽县寿序》,《清代诗文集汇编》编纂委员会编:《清代诗文集汇编》六二,第225页。

理犹陂塘之水已漏而不决以溉田。张南轩曰,观史工夫要当考其治乱兴亡之所以然,察其是非邪正至于几微节目。与夫疑似取舍之间,尤当三复。"①在《续牡丹亭》中,陈轼借柳梦梅之口表达了其赞赏朱熹及其学说的观点。剧中柳梦梅崇尚朱熹的理学,认为朱熹是当时第一人品,第一学问,并评价朱熹的《纲目》《集注》云:"才思吸长川,接微言,渺义宣,发明千圣渊源阐。拟迁史远过龙门,绍温公隐括编年。这《集注》呵,网罗宗旨,羹墙圣贤,旁搜诸子,推评本原,细当穷究当忘倦。"②足见其对朱熹及其学说的赞赏之情。

杜丽娘执着、深情的形象塑造是《牡丹亭》的艺术魅力之一,王思任在《批点玉茗堂牡丹亭词序》中说:"杜丽娘隽过言鸟,触似羚羊,月可沉,天可瘦,泉台可瞑,獠牙判发可狎而处;而'梅''柳'二字,一灵咬住,必不肯使劫灰烧失。"③但在《续牡丹亭》中,陈轼将杜丽娘由一位深情少女改造成了深明大义、忍辱负重、毫无嫉妒之心的妇女。此剧中杜丽娘一出场就鼓励丈夫报效国君,并说自己"虽属女流,幼从爹爹,兼关仕宦,粗知国体,愿与柳郎相助为理"。"官衙书案,《毛诗》参究,义理偏闻闺秀。捐躯殉死,还同致主谟猷。"④不仅如此,杜丽娘对于朝局甚至有比柳梦梅还深入的见地。如柳梦梅被执,希望杜宝救助,杜丽娘云:"柳郎好没见识,你既名列党籍,爹爹岂无嫌疑?闻爹爹向与此辈不合,此不过小人打草惊蛇之计,恐平章一席,爹爹亦不能安坐矣。"⑤柳梦梅被柳州管营官侮辱,让其携妇住在马房,斩草煮料,喂养牲口。柳梦梅气愤,要与其理论,杜丽娘云:"柳郎,人在屋檐下,谁敢不低头。且安心随分,再做道理。"⑥柳梦梅官复原职后,欲

---

① 〔明〕陈轼:《井上述古序》,《清代诗文集汇编》编纂委员会编:《清代诗文集汇编》六二,第125页。
② 〔明〕陈轼:《续牡丹亭》,王汉民辑校:《福建文人戏曲集》元明清卷,第138—139页。
③ 〔明〕汤显祖著,徐朔方笺校:《汤显祖全集》,第2572页。
④ 〔明〕陈轼:《续牡丹亭》,王汉民辑校:《福建文人戏曲集》元明清卷,第129页。
⑤ 同上,第154页。
⑥ 同上,第193页。

与韩子才计较,杜丽娘又劝告柳梦梅以君命为重,私仇为轻,不与韩子才一般见识。总之,这里的杜丽娘具有远大的政治眼光、能屈能伸的意志力、忍辱负重的性格。陈轼笔下的杜丽娘对男女之间的情感完全不感兴趣,从一开始便劝告丈夫要把对自己的爱情转化为忠君报国之情。在看到春香对丈夫的感情后,她劝告柳梦梅纳妾。被柳梦梅拒绝后,她向天祷告:"愿得柳郎早谐此事,也显得奴家一片好心也。""念奴家宠爱心轻,未须疗妒借鸧鹏。为春香啊,追随作伴,恩情胜友朋。忆当年也曾共死生,这身傍要容他厮并。从今愿我儿夫早回心,亟移春香听梦声。"引得柳梦梅赞扬她说:"夫人,你好贤惠也。夫人从来劝丈夫娶妾,是那个肯的?推恩让爱,原是长茅藤,既输心肯分枕上情。"①

杜丽娘的种种行为,正符合了陈轼对于妇女道德要求。陈轼在《道山堂集》中赞美与颂扬的妇女如郑孺人、翁恭人、林宜人、蒋安人等均为孝顺、勤勉、隐忍、相夫教子的传统妇女。②如翁恭人是陈轼的好友林平山的妻子,"平山为孝廉十五年,恭人篝灯佐读,黾勉有加。及庚辰掇上第,恭人谦抑自下,无贵倨之态。榷税武林,恭人追随官署,以清慎相助。平山广陵置妾,恭人推诚相与,恩及小星。《诗》称后妃无嫉妒之心,喻以樛木下乘而葛藟自系,以其有逮下之仁也。"③我们在感慨陈轼迂腐无趣的同时,也不禁怀疑《后牡丹亭》中的杜丽娘是否有着这些照顾、辅助丈夫、对丈夫娶妾毫无嫉妒之心的传统妇女的影子。

又,在《续牡丹亭》中,陈轼以柳梦梅代替杜丽娘成为剧本主人公,并在柳梦梅身上植入了守道、忠君的君子之德,从而把柳梦梅由一位至诚书生改造成坚毅君子。剧本第二出《忧时》柳梦梅云:"夫人,我想在南安旅邸,得了一幅行乐图,怪叫怪喊。这癫狂故态,到了圣上面前

---

① 〔明〕陈轼:《续牡丹亭》,王汉民辑校:《福建文人戏曲集》元明清卷,第202页。
② 参看〔明〕陈轼《道山堂集》中《侄妇郑孺人传》《翁恭人传》《林宜人传》《周母蒋安人墓志铭》等文章。
③ 〔明〕陈轼:《温恭人传》,《清代诗文集汇编》编纂委员会编:《清代诗文集汇编》六二,第198页。

一毫也用不着。"①全然否定了《牡丹亭》"玩真"中至情至性的行为。陈轼笔下的柳梦梅一心关心国事,时时希望替皇帝分忧,以避免无功受禄、尸位素餐。柳梦梅身居翰林时发出"披袍绂,君恩厚,念贤劳尽瘁期无咎,何日逭素餐羞"的感慨,平定内乱时则抒发"剑阁重关蜀北门,身留一剑报君恩"的志向,可以说,柳梦梅是一位忧国忧民、积极进取的正直官吏。此外,剧中主要人物承载了剧作家的道德理想以作风化之用,如柳梦梅之忠、杜丽娘之贤、杜宝之智、赖头鼋之义、招步玉之勇,等等。

陈轼身处明清鼎革之际,他与朋友黄处安、林平山、邵长倩、唐君知由明入清后都绝意仕进。身为明代遗民,陈轼等人不仕新朝的行为往往不是为了自身的原因而逃避,而恰恰是因为政治的原因而避世,其本身便承载了忠于旧主的道德意义。然而,有一部分人由明入清的隐士在新朝后曾一度参加科举考试,如清初之吕留良、李因笃、侯方域等人。这些有过出仕新朝经历的人,我们往往将其归入贰臣行列。《续牡丹亭》中,杜宝和陈最良都曾归隐,但其目的却不同。陈最良的归隐是为了博取高名,进一步出仕。剧中陈最良云:"俺陈最良为因大计老耄,隔了官职,别无事业可做。我想古人避世逃名,行吟泽畔,谓之隐逸。也有一般假托高名,借题隐士,虽是山林沉痼,却是仕宦梯阶。我如今不免走此一条门路,收拾一个小艇,就在富春江,充一个渔父。万一朝廷搜求遗逸,我陈最良就好出去应诏。"②陈最良的这种心思,被江上渔父猜中而抢白云:"我这富春江上,飞席乘风,回流荡日,视轩冕如淄尘,薄公侯如草芥,多少清闲快志,岂许患得患失的鄙夫在此打混。""你这样不长进,我与你绝交去也。"③杜宝曾经两次乞归,第一次是因柳梦梅事,揭奏无效,对政治失望而乞归。第二次则是因为人情翻覆、仕路险巇,所以产生归隐之心。这种归隐之心,乃是为了保

---

① 〔明〕陈轼:《续牡丹亭》,王汉民辑校:《福建文人戏曲集》元明清卷,第129页。
② 同上,第200页。
③ 同上,第201页。

持适意率性的生命而远离政治危险的行为。"伊周声价,鼎鼐光华,算起都成虚假。世事浮沉,功名嚼蜡,分明浪酒与闲茶。郫筒杯斝,拼此生沉醉欢洽。"①陈轼通过陈最良与杜宝的对比,刻画了以归隐求功名的假隐士的虚伪与功利,而其更加深沉的意义,则是谴责背弃明朝、入仕清朝的贰臣。

四

在明末清初这个特定的历史时期,结合当时的社会思潮,陈轼的《续牡丹亭》对于杜柳故事的改造是可以理解的。陈轼对于传统的伦理道德与社会秩序的呼吁也是值得同情的。然而,《续牡丹亭》作为一部戏剧作品,从艺术性上看问题很多。清代焦循批评《续牡丹亭》云:"必说癞头鼋之为官清正,柳梦梅以理学与考亭同贬:凡此者,果不可以已乎?"②那么,《续牡丹亭》作为一部戏剧作品,究竟存在哪些问题呢? 首先,我们希望看到一个在情节和人物性格上合情合理的戏剧作品。最重要的是,这个故事以及故事中的人物,能够深刻地感动我们。当然,关目冷热调剂,曲词上本色当行对戏曲作品来说也极为重要。再次,作为一部续作,我们也要关照原作的风格以及原作的基本脉络。③

以合理性而言,陈轼在续写这个故事的时候,情理上存在很大的漏洞。如剧中杜丽娘为了报答赖头鼋掘墓开棺的活己之恩,在赖头鼋得罪陈最良而被陈扭送官府之时,与春香合计将石道姑许嫁陈最良。剧本通过此一节关目,力图表现杜丽娘的知恩图报及通晓人情,然而这个情节的设置显得十分突兀、怪诞。从汤显祖《牡丹亭》第七出《闺塾》中陈最良与杜丽娘的念白中,我们可知陈最良已有妻室并且当年

---

① 〔明〕陈轼:《续牡丹亭》,王汉民辑校:《福建文人戏曲集》元明清卷,第206页。
② 〔清〕姚燮:《今乐考证》,《中国古典戏曲论著集成》十,第278页。
③ 关于续作的评价标准,参看俞平伯:《红楼梦辨》,人民文学出版社,1973年,第39页。

为六十岁,而在陈轼的《续牡丹亭》中,陈最良成为无妻的鳏夫,而且娶了并不适宜婚姻的石道姑。又,剧本中的赖头鼋有情有义,目睹柳梦梅贬谪受苦,云"抛性命折槛牵裾,替朝廷爱惜人才",拼死为柳梦梅叩阍。在剧本第三十出中,赖头鼋在朝门前慷慨陈词,述说柳梦梅等人的冤屈,皇帝听了之后下旨"伪学一案,朕久知其冤",并马上将柳梦梅等官复原职。此一节设置中,我们不仅要质疑,赖头鼋何以能够以平民身份入京叩阍,将自己的声音递达帝听。而皇帝已然知道伪学案是冤屈的,为何要等到赖头鼋叩阍后才进行处理。而且,身在社会底层的赖头鼋后来被授官夔州判官,这在官员的升迁中也是不太可能的。

《牡丹亭》付梓后,娄江俞二姑曾为之断肠而死,杭州女伶商小玲演唱《寻梦》时竟殒命红氍毹上,冯小青亦有"冷雨幽窗不可听"一诗,足见《牡丹亭》情感力量。在《续牡丹亭》中,陈轼排斥男女至情,要求恢复传统伦理秩序,剧本的主旨是忠君爱国、夫忠妻贤。这样一部主题先行的作品,自然是不足以感动我们的。剧本第一出《开宗》云:"刘氏春卿,官拜石渠秘署。婺源株累,痛宵人罗织,沉沦瘴岭,设阱指名门户。幸蒙昭雪,赐环安抚。伯粹拘儒,喜功名,恋钟釜。道姑作配,恰天成夫妇。还夸杜女,南国后妃家数,提携爱婢,并无嫉妒。"①从情节铺展上看,《续牡丹亭》的情节为忠臣贤妻受到奸人陷害,被流配,后得到昭雪。朱熹、杜宝、柳梦梅预示着一种合理的秩序,韩侂胄、许及之、韩子才则预示乱序,剧本描写一种合理的秩序受到侵害,最后由柳梦梅的建功立业、夫荣妻贵展示合理的秩序最终得到恢复的过程。此种情节本身具有强烈的正义感与伦理感,但是由于其缺少深入剖析人物内心的横断面,故而较为呆板和无趣。此外,《续牡丹亭》的许多关目是对照《牡丹亭》而来的,如第二出《忧时》照应《牡丹亭》第二出《言怀》,第三出《腐梦》照应《牡丹亭》第四出《腐叹》,第七出《玩画》照应第十四出《写真》,第二十出《看花》照应《牡丹亭》第十出《惊梦》。然而相较于《牡丹亭》注重在关目中锻造意蕴,描摹性格,《续牡丹亭》中的上

---

① 〔明〕陈轼:《续牡丹亭》,王汉民辑校:《福建文人戏曲集》元明清卷,第128页。

述关目则是为了融合已知的情节并将情节加以伦理化改造而设。这种改造由于缺少人物与情节的深度并不足以打动人。又,在汤显祖笔下,杜丽娘、柳梦梅、春香、杜宝等人深至入理,各有特色,沈际飞在《牡丹亭题词》中说:"柳生呆绝,杜女妖艳,杜翁方绝,陈老迂绝,甄母愁绝,春香韵绝;石姑之妥,老驼之勘,小癞之密,使君之识,牝贼之机,非临川飞神吹气为之,而其人遁矣。"①《续牡丹亭》中的人物则缺少真实感和吸引力,陈轼意在写柳梦梅的忠诚、正直,但是实际效果却将柳梦梅写得迂腐、功利。剧本在描写杜丽娘时败笔更多。陈轼意欲造一位贤达、隐忍的杜丽娘,但我们从劝夫建功立业、撮合春香与柳梦梅、巧嫁石道姑等关目中看到的是一位传统妇女道德的传声筒式的人物。

从一般情况来说,一部小说或者戏曲作品出现续作是因为其影响深远。续书除了对原书的收纳与再现,还可以承载很多内容。《剑桥中国文学史》谈到明代小说的清初续书可以通过模仿、继续、延伸、重写、反驳原作等种种形式出现。②续书与原作如何相处,总体而言取决于两位作者的文学观与价值观。由于汤显祖与陈轼所处的文化氛围不同,决定了他们在戏剧上存在很大差异。陈轼是一位以儒家思想修身的传统士人,秉承修身、齐家、治国、平天下的价值观和人生观,具有极强的社会责任感。在文学观念上,《道山堂集·三山唱和诗序》云:"声音之微通乎政治,风雅之辞宣之律吕。"③可见陈轼认为文学应与政治相关并有助于教化。为了表现与汤显祖截然相反的文学观,陈轼借《牡丹亭》的主要人物宣扬了重整纲常的思想。今人北婴《曲海总目提要补编》云:"因汤显祖载柳梦梅乃极佻达之人,作者欲反而归之于正,言梦梅自通籍后,即奉濂、洛、关、闽之学为宗,每日读《朱子纲目》;

---

① 〔明〕汤显祖著,徐朔方笺校:《汤显祖全集》,第2569页。
② 〔美〕孙康宜、宇文所安主编:《剑桥中国文学史》下,生活·读书·新知三联书店,2013年,第242页。
③ 〔明〕陈轼:《三山唱和诗序》,《清代诗文集汇编》编纂委员会编:《清代诗文集汇编》六二,第123页。

又与韩侂胄相抵牾,而当时许及之、赵师罾等趋承侂胄者,皆梦梅所不合。大率皆戏笔也。梦梅官迁学士,且纳春香为妾,盖以团圆结束,补《还魂记》所未及云。"①《续牡丹亭》从传统文人的男性视角出发,将柳梦梅的际遇作为作品的主线,完全摒弃了杜柳故事中的爱情因素而罗织了一个忠臣贤妻的故事,出现了一种"反而归之于正"的创作意图。因而我们可以这样说,《续牡丹亭》虽然是汤显祖《牡丹亭》的续书,但是实则是对《牡丹亭》的抗议与反驳。在《牡丹亭》中,杜丽娘这位完美女子,也正隐喻了汤显祖自身至情至性、不同俗流的人格特征,而从《续牡丹亭》中,我们则看到了陈轼建功立业、夫荣妻贵的世俗愿望。

由于陈轼诗文涉及明末清初的史实,所以《道山堂集》具有一定的史料价值。黄曾樾为《道山堂集》作跋云:"道山堂文虽未深厚,而清婉和雅,有如《四库提要》所云者,不愧一时作者之翘楚矣,其尤可贵者,传志诸篇,皆有关明末史实……足见明清之际吾族抗清同仇敌忾之烈与夫中原板荡、民不聊生之情而尤于明之遗臣抱沧桑之感者,三致意焉。处文字狱正炽之时,其措辞委婉,具见深忠,读其文,然后知轼实有心人也。"②但是从文学的角度来看则不然,谢章铤《赌棋山庄词话》批评陈轼云:"静机胜朝遗老,采薇不出,盖气节之士。然其文殊平庸不足观,词尤多失调。"③文学上的平庸决定了陈轼戏曲创作成就不高。另,陈轼作为传统的士大夫,也仅视戏曲为小道并不加以重视。陈轼曾孙陈世贤为《续牡丹亭》写的《题词》云:"先大王父历官中外及林下五十余年,手不释卷,非深有得于仕学兼资之理者,不能也。至今著作如林,堪垂不朽。兹游戏剩技,见推风雅若此。"④又,陈轼与著名戏剧家黄周星友善,黄周星为《道山堂集》作序,《道山堂集》有《黄九烟

---

① 北婴编著:《曲海总目提要补编》,人民文学出版社,1959年,第37—38页。
② 〔清〕黄曾樾:《道山堂集》跋,《清代诗文集汇编》编纂委员会编:《清代诗文集汇编》六二,第325页。
③ 〔清〕谢章铤著,刘荣平编:《赌棋山庄词话校注》,厦门大学出版社,2013年,第275页。
④ 《续牡丹亭传奇题词》,王汉民辑校:《福建文人戏曲集》元明清卷,第126页。

传》,两人的情谊十分深厚。但是陈轼的《黄九烟传》中并未提及黄周星的戏曲创作,而在陈轼自己的诗文集中,仅有《元宵观〈采茶〉〈出塞〉诸杂剧有感》一首谈到其观看《采茶》《出塞》两种戏剧,诗歌最后亦归结到当时的政治问题。其诗为:"百花吐夜斗绚丽,云母重迭开火齐。众星蜦煸如连珠,皓月无须愁五翳。临衢集会队成行,金石奔飞丝竹嚌。时向烟霞泛梳花,盈筐采摘卷零蒂。广黛轻黄别样描,清香茶薜飘罗袂。又见明妃出汉宫,手抚弦絩欲出滞。曲中怨恨情谁知,恼断穹庐设毡厨,银鞍玉勒忽回朔,舞剑跳丸转踔厉。剑器浏淋舞公孙,高台蹴鞠画球继。龙盘兔月绮茵稠,氤氲零里姿摇裔。君不见闾阎爨火,鹑衣尚自输井税。"①由此基本上可以断定,陈轼本人并不深于戏剧之道,其创作戏剧是基于抒写遗民孤愤、宣扬道德教化的目的。

小 结

作为汤显祖《牡丹亭》现存唯一续书陈轼《续牡丹亭》,其文本当中映射续作者本人复杂的人生遭际与深刻的现实思考。在这部剧作中,剧中人物貌似不经意的言谈举止,可能会有创作者个人的感慨寄寓其间;而这种现象,其实是中国士大夫的文学借助寄托方式表现个人意志的常见手法,在汤显祖的经典创作中也时有呈现。而陈轼的这部续作,并不止于此。由于作者身处特殊的历史时期——明清易代,同时本人又是这一重大历史事件的亲历者,从而在创作过程中将整个剧作的情节设置关联起历史现实。或者在作者本人的主观意愿也只是打算作为背景处理的政治问题,其实已经渗透入剧作之中,实实在在地推动情节的展开,使得剧作的风格凝重而深厚,从观者的角度不免会有沉闷之感。也因此,在剧作关涉的社会现实问题上,续作也就显得

---

① 〔明〕陈轼:《元宵观〈采茶〉〈出塞〉诸杂剧有感》,《清代诗文集汇编》编纂委员会编:《清代诗文集汇编》六二,第273—274页。

更为宽广;但从艺术层面,则会使得剧作文本自身成为一种文学形式,可以不顾及剧中人物的性格问题、情节的合理与否,只是来成就续作者本人的作为明代遗民所秉持的思想,以及作为士大夫阶层代言人所具有的道德与情志。

作者单位:上海戏剧学院戏曲学院

梅兰芳与汤显祖的灵魂对话《牡丹亭》

闻慧莲

一、社会背景

汤显祖(1550—1616)中国明代戏曲家、文学家。生活在明朝晚期,身历嘉靖、隆庆和万历三朝;嘉靖二十九年八月十四日(1550年9月24日),汤显祖出生于一个书香世家。原居临川文昌里(今临川文昌桥东太平街汤家山),后移居沙井巷,建"玉茗堂"(内有揽秀楼、清远楼、毓霭池、金柅阁等),故又自号清远道人,晚年又号茧翁。其祖上四代均有文名:高祖、曾祖藏书、好文;祖父汤懋昭,字日新,博览群书,精黄老学说,善文,被学者推为"词坛名将";父亲汤尚贤是个知识渊博的儒士,为明嘉靖年间著名老庄学者、养生学家、藏书家,重视家族教育,为弘扬儒学,他在临川城唐公庙创建"汤氏家塾",并聘请江西理学大师罗汝芳为塾师,课教宗族子弟,生子汤显祖、汤儒祖、汤奉祖(汤凤祖)、汤会祖、汤良祖、汤寅祖;伯父汤尚质酷爱戏曲,还从事过戏曲活动,母亲自幼熟读诗书。

梅兰芳,京剧表演艺术大师,生于1894年,卒于1961年。本名澜,又名鹤鸣,小名群子,字畹华,一字浣华,别署缀玉轩主人,艺名兰芳。原籍江苏泰州。他出生于梨园世家,祖父梅巧玲、父亲梅竹芬、伯父梅雨田均为知名艺人或琴师。他早年父母双亡,由伯父抚养成人。八岁开始学戏,九岁拜吴菱仙为师学青衣,十岁首次登台演出《天河配》中的织女,十四岁搭喜连成班演出。与此同时,他还求向名旦秦稚芬和丑角胡二庚学花旦戏,向武功演员出身的琴师茹莱卿学打把子。

许多前辈艺术家如名旦王瑶卿、陈德霖、路三宝，昆曲名家乔惠兰、丁兰荪、谢昆泉、陈嘉梁，净角大家钱金福、李寿山等都曾指教他，尤其得王瑶卿大力提携。他创造了集京剧旦角艺术之大成，融青衣、花旦、刀马旦行当为一炉的表演形式和甜润、平和、优美、动听的"梅腔"，世称"梅派"，与程砚秋、尚小云、荀慧生合称"四大名旦"。艺术大师梅兰芳，名震寰宇，超古迈今，他的表演，代表着中国戏曲的表演体系；他的名字，堪称中国戏曲的代名词。梅兰芳虽以京剧为主业，但同时兼擅昆曲，其一生的舞台生涯，与剧作大师汤显祖的杰作《牡丹亭》结下不解之缘。

汤梅两人出生相隔344年，他们所处的时代在政治、经济、思想和文化方面都经历着巨大的变革，人文主义的崛起对传统势力形成了挑战。在晚明时期的中国，王阳明的"心学"主张把人们的思想从程朱理学中解放出来，引发了追求自由的个人主义和博爱主义思潮。晚清是一个大转型时期，社会思想方面，一些观点和行为也从根本上重新定位，这是由传统学术的变动趋势和西方思潮的涌入所引起的。儒家思想中诸如家庭忠义、孝、贞节、三纲五常等观念已被西方思想中的个人主义、自由思想和男女平等观念代替。梅兰芳在新文化思想的洗礼下，重新审视和评价传统，逐渐确立了以人为中心的价值观念。汤显祖和梅兰芳作为伟大的梦者，在各自的时代试图实现自己的梦想。他们走过迥然不同的人生之路，却都成了不朽的戏剧家。在同时代人的心目中，汤显祖首先是一个政治家，试图在政治舞台上实现自己的政治理想。他刚正不阿，与日益腐败的社会格格不入，最后退出官场，回到家乡江西临川，专心从事诗文戏剧创作。而梅兰芳主要是一位戏曲表演艺术家，在戏曲表演的舞台上实现自己的艺术之梦。与汤显祖的政治活动相比，梅兰芳与政治几乎无涉，只是在中华人民共和国成立后有一定的关联。汤显祖满怀"治国平天下"的踌躇之志，梦碎之后在诗文和戏曲中宣泄愤懑；相比之下，梅兰芳的艺术上舞台上虽经波折但总的来说左右逢源。尽管时代境遇不同，两位天才却有灵魂的对话。

二、灵魂碰撞

汤显祖、梅兰芳两位大师灵魂的碰撞集于巨作——《牡丹亭》。

《牡丹亭》,是汤显祖的代表作之一,创作于1598年。全名《牡丹亭还魂记》,即《还魂记》,也称《还魂梦》或《牡丹亭梦》,传奇剧本,二卷,五十五出;据明人小说《杜丽娘慕色还魂》而成,明代南曲代表作。描写杜丽娘和柳梦梅的爱情故事。它与汤显祖的另外三部作品《紫钗记》《邯郸记》和《南柯记》合称"玉茗堂四梦",也叫"临川四梦"。而后世经常以折子戏演出的,主要是《学堂》《惊梦》《寻梦》《离魂》《拾画》《叫画》《冥判》《劝农》等近十出。

梅兰芳主要演的不是《牡丹亭》全本,而是其中的《春香闹学》(即《学堂》)和《游园惊梦》。梅兰芳一生中演绎过汤显祖《牡丹亭》中的杜丽娘和春香两个角色。中年以后,则专演杜丽娘。虽然《牡丹亭》里的春香和杜丽娘,梅兰芳都演过,但是这两个角色,却是不一样的。梅兰芳将她们的区别,体现得很清晰:"杜、春二人同样都是旦角,而春香唱的尺寸,应该比杜丽娘快些,动作也要活泼些,否则就分不出她们之间的年龄和身份了。"

梅兰芳的《春香闹学》,先是跟乔蕙兰学的。但乔蕙兰本工于闺门旦,杜丽娘虽然拿手,可是春香却有点儿不对工。于是后来,梅兰芳经人指点,又请了一位老先生李寿山教。李寿山虽是花脸行当,但当初在科班学的竟是花旦——因为扮相不佳、个子太高大,才改的花脸。梅兰芳撰写《舞台生活四十年》时,已近六旬,他在回忆这段学艺往事时,还站起来比画了几个李寿山教他的姿势。当时在场的记录者许姬传说:"你看他手的指法、腰的摆动,脚步的细碎,眼神的运用,处处都还像一个十几岁的小女孩子模样。从这几点上,很容易看出他当年学的时候有传授,自己练工也结实。"[①]从这段鲜活的描述中,让我们感

---

① 梅兰芳:《舞台生活四十年》,中国戏剧出版社,1987年。

受到了梅兰芳的深湛功力。一个娇憨顽皮、天真烂漫的小春香,已经呼之欲出了。当然,随着年龄的增长,中年以后,梅兰芳就不再动演《春香闹学》了。

梅兰芳早年向乔蕙兰学习《游园惊梦》,然后请陈德霖排练,以闺门旦应工。在唱、念和做等方面颇下苦功,其动作优美而轻柔,载歌载舞。后来,梅兰芳常请学者友人罗瘿公、李释戡等人为他讲解《游园惊梦》曲子里的字句,还请教过丁兰荪身段,通过各种途径来了解和丰富舞台表现力。在长期的演出中,梅兰芳反复钻研揣摩,着重刻画人物的心理活动,改进自己的表演,用心塑造纯真贤淑而又富有叛逆性格的少女形象。

梅兰芳演《牡丹亭》,塑造的杜丽娘,乃是以"京昆"为基础,又重点汲取融合了"苏昆"的优长,同时还对"北昆"(即高阳昆)有所参考。用他自己的话说,"倒是有一点像'南北和'了"。

在情节的推进中,"梦"是汤显祖主要运用的手段。在《牡丹亭》中,杜丽娘作为一个封建大家庭中的深闺少女,她的行住坐卧较多地受到了封建礼教的约束,大门不出二门不迈,根本没有机会接触家宅以外的世界。即使在自己的家中,杜丽娘受到的约束也是很多的,她不能荡秋千,不能去花园,所有民间少女应有的快乐都离她非常遥远。在这样的处境,失去人身自由的杜丽娘只能在梦境中或者化为游魂后才能自由自在地成全自己的爱情追求。因此在《牡丹亭》中,杜丽娘的爱情始于昏睡中梦见柳梦梅,她自己也因为对这个缠绵悱恻的梦境思恋不已而消瘦卧于病榻,最终香消玉殒。数年后,柳梦梅与杜丽娘的游魂重遇,杜丽娘死而复活,也因为当年的一席春梦。可以说,梦境是汤显祖情节推动的主要工具,这也使得整个故事在铺叙中充满了烟水妖娆的迷离景致,艺术特色接近于虚化与空灵。梅兰芳在饰杜丽娘这个少女时,时刻把握她有"难言之隐"的分寸,注意刻画出少女"思春困",而不能成少妇的"思春"。在杜丽娘出场唱的那支【绕地游】里,他以幽怨的表情,优美的身段,娓娓动听的声调,唱出了杜丽娘的"难言之隐",尤其在"梦回莺啭""抛残绣线,恁今春关情似去年"等句中,更是刻画入微,唱腔、表情、身段三者浑然一体,丝丝入扣、沁人肺腑。

在语言修辞上,与虚实相生的戏曲风格相适应的是,《牡丹亭》的语言修辞特征也是缠绵典雅,多采用暗喻、象征等手法。例如杜丽娘在游园的时候感叹自己青春年华所唱的词为:"原是姹紫嫣红开遍,似这般都付与断井颓垣。良辰美景奈何天,赏心乐事谁家院……"在这里主要用繁花和良辰美景暗喻青春,以断井颓垣比喻年华荒废青春凋零,叹词如行云流水,高出流俗,带有东方的含蓄美。1961 年梅兰芳在中国戏曲学院为戏曲表演艺术研究班做报告,专门教授《游园惊梦》。他首先对剧词曲文逐字逐句地细细解说,同时又将演出的部位和演员的表情、身段,做了细致入微的分析。当时的录音由许源来记录和整理成文,留下了一份珍贵的艺术资料。其中对于《游园》中最著名的【皂罗袍】这一段,梅兰芳的鉴赏是非常深刻的:"良辰、美景、赏心、乐事,本来都是好事情,但作者在下面加了奈何天、谁家院,就使好事落了空,马上能把杜丽娘伤春的情绪透露出来,足见名家手笔之妙。"①解说得切中肯綮,有拨云见日之妙。梅兰芳对于《牡丹亭》,是一辈子兢兢业业地不断研究、揣摩、修改、加工,如同雕刻一件精益求精的美玉。

三、意趣神色

两大巨匠时空的对话,意趣神色之诗意关照,演绎于活的杜丽娘。

杜丽娘是《牡丹亭》中描写得最成功的人物形象。在她身上有着强烈的叛逆情绪,这不仅表现在她为寻求美满爱情所做的不屈不挠的斗争方面,也表现在她对封建礼教给妇女安排的生活道路的反抗方面。汤翁成功细致地描写了她的反抗性格的成长过程。杜丽娘生于名门宦族之家,从小就受到严格的封建教育。她曾经安于父亲替她安

---

① 梅兰芳:《我演〈游园惊梦〉》,《梅兰芳全集》三《梅兰芳戏剧散论》,河北教育出版社,2000 年。

排下的道路,稳重,矜持,温顺,这突出地表现在《闺塾》一场。但是,由于生活上的束缚、单调,也造成了她情绪上的苦闷,引起了她对现状的不满和怀疑。《诗经》中的爱情诗唤起了她青春的觉醒,她埋怨父亲在婚姻问题上太讲究门第,以致耽误了自己美好的青春。春天的明媚风光也刺激了她要求身心解放的强烈感情。终于,她在梦中接受了柳梦梅的爱情。

梦中获得的爱情,更加深了她对幸福生活的要求,她要把梦境变成现实,《寻梦》正是她反抗性格的进一步的发展。在现实里,作者用浪漫主义的手法成功地表现了理想与现实的矛盾,幻梦中的美景,现实里难寻。正因梦境不可得,理想不能遂,杜丽娘离世了。但是作者并没有以杜丽娘的死来结束他的剧本,他有独特的艺术构思,又以浪漫主义的手法描写杜丽娘在阴间向判官询问她梦中的情人姓柳还是姓梅,她的游魂还和柳梦梅相会,继续着以前梦中的美满生活。这时,杜丽娘已经完全摆脱了满足以游魂来和情人一起生活,她要求柳梦梅掘她的坟墓,让她复生。为情人而死去,也为情人而再生;为理想而牺牲,也为理想而复活。她到底又回到了现实世界,到底和柳梦梅成就了姻缘。

这番过程充分说明了杜丽娘在追求爱情上的大胆而坚定,缠绵而执着。明人王思任在批评本《牡丹亭序》中说:"杜丽娘隽过言鸟,触似羚羊,月可沉,天可瘦,泉台可冥,獠牙判罚可狎而处;而'梅''柳'二字,一灵咬住,必不肯使劫灰烧失。"他这话抓住了杜丽娘性格上的特点。

由唯唯诺诺的官宦之家的千金小姐,发展到勇于决裂、敢于献身的深情女郎,这是杜丽娘性格的第一度发展。一度发展到如此的迅捷,升华得如此强烈,梦醒之后与现实的距离和反差又是如此之巨大,以致杜丽娘不得不付出燃尽生命全部能量的代价,病死于寻梦觅爱的徒然渴望之中。但杜丽娘的可贵之处不仅在于她能为情而死,还表现在死后面对阎罗王据理力争,身为鬼魂而对情人柳梦梅一往情深,以身相慰,最终历尽艰阻为情而复生,与柳梦梅在十分简陋的仪式下称意成婚。这是杜丽娘性格的第二度发展与升华,所谓"一灵咬住",绝不放松,"生生死死为情多"。

杜丽娘性格的第三度发展表现在对历经劫难、终得团圆之胜利成果的保护与捍卫。面对亲爹再三弹压她那状元夫君的淫威,回应老父亲在金銮殿上指着嫡亲女儿"愿吾皇向金阶一打,立见妖魔"的狠心,杜丽娘在朝堂之上时而情深一叙,时而慷慨陈词,把一部为情而死生的追求史演述得那般动人,就连皇上也为之感动,甚至亲自主婚,"敕赐团圆"。这正是社会对生死之恋与浪漫婚姻的承认与礼赞。

但是杜丽娘并没有能完全摆脱封建伦理观念的影响。回生以后还是想以"父母之命,媒妁之言"来最后完成他和柳梦梅的婚姻。她要柳梦梅去探望杜宝,就含有以期取得父亲同意的意思。她鼓励丈夫获取功名富贵,也含有促使父亲承认他们婚姻的心思。但这些都不足以损害她的整个性格。汤翁在《牡丹亭记题词》中云:"如丽娘者,乃可谓之有情人耳。情不知其所起,一往而深,生者可以死,死可以生。生而不可以死,死而不可复生者,皆非情之至也。梦中之情,何必非真。天下岂少梦中之人耶!必因荐枕而成亲,待挂冠而为密者,皆形骸之论也。"①这便是汤显祖的至情论,可见汤翁笔下的杜丽娘之意趣非一般。

在《游园惊梦》中,梅兰芳演出了"幽深艳异之致"。梅兰芳在《惊梦》中,是如何刻画杜丽娘的呢?他说:"我是抓住'羞'和'爱'两个字来刻画的。她看见了柳梦梅,认为是合乎理想的对象,当然会爱他,但是封建时代关在屋里的宦门小姐,很难有接触一个陌生男子的机会,所以她遇到了柳梦梅,必然又会害羞。既爱又羞,既羞又爱,在她的梦中一直是纠缠在一起的。"②"既爱又羞,既羞又爱",是表演的关键词。梅兰芳不但是这样理解的,也是这样演绎的。一定要契合怀春少女的身份,切不可过火。他把分寸拿捏得非常恰当,既含蓄蕴藉,又不温不

---

① 〔明〕汤显祖:《牡丹亭记题词》,徐朔方笺注:《汤显祖全集》,第1153页。
② 梅兰芳:《我演〈游园惊梦〉》,《梅兰芳全集》三《梅兰芳戏剧散论》,第80页。

火。梦境过后以【绵搭絮】这支曲子来描绘醒后的感慨和对梦境的留恋,最后用【尾声】收尾,简练蕴藉,妙不可言,杜丽娘留恋回味梦境的心情,跃然而出,并为后面"寻梦"做了伏笔。

《游园惊梦》是梅兰芳一生中演出次数最多的昆曲剧目。1960 年将《游园惊梦》由舞台搬上银幕拍成电影,这也是梅的最后一部昆曲电影。从民国初年到 1960 年,梅兰芳演了近五十年的杜丽娘,可以说是汤显祖《牡丹亭》演出史上,演出时间跨度最长的艺术家。将剧本搬上舞台,在任务塑造的过程中,梅兰芳的一生都没有停止对杜丽娘角色的塑造。

《牡丹亭》是汤显祖"临川四梦"中最典型代表作,阐明了汤显祖所坚持的"情至"观念,也是梅兰芳一生中最常演、最爱演昆曲剧目;《春香闹学》《游园惊梦》是梅兰芳自公演昆曲以来的招牌戏。共同塑造的杜丽娘以情为核心、仪态万方、内涵丰富,使读者、观者如痴如醉。因其典型代表性,杜丽娘的形象几百年来一直活在人们心中并不是偶然的。

作者单位:东华理工大学艺术学院

"汤"(显祖)、"莎"(士比亚)比较在中国：历史与路向

刘文辉

正如19世纪英国学者波斯奈特所指出的，"比较"是实现知识生产与传承最传统而有效的方式之一，也是文学经典价值呈现的重要路径。"用比较法来获得知识或者交流知识，这种方法在某种意义上说和思维本身的历史一样悠久……一切推理，一切想象都是主观地进行的，然后借助比较和区别客观地递相流传。"自20世纪初以来，汤显祖、莎士比亚这两位中西戏剧大师因为许多惊人的"巧合"（如生活于同一时代且同年逝世，钟情于"梦"的营造）而成为比较文学（戏剧）研究的热点和焦点。在现代中国激荡的文化变革大潮中，汤、莎比较不单是一个比较文学学术命题，而且是一个重要的现实文化命题。它不仅是现代知识分子开展中心比较文学（戏剧）研究的惯用个案，而且是他们重启汤显祖作品经典化进程的独特通道和重估中国传统文学（戏剧）价值的重要窗口。全面梳理汤莎比较的历史演变、内在动机及路径选择既是我们观察和反思20世纪中西戏剧比较研究的重要基点，也是透视中国戏剧现代性观念冲突及演化的重要窗口，更是理解20世纪汤显祖经典化进程的关键环节，同时也能为探索汤、莎比较新角度、新方法及新路径提供历史启示和理论指导，具有独特的学术意义。

一

一般认为，第一个把汤显祖与莎士比亚相提并论的人是日本学者

青木正儿。他在其所著的《中国近世戏曲史》一书中特意强调:"汤显祖之诞生,先于英国莎士比亚十四年,后于莎翁逝世一年而卒,东西曲坛伟人,同出其时,亦一奇也。"(按:徐朔方先生考证,汤显祖与莎士比亚实为同年而卒。)其实,从"泛比较"意义上看,中国境内的汤、莎比较很早就已经发生。近代以来,现代性的历史焦虑迫使知识分子开眼看世界,追寻文化"进化论",积极从西方近代文化中寻找中国文化发展的现代样本,重建中国文化体系,推动中国文化的现代性变革。中西比较一开始就成为近代知识分子建构文化变革合法性的现实策略,表现在戏剧领域,就是有意识地引入以莎士比亚戏剧为代表的西方人文主义戏剧样本,推进中西戏剧比较,借此重估中国传统戏曲价值,重述中国戏剧历史,重建中国戏剧价值坐标。在此背景下,汤、莎共同走进了近代知识分子的历史视域中,借助他们新的历史言说,建立起内在的历史关联和隐约的文化线索,汤、莎比较由此开始萌芽。20世纪初期黄人著的《中国文学史》最早采用中西比较的方法来重建中国戏曲的意义和价值,其中莎士比亚的戏剧是重要的参照系;他首次把金院本与莎士比亚相提并论,认为金院本是"活的文学","当不令和美儿、索士比亚专美于前"。也正是在这种中西比较的新视野下,汤显祖的戏剧史意义被重新发掘,被誉为中国戏曲发展长河中的"砥柱中流"。王国维的戏曲史研究同样具有明显的比较文学背景,不过与黄人不同,他更倾向于"自然的文学",而汤显祖的戏曲在他看来并不"自然"与"本色",人工痕迹太重,因此也更乐意把关汉卿(而不是汤显祖)与莎士比亚、但丁、歌德等联系起来,重新发掘中国戏曲的人文价值。显而易见,王国维对于汤显祖的论述并没有脱离中西比较的思维方式,也没有排除莎士比亚这一历史坐标。早期汤、莎比较虽说不表现为两者的直接对话,但以迂回的方式潜在地进行着。

"五四"新文化运动给汤、莎比较的发生提供了新的历史契机与文化动能。"五四"新文化知识分子发动了激进的文化革命,推进大众思想启蒙,反对旧文学,追求新文学,在戏剧创作上,主张"采用西法",反对旧戏,推崇新剧。以西方人文主义戏剧价值传统重新审视中国戏曲是"五四"新文化群体的文化自觉。新旧、中西对比是他们惯用的言说策略及建构文化革命合法性的现实手段。"现在中国戏剧有西洋的戏剧可作直接比较参考的材料,若能有人虚心研究,取人之长,补我之短……采用西洋最近百年来继续发达的新观念,新方法,新形式,如此方才可使中国戏剧有改良进步的希望。"尽管在"五四"时期,新文化群体对莎士比亚的评价并不统一(如胡适一度"抑莎[士比亚]扬易[卜生]"),但普遍推崇莎氏剧作呈现的人文主义意识,视莎氏戏剧为西方戏剧的典范,成为他们建构中西比较范式的重要样本。"读莎士比亚的 Merchant of Vernice,觉得'To bait fish withal …'一段,说人生而平等,何等透彻","在我们的《元曲选》上,和现在的'昆戈''京调'里,总找不出"。新文化知识分子通过立场分明的对比中建构出清晰的二元对立文化景观,制造群体的文化焦虑,展示文化进化的历史必然。比较作为一种"方法"渗透到知识分子文化言说的各个层面。尽管这个时候的汤、莎比较依然没有成为一个现实的学术命题,但二者潜在的比较几乎无处不在,而且价值立场变得愈发鲜明。正是依托以莎士比亚为代表的西方人文主义戏剧价值参照系,新文化知识分子解构了以汤显祖"四梦"为代表的经典戏曲作品的经典意义,重建中国现代戏剧的价值坐标。

  《牡丹亭》一部书,我平生最不爱读。今天第一次看《游园惊梦》,颇觉汤氏此两出戏,最可代表明代的才子佳人的文学。《游园》极写女子怀春。《惊梦》写梦中男女相会时,花神放出"千红万紫",使他们"梦儿中有十分欢忭"。这可说是一种"glorification of sexual lore"["对性爱的赞颂"]。这种写法,虽是很粗浅的象征主义,但那个时代的"爱情见解"实不过如此。

  即便是对于《牡丹亭》中具有个性解放色彩的男女情欲描写也不以为然:

这种对肉体的礼赞是这些戏曲写作时代(十六七世纪)的写照。在当时的小说与戏曲里,我们可以看到许多相似的对今生今世的欢愉与爱情的描写。偶尔写得还很优雅,但多半都相当丑陋不堪(grotesque)。

在莎士比亚为代表西方戏剧价值体系的对比参照之下,中国戏曲传统的合法性饱受质疑:

如元人杂曲,及《西厢记》《长生殿》《牡丹亭》《燕子笺》之类,词句虽或可观,然以无"高尚思想""真挚情感"之故,终觉无甚意味。

文化守成主义者反对文化激进主义者对传统文化(戏曲)的决绝姿态,强调中国戏曲传统的历史合法性及现实文化意义,但并不拒绝从"现代性"视角重新审视中国戏曲传统,中西"比较"同样也是他们展开历史言说的重要方式。只不过他们摒弃二元对立的思维范式,试图在中西戏剧之间寻找融合之道,重构中国戏曲文化价值,重建中国戏剧的现代想象。在全新的文化视角观照下,汤显祖、莎士比亚开始建立起直接的文化关联。1926年,"国剧运动"领导者余上沅发表《论诗剧》,把莎士比亚的戏剧与汤显祖的戏曲都统一归为"诗剧"。"诗剧则自希腊悲剧以来,继续未断。我们所习闻的戏剧名家,如莎士比亚、莫里哀、高乃依、拉辛、雨果、洛卜·德·维加、卡尔德隆,都是以诗剧传世……中国的关汉卿、王实甫、白仁甫、马致远、高则诚、汤临川、洪昉思、孔云亭这些人,却都是戏剧诗人。"而吴梅、卢前、俞平伯、郑振铎、赵景深、张友鸾、吴重翰等人致力于发掘整理戏曲资源,考辨戏曲本事、制曲度曲、剖析戏曲文本等,吸纳现代知识体系和价值资源,重新理解和评价中国传统戏曲,发掘古典戏曲的"现代"资源。中西比较拓展了研究者的审美视角,在近代人文主义视角观照下,汤显祖及其剧作的意义被重新发现,被纳入新的文学史(戏剧史)书写的经典化轨道。吴梅反对王国维对于汤显祖剧作不"自然"的评判,认为"玉茗四梦,其文字之佳,直是赵璧隋珠,一语一字,皆耐人寻味"。而且重点发掘了"临川四梦"的反理学精神,尤为推重《牡丹亭》,强调"惟有至情,可以超生死,忘物我,通真幻而永无消灭"。郑振铎等的文学史(戏剧史)书写也专注于从"主情"角度理解"四梦",发掘"四梦"的现代意义。俞平伯更是把《牡丹亭》追求的"以幻示真"境界视为"自成一家,独有千古"。尽管吴梅等人关于汤显祖的论述没有表现出明确的比较倾向,但始终以西方人文主义思想作为价值参照系,汤、莎比较以潜在的方式贯穿于他们的历史叙述。相比于吴梅等,卢前、张友鸾、赵景深、李长之等的汤显祖论述表现出更加明显的"比较"意识。卢前就认为:"从学理上研究中国戏剧——传奇——的本质,和西洋戏剧比较起来,可说是大同小异。"文学批评家李长之则把汤显祖《牡丹亭》反理性的精神与西方"狂飙运动"联系起来,认为其代表了"中国的狂飙运动"。张友鸾的《汤显祖及其〈牡丹亭〉》更直接谈及汤显祖与莎士比亚的共性。他指出,汤显祖"超越的思想,却只是一个'梦'字",而"莎士比亚,他更是最会做梦的了","梦"成为沟通汤、莎戏剧创作的纽带,"他们的幻想,就是他们的梦;他们的梦,实也就是他们的幻想"。伴随着比较文学学科方法在中国的拓展,中西戏剧的比较研究的发展,汤、莎比较在中国开始正式进入学术研究层面,成为专门的学术论题。赵景深撰《汤显祖与莎士比亚》是国内第一篇汤、莎比较专题论文,它运用平行比较的方法,具体分析了汤、莎在戏剧取材、创作态度、艺术风格等方面的相似之处,得出两者不仅生卒年相同,同为东西二大戏曲家,而且题材都是取自他人,很少有自己的想象创造,同时都是不受羁勒的天才,写悲哀最为动人的结论。尽管这种简单的平行比较被后人讽为"X+Y式的浅层比附",但它标志着汤、莎比较从"潜比"变为"显比",从"侧比"变为"正比",从"点"延伸到"面",从"片段"走向"整体"。而据浙江大学楼含松教授介绍,在20世纪40年代,原浙江大学外文系教授戚叔含也曾对莎士比亚与汤显祖做过专门比较,强调汤、莎都以极大的热情,歌颂纯真的天性,赞美青年男女对自由爱恋的生死执着和热切渴求。《罗密欧与朱丽叶》与《牡丹亭》的主题是接近的,并由此概括地指出:一、16世纪是人性的觉醒,是从宗教、封建统治的桎梏下争取解放的伟大时代,是人类历史进入民主时代的黎明期;二、从文学发展史来看,冲破禁锢,追求理想,描绘绚丽远景的浪漫主义,必将取代已经僵化了的古典主义。可见,汤、莎比较研究到民国后期已然成为比较流行的学术命题。

二

中华人民共和国成立后,新政权为强化文化上的领导权,积极推动文学(戏剧)价值坐标的重建与文学(戏剧)史的重塑。作为中西文学(戏剧)的经典个案,汤显祖及莎士比亚的文化价值不可避免地遭遇重构,两者的文化身份也同时被重塑。研究者普遍采用社会学的批评方法,发掘两者戏剧作品中的人民性内涵及反封建意识,并指出其阶级局限性,从新的政治维度确定他们的历史定位。两者之间的历史联结与艺术比较也由此获得了新的文化线索。但当时的政治文化情势终究没有为汤、莎比较提供丰沃的文化土壤。流行于学界的比较研究大都是中俄文学(戏剧)之间的比较研究,包括汤、莎比较在内的中西文学(戏剧)比较研究受到无形地挤压,但戏剧界推动汤、莎比较的文化冲动始终没有完全消失。据张允和日记记述,她在20世纪50年代参加俞平伯主持的北京昆曲研习社时,还是非常喜欢用比较的方法研习中国昆曲,曾撰写《汤显祖和莎士比亚》专题文章,比较分析汤、莎所著的《牡丹亭》与《铸情》(《罗密欧与朱丽叶》),发掘汤显祖剧作的审美特征。1959年6月,《北京日报》刊发了《和莎士比亚同时代的伟大戏剧家——汤显祖》一文,采用比较方法剖析汤显祖剧作的历史与文化价值。1961年,梅兰芳先生在为中国戏曲学院戏曲表演艺术研究班做报告时,也有意把汤显祖与莎士比亚相提并论,指出他们在16、17世纪"为东、西方文坛放出了光辉绚烂的异彩"。与莎士比亚剧作一样,《牡丹亭》表面上看来是才子佳人恋爱的故事,骨子里是对封建社会的吃人礼教做斗争。"文革"发生后,汤、莎研究停滞,汤、莎比较彻底失去文化空间。

真正系统化的汤、莎比较研究出现在 80 年代之后。"文革"结束后,中国文化的建设经历"二度西潮",西方现代知识体系及文化思想伴随着新时期文化现代化历史大潮涌入中国,成为知识分子群体推动现代知识生产与文化重建的重要资源。中西比较则构成了他们集体性的文化冲动及建构自身话语合法性的现实方法和策略,潜在地推动比较文学学科在中国的兴起及比较戏剧学在中国的建立。汤、莎比较也由此走进历史潮头,成为比较文学及比较戏剧学的热点课题,步入规范化、体系化研究轨道。徐朔方先生《汤显祖与莎士比亚》一文拉开了新时期汤、莎比较研究兴起的历史序幕。论文把汤、莎比较推进到一个全新的学理高度,改变了前人在比较中一味"求同",以汤显祖比附莎士比亚的思维惯性,通过对汤显祖的《牡丹亭》与莎士比亚的《罗密欧与朱丽叶》对比分析,同中求异,揭示汤、莎剧作在语言、情节、结构、风格等方面的不同及其背后的深层动因,并就此做出全新的价值判断,凸显和张扬了汤显祖戏剧的独特价值,把汤、莎比较研究推进到一个新的学术高度。在徐文的带动下,汤、莎比较研究受到学界广泛关注。许多学者积极参与到相关论题的讨论之中,拓展了汤、莎比较研究的视角,提升了汤、莎比较研究的学术品质。如张隆溪撰文对于徐朔方先生做出的汤、莎高下的价值判断提出质疑,从启蒙主义视角再次强调莎士比亚戏剧的独特优势,指出汤显祖剧作存在的艺术缺失。陈瘦竹则跳出简单的价值评判,强调汤、莎戏剧的"异曲同工"。从审美视角对汤、莎戏剧各自独特的优势做出了具体细致的阐述,剖析中西戏剧的不同特点。在赵景深的指导下,马美信在 80 年代初完成了硕士论文《晚明文学思潮与欧洲文艺复兴的比较研究》,对汤显祖和莎士比亚进行了专门的对比分析,从更加宏观的视角解释了汤莎戏剧的不同价值取向及其深层原因,提出了不少独特的见解,初步展示出"平行比较"方法在汤、莎比较研究中所取得的历史实绩。但正如蒋星煜在《汤显祖研究的反思》所指出的,这时期的汤、莎比较研究依然

"还只是开了个好头,有待深入"。

90年代以后,随着比较文学及比较戏剧学在中国的广泛兴起,汤、莎比较研究逐渐成为比较文学及比较戏剧学领域的热点与亮点。"中国知网"全文搜索显示,涉及"汤显祖和莎士比亚"的论文就有四千多篇,以汤、莎比较为专题的论文不下一千篇,以汤、莎比较研究为选题的硕士论文大量涌现,博士论文也已经出现。不少中西戏剧比较的论文、专著及教材也广泛地选用汤、莎作为经典个案开展比较论证。汤、莎比较在幅度、广度、深度上都有了非常明显的拓展。

一是平行比较的对象更加细化,比较的深度得到拓展。相关研究不再追求"面面俱到",而是抓住一点,不及其余,"以点带面",集中对汤、莎剧作的主题、情节、场面、结构、语言、角色、意象、人物关系乃至剧场呈现、表演风格、演剧环境等领域分别进行纵深开掘和深度剖析,揭示出汤、莎剧作的深层景观和不同特质。很多比较已然超越了既有的思维范式,获得了更具深度的研究结论。以汤、莎戏剧主题的研究为例,研究者不再仅仅停留于启蒙主义思维范式,专注于两者的反封建共性,而深入到人性的透视,揭示各自戏剧角色情与欲的深刻冲突,展示剧作深刻而丰富的思想内涵。同理,其余层面的深度比较都有了较大的进展。

二是平行比较延伸的幅度更加宽泛。随着研究的深入,双方的"比较域"从单纯的剧作美学拓展到两者生存境遇、人文思想、美学观点甚至性别意识等各个层面,由内及外,内外结合,展现出更为丰富的汤莎对比图景。即便是双方剧作的比较,也不再满足于《牡丹亭》与《罗密欧与朱丽叶》(尽管这依然是最为普遍的选题)两剧的比较分析,而开始选择双方剧作的交叉组合比较,推动更为立体的汤莎比较研究网络架构的生成,从不同维度对《邯郸记》与《麦克白》、《牡丹亭》与《麦克白》、《牡丹亭》与《冬天的故事》、《牡丹亭》与《威尼斯商人》、《邯郸记》与《特洛伊罗斯与克瑞西达》、《牡丹亭》与《仲夏夜之梦》、《紫钗记》与《威尼斯商人》等进行了比较分析,立体呈现出汤、莎所建构的丰富多元的戏剧世界。

三是平行比较的方法更加灵活多元。研究者在平行比较中有意识地糅合社会学、心理学、传播学、形式主义批评、女性主义乃至后殖民主义等多种理论与方法,试图建构汤莎比较的新范式,借助"新方法",激活"旧材料",提出新观点,推动汤莎比较研究的深化。新方法的引入瓦解了单一的平行比较模式,推动汤、莎比较从"对比"到"对话",从互为"他者"到互为"对象",从"静态"比较到"动态"比较,从"X+Y"到"X×Y",交互阐释,促进意义增值,不追求价值高低的评判,而寻求建立普遍的规律性的认识。如学者周宁利用文化研究方法、戏剧话语分析方法对中西戏剧进行了深层次比较(包括汤显祖和莎士比亚),提炼出"歌、话、诗、白"、"优孟衣冠与酒神祭祀"等中西戏剧艺术的规律性认识,丰富了汤、莎比较研究范式。

21世纪以来,全球化的文化浪潮推动中西文化的比较再次走向泛化。在后殖民主义、后现代主义等文化思潮的影响下,比较不再表现为单纯的文化"对话"或意义"互补",在政治、资本等复杂因素的侵袭下,比较成为一种文化权力的表达策略。中西比较折射出的价值评判冲动更加强烈,并广泛蔓延到社会文化生活的各个领域。在此背景下,汤、莎比较进入新的发展快车道,除专题研究论文以外,在各类文化批评及文化报道文章中,汤、莎比较也常是热门话题,乃至政治文件中,也可以发现汤、莎比较的话语印迹。在全球化的文化语境下,汤、莎比较研究获得了某种文化上的"象征资本",成为一种具有潜在组织意味的现实文化实践。政府及相关协会主办的周年纪念专题学术会议定期举行,为汤、莎比较提供了独特的文化空间。2011年,浙江遂昌就专门举办了"汤显祖—莎士比亚文化交流合作高峰论坛",组织学者就汤、比较及文化对话进行了深入的交流和探讨。2016年堪称中国文化的"汤显祖年"。在政府与学界的联合推动下,从年初到年末,在上海、遂昌、徐闻、抚州、南京等地召开了近十场旨在纪念汤显祖逝世四百周年的专题学术研讨会,汤、莎比较是贯穿始终的会议主题之一(浙江遂昌举办的学术研讨会干脆把名称定为"2016汤显祖—莎士比亚文化的当代生命国际高峰学术论坛")。伴随着汤、莎纪念热潮的出现,学术界关于汤、莎之间需不需要比较,可不可以比较,怎样比较的争议再次出现。学界在汤、莎比较研究视野和研究方法上也做出了新的探索,提出全球化背景下汤、莎比较应具备"全球视野"。强调"关于汤显祖与莎士比亚的比较研究,应该着眼于他们的'伟大之同'和'风格之异',而不必在他们之间强分轩轾,妄别高下";倡导包括汤、莎比较在内的中西文化比较要超越后殖民主义文化心态,"面对彼此间的误解与理解、冲突与融合……邀请'我'与'你',在文化间性的创造性空间进行'地域性协商'的深层对话,谋求文化共生共荣的前景"。在比较方法上,提出从"平行研究"走向"间性研究",使"建立在本质主义实在论假设上的比较研究被建立在间性哲学基础上的'跨文学空间'问题所取代"。

结　语

谁也无法否认,"东方莎士比亚"是汤显祖在 20 世纪所获得的最清晰的文化身份,成为参与汤显祖及其戏曲经典化进程独特而有力的话语符号,折射出汤、莎比较在中国独特的历史轨迹和价值路向。实际上,"东方莎士比亚"原初并不是专属于"汤显祖"的。陈独秀早在 20 世纪初其曾称马致远为"中国之沙克士比亚"(按:即莎士比亚);王国维尤为喜欢把关汉卿与莎士比亚相提并论;时至今日,有人还坚持关汉卿才是真正的"东方莎士比亚",关、莎比较更有意义;戏剧家李渔也常是大家乐于比附莎士比亚的对象。"东方莎士比亚"这一称号最终"花落"汤显祖,并不只是缘于他们人生轨迹中惊人的"巧合",从某种意义上讲,它是 20 世纪汤、莎比较有效推进的历史结果。在未来的汤、莎比较演进中,这种话语表述是否会出现逆转,难以预知,但汤、莎比较作为一种文化交流策略,必将展示出新的维度、视野与方法,保持长久的学术活力。

作者单位:东华理工大学文法学院

港台汤学

汤显祖这个人：必也狂狷乎？

郑培凯

（一）

众所周知，汤显祖是明代大戏剧家、大文学家，创作了大量的诗文与剧本，受到后世的景仰，对中国文化有着深远的影响。《明史·汤显祖传》对汤显祖初登历史舞台，有非常简短的描述："汤显祖，字若士，临川人。少善属文，有时名。张居正欲其子及第，罗海内名士以张之。闻显祖及沈懋学名，命诸子延致。显祖谢弗往，懋学遂与居正子嗣修偕及第。显祖至万历十一年始成进士。"很隐晦地指出，汤显祖年轻的时候文章写得好，闻名遐迩，以至于内阁首辅张居正都想要将其罗致于门下，与他的儿子一同去应试科举。谁知道汤显祖居然不领情，不愿意接受当朝第一权臣的邀约，恃才傲物，拒人于千里之外，显示了年轻人狷介不群的气骨。后果则是汤显祖连续落第，直到张居正逝世之后，"至万历十一年始成进士"——煊赫一时的张家此时已遭到抄家处分而覆败。

《明史·汤显祖传》写汤显祖与张居正的关系，落笔非常谨慎，不了解当时的具体情况与社会关系，看不出什么大名堂，也无法理解为什么汤显祖会如此狂妄，"不识抬举"，连当朝首辅诚意相邀，都不放在眼里，敢于断然拒绝。这里所说的历史情况，虽然邹迪光（1550—1626）在《临川汤先生传》中说道，"丁丑（1577）会试，江陵公属其私人啖以巍甲而不应"，但是，仍然云里雾里，没说清楚张居正罗致才俊的具体事实。深受汤显祖赏识的钱谦益（1582—1664），比汤显祖晚了一代,在他的《列朝诗集小传·丁集》中,对汤显祖拒绝张居正的笼络,有着具体而戏剧化的描述,让我们对事件的前因后果有清晰的理解:

> 显祖字义仍,临川人。生而有文在手。成童有庶几之目。年二十一,举于乡。尝下第,与宣城沈君典(懋学)薄游芜阴。客于郡丞龙宗武。江陵有叔,亦以举子客宗武。交相得也。万历丁丑(1577),江陵方专国,从容问其叔:"公车中颇知有雄俊君子晁(错)、贾(谊)其人者乎?"曰:"无逾于汤、沈两生者矣。"江陵将以鼎甲畀其子,罗海内名士以张之。命诸郎因其叔延致两生。义仍独谢弗往。而君典遂与江陵子懋修偕及第。又六年,癸未(1583),与吴门、蒲州二相子同举进士。二相使其子召至门下,亦谢勿往也。除南太常博士。朝右慕其才,将征为吏部郎,上书辞免。稍迁南祠郎。

钱谦益叙述汤显祖前半生,首先指出他生有异象,"有文在手"。这个说法有故意夸张之嫌,生下来掌中就有"文",其实是大多数婴儿都有的现象,但是汤显祖童幼时期聪颖突出,令人瞩目,却是实情。这里说他"有庶几之目",指的是有聪贤之才,可与孔门弟子最优秀者媲美。《易·系辞下》:"颜氏之子,其殆庶几乎。"颜氏之子,指的是颜回,强调的是其聪贤的性格。王充《论衡·别通》也说:"孔子之门,讲习五经。五经皆习,庶几之才也。"更明确地指出,儒家后学读书有成,是庶几之才。钱谦益反复强调的,就是显祖天生有才,比之于孔门才俊,当之无愧。

汤显祖受到张居正的重视,是由于张的亲戚(张居谦,张居正同父异母弟)在太平府江防同知龙宗武处,也就是今天芜湖北边的当涂,结识了显祖与沈懋学,认为他们是当世英才,极力向张居正推荐。那时张身为首辅,思考如何让自己的儿子科举夺魁,为了避免物议,怕人批评他操弄科举,便希望有些当世著名的青年才俊同科高中,以杜悠悠之口,接受了亲戚的推荐,邀约汤显祖与沈懋学,企图纳入门下。岂料显祖居然不给面子,只有沈懋学前来,当然惹得权倾朝野的首辅不满。发榜之后,沈懋学高中状元,张居正的二儿子张嗣修一甲二名(榜眼),汤显祖落第。钱谦益记载"君典遂与江陵子懋修偕及第",讲得不清不楚,容易令人误解,以为沈懋学与张懋修同榜,其实不然。这段记载,混淆了丁丑(1577)与庚辰(1580)前后两次会试科考,张家两次笼络汤显祖,而显祖两次拒绝张家罗致的故实。丁丑年状元是沈懋学,榜眼是张居正的二子张嗣修;庚辰年的状元是张居正的第三子张懋修,同榜还有张的长子张敬修,汤显祖再次落第。

关于汤显祖第二次受到张家罗致,再次采取不合作主义,狂狷依旧,邹迪光的《临川汤先生传》叙述得非常清楚:

> 丁丑(1577)会试,江陵公属其私人啖以巍甲而不应。庚辰(1580),江陵子懋修与其乡之人王篆来接纳,复啖以巍甲而亦不应。曰:"吾不敢从处女子失身也。"公虽一老孝廉乎,而名益鹊起,海内之人益以得望见汤先生为幸。至癸未(1583)举进士,而江陵物故矣。诸所为席宠灵,附薰炙者,骎且澌没矣。公乃自叹曰:"假令予以依附起,不以依附败乎?"而时相蒲州(张四维)、苏州(申时行)两公,其子皆中进士,皆公同门友也。意欲要之入幕,酬以馆选,而公率不应,亦如其所以拒江陵时者。

邹迪光与汤显祖是同龄人,常州府无锡人,万历二年(1574)进士,崇尚风雅,热爱诗文戏曲,与汤显祖挚友屠隆来往密切,对汤显祖十分倾倒,也熟知当时士大夫圈子的传闻。他记载的具体情况,有名有姓,而且详细反映了汤显祖不愿意攀附权贵的心态,既狂且狷,应该是有所本的。

邹迪光记载,汤显祖性格狷介,谈到自己不愿依附权势,把科举晋身的途径,比作处女出嫁,不可以轻易"失身"于权贵的宠幸与提拔,强调的是自己的人格尊严,不做随人驱遣的佞幸之徒。在汤显祖的心目中,张居正是操弄权术的"权相",即使不是奸恶之徒,也僭越了人臣辅政的身份,把朝政玩弄于股掌之中。自己若是屈身被他罗致,固然可以青云直上,在官场上荣耀一番,但也就成了张居正权力集团的一员,归队站边,听从差遣。汤显祖不愿失身于权贵的心态,到了张居正死后抄家,整个政治集团遭到整肃,似乎得到心理补偿,证明了他的先见之明,令他感叹万分:"假令予以依附起,不以依附败乎?"这也就使得他坚持自己的信念,不肯依附掌握政府大权的首辅,不愿参与官场的权力运作与斗争,宁愿选择远离权力中心的清简职位。所以,当张居正集团覆败之后,接任的首辅是张四维与申时行,都想要笼络他的时候,他依然故我,一概拒绝,坚守自身的人格清白,也就自己断了官场飞黄腾达之路。

(二)

在 1577 年到 1583 的六年期间,汤显祖两次不理睬张居正的垂青,第一次或许是恃才傲物,像杜甫形容李白那样,"飞扬跋扈为谁雄",发扬蹈厉,展示青年的狂放不羁之气。第二次依然故我,狷介不群,给张家一个软钉子吃,摆明了"道不同不相为谋",则是有其深刻原因的。第一次拒绝,还可说只是理念不合,看不顺眼张居正权势熏天,在官场上横行霸道,连士子心目中神圣的科举干净土都敢于染指,完全违背了公平原则的正义性,也不容于汤显祖的儒家道德信念。第二次拒绝,就有了刻骨铭心的切身体会,因为看到了张居正为了控制朝政,专断独行,以致他的至交好友因为"夺情"事件,反对张居正蔑视道德规范,批评张居正违背权力运作的祖制,而经历了血淋淋的痛苦折磨,甚至遭遇惨无人道的迫害,显示了权相霹雳手段的残忍。

汤显祖是江西大儒罗汝芳的学生,笃信老师教导的阳明良知学说,相信人性有道德向善的追求,认为发挥"赤子良知"的精神才是美好社会的正道。他对张居正翻手为云覆手雨的权谋手段是看不上眼的,尤其不满张居正为了肃清言路,设置专断独行的思想管制,推动禁止讲学、打击探讨心性之学的政策,把矛头直接对准了泰州学派,禁锢了罗汝芳一脉的思想传播。

这里我们要打个岔,先讲讲阳明学泰州学派与江右学派对汤显祖的影响,也就是他的生长环境与师友关系对他人格塑造的影响;再返回到具体的历史处境。面对张居正这种以事功业绩及现实利益为主导的政治环境,不屑屈身于官场的蝇营狗苟,就可以看到汤显祖耿介与狂狷性格,是如何从萌发到成形,再经过长时间地淬炼与磨砺,终于造就了自主独立的个性,像他笔下创造的杜丽娘,为了坚持理想的初心,九死而未悔,追求梦中理想的"至情"人生,塑造了不世出的大文学家。

16世纪前后,出现了全世界的大变局,是早期全球化与东西文化碰撞与交流的先声。晚明江南经济的繁荣、社会结构的松动,以及追求物欲与奢华心理的迸发,在万历年间逐渐席卷中国东南半壁,是与早期全球化大趋势出现有关的。在全球化浪潮尚未波及中国之时,中国文化思想的结构,已经开始了一个酝酿已久的心理变动——阳明学派的兴起。阳明学派在明代中晚期兴起,跟王阳明这个人对生命意义的深刻认识有关。他最有开创性的思想,是在儒家的孔孟传统当中,从孟子的性善论推衍出个人本体良知自主性的重要。也就是说,你要成为圣贤,或是循着圣贤之道发展完善的人格,不是按照本本主义的方法,读圣贤书中的道德规条,按照官方正统的规范,循规蹈矩,夫子步亦步,夫子趋亦趋,像写八股文通过科举那样,成为服服帖帖的道德奴才。王阳明心目中的真正圣贤之道,是要有一种自己本体的内在体悟,所以要"致良知",要"知行合一"。这个内在体悟,跟个人的心性本体有关,跟个人的人格发展有关,是阳明学派很重要的东西,强调的是个体心性的自主与自由。

阳明学派强调个体认知的自主性,给心性探索开拓了相当自由的空间,很自然就在弟子阐释师说的过程中,对圣贤之道出现不同的理解与分疏,形成许多不同的分支学派,其中与汤显祖有直接关系的是江右学派与泰州学派,特别是提倡"解缆放帆"的泰州学派。泰州学派创始人王艮讲过"满街都是圣人",所有人都可以成圣,有点像佛家讲的"放下屠刀,立地成佛"。他们受禅宗影响,至少在传道说法的途径上是类似的。王艮传徐樾,徐樾传颜钧,颜钧传到罗汝芳,而罗汝芳就是汤显祖的老师,可谓一脉相承。由于泰州学派强调教化的手段,有点像佛家的普度众生,吸收社会不同阶层人士的参与,讲学大会聚集成群的信众,又人人各指本心,往往出现个人自由化倾向,就引起官方的疑虑与担心。张居正最讨厌这种非官方的讲学活动,更对泰州学派激进人士到处串联、扩大影响极为忌惮,怕会造成反对官府权威的群众势力,因此尽量打压。张居正捕杀思想激进的何心隐,就是为了防止何心隐组织江湖势力,企图铲除泰州自由开放思想的显著事例。

泰州学派的思想激进,主要是个人内心世界的思想激进,有时形诸言,也只是思想言论对自主意识的独特表述,除了何心隐是个例外,不必然涉及社会行动,更没有进行社会运动的迹象。然而,在统治者的心目中,思想言论的自由不羁,有可能转化为挑动社会秩序的星星之火,则有曲突徙薪之考虑,必须采取坚壁清野的手段,及早扑灭于未发之时。因此,张居正打压泰州学派,禁止阳明学说引发的普遍讲学风气,限制罗汝芳传布发抒个人主体性的自由追求,以维持官方正统思想的稳定性。作为罗汝芳的忠实弟子,汤显祖坚信老师教导"天机泠如"的心性取态,反对以官方律令压制阳明圣学思想自由的"活泼泼地"特性,就对张居正滥用权威的行为不满,这也就是汤显祖第一次拒绝张居正罗致他的思想与时代背景。

有趣的是,汤显祖的好友沈懋学也是罗汝芳的弟子,却接受了张居正的邀约,成了张氏权力集团的一员,得以金榜题名,高占鳌头,当上了举世钦仰的状元。汤与沈的家世与教育、抱负与志趣,本来是相当一致的,这才结为挚友,没想到面临一场仕进的诱惑与考验,所做出的选择会如此不同。从落第的汤显祖眼中看来,真是应了杜甫的诗句,"同学少年多不贱,五陵衣马自轻肥"。然而,官场的翻云覆雨也不是容易承受的,沈懋学中状元半年之后,就撞上了张居正"夺情"事件,在道德伦理的大节与现实利益的小惠之间又要做出选择,委屈了自己青云直上的机会,做出违背张居正意旨的决定,告病辞官,自称寄情诗酒声伎,避开政治斗争的追杀。其实他也就是风光了一时,悔恨了一世,年仅四十四岁,抑郁以终。

(三)

汤显祖第一次落第,沈懋学高中状元,曾在汤显祖的寓所住宿,赠诗一首以作安慰,"独怜千里骏,拳曲在幽燕",似乎为好友落第叫屈。汤显祖虽然也感到两人的关系起了变化,但还是写了一首长诗《别沈君典》,向飞黄腾达的朋友告别:

去年三月敬亭山,文昌阁下俯松关。今年俊秀驰金彀,表背胡同邀我宿。妙理霏霏谈转酷,金徒箭尽挝更促。人生会意苦难常,想象开元寺中烛。开元之烛向谁秉,君扬龙生姜孟颖。按席催教白纻辞,回船斗弄苍龙影。别在长干不见君,天上悠悠多白云。衣带如江意回绝,孤踪飒飒吹黄蘗。取得江边美桃叶,细语如笙款如蝶。燕幽道长不可挟,自有韩娥并宋腊。游人得意春风时,金塘水满杨花吹。玩舞徘徊顾双阙,西山落日黄琉璃。落日流云知几处?云花叠骑纵横去。旦暮惟闻歌吹声,春秋正合穷愁着。夫子才华不可当,华阳东海并珪璋。辉辉素具幕中画,慨慨初登年少场。年少纷纭非一日,喜子今朝拼投笔。一行白璧自倾城,再顾黄金须百镒。吏隐郎潜非俊物,谁能白首牵银绂。银绂桃花一路牵,空纱户縠染晴烟。春丝引飔云霞鲜,窗桃半落朱樱然。江南人归马翩翩,金陵到及鲥鱼前。天地逸人自草泽,男儿有命非人怜,归去蓬山蓼水边,坐进金楼翠琰篇。丹蛟吹笙亦可听,白虎摇瑟谁当怜。如兰妙客何处所?若木光华今日天。我今章甫适诸越,山川未便啼鸣鴂。都门买酒留君别,况是春游寒食节。孟门太行君所知,鬼谷神楼非我宜。王孙碧草归能疾,公子红兰佩莫迟。昨日辞朝心苦悲,壮年不得与明时。处处抚情待知己,可似南箕北斗为。

这首长诗蕴藉婉转,寓意曲折深远,既说到两人订交的经过,思想感情的契合,引为挚友,又说到经过这次科考,两人走上了不同的途径,分道扬镳,各自面临未知的命运。诗一开头,写两人去年在宣城的敬亭山诗酒风流的美好岁月,今年到北京会试,沈懋学还邀汤显祖到裱褙胡同同住,友情十分深厚。在宣城流连的日子,还与龙宗武(君扬)、姜奇方(孟颖)一道,听歌选舞,泛江游船,快乐无比。后来在南京分别了,心中一直思念着,直到北京又再相逢,依然有韩娥与宋腊这样的美女相伴,春风得意,一同游乐。考试的结果,改变了两人的命运,也使得亲密无间的友情难以持续。

沈懋学金榜题名,高中状元,自然是"一行白璧自倾城,再顾黄金须百镒。吏隐郎潜非俊物,谁能白首牵银绂。银绂桃花一路牵,空纱户毂染晴烟。春丝引飏云霞鲜,窗桃半落朱樱然。江南人归马翩翩,金陵到及鲥鱼前"。可以衣锦荣归,光宗耀祖,风风光光回到江南,正好赶上鲥鱼尝鲜的时候。汤显祖名落孙山,荣华富贵轮不到,只好想着自己是山野逸人,"天地逸人自草泽,男儿有命非人怜,归去蓬山蓼水边,坐进金楼翠琰篇。丹蛟吹笙亦可听,白虎摇瑟谁当怜。如兰妙客何处所?若木光华今日天。我今章甫适诸越,山川未便啼鸣鴂"。这里特别引用了宋人资章甫的典故,出自《庄子·逍遥游》的"宋人资章甫而适诸越,越人断发文身,无所用之"。明显是慨叹自己不合时宜,空有满腹文章,却到了不尊重文化修养、只讲权力与利益的地方,没有人识才。

长诗的结尾,写春寒料峭的寒食节,在京城与沈懋学饮酒赋别,一方面讲到自己不受朝廷赏识,在少壮年月不能报效国家,心中悲苦:"昨日辞朝心苦悲,壮年不得与明时。"另一方面则诚恳劝告沈懋学,走上仕途要小心:"孟门太行君所知,鬼谷神楼非我宜。"这里引用的孟门太行典故,来自张九龄的诗《始兴南山下有林泉,尝卜居焉,荆州卧病有怀此地》,沈懋学当然是清楚知道其中寓意的。其实,汤显祖引用这个典故,才是整首长诗的诗眼,才是写这首诗的中心意旨。张九龄原诗如下:

> 出处各有在，何者为陆沉。幸无迫贱事，聊可祛迷襟。世路少夷坦，孟门未岖崟。多惭入火术，常惕履冰心。一跌不自保，万全焉可寻。行行念归路，眇眇惜光阴。浮生如过隙，先达已吾箴。敢忘丘山施，亦云年病侵。力衰在所养，时谢良不任。但忆旧栖息，愿言遂窥临。云间日孤秀，山下面清深。萝茑自为幄，风泉何必琴。归此老吾老，还当日千金。

汤显祖对沈懋学的劝告，毋宁是一种透彻人生的警告，现在的说法就是，"天下没有免费的午餐！"他的表达方式虽然隐晦，借着引用古人的诗句典故，用意却十分明确，要告诉沈懋学，就是张九龄对生命意义的感悟：人生的出与处，牵涉自己的生命选择，很难说何者是成，何者是败。只要还没有被人逼着去做下贱的事，就可以过得舒坦。世上的道路很少是平坦的，像通往太行山的孟门径，虽然窄仄，也不算太崎岖。多用权谋之术，进出烈火燃烧的官场，是很令人惭愧的；应该时常警惕自己，要保持如履薄冰的心态。万一不小心，跌个大跟头，就没有万全之法来保护自身。要时时想着留一条可归的后路，要爱惜短暂生命的光阴。古来的贤达早就告诉我们，浮生短暂，如白驹过隙。张九龄在诗的结尾，说到自己多病体衰，有一些官场职务是难以胜任的，想要告老回乡，在山间林下过着安逸的日子。对刚中状元的沈懋学而言，这样隐晦的忠告或许毫无意义，但是后来官场事态的发展，半年后就爆发了"夺情"事件，逼得沈懋学辞官回乡，验证了汤显祖的先见之明。

这场科考，与汤显祖同时落第的，还有推荐沈懋学与汤显祖给张居正的张居谦。为了保证自己儿子科举顺利高中，又要避免众口谣诼，说他暗地操弄闱场，张居正就不让自己的同父异母弟上榜，使得张居谦郁闷万分。汤显祖事后为他写了首诗《别荆州张孝廉》，感慨同是天涯沦落人，算是相濡以沫：

> 去年与子别宣城，今年送我出帝京。帝邑人才君所见，金车白马何纵横。金水桥流如灞浐，西山翠抹行人眼。当垆唤取双蛾

眉,的蹀人前倾一盏。谁道叶公能好龙?真龙下时惊叶公。谁道孙阳能相马?遗风灭没无知者。一时桃李艳青春,四五千中三百人。掷蛀本自黄金贱,抵鹊谁当白璧珍?年少锦袍人看杀,唇舌悠悠空笔札。贱子今龄二十八,把剑似君君不察。君不察时可奈何!归餐云实荫松萝。濠南钓渚飞竿远,江左行山着屐多。吏事有人吾潦倒,竹林著书亦不早。被褐原非衮冕人,飙车更向烟霞道。青野主人归不归,文章气骨可雄飞。三十余龄起幽滞,连翩不遂知着希。平津邸第开如昨,啸激清风恣寥廓。人生有命如花落,不问朱袥与篱落。君当结骑指衡山,欲往从之行路艰。怀沙长沙为我吊,洞庭波时君已还。贱子孤生宦游薄,习池何似江陵乐?宁知不食武昌鱼,定须一驾黄州鹤。我今且唱越人舟,青蒲翠鸟鸣相求。君独胡为好鞍马,草绿波光不与俦,我住长安非一日,点首倾心百无一。夫子春间傥未行,为子问取郢中资。

在这首诗中,对着同样受到操弄而落第的友人,汤显祖就毫无顾忌,直截了当,表示了无限愤懑:"谁道叶公能好龙,真龙下时惊叶公。谁道孙阳能相马,遗风灭没无知者。"叶公自称好龙,但是真龙出现的时候,就把叶公给吓坏了;谁说原名孙阳的伯乐能相马,千里马却完全没人能够赏识!又说到这年参加会试科考的四五千人,有三百人上榜,居然没选上自己这样的人才。自己像黄金一样,却拿来抛掷蛀虫,实在是自贬身价;自己像雪白的玉璧,却扔去驱赶噪鸦,谁还会视作珍品?想想自己,年纪已经二十八岁了,是把安邦定国的宝剑,君王却不来察看,实在无可奈何!只好回归山林乡野,渔樵忘机,在大自然的怀抱中悠游生息。官家的职事自有能干的人,我是属于潦倒江湖的散人,也该早早著书立说,在文学想象的领域创作烟霞美景。

此诗的后半,写到张居谦也已经三十岁出头了,困顿于科场多年,大概飞黄腾达的机会十分渺茫。两人同病相怜,也只好承认命运不可逆料,"人生有命如花落,不问朱袥与篱落"。行路艰难也是没办法的事,回顾历史上的屈原与贾谊,才华盖世,却命运乖舛,令人凭吊伤心,也会为我的遭遇一掬同情之泪。诗末点出,两人科举失败的落寞,"我住长安非一日,点首倾心百无一"。古人说的"冠盖满京华,斯人独憔悴",就是两人的写照。

汤显祖落第南归,给朋友写了一些诗,更清楚地表达自己落寞的心境,同时不断提起古人的隐逸生活,似乎是抚慰自己的愤懑不平之气。他经过南京,在归舟之中遇上风雨,给知心好友龙宗武写了四首诗——《下关江雨四首寄太平龙郡丞》。第一首有这样的句子:"天意岂有端,倏雨无恒晴……空江寡人务,惟闻鱼鸟声……而余阙芳侣,不及春禽嘤。"感到独行无友,又逢雨阻,心情相当凄楚。第二首写到他的高堂父母与妻子兄弟都期望他高中荣归,朋友也对他寄予厚望,"念此欲飞奋,秉耜及时苗。终知不可得,抒愁寄久要"。事与愿违,也是无可奈何。第三首回忆起赴京之前,在龙宗武处的诗酒风流光阴,想起来还是美好的邂逅:"忆我旧行游,浮荣散飞藿。芜阴杳亭阒,歌呼事如昨。"有道义之交遥想,总是令人感到欣慰的。第四首则是自述平生用功读书,就是为了经世济民,报效国家:"精诚亮有鉴,振羽来天墀。翰音不可闻,毛理未成蜚。浩浩故应白,悠悠君讵知?喧凉人未异,心迹自先违。"岂知遭遇的情况与预期不同,拳拳之心不受朝廷重视,而且世态炎凉,让人违背了早先的自我期许。这首诗的结尾是:"为德苦难竟,叔牙我心希。"显然是批评了有人为德不卒,本来希望是管鲍之交,互相激励,精诚不变,或许落空了。汤显祖写诗给龙宗武,感叹有人为德不卒,是谁呢?说得影影绰绰的,还希望继续作为知己,是谁呢?我们只要仔细想想,显然就是跟他一道进京赶考,邀他同住在裱褙胡同,"铜驼杯酒旧殷勤"的沈懋学了。

汤显祖的家乡好友谢廷谅,是一起成长的地方才俊,也写了诗,安慰落第的汤显祖。徐渭后来读到,误以为谢廷谅写诗给汤显祖,是自己顺利登榜之后,抚慰显祖落榜的心境。其实,谢廷谅也是科场失意,他科举生涯的坎坷,比显祖更甚,要迟到万历二十三年(1595)才中进士。汤显祖接到好友的慰问,回了三首和诗——《谢廷谅见慰三首,各用来韵答之》。第一首:"草泽邅回讵不逢?美人遥忆泪沾胸。才轻贾马堂难造,眷重求羊径有踪。生意数看塘上柳,繁云高翳谷中松。能游剩有东山屐,知在云林第几峰?"第二首:"本自同时赋上林,归来徒剩紫芳心。江城露淡蒹葭浅,磵户云屯松桧深。独坐偶然临素卷,相思时与惜青衿。知君更欲询贤贵,十二云衢冠盖阴。"第三首:"峨峨双阙屡经过,畏景回途荫荔萝。过尽花时红落少,遥临松晓翠浮多。俱将玄白嘲杨子,独写丹青赞卞和。垂榻无言自羞涩,来诗牵率勉酬歌。"

这三首和诗用了不少典故,特别是来自汤显祖长期浸润的汉魏六朝文学,乍读只感到辞藻绚丽,似乎有点卖弄文字功夫。但是,细读之下,清楚了用典的蕴意,就可以看到,汤显祖的第一首诗显示了相当的骄矜,自觉可以媲美汉代的大文学家贾谊与司马相如,却得不到赏识,只有故乡的老相知谢廷谅,如同求仲、羊仲那样,依旧跟随他的行踪。诗中用典十分冷僻,来自赵岐《三辅决录》:"蒋诩字符卿,舍中三径,唯羊仲、求仲从之游。二仲皆推廉逃名。"陶潜晚年的《与子俨等疏》也说:"但恨邻靡二仲,室无莱妇。"指的是希望身边友好都是廉洁隐退之士。接着引用了谢灵运的诗句,是谢灵运受到政敌排挤,退居永嘉,在山水之中寻求文学烟霞之乐,写了《登池上楼》,展示了著名的诗句"池塘生春草,园柳变鸣禽",也就是汤显祖目前落第的心境与向往,退隐到山水之中。第二首诗强调的是,原来是有本领选入翰苑,像司马相如那样写出《上林赋》的,可惜现在只能归隐园林,寻求隐逸修道的途径了。落榜的自己回到故乡读书,而高中的贤达则在京城通衢之间风光。第三首则明言,自己实在不适合留在煊赫的京城,生活在崔嵬宫阙的阴影之中,不如从繁花锦簇之中脱身,回到苍松翠柏的初心。像卞和怀有璞玉,遭受冷眼不说,还经历了无穷无尽的打击,但是和氏璧的珍贵最终还会有人认识,为后世歌颂。

由这些落第之后写的诗,可以看出汤显祖的不满与愤懑,同时也显示了他的狷介个性,不愿意为了晋身官场,而委屈自己,与当权者作伥。

（四）

汤显祖1580年科考落第,涉及张家再次笼络,汤显祖再次拒绝。这一次拒绝,汤显祖的心情更加坚决,是因为上次落第之后,发生的一些具体事件,加深了他对权臣专横的厌恶,决心不与张家有任何瓜葛。具体而言,就是发生了1578年的"夺情"事件。这个事件,历史资料很多,研究者也不少,不必详说,这里只就直接波及汤显祖师友,受到张居正迫害的人物说说。

在汤显祖1577年春试落第之后,沈懋学风风光光地留在京城做官,好像天下太平了。到了九月,张居正的父亲突然逝世。按照惯例,张居正是要辞职回乡,守孝三年的,必须放下手中掌握的权势,让内阁次辅接替首辅的位置。但是张居正眷恋权位,就出了"夺情"这件大事,轰动了朝野。《明史纪事本末》卷六十一"江陵柄政"是这么记载的:

> （万历五年,1577）己卯,张居正父丧讣至,上以手谕宣慰,视粥止哭,络绎道路,又与三宫赗赠甚厚,然亦无意留之。所善同年李幼孜等倡夺情之说,于是居正惑之,乃外乞守制,示意冯保,使勉留焉。冬十月,居正再上疏乞终制,不允。乃请在官守制,不造朝,许之。居正既父丧夺情,吉服视事。编修吴中行、检讨赵用贤因星变陈言。刑部员外艾穆、主事沈思孝合疏言"居正忘亲贪位",居正大怒。时大宗伯马自强曲为营解,居正跪而以一手捻须曰:"公饶我,公饶我!"掌院学士王锡爵径造丧次,为之解。居正曰:"圣怒不可测。"锡爵曰:"即圣怒,亦为公。"语未讫,居正屈膝于地,举手索刃作刎颈状曰:"尔杀我,尔杀我。"锡爵大惊,趋出。十月二十二日,中行等四人同时受杖。中行、用贤即日驱出国门,人不敢候视。……穆、思孝复加镣锁,且禁狱。越三日,始命解发戍,为更惨毒。时邹元标观政刑部,愤甚,视四人杖毕而疏上。越

> 三日,受杖,谪戍贵州都匀卫。……十一月癸丑朔,以星变考察群臣。始张居正自矫饰,虽或任情,而英敏善断,中外群誉之,居正亦自负不世出。迨刘台论居正得罪,志意渐恣。至是,益知天下不见与,思威权劫之矣。

批评张居正而惨受杖刑的吴中行、赵用贤、艾穆、沈思孝、邹元标,以及稍早遭到廷杖又被害死的刘台,在汤显祖眼里,都是正直而敢于诤言的朝官,维护的是社会纲常的基本原则,只因为张贪恋权位,竟然无情迫害,以杖刑手段打击异己,置之于死地,是他难以容忍的。特别是邹元标,在众人蒙受残酷的杖刑之后,基于义愤,不顾自身安危,上疏批评张居正,更让汤显祖佩服这位刚刚考取进士的同乡好友。

夺情事件还牵涉了汤显祖的挚友沈懋学与龙宗武,沈德符《万历野获编》有"龙君扬少参",是这样记载的:

> 宣城沈翰撰君典(懋学),以谏止夺情忤江陵意,然内愧其言。又吴(中行)、赵(用贤)两门生已叛之。赵、张、习诸词臣,又以有违言谪去。虑馆僚之怨也,屡令其子编修(嗣修)致书慰藉,促其还朝。沈亦衷未决。适有宣城狂生吴仕期者,草一书欲规江陵,遍示所知。人皆为危之,然实钓奇自炫,初未尝投京邸也。维时又有无赖青衿王制者,同一斥吏,伪造海中丞(瑞)疏,丑诋江陵,刻印遍售,此不过欲博酒食资耳。时操江胡都御史(槚)得之大喜,以为奇货可居,捕仕期入狱,胁令招称,为懋学所造,转授仕期者。问官为太平府江防同知龙宗武,素与沈善,力辨于胡中丞不能得。胡乃先请江陵,云即露章发其事。江陵惧株连不可解,回柬有姑毙杖下之语。胡遂命尽之狱中,沈始得免。后吴妻贡氏声冤,胡戍贵州。龙时已自湖广参政罢归,亦论戍粤东。先是仕期死时,即有议龙者,沈感其曲全,逢人即明其不然,且屡向当路白其冤。会先病卒,事不得雪,龙竟老于伍,今尚在。龙与罗匡湖(大纮)给事为姻家,与邹南皋(元标)吏部亦厚善。两公俱正人。非肯滥交者。

这一段事情,说的是沈懋学劝说张居正,不要违背亲情常规,应该奔丧守制。张居正当然不听,沈懋学只好辞官归乡。状元忤逆首相,弃官回乡,当然会引起政坛波动,造成不良影响,因此张居正叫自己的榜眼儿子张嗣修写信抚慰,劝他回到朝廷。刚好此时发生了宣城狂生吴仕期写书规劝张居正,又有人假借海瑞之名丑诋张居正,就有奸佞的操江御史胡槚,认定了沈懋学唆使同乡吴仕期,编造谣诼,丑诋首辅,以此向张居正献媚。派去审案的,就是胡槚的下属——太平府江防同知龙宗武,为沈懋学辩护,却不得要领。后来是张居正害怕事情闹大,授意杖杀吴仕期,开脱沈懋学。龙宗武不肯残杀无辜,吴却在狱中绝食而死,一场天大的冤案告一段落,却使龙宗武背上了枉杀的恶名。汤显祖冷眼看到官场尔虞我诈的作为,更为自己好友沈懋学与龙宗武担心,怕他们身陷囹圄,甚至可能遭到诬陷而丧生,想起来都寒心。

龙宗武死后,汤显祖为他写了墓志铭——《前朝列大夫饬兵督学湖广少参兼佥宪澄源龙公墓志铭》,一开头就说:

> 予乡举为隆庆庚午(1570)秋,而吉中龙公宗武、刘公台,南昌万公国钦、丁公此吕,皆成进士。虽蕴藉慷慨殊致,而各有名于时。刘、万、丁三公,皆以御史言事去官,前后死无所恨。而独龙公以高才猛气,不得为其所欲为,而顿挫外服,终于受俗重诬以死。海内知者伤之,而予与吉水邹公元标尤甚。嗟夫,世岂无若人之才与气,而以诬废且死者乎!然以予所见所闻知,则于公固有愤发陨绝,不可言尽者矣。

这里说的是汤显祖二十一岁乡试中举,同榜的江西同乡有龙宗武、刘台、万国钦、丁此吕,这些同学后来都成了进士,也都因为触怒张居正而遭贬,而龙宗武甚至在夺情事件中受到诬陷,遭到世人的白眼。在这篇墓志铭中,汤显祖细述了夺情事件的发展,在宣城出现了吴仕期一案,对沈、龙两人的威胁,有可能丧身破家:

> 盖是时上方冲圣,而江陵张公用,一切把握,裁核为政。时不能无苦之。遂有为中丞海公疏而假旨以下者。适公(龙宗武)之小吏刻以行。闻于江抚某。某曰:"吉安刘(台)若邹(元标)、若前傅应祯等,皆以言执政危切坐戍。龙其乡人,而龙其小吏家刻,此必龙所为也。"下公捕治此事,而公亦不得已,一为踪迹所从。展转凡四五辈,而始引以为吴生仕期。仕期者,宣城妄男子也。老诸生间。常落魄外走,曰:"我当之长安上书言执政者。"实未尝至都有言也。至是伪疏旨引及,乃始索得其书,词意颇类。以质仕期,仕期语塞。其上江抚,转以闻江陵。江陵手书曰:"此不足起大狱,毙之杖下可耳。"抚以示公,公不忍,而抚亦遂欲以吴生事及其乡人沈公懋学矣。懋学故孝廉时,为宣城令姜公奇方所赏重。公至宣问人士,令以懋学、梅君鼎祚对。公皆厚遇之。而懋学遂为丁丑殿试第一人,受江陵恩遇最深。而当江陵不肯归服父丧时,乃至廷杖言者邹公等,懋学亦以书劝江陵,见忤,移病归里。公益用怜重之。及是,抚欲有以中沈快执政意,而公屹不应曰:"一老措大假上旨,吾尚未忍坚决,乃及贤士大夫乎。听之矣。"会吴生自愤恚绝吭死,公为给六千钱殡视之。公故未尝有加于吴生也,而先是有芜令某者,不善于公。至是声言,丞实绝吴生食,啮败毡死。闻者颇惑之。

因为夺情事件的发展,让汤显祖看清了张居正的专横,"顺我者昌,逆我者亡",清楚知道依附权势的可怕。有权相在上颐指气使,就有佞臣在下,想尽一切方法奉承讨好,甚至罗织罪名,陷害他人以邀宠。假如不是龙宗武仗义顶住压力,沈懋学可能免不了牢狱之灾,不至于郁郁以终了。所以,当张家在庚辰会试期间,由张居正的三儿子张懋修本人与王篆出面,再次笼络显祖,他早已想好了应对之道,避不见面,让张家人碰了个软钉子。

汤显祖再度拒绝张家笼络的十一年后,张家早已抄家覆败,大儿子张敬修自杀身亡,老二张嗣修自杀未遂,被朝廷褫夺了榜眼的功名,发配到岭南尽头的雷州半岛。1591年汤显祖批评时政,攻击首辅申时行"柔而多欲",遭贬徐闻,在当地见到了颠沛流离的张家老二,想起当年张家想要罗致他于门下,不禁感慨万千,给张老三写了封信——《寄江陵张幼君》:"庚辰(1580),公子一再顾我长安邸中,报谒不遇。今虽阔远,念此何能不怅然也。辛卯(1591)中冬,与令兄握语雷阳,风趣殊苦。辄见贵人言之,况也永叹!近得差一上相国墓否?役便附致问私。惟冀公子宫然时,玩长沙《秋水》篇,代雍门琴可也。"这封信揭露了当年张懋修一再来访,他避不见面的情景,同时也显示了,时过境迁,显祖已经不再计较过去的恩恩怨怨,反倒显示了显祖秉性之忠厚。他与张家二哥在雷阳贬地相遇,同是天涯沦落人,就想到故旧张懋修,颇为同情张家的败落,探问是否有机会给张居正上坟,并且劝他读读《庄子·秋水》篇,看得超脱一些。

关于张懋修1580年中状元之事,沈德符《万历野获编》卷十四有"关节状元"条,怀疑张居正在幕后动了手脚:"今上庚辰科状元张懋修,为首揆江陵公子。人谓乃父手撰策问,因以进呈。后被劾削籍,人皆云然。"赵吉士《寄园寄所寄》卷六引《抡元小录》:

万历丁丑,张太岳字嗣修榜眼及第,庚辰懋修复登鼎元。有无名子揭口占于朝门曰:"状元榜眼姓俱张,未必文星照楚邦。若是相公坚不去,六郎还作探花郎。"后俱削籍。故当时语曰:"丁丑无眼,庚辰无头。"

这里讲到张居正的六个儿子,老大是庚辰进士;老二是丁丑榜眼;老三是庚辰状元;老四继承了父亲的爵位,不必应考;老五有军功;只有老六还没有身份,有待科举晋身。假如张居正还继续当着他的首辅,早晚还有一个探花郎是归张家老六的。这张流传在民间的揭帖,对张居正专横霸道,充满了讥讽与控诉,在相当程度上反映了清流的不满,当然也加深了汤显祖对张居正弄权的厌恶。

（五）

　　汤显祖两次拒绝张居正笼络，反映了他独立自主的个性，对当权者则显示了自己狷介不移的性格，其间还有对官场斗争的深化认识过程。汤显祖年轻时也曾热衷于科举功名，循着传统读书人一贯的进取之道。扬名声、显父母，为家族增光，是明清社会的天经地义，从他的名字就看出家族的期望。丁丑与庚辰两次会试的经历，却如天降冰雹一般，不但打消了汤显祖经世济民的出仕之心，还让他对从政产生了心理创伤，使他从根本上怀疑政权运作的正义性，而采取了消极不合作的态度。因此，张居正死后遭到抄家覆败之际，正是汤显祖考上进士之时，或许这只是毫无关联的巧合，但在汤显祖心中，一定别有一番难言的滋味。这时新任首辅的张四维与申时行都先后前来拉拢，希望他成为自己的门下，汤显祖则一概拒绝，表明了自己不慕虚荣，也无意混迹于官场的风云变化。他的狂狷性格，最明显的作为就是要求远离中央，到南京去做一个不参与实际政治的闲官。

　　万历十四年（1586），汤显祖三十七岁生日，在南京做官，写了《三十七》一诗，回顾了前半生的经历：

　　　　童子诸生中，俊气万人一。弱冠精华开，上路风云出。留名佳丽城，希心游侠窟。历落在世事，慷慨趋王术。神州虽大局，数着亦可毕。了此足高谢，别有烟霞质。何悟星岁迟，去此春华疾。陪畿非要津，奉常稍中秩。几时六百石？吾生三十七。壮心若流水，幽意似秋日。兴至期上书，媒劳中阁笔。常恐古人先，乃与今人匹。

　　他三十七岁写的这首生日诗，回顾半生的经历，似乎透露了"中年危机"，对人生意义的追求显示了某种怅望与向往。一开始说，年少时聪明出众，"俊气万人一"，弱冠之年，就已经取得举人的功名，意气风发，充满自信,到处游历。自以为可以经世济民,建立事功,"神州虽大局,数着亦可毕"。功成名就之后,"了此足高谢,别有烟霞质",另外还有更值得发挥的精神可以去追求,那才是性命所系的终极目标。通过思想追求与文学创作,探索人生意义的美好与幸福,发挥聪明才智,为世人"立言"。现在到了三十七岁生日,已经活了将近四十了,四十而不惑,岁月飞逝,青春不再,"去此春华疾",在陪都南京这样闲置之处,做个中下级的官僚,何时才能做到太守呢?"壮心若流水",感到雄心壮志如流水逝去,已经到了秋残时节,哪一天兴致来了,要做出一番大事,上书朝廷,批评时政,让当政者伤伤脑筋。

这首生日诗,可以看出汤显祖不甘久困闲职,无所事事的心境。当时他已经写了未完成的《紫箫记》,也写出部分《紫钗记》,在想象世界里批评了权臣弄国,但是依然不忘现实世界里的时政,厌恶身边见到的龌龊官场行径。这首诗暗示了他早晚要上书朝廷,向他不满意的朝政发难了。他发难之前,对政局已有很多感慨,而且感到人心叵测,不少人因为他性格狷介,特立独行,不愿意参与拉帮结派的活动,就对他恶意诽谤,惹他私下抱怨不已。

三十八岁那年(1587),上北京接受京察考核,就听到官场议论纷纷,到处谣传他批评时政,还写戏曲借古讽今。回到他任职的南京后,显祖不禁写了首《京察后小述》,大为感叹人心叵测,居然对他恶意诽谤:"邑子久崖柴,长者亦摇簸。含沙吹几度,鬼弹落一个。大有拊心叹,不浅知音和。参差反舌流,倏忽箕星过。幸免青蝇吊,厌听迁莺贺。"这首诗里先说一些年轻人散布谣言批评他,如同狗吠,可是有些长者也跟着胡乱传播,含沙射影,暗箭伤人。显祖明确表态,说自己懒得理会他人议论,依然故我:"文章好惊俗,曲度自教作。贪看绣夹舞,惯踏花枝卧。对人时欠伸,说事偶涕唾。眠睡忽起笑,宴集常背坐。"对着人打哈欠,参加宴会背着人坐,是明摆着给人难堪,完全目中无人,一派狂生态度。

他曾致书好友王肯堂,抱怨当时名流,不少都是伪君子。自己真心与人谈论天下大事,居然被人故意扭曲,还散播谣言,几乎让自己惹出大祸:"仆不敢自谓圣地中人,亦几乎真者也。南都偶与一二君名人而假者,持平理而论天下大事,其二人裁伺得仆半语,便推衍传说,几为仆大戾。彼假人者,果足与言天下事欤哉!然观今执政之去就,人亦未有以定真假何在也。大势真之得意处少,而假之得意时多。"

从他在南京服官的行径来看,汤显祖的确表现得有些狂,可与他之前拒绝权相笼络之"狷",好有一比。其实狂狷这个东西,在中国儒家思想的人格培养中,对所有的读书人都是很重要的概念。《论语·子路》:"不得中行而与之,必也狂狷乎!狂者进取,狷者有所不为也。"孔子告诉我们,狂者是进取的,会做一番事业,会做出令人侧目的举动;狷者有所不为,就是守着自己的标准,天塌下来也不为所动。

何晏《论语集解》引了汉代经师包咸:"狂者进取于善道,狷者守节无为。"朱熹《四书集注》:"狂者志极高而行不掩,狷者知未及而守有余。"朱熹认为,狂者志气非常高,行为不加掩饰,都表露出来;而狷者知道有些事无法做到,便坚守一些标准,绝不退让。这是儒家传统历代对"狂狷"的理解,大家都知道,汤显祖知道,张居正知道,所有读过《四书》的读书人,所有政府的官员都知道,可是说得容易,做起来就难了。按照阳明学说,更是要"知行合一",这就看出汤显祖的人格修养了。

万历十九年(1591),汤显祖四十二岁,终于忍不住朝政的腐朽颓败,借着星变的时机,上了《论辅臣科臣疏》,批评首相申时行弄权谋私。"张居正刚而有欲,以群私人嚣然坏之。后十年之政,时行柔而有欲,又以群私人靡而坏之。"同时批评一大批当政的官员,包括大学士许国、王锡爵。更指出吏科都给事中杨文举是个大贪官,经理荒政,贪污受贿,"所过鸡犬一空","而峨然六科之长,明年大计天下吏,臣恐文举家无地着金也"。又说礼科都给事胡汝宁是个昏官,"一蛤蟆给事而已,不知汝宁何以还故乡也?"批评凌厉万分,造成了官场大地震,申时行辞官以表心迹,更多人上书辩解,攻击汤显祖此举是私怨泄愤。最后皇帝为了摆平政局,下令:"汤显祖以南部为散局,不遂己志,敢假借国事攻击元辅。本当重究,姑从轻处了。"贬谪了汤显祖,降为"徐闻县典史",也就是赶去天涯海角,也从此杜绝了显祖的升迁之道。福之祸所倚,祸之福所伏,汤显祖这一趟雷州半岛贬谪之行,前后经历不到一年,但是却让他翻越梅关,进入岭南海陬,甚至像苏东坡一样,远赴雷州与海南。这番深入瘴疠之地的远行,让他亲历岭南风光,是汤显祖从未接触过的异乡情调,提供了他撰写《牡丹亭》岭南场景的背景知识。

汤显祖在文学艺术上的成就,与他自己的人生历验及生命思考是息息相关的。他的戏剧作品,呈现了不同角色的世间处境,同时揭示了不同人物的自我选择,反映了人物性格、自主意志、与生命意义的关系,也间接反映了他自己的理念,一生坚持自我的价值与意义。汤显祖在官场上的坎坷,与他本人的性格狷介有关,更与他性格中永葆艺术想象的天真有关。为了维护自身秉性的纯净,他以自己的身家性命来抗拒俗世的污秽。在他的作品中,权相是批评的主要对象,官场是污浊不堪的场地,这在《南柯记》与《邯郸记》中表现得淋漓尽致。而"至情"人物,坚守爱情与理想的角色,则是汤显祖歌颂的对象,这在《紫钗记》霍小玉身上已经可以看到,在《牡丹亭》杜丽娘的性格中,更是为后世塑造了千古不朽的美丽形象。

对于人生的狂狷行径,以及对狂狷概念的理解,究竟与文学创作有什么关系,汤显祖在《揽秀楼文选序》中,说得相当清楚;甚至联系到了江西是阳明学的重镇,讲儒家之学,就应该理解狂狷之道,而做文章,也要从中得其真意:

> 夫豫章多美才。江湖之滨,无不猥大。常然矣。顾其中有负万乘之器,而连卷离奇;有备百物之宜,而烂漫历落。总之,各效其品之所异,无失于法之所同耳已。况吾江以西固名理地也,故真有才者,原理以定常,适法以尽变。常不定,不可以定品;变不尽,不可以尽才。才不可强而致也,品不可功力而求。子言之,吾思中行而不可得,则必狂狷者矣。语之于文,狷者精约俨厉,好正务洁。持斤捉引,不失绳墨。士则雅焉。然予所喜,乃多进取者。

> 其为文类高广而明秀,疏夷而苍渊。在圣门则曾点之空寰,子张之辉光。于天人之际,性命之微,莫不有所窥也。因以裁其狂斐之致,无诡于型,无羡于幅,峨峨然,泂泂然。证于方内,未知其何如。妄意才品所具若兹,于先正所为同耳求独而致者,或不至远甚。

道德修养与文章狂斐,在汤显祖看来,是一致的。因为政治太浑浊,牵扯太多阴谋诡计,太多压迫残害,难以成就清白的功业。只好退隐修德,为追求理想世界而立言。

作者单位:香港民政事务局非物质文化遗产咨询委员会

白先勇青春版《牡丹亭》斟议

王颉瑞

前　言

　　白先勇青春版《牡丹亭》自2004年首演迄今,已逾十载寒暑,其间在海内外造成一股"白氏旋风",在普及推广下,推动了21世纪的华人精致文化,让昆曲艺术被世界看见与认同。

　　笔者曾于2015年随同台湾"中央大学"洪惟助教授访问白先勇先生,席间被白先勇先生的主张所感动。他认为青春版《牡丹亭》只删不改,是为了让汤显祖的艺术精神能被世界看见,与英国莎士比亚平起平坐。

　　以此主张审视青春版《牡丹亭》,在表演形式方面可谓别出心裁,从服装、灯光、舞台、背景等方面着手,并新编场面,有卓越的成效。其实汤显祖时服装、舞台、场面上的样貌,今日只能自文物、文献中揣测其形,很难有系统地从此看出青春版是否具备汤氏的艺术精神,故不在本文讨论范围之内。

　　但在剧本方面,有完整文献留存。若以传奇排场之理论分析,可从汤显祖原著剧本中看出端倪,以对照青春版《牡丹亭》剧本之改编,在原著排场的艺术精神上,是否有待斟酌之处。

　　因此本文之撰写,先厘清排场理论之脉络,再分析汤显祖《牡丹亭》的排场艺术特色,进而就青春版《牡丹亭》中剧本改编的次序调动、内容删编部分进行探讨,以找出白氏青春版《牡丹亭》架构下,更能发挥汤氏排场艺术的改编方式。

一、排场理论

戏曲较为完整的排场理论,盖自清末民初许之衡(1877—1935)、王季烈(1873—1952)、吴梅(1884—1939)三家始,其中许氏的剧情八种①、王氏的曲情六门②、吴氏的冷热调剂③,已逐渐建构出排场理论之样貌。

到了张清徽(1912—1997)时,于《明清传奇导论》中提出了"传奇分场"之说,文中所述:

> 传奇的分场,以故事关目为据点,有大场、正场、短场、过场、闹场、文场、武场、文武全场和同场等的区别,一部传奇表现的手法,全部依据在这些场面的组成上。所以这些场面,在组成的分量上,假使失去比例,那么这部传奇的目的和形式,都会立刻受到决定性的影响……至于所谓文场武场、文武合场、闹场,都是就表现的形式而分的,它是依存于以上所述的大场、正场、短场和过场而作不同的表现的。④

已完整、有系统地将排场理论整理,并将场次类型分为两类,得出一个明确的论述。后曾永义爬梳其说,整理出关目情节、章法布局以至排场理论之脉络。自元至民初张清徽先生,诸家说法皆备览于曾氏著作《戏曲学》中,排场理论的发展史已于书中详尽论述,故本文不再针对排场发展历史之部分,再行赘述。书中曾氏更举出诸多排场运用之法,如以角色曲情、关目之重要性,判断《长生殿·贿

---

① 许之衡《曲律易知》将剧情分为"欢乐、悲哀、游览、行动、诉情、过场短剧、急遽短剧、武装短剧"等八种。
② 王季烈《螾庐曲谈》将南曲曲情分为"欢乐、游览、悲哀、幽怨、行动、诉情"六门。
③ 吴梅《顾曲麈谈》言:"排场冷热可以调剂,通盘筹算,总以脉络分明、事实离奇为要。"上海古籍出版社,2000年,第53—54页。
④ 张敬:《明清传奇导论》,台湾华正书局,1986年,第109—112页。

权》的场面与气氛、表现,着实精彩①,为笔者撰写此文主要的参考方向。

而罗师丽容亦于《曲学概要》一书中,针对排场之部分,整理旧说,并将张清徽之传奇分场说发挥,分项细论其义,借此可观排场理论之完整样貌。故笔者以《明清传奇导论》《曲学概要》为主,参考诸家见解,针对本文使用排场之细节整理如下。

(一) 就性质目的而言

根据剧情、角色上判断,可分为大场、正场、过场、短场。以下分述四场类型之判别标准:

1. 大场:传奇中最高潮之表现,其特性须以下列三点择一为基础:

(1) 在意义、唱腔、扮演、故事的发展和文词结构上,必是全剧中最出色的组合。

(2) 登场角色,必是全剧中数量最多,而又各有表演。故事内容,又须具备重要发展上的条件。

(3) 场景布置、故事穿插以及人物登场,必为全剧中最富丽和最热闹,或最紧张的场面。

2. 正场:笔者整理张清徽之说,正场必须符合以下条件:

(1) 剧情的重要关目之一。

(2) 登场人物必系戏中的主角、副主角,边角不能组成正场。

此外,正场中副主角的人数,视故事的内容而定,不限一人,亦不限全部副主角登场,而正场之唱作标准,亦必须有相当的分量。

3. 过场:在传奇排场中,具有启承联络功能之场次类型,其性质、目的纯为联系关目而设。或以一二之曲子组成一场,或用念白组成不唱曲,亦有多人上场之情形,但实际目的仅在于填补关目之空隙,没有太大发展上的意义。

4. 短场:介于正场、短场之间,目的在济过场、正场之穷,本身只

---

① 曾永义:《戏曲学》(一),台北三民书局,2016年,第590—591页。

是资料的补充,并无启承联络的功能。而有时传奇中需用过多的过场时,为了调剂观众耳目,为避免重复太多过场,不得不以短场代之,本文探讨之《牡丹亭》即妥善地运用此种排场方式。其条件须具备以下四点特质:

(1) 在故事的发展上,不轻不重。

(2) 在人物登场上,必系主角或副主角。

(3) 在唱作上,亦要有小品以上的欣赏标准。

(4) 在表演形式的结构上,需如正场,但要能做到具体而微的境界,因此联套必用中套、短套,前者选用快曲,后者选用半细曲。假使中套配用几支慢曲,那就和正场不分了。

(二) 就表演形式而言

就场上表现之形式,可分为文场、武场、文武合场、同场、群戏、谐趣、闹场等七项。以下分述其判断之依据:

1. 武场:台上表演内容为武戏之场次类型。

2. 文场:登场角色在四人以下,演出内容不含武戏之场次类型。

3. 文武合场:演出内容除武戏外,亦包含文戏之场次类型。

4. 同场:登场角色在五人以上,多数角色在同一场面的唱作分量上,有显著轩轾者。

5. 群戏:登场角色在五人以上,在同一场面的唱作分量上,都有各自发挥唱作的机会,靠众唱、众作以合成一场成果者。

6. 谐趣:以是否具武打部分作为与闹场之区分,凡具备(1)插科打诨;(2)热闹繁华;(3)滑稽突梯;(4)冷嘲热讽,四者之一,没有武打之场面时,归类谐趣。

7. 闹场:凡具备(1)插科打诨;(2)热闹繁华;(3)滑稽突梯;(4)冷嘲热讽,四者之一,以武打场面呈现者,归类为闹场。

综合性质目的、表演形式两种类型,各种场次运用搭配之法,有以下四点说明:

第一,理想上各场次类型不可重复,正场与大场必须相间配用,但正场次数必多于大场。

第二,场次之运用,凡看故事发展的关键而定,或有大场之间相连数个正场,或在结束时连续运用两到三个大场,不可拘于一格。

第三,无论大场和正场,或文或武,或闹或静,或唱或做的特色,都不可以连场不变。

第四,各场的场面,必须与故事关目的分量扣得紧凑,扣得妥帖。假使不是重大情节,或不强调热闹的场面,绝不可配组大场;没有佳胜的词章和名曲,亦不可滥组大场。

本文所使用之排场理论,即以上述作为基准,以此完整之理论模型,分析明清传奇之作家,势必可见各曲家对于排场的运用原则,并可借排场之理论,察曲家创作之原意。

整体而言,排场理论除了判别场次类型之外,主要从中看出作者在冷热相济、劳逸均衡两方面之用心。冷热相济即从场次类型之排列,观察作品是否符合排场理论"文似看山不喜平"之精神。劳逸均衡可从角色之均衡,观察作者是否注重全面的表演形式,而人物之比重,亦可看出曲家编剧时,情节上面注重的部分为何。吴梅尝云"自汤若士杜丽娘后,顿使排场一新",想汤显祖必有其运用排场之特色,故以下就汤显祖《牡丹亭》之排场,分析其排场之运用情形与创作原意,并以青春版《牡丹亭》之排场运用相比,以窥一二。

二、汤显祖《牡丹亭》排场分析

笔者依照前文所论之排场理论,参考张敬《明清传奇导论》,分析《牡丹亭》五十五出之排场,分为冷热相济、劳逸均衡两部分,叙述如下。

(一)冷热相济

依前述排场场次类型,制成图表以判断《牡丹亭》冷热相济之情形。为方便与青春版《牡丹亭》之比较,依照青春版《牡丹亭》分为"梦中情""人鬼情""人间情"三类,以下表、图呈现之:

序	出名	登场角色	性质	形式
1	标目	末	引场	文戏
2	言怀	生	正场	文戏
3	训女	外、老旦、贴、旦	正场	文戏
4	腐叹	末、丑	过场	诙谐
5	延师	外、贴、丑、旦、末	正场	同场
6	怅眺	丑、生	过场	文戏
7	闺塾	旦、贴、末	正场	诙谐
8	劝农	外、净、贴、生、末、众、丑、旦、老旦	大场	群戏
9	肃苑	末、贴、丑	正场	诙谐
10	惊梦	旦、贴、生、末	大场	文戏
11	慈戒	老旦、旦	过场	文戏
12	寻梦	旦、贴	大场	文戏
13	诀谒	生、净	过场	文戏
14	写真	旦、贴	正场	文戏
15	虏谍	净、众	过场	武戏
16	诘病	老旦、贴、外	正场	文戏
17	道觋	净、丑	过场	文戏
18	诊祟	贴、旦、末、净	正场	诙谐
19	牝贼	净、众、丑	过场	武戏
20	闹殇	贴、旦、老旦、净、外	大场	同场
21	谒遇	老旦、净、外、生、末、丑	正场	群戏
22	旅寄	生、末	短场	诙谐
23	冥判	净、丑、贴、旦、末	大场	同场
24	拾画	生、净	正场	文戏
25	忆女	贴、老旦	过场	文戏
26	玩真	生	正场	文戏
27	魂游	净、贴、丑、旦	正场	文戏
28	幽媾	生、旦	大场	文戏

续表

序	出名	登场角色	性质	形式
29	旁疑	净、贴、末	短场	诙谐
30	欢挠	生、旦、净、贴	正场	文戏
31	缮备	末、净、众、外	正场	文武合场
32	冥誓	生、旦	大场	文戏
33	秘议	净、生	正场	文戏
34	诇药	净、末	过场	诙谐
35	回生	丑、净、生、旦、众	正场	群戏
36	婚走	净、旦、生、末、外、众	大场	群戏
37	骇变	末	短场	文戏
38	淮警	净、众	正场	武戏
39	如杭	生、旦	正场	文戏
40	仆侦	净、丑	过场	诙谐
41	耽试	净、丑、生、外、众	正场	同场
42	移镇	外、老旦、贴、末、丑、众	正场	同场
43	御淮	外、生、末、众、净、丑、老旦、末	正场	同场
44	急难	旦、生	正场	文戏
45	寇间	老旦、外、末、净、丑	过场	同场
46	折寇	外、众、末	正场	文武合场
47	围释	净、众、末、丑	大场	文武合场
48	遇母	旦、净、老旦、贴	正场	文戏
49	淮泊	生、丑	过场	文戏
50	闹宴	外、丑、众、旦、贴、生、末、净	大场	群戏
51	榜下	外、净、末	过场	文戏
52	索元	净、老旦、丑、贴、众	过场	群戏
53	硬拷	生、净、丑、末、外、众、老旦、贴	大场	群戏
54	闻喜	贴、旦、净、外、丑	大场	群戏
55	圆驾	末、外、生、旦、老旦、净、丑、众	大场	群戏

依此表格,整理为示意图,数字 4 表示大场、3 为正场、2 为短场、1 为过场与引场,并配合青春版《牡丹亭》之分类,以观察其排场冷热相济之情形:

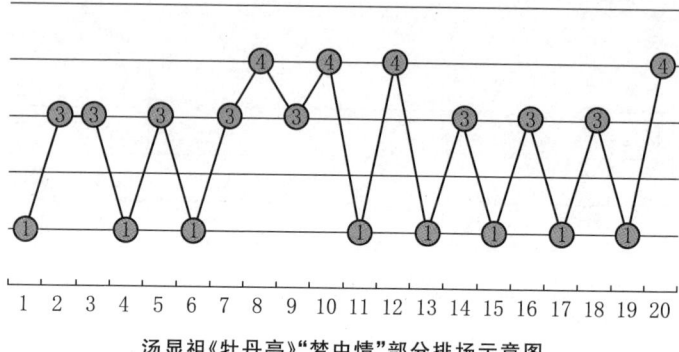

汤显祖《牡丹亭》"梦中情"部分排场示意图

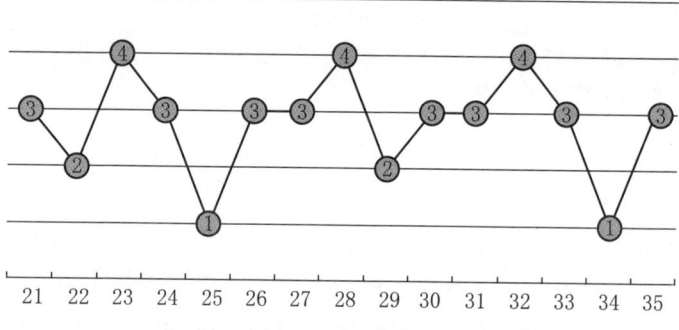

汤显祖《牡丹亭》"人鬼情"部分排场示意图

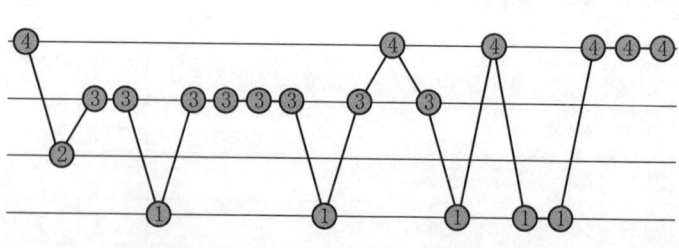

汤显祖《牡丹亭》"人间情"部分排场示意图

整体观察汤氏《牡丹亭》在冷热相济的排场上，可得出几点规则如下：

一、性质目的之场面，大场正场相连不会超过四场。可知汤显祖在剧情目的上安排的场面，主要剧情是不会超过四场的。汤氏认为观众欣赏戏曲，在主要剧情叙述的疲乏度上，连续四场是容忍的极限。

二、从过场、短场的使用而言，一到二十出用七个过场来连接，二十一到三十八出则使用三个短场、两个过场来做衔接，三十九出到五十五出则是五个过场，此即前述短场说明中所谓："传奇中需用过多的过场时，为了调剂观众耳目，为避免重复太多过场，不得不以短场代之。"从汤氏《牡丹亭》的排场来看，二十一出到三十八出的三个短场，就显出汤氏排场之巧妙，《旅寄》带些诙谐，简述柳生扶柳枝落水，遇陈最良而落脚梅花观，暗示"不在梅边在柳边"的发迹条件。《旁疑》亦属诙谐，自《玩真》到《秘议》，相连八出，剧情的发展是相当紧凑的。《旁疑》作为短场，让整个剧情能稍作喘息，以排场论，此出更为绝妙。《骇变》也是巧妙之设，以此可避免《诇药》《仆侦》《寇间》等连续太多过场之情况。

三、汤氏《牡丹亭》排场，过场可以相接，但短场与过场则不相接，可看出两件事情：1.过场相接只出现在最末，一个大场接连续三个大场，目的在于增长舒缓用的剧情，故排过场相接，才能舒缓连续四次的大场，若非为了连接四次大场，想必是不需使用连续两次过场相接的；2.短场之目的是避免重复太多的过场，使用时若与过场相接，那就失去取代太多过场的意义了，汤氏《牡丹亭》排场在这一点上是很清楚的。

除了规则之外，从排场的冷热相济中，亦可看出汤氏《牡丹亭》所重视的关目所在。全剧一共十三个大场，意即有十三个主要的关目，是汤氏想在《牡丹亭》中所表现的，分别是《劝农》《惊梦》《寻梦》《闹殇》《冥判》《幽媾》《冥誓》《婚走》《围释》《闹宴》《硬拷》《闻喜》《圆驾》，场次之中也互有呼应，若加上正场的场次，可以看出汤氏《牡丹亭》排场中

一个重要的特色,即远景与近景、大时代与小人物的排场安排。兹以"梦中情""人鬼情""人间情"三类说明如下:

1."梦中情"中的远近呼应:以《劝农》《惊梦》二出相应,《劝农》接在《闺塾》之后,《闺塾》中,春香提到了园子,《劝农》则显示出时节如下:

【古调笑】时节时节,过了春三二月,乍晴膏雨烟浓,太守春深劝农。农重农重,缓理征徭词讼,俺南安府在江、广之间,春事颇早……

写出春深时节,目的在于呼应《惊梦》中的杜丽娘游园的近景。《劝农》远景,大笔画出南安江、广一带的烟雨春景、风俗民情,更表现出政通人和、百花齐开的缤纷,与《惊梦》远近呼应,由远至近,确实是巧心安排。

其中一段描写政通人和之处,颇有意思:

(父老)以前昼有公差,夜有盗警,老爷到后呵。
【前腔(八声甘州)】千村转岁华◎愚父老香盈,儿童竹马◎阳春有脚◎经过百姓人家◎月明无犬吠杏花,雨过有人耕绿野◎真个村村雨露桑麻◎①

这段要表现的是太守的治理政通人和,三妇合评本批曰:"只写太平风景,有司之良自见,若作一通德政碑,观者欲睡矣。"②显示汤显祖编剧之技巧,不与俗同,欲写人和而不写针对太守的歌功颂德,反倒是大笔一勾,勒出一片太平景色、江南烟雨也。

因此,在表现形式上,为了表现出整体的缤纷,可谓精锐尽出,共

---

① 《吴吴山三妇合评牡丹亭还魂记》卷上,清康熙梦园刻本,台湾大学图书馆藏,第21页。
② 同上,第21页。

八名角色，十一种人物轮番登场，各有唱曲，曲白俱佳，无怪乎张敬将之分为大场，实至名归。

2. "人鬼情"的远近呼应：如同之前提到的《劝农》《惊梦》以远景、近景相呼应，这一段落的《缮备》其实也是一样的作用：

（末扮文官净扮武官上）……安抚杜老大人，为因李全骚扰地方，加筑外罗城一座，今日落成开宴，杜老大人早到也。

【前腔】（众拥外上）三千客两行◎百二关重壮◎（文武迎介）（外）维扬风景世无双◎直上层楼望◎①

此出杜太守与文武百官集结，准备平李全之乱，营造一种山雨欲来风满楼的气氛。可见汤氏善于利用时代与个人的冲突，相互呼应。柳生与丽娘人鬼相恋，回生之路正如这段《缮备》一般，对丽娘、梦梅二人来说，还不是真正的挑战，隐隐象征之后的道路更加难行。

3. "人间情"的远近呼应：自《回生》后，呼应的情况更为紧凑，生旦戏《如杭》《急难》近写二人人间相处后，面临现实的艰困，对照《移镇》《御淮》《折寇》三出，用杜宝的角度，写远景、大环境中，李全之乱所造成的艰苦。接着大环境的乱象弭平，仍要面对大环境礼教所象征的杜父，即《闹宴》《硬拷》，但随着《闻喜》一出，柳生状元及第消息传来，柳生、丽娘终于排除万难，克服大环境的束缚，最终《圆驾》大团圆。

而这些远景、大环境与近景、生旦情的呼应叙述，共同点都是以外扮杜宝登场，表现出大环境的情况，以对应生、旦为主的场次，象征着礼教（大环境）对于个人自由恋爱的束缚（柳生、丽娘之情），也就是杜宝象征着大环境、礼教，即便大环境安定到动乱到敉平，也无法阻挡情之所起，是《牡丹亭》排场中的巧妙安排。

---

① 《吴吴山三妇合评牡丹亭还魂记》卷上，第102页。

（二）劳逸均衡

排场理论中，角色出场的比例也是一项观察之重点，笔者整理汤氏《牡丹亭》中各出的上场角色表，如下：

出目\角色	1	2	3	4	5	6	7	8	9	10	11	12	13	14	15	16	17	18	19	20	21	22	23	24	25	26	27	28	29
生		1			1		1		1												1	1	1			1			1
旦			1	1		1		1	1	1		1 1				1				1			1					1	1
外			1		1	1								1						1	1								
老			1					1						1						1	1			1					
末	1			1	1				1	1							1				1	1							1
净						1				1				1	1	1	1									1			1
贴			1	1			1	1	1	1							1									1			1
丑			1	1													1												

出目\角色	30	31	32	33	34	35	36	37	38	39	40	41	42	43	44	45	46	47	48	49	50	51	52	53	54	55	合计
生	1		1	1		1	1			1			1	1						1	1		1			1	23
旦	1					1	1					1						1			1				1	1	23
外		1								1	1		1					1	1			1	1	1	1		16
老								1	1			1					1				1	1	1				15
末		1		1		1	1					1	1		1	1				1				1		1	23
净	1	1		1	1	1							1		1		1			1	1	1		1	1	1	30
贴		1							1								1		1		1	1	1				22
丑				1				1	1	1			1				1		1	1	1	1				1	23

将其中分为两类图表探讨，各述如下。

1. 主要角色比例：此为与剧情相关的主要角色，即"生、旦、外、老旦"四者，以下图呈现：

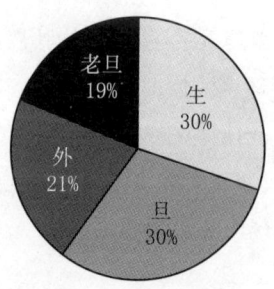

《牡丹亭》主要角色上场比例

由上图可见,汤氏《牡丹亭》剧本中,生、旦的登场次数,是完全一样的,也就是各 23 次,在生、旦、外、老旦四个重要的角色中几乎各自相对,非常均衡,并无偏废。即便是以生扮柳梦梅、旦扮杜丽娘的次数计算,也是刚好相同,表示《牡丹亭》的剧本设计中,无论生、旦的表演比重,或是剧情上柳梦梅、杜丽娘的比重,都是相等的。

而代表外在环境的老旦、外,不但各自相等,比重与生、旦也相去不远,可见汤氏设计《牡丹亭》排场中,相当重视年轻的生、旦与有年纪的外、老旦之间,演出男女形象的均衡。

另外从生、旦、老旦、外的比例亦可以看出剧情上的比重。除了杜丽娘"梦其人即病,病即弥连,至手画形容传于世而后死。死三年矣,复能冥漠中求得其所梦者而生"这条线路外,柳生自《言怀》自叙其梦,接着梦中暗示一一应验,最后重重关卡之下,不但考取状元,也与丽娘修成正果。这条柳生发迹之路其实比重相当于前者。

而外、老旦所代表的大环境、传统礼教这一路线,自《训女》点出家庭,《劝农》扩大到环境,《缮备》开始点出了时代、外在之动乱,在比重上虽略少于柳、杜,亦是重要的剧情。三条主要剧情的路线是不可偏废的。

2. 全部角色比例:与表演形式多元相关的全部角色,即生、旦、外、老旦、末、净、贴旦、丑,以下图呈现:

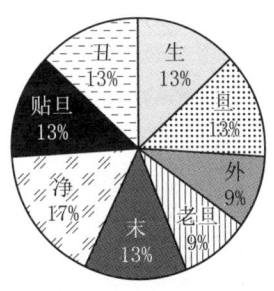

《牡丹亭》全部角色上场比例

由此图可见,汤氏《牡丹亭》的排场,在表现的形式上,是相当的多元与缤纷,并无偏重,在舞台演出时,能给观众耳目一新的感觉。

其中生、旦、外、老旦所代表的通常是文戏,掌握了主要剧情的脉络,而净、丑、贴旦、末则穿插其中,或诙谐,或闹场,或武戏,或同场,比重相当的均衡,可以看得出来在舞台艺术的部分,汤显祖确实非常遵守劳逸均衡的原则,让舞台的表演更全面,而不会全部侧重于某一种类型的表演方式。

整体来说,从排场的冷热相济、劳逸均衡上来看,汤氏创作《牡丹亭》剧本,在主要剧情上是以三线式穿插行进的。

一、以杜丽娘为主的剧情:从《训女》《闺塾》《惊梦》《寻梦》《写真》以至《闹殇》,是为情而死,而《冥判》《魂游》《幽媾》……以至《回生》,则是"死三年矣,复能冥漠中求得其所梦者而生",之后《婚走》随着柳生发迹之路,重心就慢慢地转移到杜丽娘以外的两条主线,因此《如杭》《急难》《遇母》《闹宴》,一路峰回路转,最后《闻喜》《圆驾》大团圆。

二、以柳梦梅为主的剧情:末开场之后的第一出即柳生发迹之路,从《言怀》开始,梦见梅花树下一女子,因而改名梦梅,认为有助于他考取功名,因此这里便已贯串了整部《牡丹亭》之剧情。之后的剧情可谓逐渐印证柳生之梦,《惊梦》即梦中梅花树下一女子;《诀谒》遇贵人苗宾舜;《旅寄》中,溺水抓住柳条,则"不在梅边在柳边";进而《幽媾》《冥誓》《回生》正印证了梦中的姻缘之分,与杜丽娘有了姻缘之分后,才有柳生的发迹;《耽试》一出,即破格由苗宾舜单独面试柳生,而其中试题:"宋金交战当主战、守、和何者?"更暗示了《圆驾》中所言及秦桧地狱中受罚之事。

三、以杜父、杜母为主的剧情:杜父、杜母是礼教的象征,自《训女》开始,表现的是保守礼教的家庭环境,《劝农》言江南太平,百姓乐业,安逸的环境对照的是《惊梦》里梦中之情感。《缮备》中杜父虽升官,但在扬州李全作乱,山雨欲来,文武百官齐备,对应《回生》丽娘复生后,即将面对一场暴风雨。接着一连串的《移镇》《御淮》《折寇》外在环境是几经波折,之后终于平定李全之乱,亦对照《闹宴》《硬拷》《闻喜》《圆驾》,丽娘回生之后,柳杜之情终于经过考验,团圆结局。

除此之外,亦有许多支线剧情,例如《骇变》中陈最良所引发的盗墓误会,还有《耽试》《圆驾》中的宋金战、守、和,秦桧故事与金王、李全、杨婆等所表现的宋金历史背景,但在比例上皆逊于三主线,此不赘述。

因此,以排场分析汤显祖之创作原意,冷热相济上:可见汤氏排场理念三原则、大场正场之间,远景近景相呼应。劳逸均衡上:三条主线剧情平分秋色、舞台表演多元缤纷。二者合一,正是汤氏《牡丹亭》之创作精神。

三、青春版《牡丹亭》排场与出目调动分析

此节笔者仿照分析汤显祖排场之模式,分析青春版《牡丹亭》之排场,并讨论青春版《牡丹亭》排场。

(一)冷热相济与劳逸均衡

冷热相济的部分,青春版《牡丹亭》的出目由于经过删改,多已非原著表现之场面,因此在以下表格中的性质,采汤氏原出之性质,以方便讨论青春版是否还原汤显祖排场冷热相济上之精神,以下表呈现:

出序	出名	曲　　牌	上场角色	性质
标目	标目	1.【蝶恋花】/老生	1. 老生	引场
1	训女	1.【满庭芳】/官生 2.【绕地游】/闺门旦 3.【玉山颓】/闺门旦 4.【玉胞肚】/官生、老旦 5.【尾声】/官生	1. 杂4人/士兵 2. 净/武官 3. 官生/杜宝 4. 杂4人/婢女 5. 杂4人/仆役 6. 老旦/杜母 7. 闺门旦/杜丽娘 8. 贴旦/春香 共17人	正场
2	闺塾	1.【一江风】/贴旦 2.【绕地游】/闺门旦、贴旦 3.【掉角儿】/老生 4.【掉角儿】/贴旦 5.【掉角儿】/闺门旦	1. 贴旦/春香 2. 闺门旦/杜丽娘 3. 老生/陈最良 4. 丑/花郎	正场

续表一

出序	出名	曲　　牌	上场角色	性质
3	惊梦	1.【绕池游】/闺门旦、贴旦 2.【步步娇】/闺门旦 3.【醉扶归】/闺门旦 4.【皂罗袍】/闺门旦 5.【好姐姐】/闺门旦 6.【隔尾】/闺门旦 7.【山坡羊】/闺门旦 8.【山桃红】/生 9.【画眉序】/十二花神 10.【滴溜子】/十二花神 11.【山桃红】/生、闺门旦 12.【尾声】/闺门旦	1. 闺门旦/杜丽娘 2. 贴旦/春香 3. 杂/大花神 4. 杂十二人/花神 5. 生/柳梦梅 共 17 人	大场
4	言怀	1.【真珠帘】/生 2.【九回肠】/生	1. 生/柳梦梅 2. 净/园公 共 2 人	正场
5	寻梦	1.【懒画眉】/闺门旦 2.【忒忒令】/闺门旦 3.【嘉庆子】/闺门旦 4.【尹令】/闺门旦 5.【豆叶黄】/闺门旦 6.【玉交枝】/闺门旦 7.【江儿水】/闺门旦	1. 闺门旦/杜丽娘 共 1 人	大场
6	虏谍	1. 无曲牌/净	1. 净/完颜亮 2. 杂 10 人/金兵 3. 杂 2 人/金将 共 13 人	过场
7	写真	1.【破齐阵】/闺门旦 2.【普天乐】/闺门旦 3.【雁过声】/闺门旦 4.【倾杯序】/闺门旦 5.【山桃犯】/闺门旦 6.【尾声】/闺门旦	1. 闺门旦/杜丽娘 2. 贴旦/春香 共 2 人	正场
8	道觋	1.【大迓鼓】/正旦	1. 正旦/石道姑 共 1 人	过场
9	离魂	1.【集贤宾】/闺门旦 2.【玉莺儿】/闺门旦 3.【啭林莺】/闺门旦、老旦、贴旦 4.【尾声】/闺门旦	1. 闺门旦/杜丽娘 2. 贴旦/春香 3. 老旦/杜母 4. 杂 12 人/花神 共 15 人	大场

续表二

出序	出名	曲牌	上场角色	性质
10	冥判	1.【北点绛唇】/净 2.【天下乐】/净 3.【鹊踏枝】/净 4.【赚尾】/净	1. 丑6人/鬼卒 2. 丑4人/黄蓝绿紫鬼 3. 净/判官 4. 杂4人/花神 5. 闺门旦/杜丽娘 共16人	大场
11	旅寄	1.【捣练子】/生 2.【山坡羊】/生	1. 生/柳梦梅 2. 老生/陈最良 共2人	短场
12	忆女	1.【玩仙灯】/贴旦 2.【玩仙灯】/老旦、官生 3.【香罗带】/老旦、官生 4.【香罗带】/贴旦	1. 贴旦/春香 2. 老旦/杜母 3. 官生/杜宝 共3人	过场
13	拾画	1.【金珑璁】/生 2.【颜子乐】/生 3.【锦缠道】/生 4.【千秋岁】/生 5.【啼莺序】/生 6.【簇御林】/生 7.【尾声】/生	1. 生/柳梦梅 共1人	正场
14	魂游	1.【挂真儿】/正旦 2.【孝南歌】/正旦、众 3.【水红花】/闺门旦 4.【小桃红】/闺门旦 5.【五韵美】/闺门旦 共5首	1. 正旦/石道姑 2. 众10人/小道姑 3. 丑三人/紫蓝黄鬼 4. 闺门旦/杜丽娘 5. 生/柳梦梅 共17人	正场
15	幽媾	1.【懒画眉】/生 2.【玩仙灯】/生 3.【红衲袄】/生 4.【红衲袄】/闺门旦 5.【宜春令】/闺门旦 6.【宜春令】/生 7.【金马乐】/闺门旦 8.【双棹入江泛金风】/生 共8首	1. 生/柳梦梅 2. 闺门旦/杜丽娘 共2人	大场
16	淮警	1.【番卜算】/花旦 2.【锦上花】/净 3.【锦上花】/杂合唱 共3首	1. 杂4人/女兵 2. 杂8人/男兵 3. 花旦/杨婆 4. 净一/李全 5. 净二/参军 共15人	正场

续表三

出序	出名	曲　　牌	上场角色	性质
17	冥誓	1.【太师引】/闺门旦 2.【锁寒窗】/生 3.【滴溜子】/生 4.【啄木犯】/闺门旦 5.【鲍老催】/闺门旦 6.【尾声】/闺门旦	1. 正旦/石道姑 2. 闺门旦/杜丽娘 3. 生/柳梦梅 共 3 人	大场
18	回生	1.【出队子】/生 2.【无曲牌】/生、闺门旦、杂 （但是相思莫相负，牡丹亭上三生路） 共 2 首	正旦/石道姑生/柳梦梅杂 13 人/花神闺门旦/杜丽娘 共 16 人	正场
19	婚走	1.【急板令】/生、闺门旦 2.【石榴泣】/生、闺门旦 3.【急板令】/生、闺门旦 4.【尾声】/生、闺门旦	1. 老生/船夫 2. 正旦/石道姑 3. 闺门旦/杜丽娘 4. 生/柳梦梅 共 4 人	大场
20	移镇	1.【长拍】/官生 2.【不是路】/杂传令 3.【短拍】/官生、老旦 4.【尾声】/老旦	1. 杂 10 人/持桨士兵 2. 官生/杜宝 3. 生一/文官 4. 生二/武官 5. 杂 2 人/报子 6. 老旦/杜母 7. 贴旦/春香 共 17 人	正场
21	如杭	1.【唐多令】/生、闺门旦 2.【江儿水】/闺门旦 3.【江儿水】/生 4.【小措大】/闺门旦 5.【小措大】/生 6.【尾声】/闺门旦、生	1. 生/柳梦梅 2. 闺门旦/杜丽娘 3. 正旦/石道姑 共 3 人	正场
22	折寇	1.【普贤歌】/净 2.【北清江引】/花旦 3.【大迓鼓】/老生	1. 杂 4 人/女兵 2. 杂 5 人/贼兵 3. 花旦/杨婆 4. 净/李全 5. 文丑/通事 6. 武丑/番使 7. 杂 4 人/骑马番兵 8. 老生/陈最良 共 18 人	正场

续表四

出序	出名	曲牌	上场角色	性质
23	遇母	1.【月儿高】/老旦 2.【惜花赚】/闺门旦、老旦 3.【惜花赚】/老旦、闺门旦 4.【惜花赚】/老旦、闺门旦 5.【番山虎】/正旦、贴旦、老旦、闺门旦	1. 老旦/杜母 2. 贴旦/春香 3. 闺门旦/杜丽娘 4. 正旦/石道姑 共 4 人	正场
24	淮泊	1.【三登乐】/生 2.【锦缠道】/生	1. 生/柳梦梅, 2. 丑/店小二 3. 净/武官 共 3 人	过场
25	索元	1.【香柳娘】/杂 2.【吴小四】/老丑 3.【香柳娘】/老丑	1. 老丑/郭驼 2. 杂 4 人/军校 共 5 人	过场
26	硬拷	1.【新水令】/生 2.【折桂令】/生 3.【雁儿落】/生 4.【沽美酒】/生	1. 杂 4 人/衙役 2. 杂 4 人/士兵 3. 官生一/杜宝 4. 净/武官 5. 生/柳梦梅 6. 老丑/郭驼 7. 杂 4 人/军校 8. 官生二/苗舜宾 共 17 人	大场
27	圆驾	1.【黄钟北醉花阴】/闺门旦 2.【北喜迁莺】/闺门旦 3.【南滴溜子】/老旦 4.【南双声子】/老旦、官生、生、旦、老生、正旦、贴旦 5.【北尾】/生、旦	1. 老生/陈最良 2. 杂 10 人/卫兵 3. 官生/杜宝 4. 生/柳梦梅① 5. 闺门旦/杜丽娘 6. 杂 2 人/太监 7. 杂 2 人//宫女 8. 大官生/皇帝 9. 老旦/杜母 10. 正旦/石道姑 11. 贴旦/春香 12. 杂 10 人/花神 共 32 人	大场

① 此处柳梦梅行当已成官生,为方便统计,仍以生记之。

依此表,按照青春版《牡丹亭》之分类,为以下三图,其中数字4表示大场,3表示正场,2表示短场,1表示过场、引场:

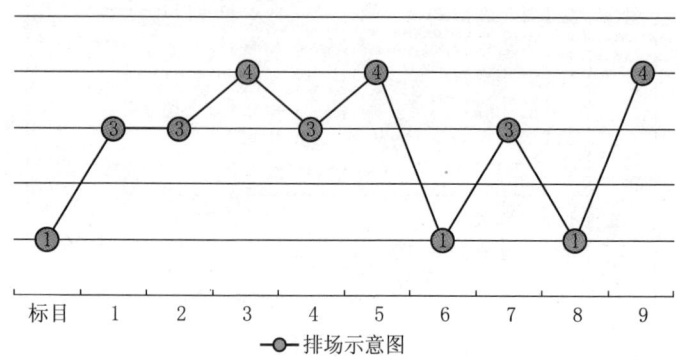

青春版《牡丹亭》"梦中情"部分排场示意图

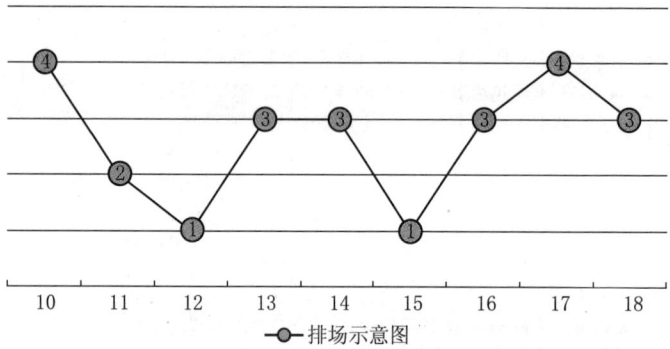

青春版《牡丹亭》"人鬼情"部分排场示意图

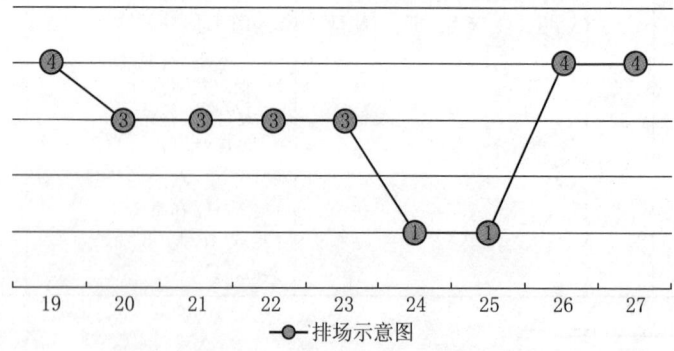

青春版《牡丹亭》"人间情"部分排场示意图

从以上图表可以得知,青春版《牡丹亭》在冷热相济上,与汤显祖《牡丹亭》排场精神上相违背之处有以下二者。

一、大场、正场连续相接问题:以汤氏《牡丹亭》之排场,大场、正场相接最多连续四次。其实在将五十五出删编为二十七出之情况下,超过四次是难以避免的,但求不要太过,而青春版《牡丹亭》的问题出现在十六到二十三出,是连续八次。

二、短场、过场相接问题:汤氏之排场原则中,短场与过场并不相接,原因在于冷热相济上意义的重复,而过场相接则是为了冷却连续四次的大场,青春版《牡丹亭》的问题在第十一、十二出的短场、过场相接,与第二十四、二十五出的连续两过场,而前后皆无连续四次的大场,其实删为二十七出,可用空间不多,实在不必要使用短场、过场相接或是连续两过场之情形。

而青春版《牡丹亭》在劳逸均衡上之情形,以下两图表示:

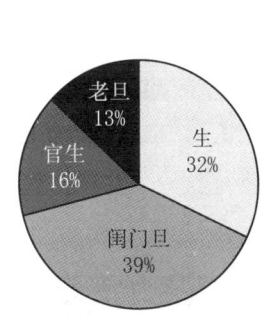 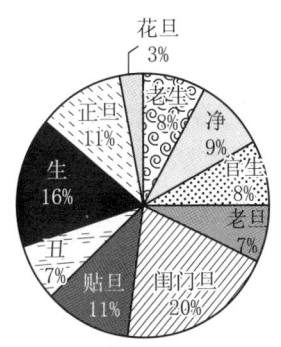

青春版《牡丹亭》主要角色上场比例　　青春版《牡丹亭》角色上场比例

对照汤氏《牡丹亭》的劳逸均衡,在剧情上表现出杜柳感情、柳生发迹、杜父母象征的外在环境,三线的均衡发展,在青春版《牡丹亭》中是没有还原的,而闺门旦所占的比例太高也造成了两点问题。

一、杜父、杜母的比重太低,外在环境呼应杜、柳爱情的戏份太少,失去了汤显祖《牡丹亭》三线并重的原意。

二、生的表演在汤显祖原著中和旦角是一样的比重,剧情上也是。虽然白先勇在编剧时努力地将二人对衬发展①,但在青春版《牡丹亭》出场的比重仍是杜丽娘高于柳梦梅。

其实在次要角色而言,青春版《牡丹亭》的劳逸均衡表现是相当出色的,其中净、老生、丑所组成的男性边角,与正旦、贴旦、花旦组成的女性边角,是相对衬的比例,能展现出缤纷的舞台效果。

可惜上述两项问题影响了整体剧情的均衡,主因就在于青春版《牡丹亭》选择的出目,大多以杜丽娘的故事为主,如果要调整,需删去杜丽娘部分剧情,进而添加一些杜父、柳生的剧情,才能达到三线均衡的情况。

(二)青春版《牡丹亭》出目调动探讨

白氏将《牡丹亭》删为二十七出,有剧情上选择的考量。为使排场精彩,顺序难免需有所调动,其出目调动与汤氏原著之顺序有异者约有四个部分,笔者在下表以 A、B、C、D 分类,青春版《牡丹亭》与汤氏顺序上的比较如下:

序	青春版出目	性质	形式	汤氏顺序	性质	形式	调动
1	训女	正场	文戏	言怀	正场	文戏	A1
2	闺塾	正场	诙谐	训女	正场	文戏	A2
3	惊梦	大场	文戏	闺塾	正场	诙谐	A3
4	言怀	正场	文戏	惊梦	大场	文戏	A4
5	寻梦	大场	文戏	寻梦	大场	文戏	A5
6	虏谍	过场	武戏	写真	正场	文戏	B1
7	写真	正场	文戏	虏谍	过场	武戏	B2
8	道觋	过场	文戏	道觋	过场	文戏	B3

---

① 白先勇在《牡丹情缘》一书曾提及:"一般《牡丹亭》的演出本,偏重杜丽娘,以旦角表演为主。我们的剧本,还原汤显祖原著精神,加强柳梦梅角色,生旦并重。因此,《拾画》《叫画》这两出经常演出的巾生代表作,我们捏成一折,做了适当的改编,更加凸显其重要性,三十分钟的独角戏,将巾生表演艺术发挥得淋漓尽致,与第一本杜丽娘的经典折子《惊梦》《寻梦》旗鼓相当。汤显祖笔下的柳梦梅远不止于儒雅俊秀的'梦中情人',亦是一介不畏权势,敢与理教抗争的傲骨书生。如此,我们的剧本生旦戏双线发展,达到了对衬平衡之美。"台北时报文化,2015 年,第 260 页。

续表

序	青春版出目	性质	形式	汤氏顺序	性质	形式	调动
9	离魂	大场	同场	闹殇	大场	同场	B4
10	冥判	大场	同场	旅寄	短场	诙谐	C1
11	旅寄	短场	诙谐	冥判	大场	同场	C2
12	忆女	过场	文戏	拾画	正场	文戏	C3
13	拾画	正场	文戏	忆女	过场	文戏	C4
14	魂游	正场	文戏	魂游	正场	文戏	C5
15	幽媾	大场	文戏	幽媾	大场	文戏	C6
16	淮警	正场	武戏	冥誓	大场	文戏	D1
17	冥誓	大场	文戏	回生	正场	群戏	D2
18	回生	正场	群戏	婚走	大场	群戏	D3
19	婚走	大场	群戏	淮警	正场	武戏	D4
20	移镇	正场	同场	如杭	正场	文戏	D5
21	如杭	正场	文戏	移镇	正场	同场	D6
22	折寇	正场	文武	折寇	正场	文武	无调动
23	遇母	正场	文戏	遇母	正场	文戏	无调动
24	淮泊	过场	文戏	淮泊	过场	文戏	无调动
25	索元	过场	群戏	索元	过场	群戏	无调动
26	硬拷	大场	群戏	硬拷	大场	群戏	无调动
27	圆驾	大场	群戏	圆驾	大场	群戏	无调动

如果按照原著的顺序直接排下来,排场上确实会有许多问题。举三例说明:

一、第一到五出就会出现两大场相连之现象,在汤氏《牡丹亭》的排场规则中,大场相连只出现在结尾。

二、第七、八两出过场相连,以前段剧情而言太缓了,也没有连接两个以上大场的作用。

三、第十四到二十三出连续十次正场、大场相接,远远超过汤氏排场规则——大场、正场相连不超过四次的上限。

因此,要避免排场上连续正场、大场的问题,白氏调动出序也属合情合理,但调动后是否符合汤氏原著的排场精神,仍值得讨论。以下将调动的部分分为四个区块,分别探讨。

一、A1—A5：即第一至五出的部分，白先勇将《言怀》调整到《惊梦》之后，接在《寻梦》之前，笔者认为是很好的安排。因为 A1—A5 的段落最大的问题在于开场就出现两个大场相连，巧妙地移动《言怀》，以正场辅大场，适得其所。严格来说，仍有正场、大场相连超过四次之瑕疵，但删减为二十七出，要保持不超过四次是不可行的，笔者认为相连五次是可接受的范围。

二、B1—B4：即第六至九出的部分，此段异动从排场的角度来看，亦属合理。原本的顺序会产生过场相连之问题，而连接的也不是三个以上的大场，所以错开是必需的，白氏将《虏谍》与《写真》位置互换，正好错开了过场相连之情形，相当巧妙。

三、C1—C6：即十至十五出的部分，这一段原本的顺序在排场上就没有太大问题，《旅寄》作为短场，正好隔开了前后两个大场，但白氏做了更动之后，反而出现排场上的问题。《离魂》《冥判》两个大场相连，前面也没有两个过场作为舒缓，想白氏之考量是以剧情的时间顺序做调动，而《冥判》作为第二天的第一出表演，气势惊人，能抓住观众目光。但《旅寄》一出虽为短场，但其唱曲五首，其中【山桃红】【步步娇】都十分精彩，作为开场亦已足够，实不须另做调整。调动之后，不但连续两个大场相连，之后更有《旅寄》《忆女》短场、过场相连的问题，反而坏了汤氏原著排场之精神，这一部分笔者认为顺序实不宜调动。

四、D1—D6：即十六至二十一出的部分，这一段原本顺序会有《冥誓》与上一段的《幽媾》两大场相连的问题，白氏将《淮警》调动，解决了此问题。但如节汤氏排场分析所述，使用《淮警》其实不能呼应"人鬼情"的部分，《缮备》反而更为接近原著的精神，而且不用调动原著顺序，岂不两全其美。

若依以上所述而进行调整，确实会更接近汤氏原著排场之精神，但整体而言，仍有一个难以解决的问题，即十三至二十四出连续十场的大场、正场相连。若要完全的解决这个问题，调动顺序是不够的，还得从选择出目上入手。下文将评议青春版《牡丹亭》各出之删编情形，来讨论出目选择上的空间。

四、青春版《牡丹亭》各出删编分析

青春版《牡丹亭》在出目的选择上,除了与原版顺序有所不同外,在内容上,为了配合演出时间与剧情的流畅、完整,亦有部分删编。笔者将青春版《牡丹亭》二十七出,其删编原著内容之部分比对,并以青春版之分类分别各出详细探讨。为方便阅读,笔者将表格依各出拆开讨论。

(一)"梦中情"各出删编分析

青春版《牡丹亭》在"梦中情"各出删编情况依序如下讨论:

青春	曲牌	上场角色	原版	曲牌	上场角色
训女	1.【满庭芳】/官生 2.【绕地游】/闺门旦 3.【玉山颓】/闺门旦 4.【玉抱肚】/官生、老旦 5.【尾声】/官生	1. 杂4人/士兵 2. 净/武官 3. 官生/杜宝 4. 杂4人/婢女 5. 杂4人/仆役 6. 老旦/杜母 7. 闺门旦/杜丽娘 8. 贴旦/春香 共17人	训女	1.【满庭芳】/外 2.【绕地游】/老旦 3.【绕地游】/旦 4.【玉山颓】/旦、外、老旦、贴旦 5.【玉山颓】/外、老旦、旦、贴旦 6.【玉抱肚】/外 7.【玉抱肚】/老旦 8.【玉抱肚】/旦 9.【玉抱肚】/外、老旦、旦、贴旦 10.【尾声】/外	1. 外/杜宝 2. 老旦/杜母 3. 旦/杜丽娘 4. 贴旦/春香 共4人

依表格中所见,《训女》一出,原本以唱曲为主,共唱十首,其中老旦、旦各自独唱一段【绕地游】出场,可谓平分秋色;而连续的【玉抱肚】更是四人合唱,虽然舞台上只有四个演员,但亦能撑起正场的场面。

青春版《牡丹亭》的《训女》则将十首曲子删为五首,其中三首更是选择几句来唱,就唱曲而言是不足以撑起场面的,于是改为由17个演员上场,撑起场面,亦可算是大场,只是与汤氏之作在表现手法上有其不同之处(汤氏以唱曲数撑场、白氏以舞台人数撑场)。

青春	曲牌	上场角色	原版	曲牌	上场角色
闺塾	1.【一江风】/贴旦 2.【绕池游】/闺门旦、贴旦 3.【掉角儿】/老生 4.【掉角儿】/贴旦 5.【掉角儿】/闺门旦	1. 贴旦/春香 2. 闺门旦/杜丽娘 3. 老生/陈最良 4. 丑/花郎	闺塾	1.【绕池游】/旦、贴旦 2.【掉角儿】/末 3.【掉角儿】/贴旦 4.【掉角儿】/旦 5.【尾声】/末	1. 旦/杜丽娘 2. 贴旦/春香 3. 末/陈最良
			肃苑	1.【一江风】/贴旦 2.【一江风】/末 3.【一江风】/贴旦 4.【一江风】/末 5.【普贤歌】/丑 6.【梨花儿】/丑 7.【梨花儿】/贴旦	1. 贴旦/春香 2. 末/陈最良 3. 丑/花郎

白氏《闺塾》虽采用汤显祖原作之出名，实为《闺塾》《肃苑》之融合。白氏《闺塾》之做法，是取《肃苑》头尾，中间配上大部分的《闺塾》，共唱五首曲，与原著《闺塾》虽然唱的曲牌有差异，但在唱曲数量上是相同的。至少就表现的层面而言，是与原著《闺塾》之规模相同。笔者认同这样的做法，如此可以让剧情包含原著《闺塾》《肃苑》而又不会让场面超过原著，是可接受的安排。

青春	曲牌	上场角色	原版	曲牌	上场角色
惊梦	1.【绕池游】/闺门旦、贴旦 2.【步步娇】/闺门旦 3.【醉扶归】/闺门旦 4.【皂罗袍】/闺门旦 5.【好姐姐】/闺门旦 6.【隔尾】/闺门旦 7.【山坡羊】/闺门旦 8.【山桃红】/生 9.【画眉序】/十二花神 10.【滴溜子】/十二花神 11.【山桃红】/生、闺门旦 12.【尾声】/闺门旦	1. 闺门旦/杜丽娘 2. 贴旦/春香 3. 杂/大花神 4. 杂十二人/花神 5. 生/柳梦梅 共 17 人	惊梦	1.【绕池游】/旦、贴旦 2.【步步娇】/旦 3.【醉扶归】/旦 4.【皂罗袍】/旦 5.【好姐姐】/旦 6.【隔尾】/旦 7.【山坡羊】/闺门旦 8.【山桃红】/生 9.【鲍老催】/末 10.【山桃红】/生、旦 11.【绵搭絮】/老旦 12.【尾声】/旦	1. 旦/杜丽娘 2. 贴旦/春香 3. 末/花神 4. 老旦/杜母 共 4 人
言怀	1.【真珠帘】/生 2.【九回肠】/生	1. 生/柳梦梅 2. 净/园公 共 2 人	言怀	1.【真珠帘】/生 2.【九回肠】/生 共 2 首	1. 生/柳梦梅

《惊梦》《言怀》两出则是青春版《牡丹亭》还原度相当高的两出，与原著的差异不大。就场面来说，《惊梦》是大场，旦、生、贴旦、末、老旦一共唱了十二首曲牌，其中以旦角为主，生角次之，贴旦辅佐，末、老则各自点缀一首，场面是相当的精彩，亦是以旦角为主的出目。

青春版《牡丹亭》在这一出基本上没有太大异动，只有将末扮花神的形象，改为大花神加上十二花神，共13人的舞台演出，唱曲改成【画眉序】与【滴溜子】，显现出整座花园的青春景致。青春版《牡丹亭》不但在唱曲数量上与原著不相上下，登场人数上也制造出盛大场面，更丰富了《惊梦》的演出场面。

《言怀》也是完整地还原了原著唱曲上的场面，只是青春版《牡丹亭》加上了一个园公的人物，增加互动的对白，或许某些程度上让场面不至于单调，但也丧失了生角一人独唱到底的特色。其实一来一往，增加一个无关紧要的人物，并在【九回肠】中穿插了一些不影响剧情的对白，反而显得有些鸡肋。

青春版	曲牌	上场角色	原版	曲牌	上场角色
寻梦	1.【懒画眉】/闺门旦 2.【忒忒令】/闺门旦 3.【嘉庆子】/闺门旦 4.【尹令】/闺门旦 5.【豆叶黄】/闺门旦 6.【玉交枝】/闺门旦 7.【江儿水】/闺门旦 共7首	1.闺门旦/杜丽娘 共1人	寻梦	1.【夜游宫】/贴旦 2.【月儿高】/旦 3.【月儿高】/旦 4.【懒画眉】/旦 5.【懒画眉】/旦 6.【不是路】/旦、贴旦 7.【不是路】/旦、贴旦 8.【忒忒令】/旦 9.【嘉庆子】/旦 10.【尹令】/旦 11.【品令】/旦 12.【豆叶黄】/旦 13.【玉交枝】/旦 14.【月上海棠】/旦 15.【二犯幺令】/旦 16.【江儿水】/旦 17.【川拨棹】/旦、贴旦 18.【川拨棹】/旦、贴旦 19.【川拨棹】/旦、贴旦 20.【意不尽】/旦 共20首	1.旦/杜丽娘 2.贴旦/春香 共2人

续表

青春版	曲牌	上场角色	原版	曲牌	上场角色
虏谍	1. 无曲牌/净	1. 净/完颜亮 2. 杂10人/金兵 3. 杂2人/金将 共13人	虏谍	1.【一枝花】/净 2.【北二犯江儿水】/净 3.【北尾】/净 共3首	1. 净/完颜亮 2. 众/金兵 共2人
写真	1.【破齐阵】/闺门旦 2.【普天乐】/闺门旦 3.【雁过声】/闺门旦 4.【倾杯序】/闺门旦 5.【山桃犯】/闺门旦 6.【尾声】/闺门旦 共6首	1. 闺门旦/杜丽娘 2. 贴旦/春香 共2人	写真	1.【破齐阵】/旦、贴旦 2.【刷子序犯】/旦 3.【朱奴儿犯】/贴旦 4.【普天乐】/旦 5.【雁过声】/旦 6.【倾杯序】/旦、贴旦 7.【玉芙蓉】/旦、贴旦 8.【山桃犯】/旦 9.【尾犯序】/旦 10.【鲍老催】/旦 11.【尾声】/旦、贴旦 共11首	1. 旦/杜丽娘 2. 贴旦/春香 3. 丑/花郎 共3人
道觋	1.【大迓鼓】/正旦	1. 正旦/石道姑 共1人	道觋	1.【风入松】/净 2.【大迓鼓】/丑 3.【大迓鼓】/净 共3首	1. 净/石道姑 2. 丑/府差 共2人
离魂	1.【集贤宾】/闺门旦 2.【玉莺儿】/闺门旦 3.【啅林莺】/闺门旦、老旦、贴旦 4.【尾声】①/闺门旦	1. 闺门旦/杜丽娘 2. 贴旦/春香 3. 老旦/杜母 4. 杂12人/花神 共15人	悼殇	1.【金珑璁】/贴旦 2.【鹊桥仙】/旦 3.【集贤宾】/旦 4.【集贤宾】/贴旦 5.【集贤宾】/旦 6.【集贤宾】/老旦 7.【啅林莺】/旦、贴旦、老旦 8.【啅林莺】/旦、贴旦、老旦 9.【玉莺儿】/旦、老旦 10.【玉莺儿】/旦、贴旦 11.【忆莺儿】/外、老旦 12.【尾声】/旦 13.【红衲袄】/贴旦 14.【红衲袄】/净 15.【红衲袄】/老旦 16.【红衲袄】/外 17.【意不尽】/外 共17首	1. 旦/杜丽娘 2. 贴旦/春香 3. 老旦/杜母 4. 外/杜宝 5. 净/石道姑 6. 丑/院公 7. 末/陈最良 共7人

① 改为唱"但愿那月落重生灯再红",此句改原版【尾声】末句"怎能勾月落重生灯再红"。

《寻梦》《写真》《离魂》三出，青春版《牡丹亭》的改动方式，都是将杜丽娘以外的角色唱曲删去。《寻梦》变成杜丽娘一人登场，独唱到底，《写真》则只保留杜丽娘的个人唱曲部分，贴旦独唱的曲子都被删去。

原作的《闹(悼)殇》是一个大场的设计，春香先独唱开场，接着杜丽娘、春香、杜母三位女子轮流唱曲，杜丽娘死后，则是杜宝、杜母、春香三人轮流唱【红纳袄】来哀悼丽娘，场面设计相当精彩。

青春版《离魂》则改自《闹殇》，取离魂之名，是因为将场面删减，去掉《闹殇》的头尾，只保留中间一段杜丽娘个人的部分，也就是到杜丽娘"离魂"为止，相形之下就弱多了。而这样子的改动，也让杜丽娘唱曲的比例远高于其他角色，是青春版《牡丹亭》劳逸不均衡的原因之一。

(二)"人鬼情"各出删编分析

青春版《牡丹亭》在"人鬼情"各出删编情况依序如下讨论：

青春	曲牌	上场角色	原版	曲牌	上场角色
冥判	1.【北点绛唇】/净 2.【天下乐】/净 3.【鹊踏枝】/净 4.【赚尾】/净	1. 丑6人/鬼卒 2. 丑4人/黄蓝绿紫鬼 3. 净/判官 4. 杂4人/花神 5. 闺门旦/杜丽娘 共16人	冥判	1.【北点绛唇】/净 2.【混江龙】/净 3.【油葫芦】/净 4.【天下乐】/净 5.【哪吒令】/净 6.【鹊踏枝】/净 7.【后庭花滚】/净 8.【寄生草】/净 9.【幺篇】/净 10.【赚尾】/净	1. 净/判官 2. 丑/鬼 3. 贴/鬼吏 4. 生/鬼犯 5. 末/鬼犯 6. 外/鬼犯 7. 老旦/鬼犯 8. 旦/杜丽娘 9. 末/花神 共9人

从表中可知，青春版《冥判》上的改编，在唱曲方面由净角一人独唱到底，承袭了原著的精神，值得肯定。表现上，青春版用了大量的人数，表现出《冥判》的大场场面，是青春版《牡丹亭》惯用的手法，唯一能在唱曲数量上还原汤氏大场场面的，只有《惊梦》一折。

所以《冥判》中，一共删去了六首曲子，大幅降低净角唱曲的表现机会。检视被删去的重要段落有三点如下：

1.【混江龙】是净角唱,而丑角夹白的舞台呈现,与《惊梦》中丽娘游园唱曲,春香夹白的精彩度不相上下,而别有另一番风味,删去可惜。

2.【油葫芦】这段是鬼吏审判四名鬼犯后所唱,青春版中将这段插科打诨的段落删去,统一整个场面的诡谲气氛,笔者以为并无不可。

3.【后庭花滚】这段是净角与末角(花神)的表演,由净角唱、末角夹白,而曲文相当精彩,连唱三十九种花态,夹白三十九种花名,一气呵成,如果能在现代舞台上呈现出来,才能让现代观众看见昆曲的精华,在剧情上也才能对照出杜丽娘的羸色而亡。

其实昆曲之美即在唱曲,让不同的角色都能均衡地表现出唱曲的功力,才是欣赏昆曲最好的方式。目前做到现在,觉得青春版《牡丹亭》保存的唱曲以杜丽娘为主,其他的唱曲都牺牲掉了,改以人数、动作的场面取代,非常可惜。

青春	曲　牌	上场角色	原版	曲　牌	上场角色
旅寄	1.【捣练子】/生 2.【山坡羊】/生	1. 生/柳梦梅 2. 老生/陈最良 共2人	旅寄	1.【捣练子】/生 2.【山坡羊】/生 3.【步步娇】/末 4.【风入松】/生 5.【风入松】/末	1. 生/柳梦梅 2. 末/陈最良 共2人

白先勇曾说,"汤显祖笔下的柳梦梅远不止于儒雅俊秀的'梦中情人',亦是一介不畏权势,敢与礼教抗争的傲骨书生。如此,我们的剧本生旦戏双线发展,达到了对衬平衡之美",表示青春版《牡丹亭》打算将柳梦梅与杜丽娘双线并重发展。

如果要均衡发展,我觉得《旅寄》是一个值得关注的出目。虽然在汤显祖的原著中,《旅寄》作为短场,但在整体的剧情上,柳梦梅梦中的应验,更呼应了之后《玩真》的"不在梅边在柳边"。选择这出确实是正确的做法。

但是青春版《牡丹亭》的改版,变成唱两首曲子就完成,整个场面反而像过场,不到短场的场面,就排场而言有点丧失这出安排的意义。在原著的安排中,《旅寄》作为短场,不但取代了过场连接的作用,更补足了柳生的剧情,是巧妙的安排,但青春版《牡丹亭》的做法,把场面削弱了,只存柳生两首唱曲,删去了【步步娇】与两首【风入松】。如果要让柳梦梅的表演比重与丽娘不相上下,从《旅寄》着手,增加柳生的唱曲数,会是更好的安排。

青春	曲牌	上场角色	原版	曲牌	上场角色
忆女	1.【玩仙灯】/贴旦 2.【玩仙灯】/老旦、官生 3.【香罗带】/老旦、官生 4.【香罗带】/贴旦	1. 贴旦/春香 2. 老旦/杜母 3. 官生/杜宝 共3人	忆女	1.【玩仙灯】/贴旦 2.【玩仙灯】/老旦 3.【香罗带】/老旦 4.【香罗带】/贴旦、老旦	1. 贴旦/春香 2. 老旦/杜母 共2人

《忆女》这出在原版的《牡丹亭》中,属于过场,作用在连接《拾画》《玩真》两出正场,青春版《牡丹亭》接在《旅寄》之后,依照原本而言,是短场接过场,在汤氏《牡丹亭》中没有这样的排场安排(短场作用在取代太多的过场)。

但青春版《牡丹亭》的《旅寄》严格说来也没有到达短场的场面,只能算是过场,连用两个过场,在原版中用来连接四个以上的大场(结尾)。以青春版《牡丹亭》的编排而言,连续的《旅寄》《忆女》,作用在于连接《冥判》大场与《拾画》正场,并非汤显祖排场上的运用技巧。

而青春版《牡丹亭》的《忆女》改动了舞台场面。原版是春香与杜母的戏,也有许多春香的精彩对白。青春版《牡丹亭》的改编,将春香、杜母、杜宝三人,同场唱曲,但用灯光表现出三人不同之处,同时忆起丽娘,最末收在三人一起高叫"丽娘、小姐、儿啊",而原版的最末则是春香劝诫杜母"人到中年不堪哀毁",二者表现方式有所不同。

整体来说,青春版《忆女》这出安排的位置并不好,而剧情上也没有特别之处,在五十五出选择为二十七出的选项中,相信有更好的出目选择,可以取代《忆女》。

	青春版			原版		
	曲 牌	上场角色		曲 牌	上场角色
拾画	1.【金珑璁】/生 2.【颜子乐】/生 3.【锦缠道】/生 4.【千秋岁】/生 5.【啼莺序】/生 6.【簇御林】/生 7.【尾声】/生	1. 生/柳梦梅 共 1 人	拾画	1.【金珑璁】/生 2.【一落索】/净 3.【好事近】/生 4.【锦缠道】/生 5.【千秋岁】/生 6.【尾声】/生	1. 生/柳梦梅 2. 净/石道姑 共 2 人
			玩真	1.【黄莺儿】/生 2.【二郎神慢】/生 3.【莺啼序】/生 4.【集贤宾】/生 5.【黄莺儿】/生 6.【啼莺序】/生 7.【簇御林】/生 8.【尾声】/生	1. 生/柳梦梅 共 1 人

《拾画》的改编，白先勇在《牡丹情缘》收录一段文字如下：

> 例如《拾画》《叫画》两折小生戏，历代来已被昆曲界奉为巾生折子戏典范，代代相传把《拾画》当过场戏而且只唱【好事近】【千秋岁】两支曲牌，【锦缠道】甚少演唱，但【锦缠道】词意极美，曲牌更是婉转缠绵，极富抒情韵味，我们把【锦缠道】曲牌加入《拾画》，而且把《拾画》分量加重变为主戏，将《叫画》(原著为《玩真》)与《拾画》捏成一折，全部在园中表演，一气呵成，因此，《拾画》整折变成了第二本三十分钟小生独角的重头戏。导演汪世瑜把这一折排成了与第一本《惊梦》《寻梦》旗鼓相当的生角戏，定位为"男游园""男寻梦"，让小生有淋漓尽致的表演机会。①

笔者肯定白氏提升柳生戏份的理想，将原作《拾画》与《玩真》合成一出演出，若目的是与《惊梦》《寻梦》旗鼓相当，是极好的做法。在实践上，其实青春版的《拾画》只唱七支曲牌，其中取原著《拾画》四首、

---

① 白先勇：《牡丹情缘》，商务印书馆，2016 年，第 260 页。

《玩真》三首，表现的分量上其实接近各取一半，仍是正场的类型，而非两者相加成为大场。

以《惊梦》而言，作为大场一共唱了十二首曲子，《寻梦》更唱了十九首，若将原著《拾画》《玩真》的登场角色人数与唱曲相加，方能与《惊梦》《寻梦》二者之一旗鼓相当，更不用说是"男游园""男寻梦"了。

基本上这样的安排，笔者是给予肯定的，但要说青春版《拾画》一出，便能让柳生与丽娘旗鼓相当，这倒是有商榷之处。青春版《拾画》虽已合两出为一，但场面仍属正场，不足以和两个大场匹敌，若要平衡柳生、丽娘的戏份，势必仍得从出目的选择上着手。

青春版	曲牌	上场角色	原版	曲牌	上场角色
魂游	1.【挂真儿】/正旦 2.【孝南歌】/正旦、众 3.【水红花】/闺门旦 4.【小桃红】/闺门旦 5.【五韵美】/闺门旦 共5首	1. 正旦/石道姑 2. 众10人/小道姑 3. 丑三人/紫蓝黄鬼 4. 闺门旦/杜丽娘 5. 生/柳梦梅 共17人	魂游	1.【挂真儿】/净 2.【太平令】/贴旦 3.【孝南歌】/净、丑、贴旦 4.【孝南歌】/净、丑、贴旦 5.【水红花】/旦 6.【小桃红】/旦 7.【下山虎】/旦 8.【醉归迟】/旦 9.【尾声】/旦 10.【忆多娇】/净、贴、丑 11.【尾声】/净 共11首	1. 净/石道姑 2. 贴旦/小道姑 3. 丑/徒弟 4. 旦/杜丽娘 共4人

《魂游》依旧完全符合青春版的特色，在处理正场、大场的场面时，白先勇的"只删不改"是针对曲牌而言，大幅地删去唱曲，但要维持场面，则以大量的上场人数来取代。

以《魂游》而言，原作中共唱十一首曲，头尾皆是净扮石道姑所唱，表示此出以石道姑之角度，写出诡谲的气息。青春版则删去了【尾声】，直接收在原作中的【醉迟归】（青春版作【五韵美】），有草草结束此出之感，虽说接续下一出《幽媾》，但却少了一个出目的完整性，有些可惜。

比较特殊的，是青春版《牡丹亭》在此出表现形式上有所改编，增加了一段丑扮鬼入场的毯子功，让场面变得更加热闹些，称得上有些新意。只是三鬼陪丽娘魂游，似乎稍嫌热闹了，不如原作之中，丽娘独自魂游，有孤苦之感，才能表现出"复能冥漠中求得其所梦者而生"之难能可贵。这一出的改编是有些可惜的。

青春	曲　牌	上场角色	原版	曲　牌	上场角色
幽媾	1.【懒画眉】/生 2.【玩仙灯】/生 3.【红衲袄】/生 4.【红衲袄】/闺门旦 5.【宜春令】/闺门旦 6.【宜春令】/生 7.【金马乐】/闺门旦 8.【双棹入江泛金风】/生 共8首	1. 生/柳梦梅 2. 闺门旦/杜丽娘 共2人	幽媾	1.【夜行船】/生 2.【香遍满】/生 3.【懒画眉】/生 4.【二犯梧桐树】/生 5.【浣溪沙】/生 6【刘泼帽】/生 7.【秋夜月】/生 8.【东瓯令】/生 9.【金莲子】/生 10.【隔尾】/生 11.【朝天懒】/旦 12.【朝天懒】/生 13.【玩仙灯】/生 14.【红衲袄】/生 15.【红衲袄】/旦 16.【宜春令】/旦 17.【宜春令】/生 18.【耍鲍老】/旦 19.【滴滴金】/生 20.【意不尽】/旦 共20首	1. 生/柳梦梅 2. 旦/杜丽娘 共2人

《幽媾》一出，青春版《牡丹亭》删去了大部分的唱曲，并且挪动了念白的位置。为了让表演时间配合现代观众，唱完原版的二十首曲子势必难以做到。青春版《牡丹亭》将原版【滴滴金】之后的念白挪到了前头，让剧情能够更快速地进行，且不会影响完整度，这一点笔者十分肯定，是巧妙的改编。

比较大的问题在于场面的设计，《幽媾》在原版中，是以生角演出占了绝大部分，其中生唱曲十四首，旦唱曲六首，是七比三的比重，因为从全剧本的排场看来，《幽媾》之后重心是逐渐转往柳梦梅的，这一出双人戏的唱曲比是一个关键。

而青春版《牡丹亭》的改编，删去了柳梦梅大部分的唱曲，最后留下八首,柳梦梅占了五首,杜丽娘占了三首,是五比三的比重,离原版的精神差了一些。虽不至于要将唱曲数增加到原版的二十首那么多,但若能将杜丽娘上场前,柳梦梅看画的唱曲多保留两首,这样一共唱十首,柳梦梅占七首,杜丽娘占三首,一样也可与原本达到相同的比例,会让这一出的改编更加完美。

青春	曲　　牌	上场角色	原版	曲　　牌	上场角色
淮警	1.【番卜算】/花旦 2.【锦上花】/净 3.【锦上花】/杂合唱 共3首	1. 杂4人/女兵 2. 杂8人/男兵 3. 花旦/杨婆 4. 净一/李全 5. 净二/参军 共15人	牝贼	1.【北点绛唇】/净 2.【番卜算】/丑 3.【六幺令】/净、丑、众 4.【六幺令】/净、丑、众 共4首	1. 净/李全 2. 众/士兵 3. 丑/杨婆 共3人
			淮警	1.【霜天晓角】/净 2.【霜天晓角】/丑 3.【锦上花】/丑 4.【锦上花】/丑 共4首	1. 净/李全 2. 丑/杨婆 3. 众/士兵 共3人

青春版的《淮警》由原版《牝贼》《淮警》二出删改而成,取《牝贼》中【番卜算】唱曲,加上《淮警》后半段两首【锦上花】,巧妙地将剧情融合在一起。

按原版的时间轴安排,《牝贼》发生在"梦中情"之时,而《淮警》则是在"人间情"之时,青春版《牡丹亭》的改编是将二者融合,放在"人鬼情"里,与原著要表现的呼应手法,在时间上相去甚远。

但以整体而言,这样的改编笔者认为是很好的,因为《牝贼》中,【番卜算】一句:"一枝枪洒落花风点点梨花弄",正是原著《标目》中"陈教授劝下梨花枪"的剧情关键处伏笔,青春版保留此句,确实掌握住原版剧本的精神。另外,场面的设计上,原版中只写明众上,没有特别注明人数,而青春版《牡丹亭》用了浩大的人物场面,无论在舞台表现与剧情上,都相当符合原作的精神。

唯一的问题如前所述,只在安排的位置不佳。第二类的"人鬼情"中,当用《缮备》取代《淮警》,如此较贴近人鬼情柳、杜之情感呼应,另将此《淮警》改放到第三类的"人间情"当中,并增加演出长度,会更符合汤氏排场之精神。

青春	曲牌	上场角色	原版	曲牌	上场角色
冥誓	1.【太师引】/闺门旦 2.【锁寒窗】/生 3.【滴溜子】/生 4.【啄木犯】/闺门旦 5.【鲍老催】/闺门旦 6.【尾声】/闺门旦 共6首	1.正旦/石道姑 2.闺门旦/杜丽娘 3.生/柳梦梅 共3人	旁疑	1.【步步娇】/净 2.【步步娇】/贴 3.【剔银灯】/净 4.【剔银灯】/贴 5.【一封书】/末 6.【一封书】/末 7.【尾声】/末 共7首	1.净/石道姑 2.末/陈最良 3.贴/小道姑 共3人
			欢挠	1.【捣练子】/生 2.【称人心】/旦 3.【绣带儿】/旦 4.【白练序】/旦 5.【醉太平】/生 6.【白练序】/旦 7.【醉太平】/生 8.【隔尾】/旦 9.【滚遍】/净、贴 10.【滚遍】/净 11.【尾声】/贴、生 共11首	1.生/柳梦梅 2.旦/杜丽娘 3.净/石道姑 4.贴/小道姑 共4人
			冥誓	1.【月云高】/生 2.【月云高】/旦 3.【懒画眉】/生 4.【太师引】/生、旦 5.【太师引】/生 6.【琐寒窗】/生 7.【红衫儿】/生 8.【红衫儿】/旦 9.【滴溜子】/生、旦 10.【闹樊楼】/旦 11.【啄木犯】/旦 12.【啄木犯】/旦 13.【三段子】/旦 14.【三段子】/旦 15.【斗双鸡】/旦 16.【登小楼】/旦 17.【鲍老催】/旦 18.【耍鲍老】/旦 19.【尾声】/旦 共19首	1.生/柳梦梅 2.旦/杜丽娘 共2人

青春版的《冥誓》实际上改编原版的《旁疑》《欢挠》《冥誓》三折而成。改编的方式是取《旁疑》石道姑登场的对白、《欢挠》石道姑进柳生房中查看的剧情,加上《冥誓》中的部分唱曲而成。

以这出的改编来说,是为了将剧情更快速、完整地进行所作,但也有改编上的不妥之处,以下分为两项说明。

一、原版《旁疑》里,石道姑怀疑柳生房中女声为小道姑所发,因此与小道姑对质,才有《欢挠》中石道姑、小道姑二人一同进柳生房中查看一事。青春版《牡丹亭》将小道姑角色删去,变成石道姑孤身进入柳生房中,没有小道姑同行避嫌,其实反而不合情理。

二、原版《冥誓》其实是与《幽媾》在表演形式上相对应的出目,二者皆是生旦戏,只有两人上场,而《幽媾》唱曲比约是生二旦一,《冥誓》的唱曲比则是生一旦二,两个大场相呼应,达到生、旦唱曲均衡的目的,是汤显祖巧心的安排。可是青春版《牡丹亭》的改编,虽然唱曲比也是生一旦二,但场面上多了一个正旦,难免有些多余。

因此,笔者认为最好的解决方式,就是将《冥誓》单独拉出,不用再加上《旁疑》《欢挠》,如此在排场上才能真正地与《幽媾》相呼应,完整地表现生旦戏的场面。

而《旁疑》一出亦当保留,因为它作为短场,有济正场、大场之穷的作用,宜取代《忆女》,如此不但能将剧情更完整的表现,亦可增加陈最良、石道姑的戏份,让表演形式更加均衡与缤纷。

青春	曲牌	上场角色	原版	曲牌	上场角色
回生	1.【出队子】/生 2.【无曲牌】/生、闺门旦、杂 (但是相思莫相负,牡丹亭上三生路) 共2首	1. 正旦/石道姑 2. 生/柳梦梅 3. 杂13人/花神 4. 闺门旦/杜丽娘 共16人	回生	1.【字字双】/丑 2.【出队子】/生 3.【啄木鹂】/生、丑 4.【啄木鹂】/丑、生 5.【金蕉叶】/旦 6.【莺啼序】/生 7.【莺啼序】/净、旦 8.【尾声】/生、旦 共8首	1. 丑/癞痢鼋 2. 生/柳梦梅 3. 净/石道姑 4. 旦/杜丽娘 共4人

《回生》是"人鬼情"的最终出目,场面的设计上,只保留原著一支唱曲,大部分的场面都以登场人数、演员动作来表现。

以传奇分场的原则来说,如此的唱曲数与念白,并没有办法达到正场的场面,上场人数虽多达 16 人,但九分钟的内容大部分以动作表现,反而接近过场的性质,若以过场而言,放在第二类的结尾,未免太过草率。况且与青春版《冥誓》的改编都有相同的问题,即柳生、石道姑二人要不共处一室,要不就二人单独相约盗墓,实在有违常理。原著中小道姑、癞痢鼋两个避嫌的角色实不宜删去。

笔者以为,本出角色可保留青春版花神众多人数之部分,另再新增癞痢鼋的丑角,与石道姑一同开场,唱曲可多保留一到二首,避免全部是配乐加动作的场面,毕竟昆曲之精髓始终在于唱曲,唱曲少了,昆曲味道就少了些。

(三)"人间情"各出删编分析

青春版《牡丹亭》在人间情各出删编情况依序如下讨论:

青春	曲牌	上场角色	原版	曲牌	上场角色
婚走	1.【急板令】/生、闺门旦 2.【石榴泣】①/生、闺门旦 3.【急板令】/生、闺门旦 4.【尾声】/生、闺门旦	1. 老生/船夫 2. 正旦/石道姑 3. 闺门旦/杜丽娘 4. 生/柳梦梅 共 4 人	婚走	1.【意难忘】/旦、净 2.【胜如花】/旦 3.【生查子】/生 4.【胜如花】/旦 5.【不是路】/末、生 6.【不是路】/末、净、生 7.【榴花泣】/生、旦 8.【榴花泣】/生、旦 9.【急板令】/生、旦、净、丑、外 10.【急板令】/生、旦 11.【一撮棹】/生、旦、净 12.【尾声】/生、旦	1. 旦/杜丽娘 2. 净/石道姑 3. 生/柳梦梅 4. 末/陈最良 5. 外/舟子 6. 丑/癞痢鼋 共 6 人

汤显祖原版的《婚走》共有两处场景。第一个场景为梅花观柳生房中,此时杜丽娘回魂,陈最良疑惑房中女声敲门问话,石道姑应付支

---

① 此处【石榴泣】合原著两首【榴花泣】,取第一首【榴花泣】全文与第二首最末一句。

开陈最良后，便主持柳、杜二人婚事。婚事已成后，石道姑、柳梦梅、杜丽娘、癞痢鼋四人乘船离开，船上之唱曲即为第二个场景。

而青春版《婚走》一出的改编，将场景减为一处。开场即舟子驾船，载柳梦梅、杜丽娘、石道姑三人，因此此出删改许多，不但唱曲由十二首删为四首，也调动了顺序，登船的【急板令】先唱，剧情改为船上成婚，于是才唱【榴花泣】，姑且不论改变原版的连套音乐问题，单就剧情而言，此已不是"婚走"，而是"走婚"，即先逃走才成婚。

其实原版设计的两个场景，是为了增加"婚走"剧情的紧张、匆忙，尤其是陈最良敲门，敲醒了还沉醉在回魂喜悦中的杜、柳二人，将二人拉到现实层面，而不再是之前的梦中、人鬼浪漫的情感，亦象征接下来剧情的走向，是在现实中考验二人的感情。

因此这一段情节删去即失去了许多原味。笔者以为，唱曲部分删为四首虽然可惜，但还在可接受的范围，不过场景不换、陈最良敲门之关目删去就相当不妥，也让这一出《婚走》在原著排场上正场的场面难以发挥，大失汤显祖原著之意味。

青春版	曲牌	上场角色	原版	曲牌	上场角色
移镇	1.【长拍】/官生 2.【不是路】/杂传令 3.【短拍】/官生、老旦 4.【尾声】/老旦	1. 杂10人/持桨士兵 2. 官生/杜宝 3. 生一/文官 4. 生二/武官 5. 杂2人/报子 6. 老旦/杜母 7. 贴旦/春香 共17人	移镇	1.【夜游朝】/外 2.【似娘儿】/老旦、贴 3.【长拍】/外 4.【不是路】/末 5.【不是路】/丑 6.【短拍】/外、老旦 7.【尾声】/外、老旦	1. 外/杜宝 2. 众/士兵 3. 老旦/杜母 4. 贴旦/春香 5. 净/报子 6. 丑/报子 共7人

青春版的《移镇》是还原度当高的一出改编，登场人物、唱曲选择、场面设计，都跟原著的设计相当贴近。

《移镇》在原著之作用，即以杜宝所代表的外在环境，联结"人鬼情"时期的《缮备》，对应在柳、杜二人"人间情"时期所面对的现实考验，因此人间情部分关于外在环境的选出，最好的办法即《移镇》与《围释》联结，这样有杜父与宋金环境的剧情都能兼顾。从这个角度而言，春春版在这里的编剧、选出是相当正确的(青春版《折寇》即原版《折寇》与《围释》之结合改编)。

比较麻烦的是,要选择为九出,那前文所提及的《淮警》与《移镇》则必须有取舍,难以兼顾,笔者分析取舍之得失如下。

一、择《淮警》舍《移镇》:如此可以丰富宋金作战的剧情,让花旦、净能有更多的发挥机会,并保留"梨花枪"之唱词,但杜父所代表的外在环境则减去几分。

二、择《移镇》舍《淮警》:如此联结《劝农》《缮备》《移镇》可以让杜父这条剧情线变得非常完整,外在所象征的礼教与柳、杜二人的感情能完整的相呼应,"梨花枪"唱词虽被删去,但在后面青春版《折寇》中也有出现,可避免重复。缺点则是宋金的历史环境剧情会被淡化,花旦的表现机会也变少许多。

比较之下,二者各有其利。笔者以为,依照汤显祖之排场分析而言,单纯宋金交战所代表的历史剧情,在比重上不如杜父所代表的外在环境,因此选择《移镇》舍弃《淮警》似是较好的选择,而宋金的线路,可以选择《耽试》以取代《如杭》,如此可以增强柳生的剧情,也能丰富宋金历史的剧情,是比较可行的改编解决方法。

青春版如杭	曲牌	上场角色	原版如杭	曲牌	上场角色
	1.【唐多令】/生、闺门旦 2.【江儿水】/闺门旦 3.【江儿水】/生 4.【小措大】/闺门旦 5.【小措大】/生 6.【尾声】/闺门旦、生	1. 生/柳梦梅 2. 闺门旦/杜丽娘 3. 正旦/石道姑 共3人		1.【唐多令】/生、旦 2.【江儿水】/旦 3.【江儿水】/生 4.【小措大】/旦 5.【小措大】/生 6.【尾声】/旦、生	1. 生/柳梦梅 2. 旦/杜丽娘 3. 净/石道姑

青春版《如杭》在还原度上,更胜《移镇》,无论唱曲数、唱词、顺序、登场人物都完整地还原汤显祖《牡丹亭·如杭》。而这出以生、旦为主的戏,从剧情的角度来看,确实也是在人间情部分非常重要的一出。

但从整部《牡丹亭》的排场来看,生、旦二人的感情戏,依梦中、人鬼、人间三时期而言,"梦中情"的《惊梦》与"人鬼情"的《幽媾》《冥誓》皆是大场。原著中在人间情的时期,无论剧情的重要性与场面上,能跟前二时期大场做联结的,则是《婚走》一出,《如杭》其实并非联结柳、杜二人情感戏的重要出目,反而是丽娘请石道姑买酒,石道姑提醒柳生应试,提一壶状元红,呼应之后柳生《耽试》的剧情,为柳生剧情线的正场伏笔之一。

因此这一出虽然完整地还原汤氏《牡丹亭》,但在整体的改编上却十分可惜。本来是连接柳、杜感情戏的大场《婚走》,被删改、调动,失去了原貌,反以《如杭》这出并非生、旦感情戏为主的出目,用将近二十分钟的时间,作为青春版"人间情"部分的感情重头戏,实是舍本逐末。

因此笔者以为,此"人间情"的改编,应该呈现汤显祖《婚走》的原貌,《如杭》一出则可删去,改以《耽试》,更可打中要点,既能联结感情线的大场,亦可顾全柳生个人的剧情路线,方是两全其美之法。

青春	曲牌	上场角色	原版	曲牌	上场角色
折寇	1.【普贤歌】/净 2.【北清江引】/花旦 3.【大迓鼓】/老生	1. 杂4人/女兵 2. 杂5人/贼兵 3. 花旦/杨婆 4. 净/李全 5. 文丑/通事 6. 武丑/番使 7. 杂4人/骑马番兵 8. 老生/陈最良 共18人	寇间	1.【包子令】/老旦、外 2.【驻马听】/末 3.【普贤歌】/净 4.【粉蝶儿】/外 5.【大迓鼓】/末 6.【尾声】/净、丑	1. 老旦 2. 外/贼兵 3. 末/陈最良 4. 净/李全 5. 丑/杨婆 共5人
			折寇	1.【破阵子】/外 2.【玉桂枝】/外 3.【浣溪沙】/末 4.【玉桂枝】/外 5.【榴花泣】/外、末 6.【尾声】/末	1. 外/杜宝 2. 末/陈最良 3. 净/报子 4. 众/士兵 共4人
			围释	1.【出队子】/贴 2.【双劝酒】/净 3.【北夜行船】/老旦 4.【北清江引】/丑 5.【北清江引】/丑 6.【北尾】/净 7.【缕缕金】/末 8.【一封书】/净 9.【一封书】/净、末 10.【尾声】/净、末 11.【江头送别】/众 12.【江头送别】/众	1. 贴/通事 2. 净/李全 3. 众/贼兵 4. 丑/杨婆 5. 老旦/番将 6. 外/马夫

青春版《折寇》实为原版《寇间》《折寇》《围释》三出剧情删改调动而成。青春版的剧情是李全上场唱原版《寇间》的【普贤歌】,接着原著《围释》金朝番使戏弄杨婆之剧情,再跳回《寇间》陈最良被抓,被李全夫妇欺骗杜母、春香已死,最后再接回《围释》陈最良奉杜宝之命,劝降李全夫妇,解了大宋危难。

原版的剧情可说是被拆解得支离破碎,但为了在二十分钟内将这三出剧情演完,可以理解其删改之意。青春版在大场面时,惯用众多的人数以取代唱曲,此出亦然,此不多做议论,但其保留【北清江引】"冷梨花点点风儿刮"一句,是原著大场《围释》的曲文精华,呈现汤氏风貌,值得肯定。

不过出名的选择上有一些可议之处,笔者整理如下。

一、排场的选择而言:青春版《折寇》实为原版三出删改。按汤氏之排场而言,《寇间》属过场,《折寇》为正场,《围释》则是大场,而其中与标目相呼应的曲文【北清江引】"冷梨花点点风儿刮"更是在《围释》一出当中。舍弃《围释》大场之名,改以《折寇》正场概括,有以小包大之弊,且通篇改编将《折寇》舞台表现部分与剧情全部删去,只由陈最良口述带过,却又取《折寇》之名,未免名不副实。

二、就内容改编而言:《寇间》《折寇》《围释》在剧情上是相连贯的剧情,但在整体排场而言,有不同的意义。《寇间》《围释》是有联结性的呼应,这两出以净、丑为主的戏,代表的是宋金环境,而陈最良穿插其中,劝下梨花枪,让《围释》成为一个重要的关目所在。《折寇》在原版则是以杜父为主的戏,从汤氏全剧的排场分析可知,杜父为主的戏,代表的是外在环境跟杜柳感情的呼应。因此就排场的联结性而言,《折寇》接续《移镇》而来,象征杜、柳的感情在现实的挑战下,逐渐有拨云见日之兆。因此青春版取《折寇》出名,实在不能表现《寇间》《围释》在原版中的意义。

简易的做法,可以将出名改为《围释》,即可避免以上问题,而笔者认为,青春版改编的调动时间顺序,也无什必要,既以《寇间》开场,则陈最良随之上场即可,之后陈最良下场,接《围释》番使剧情,最末陈最良再次上场,将《围释》结尾,岂不更接近原貌,剧情也更流畅。

青春	曲 牌	上场角色	原版	曲 牌	上场角色
遇母	1.【月儿高】/老旦 2.【惜花赚】①/闺门旦、老旦 3.【惜花赚】/老旦、闺门旦 4.【惜花赚】②/老旦、闺门旦 5.【番山虎】/正旦、贴旦、老旦、闺门旦	1. 老旦/杜母 2. 贴旦/春香 3. 闺门旦/杜丽娘 4. 正旦/石道姑 共4人	遇母	1.【十二时】/旦 2.【针线厢】/旦 3.【针线厢】/净 4.【月儿高】/老旦 5.【不是路】/旦、老旦 6.【不是路】/旦、老旦 7.【不是路】/净、老旦、旦、贴旦 8.【不是路】/旦 9.【番山虎】/老旦、贴旦、净、旦 10.【番山虎】/老旦、贴旦、净、旦 11.【番山虎】/老旦、贴旦、净、旦 12.【番山虎】/老旦、贴旦、净、旦 13.【尾声】/老旦、旦	1. 旦/杜丽娘 2. 老旦/杜母 3. 贴旦/春香 4. 净/石道姑 共4人

《遇母》的改编,则删去了开头的旦、净开场,改由老旦、贴旦开场,直接进入主题,除了可以让演出时间更精简,也保持了大部分的剧情,是合情合理的改编。

剧情、舞台表现上,笔者认为这一出改编与原版的样貌相当接近,值得肯定,但可惜的是,"人间情"的部分在原版共有二十出,九出的选择上,此出就有其待商榷之处。

《遇母》在排场上属正场,剧情自然吃重,可是在"人间情"的部分,剧情、舞台表现更为关键的大场一共有六出,配合排场调度的冷热相济,六出大场都很难全部呈现了。按青春版"人间情"部分仅保留《婚走》《硬拷》《圆驾》三出大场,只有汤氏原貌的一半,选择此出而舍弃其

---

① 即三妇合评本中《遇母》【不是路】曲牌。
② 此处曲文结尾二句"今夕何年,还怕这相逢梦边"为原版【番山虎】末二句,青春版与【惜花赚】合为一曲。

他大场，十分可惜。

除此之外，青春版《牡丹亭》在劳逸均衡上，过分重视杜丽娘的戏份，《遇母》即为杜丽娘与杜母为主的戏码，将此出删去，改以原著大场取代之，除了在劳逸均衡上更接近汤氏原貌，在场次类型上，也能还原更多汤氏《牡丹亭》中经典的大场表现，方为上策。

青春	曲牌	上场角色	原版	曲牌	上场角色
淮泊	1.【三登乐】/生 2.【锦缠道】/生 共2首	1.生/柳梦梅， 2.丑/店小二 3.净/武官 共3人	淮泊	1.【三登乐】/生 2.【锦缠道】/生 3.【皂罗袍】/生 4.【皂罗袍】/丑 5.【莺皂袍】/生	1.生/柳梦梅 2.丑/店小二 共2人
			闹宴	1.【梁州令】/外、丑、众 2.【金焦叶】/生 3.【梁州令】/末、净 4.【梁州序】/外、末、净 5.【梁州序】/外、末、净 6.【梁州序】/外、末、净 7.【节节高】/旦、贴、外、末、净	1.外/杜宝 2.丑/随从 3.末/文官 4.净/武官 5.生/柳梦梅 6.众/士兵 7.旦/女乐 8.贴/女乐 共8人
索元	1.【香柳娘】①/杂 2.【吴小四】/老丑 3.【香柳娘】/老丑	1.老丑/郭驼 2.杂4人/军校 共5人	索元	1.【吴小四】/净 2.【六幺令】/老旦、丑 3.【香柳娘】/老旦、丑 4.【香柳娘】/老旦、丑 5.【香柳娘】/老旦、丑、净 6.【香柳娘】/老旦、丑、净	1.净/郭驼 2.老旦/军校 3.丑/军校 4.贴/妓 共4人

青春版《淮泊》之改编，是以原版《淮泊》为基础，加上小部分《闹宴》的剧情，与下出《索元》一同连接之后的《硬拷》剧情。

以排场的角度而言，在原版中，《淮泊》数过场性质，并非剧情上的要点，而《闹宴》则是相当重要的大场，跟《梦中情》的《劝农》联结，目的在于用杜父所代表的外在环境，呼应柳、杜二人之情感。

---

① 此段唱曲只取原版【香柳娘】"柳梦梅也天"一句重复演唱。

因此青春版在《淮泊》上的改编，从汤氏原著排场精神来看，有两点值得斟酌。

一、《闹宴》是原著中主要剧情，《淮泊》则是调剂用的过场，以过场为主包大场的剧情，又有以小包大之弊。

二、《淮泊》《索元》剧情上皆属过场，在汤氏排场之精神中，只有连接四个大场时，才会如此运用，而在人间情二十出删为九出的选择上，只保留三个大场，既没有四次大场，反而连续用两个过场，似乎太过浪费了。

因此这段的改编，笔者以为《索元》可以保留，而《淮泊》不如以原版《闹宴》为主，在开头时可以改用念白简单说明《淮泊》的困苦情形，将《闹宴》群戏的场面重现出来，如此更能表现汤氏的排场艺术。

青春版	曲牌	上场角色	原版	曲牌	上场角色
硬拷	1.【新水令】/生 2.【折桂令】/生 3.【雁儿落】/生 4.【沽美酒】①/生	1. 杂4人/衙役 2. 杂4人/士兵 3. 官生一/杜宝 4. 净/武官 5. 生/柳梦梅 6. 老丑/郭驼 7. 杂4人/军校 8. 官生二/苗舜宾 共17人	硬拷	1.【风入松慢】/生 2.【唐多令】/外 3.【新水令】/生 4.【步步娇】/外 5.【折桂令】/生 6.【江儿水】/外 7.【雁儿落】/生 8.【侥侥犯】/净 9.【收江南】/生 10.【园林好】/净 11.【沽美酒】/生 12.【北尾】/生	1. 生/柳梦梅 2. 净一/狱官 3. 丑/狱卒 4. 外/杜宝 5. 众/士兵 6. 贴/吏 7. 净二/郭驼 8. 老旦/军校 9. 贴二/军校 10. 净三/苗舜宾 11. 末/陈最良 共11人

青春版《硬拷》之改编将原版十二首唱曲，删为四首，场面上，从原本的生、外、净三人鼎足的唱曲，改为由生一人独唱到底，是与原著在舞台表现手法上最大的不同之处。

要将大场搬到现代舞台上，迎合年轻群体之习惯，势必有所删改，此出在剧情取舍上的删改，笔者同意白先勇之做法，若能在选曲上，将

---

① 仅保留原版唱词一句"那时节才提破了牡丹杜鹃残梦"。

表现手法也还原作之精神，即以柳梦梅、杜宝、苗舜宾三人为主的群戏表现，则是更好的选择。

话虽如此，改编保留了重要的剧情，但在整体的安排上有两处问题如下。

一、此出保留杜宝指责柳生盗墓之剧情，但又删去此误会的要角陈最良，且在"人间情"的选出上，没有选择《骇变》，少了陈最良误会柳生盗墓因而上报杜宝的剧情，很难让观众加深杜宝、柳生误会的印象。

二、苗舜宾一角在整体的青春版《牡丹亭》中，是非常薄弱的存在，原因在于选出时并没有选择太多柳生发迹的剧情，因此这场苗舜宾的出场有些奇怪，似草草作结。如果要在此出让杜宝、柳生、苗舜宾三人唱曲场面相当，也会因为人间情选出之问题显得突兀。

偏偏盗墓误会与苗舜宾一角，又是《硬拷》中不可或缺的剧情与角色。因此要解决这个问题，必得从选出着手，误会的伏笔《骇变》是非选不可的，而苗舜宾作为主考官，特许柳生应试的《耽试》也是必选。如此两条伏笔，才能在《硬拷》时发挥效用，否则这一出便只有折子戏之作用。可惜青春版《牡丹亭》这两出皆未收，浪费了"人间情"九出剧情上的排场。

青春版	曲 牌	上场角色	原版	曲 牌	上场角色
圆驾	1.【黄钟北醉花阴】/闺门旦 2.【北喜迁莺】/闺门旦 3.【南滴溜子】/老旦 4.【南双声子】/老旦、官生、生、旦、老生、正旦、贴旦 5.【北尾】/生、旦	1. 老生/陈最良 2. 杂10人/卫兵 3. 官生/杜宝 4. 生/柳梦梅 5. 闺门旦/杜丽娘 6. 杂2人/太监 7. 杂2人/宫女 8. 大官生/皇帝 9. 老旦/杜母 10. 正旦/石道姑 11. 贴旦/春香 12. 杂10人/花神 共32人	圆驾	1.【北点绛唇】/末 2.【北点绛唇】/外、生 3.【北醉花阴】/旦 4.【南画眉序】/外、生 5.【北喜迁莺】/旦 6.【南画眉序】/生、外 7.【北出队子】/旦 8.【南滴溜子】/老旦 9.【北刮地风】/旦 10.【南滴滴金】/末 11.【北四门子】/旦 12.【南鲍老催】/净 13.【北水仙子】/旦 14.【南双声子】/外、旦、末、丑、净、贴、老旦 15.【北尾】/生、旦	1. 末/陈最良 2. 外/杜宝 3. 生/柳梦梅 4. 旦/杜丽娘 5. 老旦/杜母 6. 净/石道姑 7. 贴/春香 8. 丑/韩才子 共8人

青春版《圆驾》的改编，大致上遵循原著之精神，而在人数上表现大场风范，增加为32人同场，舞台表现相当精彩。其改编之部分整理如下。

一、登场人物上增加皇帝：汤氏原著中，并无分配角色扮演皇帝，而是后台之人以对白表现，青春版《牡丹亭》增加了皇帝一角，且添增场面，加上花神等，出场人数为青春版之冠。在保存汤氏原著精神之下，又同时表现出盛大的舞台场面。

二、部分唱曲以念白带过：为了演出时间上的限制，部分重要的唱曲青春版《牡丹亭》以念白带过，例如【北出队子】曲文"真乃是无媒而嫁，保亲的是母丧门，送亲的是女夜叉"等句。改以念白形式表现，虽然可惜，但为了控制演出时间，笔者认为至少保留了汤显祖文字，是可行的改编。

三、删去秦桧剧情：以原著而言，《圆驾》结局将所有铺陈的剧情线路收纳合一，除了柳杜之爱情、柳生发迹、杜宝所象征的外在环境三条主干外，宋金历史背景、盗墓之误会等支线剧情，也一并在此出完结，是汤氏精彩的排场手法。而青春版《牡丹亭》因为选出之关系，重心着重在柳、杜之爱情，因此删去了《圆驾》中丽娘冥府见秦桧之事。

笔者以为，前两项的改编合情合理，且符合汤氏精神，又表现出非常好的舞台效果，值得肯定，唯第三项有些可惜。若可以将部分出目代换，同时呈现汤氏排场上的各路剧情，而在《圆驾》时，用念白来取代部分秦桧事之唱曲，相信更能还原出汤氏在《圆驾》一出，糅合主干支线、收纳百川的排场功力。

结　语

以排场理论分析汤显祖之《牡丹亭》，可以归纳出汤氏排场在冷热相济与劳逸均衡上所使用的技巧，亦可从中看出《牡丹亭》出目剧情安排的巧妙。

其中冷热相济之部分，可以看出汤氏在排场上所使用的一、正场、大场相连不超过四场。二、过场使用频繁时，以短场取代之。三、连续过场的出现是为了连接连续四个以上的大场等三项规则，而从其中大场的联系关系还可看出情感上远景、近景的呼应。

劳逸均衡的分析，可以看出汤氏创作生、旦完整对衬，与杜父、杜母的比重略成三足鼎立，表现出《牡丹亭》在主要剧情上，三线穿插行进的模式。

以此看青春版《牡丹亭》的改编，在冷热相济与劳逸均衡上，均未考量到汤显祖创作排场的精神，在排场规则上相去甚远，也删去了许多大场与远景、近景呼应之出目，而三线并重的剧情亦变成单线独走，失去了汤氏《牡丹亭》排场上的原貌。

因此笔者将青春版调动次序与删编内容之部分进行分析，讨论青春版在改编与选出上可以有更贴近原著精神的选择。笔者以为，试将《牡丹亭》仿青春版之形式，删减为二十七出，若要还原汤显祖原著排场冷热相济之精神，会遇到的困难有三，说明如下。

一、汤氏原作五十五出，在排场说明三"无论大场和正场，或文或武，或闹或静，或唱或做的特色，都不可以连场不变"之精神下，其所能容忍正场、大场连续出现的上限是四次。删成二十七出，在兼顾剧情原貌下，很难不连续超过四次，若要删改，笔者认为连续五次是可行的范围。

二、排场之说明二："场次之运用，凡看故事发展的关键而定，或有大场之间相连数个正场，或在结束时连续运用两到三个大场，不可拘于一格。"汤氏在原作排场上正场尚属常见，大场相连只有在结局出现连续三次。重编时的困难，则在于大场过多，编排很难不连续，故在开头不久与结尾出现连续两次大场，已是编排之极限。

三、汤氏原作共有十三个大场，是原作高潮所在，要保持原貌本应保留全部。但依照青春版《牡丹亭》之分类为三，第一类五个大场，第二类三个大场，第三类六个大场，是相当不平均的；而九出存五出大场，在排场上勉强可行，九出存三出大场，呈现汤氏原貌亦称充裕，但第三类九出要存六出大场，难免就有遗珠之憾。

从这个角度上来看，出目选择可以做以下的考量。

一、"梦中情"的部分：以《劝农》取代《道觋》，添增杜父的戏份，并表现与《惊梦》的远近呼应，而《言怀》调整到《惊梦》之前，《劝农》之后，除了可以接济两个大场，亦能呈现汤显祖原作中的时间顺序。

二、"人鬼情"的部分：以《旁疑》取代《忆女》、以《缮备》取代《淮警》,如此可以让杜父、杜母的表演比重更加均衡,亦能表现人鬼情时的杜父所象征的外在环境。

三、"人间情"的部分:以《骇变》取代《移镇》,如此可让之后剧情杜父对柳生的误会更加清楚。以《移镇》取代《如杭》,让三个类别中,杜父所代表的远景能够互相连接,直接点出外在之环境并呼应杜、柳两人之"情"。以《耽试》取代《折寇》,让柳生发迹的关键剧情能够出现,增加比重,并让结尾苗舜宾出场时,不至于太过突兀。以《围释》取代《遇母》,以《闹宴》取代《淮泊》,如此可让剧情到结尾时,更加紧凑,场面更大,更符合汤氏原著中对结尾之排场安排,还能有效地将角色出场的比例调整均衡。

调整之后的二十七出牡丹亭出目,如下三图所示:

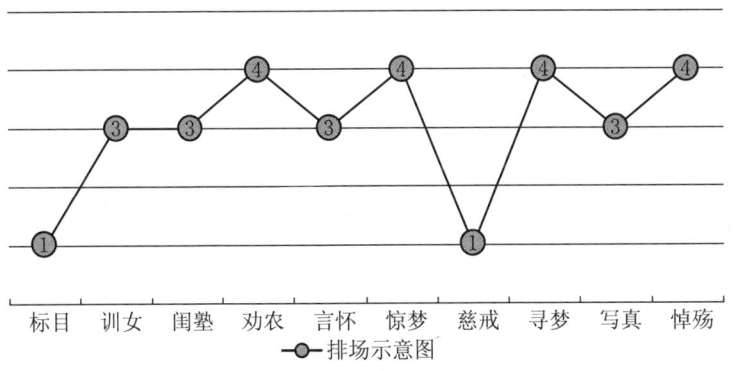

调整《牡丹亭》"梦中情"部分排场示意图

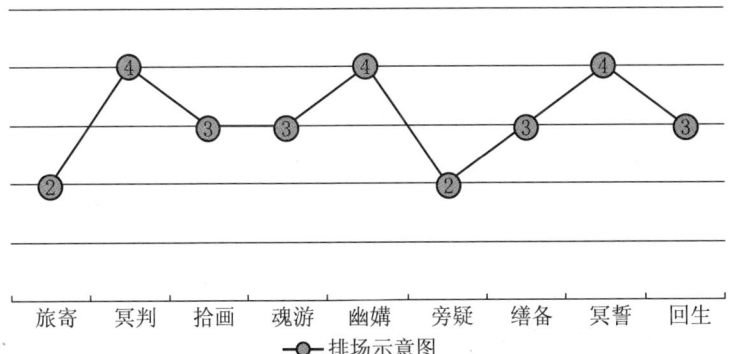

调整《牡丹亭》"人鬼情"部分排场示意图

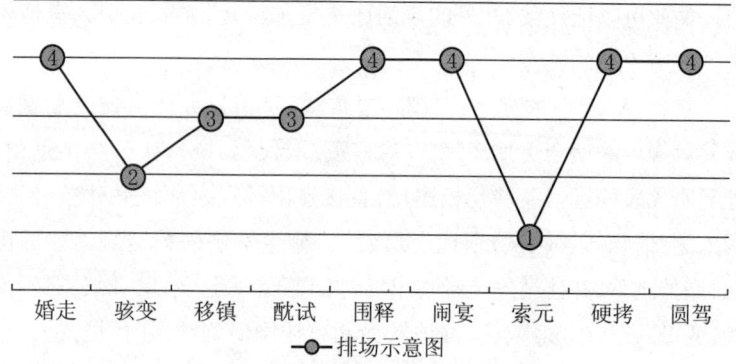

调整《牡丹亭》"人间情"部分排场示意图

　　调整之后,可以保留较多汤氏《牡丹亭》设计上的大场(青春版《牡丹亭》保留八场,调整后为十二场,汤氏原著共十三场),让汤氏远景、近景呼应的排场巧思能够更完整地呈现。而在排场规则上也能比较贴近汤氏原貌,即"梦中情"以过场舒缓,"人鬼情"以短场接济,"人间情"则短场、过场交替使用,并在结尾使用连续大场。美中不足的,是难以遵循连接连续四个大场时连用两过场的规则,但在出数选择有限的情况下,此已是较好的选择了。

作者单位:台湾东吴大学中国文学系

《纳书楹牡丹亭全谱》改调《牡丹亭》之方法初探

陈翔羚

前　言

　　《牡丹亭》一出,影响甚广,汤显祖以诗人彩笔,挥洒才气,不拘格套,纵横词坛。除了文人墨客争逐点评此剧之外,甚或像沈璟、臧晋叔等从曲律或场上之曲的角度,重新将此剧加以删作、改作,有时也不免引来"点金成铁"的负面评价。然而这些诸家改本,在在都显示此剧受青睐的程度,但同时也不得不承认汤显祖在创作上这种"不拘格套"所带来的影响。

　　重编改订《牡丹亭》的曲律家当中,叶堂堪称知音,用心深远。叶堂,字广明,一字广平,号怀庭,江苏长洲人,生于世医之家。精于度曲,早年得到徐大椿传授,并创立叶氏唱口,乾隆五十七年(1792)编成《纳书楹曲谱》,蜚声曲坛。世人皆云叶堂的《纳书楹牡丹亭全谱》利用"集曲"这种改调就词的方式,一方面保存《牡丹亭》的美辞,一方面又调整了汤显祖不合曲律的问题。然而,这不禁使笔者好奇:首先,叶堂在调整改订的过程中,究竟发现《牡丹亭》的哪些问题,让他采取使用"集曲"来加以调整?这种有意识地保留《牡丹亭》曲文的意图,难道只使用了"集曲"作为调整重订的唯一方式吗?如果不是,叶堂用了什么样的方式来调整改订呢?本文先就《牡丹亭》与《纳书楹牡丹亭全谱》两个文本相互比对参照,逐步分析《牡丹亭》不合律的现象与《纳书楹牡丹亭全谱》改调救济之方法。

一、以集曲改调就之

《牡丹亭》传播影响深远,除了剧本本身内质条件外,改编改订的功劳亦谓不小。吴梅《顾曲麈谈》第四章《谈曲》云:

> 惟臧晋叔删改诸本,则大有可议耳。晋叔所改,仅就曲律,于文字上一切不管,所谓场上之曲,非案头之曲也。且偶有将曲中一二语改易己作,而往往点金成铁者。如《紫钗记》中《观灯遣媒》折,【三学士】曲,若士原文云:"是俺不合向天街倚暮花",正得元人浑脱之意。而晋叔以"倚暮花"三字为欠解,遂改为"是俺不该事游耍",强协【三学士】首句之格,而于文字竟全无生动之气。抑知原文之妙,正在可解不可解,如此改法,岂非黑漆断纹琴乎?叶广明讥其为孟浪汉,诚哉孟浪也。《四梦》删改处,不知凡几,余亦不能一一拈出,姑引其一,以概其余而已。然布置排场、分配角色、调匀曲白,则又洵为玉茗之功臣也。

从场上搬演的角度来看,臧晋叔注重排场角色的调匀、曲文的谐和,这样的舞台效果,对于《牡丹亭》的演出传播而言,自然是功臣。但在强调曲文和谐的同时,却改易了汤显祖的原作,将不好理解的"倚暮花"改为"事游耍",文字缺少含蓄灵动之气。叶堂既讥嘲臧氏为"孟浪汉",本身便不会以此轻率的态度来看待汤显祖的文字。吴新雷《〈紫钗记〉昆曲演唱史略》:

> 叶谱的特点是按照汤显祖《紫钗记》原著的曲文照单全收,不改写,不删节。他对臧懋循随意删改原曲的作法很不满意,斥之为"孟浪汉"。

叶堂基本上对于汤显祖的曲文采取保留的态度,而这样的态度影响他采用在制曲订律上拥有最大弹性空间的"集曲",来救济调整汤显祖不合曲律的现象,兹有以下几种情形。

(一)以"集曲"补救曲文字数的缺漏

汤显祖《牡丹亭》曲文,经过比对,可以发现其不合律的现象,原因并不完全一致,有些是因为字数的落差造成的。此种情形,如第二十出《闹殇》:

【玉莺儿】旅榇梦魂中◎盼家山千万重◎做不的病婵娟桂窟里长生◎则分的粉骷髅向梅花古洞◎看他强扶头泪蒙蒙◎冷淋心汗倾◎不如我先他一命无常用◎(合)恨苍穹◎妒花风雨。偏在月明中◎

此曲【玉莺儿】,《康熙曲谱》并未收录。从曲牌名称可以推知,此和【玉抱肚】【黄莺儿】二曲为组合的集曲。按照常例,以【玉抱肚】为主,组合他曲的集曲,通常都取【玉抱肚】首四句,接下来的第五句至尾句,则撷取他曲的某句至末句,如【玉肚交】【玉山供】皆然。故此,《康熙曲谱》虽未收录,也可推知此集曲首四句应该为【玉抱肚】首四句,再接【黄莺儿】第四句到末。比对原著曲文可知,汤显祖第一二句的字数并不符合【玉抱肚】的一二句,明显在字数上不合格律。

虽然原著此曲一二句的字数不符合【玉抱肚】,却符合【黄莺儿】的首二句的字数。叶堂字斟句酌,加以调整,将曲牌更名为【黄玉莺儿】,这都是基于原著曲文字数不符合【玉莺儿】,而用"集曲"之法加以调整的结果。

句序	汤显祖【玉莺儿】	叶堂改订为【黄玉莺儿】		
1	旅榇梦魂中◎	【黄莺儿】首至二 旅榇梦魂中◎	【玉抱肚】首句四	【黄莺儿】首句五
2	盼家山千万重◎	设设的浑如魅◎	【玉抱肚】第二句七	【黄莺儿】第二句三。三◎
3	做不的病婵娟桂窟里长生◎	【玉抱肚】第三句做不的病婵娟桂窟里长生◎	【玉抱肚】第三句七。	

续表

句序	汤显祖【玉莺儿】	叶堂改订为【黄玉莺儿】	
4	则分的粉骷髅向梅花古洞◎	【玉抱肚】第四句则分的粉骷髅向梅花古洞◎	【玉抱肚】第四句七◎
5	看他强扶头泪蒙◎	【黄莺儿】第四句至末看他强扶头泪蒙◎	【黄莺儿】第四句至末五◎
6	冷淋心汗倾◎	冷淋心汗倾◎	五◎
7	不如我先他一命无常用◎	不如我先他一命无常用◎	七◎
8	(合)恨苍穹◎	(合)恨苍穹◎	三◎
9	妒花风雨。	妒花风雨。	四。
10	偏在月明中◎	偏在月明中◎	五◎
备注			

(二) 以"集曲"补救曲文句数的缺漏

多句、少句的情形,伴随字数、句式的落差,在《牡丹亭》中屡见不鲜,吴梅《顾曲麈谈·论南曲作法》:

> 每一牌必有一定之声,移动不得些微,往往有标名某宫某牌,而所作句法全非本调者,令人无从制谱,此不得以不知音三字诿罪也。此误《牡丹亭》最多,多一句,少一句,触目皆是,故叶怀庭改作集曲也。

句非本调,触目皆是。例如原著第二十六出《玩真》:

> 【啼莺序】他青梅在手诗细哦◎逗春心一点蹉跎◎小生待画饼充饥。小姐似望梅止渴◎未曾开半点么荷◎含笑处朱唇淡抹◎晕情多◎如愁欲语。只少口气儿呵◎

原著此曲标为【啼莺序】,实际上应为【莺啼序】,属商调过曲。【莺啼序】此曲,《康熙曲谱》的例曲:"云羞雨涩缘分悭◎恨历尽艰难◎这门庭那得安闲◎到头终有包弹◎从古道烟花聚散◎谁愿把家私积趱◎凝泪眼◎日夜短呼长叹◎"可知【莺啼序】本格当为八句。汤显祖的曲文在句数上多了一句。

叶堂将此曲改为将【莺啼序】【簇御林】合调的集曲,更定为【莺啼御林】,以就济句数上多一句的问题。

句序	汤显祖【啼莺序】	叶堂改订为【莺啼御林】	
1	他青梅在手诗细哦◎	【莺啼序】首至五他青梅在手诗细哦◎	
2	逗春心一点蹉跎◎	逗春心一点蹉跎◎	
3	小生待画饼充饥。	小生待画饼充饥。	
4	小姐似望梅止渴◎	小姐似望梅止渴◎	
5	未曾开半点么荷◎	未曾开半点么荷◎	
6	含笑处朱唇淡抹◎	含笑处朱唇淡抹◎	
7	晕情多◎	【簇御林】合至末晕情多◎	
8	如愁欲语。	如愁欲语。	
9	只少口气儿呵◎	只少口气儿呵◎	
备注	1.《康熙曲谱》【莺啼序】"云羞雨涩缘分悭◎恨历尽艰难◎这门庭那得安闲◎到头终有包弹◎从古道烟花聚散◎谁愿把家私积趱◎凝泪眼◎日夜短呼长叹◎",计八句。 2. 吴梅《南北词简谱》【莺啼序】:"春花秋月生憎◎扫不断闲情◎日如年夜更凄清◎听遍鸡唱钟鸣◎将乌兔忙忙送遣。想云雨看看渐近◎低徊省◎盼杀人照命花星◎"(有赠),计八句 3.《康熙曲谱》【簇御林】"亲师范。近友朋。把诗书。勤讲明◎囊萤凿壁皆堪敬◎他每都显父母扬名姓◎奋鹏程◎名题雁塔。白屋显公卿◎"		

又如原著第十三出《诀谒》:

　　【桂花锁南枝】俺有身如寄◎无人似你◎俺喫尽了黄淡酸甜。费你老人家浇培接植◎镇日里似醉汉扶头。甚日的和老跎伸背◎自株守。教怨谁◎让荒园。你存济◎

【前腔】俺橐驰风味◎种园家世◎不能勬展脚伸腰。也和你鞠躬尽力◎你费工夫去撞府穿州。不如依本分登科及第◎道你滕王阁。风顺随◎则怕鲁颜碑◎响雷碎◎

此曲合仙吕【桂枝香】、双调【锁南枝】两调而成的仙吕入双调过曲。本格应为十一句,即取【桂枝香】首四句,与【锁南枝】的三到九句。然而此曲【桂花锁南枝】却为十句,即取【桂枝香】首四句,与【锁南枝】的四到九句,总体而言,比实际曲牌的句数少了一句。

叶堂发现此问题,为存汤氏曲词,又要修正此错误,只好用集曲的方式加以修正。他将原著的【桂花遍南枝】修正为【桂月上南枝】,也就是首四句仍以【桂枝香】,末四句用【锁南枝】;为了符合汤氏的十句体,中间曲段则用【月上海棠】的第四、五句,加以调整。叶堂《牡丹亭全谱》:"此曲旧名【桂花遍南枝】,又名【桂香宜南枝】,俱属牵强,今改【月上海棠】,句顺调协。"再如原著第二出《言怀》:

【真珠帘】河东旧族柳氏名门最◎论星宿连张带鬼◎几叶到寒儒。受雨打风吹◎谩说书中能富贵◎颜如玉和黄金那里◎贫薄把人灰◎且养就这。浩然之气◎

此曲为双调引子,又作【珍珠帘】,句数当为十句,分别为:七◎三◎七◎五◎五◎七◎七◎三。四。四◎,此曲经过比对,可以发现从"论星宿连张带鬼◎几叶到寒儒。受雨打风吹◎谩说书中能富贵◎颜如玉和黄金那里◎贫薄把人灰◎且养就这。浩然之气◎",此部分的曲文皆符合【真珠帘】的句式句数,也就是第三句之后,是符合本曲。然而,"河东旧族柳氏名门最◎"句数句式都不能吻合【真珠帘】的第一、二句。

叶堂的救济方法,就是将【真珠帘】改为【绕池帘】,就是首二句是由商调引子【绕池游】的前两句,句式为:"四◎五◎",借此符合汤氏曲文的字数。但以平仄来看,仍有不和曲谱之处。就这支曲来说,叶堂觉察到汤氏在此曲的句数、字数安排上有所疏漏,于是才用相同句数字数也同为引子的曲牌【绕池游】与【真珠帘】,合为【绕池帘】的集曲,来配合保存汤氏的曲词。

(三)以"集曲"补救调整句式的不稳定

汤显祖的不合格律,除了字数、句数的问题之外,有时与句式的不稳定也有关系,如第三十八出《淮警》:

【霜天晓角】英雄出众◎鼓噪红旗动◎三年绣甲锦蒙茸◎弹剑把雕鞍斜鞚◎

【前腔】帐莲深拥◎压寨的阴谋重◎你夜来鏖战好粗雄◎困的俺垓心没缝◎

【霜天晓角】为越调引子。吴梅《南北词简谱》:"此亦诗余,应作两叠,诸谱皆混而为一,非。又换头首二句,不知有叶韵,亦误。"【霜天晓角】应作两叠,《康熙曲谱》云:"两结处'病'字、'倦'字,文法略断,不可连作一句。"第四句表面上是一句,但文法上理应断句。因此,句式当为:"三◎五◎六◎三。三◎",由这段文字,再来比照汤显祖这支曲文的问题,恰恰也出现在末句,此为七字句,句式为上三下四,不仅连成一句,也与"三。三◎"的句式要求有落差。

叶堂用集曲的方式,也就是首三句取【霜天晓角】前三句、末句取【杏花天】的末句,合成一调【霜天杏】。叶堂将原著的【霜天晓角】调整为【霜天杏】,就是从末句的句式加以考量,以【杏花天】的末句,也就是上三下四的句式,取代末句句式不合的部分。使末句的字数、句式完全相合。

句序	汤显祖【霜天晓角】	叶堂改订为【霜天杏】	《康熙曲谱》【霜天晓角】
1	英雄出众◎	英雄出众◎	难捱怎避◎
2	鼓噪红旗动◎	鼓噪红旗动◎	灾祸重重至◎
3	三年绣甲锦蒙茸◎	三年绣甲锦蒙茸◎	最苦婆婆死矣◎

续表

句序	汤显祖【霜天晓角】	叶堂改订为【霜天杏】	康熙曲谱【霜天晓角】
4	弹剑把雕鞍斜鞚◎	弹剑把雕鞍斜鞚◎	公公病。
5			又将危◎
	【前腔】	【前腔】	【换头】
6	帐莲深拥◎	帐莲深拥◎	悄然魂似飞◎
7	压寨的阴谋重◎	压寨的阴谋重◎	料应不久矣◎
8	你夜来鏖战好粗雄◎	你夜来鏖战好粗雄◎	纵然抬头强起◎
9	困的俺垓心没缝◎	困的俺垓心没缝◎	形衰倦。
10			怎支持◎
备注	《康熙曲谱》【杏天花】："曲江赐罢琼林宴◎称蓝袍宫花帽篇◎玉鞭袅袅如龙骑。簇拥着传呼状元◎"		

此外，如第八出《劝农》也有类似的情形：

【清江引】黄堂春游韵潇洒◎身骑五花马◎村务里有光华◎花酒藏风雅◎你德政碑随路打◎

南北曲都有【江儿水】，汤氏的【清江引】，实际上是北曲的【江儿水】，传奇组套中多将北曲【江儿水】，借作南词使用，名之为【清江引】，需辨明之。此调句式："七◎五◎五◎五◎七◎"照理，汤氏这首是符合句数的，传奇组套的尾声以【清江引】收尾的情形也很常见，本来应该没什么问题。然而，叶堂改此曲为【清南枝】，也就是首到四句，是【清江引】原来的结构，而把汤氏的第五句，改为以【锁南枝】的七八句收尾。变动后的句式为："七◎五◎五◎五◎三。三◎"

从这样的改动过程，可以看出，汤氏末句"你德政碑随路打◎"的"你"字，本不算衬字，如此字数是符合【江儿水】第五句的字数，但【江儿水】第五句是上四下三的七字句，汤氏原文在句式是不够稳定的。叶堂更动之后，"你"字当为衬字，字数仅剩六字，以符合【锁南枝】的七八句收尾。

另外，此集曲在改定时除了句数字数的斟酌，也有考虑音乐性，在《全谱》的批注云："凡曲之前后不相连属者，宜各归本调。此曲正以仍用工调为佳，后《惊梦》出【鲍老催】一曲仿此，深于音律者自能知之。"此出起调为工调，刻意再以工调收尾，足见叶堂之用心。

（四）以集曲修正汤氏犯调之误

此种情形，虽然也伴有字数句数的错误，但问题相对复杂，叶堂采用与原著相同的集曲曲牌，做了不同程度的调整。如第十八出《诊祟》，原著从【金落索】【前腔】到【金索挂梧桐】【前腔】，一连四支，到了叶堂却改成【金落索】【其二】【其三】【其四】，由于此四支，都有不同的问题，分析说明如下。原著的第一支【金落索】：

【金落索】贪他半饷痴◎赚了多情泥◎待不思量。怎不思量得◎就里暗消肌◎怕人知◎嗽腔腔嫩喘微◎我这惯淹煎的样子谁怜惜◎自噤窄的春心怎的支◎心儿悔◎悔当初一觉留春睡◎信他冲的个甚喜◎到的年时◎敢犯杀花园内◎

此曲【金落索】是首句以【金梧桐】为主，别犯他曲的集曲，按例应取【金梧桐】（首至五句）、【东瓯令】（第二到四句）、【针线厢】（第六句）、【解三酲】（第七句）、【懒画眉】（第四句）、【寄生子】（末三句），合了六曲，共计14句。比照原著曲文，有两处需要讨论。

一、按照本格【金落索】第六到八句，是取南吕过曲【东瓯令】的第二到四句："三◎七◎七◎"，所以第七句处，应为七字句，然而汤显祖的曲文第七句只有六字。而叶堂为了救济此处的问题，遂将【东瓯令】换成同宫调的【秋夜月】，取【秋夜月】的第一到三句："三◎五◎七◎"。如此一来，字数、句数、宫调都一并考虑进去，同时将以调整。

二、汤显祖此曲的结段，究竟是收在十三句还是十四句？如果从《康熙曲谱》所收的谱例，看来是收在十三句，如此一来，与叶堂更定的又有出入，莫衷一是。经查【寄生子】一曲，《康熙曲谱》并未收入此曲牌。吴梅《南北词曲谱》倒是记载此曲的情形："旧谱皆不载此曲，而犯取中有用此牌者,令人未知本调,此亦愦愦也。因录此曲,用二支即可成出焉。"其收录【寄生子】的谱例,从第二十句开始为:"吾羡彼不必恩斯〇叶不必勤斯〇叠七日内成伊嗣〇叶。"故可得知,【寄生子】末三句因为叠唱一句四字句,所以应该为"七〇四〇六〇"。《康熙曲谱》省略了这个叠唱的四字句,因此十三句,而叶堂将叠唱将汤显祖"信他冲的个甚喜到的年时敢犯杀花园内"调整为"他冲的个甚喜〇到的年时〇敢犯杀花园内〇"。

从叶堂调整的这支【金落索】,先用【秋夜月】来更替【东瓯令】,弥补原著字数不足;再考虑【寄生子】可以叠唱的性质,借此增句,以符合原著句数问题。此【金落索】,表面名称不变,实质的内容却已改变调整。

句序	汤显祖【金落索】	叶堂改订为【金落索】	《康熙曲谱》【金落索】
1	贪他半饷痴〇	【金梧桐】贪他半饷痴〇	【金梧桐】春来丽日长〇
2	赚了多情泥〇	赚了多情泥〇	渐觉和风荡〇
3	待不思量。	待不思量。	犹记临行。
4	怎不思量得〇	怎不思量得〇	烂漫桃花放〇
5	就里暗消肌〇	就里暗消肌〇	倏忽柳絮飞。
6	怕人知〇	【秋夜月】怕人知〇	【东瓯令】过炎光〇
7	嗽腔腔嫩喘微〇	嗽腔腔嫩喘微〇	金井梧飘积渐凉〇
8	我这惯淹煎的样子谁怜惜	我这惯淹煎的样子谁怜惜	相将半截分离去。
9	自噤窄的春心怎的支〇	【针线厢】自噤窄的春心怎的支〇	【针线厢】怎地音信全无纸半张〇
10	心儿悔〇	心儿悔〇	【解三酲】伤情处。
11	悔当初一觉留春睡	【懒画眉】悔当初一觉留春睡	【懒画眉】嚓嚓呖呖雁儿过南厢〇
12	信他冲的个甚喜。到的年时。	【寄生子】信他冲的个甚喜〇	【寄生子】听一声声叫得清凉〇
13	敢犯杀花园内〇	到的年时〇	愁锁在眉间上〇
		敢犯杀花园内〇	
备注	《康熙曲谱》云:"【金落索】或作【金索挂梧桐】,非。"		

再看原著的第二支【金落索】的【前腔】：

【（金落索）前腔】看他春归何处归◎春睡何曾睡◎气丝儿。怎度的长天日◎把心儿捧凑眉◎病西施◎梦去知他实实谁◎病来只送的个虚虚的你◎做行云先渴倒在巫阳会◎全无谓◎把单相思害得忒明昧◎又不是困人天气◎中酒心期◎魆魆地常如醉◎

比对结果，有三处需要加以讨论。
一、【金落索】本来是以首句为【金梧桐】为主，别犯他曲的集曲。此支既为【金落索】的【前腔】，首到五句理应以符合【金梧桐】的首到五句，然而，原著的曲文字数、句数都不符合【金梧桐】的字句数。针对一到五句字句数不合【金梧桐】的情形，叶堂采用了与【金梧桐】相似的【梧桐树】来更换，【金梧桐】与【梧桐树】非常相近，经常混淆不清，差别在于【金梧桐】第五、六句，皆为"五字句"，而【梧桐树】的第五、六句则皆为"六字句"。叶堂用【梧桐树】就可以救济汤显祖曲文第五句为六字句的问题。
二、第九句应该取【针线厢】的第六句，是七字句，然而汤显祖的曲文完全不合【针线厢】第六句的格律。叶堂直取【针线厢】的第五句，来解决此问题。
三、原著第三句本为三字句，按照【金落索】的原格第三句为四字句，在字数不合的部分，叶堂云："此句照三妇本增入'一'字"，如此一来，字数句数都能有所调整。
从叶堂调整的这支【金落索】，先用【梧桐树】更替【金梧桐】，再以【针线厢】的第五句更替【针线厢】的第六句，甚至增字，来弥补调整原著字数句数不符格律的情形。叶堂并未大胆使用【前腔】一词，反而用"其二"，从用词上，就可以发现叶堂的良苦用心，一方面认定这样的调整仍在【金落索】的集曲模式内，故曰"其"；另一方面，也说明此支【金落索】与第一支【金落索】的内容也略有不同，故曰"二"。

句序	汤显祖【前腔】	叶堂改订为【其二】	《康熙曲谱》【金落索】
1	看他春归何处归◎	【梧桐树】首至五　看他春归何处归◎	【金梧桐】首至五　春来丽日长◎
2	春睡何曾睡◎	春睡何曾睡◎	渐觉和风荡◎
3	气丝儿。	气一丝儿。	犹记临行。
4	怎度的长天日◎	怎度的长天日◎	烂漫桃花放◎
5	把心儿捧凑眉◎	把心儿捧凑眉◎	倏忽柳絮飞。
6	病西施◎	【东瓯令】二到四　病西施◎	【东瓯令】二到四　过炎光◎
7	梦去知他实实谁◎	梦去知他实实谁◎	金井梧飘积渐凉◎
8	病来只送的个虚虚的你◎	病来只送的个虚虚的你◎	相将半截分离去。
9	做行云先渴倒在巫阳会◎	【针线厢】第五句　做行云先渴倒在巫阳会◎	【针线厢】第六句　音信全无纸半张◎ 怎地
10	全无谓◎	【解三酲】第七句　全无谓◎	【解三酲】第七句　伤情处。
11	把单相思害得忒明昧◎	【懒画眉】第四句　把单相思害得忒明昧◎	【懒画眉】第四句　嘹嘹呖呖雁儿过南厢◎
12	又不是困人天气◎	【寄生子】又不是困人天气◎	【寄生子】听一声声叫得清凉◎
13	中酒心期◎	中酒心期◎	
14	魆魆地常如醉◎	魆魆地常如醉◎	愁锁在眉间上◎
备注	《康熙曲谱》云:"【金落索】或作【金索挂梧桐】,非。"		

再看原著同出的【金索挂梧桐】:

【金索挂梧桐】他人才忒整齐◎脉息恁微细◎小小香闺◎为甚伤憔悴◎似他这伤春怯夏肌◎好扶持◎病烦人容易伤秋意◎少不得情裁了窍髓针难入◎病躲在烟花你药怎知◎承尊觑◎何时何日来看这女颜回◎（合）病中身怕的是惊疑◎且将息休烦絮◎

汤显祖的这支曲文【金索挂梧桐】,《康熙曲谱》云:"【金落索】或作【金索挂梧桐】,非。"可见【金索挂梧桐】并不等于【金落索】,而汤显祖也应该认为此为两个不同的曲牌,于是分列出来。但是曲谱并未列出【金索挂梧桐】的谱例,这在比对上产生了困难。清李渔《闲情偶寄·词曲上·音律》:"如【金络索】【梧桐树】是两曲,串为一曲,而名曰【金索挂梧桐】,以金索挂树,是情理所有之事也。"按照李渔所述,【金落索】是个庞大的集曲,再加上【梧桐树】,句数与体制势必更加庞大,究竟【金索挂梧桐】以何样貌存在,是真有此曲或是一种"想当然耳"的存在,尚须更多证据解决。然而,从叶堂更动的情形来看此支【金索挂梧桐】仍有不合律之处,于是做了以下的调整。

一、在第九到十一句,本格【金落索】是取【针线厢】第六句、【解三酲】第七句、【懒画眉】第四句,计三个曲牌。叶堂则是使用【针线厢】第六、七句、【懒画眉】第三句,才使用两个曲牌,撷句的顺序也与原格不同。

二、原先在前两支【金落索】,有讨论末段因为【寄生子】有一句叠唱的功能,所以【金落索】取【寄生子】末三句,所以计有十四句。然而,此取因为字数、句数不足,末段从合头开始,即第十二句开始,叶堂用了【寄生子】末二句,也就是不采用叠唱句,因此在总句数上,又恢复了十三句,这些更动都是因应曲文实际情形而做的调整。

同样的道理,这支【金索挂梧桐】是支样貌难解不可得知的曲牌,但从叶堂调整的过程,可知仍在【金落索】的集曲模式内,故曰"其";另一方面,也说明此支【金落索】与前两支的【金落索】的内容又有不同,故曰"三",在在说明叶堂改调定律时小心谨慎的态度。

句序	汤显祖【金索挂梧桐】	叶堂改订为【其三】	《康熙曲谱》【金落索】
1	他人才忒整齐◎	【金梧桐】首至五 他人才忒整齐◎	【金梧桐】首至五 春来丽日长◎
2	脉息恁微细◎	脉息恁微细◎	渐觉和风荡◎
3	小小香闺◎	小小香闺◎	犹记临行。

续表

句序	汤显祖【金索挂梧桐】	叶堂改订为【其三】	《康熙曲谱》【金落索】
4	为甚伤憔悴◎	为甚伤憔悴◎	烂漫桃花放◎
5	似他这伤春怯夏肌◎	似他这伤春怯夏肌◎	倏忽柳絮飞。
6	好扶持◎	【东瓯令】二到四 好扶持◎	【东瓯令】二到四 过炎光◎
7	病烦人容易伤秋意◎	病烦人容易伤秋意◎	金井梧飘积渐凉◎
8	少不得情栽了窍髓针难入◎	少不得情栽了窍髓针难入◎	相将半截分离去。
9	病躲在烟花你药怎知◎	【针线厢】第六至七句 病躲在烟花你药怎知◎	【针线厢】第六句 怎地音信全无纸半张◎
10	承尊觑◎	承尊觑◎	【解三酲】第七句 伤情处。
11	何时何日来看这女颜回◎	【懒画眉】第三句 何时何日来看这女颜回◎	【懒画眉】第四句 嚎嚎呖呖雁儿过南厢◎
12	(合)病中身怕的是惊疑◎	【寄生子】末二句 病中身怕的是惊疑◎	【寄生子】听 一声声叫得清凉◎
13	且将息休烦絮◎	且将息休烦絮◎	愁锁在眉间上◎
14			
备注	《康熙曲谱》云:"【金落索】或作【金索挂梧桐】,非。"		

原著同出最后一支【金索挂梧桐】,这也是叶堂用【金落索】改订的最后一支:

【(金索挂梧桐)前腔】你惺惺的怎着迷◎设设的浑如魅◎你听他唸唸呢呢◎作的风风势◎这钗头小篆符。眠坐莫教离◎把闲神野梦都回避◎须不是依花附木廉纤鬼◎咱做的弄影团风抹媚痴◎些儿意◎正待携云握雨你却用掌心雷◎(合前)病中身怕的是惊疑◎且将息休烦絮◎

比对以后,发现叶堂更动的情形:

一、第十一句,本格【金落索】是取【懒画眉】第四句,而叶堂则取【懒画眉】第三句,与原格不同。

二、末段【寄生子】是采不叠唱格,故总句数为十三句。

一如前述,叶堂使用"其四",来说明其改定的范围与差异。

句序	汤显祖【前腔】	叶堂改订为【其四】	康熙曲谱【金落索】
1	你惺惺的怎着迷◎	【金梧桐】首至五 星星的怎着迷◎	【金梧桐】首至五 春来丽日长◎
2	设设的浑如魅◎	设设的浑如魅◎	渐觉和风荡◎
3	你听他唵唵呢呢◎	你听他唵唵呢呢◎	犹记临行。
4	作的风风势◎	作的风风势◎	烂漫桃花放◎
5	这钗头小篆符。	这钗头小篆符。	倏忽柳絮飞。
6	眠坐莫教离◎	【东瓯令】二到四 眠坐莫教离◎	【东瓯令】二到四 过炎光◎
7	把闲神野梦都回避◎	把闲神野梦都回避◎	金井梧飘积渐凉◎
8	须不是依花附木廉纤鬼◎	须不是依花附木廉纤鬼◎	相将半截分离去。
9	咱做的弄影团风抹媚痴◎	【针线厢】第六句 咱做的弄影团风抹媚痴◎	【针线厢】第六句 音信全无纸半张◎ 怎地
10	些儿意◎	【解三酲】第七句 些儿意◎	【解三酲】第七句 伤情处。
11	正待携云握雨你却用掌心雷◎	【懒画眉】第三句 正待携云握雨你却用掌心雷◎	【懒画眉】第四句 嘹嘹呖呖雁儿过南厢◎
12	(合前)病中身怕的是惊疑◎	【寄生子】末二句 病中身怕的是惊疑◎	【寄生子】听一声声叫得清凉◎
13	且将息休烦絮◎	且将息休烦絮◎	愁锁在眉间上◎
备注	《康熙曲谱》云:"【金落索】或作【金索挂梧桐】,非。"		

沈自晋《重定南词全谱·凡例》:

曲之次阕，每称"前腔"。但换头体格不同，有第二即换者，有第二如前，至第三始换，更有三、四各自换头，有与前调不同者。今以"前腔"更作其二、其三、四，即分注"换头"二字于下，反觉直捷，更似雅正。意义本同，非辄改弦也。

沈自晋的剧本凡是"前腔"都用"其二""其三"这类的用词，是因为后曲有时会与前曲略有不同，但却都以【前腔】名之，如此一来，并无法看出"换头"的差异。而叶堂或许有吸收这样的概念，在其《牡丹亭全谱》中，凡是与前曲相同，他仍采用【前腔】，只有像【金落索】这样特殊的情形，才用其二、三、四表现其集曲的方式略有变动。从上述过程，可以得知，叶堂为了因应和保存汤显祖的曲文，利用集曲做一系列的调整，除了原著【金落索】的字句问题，也包括暧昧不明的曲牌【金索挂梧桐】，而叶堂用了四支实质内容略为不同的【金落索】加以调整，不用"前腔"之名，而用"其二""其三""其四"的名称，表示其中同异，足见叶堂的态度。

此种叶堂用集曲来调整汤显祖"犯调"的错误，还可见第八出《劝农》：

【孝白歌】泥滑喇。脚支沙。短耙长犂滑律的拿。夜雨撒菰麻。天晴出粪渣。香风馎鲊（合）官里醉流霞。风前笑插花。把农夫们俊煞。

【前腔】春鞭打。笛儿吵。倒牛背斜阳闪暮鸦。他一样小腰报。一般双髻鬌。能骑大马。（合）官里醉流霞。风前笑插花。村童们俊煞。

【前腔】那桑阴下。柳篓儿搓。顺手腰身蒯一丫。俺罗敷自有家。便秋胡怎认他提金下马。（合）官里醉流霞。风前笑插花。采桑人俊煞。

【前腔】乘谷雨。采新茶。一旗半枪金缕芽。学士雪炊他。书生困想他。竹烟新瓦。（合）官里醉流霞。风前笑插花。采茶人俊煞。

首先，【孝顺歌】的本调为："三。三〇七〇五〇五〇四〇四。四〇四。四〇"《康熙曲谱》云："此【孝顺歌】本调也,今人知有【孝南枝】,而不知此调。"然而,笔者检视许多剧本所标示的【孝顺歌】,实际上并不是【孝顺歌】,而是【孝南枝】,差别在【孝顺歌】本调后面以四字句收尾,而【孝南枝】实以三字句收尾,所以,比照此曲,【孝白歌】并非【孝顺歌】,也非【孝南枝】。

其次,【孝白歌】实为【孝金歌】,吴梅《南北词简谱》收《牡丹亭》此曲为【孝金歌】的谱例,是以【金字令】犯【孝顺歌】。在《六十种曲》中【孝白歌】仅见二例,一为此例,另一则是《南柯记》第二十四出《风谣》。可见此曲或为汤显祖自创的犯调。

既是以【金字令】犯【孝顺歌】,为何叶堂要将此调改为【孝金经】？笔者考察有以下几个原因：

一、考察其他以【孝顺歌】为主的一系列集曲,例如【孝南枝】【孝顺儿】等,都是前半部为【孝顺歌】后半部转接他曲,成为集曲。而非以【孝顺歌】为主,在曲子中断插接他曲的犯调模式。二者的差别,在于前者会以他曲的曲尾收束,后者则以【孝顺歌】的结尾收束。故此,无论此首是不是汤显祖自创的犯调,【孝白歌】其犯调方式显然不符合以【孝顺歌】为主的集曲用法,也就是【金字令】后,不可再顺接并收束于【孝顺歌】。

二、承上,【孝白歌】既不能收束于【孝顺歌】,应当就要在【金字令】收尾,如此一来,汤氏曲文更不符合【金字令】的句数,【金字令】本格在两个五字句后,还有三句："四〇四〇七〇",与汤氏原词在字数、句数上不合。

这两个理由,让叶堂不得不改定新调来取代【孝白歌】。叶堂救济的方法是采用【孝顺歌】【金字令】【锦法经】三曲合为一调的集曲方式来救济之,也就是前六句为【孝顺歌】、七八两句为【金字令】,末句以【锦法经】收尾。这样不仅能救济汤氏曲文句数的问题,也能符合以【孝顺歌】为主体的集曲,当收束在他曲的规范。虽然,叶堂发现仍然无法避免汤氏原词的落差,也就是三只【前腔】与第一支【孝白歌】在文辞字数上的一致性,所以叶堂还略为"增字",让字数稳定一致,而四支【孝白歌】的字数完全一致。虽然如此,叶堂的增字,完全没有影响歌词的"增字"方式,如图所见。

汤氏原词(以【孝顺歌】收尾)	叶氏改词(以【锦法经】收尾)
【孝白歌】泥……把农夫们俊煞。	【孝金经】泥……把俺农夫们俊煞。
【前腔】春……村童们俊煞。	【前腔】春……把俺村童们俊煞。
【前腔】那……采桑人俊煞。	【前腔】那……把俺采桑人俊煞。
【前腔】乘……采茶人俊煞。	【前腔】乘……把俺采茶人俊煞。

由此可见,叶堂利用集曲的方式,除了救济汤氏原著字数句数的落差之外,更是注意到犯调的规则,一旦有不符合的情形,以最大幅度保留曲文的态度,小心翼翼地修正汤显祖不和曲律的问题。

二、更正错误调名,以正本清源

叶堂使用集曲来改定汤显祖的曲文失律的情形固然有之,但经笔者考察之后,有些曲牌被叶堂修订调整,就算是使用"集曲"曲牌,也不一定代表汤显祖失律。但叶堂一一检视出来,企图恢复曲调的原貌。此种情形,约略可分为:

(一)因袭误用的曲牌

例如,第三出《训女》:

【玉山颓】爹娘万福◎女孩儿无限欢娱◎坐黄堂百岁春光。进美酒一家天禄◎祝萱花椿树◎虽则是子生迟暮◎守得见这蟠桃熟。(合)且提壶◎花间竹下长引着凤凰雏◎

此曲原著标名为【玉山颓】。实际上即为【玉山供】,本为双调过曲,是集【玉抱肚】的首四句与【五供养】五到八句而成的集曲曲牌。句数为九句:【玉抱肚】四◎七◎七。七◎【五供养】四◎七◎五。三◎七◎。【玉山颓】实为【玉山供】,因为俗用讹名,因袭相传。经考察汤氏在句数、字数并未有不合乎本调的情形。

叶堂将【玉山颓】改正为【玉山供】，表面上用"集曲"更改汤显祖原有的曲牌，实际上，只是将历代曲家因袭而误用的牌名更正回来。《康熙曲谱》："此调本【玉抱肚】【五供养】合成，名为【玉山供】，自《香囊记》妄改作【玉山颓】，使后人不惟不知【玉山供】的来历，且不知【五供养】末句只当用七字，反指七字者为【犯玉山颓】矣。甚至将中间四字一句只点两板，尤为失调。"笔者也从《六十种曲》里运用【玉山颓】与【玉山供】的比例加以统计。在《六十种曲》中用【玉山颓】，计有 23 剧 26 出 29 次，而使用【玉山供】的也不过 2 剧 2 出 2 次而已。所以，在曲牌运用上，【玉山颓】的名称虽然是讹误的，但因为因袭太久，用【玉山供】的反而很少。汤氏用【玉山颓】本属因袭自然之事，叶堂却加以修改订正，由此也可看出叶堂虽对于曲调的正源是相当看重的。再如第十二出《寻梦》：

【二犯幺令】偏则他暗香清远◎伞儿般盖的周全◎他趁这春三月红绽雨肥天◎叶儿青偏迸着苦仁儿里撒圆◎爱煞这昼阴便◎再得到罗浮梦边◎

吴梅《南北词简谱》："此系正曲。张寒山云：'【品令】【尹令】【幺令】，原系正调，古本旧曲多有之，因坊本误刻为【六幺令】，又以字句不协，复题为【二犯六幺令】，竟将【幺令】之名废矣。后之作者，未经详看，以致以讹传讹，肆行妄作。'余深服其言，故以此曲为【幺令】，以《琵琶》'皇恩念臣'曲为【六幺令】，庶眉目清晰。"此段文字，可以知道很多作家都以此曲为【二犯六幺令】，乃是因袭讹误的影响，更甚者简省为【二犯幺令】，汤显祖也不例外，叶堂深知这样的道理，遂将【二犯六幺令】更正为【幺令】。又如第三十八出《淮警》：

【锦上花】拨转磨旗峰◎促紧先锋◎千兵摆列万马奔冲◎鼓通通◎鼓通通◎噪的那淮扬动◎

【前腔】军中母大虎◎绰有威风◎连环阵势烟粉牢笼◎哈哄哄◎哈哄哄◎哄的那淮扬动◎

吴梅《南北词简谱》云："此曲旧谱皆作【锦上花】又一体,惟《大成谱》辨之最详,其云沈谱误作【锦上花】,实则不独沈谱误也。今按《红拂》及《月令丞应》,皆与此合,知伯明【新谱】亦有误。"【锦上花】本格与"又一体"差异甚大。汤显祖将此曲列为【锦上花】,实际上是【青天歌】,然此错误,是因袭讹误,叶堂以本调【青天歌】修正调整之。

(二) 曲用界限模糊不清

此类从句数、句式加以检视,汤显祖并未有不合律的现象,而叶堂加以调整改动,是因为有些曲名与他曲在用法上容易有混淆不清的情形,如第二十七出《玩真》:

【醉迟归】生和死。孤寒命◎有情人叫不出情人应◎为什么不唱出你可人名姓◎似俺孤魂独趁◎待谁来叫唤俺一声◎不分明无倒断再俜停◎咳敢边厢什么书生◎睡梦里语言胡呓◎

首先,【醉迟归】是越调过曲,叶堂将此曲牌改正为【五韵美】。《康熙曲谱》:"【五韵美】或作【醉迟归】,或作【恨薄情】。"所以,【醉迟归】实际上就是【五韵美】,为同调异名。

其次,从句数、句式加以检视,汤显祖此曲并未有不合格律的现象。既然如此,叶堂何以将【醉迟归】改为【五韵美】,而不保留【醉迟归】的原称呢?吴梅《南北词简谱》云:"旧坊本传奇,往往与前曲【五般宜】合为一曲,别名【醉迟归】,不知【五韵美】可名【醉迟归】,(又名【恨薄情】)不可与【五般宜】相并。"从吴梅的叙述,我们可以知道【醉迟归】在坊间传奇中,有可能已和另外一曲【五般宜】相互掺和,如此一来,使用【醉迟归】变得界限模糊不清。可见叶堂的界限很清楚,坊间传奇造成这只曲在使用暧昧不明的状态下,干脆以【五韵美】更名,以厘清这种混淆不清的状态。又如第十四出《写真》：

【山桃犯】有一个曾同笑◎待想象生描着◎再消详邈入其中妙◎则女孩家怕漏泄风情稿◎似孤秋片月离云峤◎甚蟾宫贵客傍的云霄◎

经过比对，此为正宫【小桃红】过曲。叶堂将此曲牌修为【小桃红】。《康熙曲谱》云："与越调不同，或作【山桃红】。"关于此曲，吴梅《南北词简谱》讲得更为清楚："【小桃红】有二，一为越调【小桃红】，一为正宫此曲，句法大异。明人传奇中，往往以此曲作【山桃红】，不知【山桃红】为越调集曲，盖【下山虎】内，间入【小桃红】两三句也。此则用在【普天乐】套内，大抵列在【尾声】之前，论次第则最后矣。首两句可不对。七字三句，可扇面对。末句单收，上三下四。"由此可知，正宫的【小桃红】，不仅有同调异名【山桃犯】，也容易和越调的集曲【山桃红】混淆，实际上，笔者检核《六十种曲》，也确实有这两种情况，命名为【山桃犯】或【山桃红】，实际上指的是正宫【小桃红】的所在多有，例如，以【山桃犯】名之，实为正宫【小桃红】，计有《南西厢》第二十九出《秋暮离怀》、《鸾鎞记》第十七出《鎞订》；以【山桃红】名之实为正宫【小桃红】，计有《红梨记》第六出《赴约》、《义侠记》第三十五出《廷议》。笔者以为叶堂将汤显祖的【山桃犯】改为【小桃红】，就是正本清源，将原来曲牌名称改回，借此修正曲用混乱不清的现象。

（三）标注不清的犯调

如第十四出《写真》：

【朱奴儿犯】你热性儿怎不冰着◎冷泪儿几曾干燥◎这两度春游忒分晓◎是禁不的燕抄莺闹◎你自窨约◎敢夫人见焦◎再愁烦十分容貌怕不上九分瞧◎

关于此曲，汤显祖仅使用【朱奴儿犯】，但究竟是犯了何曲，合了甚调,并未仔细标明。经查《康熙曲谱》,此曲句数句式皆符合【朱奴插芙蓉】,【朱奴插芙蓉】一曲是合正宫【朱奴儿】首六句与正宫【玉芙蓉】末句集成的正宫过曲,本格为七句。而叶堂之所以将其改订为【朱奴插芙蓉】,便是考量到即便是犯曲,也应当标明清楚,将其原来的犯调仔细标出,乃是正本清源,足见其不随意苟且的心态。

四、其他调动方法

叶堂改订《牡丹亭》,一方面使用"集曲"来修正字数、句数、句式的问题,另一方面也为了"正本清源",修正错误排牌名。除此之外,还有其他的调动方法。

(一)以正曲加以换调

按照上节分析,叶堂确实使用大量的集曲,来修正救济汤显祖不合格律的情形。实际上除了集曲之外,有时他也会使用适当的引子曲,加以换调补正。此种情形,可见第五出《延师》:

【浣沙溪】山色好。讼庭稀。朝看飞鸟暮飞回。印床花落帘垂地。

【前　腔】须抖擞。要拳奇。衣冠欠整老而衰。养浩然分庭还抗礼。

【浣沙溪】或作【浣溪沙】,《康熙曲谱》录为"南吕过曲",本格句数当为八句:三〇三〇七〇七〇七〇三〇七〇七〇。【浣沙溪】本格为八句,汤氏自行将此过曲转为引子曲使用,引子曲虽有全引、半引的形式,但在此处汤氏并非使用"半引"的方式来处理,反而是将原来作为过曲的【浣沙溪】拆成两个段落,分别作为外与末上场的引子曲。汤氏在处理时,特意将第五句应为七字的字数减省成三字,如此减省字数,目的上就是让与一到四句、五到八句可以对应成两组,第二组视为【前腔】加以处理。故此,第一支【浣沙溪】,实为本格一到四句,为外所唱;第二支【前腔】,实为本格五到八句,减省第五句为三字,为末所唱。

叶堂的救济方法就是直接找一支双调引子曲【捣练子】替之,使之在字数句数,甚至于宫调上都吻合。【捣练子】又作【胡捣练】,《康熙曲谱》收【捣练子】,为双调引子曲,计有二体:一为冯延巳词;另一则为"又一体",两者差异,在于词体的【捣练子】有五句,句数字数为:三。三◎七◎七。七◎;而"又一体"的【捣练子】,有四句,句数字数为:三。三◎七◎七◎。可见叶堂采用的是非词调的【捣练子】,用的是四句格的【捣练子】,一方面,让汤氏用过曲当引子的部分,得以重新调整;另一方面,词曲得以适当保存。

叶堂在此曲上的调整,也可以看出他并不是只用"集曲"的方式来修正汤氏的问题,也可以知道叶堂本身对于"引子"与"过曲"界限区分清楚,不可混淆。再如第十二出《寻梦》:

【月上海棠】怎赚骗◎依稀想象人儿见◎那来时荏苒。去也迁延◎非远◎那雨迹云踪才一转。敢依花傍柳还重现◎昨日今朝。眼下心前◎阳台一座登时变◎

实际经过比对以后,可以发现汤显祖将曲牌误植,按照此曲的句数句式,实际为【三月海棠】,叶堂将其更正为【三月海棠】,【三月海棠】实际并非集曲,而是双调过曲。

(二)更调又兼改字句

叶堂修订改正原著调名之后,有时也重新断句并更动原著文辞。此种情形,如第十四出《写真》:

【刷子序犯】春归恁寒峭。都来几日意懒心乔。竟妆成熏香独坐无聊。逍遥。怎划尽助愁芳草。甚法儿点活心苗。真情强笑为谁娇。泪花儿打迸着梦魂飘。

首先,关于【刷子序犯】犯了何曲,合了甚调,原著并未仔细标明。经查曲谱,可知此曲应为【刷子带芙蓉】。【刷子带芙蓉】为首到七句取【刷子序】与八、九句取【玉芙蓉】末二句,共计九句的集曲。然而原著曲文在句数上比【刷子带芙蓉】本格少了一句,第九句也比原格少了二字。叶堂在改定的时候,是如下处置这样棘手的问题。

一、文辞不动,断句调整,如此一来,符合了【刷子序】第一到第六句的字句要求。

二、曲牌名称不订【刷子带芙蓉】而改订为【刷子芙蓉】,"带"字省略,是有其用心之处。此言何谓? 如前述,汤显祖在此曲创作上有两个问题。针对句数减省不符合原格,叶堂利用"文辞不动,断句调整"的方式,让首到六句完全符合【刷子序】的首到六句。前半部稳定,接下来就要处理【玉芙蓉】的问题。【刷子带芙蓉】取【玉芙蓉】本格的末两句,一为四字句,另一则是十字句。汤显祖"真情强笑为谁娇◎泪花儿打迸着梦魂飘◎"在第九句明显少了字数,叶堂又利用"文辞不动,断句调整"的方式,将其改为"实情强笑◎为谁娇,泪花儿打迸着梦魂飘◎"如此字数、句数完全符合【玉芙蓉】的末两句。

叶堂这样更动之后,原来汤显祖的文辞保留,但句数格律符合首到六句为【刷子序】,七、八句为【玉芙蓉】的集曲模式,同时也把汤显祖【刷子序犯】不够清楚的"犯"曲标示清楚了。

然而,叶堂心里清楚,即使是这样改变调整,与真正【刷子带芙蓉】的格律仍不同。【刷子带芙蓉】实为九句格,而叶堂调整后,仍为八句。所以叶堂认为曲牌名称不能称为【刷子带芙蓉】,以此订称,不仅不符合事实原貌,以曲律家之姿,该有一定的坚持,所以命名为【刷子芙蓉】,表示与【刷子带芙蓉】不同。

这样的改动字句之后,势必叶堂说不更动汤显祖的词句,但终究还是动了。第七句"实情强笑"的"实"字,汤显祖原来的曲文是"真情强笑"。为何叶堂要将"真"改为"实",就是因为更动后格律改变了,只好不得已以入声的"实"改"真"。

句序	汤显祖【刷子序犯】	叶堂改订为【刷子芙蓉】	《康熙曲谱》【刷子带芙蓉】
1	春归恁寒峭◎	【刷子序】春闺恁寒峭◎	【刷子序】云雨阻巫峡◎
2	都来几日意懒心乔◎	都来几日意懒心乔◎	伤情断肠人在天涯◎
3		竟妆成熏香。	紊锦字无凭。
4	竟妆成熏香独坐无聊◎	独坐无聊逍遥◎	虚度茌苒韶华◎
5	逍遥◎	怎划尽助愁 芳草◎	嗟呀◎
6	怎划尽助愁芳草◎	甚法儿点活心苗◎	春尽永朱扉低亚◎
7	甚法儿点活心苗◎	【玉芙蓉】实情强笑◎	东风静湘帘闲卦◎
8	真情强笑为谁娇◎	为谁娇,泪花儿打迸着梦魂飘◎	【玉芙蓉】黛眉懒画◎
9	泪花儿打迸着梦魂飘◎		弹宫鸦,鬓边斜插小桃花◎
备注	1.【刷子带芙蓉】,一名【汲煞尾】 2. 汤显祖的八九句,有没有可能本来就是"真情强笑◎为谁娇,泪花儿打迸着梦魂飘◎" 如此一来,就只有句数不合的问题,还要再仔细思量。		

(三)合并宾白作曲文

此种情形,可算叶堂大幅调动汤显祖原作,是将原作宾白,裁断音律与本格相符的部分掺入曲文之中。如第二十七出《魂游》:

【下山虎】我则见香烟隐隐◎灯火荧荧◎铺了些云霞橙◎不由人打个诖挣◎魆魆地投明证明◎好替俺朗朗的超生注生◎则为这断鼓零钟金字经◎叩动俺黄粱境◎俺向这地坼里梅根进几程◎透出些儿影◎(泣介)看姑姑们这般志诚。若不留些踪迹。怎显的俺鉴知他。就将梅花散在经台之上。【散花介】抵什么一点香销万点情◎

此曲,汤显祖的原文作【下山虎】,而叶堂改定后的曲牌也为【下山虎】,表面上并没有什么异样,但实际上因为汤显祖填【下山虎】的习惯,让不删不改的叶堂,也做出大幅度的调整。【下山虎】,本格句数当为十二句,但汤显祖的曲文只有十一句,这个问题,叶堂比对其他剧本,发现这是汤显祖创作的惯性,而且还是错误的惯性。叶堂的批注云:"临川填【下山虎】曲,每较正格少第十一句,此出及《紫钗记》撒钱出皆然。'看姑姑们这般志诚'乃界白,非曲文也,以字句恰合并又押韵,故从旧谱添入。"

从这样的比对可知,为了补齐这缺漏的句数,叶堂只好将宾白,挪借作为曲文使用,以补成【下山虎】十二句。

句序	汤显祖【下山虎】	叶堂改订为【下山虎】	《康熙曲谱》【下山虎】
1	我则见香烟隐隐◎	我则见香烟隐隐◎	大人_家体面◎
2	灯火荧荧◎	灯火荧荧◎	委实多般◎
3	铺了些云霞幨◎	铺了些云霞幨◎	有眼何曾见◎
4	不由人打个讶挣◎	不由人打个讶挣◎	懒能向前
5	魆魆地投明证明◎	魆魆地投明证明◎	_{他那里}弄盏传杯。
6	好替俺朗朗的超生注生◎	好替俺朗朗的超生注生◎	恁般腼腆◎
7	则为这断鼓零钟金字经◎	则为这断鼓零钟金字经◎	_我这里新人忒煞虔◎
8	叩动俺黄粱境◎	叩动俺黄粱境◎	待推怎地展◎
9	俺向这地坏里梅根进几程◎	俺向这地坏里梅根进几程◎	_{争奈}主婚人不见怜◎
10	透出些儿影◎	透出些儿影◎	配合夫妻事。
11	抵什么一点香销万点情◎	看姑姑们这般志诚◎	事非偶然◎
12		抵什么一点香销万点情◎	好恶姻缘都在天◎
备注			

(四) 因避讳更改牌名与删出

《纳书楹牡丹亭全谱》,有些曲牌的更名,甚至删改,是因为避讳的缘故。如第十一出《慈戒》:

【征胡兵】女孩儿只合香闺坐◎拈花蕊朵◎问绣窗针指如何◎逗工夫一线多◎更昼长闲不过◎琴书外自有好腾那◎去花园怎么◎

【前腔】后花园窣静无边阔◎亭台半倒落◎尚兀自里打个磨陀◎女儿家甚做作◎星辰高犹自可◎厮撞着有甚不着科◎教娘怎么◎

叶堂将【征胡兵】改为【蒸馎饼】。经查【征胡兵】又名【犯胡兵】，《康熙曲谱》列入卷末，不知宫调及犯各调者皆附于此，并云："'犯'或作'征'"，却无【蒸馎饼】一词。经比对结果，曲文格律与【征胡兵】无异，可见此更改有其特殊意义。吴新雷先生在《介绍"吟香堂"和"纳书楹"〈牡丹亭〉的清宫谱》一文提及"进呈本"的问题：

> 所谓"进呈本"，是乾隆四十三年（1778）颁行了《查办违碍书籍条款》，四十五年（1780）谕旨查饬"南宋与金朝关涉词曲，外间剧本往往有扮演过当"，"应删改及抽掣"，"解京呈览"（见《大清历朝实录》第47帙，第6册，第17、18页，1937年日本东京大藏出版株式会社影印），于是在扬州设立了词曲局，"奉旨修改古今词曲"（《扬州画舫录》卷五），在乾隆四十六年（1781）产生了《牡丹亭》"进呈本"（后来有冰丝馆于乾隆五十年刻印），剔除了胡、虏等字眼，《虏谍》整出抽掉，而且对第47出《围释》中有关溜金王的曲白也进行了部分删节。《纳书楹牡丹亭全谱》就是依照"进呈本"的曲文订谱的。

进呈本何以不录，是因为这出说金帝完颜亮得南宋李全归顺，李全具敌万夫之勇，遂封他为溜金王。命他暗中招兵买马，他日里应外合，吞占南宋江山。这或许在政治上会引来讽刺影射清朝叩关，于是宫廷演出删掉此出。而叶堂将【征胡兵】改为【蒸馎饼】，亦是依循"进呈本"，受到政治力的影响，不得不做出的调整。

结　语

　　本文重新分析检核,可以发现叶堂首先运用在制曲订律上拥有最大弹性空间的"集曲",来救济调整汤显祖不合曲律的现象,有以下几种情形:(一)以"集曲"补救曲文字数的缺漏;(二)以"集曲"补救曲文句数的缺漏;(三)以"集曲"补救调整句式的不稳定;(四)以"集曲"修正汤氏犯调之误。

　　叶堂使用集曲来改定汤显祖的曲文失律的情形固然有之,但经笔者考察之后,有些曲牌被叶堂修订调整,就算使用"集曲"曲牌,也不一定代表汤显祖失律。这些情形包括:(一)因袭误用的曲牌;(二)曲用界限模糊不清;(三)标注不清的犯调。而叶堂一一检视出来,并更正错误调名,以正本清源。

　　最后,叶堂还使用了其他调动方法,来改定《牡丹亭》,如(一)以正曲加以换调:除了集曲之外,叶堂也依实际情形,以正曲加以调动调整,"引子"与"过曲"界限清楚,不可混淆;(二)更调又兼改字句:修订改正原著调名之后,必须重新断句并更动原著文辞;(三)合并宾白作曲文:将原作宾白,裁断音律与本格相符的部分掺入曲文之中;(四)因避讳更改牌名与删出:依循"进呈本"删出,将【征胡兵】改为【蒸翊饼】,都是受到政治力的影响,不得不做出的调整。

　　刘世珩《暖红室汇刻传奇临川四梦》于《南柯记跋》云:"清远填词,往往得意疾书,不甚检核宫谱,以故讹舛致多,叶怀庭《纳书楹谱》考订极精,并从叶本校正。"每当汤显祖的曲文不合格律之时,叶堂总竭力调整重订,持护汤显祖曲辞的心意与考订谨慎的态度皆是相当明显的。

作者单位:台湾东吴大学中国文学系

晚明之临川曲派初探

高文彦

前　言

　　根据吴梅《中国戏曲概论》所云:"有明曲家,作者至多,而条别家数,实不出吴江、临川、昆山三家。惟昆山一席,不尚文字,伯龙好游,家居绝少,吴中绝技,仅在歌伶,斯由太仓传宗(太仓魏良辅,曾订《曲律》,歌者皆宗之。吴江徐大椿,为再传弟子),故工艺独冠一世。"①指出晚明时期之剧坛,共有吴江、临川、昆山等曲派。其中临川派乃属争议最多之曲派,或因临川是否足以成派,或因其中曲家归属之问题,人人各执一见,致使议论纷纭。②

　　而历来对于何谓"流派",未见古人针对此名词提出解释,仅云某人归于某一派;至于流派之归属方法,也未尝确切说明其依据。南宋杨万里提及江西诗派时,即指出此一诗派之着重点在于作品风格之相近,并非是作品形态相似而已;其《江西宗派诗序》即曰:

---

　　①　吴梅:《中国戏剧概论》上册,王卫民编:《吴梅全集·理论卷》,河北教育出版社,2002年,第280页。
　　②　提出临川派之说法者,可参阅[日]青木正儿著,王古鲁译:《中国近代戏曲史》上册,台湾商务印书馆,1996年,第288—328页;王永健:《中国戏剧文学的瑰宝——明清传奇》,江苏教育出版社,1989年,第149—190页;俞为民:《明清戏曲流派的划分》,《明清传奇考论》,台北华正书局,1993年,第35—48页;赵山林:《中国戏剧学通论》,安徽教育出版社,1995年,第287—300页;其中需注意之处,乃各家所论之成员不一。而否定临川曲派者,如徐朔方指出临川派之曲家未曾与汤显祖有所往来,因此不得以派别称之,见氏著:《汤显祖评传》,南京大学出版社,1993年,第218—219页。

江西宗派诗者,诗,江西也;人,非皆江西也。人非皆江西,而诗曰江西者何,系之也。系之者何?以味不以形也。①

流派虽以地名为称呼,却不限制其中作家必是当地人士,无论作品"酸咸异和,山海异珍",而作者能"调腼之妙,出乎一手也",仿佛如出一辙,至于作品形态之相似与否,"求之可也,遗之亦可也"。清代朱彝尊划分浙西词派之时,即继承杨万里之观念而归纳出:"犹夫豫章诗派,不必皆江西人,亦取其同调焉尔矣。"②譬如浙派之发端:南宋姜夔、张辑、周密、张炎等,皆非浙人,此外浙词之盛兴,"亦由侨居者为之助"。故浙西词派之阵容,皆是作品"同调"之词家耳,并非必为浙西之人士。

或者,流派之所以能形成,大抵有一致推崇之对象,此派作者方能有所依归。元人陈高《族谱序》一文,开门见山即言家族出于同一先祖:"族之有谱,所以别宗支,叙昭穆,定长幼,辨亲疏也。流派虽分,而其原同出乎一;子孙虽众,而其祖未尝有二。"③虽然此文是论族谱之功用,亦可由此思考,文学、艺术之流派乃有一宗师——为他人习法之对象,作为创作之规范;是故,凡服膺此人之观点者皆可纳进此派。

换言之,流派之形成,可从两方面分析:其一,凡是作品有相似之风格、相近之观点,即可归纳成一流派;其二,推崇某人,以其为尊,作品皆效仿之,亦可划分成一流派;另外,这两方面之间也不是绝对毫无牵涉,仔细分析,某些流派其实是此两方面有互为表里之关联。至于作家之籍贯地、寓居地,不列为划分之条件。

综言之,剧曲家流派指由共同效法某一对象之剧曲家,或者有相同戏曲理论主张、创作风格近似之剧曲家声气相通,而构成之流派。

---

① 〔宋〕杨万里:《江西宗派诗序》,《诚斋集》,《景印摛藻堂四库全书荟要》第392册,卷80,台北世界书局,1988年,第235页。

② 〔清〕朱彝尊:《鱼计庄词序》,《曝书亭集》,《国学基本丛书》第313册,台湾商务印书馆,1968年,第666页。

③ 〔元〕陈高:《族谱序》,《不系舟渔集》,《影印文渊阁四库全书·集部》第1216册,台湾商务印书馆,1986年,第201页。

虽然晚明剧曲家从未大张旗鼓,号召成一派别,然而从其创作观点、作品内容,还是可以找出各派曲家之旨趣皆有相同之处,故而以同派观之。以下据此试论晚明临川曲派之概况。

一、临川曲派成员之划分

由于汤显祖《牡丹亭》独出心裁,此剧一出,家喻户晓,深受观众之喜爱,亦为戏曲内容开创新一局面,引起当时剧曲家竞相模仿改编;往后之剧曲家又受其主情说之影响,而逐渐凝聚成"临川"曲派。

全派阵容之问题,清人即有指出吴炳等,皆以汤显祖为学习对象,如梁廷枏《曲话》云:"李笠翁云:'汤若士之《牡丹亭》《邯郸梦》传奇,得以盛传于世;吴石渠之《绿牡丹》《画中人》,得以偶登于场,皆才子徼幸之事,非文至必传之理也。'语见所著《闲情偶寄》。石渠才情绮丽,甚为艺林所称。笠翁引与玉茗并论,不为无见。"① 此外,吴炳在《画中人》传奇末出云:"河上三生留古寺,从今重说《牡丹亭》。"② 皆反映吴炳创作传奇极力效法汤显祖。而祁彪佳《远山堂剧品》评孟称舜《花前一笑》曰:"此剧结胎于《西厢》,得气于《牡丹亭》"③;沈泰《盛明杂剧》评孟氏《桃花人面》言"临川声口","不减杜丽娘寻梦"④,由此可知,晚明评论家认为孟氏剧作有汤显祖传奇之痕迹。

又,吴炳、孟称舜皆论"情至":"有情,则伊人万里,可凭梦寐以符招,往哲千秋,亦借诗书而檄致"⑤;"不以贫富移,不以妍丑夺,一以终,之死不二,非天下之至种情者而能之乎?"⑥ 而《中国戏曲通史》以

---

① 〔清〕梁廷枏:《曲话》,《中国古典戏曲论著集成》八,第267页。
② 〔明〕吴炳:《画中人》第三十四出《证画》,《粲花斋五种》,江苏广陵古籍刻印社,1990年,第264页。
③ 〔明〕祁彪佳:《远山堂剧品·逸品》,《中国古典戏曲论著集成》六,第171页。
④ 〔明〕沈泰评:《桃花人面》眉批,《盛明杂剧·初集》,《续修四库全书》第1764册,上海古籍出版社,2002年,第486、489页。
⑤ 〔明〕吴炳:《情邮说》,《粲花斋五种》,第443—445页。
⑥ 〔明〕孟称舜:《张玉娘闺房三清鹦鹉墓贞文记题词》,朱颖辉辑校:《孟称舜集》,中华书局,2005年,第562页。

清人叶堂对于阮大铖之评语,来判定吴炳仅是模仿汤显祖之幽艳、工巧①,然后未有进一步解释原因为何;其实详细阅读吴氏之剧作,即可发现吴氏不仅写情,同时并阐发有情之观念,与汤显祖不谋而合。因此,吴炳、孟称舜列入临川曲派,未有争议。

综言之,汤显祖在于古典戏曲史上之地位首屈一指,无论剧本作品上演不辍,抑或揭橥情观引人深思,同时引发吴炳、孟称舜效法,汤氏之贡献乃是不可磨灭;再者,凡是文献记载有师法之现象、内容有相同意涵者,皆可以派别观照之;据此,汤显祖、吴炳、孟称舜等人足以形成一流派统摄之。

其次,阮大铖是否可属于其中一员,历来备受学者之探讨。阮大铖,字圆海,一字集之,号百子山樵,别署石巢,堂号咏怀堂,安徽怀宁(今安徽安庆)人。其德行一再令人诟病,不仅趋附魏珰,陷害良臣,又见南明大势已去,随即降清,使人无法苟同。著有《石巢诗集》;戏曲作品有《春灯谜》《牟尼合》《双金榜》《燕子笺》《井中盟》《老门生》《忠孝环》《桃花笑》《狮子赚》《翠鹏图》《赐恩环》等十一种传奇。前四种称《石巢传奇四种》,皆存;后七种已佚。叶堂《纳书楹曲谱》评阮氏《燕子笺》云:

> 阮圆海专以尖刻为能,自谓学玉茗堂,其实全未窥见毫发。笠翁恶札从此滥觞矣!②

姜绍书《韵石斋笔谈》卷下《晚季音乐》条则云:

> 崇祯末年,不惟文气芜弱,即新声词曲,亦皆靡靡亡国之音。阮圆海所度《燕子笺》《春灯谜》《双金榜》《牟尼合》诸乐府,音调猗狔,情文宛转,而凭虚凿空,半是无根之谎,殊鲜博大雄豪之致。③

---

① 张庚、郭汉城主编:《中国戏曲通史》,台北大鸿图书公司,1998年,第588页。
② 〔清〕叶堂:《纳书楹曲谱》,《善本戏曲丛刊·六辑》第84册,台湾学生书局,1987年,第980页。
③ 〔清〕姜绍书《韵石斋笔谈》,《丛书集成新编》第50册,台北新文丰出版公司,1985年,第396页。

对于阮大铖作品评价皆言未佳,而叶堂更进一步指出,阮氏未能窥见汤显祖之毫发。阮氏虽是首鼠两端、怙势犯法,品行固有令人非议之处;事实上,其自身善于度曲、通晓编剧,张岱《陶庵梦忆》则指出:

> 阮圆海家优……其所打院本,又皆主人自制,笔笔勾勒,苦心尽出,与他卤莽者又不同……阮圆海大有才华,恨居心勿静……如就戏论,则亦镞镞能新,不落窠臼者也。①

而其戏曲艺术是有其成就之处,"故所搬演,本本出色,脚脚出色,出出出色,剧剧出色,字字出色"。杨恩寿《词余丛话》亦驳斥叶氏之语:"先生②斥《燕子笺》'以尖刻为能,自谓学玉茗堂,全未窥见毫发,笠翁恶札,从此滥觞'。是说,我不以为然。圆海词笔,灵妙无匹,不得以人废言,虽不能上抗临川,何至下同湖上。"③指出阮氏之作自有灵动妙逸之处。

王思任《春灯谜序》以为阮氏《春灯谜》,"在构思的奇幻性这一点上,与汤显祖《四梦》是有共同之处"④。吴梅《中国戏剧概论》对于《石巢传奇四种》之评论,亦甚佳:"自叶怀庭讥其尖刻,世遂屏不与作者之林,实则圆海固深得玉茗之神也。"⑤以为《石巢传奇》有汤显祖之神貌。

反观阮氏自身之意见,以为"不敢较玉茗",仅有二项胜之:一者,"玉茗不能度曲,予薄能之",故填词皆以"易歌演"为表准;二者,"余乡为吴音,相去弥近",在优孟耆宿之助下,"无论清浊疾徐,宛转高下,能尽曲致"。⑥此外,阮氏剧作之旨意,胡金望《〈石巢传奇四种〉

---

① 〔明〕张岱:《陶庵梦忆》,台北汉京文化事业公司,1984年,第73—74页。
② 此处杨恩寿误以为王文治之评语,实乃叶堂之言。
③ 〔清〕杨恩寿:《词余丛话·原文》,《中国古典戏曲论著集成》九,第254页。
④ 赵山林:《中国戏剧学通论》,第298页。
⑤ 吴梅:《中国戏曲概论》,王卫民编:《吴梅全集》理论卷,第289页。
⑥ 〔明〕阮大铖:《春灯谜自序》,徐凌云、胡金望点校:《阮大铖戏曲四种》,黄山书社,1993年,第5页。

的思想指归》一文则分析出"功名与爱情婚姻问题；功名与冤狱问题；对命运的屈从而产生的混世主义思想；人际关系的思想闪光"①等四项，乃是阮氏着墨之重点，实与汤显祖"情不知所起，一往而深"之思想大相径庭。

依据以上理由，将阮大铖归于临川一派之说法，不辩即可明其失；至于其传奇四种之价值，则尚可重新审视之，吴梅曾言："其人其品，固不足论。然其所作诸曲……君子不以人废言，亦不可置诸不论也。"②算是较为中肯之看法。

（一）汤显祖

汤显祖，字义仍，号海若、若士，别署清远道人、茧翁，江西临川人。隆庆四年(1570)，乡试报捷；隆庆五年、万历二年(1574)，春试皆不第。万历四年，游南京国子监；次年，首相张居正延揽汤氏，与其子伴学，汤显祖辞谢，故科举亦失利；八年，仍不与张居正三子懋修交游，汤氏春试再度名落孙山；十一年进士，于北京礼部观政；翌年，出任南京太常寺博士；十六年，除南京詹事府主簿；次年，迁任南京礼部祠祭司主事；十九年，上《论辅臣科臣疏》，帝怒，而遭贬广东徐闻典史，并建贵生书院；二十一年，量移浙江遂昌知县，另建相圃书院；二十六年，遂弃官归隐家乡。

汤氏幼年"颖异不群，体玉立，眉目朗秀"③；年少即善于属文，有时名；平生意气慷慨，有其风骨，"扼腕希风，视天下事数着可了"④。汤显祖群书涉猎广博，尤攻汉魏《文选》，"掩卷而诵，不讹只字"。著有《红泉逸草》《问棘邮草》《玉茗堂集》《汤海若先生制艺》《雍藻》，而《雍藻》已佚；评点《花间集》《续虞初新志》、传奇《红梅记》等；戏曲作品有《紫箫记》《紫钗记》《牡丹亭还魂记》《南柯记》《邯郸记》等传奇五种，后

---

① 胡金望：《〈石巢传奇四种〉的思想归指》，《中国文化月刊》第233期(1999年8月)。
② 吴梅：《顾曲麈谭》，王卫民编：《吴梅全集》理论卷，第150页。
③ 〔明〕邹迪光：《临川汤先生传》，徐朔方笺校：《汤显祖全集》，第2581页。
④ 〔明〕钱谦益：《汤遂昌显祖传》，同上，第2581页。

四种则称为"玉茗堂四梦"(或"临川四梦")。

(二)吴炳

吴炳,原名寿元,字可先,号石渠,别署粲花主人,宜兴(今属江苏)人。明万历三十七年,督学熊廷弼取补为弟子生员;四十三年,乡试中举,然因吴氏宗族共有四人同时中举,而遭他人纠劾,而停会试;四十七年,进士登科,旋请假归省;翌年,谒选湖北蒲圻知县。天启四年(1624),授刑部主事,调工部;七年,擢工部员外郎;崇祯二年(1629),转任福州知府;次年,得罪福建督抚熊文灿,因而告病还乡;九年,补浙江盐运司;翌年,迁留都户部;十一年,任江西吉安知府,十四年,改任江西提学副使。清顺治二年(1645),离赣入闽,投奔南明唐王,授布政使;次年,除户部侍郎,即升户部尚书;同年十二月,唐王崩,桂王即位,擢吴炳为礼部右侍郎;四年,兼东阁大学士,同掌兵部事;同年,刘承胤氏挟桂王至武冈,吴氏从之,后来"大兵至,王仓猝奔靖州,令炳扈王太子走城步"①,遭降将孔有德所俘;五年,吴氏不屈,而囚于衡州湘山寺,丧命于此。

关于吴氏死因,正史之记载如上所述,而文献尚有诸多说法,如王夫之《永历实录·吴黄何列传》曰:"武岗既陷,炳遂与承胤降,随孔有德至衡州。有德恒召与饮食。炳既衰老,又南人不习北味,执酥茶烧豚炙牛,不敢辞,强饱餐之,遂病痢死。"《南明野史》卷下即云:"辅臣吴炳以疾留武冈,被逼剃发。兵部尚书傅作霖见获不屈,械项游营。遇内阁吴炳乘轿来,作霖谓曰:'乐做内阁耶,何不识廉耻至此!'炳归自缢。"未有定论。

吴氏生于仕宦之家,"气度温和,断事明慎"②,著有《说易》《雅俗稽言》等;戏曲作品有《绿牡丹》《疗妒羹》《画中人》《西园记》《情邮记》等传奇五种,合称《粲花斋五种》,又名《石渠五种曲》,皆流传于世。

---

① 〔清〕张廷玉等:《明史》,台北鼎文书局,1982年,第7150页。
② 道光《蒲圻县志》,《中华方志丛书·华中地方》第345号据道光十六年刊本影印,台北成文出版社,1975年,第673页。

(三) 孟称舜

孟称舜,字子塞,又作子适、子若,号"小蓬莱卧云子""花屿仙史",浙江会稽(今浙江绍兴)人。品行方正,学富而才敏,"昕夕诵读不绝,寒暑著述无休"①。原是屡举不第,尝入复社、枫社等。顺治六年(1649)为贡生,担任松阳县学训导,修学建田,力以励风俗、兴教化为己任;后因"无罪杀士之变",十三年辞归。

著有《孟叔子史发》《花屿集》,今皆佚;戏曲作品有《桃花人面》(即《桃源三访》)、《花前一笑》《郑节度残唐再创》(即《英雄成败》)、《死里逃生》《陈教授泣赋眼儿媚》《花颜年少》等杂剧,《鸳鸯冢娇红记》《二胥记》《鹦鹉墓贞文记》《二乔记》《赤伏符》等传奇作品,而《花颜年少》《二乔记》《赤伏符》今已亡佚;又评点《古今名剧合选》(分《柳枝集》《酹江集》),校刻《录鬼簿》等。

二、临川曲派剧论之主张

临川派之戏曲理论,乃见于汤显祖所写之传奇序文、总评、书牍,吴炳《情邮说》,孟称舜《古今名剧合选》序文批语、《古今词统序》、传奇题词等处。以下就三人之说归纳评析,以了解临川派戏曲理论之特色。

(一) 主情之发扬

汤显祖以为有情,"生者可以死,死可以生",遂创造杜丽娘因情而往返于生死之间。"主情"之说广为流传,吴炳、孟称舜无不跟随之,纷纷提出意见。

汤显祖于《耳伯麻姑游诗序》中,直言人生无不是情之范畴:

> 世总为情,情生诗歌,而行于神。天下之声音、笑貌、大小、生

---

① 光绪《松阳县志》,《中华方志丛书·华中地方》第190号据光绪元年刊本影印,第560页。

死,不出乎是。因以憺荡人意,欢乐舞蹈,悲壮哀感鬼神、风雨、鸟兽,摇动草木,洞裂金石。其诗之传者,神情合至,或一至焉;一无所至,而必曰传者,亦世所不许也。①

人的感觉、举止缘情而生,文学作品亦是缘情而生,因情而传世。又自古以来,"凤凰鸟兽以至巴渝夷鬼"等表演、祭祀,"无不能舞能歌,以灵机自相转活",盖因"人生而有情",天性之本然,其喜怒哀乐皆"感于幽微,流乎啸歌,形诸动摇。或一往而尽,或积日而不能自休"。②然则历史却不是仅有情存在,而是理、势、情三者俱存;《弋说序》云:

今昔异时,行于其时者三:理尔;势尔;情尔。以此乘天下之吉凶,决万物之成毁。作者以效其为,而言者以立其辨,皆是物也。事固有理至而势违,势合而情反,情在而理亡,故虽自古名世建立,常有精微要眇不可告语人者。史氏虽材,常随其通博奇诡之趣,言所欲言,是故记而不伦,论而少衷。何也?当其时,三者不获并露而周施,况后时而言,溢此遗彼,固然矣。③

理有是非之分,势有轻重之别,情有爱恶之区隔,三者言之无穷,却是吉凶、成败之关键,其间关系微妙复杂,不易语人也。三者无法详论,则史家以"通博奇诡之趣"记载史事,是故"记而不伦,论而少衷"。

而汤氏则向往有情天地,即以为唐朝乃是"有情之天下",受到陈隋之流风遗韵,君臣相偕游幸,"率以才情自胜,则可以共浴华清,从阶升,娱广寒";李白之才气凌厉当世,亦能"倒骑驴,就巾拭面";皆因有情。而明季却是"有法之天下",理法当道,"大致灭才情,而

---

① 〔明〕汤显祖:《耳伯麻姑游诗序》,徐朔方笺校:《汤显祖全集》,第1110—1111页。
② 〔明〕汤显祖:《宜黄县戏神清源师庙记》,同上,第1188页。
③ 〔明〕汤显祖:《弋说序》,同上,第1646—1647页。

尊吏法",纵使如时人李柷有李白之才气,却同样"低眉而在此"①,无法一展长才。此处虽云李柷,实则汤氏以此喻己,同样是英雄无用武之地,生不逢时之故,又面对着理法充斥于生活之间,其书信《寄达观》愤然直言:

> 情有者理必无,理有者情必无。真是一刀两断语。使我奉教以来,神气顿王。谛视久之,并理亦无,世界身器,且奈之何。②

人生在世,短短数载,其实情、理最终俱无,故何必屡屡以理法约束人。而陈继儒《批点牡丹亭题词》,亦曾记载张位与汤显祖对话一事:

> 张新建相国尝语汤临川云:"以君之辩才,握麈而登皋比,何渠出濂、洛、关、闽下?而逗漏于碧箫红牙队间,将无为青青子衿所笑!"临川曰:"某与吾师终日共讲学,而人不解也。师讲性,某讲情。"张公无以应。③

汤氏即申明自己专论者,真情也,非是以理学规范之矫情饰性。而"情致所极",则"可以事道,可以忘言",甚至"终有所不可忘者,存乎诗歌、序记、词辩之间",纵使是圣贤、英雄,也"不能遗""不能晦"。④

诗文可以反映情致,戏曲作品更是传达真情之最佳途径,"一勾栏之上,几色目之中,无不纡徐焕眩,顿挫徘徊。恍然如见千秋之人,发梦中之事。使天下之人无故而喜,无故而悲"。氍毹之上,伶人演出人间百态、生离死别,其一哭一笑直接传递给台下观者,则"贵倨弛傲,贫啬争施。瞽者欲玩,聋者欲听,哑者欲叹,跛者欲起。无情者可使有情,无声者可使有声",亦能"寂可使喧,喧可使寂,饥可使饱,醉可使

---

① 〔明〕汤显祖:《青莲阁记》,徐朔方笺校:《汤显祖全集》,第 1147 页。
② 〔明〕汤显祖:《寄达观》,同上,第 1351 页。
③ 〔明〕陈继儒:《批点牡丹亭题词》,同上,第 2573—2574 页。
④ 〔明〕汤显祖:《调象庵集序》,同上,第 1098—1099 页。

醒,行可以留,卧可以兴。鄙者欲艳,顽者欲灵"①,探究其因,皆是感染其真情之故。

因此,汤氏以其生花妙笔写出"因情成梦,因梦成戏"②之不朽传奇,故其"曲中传道最多情"。"临川四梦"之中,《牡丹亭》更是至情之作,借由杜丽娘反映有情可以凌渡生死之界线;其《牡丹亭记题词》云:

> 天下女子有情,宁有如杜丽娘者乎。梦其人即病,病即弥连,至手画形容传于世而后死。死三年矣,复能溟莫求得其所梦者而生。如丽娘者,乃可谓之有情人耳。情不知所起,一往而深,生者可以死,死可以生。生而不可与死,死而不可复生者,皆非情之至也。③

杜丽娘之所以死,之所以生,皆因"一往而深"之情;换言之,汤氏以为情乃人之本性,情之至者,生得以忽死,又死而复生,已是突破常理之藩篱,岂是三纲五常可以为之。王思任《批点玉茗堂牡丹亭叙》即评曰:

> 若士以为情不可以论理,死不足以尽情。百千情事,一死而止,则情莫有深于阿丽者矣。况其感应相与,得《易》之咸;从一而终,得《易》之恒。则不第情之深,而又为情之至正者。今有形一接而即殉夫以死,骨香名永,用表千秋,安在其无知之性不本于一时之情也。则杜丽娘之情,正所同也,而深所独也,宜乎若士有取尔也!④

---

① 〔明〕汤显祖:《宜黄县戏神清源师庙记》,徐朔方笺校:《汤显祖全集》,第1188页。
② 〔明〕汤显祖:《复甘义麓》,同上,第1464页。
③ 〔明〕汤显祖:《牡丹亭记题词》,同上,第1153页。
④ 〔明〕王思任:《批点玉茗堂牡丹亭叙》,同上,第2572—2573页。

"情不可以论理",是因有情可以超越一切;而仅仅就死一事,亦无法作为尽情之表现,唯有为情而死后复生,当是情之深、情之至正矣。因此,汤氏此语一出,即对当时极为封闭之思想有所启发。

吴炳则提出若本于情,人就能够"色以目邮,声以耳邮,臭以鼻邮,言以口邮,手以书邮,足以走邮,人身皆邮也"。任何意念皆可传达,更甚者:

> 有情,则伊人万里,可凭梦寐以符招,往哲千秋,亦借诗书而檄致。①

若是无情,"有心不灵,有胆不苦,有肠不转,即一身之耳目手足,不为之用"②。吴氏将此意见立名为"情邮说",即指情可以无远弗届,无所不至。

再者,吴氏亦继承汤显祖之观念,以为情真则不受生死约束,其《画中人》第五出《示幻》即云:"天下人只有一个情字,情若果真,离者可以后合,死者可以再生。"③由此可知,吴氏亦关切情至之议题,而阐发己见。

而孟称舜则在主情之基础上,进一步将情与礼义相结合。孟氏首先指出男女能相感,"俱出于情"④,也就是"性情所种,莫深于男女";然则亦因有情,所以讲求节义。即天下之义夫节妇,"所为至死而不悔者",并非是为理,乃是"笃于其性,发于其情,无意于世之称之",并且不求表扬而使然。易言之,义夫节妇乃因有情,故得以存有节义。而之所以"义夫犹不多见,而所称节妇则十室之邑必有之",盖女子之情"更无藉诗书理义之文以讽喻之"⑤,而晓得自身应做到有贞有节,因此所至者必为节妇。

---

①② 〔明〕吴炳:《情邮说》,《粲花斋五种》,第 55 页。
③ 〔明〕吴炳:《画中人》第五出,同上,第 213 页。
④ 〔明〕孟称舜:《张玉娘闺房三清鹦鹉墓贞文记题词》,朱颖辉辑校:《孟称舜集》,第 562 页。
⑤ 此部分资料见〔明〕孟称舜:《节义鸳鸯冢娇红记题词》,同上,第 559 页。

《娇红记》中申纯与王娇娘之事迹,"殆有类狂童淫女所为",何以称之为"节义"?孟氏乃以为二人"从一而终,至于没身而不悔者也"①,则可称之节义。换言之,身为贞节女子才算是有情之女子,"不以贫富移,不以妍丑夺,从一以终,之死不二,非天下之至种情者而能之乎";至于"世有见才而悦,慕色而亡者",根本不足以论情。孟氏即以松阳人士张玉娘为例,张玉娘不仅有才能文,又能未有媒妁之言而忠贞不贰,故"玉娘之才,天下之奇才;而玉娘之行,天下之奇行也"。②综言之,节义乃以性情为基础,而能从一而终,无怨无悔才能算是。

陈洪绶《节义鸳鸯冢娇红记序》亦云:"盖性情者,理义之根柢也。"若无性情作为根柢,"君臣、父子、兄弟、朋友、夫妇之间,殆亦泛泛乎若萍梗之相值于江湖中尔",此外"天下残忍刻薄、悖逆乖暌之事,无不缘是而起"。进而评《娇红记》曰:"知古今具性情之至者,娇与申生也",至于"能言娇与申生性情之至,而使其形态活现,精魂不死者,子塞也"③,称赞孟氏写出了申生、娇娘之至情,亦写出其理义。

然则,有情尚须以诚为依归,孟氏《二胥记题词》云:

情与性而咸本之乎诚,则无适而非正也。④

有诚为根据,情性才能有所适从,如"君臣、父子、夫妇、朋友之间事,何一而不本于诚者"。因此,孟氏谱伍子胥"覆楚"、申包胥"复楚"成《二胥记》,即"以见诚之为至,细之见于儿女幄房之际,而巨之形于上下天地之间"⑤为目的。

统言之,孟氏以为情性由诚生发,而能做到有情,且从一而终者,

---

① 〔明〕孟称舜:《节义鸳鸯冢娇红记题词》,朱颖辉辑校:《孟称舜集》,第559页。
② 此部分资料见〔明〕孟称舜:《张玉娘闺房三清鹦鹉墓贞文记题词》,同上,第561—562页。
③ 〔明〕陈洪绶:《节义鸳鸯冢娇红记序》,同上,第617页。
④⑤ 〔明〕孟称舜:《二胥记题词》,同上,第560页。

得以称之为节义忠贞;与汤显祖、吴炳所言相较,孟氏之意见可算是另有他见。

(二)个别洞见

临川曲派对于戏曲理论之最大贡献,即阐述主情之观念;此外,汤显祖亦揭发了表演之道,而孟称舜则对当行本色有其特殊见解。以下兹将二人之说做一分析。

1. 表演论

汤显祖《宜黄县戏神清源祖师庙记》乃借由清源祖师之道,阐发表演之法,在于优伶肯下功夫努力。

其一,汤氏先点出伶人演出前须准备之工夫:"一汝神,端而虚。择良师妙侣,博解其词,而通领其意。动则观天地人鬼世器之变,静则思之。绝父母骨肉之累,忘寝与食。少者守精魂以修容,长者食恬淡以修声。"专心一致,选择良师,以求领略剧本意旨,并锻炼自身能力。

其二,无时无刻思索表演对象之言谈举止,如此敷演才能生动鲜明:"为旦者常自作女想,为男者常欲如其人。其奏之也,抗之入青云,抑之如绝丝,圆好如珠环,不竭如清泉。微妙之极,乃至有闻而无声,目击而道存。使舞蹈者不知情之所自来,常叹者不知神之所自止。"

伶人若能做到此等要求,精进自身能力,其演出必有神似活泼之妙,如此方能引人入胜矣。

2. 本色当行论

孟称舜于《古今名剧合选序》指出,曲与诗、词相形之下,愈难工巧,而臧懋循曾提及三点:一曰"情辞隐称之难",一曰"关目紧凑之难",又一曰"音律谐协之难"①,然则孟氏以为最难者为当行家也②。

至于当行本色所指为何,孟氏《古今词统序》则解释道:

盖词与诗、曲,体格虽异,而同本于作者之情。古来才人豪

---

① 〔明〕臧懋循:《元曲选后集序》,《负苞堂集·文选》,台北河洛图书出版社,1975年,第 56 页。

② 〔明〕孟称舜:《古今名剧合选序》,朱颖辉辑校:《孟称舜集》,第 556 页。

客、淑姝名媛,悲者喜者、怨者慕者、怀者想者,寄兴不一。或言之而低回焉,宛恋焉;或言之而缠绵焉,凄怆焉;又或言之而嘲笑焉,愤怅焉,淋漓痛快焉。作者极情尽态而听者动心耸耳,如是者皆为当行,皆为本色。①

能够写出才人之低回、豪客之痛快、淑姝之缠绵、悲者之凄怆、慕者之宛恋、怀者之愤怅……即善于赋咏各型人物之个性真情,才得以算是本色当行。因此孟氏乃专就内容方面讨论本色当行,其《柳枝集》《酹江集》即以此观点评剧,如:

> 本色中自觉高华秀拔,固是大手笔,其争工不在字句上,读之朗朗自异。②(《金钱记》眉批)

> 此剧机锋隽利,可以提醒一世。尤妙在语语本色,自是当行人语,与东篱诸剧较别。③(《任风子》眉批)

> 曲语句句当行,手笔绝高绝老,至其摹像李山儿,半粗半细,似呆似慧,形景如见,世无此巧丹青也。④(《李逵负荆》眉批)

皆针对剧中人物、内容所作之评价,乔吉《金钱记》以唐代诗人韩翃为主要人物,故能"高华秀拔";马致远《任风子》以度化为宗旨,"可以提醒一世",故皆为"当行人语";康进之《李逵负荆》描绘出李逵大老粗之模样,所以"句句当行"。由此亦可知,孟氏所云之当行本色又与吴江

---

① 〔明〕孟称舜:《古今词统序》,朱颖辉辑校:《孟称舜集》,第555页。
② 〔明〕孟称舜评:《金钱记》第一折,《新镌古今名剧柳枝集》,《续修四库全书》第1763册,第306页。
③ 〔明〕孟称舜评:《任风子》第一折,《新镌古今名剧酹江集》,《续修四库全书》第1763册,第602页。
④ 〔明〕孟称舜评:《李逵负荆》第一折,《新镌古今名剧酹江集》,《续修四库全书》第1764册,第59页。

派之意见大相径庭,毫无相涉。

三、临川曲派编剧之特点

临川派虽仅有三位剧曲家,而此派之创作堪称成果丰硕,若传奇、杂剧一概论之,则今存全本有十八部,残曲共二部,剧本待考者凡二部。兹将现存剧作之特色,做一归纳分析于下:

（一）传情写照

由于临川曲派掌持情观之旗纛,因此其剧作几乎剧剧写情,皆由曲折离奇之遭遇,描绘出令人可歌可泣之情史。

1. 汤显祖

汤显祖乃是"情痴一种,固属天生;才思万端,似挟灵气",而且"丽藻凭巧肠而浚发,幽情逐彩笔以纷飞",又能"蘧然破噩梦于仙禅,皭矣销尘情于酒色",因此吕天成誉之为"绝代奇才"。[①]而汤氏最令人津津乐道者,即是写下令人无不神往之情;黄宗羲曾赋咏汤氏云"诸公说性不分明,玉茗翻为儿女情"[②],指出当时士儒言之不清之性情,汤氏则能写出一往而深之情。

如《紫钗记》,汤氏即于第五十三出《节镇宣恩》下场诗题云:"紫玉钗头恨不磨,黄衣侠客奈情何! 恨留岁岁年年在,情债朝朝暮暮多。"[③]此剧乃写生脚李益、旦脚霍小玉闺怨别离之苦,后来在黄衣豪士相助之下,终于团圆,故吕天成《曲品》评此剧:"描写闺妇怨夫之情,备极娇苦,直堪泪下,真绝技也!"[④]然则祁彪佳《远山堂曲品》却以为此记略有瑕疵:"传情处太觉刻露,终是文字脱落不尽耳。"[⑤]而《南柯

---

① 〔明〕吕天成:《曲品》,《中国古典戏曲论著集成》六,第213页。
② 〔清〕黄宗羲:《偶书》,《黄宗羲全集》第11册,浙江古籍出版社,1993年,第332页。
③ 〔明〕汤显祖:《紫钗记》第五十三出《节镇宣恩》,徐朔方笺校:《汤显祖全集》,第2057页。
④ 〔明〕吕天成:《曲品》卷下,第230页。
⑤ 〔明〕祁彪佳:《远山堂曲品·艳品》,《中国古典戏曲论著集成》六,第17页。

记》虽写南柯一梦之故事,汤氏却开门见山云,此剧与情亦相关,第一出《提世》云:

【南柯子】玉茗新池雨,金栀小阁晴。有情歌酒莫教停。看取无情虫蚁,也关情。国土阴中起,风花眼角成。契玄还有讲残经。为问东风吹梦,几时醒。①

因此,沈际飞《题南柯梦》则评曰:

临川有慨于不及情之人,而乐说乎至微至细之蚁;又有慨于溺情之人,而托喻乎醉醒、醒醉之淳于生。淳于未醒,无情也。惟情至,可以造立世界;惟情尽,可以不坏虚空。而要非情至之人,未堪语乎情尽也。世人觉中假,故不情;淳于梦中真,故钟情。②

因为淳于梦有情,故能梦重造境,而能存于虚空之中。故汤氏虽借蝼蚁说道,却蕴含情致其中。

若论汤氏剧作中,最关乎情者,非《牡丹亭》莫属。历来论者对于此剧,皆有极佳之评价,如张岱即赞誉曰:"《还魂》,灵奇高妙,已到极处。"③李渔乃云:"汤若士,明之才人也,诗、文、尺牍,尽有可观,而脍炙人口者,不在尺牍、诗、文,而在《还魂》一剧。"④至于汤氏编撰《牡丹亭》之动机,在第一出《标目》即表露无遗:

【蝶恋花】忙处抛人闲处住。百计思量,没个为欢处。白日消磨肠断句,世间只有情难诉。 茗堂前朝复暮。红烛迎人,俊得

---

① 〔明〕汤显祖:《南柯记》第一出《提世》,徐朔方笺校:《汤显祖全集》,第 2285 页。
② 〔明〕沈际飞:《题南柯梦》,同上,第 2570 页。
③ 〔明〕张岱:《答袁箨庵》,夏咸淳辑校:《张岱诗文集(增订本)》,上海古籍出版社,2014 年,第 316 页。
④ 〔清〕李渔:《闲情偶寄·词曲部》,《中国古典戏曲论著集成》七,第 7—8 页。

江山助。但是相思莫相负。牡丹亭上三生路。①

世间百态,最能感动人心唯有情而已,因此写下《牡丹亭》,嘱咐有心人切忌辜负有情人。剧中旦脚杜丽娘于花园,梦见柳梦梅前来相会,两人难分难舍,醒来迟迟无法忘怀,而魂断相思,后来其幽魂得与柳梦梅结缘,杜丽娘则因而复生。所以,杜丽娘"一往而深"②,皆因为情而死,又为情而生。对此,茅暎即评曰:"其间情之所在,自有而无,自无而有,不奇愕眙者亦不传。而斯记有焉。梦而死也,能雪有情之涕;死而生也,顿破沉痛。"③至于杜丽娘可以因情而赴黄泉,费元禄《读十家传奇记》则以为:

如丽娘感梦,觅桃李之幽踪;思女不夫,结柳梅之冥契。讵图桂里长生,但恋树头连理。既而玉颜委之尘土,金棺寄于草莱。一线情根,转轮回之磨;三季枯骨,寻宿对之人。饮恨而终,天还解老;无媒而嫁,鬼亦多情。④

不顾已成一缕幽魂,仍然寻找宿缘中另一半,皆因"一线情根"使然,同时也领略到鬼亦多情客。或因此一缘故,吕天成则形容此剧:"着意发挥,怀春慕色之情,惊心动魄。"⑤而写出有情可以往返生死之间,潘之恒则以为当是汤氏首开先例,其《堕情》云:

夫结情于梦,犹可回死生、结良缘,而况其拘而离,离而合以神者乎?自《牡丹亭》传奇出,而无情者隔世可通。此一窦也,义仍开之。⑥

---

① 〔明〕汤显祖:《牡丹亭》第一出《标目》,徐朔方笺校:《汤显祖全集》,第2067页。
② 〔明〕汤显祖:《牡丹亭记题词》,同上,第1153页。
③ 〔明〕茅暎:《题牡丹亭记》,蔡毅编:《中国古典戏曲序跋汇编》,第1224页。
④ 〔明〕费元璐:《读十家传奇记》,《转情集》卷下,明万历年间刊本,第108b—109a页。
⑤ 〔明〕吕天成:《曲品》卷下,第230页。
⑥ 〔明〕潘之恒:《堕情》,汪效倚辑注:《潘之恒曲话》,中国戏剧出版社,1988年,第70页。

汤氏揭示了情至之观念,而《牡丹亭》亦告诉世人有情之意义。此剧问世之后,引起了莫大之回响,不仅令观者爱不释手,也成为古典戏曲中空前绝后之巨制。

2. 吴炳

吴炳极意追随汤显祖,并曾借由剧中人自喻自己,能够透晓汤氏之观点,其《疗妒羹》第十一出《得笺》下场诗即云:"艳曲靡词总厌听,伤心只有《牡丹亭》。临川剧谱人人读,能读临川是小青。"①又《画中人》第三十四出《证画》下场诗亦道:"世间何物识情灵?画粉依稀也唤醒。河上三生留古寺,从今重说《牡丹亭》。"②皆为吴氏模仿汤显祖《牡丹亭》作剧之最佳证据,同时也表达出作剧以写情为主。

其《情邮记》乃述生脚刘乾初于黄河东岸驿站,偶题七律一首于壁上,而旦脚王慧娘、小旦贾紫箫先后和诗于壁上,引起刘生爱慕,后因世事无常,三人历经波折,才共结良缘。吴氏即于第一出《约言》提到:

【临江仙】生死流迁人似驿,几多驻足时光。黄河日夜水汤汤。愁随刀放下,恼共发除将。　只有情思抽不尽,些儿露出疏狂。又拈曲谱按宫商。空中观聚散,局外问炎凉。③

乃因刘乾初等三人皆有情,所以引发此段姻缘。再者,《画中人》则写画中美人之故事。其中关于唤画之情节,吴氏解释并非愚蠢作为,盖因真情所致,其第一出《画略》云:

【蝶恋花】笔砚生涯独未窘,恼乱愁肠,蓦地闲思忖。据理苛评难作准。妄言妄听姑教尽。　世事茫茫如画本。竖抹横涂,颠倒随人哂。唤画虽痴非是蠢,情之所到真难忍。④

---

① 〔明〕吴炳:《疗妒羹》第十一出《得笺》,《粲花斋五种》,第 286 页。
② 〔明〕吴炳:《情邮记》第三十四出《证画》,同上,第 264 页。
③ 〔明〕吴炳:《情邮记》第一出《约言》,同上,第 57 页。
④ 〔明〕吴炳:《画中人》第一出《画略》,同上,第 204 页。

此外，又于《画中人》第十六出《摄魂》下场诗云："太上本无情，最下不及情。不识为情死，那识为情生。"①由此可见，吴氏对于情之重视，因而将之敷演成剧。

3. 孟称舜

孟称舜亦为写情之高手，马权奇即称其《桃花人面》《花间一笑》杂剧云："道闺房宛娈之情，委曲深至。"②《桃花人面》即以崔护之故事为主轴，而孟氏加以点染成："笑春风两度桃花，题红怨伤心崔氏。喜成亲再世姻缘，死相思痴情女子。"③祁彪佳《远山堂剧品》乃称赏曰：

> 作情语者，非写得字字是血痕，终未极情之至。子塞具如许才，而于崔护一事，悠然独往，吾知其所钟者深矣。今而后，崔舍人可以传矣；今而后，他人之传崔舍人者，尽可以不传矣。④

以为孟氏此剧写出极情之至，其他同样写崔护之剧作，从今可以不传。而陈洪绶亦评《桃花人面》云："传情写照，句抉空蒙，语含香润。能令旧日诸人嘘之欲生，后来读者对之愁死。"⑤据此可见，孟氏下笔，亦是写情。而孟氏又持"多情常自为情痴，我亦多情不自持。却怜无个知人眼，总是多情说与谁"⑥之看法，编撰出《花前一笑》杂剧，写生脚唐伯虎为了旦脚沈素香，不惜到沈府伪装成佣书，后来在文徵明、祝枝山相助下，成就一段姻缘。因此，剧中亦不乏说情之曲文，如第二折中：

>【中吕·粉蝶儿】意惹情牵，想风流画桥人面。恰才和子妹们笑语喧阗，比至得闭湘闱，掩绣阁，那生不见。害相思瘦损花钿，

---

① 〔明〕吴炳：《画中人》第十六出《摄魂》，《粲花斋五种》，第231页。
② 〔明〕马权奇：《二胥记题词》，朱颖辉辑校：《孟称舜集》，附录，第619页。
③ 〔明〕孟称舜：《桃花人面》正目，同上，第55页。
④ 〔明〕祁彪佳：《远山堂剧品·逸品》，第171页。
⑤ 〔明〕陈洪绶评：《桃源三访》楔子眉批，《新镌古今名剧柳枝集》，第544页。
⑥ 〔明〕孟称舜：《花前一笑》第五折，朱颖辉辑校：《孟称舜集》，第44页。

没多时瘦松金钏。①

此曲乃是沈素香遇见生脚唐伯虎后,"心下十分萦系",所吟唱之曲;陈洪绶即评此曲:"描情。"②全面观看《桃花人面》《花前一笑》之内容,可知马权奇之评语不无道理。

此外,《娇红记》传奇乃述生脚申纯与旦脚王娇娘生离死别之情事,第一出《正名》【西江月】下半阕即云:"一段幽魂渺渺,两行红泪疏疏。贞夫烈女世间无,总为情多难负。"③马权奇读后深受感动,故云:"阅之,而果然。春雨萧疏,书台迥寂,读至《私怅》《诘祟》以后,未始不泪浪浪也",并评此剧云:

> 深于情者,世有之矣。能道深情委折微奥——若身涉之,顾安得再一子塞乎!④

称扬孟氏写出情之精微处。而陈洪绶《节义鸳鸯冢娇红记序》亦赞赏孟氏之才能:

> 今又得子塞《鸳鸯冢记》读之,而知古今具有性情之至者,娇与申生也。能言娇与申生性情之至,而使其形态活现,精魂不死者,子塞也……其深情一往高微窅渺之致。问诸当世之男子而不得,则以问之妇人女子;问诸当世之妇人女子而不得,则以问之天荒地老、古今上下之人,而庶几或有得焉。⑤

---

① 〔明〕孟称舜:《花前一笑》第二折,朱颖辉辑校:《孟称舜集》,第27页。
② 〔明〕陈洪绶评:《花前一笑》第二折眉批,《新镌古今名剧柳枝集》,第562页。
③ 〔明〕孟称舜:《鸳鸯冢娇红记》第一出《正名》,朱颖辉辑校:《孟称舜集》,第104页。
④ 〔明〕马权奇:《鸳鸯冢题词》,同上,附录,第615页。
⑤ 〔明〕陈洪绶:《节义鸳鸯冢娇红记序》,同上,附录,第617页。

能填词赋咏娇娘、申生等挚情者,且其形象活灵生动,故此剧可以感人至深也。

而《贞文记》亦"为言情之书",乃孟氏为松阳地区张玉娘留传:"俗传沈生、玉娘,为大士侍者化身。当在座前,调弄鹦鹉,情所偶感,遂坠凡尘。故殁而致鹦鹉俱死之异。"其墓名曰鹦鹉,盖"彼人皆以情死,而鹦鹉以无情亦死,较诸有情者为更奇耳"。孟氏曾游寓松阳,屡次吊唁之,担心其墓历久而湮没,故与当地善心人士共同募赀,而立贞文祠。又感于张玉娘与沈佺之事迹之奇,为情命丧黄泉,"不被诸管弦,不能广传而征信"①,遂撰《贞文记》。据此可知,此剧亦不离情。综言之,孟氏之情剧与汤显祖、吴炳之作品相较,亦不遑多让。

(二)善绘梦境

临川派之作品常见剧曲家善于营造梦境,作为铺呈往后剧情之关键,或者以梦境寓意,使剧中人知晓日后遭遇之契机。兹将各家善绘梦境之特色论述于后。

1. 汤显祖

汤显祖剧作之所以有"临川四梦"之称,即其《紫钗记》《牡丹亭》《南柯记》《邯郸记》皆有梦境。《紫钗记》乃是"黄衣客强和鞋儿梦"②,在第四十九出《晓窗圆梦》霍小玉由于思李益,遂做一梦:"见一人似剑侠非常遇,着黄衣。分明递与,一辆(彦案:宜作纲)小鞋儿。"③鲍四娘则解释道:"鞋者,谐也。李郎必重谐连理。"《牡丹亭》则是杜丽娘游赏花园而入梦,梦中与柳梦梅相会,发展出一段巫云蜀雨之情,醒后念念不忘柳生,复而寻梦,其云:"昨日所梦,池亭俨然。只图旧梦重来,其奈新愁一段!寻思展转,竟夜无眠。咱待乘此空闲,背却春香,悄向花

---

① 〔明〕孟称舜:《张玉娘闺房三清鹦鹉墓贞文记题词》,朱颖辉辑校:《孟称舜集》,第 561—562 页。
② 〔明〕汤显祖:《紫钗记》第一出《本传开宗》,徐朔方笺校:《汤显祖全集》,第 1875 页。
③ 此曲文为【黄莺儿】,见〔明〕汤显祖:《紫钗记》第四十九出《晓窗圆梦》,同上,第 2034 页。

园寻看。"①关于《游园惊梦》一段,令人赞赏,时至今日,依然上演不辍。

而《南柯记》《邯郸记》则借由梦境,让淳于梦、卢生历尽世间喜怒哀乐,最终梦醒,才恍然大悟,世间名利不过一枕黄粱,何必流连忘返。对此,闵光瑜以为此二剧旨趣极佳,其《邯郸梦小引》云:

若《邯郸》,若《南柯》,托仙托佛,等世界于一梦。从名利热场一再展读,如滚油锅中一滴清凉露。②

世人汲汲营营于功名利禄,若见《南柯记》《邯郸记》,应该知晓世间百态只是一场梦境而已,不该如此斤斤计较。而张玉谷《满江红·题南柯记传奇》即对《南柯记》有详尽之叙述:

七尺昂藏,问何事,甘侪蝼蚁。也只为,俗肠难浣,梦中迷矣。翠馆宠昭公主尚,黄堂绩报君王喜。听讴歌,四境协民情,荣无比。　生死别,炎凉异。方出梦,犹余醉。看槐阴午转,可过廊际。尘世惯装东郭态,解人偶著《南柯记》。请看官,掩卷自思量,醒还未。③

指出观者读完此记,应当自我反省;而吕天成即评此剧:"酒色武夫,乃从梦境证佛,此先生妙旨也。"④此外,沈际飞《题邯郸梦》则赞赏汤氏之笔法:"临川公能以笔毫墨沈,绘梦境为真境,绘驿使、番儿、织女辈之真境为卢生梦境。临川之笔梦花矣。"⑤卢生梦境如同真实情境,全

---

① 〔明〕汤显祖:《牡丹亭》第十二出《寻梦》,徐朔方笺校:《汤显祖全集》,第2104页。
② 〔明〕闵光瑜:《邯郸梦小引》,蔡毅编:《中国古典戏曲序跋汇编》,第1264页。
③ 〔清〕张玉谷:《满江红》,〔清〕范重光编:《昭代词选》,清乾隆三十二年(1767)经钮堂刊本,第23b页。
④ 〔明〕吕天成:《曲品》卷下,第230页。
⑤ 〔明〕沈际飞:《题邯郸梦》,徐朔方笺校:《汤显祖全集》,第2570—2571页。

依汤氏生花妙笔,才有如此佳作。

由此可见,汤氏剧作其中之梦境,乃属全剧之关键,没有此梦,则无法敷演以下剧情,此乃汤氏编撰剧作之独特手法。而汤氏四部作品,因此有"临川四梦"之称。

2. 吴炳

吴炳《情邮记》《疗妒羹》之梦境,乃是所有寓意,使剧中人明白自己经历之前因、后果。如《情邮记》第三十出《梦因》,末脚梦神有所昭示:"凡世人的梦有两般:一生于想,想已极而境是;一起于因,因未来而端现。"①而本出王慧娘所做之梦即属后者,盖因梦神指出刘乾初、王慧娘、贾紫箫之离合,"这都是夙世前因,趁慧娘睡梦之间,不免预指他一个景象,以为异日应验"②。因此,王慧娘并非日有所思夜有所梦也,而是梦神有所提示。

又《疗妒羹》第四出《梨梦》,乃写小旦乔小青梦见"手执一枝梨花,香泠可爱。忽被狂风吹落,片片着地",而以为"梨者,离也,况兼摧折,此梦大是不祥"。③故其下场诗则云:

离家不必又思家,懊恨空交泪似麻。恶梦匆匆真似我,飘零无语对梨花。④

小青被迫嫁与褚大郎为妾,然褚大郎妻苗氏善妒,因此将小青监禁于后园一室,在百般伤心下做了此梦。梦中虽是离花瓣瓣落地,却也暗合小青之处境。故吴氏亦善绘梦境也。

3. 孟称舜

孟称舜《鹦鹉墓贞文记》即用梦境连串剧情,使之波澜起伏,而让沈佺、张玉娘明白,自己身份乃是观音座下的善才童子、龙女。如第二十四出《梦游》述张玉娘游龙宫,却不识龙王、龙母、沈佺,无法醒悟原

---

①② 〔明〕吴炳:《情邮记》第三十出《梦因》,《粲花斋五种》,第112页。
③④ 〔明〕吴炳:《疗妒羹》第四出《梨梦》,同上,第273页。

为龙女,其【红芍药】即唱道:

> 我如今还是梦耶醒耶,人世事还是假也真也。想着这石上三生旧根叶,都则是即世冤业。萍和水,燕与蝶,两般儿厮凑者。都则为想里情赊意里心呆,因此上梦里随邪。①

后乃观音开示:"我看玉娘见地已明,还有情根未化。沈佺即还本位,张玉娘再住人世数载,遍历恶趣,然后指引,还归大道。"故陈洪绶评此出云:"此折纯是说偈作赞,莫只作乐府读遍。"②又如第三十出《会梦》,即写"一生一死两分离,梦里相逢觉后疑。但愿时时来梦里,与郎相见不相离"③之内容。由此可知,孟氏同样善于使用梦境,描述剧中人之生离死别。

再者,孟氏虽未刻意在《桃花人面》杂剧制造梦境,然则陈洪绶曾评第三折:"首折是入梦,此折是寻梦,尤妙在句句似重来光景。"④形容崔护与叶小蓁之遭遇,仿佛梦境一般。即两人相遇,宛如梦中相会,仅在匆匆数刻;由于情思难了,崔护再次拜访叶家,如同为了梦中女子,因而前去寻梦。因此,不妨将此视为孟氏所写之梦。

结　语

晚明临川曲派由汤显祖、吴炳、孟称舜所组成,其剧作部部出色,无不脍炙人口,其中汤氏之《牡丹亭》不仅当时家家传诵,至今日,仍传唱不绝。此派提倡主情之观念,且其剧作亦据此编写。汤显祖与吴炳以为,有情可以不受常理制约,而穿梭于生死之间;孟称舜则进一步阐

---

① 〔明〕孟称舜:《贞文记》第二十四出《梦游》,朱颖辉辑校:《孟称舜集》,第484页。
② 〔明〕陈洪绶评:《鹦鹉墓贞文记》第二十四出《梦游》眉批,台北天一出版社,1983年,《全明传奇》本,第28a页。
③ 〔明〕孟称舜:《贞文记》第三十出《会梦》,朱颖辉辑校:《孟称舜集》,第512页。
④ 〔明〕陈洪绶评:《桃源三访》第三折眉批,《新镌古今名剧柳枝集》,第550页。

述，由情而论贞节，有情而从一而终，至死无悔者，方得归于有贞有节。

至于剧作方面，皆以传情为旨趣，并利用梦境之笔法，串联剧情，作为铺呈往后剧情之关键，或者以梦境寓意，使得内容情中见奇，奇中有情。且其每人皆为染翰操觚之能手，文词皆令人赞赏。吕天成《曲品》亦评汤显祖文采"丽藻凭巧肠而浚发，幽情逐彩笔以纷飞"①；近人王季烈《螾庐曲谈》亦云"《玉茗四梦》，其文藻为有明传奇之冠"；皆称赞汤氏文藻之精妙。而《螾庐曲谈》又评吴炳曰"吴石渠诸作，文采浓郁"②；吴梅则评吴炳用笔"雅而不巧，腴而不绝，字字从性灵中发，遂能于研炼中别开生面，此真剥肤存液之境"③；亦多称赞吴炳之文笔。至于孟称舜，陈洪绶在《节义鸳鸯冢娇红记序》中提到"其铸辞冶句，超凡入圣。而韵叶宫商，语含金石"④，指出孟氏词采佳，律亦严谨。虽然"临川派"仅见三人，就晚明戏曲史而论，其作品与剧论之成就，则令人无法忽视。

作者单位：台湾新文丰出版公司

---

① 〔明〕吕天成：《曲品》卷上，第 213 页。
② 王季烈：《螾庐曲谈·论作曲》，台湾商务印书馆，1971 年，第 2b 页。
③ 吴梅：《读曲记》，王卫民编：《吴梅全集》理论卷中册，第 895 页。
④ 〔明〕陈洪绶：《节义鸳鸯冢娇红记序》，朱颖辉辑校：《孟称舜集》，第 617 页。

学术动态

大事记

（2018年5月—2019年4月）

▲《牡丹亭组曲》曲谱首发

2018年5月，《牡丹亭组曲》曲谱首发。这是著名作曲家吴华先生为纪念明代文学巨匠汤显祖1598年完成的《牡丹亭》问世400周年，专门为俞逊发先生创作的大型笛子协奏曲。

俞逊发，1946年1月8日生，上海市人。著名笛子演奏家，上海民族乐团一级演奏员。生前系中国音乐家协会会员、上海音乐家协会表演艺术理事、上海市政协委员，于2006年1月21日因病在上海逝世，享年61岁。根据昆曲传世名剧《牡丹亭》的情节，著名作曲家吴华先生专门为俞逊发先生创作了《牡丹亭组曲》这首五个乐章、长达30分钟的大型笛子协奏曲。初稿写于1989年，1998年8月由著名指挥家胡炳旭先生指挥新加坡华乐团首演。

笛子协奏曲《牡丹亭组曲》根据昆曲原剧的精神写成，但并不拘泥于情节的发展与昆腔音乐的套用，而是以昆曲音乐的特性铺陈发展。

全曲分为五个乐章，分别为：一、游园——优雅的小行板；二、情殇——悲伤的散板；三、拾画——热情的中板；四、冥誓——幽怨的行板；五、还魂——欢庆的快板。

▲抚州市文联举办《永远的汤显祖》首发式

2018年5月29日，由抚州市文联组织作家创作、百花洲文艺出版社出版的《永远的汤显祖》一书首发式在抚州举行。

《永远的汤显祖》分为上、下两册，共计50余万字，汇集了来自国内70余位专家、学者及知名作家的180余篇（首）作品。上册以汤显祖的人生足迹为脉络，展现汤显祖的生平史实以及传说故事；下册则通过散文、诗歌、小小说等类型的文学作品从不同侧面体现汤显祖清白为官、淡泊名利以及精心创作旷世作品的情怀。

▲ "江西风景独好"全球推介　抚州汤显祖戏剧引关注

当地时间 2018 年 6 月 1 日和 5 日,"江西风景独好"旅游推介会及相关图片展分别在德国法兰克福和捷克布拉格举行,向欧洲游客、旅行商、投资商发出诚挚邀约,推介会上,抚州汤显祖戏剧引发了广泛关注。

在德国和捷克的两场推介会上,处处闪耀着江西元素,时时可感受到浓浓的赣鄱文化。"香樟绿""杜鹃红""马蹄金""青花蓝",让德国和捷克各界"眼前一亮"。在旅游推介图片展上,江西抚州汤显祖戏剧表演的图片吸引来宾驻足观看,汤显祖戏剧文化得到越来越多的欧洲民众喜爱。

抚州是汤翁故里,也是名副其实的戏剧之乡,戏曲技艺在此具有悠久的历史、独特的魅力和深厚的群众基础。作为国家级非遗的抚州采茶戏,2016 年曾以一曲《牡丹亭》走进英国莎士比亚故里,惊艳了英国"莎翁"迷。

近年来,抚州借助汤显祖这个可以与世界对话、与莎士比亚比肩的中国历史文化符号,自信地在世界舞台唱响东方佳音,完成了一批室内和露天剧场建设项目,开设了地方戏曲传承班,朝着打造中国戏都的目标迈出新步伐。

▲ 郭凯敏执导《汤显祖与牡丹亭》

2018 年 6 月 6 日下午,院线电影《汤显祖与牡丹亭》导演签约仪式于在京举行。郭凯敏应邀成为院线电影《汤显祖与牡丹亭》执导,标志着该剧开拍迈进了实质性的一步。

影视演员郭凯敏曾是 20 世纪 80 年代上映的电影《庐山恋》男主角。《庐山恋》是改革开放后首部反映爱情的电影,一经上映就在社会上引起轰动。

即将开拍的电影主角——中国明代剧作家汤显祖被称为"东方的莎士比亚",其创作的《牡丹亭》《紫钗记》《南柯记》《邯郸记》等戏剧享誉世界。作为可以与世界对话的中国历史文化符号,汤显祖已在海内外刮起了一股文化风。据《汤显祖与牡丹亭》电影制片人高晓波介绍,电影拍摄地选址在汤显祖家乡江西省抚州市。电影《汤显祖与牡丹亭》导演郭凯敏在签约仪式上表示:"明年是《庐山恋》开拍的 40 周年,《庐山恋》表现的是最美好的情感。这次战略合作旨在表达对恢复传统文化浓烈情怀,增强文化自觉和文化自信,同时再次将瑰丽的爱情呈现给观众。"

▲ 纽约海外昆曲社举行成立 30 周年系列庆祝活动

2018 年 6 月 16 日,在位于纽约北方大道的法拉盛市政厅文艺中心举行"德艺双馨——王令闻女士逝世十周年"纪念公演,拉开了海外昆曲社成立 30 周年庆祝系列活动的序幕。

▲ 抚州在人民大会堂宣布举办第三次汤显祖戏剧节

2018年7月28日上午,抚州在北京人民大会堂举行的新闻发布会上宣布,由江西省人民政府、中国人民对外友好协会主办,中国戏剧家协会支持,抚州市人民政府、江西省文化厅、江西省外事侨务办公室、江西省戏剧家协会承办的2018年汤显祖戏剧节暨国际戏剧交流月活动将于当年9月28日至10月底在抚州市举办。这是抚州市连续第三年举办汤显祖戏剧交流活动。

▲ 文昌里精彩系列活动之江西省"非遗大戏"开锣

2018年汤显祖戏剧节暨国际戏剧交流月开幕之前,汤显祖故里——抚州文昌里举办江西省非物质文化遗产展演展示活动。

文昌里历史悠久,文化底蕴深厚。这里是明代戏曲家"东方戏圣"汤显祖(1550—1616)的故里,是汤显祖的出生成长地、文学创作地和安息地。除了戏曲文化,这里还是宗教文化、商帮文化、码头文化、临川才子文化、忠孝文化、民俗文化的聚集地。为了让更多的人了解抚州文化,充分展示文昌里特色,本次戏剧节将有八大主题活动在文昌里上演:

1.江西省非物质文化遗产展演展示活动;2.2018"茶香中国"首届全国采茶戏汇演;3.玉隆万寿宫百年古戏台戏曲演出;4.中外戏剧嘉年华狂欢活动;5."大富翁"儿童主题游戏竞技大赛;6.游明清古街,品美食小吃;7.《寻梦牡丹亭》大型实景演出;8.乘画舫,夜游抚河,赏两岸灯光秀。

▲ 560名抚职学生"备战"汤显祖戏剧节

2018年9月,为办好汤显祖戏剧节暨国际戏剧交流月,抚州职业技术学院选拔560名学生参加开幕式,承担了开幕式巡演5个节目的排练任务。

此次排练演出,学院高度重视、高位推动、精心部署、积极筹备,成立工作领导小组,制定详细的活动方案,在人财物上给予充分保障。学院多次召开协调会和调度会,统筹安排学生参加汤显祖国际戏剧节开幕式演出有关工作,确保各项工作有序进行。

▲ 人民网发微博纪念汤翁诞辰

9月24日是明代戏剧家汤显祖诞辰日。2018年9月24日,人民网发微博纪念汤显祖。

一曲牡丹亭,传唱四百年。

"情不知所起,一往而深,生者可以死,死可以生。生而不可与死,死而不可复生者,皆非情之至也。""原来姹紫嫣红开遍,似这般都付与断井颓垣。良辰美景奈何天,赏心乐事谁家院?"1550 年的 9 月 24 日,明代戏剧家汤显祖出生。"一生四梦,得意处惟在牡丹。"重温经典,感悟爱情。

▲ 以戏为媒,以文化城,抚州厚植文化打造"中国戏曲之都"

2018 年 9 月 27 日,《江西日报》头版头条刊发《以戏为媒　以文化城——抚州厚植文化打造"中国戏曲之都"》的署名文章。

文章指出,2015 年 10 月 21 日,习近平总书记访英期间提议:"中英两国可以共同纪念这两位文学巨匠(汤显祖、莎士比亚),以此推动两国人民交流、加深相互理解。"

习近平总书记的提议在汤显祖的故乡引起了强烈反响,并迅速以切实的行动落到实处。

2016 年 9 月 24 日,声势浩大的共同纪念汤显祖、莎士比亚、塞万提斯逝世 400 周年系列活动在汤翁故里——抚州举行。这也是全球第一次共同缅怀这三位文学巨匠;

2017 年 9 月 24 日,抚州成功举办内容丰富多彩的汤显祖戏剧节暨国际戏剧交流月活动;

文章指出,今年(2018)9 月 28 日,汤显祖戏剧节暨国际戏剧交流月 7 项活动又将精彩上演……

唱响汤显祖品牌,打造"中国戏曲之都",向世界讲好中国故事,这是汤翁故里对总书记提议最好的回答。

▲ 世界瞩目! 汤翁故里抚州举行汤显祖戏剧节暨国际戏剧交流月活动开幕式

2018 年 9 月 28 日晚,2018 年汤显祖戏剧节暨国际戏剧交流月活动开幕式及戏剧巡演活动在汤翁故里抚州盛大举行。来自世界各地的数千名演职人员为中外嘉宾和广大市民奉献了一场精彩纷呈的演出。

演出充分展示了抚州文化与中国戏剧融合、戏曲经典与时尚风格融合、中国文化与国际交流融合的特色。

文艺表演分为"寻梦抚州""融梦中国""圆梦世界"三大板块。"寻梦抚州"板块集中展示了抚州异彩纷呈的非遗项目,彰显了抚州深厚的文化底蕴;"融梦中国"板块荟萃了全国各地富有代表性的戏曲剧种,展现了博大精深且各具特色的中华传统戏曲文化;"圆梦世界"则云集了名满天下的世界各地精品剧目,打造了一个世界戏剧文化交流的舞台。

本次开幕式文艺表演环节一个最大的亮点是,通过高科技手段实现的"穿越时空 三翁对话"现场与英国斯特拉福德莎士比亚故居、西班牙阿尔卡拉塞万提斯广场三地连线。

英国莎士比亚出生地基金会执行总裁蒂姆·库克斯,西班牙阿尔卡拉市文化部长玛利亚·阿兰古兰女士,先后通过现场连线向汤显祖戏剧节表达了诚挚祝福。

文艺表演在《我在牡丹亭等你》的优美旋律中徐徐落下帷幕。《我在牡丹亭等你》是汤显祖戏剧节开幕式的保留曲目,表达了热情好客的抚州人盛邀八方宾朋的诚挚心声。

▲ 抚州召开汤学专家座谈会

2018年9月28日下午,抚州市"创国家历史文化名城 推动汤显祖文化走向世界"专家座谈会在抚州荣誉国际酒店召开。在此次座谈会上,受邀前来参会的汤学和文化专家纷纷围绕座谈会主题提出了真知灼见,引起了抚州当地政府的高度重视。

9月28日,汤显祖戏剧节暨国际戏剧交流月活动在江西省抚州市隆重开幕。期间,抚州汤显祖国际研究中心组织并召集了这次专家座谈会。抚州市委、市政府高度重视。江西省政协副主席、抚州市委书记肖毅亲切会见了参会专家并与全体与会者合影;抚州市委常委、市委秘书长谭小平参加了会见,抚州市委常委、宣传部部长傅云发表了热情洋溢的欢迎致辞。

座谈会由抚州汤显祖国际研究中心主任吴凤雏和汤显祖国际研究中心荣誉研究员、学术顾问周育德教授先后主持。座谈会上,叶长海、邹元江、龚重谟、邹自振、周锡山、苏子裕、康保成、李伟、陈均、陈为蓬等外地著名汤学专家与本地学者及文化专家一起,通过阅读抚州汤显祖国际研究中心提交的《抚州市弘扬汤显祖文化,推进文化发展总体规划(草案)》,了解了抚州以汤显祖文化为抓手,充分发挥临川文化深厚积淀的文化强市战略。与会专家们并就如何弘扬前贤创造的光辉文化,让汤显祖的戏剧和文化在世界人民心中扎根;如何强化文化、审美、环境三种意识,让经济与文化发展相互促进;如何立足长远、科学规划,在厚植人文上求突破,推动抚州创建国家历史文化名城;进一步深入发掘汤显祖文化,把汤学研究推向新的高度,推动汤显祖文化走向世界的步伐等问题争先发言,各抒己见,提出了不少好意见和好建议。

▲《寻梦牡丹亭》精彩亮相

2018年10月3日,"日游夜演"大型沉浸式实景演出《寻梦牡丹亭》在汤翁故里——抚州文昌里精彩登场。

《寻梦牡丹亭》以《游园惊梦》《魂游寻梦》《三生圆梦》三景展开演出，优美的唱腔、梦幻的场景、喜庆的结局，演绎了杜丽娘与柳梦梅生死梦幻的爱情故事，让游客在观赏之中获得至真至善至美的极致浪漫体验。

▲ 北大讲座推出"汤显祖研究"系列讲座

2018年10月10日—2018年12月5日，"汤显祖研究"系列讲座在北京大学理科教学楼402教室举办。

该活动由教育部中华优秀传统文化（昆曲）传承北京大学基地、抚州汤显祖国际研究中心共同举办。

讲座共分为八讲：第一讲"汤显祖笔下杜丽娘的生存场域"，由武汉大学教授、中国戏曲学会常务理事兼汤显祖研究会副会长邹元江主讲；第二讲"汤显祖与晚明社会"，原中国戏曲学院院长、教授，中国戏曲学会汤显祖研究会会长周育德主讲；第三讲"汤显祖其人：必也狂狷乎！"，由香港非物质文化遗产咨询委员会主席郑培凯教授主讲；10月31日，文化学者、江西省委宣传原部长刘上洋开讲"汤显祖与江右文化"；11月7日，上海戏剧学院教授曹路生，上海越剧院导演童薇薇，国家一级演员、抚州市文化艺术发展中心副主任吴岚开讲"盱河高腔《牡丹亭》与昆曲《牡丹亭》的不同特点"；11月14日，中国古代戏曲学会会长、上海戏剧学院教授叶长海开讲"汤显祖与中国戏曲"；11月28日，汤学专家、抚州汤显祖国际研究中心主任吴凤雏开讲"汤显祖家族墓园的新发现及其文献意义"；12月5日，北京大学艺术学院副教授陈均开讲"《牡丹亭》青春版到校园传承版的当代演绎"。

"汤显祖研究系列讲座"在中国最高学府北京大学再掀起一股"汤学"热。

▲ 上海昆剧团开启"临川四梦"欧洲巡演

2018年11月27日至12月6日，上海昆剧团在上海戏曲艺术中心党委书记、总裁，上海昆剧团团长谷好好的带领下，携经典昆剧"临川四梦"赴欧洲奥地利、德国、俄罗斯进行巡回演出，与昆剧艺术相关的外展活动也随之进行。

据悉，此次巡演意在庆祝上海昆剧团建团40周年，更为中国文化在海外的传播，弘扬中国优秀的昆曲表演艺术，促进中外文化交流。巡演得到了文化和旅游部，以及上海市文化广播影视管理局、上海文化发展基金会重大项目资助的支持。

▲ "汤显祖"与"莎士比亚"亮相英国伦敦国王十字车站

2018年12月10日，一张内容为东方文学巨匠汤显祖与英国文豪莎士比亚的两个雕像互相交谈的新闻照片在英国伦敦国王十字车站展出。

这张图出自2016年4月22日,在英国举办的"纪念汤显祖和莎士比亚逝世400周年研讨会"的活动现场。图中的雕像为中国抚州市当日向莎士比亚出生地基金会赠送的汤显祖与莎士比亚雕像。雕像由中国美术学院教授杨奇瑞创作,塑造了身穿中国传统儒士服装、手执毛笔的汤显祖和身着西方经典服饰、手握鹅毛笔的莎士比亚的形象。这尊合体雕像被安放在莎士比亚故居花园,向世界各地慕名而来的游客开放。而另一尊同样的塑像则竖立在抚州市汤显祖纪念馆,作为中英两国文化交流的见证。在照片中,东方文学巨匠汤显祖,与英国文学巨匠莎士比亚的两个雕像仿佛跨越时空,畅谈文学。

在英国伦敦国王十字车站,一张内容为汤显祖经典剧目《牡丹亭》"游园惊梦"在英国斯特拉福德的莎士比亚故居花园内演出的照片同样在此展出。

2016年4月22日,在英国举办的"纪念汤显祖和莎士比亚逝世400周年研讨会"会议结束后,国家一级演员、抚州市文化艺术发展中心副主任吴岚等表演了国家级非物质文化遗产、抚州采茶戏《牡丹亭》"游园惊梦"精彩选段,受到了当地观众的热烈欢迎。

据悉,充满抚州文化元素的多张照片作为展现中英两国人民的友好往来新闻图片在"变革与梦想——中国改革开放40年"图片展中展出。该展览精选改革开放40年来的80张中国图片,展示中国人民在这一巨变中的真实生活。展出图片都来自新华社保存的珍贵影像资料,其中60张主要体现改革开放四十年来中国普通百姓的生活变迁,20张则展现中英两国人民的友好往来。

▲ 黄天骥《意趣神色:〈牡丹亭〉创作论》出版

2018年12月13日,黄天骥《意趣神色:〈牡丹亭〉创作论》出版。

黄天骥教授1935年出生于广州,1956年毕业于中山大学中文系,留校任教。现为中山大学中文系教授,国家古籍整理出版规划小组成员,中国古代戏曲学会会长。曾任国务院学位委员会第二届学科评议组成员。著有《冷暖室论曲》《情解西厢:〈西厢记〉创作论》《中国古代戏剧形态研究》等。

黄天骥教授从20世纪60年代开始,已发表过有关汤显祖的论文。在20世纪90年代,先后在《文学遗产》《文艺研究》《文化遗产》《人民日报》等刊物上,陆续发表过有关汤显祖和《牡丹亭》的论文多篇,在继承先师论述的基础上做了新的发展。

▲ 上海古籍出版社古典文学出版中心召开首次学术会议

2018年12月19日上午,上海古籍出版社古典文学出版中心成功举行自成立以来的第一次学术会议。此次会议主题为"汤显祖作品暨经典戏曲文献整理与出版规划专家咨询会"。古典文学出版中心特别邀请到相关领域的著名专家,为中心的建设和选题规划提供专业指导意见。

▲ 两岸院校联合演出原创音乐剧《梦临汤显祖》

2018年12月23日晚,由上海音乐学院和台湾艺术大学学生联合演出的音乐剧《梦临汤显祖》,于新北完成在台最后一场展演。该剧由上海音乐学院原创,首次邀请台湾青年参演。

据悉,《梦临汤显祖》创作于2016年纪念汤显祖逝世400周年之际,以当今视角回望一代戏曲巨匠的人生。2018年岁末,上海音乐学院首次携该剧来台交流,12月19日赴台中东海大学,21日下午及23日晚在位于新北市的台湾艺术大学演出。

《梦临汤显祖》编剧兼导演陆驾云接受记者采访时表示,该剧以汤显祖为主角创作,意在用现代音乐剧形式表现理想不灭的中国君子风骨。

两位台湾演员与上海团队联合排练三天。在剧中饰演女主角、汤显祖妻子吴氏的邱艺,目前就读于台湾艺术大学音乐系。剧中饰演沈公子的柯昭铭,同样是台湾艺术大学的学生。上海音乐学院院长林在勇认为,此次《梦临汤显祖》联合演出,对两岸学子是一种激励。学院方面也期望未来能邀请台湾的艺术院校进行更大规模的合作演出,促进彼此的成长。

▲ 纪录片《邂逅》在央视九套热播

2019新年伊始,一部反映汤显祖人生创作经历的两集纪录片《邂逅》在央视九套热播,并引发巨大关注和反响。

2015年10月,习近平主席访英期间提议中英两国共同纪念汤显祖、莎士比亚这两位文学巨匠。

纪录片《邂逅》以中英艺术家的创作活动为切入点,钩沉历史,还原汤显祖与莎士比亚的戏剧人生。力图让观者在欣赏中国传统艺术之大美的同时,重新认识作为一个士大夫的有血有肉的汤显祖,揭示名著《牡丹亭》诞生背后的故事。

▲ 抚州为汤显祖国际研究中心定向招录贤才

2019年3月,抚州汤显祖国际研究中心通过江西省人才中心,以考录公务员形式定向招录两位专门人才。

江西省2019年度考录公务员工作启动,抚州为汤显祖国际研究中心定向招录两位贤才。网上报名时间为2019年3月20日9:00至3月29日17:00;缴费时间截止到4月1日17:00;公共科目笔试时间为2019年4月20日;笔试成绩5月20日在网上公布。面试时间为2019年6月,面试结束后,设区市公务员主管部门和省直招录机关按照考试总成绩从高分到低分的顺序(总成绩相同时按面试成绩从高分到低分的顺序),根据计划录用数等额确定参加体检对象(需要体能测评的职位,根据计划录用数等额确定参加体测对象)。录用审批手续于2019年9月底前完成。

▲ **抚州与英方就文化交流合作达成广泛共识**

2019年3月31日下午,江西省政协副主席、抚州市委书记肖毅在汝水森林宾馆会见了英国剑桥大学国王学院院士、剑桥市旅游局董事局董事菲利普·艾萨克一行。双方进行了深入交流和友好洽谈,就进一步加强文化交流合作达成广泛共识。

肖毅表示,近年来,抚州与剑桥大学国王学院在文化等方面的交往和合作不断加深,双方之间的了解和友谊越来越深厚,相关战略合作正在稳步推进。今年4月,抚州市将在莎士比亚故乡斯特拉福德举行海外首座牡丹亭揭牌仪式,真诚希望菲利普·艾萨克院士能够参加活动。同时希望菲利普·艾萨克院士一行在抚州多走走、多看看,亲身体验和感受汤显祖故里的自然风光和文化魅力,进一步深化双方交流与合作,相信一定能结出更多的文化交流合作硕果。

菲利普·艾萨克对此行受到的周到接待表示感谢,并简要介绍了剑桥与莎士比亚的渊源,对抚州与莎士比亚故乡斯特拉福德之间的战略合作表示祝贺,热忱邀请抚州演出团队参加剑桥莎士比亚戏剧节。同时希望双方进一步加大合作力度,共同开创双方更加美好的未来,实现互利共赢、共同发展。

▲ **北外成功举办"汤显祖与汤显祖研究"讲座**

2019年3月25日下午,在北京外国语大学国际中国文化研究院院长梁燕教授的主持下,"北外学者工作坊"新一期讲座在北外国际大厦222会议室成功举办。该院邀请到国内著名戏曲史专家、汤显祖研究专家周育德教授担任本次主讲嘉宾,围绕"汤显祖与汤显祖研究"的专题开展了精彩的讲授。"北外学者工作坊"的青年教师及国际中国文化研究院的研究生悉数到场,不少院外、校外教师、学者和学生也都慕名前来聆听本次讲座。

讲座内容由汤显祖的生平、思想、戏剧创作及汤显祖研究四部分组成。

▲ 海外首座牡丹亭落成揭牌

2019年4月26日下午,海外首座牡丹亭揭牌仪式在莎士比亚故乡英国斯特拉福德镇罗瑟街杉园隆重举行。

英国文化、数字信息、媒体和体育部大臣杰里米·莱特,中国人民对外友好协会副会长户思社,江西省政协副主席、抚州市委书记肖毅,中国驻英国大使馆公使衔参赞于芃、文化和旅游部驻伦敦办事处主任薛伶,以及华威郡郡长蒂姆·考克斯(Tim Cox),斯特拉福德区议会议长安东尼·杰弗逊、议会主席克里斯托弗·凯特尔,斯特拉福德市市长约翰·比克内尔,剑桥大学国王学院终身院士、英国科学院院士艾伦·麦克法兰等近200人参加。

牡丹亭是汤显祖经典剧作《牡丹亭》中的代表性符号,也是中国文化的代表性标志。因《牡丹亭》故事背景地发生在江南,牡丹亭的建筑设计参考了汤显祖纪念馆收藏的古籍中木刻画,并考虑了江南园林亭台的特点,取其轻巧、淡雅的风格,征询有关古建专家和艺术家意见,设计确定为攒尖顶六角亭。

亭子内斜面露明木构件为木结构传统做法,采用了全吊顶对上部结构予以封闭,并悬挂宫灯以调节气氛。考虑到牡丹亭将来所处气候条件和外部环境大不相同,参照拙政园中的宜雨亭做法,将上部结构采用直角转弯二级吊顶封闭,并在藻井位置雕刻"五福捧寿"图案,以五福环绕成玉兰花造型。结合汤显祖贬任徐闻典使时倡建贵生书院,将书院的12间教室分别命名为审问、博学、慎思、明辨、笃行、格物、致知、诚意、正心、修身、齐家、治国,在亭子靠椅下设置了十二块铜牌,将汤显祖文化充分糅合进古建文化。为更多地保留抚州特色,在这个木石结构的建筑中,木材为适应多个地方的气候特点采用了进口菠萝格木材,石材采用了抚州当地红砂岩石材。木雕采用了浮雕和镂空雕刻两种工艺。上部结构全部在国内加工完成并进行了试拼装后再装箱运至国外进行组装。牡丹亭的所有构件,包括每一块石头、每一根木头、每一片瓦,都是从抚州运至英国的,承载着最纯粹的中国文化元素。

▲ "汤显祖和莎士比亚文化传承和创新研讨会"在英国举行

2019年4月26日上午,由中国人民对外友好协会、英国保护濒临消失的世界基金会、抚州市政府、斯特拉福德区议会共同主办的"东西互鉴:汤显祖和莎士比亚文化传承和创新研讨会"在莎士比亚故乡英国斯特拉福德镇举行。

中国人民对外友好协会副会长户思社,江西省政协副主席、抚州市委书记肖毅,中国驻英国大使馆公使衔参赞于芃,文化和旅游部驻伦敦办事处主任薛伶,以及斯特拉福德区议会议长安东尼·杰弗逊、议会主席克里斯托夫·凯特尔,斯特拉福德区议会议员,商业、旅游业和信息通信科技业投资人莫里斯·豪斯,剑桥大学国王学院终身院士,英国科学院院士艾伦·麦克法兰等50余位代表参加。

编后记

《汤显祖学刊》第四、五辑合刊收录论文三十篇,研究动态若干则。根据稿件内容,大体将文章分为"临川汤公""艺文哲思""文献文物""案头场上""影响传播""研究动态"等栏目,体现了本刊的办刊宗旨与办刊风格。所收论文选自2018年度各地来稿及相关会议论文,一定程度上反映了汤显祖研究的最新成果。

特别要说明的是,在出版时间紧迫及印刷成本上涨的背景下,商务印书馆上海分馆的同仁对本刊的工作给予了充分理解与大力支持,使我们的工作得以顺利进行。在此再次谨致谢忱!

诚挚欢迎戏剧界、学术界的同行、学者专家继续关爱本刊,并不吝赐稿支持,以进一步推进新时代汤显祖研究,为弘扬我国优秀传统文化、建设社会主义精神文明做出贡献。

《汤显祖学刊》编辑部
2019年6月10日

稿约

一、本刊刊发有关汤显祖的研究性论文。

二、来稿一般以 20 000 字以内为宜。

三、来稿使用标准简体字,可以保留必需的繁体字、异体字与俗字。

四、来稿请用 A4 型纸单面打印,正文用小四号宋体字,行距为1.5倍;引文用小四号楷体,行距为 1.5 倍,左缩进两格。

五、来稿注释请采用当页脚注,注释当页连续编号,下页另起,均用阿拉伯数字加圆圈号表示(即①②……)。注释用小五号宋体字,行距为 1 倍。

六、关于注释格式。

注释书写格式:①作者(含编译者),古代作家注明朝代,使用〔〕符号,外国作家注明国籍,使用[ ]符号;②书名;③篇名、子目或卷次;④版本(含出版机构、出版年份);⑤页码(影印本出新编页码,线装书或影印无新编页码者出原书页码)。如:

《汉书》卷九十九《王莽传》,中华书局,1962 年,第 4121 页。

〔明〕张禄辑:《词林摘艳》卷一,《续修四库全书·集部》(1740),上海古籍出版社,影印明嘉靖四年刻本,2002 年,第 4 页。

〔清〕李斗著,周光培点校:《扬州画舫录》卷五,江苏广陵古籍刻印社,1984 年,第 107 页。

李零:《中国方术正考》,中华书局,2006 年,第 52 页。

[瑞士]卡尔·古斯塔夫·荣格著,储昭华等译:《象征生活》,国际文化出版公司,2011 年,第 151 页。

如引用报刊,则格式为:①作者(含编译者);②篇名;③报刊名;④刊物出版年份及期次、卷次或报刊出版日期(年、月、日)。如:

孙作云:《敦煌画中神怪画》,《考古》1960年第6期。

范宁:《〈桃花扇〉作者孔尚任》,《光明日报》1951年11月10日。

七、来稿请发电子版本,于文末注明作者工作单位(如××大学××系)、通信地址、邮政编码、联系电话、电子邮箱。

八、来稿文责自负;本刊有权对文字来稿做文字修改。如不同意修改,请在稿件上注明。

九、联系方式:中国　江西省抚州市竹山路　规划展示馆　三楼(1—7信箱)

抚州汤显祖国际研究中心　《汤显祖学刊》编辑部

邮　　编:344000

电　　话:(86)794-8266279;13767644276(李娟)

电子邮箱:jxfztxz@163.com

网　　站:www.fztxz.cn